푸줏간에 걸린 고기

신수정 평론집

푸줏간에 걸린 고기

문학동네

책머리에

정명환 선생의 최근 평론집을 읽다가 이런 구절을 발견했다. 마니(C. E. Magny)라는 비평가가 그녀의 평론집 『엠페도클레스의 짚신』에서 했다는 말. "옛날에 마르탱이라는 한 불쌍한 사람이 있었습니다. 그는 무엇인가 쓰고 싶었습니다만 새로운 책이 나올 때마다 그 저자가 자기 자신이 하고 싶은 이야기를 훨씬 더 훌륭하게 해버린 듯이 여겨졌습니다. 그래서 그는 빈손으로 슬프게 제 집으로 돌아가는 것이었습니다. 그러다가 하루는 흥분해서 자기가 좋아하는 책의 이야기를 친구들에게 했는데 의외로 자기와 같은 것을 발견한 사람은 아무도 없다는 것을 알았습니다. 이윽고 마르탱은 문예비평가가 되었습니다."

이 책에 실린 글들이 다른 사람들이 발견하지 않은 것을 이야기하고 있다는 자신감은 없다. 다만 그러고 싶은 열망만이 있을 뿐이다. 1990년대 중반부터 21세기 초입까지 쓴 글들을 한 권의 책으로 묶어 내려니 우선 그간의 시간적 공백이 부담스럽고 무엇보다도 저간의 게으름이 민망하다. 얼추 십여 년에 육박하는 글들을 한데 모으는 일이 거의 알몸으로 대로를 활보하는 것에 맞먹는 용기를 필요로 하는 일임을 알겠다. 나름대로 지금도 통용될 만하다고 판단되거나 여러 가지 의미에서 문학적 입장을 드러낼 수 있다고 여겨지는 글들을 따로 모으고, 발표 당시 시간에 쫓겨 제대로 손보지 못한 비문을 고치며, 쓸데없는 문장과 단락을 생략하거나 앞뒤 연관을 재조정한다고 했지만 별반 나아진 것은 없는 듯하다. 교정을 보는 내내 책으로 묶어보려던 애초의 의도를 회의하도록 만들던 어설픈 단견과 한쪽으로 치우진 주장들을 생각하면 더욱 그러하다. 이번 기회에 많은 저자들이 왜 책을 내면서 모든 것이 부족하고 부끄럽기만 하다고 하는지 충분히 이해하게 됐다. 그들의 진심 어린 고백을 대충 들어넘기며 시큰둥했던 나, 용서하지 마라. 그들에게 뒤늦게 동병상련의 유대감을 구하고 싶다. 물론, 이런 따위의 변명이 필요 없을 정도로 깔끔하고 부지런한 저자들도 있다. 그들에겐 저자의 도리가 무엇인지 가르쳐준 공에 대해 따로 감사를 표한다. 어쨌든 이로써 세상의 모든 저자들을 향해 아주 조그마한 목소리로 나도 당신과 같은 사람이라고 말할 수는 있게 되었다.

90년대 들어 본격적으로 비평활동을 시작하게 된 나의 세대는 대학 생활을 지배했던 80년대의 비평담론과 자신의 그것과의 괴리 혹은 이탈 사이에서 그것에 대한 회의 혹은 오기를 진작하며 글을 쓰기 시작한 세대이다. 아마도 우리들의 문학은 철이 들고 난 다음 내면화한 문학을 배반하는 과정으로 점철되었다고 할 수 있을지도 모르겠다. 혹 이 말이 우리 세대 전체에 대한 모욕으로 들린다면, 적어도 나에게는 그랬다는 말로 대신하겠다. 새삼스러운 고백이지만, 나는 어떤 방식으로든 인류 전체와 자신을 동일시하는 글쓰기에 상당한 부담감을 지니고 있었다. 그럴 수 있다고 생각할 수 없었기 때문이다. 나로 말할 것 같으면, 인류에 대한 발전의 서사보다 인류를 그저 우주상의 미미한 존재 가운데 하나로 치환하는 이야기에 좀더 끌렸으며, 그러한 이야기가 함축하고 있는 전율적인 비관주의에 오히려 안도하는 편이었다. 삶이란 언어로 설명하기 힘든 미묘한 것이라고 생각하기를 좋아했으며, 그것들이 초래하는 삶의 불가해성과 그 불가해한 것들을 언어화하려는, 좌절할 수밖에 없는 글쓰기가 문학 혹은 비평이라고 믿고 있기도 했다. 따라서 나의 문학은 지는 것이 이기는 것이며 이기는 것이 덧없어지는 그 어떤 것에 속했다. 만약 지금도 비평이란 것이 여전히 80년대와 같은 집단적 열정과 도덕적 결벽을 요구하는 것이었다면 나는 아마 비평가가 되지는 못했을 것이다. 그것은 행운이었을까, 저주였을까. 모르겠다. 다만 알겠는 것은 그럼에도 불구하고 여전히 문학 안에서 뭉그적거리고 있을 나의 미련스러움이다.

이 책에 실린 글들은 90년대 문학이란 무엇인가 분석하고 성찰하려고 하는 것이 대부분이다. 90년대는 나에게 누구의 말처럼 사잇길로 접어든 역사도 아니었으며 문학의 종말이 운위되는 시대도 아니었다. 사잇길로 접어들었다고 믿기엔 내가 역사에 공헌한 바가 너무 적었으며, 문학의 종말을 이야기하기엔 나를 매혹시킨 텍스트들이 너무 많았다. 그런 의미에서 나에게 90년대는 더이상 자신의 경험을 인류 전체의 그것으로 환원하지 않아도 자신의 존재 이유를 발견할 수 있는 시대, 혹은 개인으로 하여금 끊임없이 존재의 부채를 환기시키는 것이 때로는 가장 나쁜 종류의 통제 이데올로기가 될 수도 있음을 일깨워준 시대로 이해되기도 한다. 그것은 90년대 문학 텍스트들이 나에게 가르쳐준 것들이기도 하다. 어떤 의미에서 90년대 문학은 개인의 경험을 하나의 의미로 환원시키고 그것의 구체적인 진실을 은폐하는 집단 통념에 대한 거부의 목소리라고 할 수 있을 것이다. 그 거부가 무조건적으로 의미 있는 것이라고 말하려는 것은 아니다. 그것은 때로 거칠고 자극적이었으며 또 때로는 지나치게 자폐적이기도 했다. 그러나 그렇다고 해서 그것의 진정성 자체에 대해서조차 점검해보지 않는 것은 현존하는 문학의 우연적 진실에 빗장을 지르는 것에 다름아니다.

나는 90년대의 많은 시간을 이제 서서히 자신의 이름을 문학사에 올려놓기 시작했거나 방금 세상에 출사표를 던진 작가들의 작품들을 읽는 데 소비했다. 그 과정은 그들의 남다른 재능과 독특한 매력을 먼저 알아보고 그것을 자신의 언어로 의미화하는 기쁨으로 충만한 시간이기도 했지만, 때로는 텍스트를 오해하고 있을지도 모른다는 불안의 시간이기도 했다. 그들에 관한 아무런 레퍼런스도 없이 오로지 몇몇 동료들의 선구안에 의지해 자신의 판단을 행할 수밖에 없기에 더욱 그러했다. 사실, 비평적 성찰이란 다른 많은 이성적 활동과 마찬가지로 일정한 시간적 거리를 절대적으로 필요로 한다. 이 거리가 제거된 비평은 많은 경우 객관적 기준을 잃고 주관의 독단으로 화하기도 한다. 그러나 동세대의 문학을 비평의 대상으로 삼을 경우, 이러한 시간적 거리는 요원한 것이 되고 만다. 그것은 오로지 비평의 대상이 되는 텍스트를 향한 비평 주체의 실존적 내기를 요구할 뿐 다른 어떤 사다리도 허용하지 않는다. 텍스트와 비평 주체 간의 기묘한 공존의 형식이 비평적 성찰을 대신하는 경우가 여기에 속한다.

나는 이 책에서 많은 텍스트들을 다루었다. 때로 그 가운데 몇몇에 대해서는 고언을 아끼지 않은 경우도 있다. 그러나 다시 한번 말하거니와 나에게는 그 고언까지도 그들 텍스트에 대한 사랑을 표현하는 한 방식이었음을 밝혀두고 싶다. 나란 인간은 자신이 사랑하지 않는 것을 꼼꼼히 뜯어보고 그것의 이모저모를 이러쿵저러쿵 이야기할 수 있는 종류의 사람이 아니다. 그런 의미에서 내가 분석한 텍스트들은 모두 내가 사랑한 텍스트들이었다고 감히 말할 수 있겠다. 그러나 아쉽게도 이 책에는 시에 할애된 지면이 상대적으로 아주 적다. 그것은 내가 그들을 사랑하지 않아서가 아니라 그 사랑을 어떤 식으로 표명해야 할지 알지 못해서였다. 나는 비평의 취향을 믿는 사람이기는 하지만 비평이란 단순히 비평가 개인의 취향을 늘어놓는 것 이상이라고 믿고 있기 때문이기도 하다. 비록 명확한 형태는 아니라고 할지라도 문학에 관한 하나의 일관된 입장과 질문을 상정할 수 없다면 그때 비평가 개인의 취향에 대한 고백이 무슨 의미가 있겠는가.

평가가 엇갈리는 텍스트들, 예컨대 장정일, 백민석, 배수아 등의 문학에 많은 관심을 표명하곤 하는 것도 그 때문이다. 책을 묶으며 그들에 관해 쓴 글들을 다시 읽어보니 지금은 동의할 수 없는 말들을 하고 있는 경우도 없지 않으며, 혼자서 너무 많이 흥분하고 있거나 그 반대로 그들에 관한 폄하의 이야기에 너무 많이 의기소침해져 있는 모습도 적지 않다. 그러나 그것이 그들에 관한 애초의 내 판단을 수정할 정도로 강력한 것은 아니었다. 비슷하게 자주 다루기는 했지만 그들의 경우는 이제 나름의 비평적 공준을 얻었다고 판단되는 다른 작가들의 작품과는 다른 애정이 깃들여 있는 것이 사실이다. 그들이 현재 어떠한 종류의 문학을 하고 있는지와 상관없이, 또 그들이 생산해낸 모든 텍스트들은 아니라고 할지라도, 나는 기본적으로 이런 종류의 문학에 대한 애정을 버릴 수가 없다. 이 책의 제목을 그들의 문학적 특성에 빗대 '푸줏간에 걸린 고기'라고 명명하고 있는 것도 그러한 이유 때문이다. 때로는 미숙하고, 때로는 지나치게 도발적이고, 또 때로는 지나치게 자의식적인 그들 텍스트상의 불균질성은 오늘날 우리 문학의 경계를 보여주는 바로미터 역할을 한다고 믿는다. 나는 이 경계의 유동성을 사랑한다. 그것은 문학이란 딱딱하게 굳어 있는 화석이 아니라 현재적 관점에 따라 항상 새롭게 재구성되는 유동체라는 사실을 다시금 상기시켜준다.

이야기를 하다보니 나의 비평이 정전과 고전을 등한시하는 것으로 오해될 수도 있을 듯하다. 아무래도 이 책의 글들이 대상으로 하고 있는 막 생성되어가고 있는 젊은 텍스트들을 생각하면 그런 오해를 피할 수 없을 듯하다. 그러나 이때의 젊음이 작가의 생물학적 나이를 말하는 것이 아님은 물론이다. 사실, 작가의 젊음이란 언제나 생물학적 나이를 뛰어넘는 것이기도 하다. 젊지 않다면 어느 누가 그를 작가라 할 것인가. 그 또는 그녀가 작가로 불리는 한 그들은 영원한 젊음의 담지자들이다. 진정 뛰어난 작가들은 언제나 당대 최고의 문학과 대결하려는 의지를 버리지 않고 있으며 그것은 그들 작품을 동시대 문학에 대한 비판적 질문으로 이해하게 하는 가장 결정적인 요소로 작용한다. 내가 쿤데라의 다음과 같은 명제, "위대한 작품들은 오직 그들 예술의 역사 안에서만 그리고 그 역사에 참여함으로써만 탄생할 수 있다"에 기꺼이 동의할 수 있는 것도 그 때문이다. 젊다는 것, 그래서 새롭다는 것은 문학사의 자율적인 역사를 상정하지 않을 경우 아무런 의미도 없다. 그것은 오로지 그것 안에서만 분간되고 파악될 수 있는 가치다. 그 바깥에는 아무것도 없다. 따라서 내가 옹호하고 있는 새로움이란 문학사 전체의 구조 변동을 동반하는 종류의 것에 다름아니다. 오늘날 백남준과 바스키아가 미술의 거장으로 자리잡을 수 있다면, 그것은 유구한 미술사의 전통 속에서 진행되어온 미술에 대한 개념 전복의 역사와 무관하지 않을 것이다. 우리의 문학사라고 예외일까. 오히려 문학의 역사야말로 전폭적인 개념 전복의 역사라고 하지 않을 수 없을 것이다. 문학의 언어가 일상의 언어와 그 형태에 있어 구분되지 않는 한 이러한 전복의 충동은 더욱 강렬할 수밖에 없다. 젊은 텍스트들을 향한 나의 애정을 이러한 의미의 새로움에 대한 관심으로 이해해주기 바란다.

이 책은 글의 성격에 따라 4부로 나뉘어져 있다. 제1부가 90년대 문학을 둘러싼 일반적인 상황과 그것의 미학적 자질을 추출하기 위한 일종의 주제론에 해당된다면, 제2부는 몇몇 작가들에 관한 작가론이고, 제3부는 작품론, 그리고 제4부는 리뷰 형식의 글들이다. 각각의 글들은 발표시기 순으로 배열되어 있다.

이 책은 재단법인 '대산재단'의 '문학인 창작 지원금'의 후원을 받았음을 밝혀둔다. 지원금을 받고도 한참이나 지나 책을 내게 된 점, 대단히 송구스럽게 생각한다. 그 동안 별다른 채근 없이 책이 나오기를 기다려준 후의에 감사드린다. 무엇보다도 글을 발표할 지면을 제공해주고 또 이렇게 그것들을 모아 책으로 묶을 기회를 제공해준 문학동네에 진심으로 감사해야 할 것 같다. 난삽하고 두텁기만 한 원고를 꼼꼼하게 손봐준 조연주씨에게는 무어라고 감사의 말을 전해야 할지 모르겠다. 앞으로도 영원히 그녀의 재촉과 검열에 의지하고 싶다고 한다면, 그녀에게 끔찍한 악몽이 될까. 비록 보잘것없고 모자라기는 하지만 이만큼이나마 자신의 생각을 밝힐 수 있게 된 데는 많은 선생님들과 여러 선후배 동료들의 도움이 컸다. 특별히 조남현 선생님과 김혜순 선생님께 깊은 감사를 드리고 싶다. 두 분 선생님이 아니었다면 나는 아직도 정처 없는 문학지망생에 불과했을 것이다. 늘 뒤늦기만 한 나의 행보를 조용히 앞당겨주시는 선생님들께 언젠가는 제대로 된 글로 보답하고 싶다. 추천글을 써준 석제 형을 비롯, 문학동네 선후배 식구들에게도 마찬가지다. 그들의 애정과 자극이 없었더라면 나는 아마 이 책의 저자가 되지 못했을 것이다. 늘 심려의 대상이기만 한 딸의 신산한 삶을 묵묵히 지켜봐주시는 부모님과 가족들, 그리고 나의 동반자, 진정석과 진형우에게 이 책을 바치고 싶다. 그들이 있어서 지금의 내가 있다.

2003년 가을
신수정

차례

2부

3부

4부

1부

비명과 언어
─여성을 말한다는 것

1. 태초에 비명이 있었다

여기 여성들이 쓴 두 권의 소설과 한 권의 시집이 있다. 마르그리트 뒤라스의 소설 『모데라토 칸타빌레』(문학과지성사, 2001)와 신경숙의 소설 『바이올렛』(문학동네, 2001), 그리고 김혜순의 시집 『불쌍한 사랑 기계』(문학과지성사, 1997). 공교롭게도 이 세 텍스트는 모두 '비명'과 더불어 시작된다.

그 건물 아래쪽, 거리에서 울부짖는 여자 목소리가 울려퍼졌다. 긴 비명 소리가 이어지더니, 점점 커졌다. 파도 소리까지도 그 찢어질 듯한 소리에 묻혀버렸다. 그러다가 비명 소리가 뚝 그쳤다.(『모데라토 칸타빌레』, 18쪽)

정적. 두 여자애의 시야가 뿌옇다. 잘라진 채 나뒹구는 닭의 목. 우물 가로 튄 핏방울들. 아직도 살아 꿈틀거리는 닭 몸통을 끌어안고 나자빠져 있는 남애의 혼비백산한 눈. 좁다란 코밑에 튀어 묻은 닭의 피. 그녀는 쥐고 있던 칼을 떨어뜨리고 남애는 목이 잘린 닭을 내팽개친다. 항아리와 담벼락과 우물 벽과 두 여자애에게 튀는 붉은 핏방울. 주춤주춤 뒤로 물러서던 남애는 그녀를 향해 비명을 질러대며 신발을 신은 채로 마루로 뛰어올라 방으로 들어간 뒤 문을 걸어잠근다.(『바이올렛』, 26쪽)

환한 아침 속으로 들어서면 언제나 들리는 것 같은 비명. 너무 커서 우리 귀에는 들리지 않는. 어젯밤의 어둠이 내지르는 비명. 오늘 아침 허공중에 느닷없이 희디흰 비명이 아 아 아 흩뿌려지다가 거두어졌다.(『불쌍한 사랑기계』, 11쪽)

이 '비명'들이 단순한 우연의 일치일까. 흔히들 비명이란 언어화되기 이전의 단계, 의미로 분절되기 이전의 음성이라고 말한다. 즉, 언어적 상징화 과정의 이전, 혹은 그 바깥에 존재하는 언어라는 것이다. 그런 의미에서 비명을 언어라고 말하기는 곤란할지도 모른다. 그러나 우리가 어떤 급박한 상황에 놓였을 때 말보다 먼저 외마디 비명을 내지르기도 한다는 사실을 상기하면 비명 역시 또하나의 언어라고 할 수 있다. 분명, 비명은 존재의 표현이자 존재 그 자체다. 그 속에는 사회적 상징체계보다 더 직접적이고 더 절실한 무엇인가가 깃들여 있다. 그렇다면 그것은 언어화되지 못한 언어는 아닌가. 비명은 아직 언어화되지는 못했지만 끊임없이 언어를 발생시키고 규제하는 의미의 원천으로서 언어와 비-언어의 경계를 암시하는 그 무엇인지도 모른다.
　태초에 비명이 있었다. 그러나 우리가 접할 수 있는 것은 다만 그것을 기록한 말과 글뿐이다. 언어로 현상하는 순간 비명은 사라진다. 비명은 끊임없이 언어화에 저항함으로써만 그 존재를 드러낼 수 있다. 일종의 정신분열증 같은 것, 카니발의 웃음이거나 무의미한 중얼거림에 가까운 것. 상징작용에 있어서 이 비명의 위상(topology)은 프로이트의 주체이론에 있어서 무의식이 차지하고 있는 바에 비할 수 있을 것이다. 의식의 틈새가 무의식의 존재를 증명하듯 비명 역시 언어가 추방하고 있는 어떤 음성이나 몸짓을 가리킨다. 절대로 공리화될 수는 없지만 도대체 부정할 수는 없는 것, 다만 생물학적인 약호나 생리적인 기억으로만 하나의 공간을 형성하고 있는 것. 비명은 언제나 부재로 현존한다.

플라톤은 이 기호화할 수 없는 어떤 힘을 코라(chora)라고 지칭하며 그것이 '양분을 공급하는 모성적인 그 무엇'과 관계 있음을 시사한 바 있다. 흥미롭게도 플라톤의 이 지적은 그의 의도와 달리 한 페미니스트에 의해 의미의 생성과 여성적 능력 사이의 관여로 이해되고, 이에 따라 출산과 임신을 가능하게 하는 능력, 즉 생물학적인 어머니 기능(maternity)은 의미의 원천으로 이해되게 되었다. 그렇다면 여성의 몸이야말로 의미가 각인되는 하나의 과정이라고 하지 않을 수 없다. 아마도 비명은 분명 출산의 고통 및 희열과 관련 있을 것이다. 이 글이 비명에 귀를 기울이는 것은 바로 그 때문이다. 도대체 여성이란 무엇인가, 그들의 여성성은 어떻게 드러나는가.

그러나 살펴본 대로 비명은 끊임없이 언어화에 저항한다. 여성적 글쓰기란 이 저항의 언어화이기도 하다. 따라서 여성이 말하는 바를 그대로 따라가는 것은 무의미하다. 말을 하는 순간 여성은 사라진다. 말이란 여성의 추방이자 아버지의 현존에 가깝기 때문이다. 그러나 말이 아니라면 그 무엇으로 글쓰기를 행할 수 있을까. 여성적 글쓰기는 이 이중의 부정 속에 존재한다. 여성을 재현해내기 위해 우리는 언어와 동시에 사라진 그 여성을 찾아내 다시 언어화해야 하는 모순을 수행해야만 한다. 말하자면, 우리가 할 일은 여성 텍스트가 은폐하고 있는 목소리를 찾아내고, 그것이 여성을 말하는 방식을 번역하는 일인 것이다. 여성은 이 '기만의 복화술'을 통해서만 말할 수 있다. 한없이 투명한 언어란 그들의 것이 아니다. 때 묻고 불투명한 언어 이전의 언어들만이 우리의 언어가 배제하고 폐기한 그 어떤 것을 되살려낼 수 있다. 여성의 언어는 그 세계에 속한다. 우리의 텍스트 역시 마찬가지다.

2. 『모데라토 칸타빌레』: 신경증 환자의 병력 구술

라코트 제철무역회사 사장 부인인 안 데바르데는 전형적인 중상층 여인이다. 어느 날 아들의 피아노 교습이 이루어지던 건물에서 그녀는 한 여인의 비명 소리를 듣는다. 그것은 치정살인극의 와중에 연인의 칼에 찔려 죽어가던 여자가 내지른 소리다. 안은 이 비명 소리에 의해 자신의 무의식 깊은 곳에 망각되어 있던 또다른 비명 소리를 되살려낸다. 그것은 죽은 여인이 내지르던 비명을 자신의 것으로 전이시켰음을 의미한다. 이 순간 그녀는 곧 죽은 여인과 다름없다. 동일시가 일어난 것이다. 이제 그녀에게서도 완벽하게 억압되어 있던 말들이 비명처럼 터져나온다. 그것은 자신의 심장을 겨누는 연인의 총부리 앞에서 죽어가던 여인이 토해내던 절규에 비견될 만하다. 어떻게 이런 동일시가 가능해졌는가.

우선 『모데라토 칸타빌레』의 구조를 보자. 이 소설은 아들의 피아노 교습(1, 5장)을 중심으로 각기 세 개의 장(2, 3, 4장 / 6, 7, 8장)씩 두 개의 계열로 나뉘어져 있다. 이를 도해하면 다음과 같다. 피아노 교습(1장)-남자(쇼뱅)와의 만남(2, 3, 4장)-다시 피아노 교습(5장)-남자(쇼뱅)와의 만남(6장)-저택에서의 저녁파티(7장)-다시 쇼뱅과의 만남(8장). 제목에서도 유추할 수 있듯이 아들의 피아노 교습은 이 소설에서 가장 중요한 기능을 한다. 그것은 중상층 여인인 안이 당당하게 노동자들의 구역으로 외출할 수 있도록 해주는 알리바이임과 동시에 자유의 한계를 구획짓는 기준선이기도 하다. 피아노 교습을 핑계로 안은 바깥세상으로 외출하고 카페에서 한 남자를 만나게 되지만, 그들의 만남은 또한 피아노 교습에 의해 방해받는다(주어진 교습시간이 끝나면 정해진 시간 안에 집으로 돌아가야만 한다). 그런 의미에서 피아노 교습은 의식과 무의식을 가르는 빗금(/)이라고 할 만하다. 그것은 무의식의 존재를 이야기하지만 여전히 의식의 통제하에 있다.

　"악보 위쪽에 뭐라고 씌어 있는지 읽어볼래?" 피아노 선생이 물었다.
　"모데라토 칸타빌레" 하고 아이가 대답했다.
　피아노 선생은 아이의 말에 구두점을 찍기라도 하듯 연필로 건반을 탁탁 두드렸다. 아이는 얼굴을 악보로 향한 채 꼼짝도 하지 않았다.
　"그러니까 '모데라토 칸타빌레'가 무슨 뜻이지?"
　"몰라요."(13쪽)

　소설은 음계와 박자(규율)를 가르치려는 피아노 선생과 그것을 모르는 체하는 아이의 집요한 신경전으로 시작된다. 아이는 고집스럽게 선생의 요구를 무시한다. 교습을 지켜보는 엄마는 선생의 요구를 거드는 척하지만 실은 아이의 고집에 알량한 자만심을 지니고 있다. "저애가 이렇게 고분고분 말을 잘 들으면, 전 좀 기분이 나빠요."(21쪽) 안에게는 분명 이중적인 측면이 있다. 아들에게 음악의 컨벤션을 각인시키려고 하는 측면과 그 관습을 거부하기를 바라는 측면. 그것은 그녀 자신도 잘 설명할 수 없는 내면적 균열이다. "내 마음을 나도 모르겠어요, 정말이지. 제가 짊어져야 할 십자가인가봐요."(21쪽) 이 이중성은 의미심장하다. 비명 소리에 대한 태도 역시 마찬가지다. 처음부터 그녀가 비명 소리에 매혹됐던 것은 아니다. 피아노 레슨중인 아들을 바라보고 있던 안이 처음 비명 소리를 들었을 때 그녀는 창문으로 달려가는 아이에게 "아무 일도 아니란다" 하고 소리친다. 그리곤 "피아노를 배워야 해. 그래야 한다니까"(18쪽) 하고 아이의 어깨를 잡아당기며 레슨을 계속할 것을 강요한다. 말하자면, 이 단계의 그녀에게 비명은 피아노 레슨보다 더 중요하지 않은 것이었다. 그것은 두번째도 마찬가지다. "어쨌든 피아노 레슨은 계속되고 있었다."(19쪽) 세번째, 네번째 소리가 들려왔을 때도 피아노 레슨은 중단되지 않는다. 결국 정해진 시간을 채우고서야 피아노 레슨은 끝난다. 심지어 사건 현장을 목도하고 난 뒤에도 안은 "아무 일도 아니었어"(26쪽)라고 말하며 아이와 함께 집으로 돌아간다. 이 순간 비명 소리는 다만 '아무것도 아닌 것'에 불과한 것이다.

소설의 서두에서의 안은 관습에 대해 상당히 애매모호한 태도를 보인다. 그녀는 끊임없이 관습을 내면화하는 한편 그것을 부정하는 데서 자만심을 느끼기도 한다. 그러나 아직까지는 이 자만심이 불안한 기쁨이자 고통이 뒤따르는 '십자가'일 뿐이다. 그녀는 비명 소리 따위는 아무것도 아니라고 이야기한다. 그러나 다음날 다시 살인사건이 있던 카페에 들른 안이 처음으로 쇼뱅과 대면하고 그 살인사건에 관해 이야기를 나누기 시작할 때(2장) 그녀는 서서히 이 내면화된 관습에 대해 보다 명시적으로 불편한 감정을 드러낸다. 안은 처음에는 집으로 돌아갈 생각이었다. "돌아가야겠어요. 너무 늦었군요."(37쪽) 그러나 남자와의 대화가 진행됨에 따라 그녀는 서서히 취해간다. 그리고 이야기를 시작한다. "이상한 일이네요. 집에 돌아가고 싶지 않으니……"(39쪽) 이제 안은 부르주아의 도덕률을 조금씩 부담스러워하며 그것을 조금씩 위반하기 시작한다. 이 과정이 진행되면 될수록 안은 점점 더 말이 빨라지고, 수다스러워지며 각 장의 분량도 그에 비례해 그만큼 대화가 늘어난다.

안 데바르데는 다시 한번 그 일을 기억해내느라 기운이 쭉 빠졌다.

"그건 아주 길고, 아주 큰 비명 소리였어요. 최고조에 달했을 때 뚝 그치고 말았지요." 여자가 말했다.

"그 여자는 죽어가고 있었습니다" 하고 사내가 말을 받았다. "그 비명은 그 남자가 보이지 않게 된 바로 그 순간에 멈추었을 겁니다."

손님이 한 사람 들어왔지만, 그들을 알아보지 못한 채 카운터에 팔꿈치를 괴고 앉았다.

"꼭 한 번, 맞아요. 꼭 한 번 저도 그 비슷하게 비명을 질렀던 적이 있는 것 같아요. 아마…… 그래요, 저 아이를 낳을 때였죠."

"그들은 우연히 어떤 카페에서 서로 알게 되었습니다. 바로 이 카페였는지도 모르죠. 두 사람 다 여길 드나들었으니까요. 그들은 서로 이런저런 이야기를 하기 시작했습니다. 하지만 전 아무것도 모릅니다. 그때 몹시 고통스러웠나요? 저 아일 낳을 때 말입니다."

"얼마나 비명을 질러댔는지 몰라요."

그 여자는 기억을 떠올리며 미소를 짓더니, 별안간 모든 두려움을 떨쳐버린 듯 몸을 뒤로 젖혔다. 그는 테이블에 다가앉아, 퉁명스럽게 말했다.

"얘기해보십시오." (46~47쪽)

위 인용문은 안의 수다와 헐떡임이 정점을 맞는 대목이다. 마침내 3장에 이르러 안은 자기 안에서 터져나왔던 비명 소리를 기억해낸다. 출산의 고통. 비명은 연인을 죽음으로 몰고 가지 않으면 안 될 정도로 지독한 사랑의 서사와 안의 출산의 경험을 하나로 이어주는 매개체다. 그렇다면 출산은 지독한 사랑의 연장선이며 사랑이란 아이를 낳는 고통에 방불하는 그 무엇에 다름아니다. 따라서 사랑의 행위와 출산은 등가다. 그것은 바타이유 식으로 말해 죽음까지 파고드는 삶의 다른 이름들이다. 그것은 타자 속에서 스스로를 무화시키려는 욕망, 스스로의 육체적

유한성을 뛰어넘어 불멸하고자 하는 행위, 단자의 경계를 넘어 연속성을 회복하려는 열망을 일컫는다. 불가능하기에 더욱 추구하지 않을 수 없는 인간적인 욕망이 바로 이것들이다. 안이 그 고통의 기억, 마구 비명을 질러대던 그 고통의 순간을 떠올리며 얼굴을 찡그리기는커녕 '미소'를 짓게 되는 것은 바로 그 때문이다. 그것은 고통과 죽음을 넘어서는 희열의 순간이기도 한 것이다. 안이 기억해낸 출산의 경험이 '두려움을 떨치게 해준다'는 말은 우리의 주제와 관련하여 매우 시사적이다. 안은 어머니 됨을 기억함과 동시에 모든 두려움을 떨쳐버린다. 이는 여성과 남성의 차이를 드러내는 중요한 기표가 아닐 수 없다. 프로이트에게 있어 여성의 자궁은 공포와 섬뜩함의 근원이었다. 그것은 근원을 알 수 없는 심연이었으며 결여된 것, 그리하여 채워야 할 욕망으로 가득한 그 무엇이었다. 여성의 성기가 두려움의 대명사인 메두사의 머리에 비유되고 있음도 그 때문이다. 이 점은 쇼뱅에게도 마찬가지다. 자기 안의 억압된 비명 소리를 상기해내고 행복한 미소를 짓고 있는 안과 달리 쇼뱅은 출산의 기쁨에 들떠있는 안에 대해 '퉁명'스러울 뿐이다. 그는 안의 여성성을 결코 이해하려 하지 않는다.

　이제 스스로의 어머니 됨, 그 망각된 여성성을 되살려내고 확인한 안은 쇼뱅에게 '자신의 이야기'를 시작한다. 파멸로 끝난 두 연인의 사랑에 관해 이야기하는 쇼뱅의 목소리 사이로 '알코올 중독증'과 '손 떨림증' 그리고 '불면증'과 '죽은 자들에 대한 환각' 등을 고백하는 안의 목소리가 흘러나온다. 일견 안의 목소리는 쇼뱅의 목소리에 화답하는 듯 보이지만 실은 두 사람의 이야기는 아무런 연관이 없다. 그들은 각기 자신의 목소리에 따라 각자의 궤도를 그리며 자전할 뿐이다. 그러므로 그들의 이야기는 '대화'를 가장한 '독백'에 다름아니다. 소설의 서사는 이 두 겹의 목소리(double-voice)를 그대로 재생한다. 안은 지금 쇼뱅을 상대로 억압된 '자신-여성'을 출산-분출하고 있는 것과 마찬가지다. 안의 이야기가 아이를 낳던 날의 비명처럼 논리성도 인과도 무시한 무의미한 중얼거림과 외마디 절규로 일관하는 것은 그 때문이다. 이 '언어 아닌 언어'를 통해 우리는 안의 질병이 억압된 욕망의 산물임을 알게 된다. 폭풍이 밀려오는 밤이나 바람이 몹시 부는 날 "목이 졸리는 것처럼 꽥꽥 비명을 지르는 새소리"(66쪽)나 "쥐똥나무가 울부짖는 소리"(67쪽)를 듣는 두려움, 그리고 지독한 향을 뿜어대는 목련꽃 향기와 침실 창에 어른거리는 너도밤나무의 무성한 잎에 대한 혐오를 이야기하는 안의 구술은 이제 거의 신경증 환자의 병력구술(anamnese)에 가까워진다. 이 질병과 괴벽은 안의 잃어버린 여성성, 그 동안 망각되어 왔던 여성적 욕망을 지시하는 증후다. 특히 히스테리와 더불어 가장 일반적인 형태의 여성 신경질환 가운데 하나인 불면증은 더욱 그러하다. 욕망과 관련하여 우리는 이 불면증을 안의 불감증으로 되읽어낼 수도 있을 것이다.

자기 안의 비명 소리를 환기하기 시작한 여성은 이제 말하기 시작한다. 그러나 그것은 더듬거리며 이어지는 다양한 환유의 사슬이거나 질병에 대한 구술로 드러날 뿐이다. 바로 '그것'을 말할 수는 없다. 그것은 언제나 부재한다. 그것을 말하기 위해서는 항상 다른 어떤 것을 이야기하지 않으면 안 된다. 그럼에도 불구하고 다른 어떤 것에 대한 이야기는 시사적이다. 그것은 여성의 욕망이 잠들지 않고 여전히 눈뜨고 있음을 입증하는 것이기도 하기 때문이다. 4장에 처음으로 등장하는 '사이렌' 소리는 바로 이런 무제한적인 욕망의 방출을 제어하기 위한 경보다. "사이렌이 규칙적이고 정확하게 온 도시가 떠나가도록 울렸다."(65쪽) 언제나 그들, 안과 쇼뱅을 힐끔거리는 카페 주인 역시 그것을 환기시킨다. "사이렌이 울린 지 십 분이나 됐어요."(67쪽) 도시의 노동시간을 규율하는 사이렌은 안과 쇼뱅의 만남, 즉 안의 욕망의 분출을 더이상 간과하지 않겠다는 위협으로 기능한다. 안 데바르데의 저택 울타리를 둘러싼 '철책'과 바다를 가로막는 겹겹이 둘러쳐진 '방파제'와 더불어 그것은 여성의 욕망을 감시하고 관리하는 아버지의 이름, 그 실질적 법의 기능을 강력하게 수행한다. 아무도 이 심판을 건너뛸 수 없다. 이 규율, 이 상징적 작용으로부터 이탈하고자 하는 자는 당연히 죽음에 버금가는 '형벌' 혹은 '희열'을 감수해야만 한다. 연인의 총에 죽어가던 소설 서두의 여인처럼.

> 1) "어떤 때는 내가 널 상상으로 만들어낸 것 같아. 네가 진짜 있는 게 아닌 것 같다니까. 알겠니?" (1장, 41쪽)

> 2) "가끔씩 이런 생각이 들어요. 제가 그 아이를 상상으로 만들어낸 게 아닌가 하는……" 그 여자가 말했다.(8장, 116쪽)

『모데라토 칸타빌레』의 처음과 끝은 결국 아이라는 존재를 통해 하나로 연결된다. 그러나 아이에 관한 동일한 '상상'이라 할지라도 소설의 첫 부분 1)이 아이의 존재를 확신하는 데서 오는 희열의 표현이라면 소설의 마지막 2)는 그것의 부재에 대한 애도다. 안은 아이를 빼앗긴다. 남편이 쇼뱅과의 만남을 더이상 묵과하지 않았기 때문이다. 아이가 안의 욕망의 환유라는 것을 상기한다면 아이를 빼앗긴 안은 욕망을 거세당한 것과 마찬가지다. 안의 욕망은 참수(castration)당했다. 욕망의 관리자로서 남편은 자신의 임무를 잊지 않은 것이다. 욕망을 거세당한 안은 시체와 같다. 그녀는 살아 있으되 살아 있는 것이 아니다. 소설의 마지막, 이별을 고하는 안을 향해 쇼뱅이 "당신이 죽었으면 좋겠습니다"라고 말했을 때 그녀가 "그대로 되었어요"(120쪽)라고 말하는 것은 바로 그 때문이다. 죽은 자—욕망을 거세당한 자로서 안은 더이상 자신에 관해 말할 수 없다. 그녀의 입에서 마구 쏟아져나오던 주술 같은 이야기들은 이제 멈추어진다. 안은 말한다. "그 여자는 다시는 말하지 않을 거예요."(118쪽) 안은 스스로를 '그 여자'라고 지칭하고 있다. 자신의 목소리를 가지지 못한 자는 주체로 정립될 수 없다. 안은 스스로에 대해 다만 그 여자(she)에 불과할 뿐이다. 이 여자는 연인의 손에 죽어가던 여자와 동일한 바로 그 여자이기도 하다. 이제 여자들은 다시 입을 다문다. 그녀들이 말하지 않는 한 그녀들에 관해 말한다는 것은 수많은 오해와 풍문을 낳는 일이 될 수도 있다. 우리의 언어로는 그녀들에 관해 아무 말도 할 수 없기 때문이다. 그리하여 다시 규율을 내면화하는 피아노 레슨이 시작되고 또다른 안 데바르데들은 그녀들 내부의 비명 소리를 상기해내지 못하는 한, 그 어떤 상황에서도 "아무 일도 아니야" 혹은 "아무것도 아니야"라는 말만 반복할 뿐이다. 그녀들은 다시 욕망의 저편에 감금되고 그녀들의 언어에는 빗장이 걸린다.

3. 『바이올렛』: 희생제의와 희열의 글쓰기

『바이올렛』 역시 격한 비명과 함께 시작된다. 애초에 오산이가 그녀처럼 타성받이 외톨이 처지에 놓여 있던 친구 서남애에게 바란 것은 다만 함께하고 싶다는 소박한 욕망이었다. 그것은 자신의 상처(틈)를 보듬어줄 그 무엇에 대한 갈망이기도 했다. 그러나 이 갈망이 서서히 친구의 작고 따뜻한 손에 대한 갈망으로 대체되고 급기야는 붉은 뺨과 부드러운 입술, 그리고 싱그러운 반점을 숨기고 있는 하얀 몸에 대한 동경으로 바뀌어졌을 때 그 가능성은 한순간에 사라져버린다. 서남애는 오산이의 동성애적 갈망을 내치고 거부한다. 이 거부 앞에서 오산이는 칼로 닭의 목을 내리치며 소설의 서두를 붉은 피로 물들인다. 서남애의 비명은 이 참수로 드러난 여성성에 대한 놀라움에 다름아니다. 『바이올렛』은 이 참수된 여성의 목을 되살리고 그녀로 하여금 말하게 하려는 욕망으로 충일하다. 왜 이 욕망은 금지되어야 하는가. 왜 그녀들은 침묵하게 되었는가.

"(……) 서양 사람들은 바이올렛을 '이오의 눈'이라고 부른다더군."

"이오라니? 그게 뭐지?"

"그리스 신화에 나오는 가엾은 여인이지. 강의 신 이나코스의 딸이야. 최고 신이자 천하의 바람둥이인 제우스가 그녀에게 반했다네. 어느 날 이오가 산책을 하고 있을 때 하늘을 먹구름으로 덮어버리고 이오를 덮친 거지. 그런데 제우스의 마누라인 헤라는 질투의 화신 아닌가. 남편의 동정을 늘 지켜보고 있는데 저기 지상에서 이상하게 먹구름이 이는 모습을 보고 가까이 다가간 거야. 제우스는 먹구름을 거두고서 헤라를 속이려고 이오를 흰 소로 만들어버렸어. 이 신화에서 가장 슬픈 대목은 흰 소로 변한 이오가 아버지를 만나는 대목이야. 아버지인 강이 이오를 못 알아봐. 어떻게 알아보겠나. 소로 변해버렸는데. 귀엽다고 등을 쓰다듬어주기만 하고 자기가 찾는 딸인 줄을 모르는 거야. 이오가 내가 당신이 찾는 딸이라고 말을 하면 할수록 이오의 목에선 소 울음소리만 나오는거야. 흰 소가 된 이오는 발굽으로 땅에 글씨를 써서 겨우 자신이 이오임을 아버지에게 알려."

"슬픈 이야기군. 그런데 이오라는 여인과 바이올렛은 무슨 상관이야?"

"제우스가 그래도 자신이 사랑했던 이오가 잡초를 뜯어먹는 게 가여웠던지 이오의 눈동자를 본뜬 꽃을 이오의 주변에 만발하게 했어. 그게 흰 바이올렛이야. 이오의 눈동자라네. 가엾은 이오는 온갖 수난을 다 겪지. 이오니아해라는 바다 이름도 그녀에게서 유래했다고 해. 암소로 변한 그녀가 건넌 바다라는 거지. 제우스가 헤라와 화해한 다음에야 그녀는 비로소 인간의 모습으로 돌아올 수 있었다고 해." (153~154쪽)

이오의 눈, 바이올렛(violet)은 원초적 폭력(violence)의 산물이다. 이오의 죄목은 신의 욕망을 불러일으킬 정도로 아름답다는 것. 과잉은 죄악이다. 신으로 하여금 한순간 한눈을 팔도록 만들 수 있는 능력은 전지전능한 신의 섭리를 넘보는 도전에 다름아니다. 이 불경은 응분의 대가를 필요로 한다. 이오에게 내려진 처벌은 자신이 누구인지를 스스로 밝힐 수 없다는 것이다. 흰 소로 변한 그녀가 자신이 누구인지 이야기하려고 하면 할수록 강의 신 이나코스는 딸 이오의 목소리 대신 소 울음소리만 듣는다. 이오의 징벌은 두 가지다. 하나는 형상과 본질이 일치하지 않는다는 것이고 또다른 하나는 이 분열을 설명해낼 자신만의 언어가 없다는 것이다. 말하자면, 이오는 사물과 언어가 하나로 일대일 대응되는 기호의 낙원으로부터 추방된 자다. 분열된 주체인 그녀는 필연적으로 여러 가지 이름으로 불리게 마련이고 이 혼란은 오인을 낳으며 이 오인은 결코 스스로의 언어에 의해 해명될 수 없다. 오인을 해명하려 하면 할수록 오히려 또다른 오인을 낳을 뿐이다.

이 신화는 『바이올렛』의 주인공 오산이의 서사에도 그대로 겹쳐진다. 오산이는 신의 희롱과 응징으로 주술에 걸려버린 저 이오의 현대적 변형이다. 사옥이, 귀순이 등 이름으로만 불리는 이씨 집성촌의 아이들과 달리 이름자 앞에 언제나 성이 붙어서 불리는 타성받이 그녀는 태어남과 동시에 타자로 등록된 자다. 다른 이유는 없다. 다만 이씨가 아니기 때문이다. 그것은 이오가 영문도 모른 채 흰 소로 변해버린 것과 마찬가지의 징벌이다. 그녀는 이씨와 이씨가 아닌 것, 이름만으로 불리는 것과 이름만으로 불릴 수 없는 것, 마을의 중심인 안마을에 살 수 있는 것과 그럴 수 없는 것 등 이항 대립항의 부정항으로서만 스스로의 존재를 보증받는다. 규범의 정상성을 규정하는 차이의 표징인 것이다.

그 남자는 두 번, 혹은 세 번씩 그녀의 얼굴을 보면서도 그녀를 못 알아보고 지나칠 뿐이다.

매번 그 남자의 시선이 그녀를 알아보지 못해서였을 것이다.

이제 그녀는 그 남자를 향해 반듯이 얼굴을 들고 있다. 내가 여기 있다고 간절히 그 남자를 부르고 있다. 그렇게 그 남자를 부르고 나니 그 남자와 매우 친밀한 느낌이 들어 그녀는 수줍어진다. 그 남자를 향해 나예요, 라고 말할 수 있다면 참 행복할 것이다, 라는 소망이 움트기도 한다. 이렇게 단절된 채 혼잣소리가 아니라 저 남자를 향해 다정한 얼굴로 나예요, 라고 말할 수 있다면.(209쪽)

오산이는 그 남자와의 합일 욕망, 그와 하나가 되고 싶다는 욕망을 통해 자신에게 부과된 주술로부터 벗어나기를 꿈꾼다. 그가 그녀를 알아보고 그녀가 그에게 '나예요'라고 말하고 싶다는 욕망. 이것은 이오가 자기를 알아봐달라고 아버지인 강의 신에게 보낸 구원의 신호와 다르지 않다. 그러나 이오의 신화가 남녀 신(제우스와 헤라)의 화해와 그녀에게 던져진 저주의 풀림으로 끝맺는다면 오산이에게는 그러한 화해의 계기가 없다. 다만 육체적 훼손만이 기다리고 있을 뿐이다. 그 남자를 향한 오산이의 욕망은 처참하게 짓밟힌다. 아무도 그녀의 욕망에 귀 기울이지 않는다. 그녀의 욕망은 끊임없는 단절에 의해 한순간 다른 남자 최현리로 대체되고 그는 오산이의 욕망을 오해한다. 그녀를 능욕하던 최현리가 하는 말, "난 죄 없어. 네가 말 못 하는 걸 내가 알아서 해주는 것 뿐이야…… 자, 그러니 좀 얌전히 굴어"(269쪽)라는 말은 이오인의 정도가 얼마나 지독한가를 암시하는 한 단서다. 그녀가 말하고자 하는 것, 그녀의 욕망은 오로지 그가 알아서 해주는 것, 그의 욕망에 의해서만 실현될 뿐이다. 그가 알아서 해주지 않는 것, 그의 욕망이 아닌 것은 그녀가 말하고자 하는 것, 즉 그녀의 욕망이 아니다. 그녀에 관한 모든 것은 오로지 그와의 관련하에서 그의 언어와 그의 욕망의 이름으로 드러날 뿐이다. 신화의 화해는 허구다. 아직도 그녀의 저주는 풀리지 않았다. 이 주술적 억압 앞에서 그녀가 할 수 있는 일은 무엇인가.

　　포클레인 아가리 속엔 지하에서 떠낸 흙이 반쯤 차 있다. 그녀는 후욱, 숨을 몰아쉬며 포클레인에 패어 핏방울이 맺혀 있는 두 발을 흙 속에 묻는다. 뭔가 안심이 된다는 표정이다. 자꾸만 흙을 퍼올려 자신의 무릎을 묻고 허벅지를 묻고 엉덩이를 묻던 그녀는 무슨 생각이 났는지 호오, 웃기까지 한다. (……) 꼭 한 번 그녀가 힘껏 눈을 떠보는 것도 같았다. 그때, 이 포클레인 위에서 내려갈 수만 있다면 이제 어머니를 찾아갈 수도 있으리라, 생각하는 것도 같았다. 가엾은 어머니. 당신이 얼마나 불행한 사람인지 알고 있었어요. 이제는 당신이 원하는 대로 해드리겠어요. (……) 밤별이 질 무렵, 포클레인 무덤 속에서 그녀가 마지막으로 한 일은, 으깨진 팔꿈치를 감싸며 옆구리에 붙어 있는 가방을 열고 꾸물꾸물 노트를 꺼내 아무 장이나 펼치고서 뭔가 꾹꾹 적어넣을 양을 하다가는, 그마저 힘이 팽기는지 눈물 젖은 얼굴을 푹, 수그리는 일이었다. (273~274쪽)

이 대목은 다양한 해석의 가능성을 열어놓고 있는 『바이올렛』의 압권에 해당하는 부분이다. 최현리의 부당한 폭력에 대항할 방도를 알지 못했던 오산이는 "아아—악, 단말마의 비명을 내지"(272쪽)르며 포클레인의 몸체를 손톱으로 긁어대다가 결국 그것의 아가리 속으로 기어들어간다. 그리고 흙을 퍼올려 스스로를 매장한다. 스스로를 희생물로 삼는 희생제의가 시작된다. 흥미로운 것은 이 대목에 이르러 침묵하던 오산이가 드디어 마구 '비명'을 지르기 시작한다는 것이다. 그것은 뒤늦게 터져나온 분노이자 오인되고 억압된 정체성에 대한 항의라고 할 만하다. 그 동안 억압과 금기를 내면화하고 순응하기만 하던 몸이 드디어 자신에게 가해진 상처와 폭력을 거부하고 자신의 목소리를 되찾고자 한다. 그러기에 그녀의 이 단말마의 비명에는 광기에 육박하는 격렬한 몸의 반응이 동반되기도 한다. 스스로의 장례를 주관하던 그녀는 심지어 '호오' 웃기까지 한다. 마침내 그녀의 욕망은 더이상 가릴 데 없이 터져나온다. 그 욕망의 최대치가 스스로의 몸을 묻기다.

그러나 이 제의가 태초의 공간으로의 회귀를 상기시킨다는 점에서 그것은 재생의 의식과 무관하지 않다. 흙의 벌건 속살을 파헤치는 포클레인 무덤은 분명 모든 생명체를 파괴하는 죽음 이미지와 결부되어 있다. 그러나 죽음과 재생은 별개의 것이 아니다. 그녀가 그 무덤 속에서 마침내 '어머니'를 생각해내고 가방을 열어 노트를 꺼내 뭔가를 꾹꾹 적어넣는 양을 할 때 이 무덤은 새로운 창조의 공간으로 전위된다. 그녀는 이 무덤(자궁) 안에서 드디어 자기 안의 어머니를 발견해내고 그녀와 화해한다. 주의할 것은 이때의 어머니가 모성[1]의 따뜻함으로 충만한 존재가 아니라는 점이다. 오산이의 어머니는 재가를 하기 위해 몇 번이나 자식을 저버린 여자다. 즉, 그녀의 엄마는 엄마의 역할(모성)보다 자신의 욕망(섹슈얼리티)에 더 충실했던 여자인 것이다. 오산이에게 보낸 편지 어디에서도 "엄마라든가 에미, 라든가 어머니라는 표기"(58쪽) 따위를 발견할 수는 없다. 오산이가 고통받고 괴로워한 것은 이 엄마로부터의 버림받음이다. 그러나 이제 그녀는 바로 그 엄마, 자신을 버리고 스스로의 욕망에 충실했던 여자로서의 엄마를 받아들인다. 그 엄마 역

---

1) 여기서의 모성은 신성화된 여성성, 소위 성모(聖母)로 지칭되는 이상화된 어머니를 지칭한다. 오산이가 발견한 어머니는 이러한 의미의 어머니가 아니라 임신과 출산의 고통을 모두 담고 있는 어머니의 분만기능, 즉 분만력에 더 가까운 개념이다.(줄리아 크리스테바, 『사랑의 역사』, 김영 옮김, 민음사, 1995, 368~369쪽) 말하자면, 그것은 어머니 몸이 말하는 바에 귀 기울이는 행위, 그것에 대한 발견을 의미한다.

시 (아버지로부터) 버려진 여자이자 '가엾은 어머니' 임을 알게 되었기 때문이다. 출산과 함께 시작된 그녀 엄마의 불행은 자기 안의 타자(아이)와의 분리, 자기로부터의 거부에 다름아니었다. 오래 지속되었던 산모의 우울증(8쪽)은 이에 관한 이상(異狀)의 증후다. 오산이가 '가엾은 어머니' 라고 불렀을 때 그것은 우울증으로 자신의 욕망을 항거하고 있는 바로 그 엄마를 향해서다. 그 엄마는 이제 더이상 타자를 짓밟고 자신의 욕망에만 귀를 기울이는 이기적인 존재이기를 그치고 스스로의 욕망을 한 번도 제대로 발산해보지 못한 '가엾은 어머니' 로 다시 태어난다. 오산이는 그 부름을 통해 엄마의 성적 정체성을 자기의 그것으로 받아들인다. 그리고 마침내 그녀의 어머니와 하나가 된다.

그녀의 고통(비명)이 어머니의 상처로 전이되고 결국 그것이 어머니 몸의 발견으로 이어지는 이 희열(jouissance)의 과정은 이미 소설 곳곳에서 암시된 바 있다. 5장, '생일' 편에서 서울시내의 공간지지학에 맞먹는 지루한 이동 끝에 결국 어머니의 얼굴을 떠올리는 오산이의 여정은 바로 이 정체성 찾기의 예형(豫型)이라고 할 만하다. 그렇게 보자면 『바이올렛』이 숨기고 있는 심층서사의 무의식은 '이오의 신화' 를 '엄마 찾기' 의 서사로 변형시키는 데서도 드러난다고 할 수 있다. 이제 구원은 아버지 이나코스나 제우스에게 있는 것이 아니라 신화가 은폐한 어머니의 이름과 관련이 있는지도 모른다. 오산이가 좋아하는 작가의 산문 「낡은 셔츠의 기억」에서 왜 그 작가가 어머니의 다 낡은 셔츠 한 장을 손에서 놓지 않으려고 했는지 이제 조금 궁금증이 풀릴 것이다. 그 낡은 셔츠의 보들보들한 감촉은 그 작가의 글쓰기를 추동하고 있는 근본적인 욕망일 뿐만 아니라 『바이올렛』의 서사를 가동시키는 무의식이기도 하다. 서남애의 몸에 대한 갈망, 그 "희열"(207쪽)을 되살리려는 시도를 하고 있는 오산이의 습작 노트는 결국 "그애의 눈, 잉크빛 하늘이 담겨 있던 눈동자. 하얀 목. 밋밋한 가슴. 도드라져 있던 분홍색 젖꼭지"(207쪽)를 되살려낸다. 그러나 그녀의 글쓰기는 그 순간 중단되고 만다. 『바이올렛』은 그것이 시작되고 있음을 알려줄 뿐 그 글쓰기의 명확한 양상을 보여주지는 않는다. 그럼에도 불구하고 우리는 이 중단된 '희열의 글쓰기'[2]를 통해 오산이의 욕망을 말할 수 있다. 오산이는 '말해졌' 다.

4. 『불쌍한 사랑기계』: 몸의 에로스

어머니 몸에 대한 발견은 희열을 동반한다. 이 몸은 이제껏 우리가 알고 있던 딱딱한 이분법의 세계를 알지 못한다. 안과 밖이 구별되지 않는 세계. 『불쌍한 사랑기계』가 우리에게 보여주는 몸의 세계는 바로 그것이다. 안으로 들어갔나 하면 밖이요, 밖으로 나왔나 하면 어느새 안인 이 몸은 무정형적인 혼돈으로 가득하다. 그것은 그 형태를 짐작할 수 없는 물의 공간임과 동시에 부분이 전체를 품고 있는 프랙탈 도형의 세계이기도 하다. 나는 "모든 외부를 몸 속에 품"(「연옥」)고 있으며 그런 나를 "내 방보다 큰 눈이" "내려다본다".(「눈물 한 방울」) 나의 속엔 네가 가득 차 있고 그런 나는 또다른 너의 몸 속에 갇혀 있다. 내 안에

---

2) 『외딴 방』을 비롯 신경숙 소설에서 글쓰기는 기억의 현존을 통한 존재의 지속과 밀접한 관련을 맺고 있다. 글을 쓰는 주체는 글을 씀으로써 단절을 극복하고 연속성의 감각을 회복한다. 그것은 시간적으로는 불멸하고자 하는 욕망이며 공간적으로는 소통에 대한 갈구로 나타난다. 우리는 그것을 현존을 향한 형이상학적인 글쓰기로 부를 수도 있을 것이다. 그러나 『바이올렛』이 추구하고 있는 글쓰기는 이에서 조금 벗어난다. 주인공 오산이의 습작 노트가 말해주는 것은 그것이 섹슈얼리티의 탐구와 관련 있다는 것이다. 그런 점에서 『바이올렛』의 글쓰기는 명시적이지는 않지만 신경숙 소설의 한 변화를 암시하는 측면이 있다. 신경숙 소설에서 정신으로부터 육체로의 글쓰기의 전환이 어떤 식으로 지속될지 지켜볼 필요가 있을 것이다.

들어온 너에 의해 내 몸은 비틀리고 부풀어오르지만 그런 내 몸을 네가 지켜보고 있다. 『불쌍한 사랑기계』는 바로 이 몸의 관능으로 농밀하다. 몸은 세상사의 만화경이며 세상은 몸의 확대판이다. 주체와 객체의 경계도 없다. 세상과 나는 언제나 한 몸으로 뒤엉키며 세상의 슬픔은 내 몸의 아픔으로 전이되고 내 몸의 고통은 곧 세상의 그것이다. 말하자면 나는 몸으로 느끼고 알고 웃고 말한다.

잠긴다
뙤약볕 속에 잠긴다
뙤약볕 물결치는 속에 잠긴다
뙤약볕 물결치는 속에 잠겨가는데 무슨 소린가 들린다
뙤약볕 물결치는 속에 잠겨가는데 무슨 소린가 들리다가
안 들리다가 다시 들린다
부드럽게 끓는 모래를 흔들며 고백하는 듯한 목소리
천년 전서부터 내가 듣고 싶었던 그 목소리
뙤약볕 물결치는 속에 잠겨가는데 무슨 소린가 들리다가
안 들리다가 다시 들리다가 다시 안 들린다
눕는다
뙤약볕 바닥에 눕는다
차디찬 뙤약볕 바닥에 눕는다
너무 뜨거워서 차디찬 뙤약볕 바닥이 땀을 흘린다
차디찬 뙤약볕 바닥이 흘리는 땀은 칼날 같다
차디찬 뙤약볕 바닥이 흘리는 칼날 같은 땀 중에서도 보이지도
않을 만큼 작은 칼날이 내 귀를 두드린다
찢어질 듯한 고막을 찢어지지 않게 노크하는 소리
멀리서부터, 멀리서부터, 메아리처럼 저 멀리서부터 두드려오던 소리

받아들여달라고, 받아들여달라고, 받아들여달라고
너무 가늘어서 불쌍한
바늘 같은 손길을 내미는 소리

눈뜨자
내 귓속에서 뛰쳐나오는 까마귀떼
눈알 속으로 부리를 들이미네

—「일사병」 전문

　이 시는 김혜순의 몸의 상상력과 관련하여 많은 시사점을 제공한다. 시적 화자는 '눈'을 감고 있다. 그리고 오로지 몸의 촉감에 의지해서 세계를 느낀다. 느낀다는 것, 촉감은 이 시인에게 있어 단순한 비유에 그치지 않는다. 그것은 시를 구성하고 인지하는 기본 방법론이자 전제다. 그녀에 따르면 시인이란 무엇보다도 부재하는 세계를 현존하게 만드는 '팬터마임 강사'[3]다. 눈을 감고 행해지는 '촉감연습'[3]은 시의 시작에 다름아니다. 눈을 뜨고 대상을 바라본다는 것, 그것은 대상에 대한 보는 자의 특권을 의미한다. 환자를 대하는 의사의 시선이 말해주듯 시각은 바라보는 주체와 바라보이는 객체 사이의 위계를 결정짓는다. 시선이 개입되는 한 바라보는 주체와 그 응시의 대상은 결코 동등할 수 없다. 그러나 눈을 감는다는 것은 바로 이 특권을 포기하고 주체와 객체가 동등한 관계를 형성한다는 것을 의미한다. 「일사병」의 시적 화자는 오로지 '잠기고' '눕는' 몸의 감각에 따라 몸 바깥으로 나간다. 그리고 다시 그 몸을 사용하여 세상을 빨아들인다. 시각이 거세된 그 순간 모든 감

---

3) 촉감 연습 시간이야 / 눈을 감고 열 손가락으로 빚어 / 만들고 느끼는 거야 / 자 지금 이 순간 시궁창으로부터 / 이것을 집어 / 올려봐 / 그것을 두 손에 / 들어 네 품에 안았다고 상상해봐 —「판토마임 강사」, 『아버지가 세운 허수아비』, 문학과지성사, 1985.

각은 '소리'로 환원된다. 이 '소리'가 처음부터 손쉽게 주어지는 것은
아니다. '잠긴다'는 서술어 하나로 시작된 1행이 2행, 3행을 거쳐 4행
에 이르는 동안 점점 문장도 길어지고 문형이 복잡해지는 것처럼, 그
소리는 화자가 어둠 속에서 전 감각을 동원하여 간신히 복원해낸 음성
에 가깝다. 더욱이 그 소리는 '들리다가' '안 들리다가' '다시 들'린다.
이 과정의 지난함과 안타까움은 시 활자체의 '계단형 타이포그래피'에
의해 오디오의 음파처럼 시각적으로 형상화되어 있다. 그렇게 '멀리서
부터, 멀리서부터, 메아리처럼 저 멀리서부터 두드려오던' 그 소리는
'천년 전서부터 내가 듣고 싶었던' 바로 '그 목소리'다. 시선으로부터
자유로워지자 나의 몸은 천년 전의 소리로 뻗어나간다. 아주 오래된 소
리부터 아주 작은 소리에 이르기까지 나는 모든 소리를 들을 수 있다.
그리고 그 소리가 '받아들여달라고, 받아들여달라고, 받아들여달라고'
'바늘 같은 손길을 내미는 소리'임을 알아차린다. '소리'는 곧 '손길'이
었던 것이다.

이 시에서도 드러나지만 김혜순에게 있어 시는 무엇보다도 몸이 하
는 말이다. 그것은 언제나 시선과 대립관계를 형성하며 그것에 저항한
다. 시각에 의한 인지가 집중과 응축을 가져온다면 몸에 의한 인지는
이완과 대치로 나타난다. 몸은 자신의 감각을 도처의 대상들로 환유해
중층적이고 복합적인 이미지로 되살릴 줄 안다. 이 몸에 의지한 시는
당연히 빛에 저항한다. 빛은 시선의 조건이기 때문이다. 내 몸 속의 생
명의 움직임과 욕망의 흔적은 다만 어둠 속에서만 감지된다. 어둠은 완
전히 정복되지도 않은 신비의 표상이다. 그것은 끝없는 생성이고 혼돈
이기도 하다. 그런 의미에서 몸말은 그 혼돈의 증거, 즉 병의 증후다.
『불쌍한 사랑기계』를 뒤덮고 있는 허다한 병의 이미지는 바로 거기에서
나온다. 병은 몸의 공모이자 저항이며 때로는 몸이 하는 말의 번역이자
침묵이다. 그것은 고정될 수 없는 수많은 감각들이 흘러들어간 고통스

러운 전이의 기록이자 타자의 고통을 받아들이고 그것과 뒤섞인 사랑의 고백이기도 한 것이다. 이 모든 특질들에 가장 민감하게 반응하는 것은 단연 여성이다. 여성만이 '소리'를 '손길'로 변용시키는 몸의 에로스를 알고 있다. "나 빠져나간 너"(「달」)를 느낄 수 있는 것은 여성의 몸뿐이기 때문이다. 이리하여 몸말은 시각과 빛과 정상과 남성에 아파하고 저항한다. 이 네 가지는 이제까지의 담론체계가 규범적인 것으로 규정해 온 것들이다. 몸말이 은폐되고 억압된 담론을 가리킬 수 있다면 그것은 바로 이 규범의 위반 양상 때문일 것이다.

1) 사람들은 알까? 한밤중 불을 탁 켜면 그 밤의 어둠이 얼마나 아파하는지를. 나는 밤이 와도 불도 못 켜겠네. 첫눈 내린 날, 내시경 찍고 왔다. 그 다음 아무에게나 물어보았다. 너 내장 속에 불 켜본 적 있니? 한없이 질량이 나가는 어둠, 이것이 나의 본질이었나? 내 어둠 속에 불이 켜졌을 때, 나는 마치 압정에 꽂힌 풍뎅이처럼, 주둥이에 검은 줄을 물고 붕 붕 붕 붕 고개를 내흔들었다. 단숨에 나는 파충류를 거쳐 빛에 맞아 뒤집어진 풍뎅이로 역진화해나갔다.

　　　　　　　　　　　　　　　　　　　　　　　—「쥐」 중에서

2) 그가 방을 대물렌즈 위에 올려놓는다. 내 방보다 큰 눈이 나를 내려다본다. 대안렌즈로 보면 만화경 속 같을까. 그가 방을 이리저리 굴려본다. 훅훅 불어보기도 한다. 그의 입김이 닿을 때마다 터뜨려지기 쉬운 방이 마구 흔들린다. 집채보다 큰 눈이 방을 에워싸고 있다.

　　　　　　　　　　　　　　　　　　　　　—「눈물 한 방울」 중에서

3) 감시용 카메라 뒤에 숨어서 밤마다
몸을 섞는 우리들 훔쳐보던 쥐가

여전히 길어지는 이빨을 날마다 갈아야 하는
수백 세기 동안의 진화를 다 엿보았다고 떠들어대는 쥐가
—「이 밤에」 중에서

　1)에서 나의 내장은 내시경의 뻔뻔한 빛에 정복당한다. 내시경은 내
몸 속으로 진주해온 시각이다. 그것은 빛을 등에 업은 쥐처럼 내 존재
의 어둠을 갉아먹는다. 그것에 의해 나는 단숨에 '파충류를 거쳐 빛에
맞아 뒤집어진 풍뎅이'의 차원으로 역진화한다. 내시경의 눈으로 볼 때
나는 다만 한갓 뒤집어진 풍뎅이에 불과하다. 그 시선은 과학의 이름으
로 존재를 규정하고 스스로를 진리로 입증한다. 이 끔찍한 지식애적 충
동(epistemophilic impulse) 앞에서 모든 존재는 다만 적나라하고 노골
적으로 변모할 뿐이다. 세계는 점점 투명한 거울 미로(「현기증」)나 어
항(「블루의 소름끼치는 역류」), 거대한 수족관(「수족관 밖의 바다」) 같은
시선의 집적체로 돌변하고 나는 다만 그 속의 '한 방울의 눈물'로 용해
될 뿐이다. 이제 세계는 존재에 대해 모르는 것이 없고 존재 역시 세계
에 대해 그러하다. 우리는 이 세계의 한없는 투명성을 진화라고 불러왔
다. 그러나 이 무자비한 시선에 의해 "내 사랑하는 흑인이 벌벌 떨"거나
"내 방의 상한 벽들이 부르르 떨"(「쥐」)고 아파한다면, 과연 이것을 진
화라고 할 수 있을까.
　몸의 사유와 관련된 김혜순의 현대에 대한 비판은 『나의 우파니샤드,
서울』(문학과지성사, 1994)에서부터 지속적으로 시도되어온 작업으로,
시인은 자신의 몸과 동일시된 세계의 환부를 다시 자신의 몸을 통해 고
스란히 되살려낸다. 그 순간 몸의 고통은 곧바로 세계의 행복하지 않음
에 대한 증후로 자리잡는다. 1)이 내 몸 내부로 들어온 시선의 폭력이라
면 2)는 내 몸 바깥에서 나를 지배하고 있는 눈에 대한 묘사다. 이 눈이
있는 한 나의 존재는 현미경의 대물렌즈 아래 놓인 작은 물방울처럼 미

약하고 불안할 뿐이다. 내 몸(영혼)은 나의 전 존재를 장악하고 있는 그의 관찰에 의해 곧 터질 듯이 흔들린다. 이제 내가 도망갈 곳은 어디에도 없다. 세계가 온통 집채보다 큰 눈에 뒤덮여 있기 때문이다. 3)에 이르면 드디어 감시 카메라가 등장한다. 카메라의 눈은 현미경을 능가한다. 그것이 보지 못하는 것은 아무것도 없다. 그것은 우리의 현재를 채집해 과거로 고정시킨다. 카메라에 의한 체포는 "쥐가 / 잠에 빠진 흰 토끼를 갉아먹"고 "요람에 든 새 아가를 갉아먹는"(「이 밤에」) 것과 마찬가지로 끔찍하고 불가항력적이다. 이제 우리의 몸(세계)은 쥐에게 갉아먹히는 한 덩이 살덩이처럼 저장된 기억에 끌려다니는 기계에 불과하다. 자신에 대한 통제권을 상실한 육체는 더이상 주체로 기능하지 못한다. 우리는 살아 있으되 살아 있는 것이 아니다. 우리는 걸어다니는 시체들이다.

1) 탐조등은 한 번씩 우리 머리를 쓰다듬고
나는 이제 몽유병자처럼
두 손을 쳐들고
물로 만든 철조망을 향해
걸어나가네
쇠줄에 묶인 개처럼
저 불쌍한 사랑 기계들
아직도 짖고 있네
　　　　　　　　　　　　　—「비에 갇힌 불쌍한 사랑기계들」 중에서

2) 새들은 잠 깨어 어두운 나뭇가지에 앉아 있었다.
그중 한 마리가 비명을 내지르자
밤의 살이 찢어지고 비릿한 피가 새어나왔다
　　　　　　　　　　　　　—「月出」 중에서

시선의 횡포는 푸코가 이야기하고 있는 것처럼 언어의 전제(專制)이 기도 하다. 언어는 우리를 묶어두고 규제하는 보이지 않는 힘이다. 그런 의미에서 우리는 프로그래밍된 언어를 그대로 복창하는 '기계'들에 다름아니다. 우리는 언어 앞에서 '쇠줄'에 묶인 '개'처럼 그 능동성을 상실하지만 그것 바깥에는 또 아무것도 없다. 우리는 다만 그 '묶여 있음'을 통해서만 우리가 된다. 그렇게 보자면 1)은 그 내면화된 언어에 대한 조롱이라고 할 만하다. 적절하게 통제되고 관리된 언어에 매여 있는 존재는 비에 갇혀 오도 가도 못 하게 된 카페에서 전화줄만 붙잡고 '짖어대고 있는' 손님들로 환유된다. 그들은 언어의 감옥에 갇힌 정체성 상실자들이다. '물로 만든 철조망'의 안쪽에 들어앉아 그 경계 바깥으로 나가보려는 생각도 하지 않는다. 다만 '수화기'를 통해 입력된 말들을 중얼거릴 뿐이다. 시인은 이들을 '사랑기계'라고 부른다. 오로지 입력된 사랑의 방식을 따르는 행위를 주체의 의지인 것으로 착각하고 있기 때문이다. 그러므로 그것은 '불쌍한' 감정을 불러일으키는 연민의 대상이 아닐 수 없다. 아마도 이 '불쌍한 사랑기계'는 언어와 주체의 관계에 관한 현대의 최고의 블랙유머인지도 모른다. 흥미로운 것은 이 시에서 언어가 세워놓은 '탐조등'과 '철조망'의 경계를 뚫고 언어, 사실은 개소리에 불과한 비언어의 감옥을 탈출하고자 시도하는 자가 '몽유병자'라는 점이다. 몽유병자의 언어는 규범을 뒤엎고 병(비정상)을 드러낸다. 그리고 그 병을 통해 우리의 언어는 그 비언어성을 드러낸다.

2)는 바로 그런 몽유(夢遊)의 언어가 여성과 맺고 있는 관계를 보여준다. 달이 떠오른다는 것은 출산의 상징이다. 아마도 출산은 몸이 경험하는 최고의 질병(이질성)이자 최고의 촉감일 것이다. 그것은 몸이 느끼는 가장 민감한 움직임의 기록이며 그런 만큼 결코 관습적인 언어로는 포착될 수 없는 성질의 것임에 틀림없다. 유독 김혜순의 시에 출

산의 경험을 다룬 시가 많다는 것은 여기에서 연원한 것일 터이다. 출산은 자기를 타자로 만들며 존재의 폐기를 요구하는 경험이다. 아마도 그것은 시적 언어에 내재해 있는 원초적인 혼돈의 양상과 가장 유사할 것이다. 그렇게 보자면, 그 혼돈의 언어를 몸으로 체험할 수 있는 여성은 시적 경험의 최전선에 놓여 있는 자들이라고 하지 않을 수 없다. 시인이란 기본적으로 자기 안의 여성, 그 여성의 비명에 화답하는 자일 수밖에 없기 때문이다.

5. 어머니의 웃음

태초의 비명은 우리가 결코 동정녀 마리아의 후예가 아님을 상기시켜주는 기호다. 비명과 함께 우리는 탯줄을 지닌 채 이 끔찍한 세상 속으로 던져진다. 비명과 탯줄은 우리가 떠나온 존재의 고향이 모체임을 암시한다. 모체란 한때는 자기 것에 속한 것을 타자화하는 기능 외에 다른 어떤 것도 아니다. 말하자면, 어머니가 된다는 것은 자신의 몸이 둘로 갈라지는 환상을 경험한다는 것을 말한다. 그것은 끊임없는 분할과 한없는 융합에 익숙해지는 것, 한없이 작아지고 작아지다가 결국은 무로 돌아가버릴 듯한 공포와 반대로 한없이 크고 강력한 우주를 품에 품고 있는 듯한 망상이 공존하는 상태를 의미한다. 여성의 몸은 이 출산의 굴곡과 주름, 맥박, 파동 등 소위 코라(chora)라고 불리는 애매모호한 리듬과 일시적인 분절을 기억한다. 이들을 폐기(abjection)하는 과정을 통해 상징적 언어가 정립되지만 그 망실의 벽을 뚫고 귀환하는 몇몇 증후가 없는 것은 아니다. 그것은 너무 미세하고 미묘해서 미처 확인할 수 없는 경우도 없지 않지만, 대개의 경우 여성의 몸 저 깊은 곳 속에 보존되어 있는 경우가 많다. 여성을 말한다는 것은 바로 이 신호에 대한 해독, 언어 저편으로의 여행에 다름아니다.

우리는 이 여성성의 기호적 형태를 각기 질병과 그것의 구술, 희생제의와 글쓰기, 그리고 몸의 에로스를 통해 재현해보았다. 우리의 텍스트에 한해서 이야기하자면 질병은 주로 서사의 표면에 드러나기보다 이중 목소리에 의해 서사의 심층 속에 숨어 있는 경우가 많으며 희생제의의 경우 창조의 동력과 연결됨으로써 텍스트상의 실천을 유도하는 경우가 많다는 것을 알 수 있었다. 또한 시각에 대항하는 촉감의 인지학은 몸이 내포하고 있는 에로스적 희열에 대한 확인으로 이어짐을 알 수 있었다. 이러한 구별이 유형화를 위한 다소 작위적인 분류임은 말할 것도 없다. 여성을 말한다는 것은 이러한 구분 이전의 분절되지 않은 혼돈에 가깝다. 따라서 그것은 태생적으로 기존의 언어로는 온전하게 재현될 수 없는 위반의 언어와 결부되지 않을 수 없다. 언어화 작용은 위계의 역사이자 은폐의 과정에 다름아니기 때문이다.

그러나 그 혼돈과 오인 속에서도 여성의 경험을 환기한다는 것은 종종 웃음을 유발하는 행위와 관련 있음을 알 수 있다. 종종 광인들이 그러하듯 웃음은 기본적으로 언어적 상징의 금지에 대한 욕망의 침입인 경우가 없지 않다. 웃음이 지적하는 것은 인간 속에 깃들인 항구적인 이중성이다. 웃을 수 있는 자는 자기와 타자를 동시에 보는 자다. 그것은 여성이며 광인이며 환자, 그리고 시인이기도 하다. 이 웃음은 다양하게 환유된다. 어느 서양 여인의 아이를 낳던 날의 기억을 빌리자면 그것은 다음과 같다.

머리를 누인 채, 마침내 피로가 풀린 목, 따뜻해진 살-피-힘줄, 빛을 발하는 새싹, 향유로 감은, 살짝 비치는 칠흑 같은 매끄러운 머리카락, 꿀벌들의 날개 밑에 반짝이는 꿀, 밝게 타오르는 광택을 발하는 마사(麻絲)…… 비단, 수은, 유순한 구리. 손가락 밑에서 뜨겁게 응고된 빛. 동물의 털-다람쥐, 말 그리고 얼굴 없는 생명의 즐거움, 촉감으로 보는 눈 없는 나르시스, 근육의 털 속에 녹아버린 눈길, 나른하고 매끄럽고 평화로운 색깔 속에 녹아버린 눈길. 엄마.[4]

(2002)

---

4) 줄리아 크리스테바, 「눈물 흘리는 성모」, 『사랑의 역사』, 김영 옮김, 민음사, 1995, 376쪽.

푸줏간에 걸린 고기
─신인(新人)의 탄생

1. 벌레의 귀환

그때 나는 놀랍게도 내가 한 마리의 벌레로 변해가는 것을 알았다. (……) 나는 내 몸이 마치 여름날 나뭇잎새에서 흔히 발견되는 나방의 애벌레처럼 물렁물렁해진 것을 알았다. 다리나 팔 대신에 빨판 같은 게 끝에 붙어 있는 여러 개의 발이 몸통에 달려 있었다. 그렇지만 나는 유감스럽게도 내 몸을 완전히 관찰할 수는 없었다. 왜냐하면 여전히 머리만은 마음껏 돌릴 수 없었기 때문이다. 그러나 내가 한 마리의 완전한 그리고 다소 징그러운 벌레로 변해버린 것은 분명했다.

그것은 매우 비참하고 괴로운 경험이었지만 동시에 이상한 위안감을 느끼게 해주었다.(김영현, 「벌레」, 『깊은 강은 멀리 흐른다』, 실천문학사, 1990, 49쪽)

1978년 여름, 유신 독재의 절정기. 0.7평의 '먹방'에 갇힌 한 남자가 벌레로 변해버린 자신의 몸을 들여다보고 있다. 애벌레처럼 물렁물렁해진 몸통과 빨판이 달린 여러 개의 발. 그는 분명 한 마리의 완전한 그러나 다소 징그러운 벌레의 모습을 하고 있다. 이 '벌레'는 어디에서 왔는가? 1990년대 한국문학이 무엇이었나를 이야기하기 전에 우리는 먼저 이 물음에 답할 필요가 있다. 왜 '독재 타도'를 외치다 감옥에 갇힌 한 고결한 지식인이 돌연 벌레로 변해버린 자신을 내려다보며 이상한 위안을 느끼는가? 물론 그것은 일차적으로는 억압적인 정치체제가 가져온 야만적인 폭력을 우의적으로 드러내기 위해서라고 할 수 있다. 그렇다. 굳이 90년대 벽두를 달구었던 이른바 '김영현 논쟁'을 들먹이지 않더라도 김영현의 「벌레」는 당대 현실에 대한 비판적 인식과 그것의 형상화 방식에 관해 모종의 문제제기를 하고 있는 소설임에 틀림없다. 다소 감정적이고 주관적인 작가의 부인에도 불구하고 이 소설에는 저간의 민중문학에서라면 찾아보기 힘든 블랙유머적 뒤틀림 충동[5] 같은 것이 내재되어 있는 것이 사실이다. 90년대의 벽두 김영현 소설이 제기한 새로움의 근거도 바로 거기에 있을 것이다.

그러나 한 세기를 마감하고 새로운 세기의 시작점에 서 있는 지금, 이 소설을 여전히 이데올로기와 문학적 상상력 사이의 새로운 관계설정으로만 읽는다는 것은 무의미하게 여겨진다.[6] 이 시점에서 새삼 흥미로운 것은 벌레가 될지도 모르는 상황을 무릅쓰는 인간 이성의 고결함

---

5) 이를테면, 다음과 같은 대목. "나는 쭈뼛하니 머리를 치켜 깎고 퍙이 눈을 하고 있는 프라하 출신의 이 카프카란 작자의 글을 그 외에도 몇 편 더 읽어보았는데 결론은 그 친구의 머리가 약간 돌았거나 내 머리가 아주 나쁘거나 둘 중의 하나라는 것이었다"(『깊은 강은 멀리 흐른다』, 실천문학사, 1990, 31쪽) 혹은 "바쁘신 독자라면 이 부분은 읽지 않고 넘어가도 좋겠다"(위의 책, 32쪽) "그 당시에 나는 청춘의 한순간도 소홀히 보내지 않기 위해 독서에 전념하고 있었다"(같은 책, 33쪽) 같은 대목들에 슬쩍슬쩍 묻어나는 비틀린 냉소와 자학적인 조롱의 기운을 보라.
6) 작품의 첫머리에서 작가가 인용하고 있는 '카프카'의 일화를 빌리지 않더라도 인간성 유린의 현장을 벌레에 관한 상상력으로 대치시키는 작법은 이미 지나치게 익숙하고 관습적이라는 느낌을 버리기 어렵다.

이 아니라, 이 강철같은 인간이 벌레가 됨으로써 뒤늦게 경험하게 되는 그 '이상한 위안'이다. 화자는 분명 '벌레'가 됨으로써 그 어느 순간보다도 더 '안전하고 편안'해졌다고 고백한다. "나는 벌레의 눈을 통하여 마치 열쇠구멍으로 밖을 내다보듯 자신을 완전히 숨긴 채 세상을 내다보고 있는 셈이었다. 세상 사람들은 나를 볼 수가 없다. 이보다 더 안전하고 편한 일이 어디 있겠는가!"(50쪽) '독재 타도'를 외치다 감옥에 갇힌 한 인간, 감옥에서도 저항을 멈추지 않다가 급기야는 '먹방' 속에 처박히게 된 한 고결한 영혼이 '벌레'와 다름없는 자신의 육체를 내려다보며 느끼는 해방감이 바로 이 글의 출발점이다. 야만적인 체제의 억압과 금기에 항거하는 행위는 그에 맞서 싸우는 자의 내면에도 억압과 금기의 규율을 새겨넣는다. 적과 맞서 싸우기 위해서는 적을 닮아가지 않을 수 없다. 이 처절한 금욕과 자제의 프로그래밍은 나약한 개인을 '강철 영혼'으로 거듭나게 한다. 「벌레」의 화자는 바로 이 거대한 이성적 기획의 산물이다. 그는 타자를 관리하고 조율함으로써 세계를 좀더 인간답게 변화시킬 수 있다고 믿어온 인간주의 신화의 주재자다. 그러나 이 강철인간은 분명 벌레로 변해버린 자신을 보고 묘한 위안을 느낀다고 말했다. 이 위안은 도대체 어떤 성격의 것인가? 우리는 이 위안을 통해 이성적 인간이 그 동안 억압하고 배제해온 무의식의 저편, 그 거울의 뒷면과 대면할 수 있을 것이다. 이를 '벌레의 귀환'이라 하자. 그것은 벌레로부터 인간으로 진화해간 인간 역사를 부정하고 인간으로부터 벌레로의 역진화를 함축할 것이다.

이 과정은 일차적으로 '일상의 윤리'라는 이름으로 현상한다. '간수'로 대표되는 일상적 속물의 시각에서 볼 때 가족들의 근심의 대상이 되고 있는 '양심수'들은 "무책임한 놈"(35쪽)들이다. 가족 구성원 모두의 희생을 딛고 먹물이 된 그들에겐 가족들이 기대하는 "오랜 희망"(36쪽)을 만족시켜줄 의무가 있다. 그러나 그들은 가족의 욕망을 충족시키기는커녕 '양심수'가 됨으로써 오히려 가족들의 희망을 저버렸다. 그런 의미에서 양심수는 곧 배덕자다. 자신의 양심을 지키려는 노력은 궁극적으로 가족 구성원 개개인의 욕망을 저해하고 그들의 기대를 저버리는 배신행위로 귀결된다. 그것은 가족주의에 기반한 일상성의 욕망을 "부르주아적 감성의 반민중성"(38쪽)이라는 죄명으로 무의식의 저편에 감금하고 배제함으로써 겨우 얻어진 '한줌의 도덕'이다. 이 양심수들은 육체적 욕망에마저 초연하다. 화자는 끊임없이 점점 더 좁은 공간(산동네 자취방에서 감방으로, 감방에서 먹방으로, 먹방에서 일말의 먼지)으로 옮겨지다가 결국에는 한 마리의 벌레로 변해버린다. 그는 다만 침을 질질 흘리면서 끈적끈적한 몸을 놀려대고 있을 뿐이다. 애인을 다시볼 수 없을지도 모른다는 예감 따위는 항상적이다. 육체의 진실에 귀를 기울이는 모든 욕망들은 자아의 규율과 양심에 의해 끊임없이 '유예'되고 '억압'되며 심지어는 '금지'된다. 나는 내 안의 나를 억압하고 폐기함으로써 마침내 인류 전체의 해방에 도달한다. 그것이 양심수의 초자아가 말하는 바다.

그러나 이 초자아는 어느 순간 "요도를 꽉 잠그고 있는 의지력을 풀어버"(48쪽)린 자아의 '이상한 위안감'에 의해 파멸된다. 참을 수 없을 정도로 팽배해 있던 인간의 의지력은 스스로를 해체함으로써(터뜨려버림으로써) "고통도 사라지고 일종의 쾌감이 부르르 떨리며 지나"(48쪽)가는 순간을 경험한다. 물론, 이것은 "비참할 대로 비참해진" 자아에게 가해지는 체제의 마지막 형벌이라고 할 만하다. 그럼에도 불구하고 이 초자아를 해체해버린 자아의 기묘한 해방감은 이후 90년대 우리 문학사를 지배하게 되는 욕망의 상상력에 비추어볼 때 암시적이라고 하지 않을 수 없다. 이제 자아는 스스로를 망실함[7]으로써 마침내 해방에 이

---

7) "나는 끝없이 작아지고 싶었다. 이를테면 남의 눈에 띄지 않는 먼지와 같은 존재가 되어버리고 싶었다."(49쪽)

르는 새로운, 그러나 낯선 가능성에 눈뜨게 된다. 이 대목은 너무나 슬프고 또 너무나 아름답다! 그것이 슬픈 이유는 인간 이성이 한갓 동물적인 본능에 자리를 내주게 되는 장면을 목격하게 되기 때문이고, 그것이 아름다운 이유는 이 자각과 함께 또다른 생의 가능성들이 기지개를 켜게 되기 때문이다. 인류를 다른 동물과 구별지을 수 있게 해준 이성은 어두운 먹방에서 한줄기 눈물과 함께 완전히 소진된다. '빛'이 없는 곳에서 그것은 완전히 무기력할 뿐이다. "얼굴이 하얗고 마음씨가 곱던"(50쪽) 애인은 이제 영원히 다시 만나지 못할지도 모른다. 이로써 '애인'에 대한 가슴 아픈 짝사랑의 시대는 끝났다. 그녀를 다시 만난다고 하더라도 그때의 그는 이미 과거의 그가 아니다. 그는 하나의 정점, 완전한 어둠의 터널, 모든 것이 하얗게 지워지는 정신의 공백 상태를 통과하고 난 다음 자신이 한 마리의 벌레에 불과하다는 사실을 깨달은 자이기 때문이다. 사실 「벌레」의 말미에는 마치 '후기'처럼 오 년 뒤 옛 애인을 다시 만난 화자가 그녀를 "너무나 낯설어"(50쪽)하는 장면이 덧붙어 있다. 그렇다면 이것은 인간 이성의 종언에 대한 '만가'가 아니고 무엇인가.

그러나 이 만가는 또한 새로운 인간형의 탄생에 관한 '서곡'이기도 하다. 먹방의 '어둠'을 뚫고 그 동안 억압당하고 금지되었던 모든 것들이 활개를 치며 날아오른다. 크리스테바가 '폐기물(abjection)'이라고 부른 모든 것들, 인간생활과 문화가 스스로를 유지하기 위해 배제해오고 은폐해온 그 모든 것들이 새롭게 날갯짓을 시작한다. 도저히 인정할 수 없는 진실, 되돌아보고 싶지 않은 과거, 지울 수 없는 흔적들, 오늘의 '나'를 형성하고 초자아를 유지시켜온 어둠의 배후들이 일거에 자신의 권리를 주장한다. 이 낯선 것(the uncanny)들이 환기하는 친숙함(the canny)은 우리가 상상할 수 있는 한도를 넘어선다. 벌레처럼 만신창이가 된 찐득찐득한 발을 놀려 화자가 뻥끼통 뒤 철창문이 있는 곳으로 기어갔을 때 불어오던 한줄기 바람, 그 바람을 타고 떠오르던 "술주정뱅이 아버지와 어두컴컴한 헛간과 그때의 금빛 깃털을 한 닭새끼들"(50쪽)에 관한 영상, 그리고 "면회실에 들어와서 어쩔 줄을 몰라하던 늙으신 어머니. 주민등록증을 챙겨오지 못해서 그냥 시골길로 내려갔다가 다시 올라왔다며 눈물을 글썽이던 어머니. 좁은 어깨 너머로 내리던 하얀 눈송이들. 읍내 구멍가게에 쭈그리고 앉아서 남의 말에 벌떡벌떡 놀라실 어머니"(48쪽)에 관한 기억 등은 '강철 인간'이 폐기하고 지워버린 사적 목록의 면면들이다. 그것들은 정말 "가슴이 미어터지는"(48쪽) 광경이 아닐 수 없다.

오랜 '우회'의 과정을 거쳐 마침내 자신의 기원인 '원점'(어머니와 아버지)으로 되돌아간 화자는 완전히 새로 탄생한 '신인(新人)'이다. 그는 오랫동안 억압하고 망각하려고 했던 모든 것들을 어느 순간 한꺼번에 불러내고 기억해낸 주체다. 그가 "마치 길고 깊은 시간 한가운데 혼자 버려져 있는 기분"(50쪽)에 빠지게 되는 것은 그런 점에서 당연하다. 그는 이 미정형의 혼돈을 뚫고 우리 문학사의 한복판으로 걸어들어온 완전히 새로운 주체이기 때문이다. 이 신인의 탄생과 더불어 90년대 한국문학은 인간 이성에 관한 형이상학적 전제를 뒤집어버렸다. 이상과 당위의 열정으로 충만했던 이성적 주체로서의 인간은 이제 자신의 욕망에 충실한 육체적 존재에게 그 자리를 내주게 되었다. 그 동안 낯설고 기괴한 것으로 이해되고 벌레 취급만 당해왔던 물질적 인간의 복수가 시작되고 있는 것이다. 문학은 이제 이성적 인간이란 육체를 망각하고 억압함으로써만 얻어진 허위에 다름아니라고 말한다. 그리고 웃고 떠들고 배설하고 욕망하는 육체적 인간들의 진실에 귀를 기울이기 시작했다. 소위 '욕망하는 기계들'로서의 인간에 대한 관심은 이리하여 우리 시대 문학의 출발점이 되었다. 바야흐로 근대적 이성의 어두운 저편에 대한 악마적 관심과 그것이 초래한 자기 파괴력에 대한 반성적 성찰이 우리 시대 문학을 가득 채우게 된 것이다. 벌레의 귀환은 이 장대한 드라마의 서곡에 다름아니었다.

2. 구도자와 유희자

'욕망하는 기계들'로서 인간을 규정하는 것은 '인간의 욕망'을 강조하느냐 '욕망의 인간'을 강조하느냐에 따라 서로 다른 결론에 이른다. '인간의 욕망'이 욕망을 인간화하는 방향, 즉 무분별하고 충동적인 욕망의 실체를 인정하면서도 그것에 대한 보다 포괄적이고 다면적인 인간화의 계기를 포기하지 않는다면, '욕망의 인간'은 인간 이성의 힘이 미치지 않는 절대적 타자로서의 욕망의 전복적 계기를 잊지 않는다. 전자는 여전히 '인간'에 주안점을 둔다. 반면 후자는 '욕망'의 불규칙적인 흐름에 귀를 빌려준다. 전자가 '욕망의 인간화 작업'에 주력한다면 후자는 인간이 주체가 되는 모든 이성적 기획 자체의 억압성과 그 무의미성을 부각시키려고 노력한다. 박노해의 길과 장정일의 길. '그럼에도 불구하고'와 '그렇기 때문에'로 대별되는 이 두 가지 가능성은 '벌레'의 귀환과 함께 우리 문학사에 불어닥친 두 가지 길이다. 욕망의 '초월'과 그것 속으로의 '잠입'. 90년대 문학은 어쩌면 이 두 가지 상반된 지향들간의 상호 대립적인 길항관계, 그 자체라고 할 수도 있을 것이다.

1991년 투옥된 이래 『참된 시작』(창작과비평사, 1993)과 『사람만이 희망이다』(해냄, 1997)에 이르기까지 박노해가 보여준 문학적 여정은 '인간의 욕망'을 어떻게 관리하고 새롭게 규율할 것인가에 관한 모색의 도정이었다고 해도 과언이 아니다. 이미 우리가 잘 알고 있다시피, 또 그렇게 만들어왔다시피, 박노해는 '박기평'이라는 하나의 고유명사가 아니다. '박해받는 노동자 계급의 해방'의 대표자 박노해는 이미 우리 시대의 상징적 아이콘이다. 그것은 '노동해방문학'임과 동시에 이데올로기로서의 문학을 총칭하는 기호이며 노동계급운동과 그것을 넘어서는 모든 인간주의적 기획 일반을 가리키는 기호이기도 하다. 그러므로 박노해가 이전의 계급적 인간을 폐기하고 욕망덩어리로서의 인간을 받아들이는 과정은 언제나 특정한 계급 집단의 내면화 과정, 그것의 제도적 규율화 과정으로 이해되어왔다. 박노해 문학을 규정하는 근본적인 틀은 이 상징적 지장과 결코 무관하지 않다.

그런 점에서 그가 '그럼에도 불구하고' 여전히 '사람만이 희망'이라고 말하는 것은 여러모로 시사적이다. 우선, 결코 '사람'을 포기하지 않는 그의 인간관은 욕망에 대한 인간 주체의 조율 가능성에 대한 신뢰로부터 발원한다고 할 수 있다. 욕망은 인간을 인간으로 규정하는 주체의 또다른 양상이다. 그러나 그것은 언제나 '옳은' 방향으로, '알맞게' 조절되어야 하고 또 마땅히 그럴 수 있다. 이제 욕망은 옳은 욕망과 그른 욕망, 제대로 된 욕망과 그렇지 않은 욕망으로 이분된다. 인간 대 욕망을 나누던 빗금은 욕망 자체의 선악을 가르는 잣대로 다시금 부활한다. 박노해에 따르면 인간은 이 모든 욕망의 척도를 제시하고 그에 비추어 욕망을 새롭게 분류하고 조절할 수 있는 '욕망의 관리자'들이다. 이 인간은 비록 비루한 욕망과 타협할 줄 모르는 충동의 소유자들이기는 하지만, 그들은 그것들을 관리하고 규율함으로써 공동의 선을 향해 나아갈 수 있는 절대적이고도 선험적인 주체이기도 하다. 그러므로 "길 찾는 사람은 / 그 자신이 새 길이다".(「다시」, 『사람만이 희망이다』, 34쪽) 사람(인간화)만이 여전히 희망을 담보할 수 있는 유일한 길이다. 이 '인간에 의한, 인간을 위한, 인간의' 프로그램은 기본적으로 내부의 자연(본성)에 가해지는 인간의 자기 혁명 과정과 분리될 수 없다. 이제 외부의 적인 자본주의를 상대로 전개되었던 노동해방운동은 자기 내부의 자연과의 싸움, 그 욕망을 분절하고 궁극적으로는 초월하기 위한 내면

54

적 프로그램으로 대치된다. 구도와 명상이 중요한 계기로 떠오르는 것
은 바로 그 때문이다.

> 오직 핏속으로 뼛속으로 차오르는 푸르름만이
> 그 겨울의 신념이었다
> 한점 욕망의 벌레가 내려와 허리 묶은 동아줄에 기어들고
> 마침내 겨울나무는 애착의 띠를 뜯어 쿨럭이며 불태웠다
> 살점 에는 밤바람이 몰아쳤고 그 겨울 내내
> 뼈아픈 침묵이 내면의 종 울림으로 맴놀이쳐갔다
> 모두들 말이 없었지만 이 긴 침묵이
> 새로운 탄생의 첫빛임을 굳게 믿고 있었다
> 그해 겨울,
> 나의 패배는 참된 시작이었다
>
> ──「그해 겨울나무」(『참된 시작』) 중에서

　욕망이라는 '벌레' 와의 싸움은 일단 모든 애착으로부터 벗어나기 위
한 수련 과정에서 비롯된다. 그런 의미에서 자신이 지니고 있는 모든
허울들을 벗어던지고 앙상한 나뭇가지만 남기고 있는 '겨울나무' 의 숭
고한 이미지는 이 싸움의 주체를 형상화하는 가장 적절한 상징이 아닐
수 없다. 그는 아무것도 가지고 있지 않으며 그 어디에도 기대지 않는
다. 다만 자신의 '내면' 에서 들려오는 침묵의 종 울림 소리에만 귀기울
일 뿐이다. 새로운 자기로의 '탄생' 을 향한 고행은 살점 에는 밤바람에
도 불구하고 애착의 띠를 뜯어 불태울 만큼 뜨겁다. 그 뜨거움이 핏속
으로 뼛속으로 차오르는 푸르름으로 연소할 때까지, 마침내 거기에 이
를 때까지, 그는 이 겨울의 밤바람을 견디지 않으면 안 된다. 인내만이
패배를 '참된 시작' 으로 거듭나게 해줄 수 있기 때문이다. 그리하여 겨

울은 결국 봄으로 가는 도정에 불과했음을 깨닫게 되는 순간 새로운 출발의 첫발이 시작된다. 그해 겨울을 나기 위한 겨울나무의 유일한 신념은 바로 그 초월을 향한 뼈아픈 침묵뿐이다.

이 시 「그해 겨울나무」에서도 드러나듯, 박노해의 인간주의는 무엇보다도 박해받는 자의 구원의 드라마로 현상한다. 이 내면적 드라마는 언제나 수직적 초월의 가능성, 그 '희망'에 끈질기게 배를 댄다. 박해받는 수난자에게 있어 현재는 언제나 시련일 뿐이며 구원은 항상 미래에 있다. 그들은 이 오랜 수난을 견디고 나면 '마침내' 신이 재림하리라는 사실을 거듭 확신한다. 특기할 만한 것은 이 신, 이 궁극적 시니피앙에 다가가기 위한 수단으로 다시 한번 인간 이성이 복원된다는 사실이다. 추방당했던 이성의 화려한 복권. 절제하고 금욕하는 기독교적인 의미의 초월적 이성은 일상에 편재하는 욕망을 분절시키고 그것의 음험하고 비루한 입을 다물게 하며, 보다 숭고한 목표로 그것을 승화시킨다. 다시 한번 이성의 권능이 입증된다. 이 이성이 과거의 그것이 아니라고 이야기하지 말자. 이것과 그것은 구조상, 그리고 그 기능상 별다른 차이가 없다. 이것이 그것이다. '승화된 욕망'은 이미 욕망이 아니다. 인간의 욕망은 '욕망의 구원'이라는 미명하에 아이러니컬하게도 다시금 어두운 지하 저편으로 내쫓긴다. 박노해의 '반성'과 '성찰'은 한 번도 주체로서의 인간, 그 자체를 포기하지는 않는다. 이것이 포기되는 순간 박노해는 박노해가 아닌지도 모른다. 그는 영원한 욕망의 지배자다.

그렇다면 '욕망의 인간'에 주목하는 장정일의 경우는 어떠한가. '인간의 욕망'에 대한 강조가 궁극적으로는 욕망에 대한 지배와 추방으로 귀결됨으로써 또다른 형태의 인간 중심주의, 변형된 이성 중심주의, 그리고 보다 강화된 희망에의 약속을 전파하는 '종교'가 되어버렸다면 '욕망의 인간'은 무엇보다도 이러한 역승화의 메커니즘을 경계한다.

일찍이 『아담이 눈뜰 때』(미학사, 1990)를 통해 '욕망하는 인간'의 기원을 보여주었던 장정일에게 있어 욕망은 무엇보다도 주체에 대한 환상을 폐기하는 전략적 수단이다. 그에 따르면 욕망이 입을 벌리고 있는 한 인간은 초월적 이성도 절대적 주체도 아니다. 어떤 형태로든 '사람만이 희망'이라는 '신화'를 작동시키는 모든 제도적 권위는 욕망을 억압하고 기만함으로써 획득된 책략에 지나지 않는다. 재판정에 오르지 않으면 안 되었던 그의 극단적 상상력이 가리키는 바도 그것이다. 소위 '신버지' 즉, 신과 아버지로 표상되는 절대적 주체에 대한 조롱은 장정일 문학을 관통하는 기본적인 파토스다. 이를 위해 그는 '아버지'의 억압과 금지의 명령이 내면화되어 있는 '인간' 자체를 부정하고자 한다. 이 인간에 대한 부정은 '작품'이라는 개념에 대한 부정과 나란히 간다. 그에 따르면 작품은 고깃덩어리 같은 육체에 새겨진 인간성의 신화와 기존 권력의 분류체계에 의거해 예술로 명명된 것에 다름아니다. 이 작품에 대한 요구야말로 아버지들이 자신의 권위를 확인하는 가장 절대적인 영역이기도 하다. 『내게 거짓말을 해봐』(김영사, 1996)가 포르노그래피의 형식을 취하고 있는 것은 이 작품 개념에서 벗어나기 위해서다. 중년의 조각가와 지방의 여고 3년생 사이에서 벌어지는 정사 이야기를 배경으로 새디즘과 매저키즘, 동성애, 항문성교 등 온갖 종류의 성애 장면들이 펼쳐지는 이 소설은 과연 포르노그래피로 현상한 '분노예술'의 결정판이라고 할 만하다. 정신적 존재로서의 인간에 대한 모독은 포르노그래피라는 형식을 통해 "조악하게, 조악하게 (……) 조악한 방식으로"(55쪽) 자행되며 이 포르노그래피의 기록은 다시 예술이고자 하는 자기 작품의 근거를 뒤흔들어놓는다. 그것은 마치 모래 위에 그림을 그리고 다시 지우는 작업과 같다. 그는 아버지가 낙관을 찍기 전에 자신의 낙서를 잽싸게 지워버린다. 그에 따르면 아버지가 군림하지 못하도록 하는 방법은 그것밖에 없다. 그는 아버지를 부정함과 동시에 최고의 예술가로 자리매김하며 스스로를 저질 포르노 소설가라고 부르는 순간 다시 아버지의 규범 바깥으로 탈주한다. 그러므로 그의 작업이 궁극적으로 자기 예술 전반에 관한 강렬한 항의, 그것을 기록하는 자기에 대한 차가운 모멸의 역사로 귀결되고 마는 것은 필연적이다.

　장정일은 말한다. 사람은 '개' 다, '똥' 이다.[8] 그의 문학적 여정은 실로 이 명제를 입증하기 위한 각고의 도정이라 할 만하다. 『아담이 눈뜰 때』로부터 최근작 『보트 하우스』(산정, 1999)에 이르기까지 그가 보여준 인간에 대한 혐오는 극에 달한다. 인간은 아무것도 아니다. 인간은 개이고 똥이며 쓰레기다. 끊임없이 아내의 동생을 탐하고 어머니를 욕망하며 아버지의 죽음을 기원하는 것이 바로 인간이라는 이름의 실체다. 그것은 기껏해야 한 방울의 정액으로 환원될 뿐이다. 이러한 인간관이 희망과 무관함은 말할 것도 없다. 사람만으로는 도저히 희망을 말할 수 없다. 우리들의 일상을 가득 메우고 있는 것은 "일곱시에 일어나서 세수를 하고, 버스로 회사로 내달려가는 일"(『너희가 재즈를 믿느냐』, 미학사, 1994, 111쪽)의 무한한 반복뿐이다. 이 지루한 일상의 반복으로부터 그 어떤 생산적인 일을 기대할 수 있을 것인가. 이제 인간을 둘러싸고 있는 것은 완전한 권태다. 어느 누구도 이 '반복' 으로부터 자유로울 수 없다. 이 반복의 등가교환체제는 "치치올리나가 국회의원이 되고 마유미가 베스트셀러 작가가 되고 서울대를 나온 치과의사가 국수집 주인이 되는"(『너에게 나를 보낸다』, 미학사, 1992, 281쪽) 극단적인 인생유전을 통해 그 변화불가능성을 더욱 확고하게 입증할 뿐이다. 그것은 세계의 개선 가능성이라든가 자기 욕망의 초월과는 무관하다. 거기에는 다만 무한한 동일성의 세계가 펼쳐져 있을 뿐이다. 장정일에 따르면 이미 모든 혁명적 계기는 부재한다. 그는 그것들을 믿지 않는

---

8) "나는 개다. 똥을 주워먹는다. 나는 개다. 똥을 주워먹는다. 나는 개다. 똥을 주워먹는다……"(『아담이 눈뜰 때』, 106쪽)

다. 오히려 그러한 신념을 퍼뜨리는 모든 것을 "흑마술"이자 "자아 도취"(『너에게 나를 보낸다』, 286쪽)로 매도한다. 창세기에 관한 명백한 패러디인 「제7일」에서 보듯 때때로 묵시록적 비전으로 나타나는 장정일의 미래에 대한 전망은 우울하고 비관적이다. 『너희가 재즈를 믿느냐』에 잘 드러나 있는 것처럼 밤이면 밤마다 반성하지 않는 교회의 네온 십자가는 더욱 붉어갈 것이며 고기 굽는 냄새가 진동하는 도시는 빌딩 숲 곳곳에서 영원히 악취를 내뿜고 있을 것이다. 이 변화불가능성의 세계, 영원한 욕망의 가속도의 세계에서 인간이 할 수 있는 일이란 욕망의 살결 속으로 비집고 들어가 그것과 하나가 되는 것, 인간이 욕망이고 욕망이 인간인 상태의 바닥까지 가보는 것, 그리하여 욕망의 뢴트겐을 작성하는 것뿐이다.

결론부터 말하자면 나는 등록을 하지 않았다. 등록금을 가지고 서울에 올라갔을 때, 나는 높이 솟은 빌딩의 숲을 다시 보게 되었으며, 그 아래를 종종걸음치는 숱한 인파를 보았다. 그리고, 귀에 익은 악기 소리를 들었다. 찰랑찰랑, 찰랑찰랑…… 등록금을 외투 안깃에 넣고 대학으로 가는 도중에 탬버린 치는 남자가 머리에 떠올랐던 것이다. 히죽히죽 웃으며 그가 말했다. 봐라, 너도 곧 나처럼 될 테니! 찰랑찰랑, 찰랑찰랑. 너는 대학에 늘어가 학점을 벌고, 졸업을 하게 될 테지. 찰랑찰랑, 찰랑찰랑. 그것의 대가는 겨우 오백억짜리 빌딩에 있는 책상 하날 차지하게 되는 것뿐이지. 그게 끝이야. 너는 컴퓨터를 배우게 될 게구, 빠른 정보처리 능력은 너를 쉽게 하는 것이 아니라 더 많은 일거리에 파묻히게 할 거야. (……) 찰랑찰랑, 찰랑찰랑. 기껏해야 나처럼 탬버린이나 치게 될 뿐이라고. 미쳐서, 미쳐서 말이야! 하하, 하하!(『아담이 눈뜰 때』, 118쪽)

아담은 "올림픽이 개막되던 날 아침, 대구은행 본점 빌딩 아래를 버스로 지나가다가"(92쪽) 예의 그 '탬버린 치는 남자'를 만나게 된다. "고개를 왼쪽으로 약간 꼰 채 입을 벌리고 침을 흘리고"(92쪽) 있는 이 '미치광이'는 아담의 미래다. 아담의 삶은 이 미치광이에 이르기 위해 전속력을 다해 달려가는 알 수 없는 궤도 내에 존재한다. 대학에 가고 학점을 따고 졸업을 한 다음 빌딩 속으로 들어가 컴퓨터에 둘러싸이는 삶. 그러다가 어느 날 갑자기 미쳐버린 채 지나가는 사람들을 향해 탬 버린을 찰랑거리며 마구 웃음을 터뜨리는 '광인'이 될지도 모르는 삶. 결국은 광기로 마감되는 인간의 이성적 기획의 종말은 인간 문명의 아 이러니를 부각시키며 아담을 바닥 모를 절망으로 유도한다. 욕망을 절 제하고 이성적 책략을 구사하며 자기를 보존하고자 노력하면 할수록 완전한 자유인인 '신'은커녕 '광인'으로서의 삶이 기다리고 있을 뿐이 다. 그렇게 보자면 신과 광인은 동전의 양면이다. 그들은 인간의 욕망 이 투사된 서로 다른, 그러나 동일한 형태의 괴물에 다름아니다.

이 '괴물'에 잡아먹히지 않고 '아담'으로 남을 수 있는 길은 무엇인 가? 아담이 진정 '아담'이 될 수 있는 길은 무엇인가? 「아담이 눈뜰 때」는 '글쓰기'의 가능성을 조심스럽게 제시한다. 이 글쓰기는 일단 모 든 인간화의 기획으로부터 단절된 공간이다. 그것은 '63빌딩'이나 '네 온 십자가' 등 팔루스(phallus)적 상징물로 구현되는 가속도의 세계, 즉 아버지-신의 세계를 부정한다. 유용성을 요구하는 세계에 무용성 의 원리를 내세우고 아버지 되기를 강요하는 세계에 끊임없이 아이의 상상력을 발동시키는 것. 소위 '총 쏘기'와 '재즈적 글쓰기'로 명명되 는 '유희적 글쓰기'가 그 나름의 의미를 얻게 되는 것은 바로 이 지점 이다.

박노해의 길과 장정일의 길. 이들은 90년대 문학사가 보여주는 욕망 의 상상력의 두 가지 가능성이다. 구도자와 유희자. 전자가 문학을 종 교의 영역으로 이월시키고 있다면 후자는 놀이의 공간으로 집어넣는다. 박노해가 욕망의 관리자로서 인간에 대한 신뢰를 저버리지 않고 있다면 장정일은 바로 그러한 인간 자체가 형이상학적 이데올로기의 산물이라고 거부한다. 그가 관심을 가지고 있는 것은 그러한 인간이 억압하고 있는 놀이하는 인간의 복원이다. 흥미로운 것은 이러한 이질성에도 불구하고 두 사람은 동일한 욕망의 소유자들이라는 점이다. 다른 작가들에 비해 상대적으로 짧은 제도 교육 기간과 실정법 위반으로 드러나는 기존 체제와의 불화관계는 그들 사이의 묘한 동질성을 엿보게 한다. '제도'는 그들의 욕망을 실현할 기회를 상대적으로 박탈했으며 '법'은 그들을 가혹하게 심판했다. 제도와 법을 넘어 무한히 팽창하고자 하는 욕망은 그러므로 그들을 설명하는 공통된 특징일 수도 있다. 우리가 그들의 극단적으로 이질적인 지향점에도 불구하고 한 자리에서 그 가능성을 검토해볼 수 있었던 것은 아마도 이러한 이유에서일 것이다. 그들은 끊임없이 현존 체제의 그물을 넘어 또다른 욕망을 욕망한다. 구도자와 유희자로 현상하는 그들의 '아버지 넘어서기 욕망'은 그런 점에서 이형동질의 것인지도 모른다. 그 형식이 어떠하든 간에 그것은 언제나 '부정'하고 '초월'하며 그러면서 '파괴'하는 힘이다. 우리는 역설적인 의미에서 이를 아버지를 부정하는 또다른 계몽적 기획이라고 부를 수도 있을 것이다. 파괴는 또다른 파괴를, 폭력은 또다른 폭력을 부른다. 또다른 아버지의 위치로 격상된 박노해와 자기 모멸로 귀착된 장정일의 유희자는 이 악순환에서 자유롭지 못하다. 이제 우리는 이 계몽적 자아, 이 남성적 자아로부터 어떻게 벗어날 것인가를 고민해보아야 한다. 김영하 문학이 떠오르는 것은 바로 이 지점에서다.

3. 나를 파괴하는 나

　무엇보다도 김영하 소설의 주인공들은 남녀를 불문하고 욕망을 간접
화하고 중재시키는 제도적 관습, 즉 '아버지-어머니-나'로 이어지는
안정된 삼각형의 욕망 모델을 거부하는 경우가 많다. 그들은 인간 욕망
을 관리하고 규율해온 인류의 오랜 금기를 깨뜨리고 곧바로 근친상간
에의 욕망을 드러낸다. 일종의 오이디푸스 콤플렉스 혹은 일렉트라 콤
플렉스로 현현하는 이 욕망은 김영하 소설을 지배하는 중요한 고리다.
이미 우리는 "어머니의 관에 흙이 덮일 때"(『나는 나를 파괴할 권리가 있
다』, 문학동네, 1996, 21쪽) 섹스에 몰두하고 있던 남자 K를 잘 알고 있
다. 이 섹스가 어머니에 대한 욕망의 반영이라는 데는 이론의 여지가
없다. K의 형 C 역시 동생의 애인인 유디트와 관계를 맺음으로써 이 위
반에 동참한다. 「내 사랑 십자드라이버」에서, 병적인 집착으로 자신이
짝사랑하던 여자를 토막 살해한 남자는 결국 여자를 해부하고 재조립
하던 꿈의 한쪽 끝에서 자신의 엄마의 이미지[9]를 발견하는 순간 불현
듯 잠에서 깬다. 「도마뱀」의 화자 역시 마찬가지다. 스물다섯 살 된 여
자는 도마뱀으로 상징되는 남근에 대한 선망과 그로 말미암은 공포를
숨기지 않는다. 남근 선망은 그렇다 치더라도 왜 공포인가? 상상 속에
서 이루어지는 도마뱀과의 합일 욕망은 항상 엄마의 영상에 의해 방해
받는다. 엄마의 영상이 떠오르는 순간 화자는 자기도 모르게 무의식적
으로 잘못을 빈다. "엄마, 미안해요."(『호출』, 20쪽) 무엇이 미안하다는

---

9) "제가 조립한 건 바로 우리 엄마였어요. 팔이 비뚤어지고 입이 돌아간 엄마가 절 혼냈어
요. 이 병신 같은 자식, 또 처박혀 장난질이구나. 그런 꿈들이었어요."(「내 사랑 십자드라
이버」, 『호출』, 문학동네, 1997, 98쪽) 이 편집증 환자의 강박은 아마도 엄마에 대한 욕망
과 관련 있을 것이다. 이 욕망이 금기를 향한 것이기에 엄마는 그를 '혼내고', '병신'이라
고, 정상이 아니라고 구박한다. 그리고 당연히 이 환상은 꿈의 파편으로만 현상한다.

것인가? 이 소설은 그것이 암묵적으로 아버지와의 근친상간[10]의 욕망에서 비롯된 것임을 암시한다. 화자는 아버지와의 관계에 의해 아이를 잉태하고 유산한다.[11] 그럼에도 불구하고 여전히 포기되지 않는 '아버지의 아이'에 대한 욕망[12]은 도마뱀으로 상징되는 여성의 성적 판타지에 밀접한 영향을 미친다. 물론 이 판타지는 꿈의 힘을 빌려 재현된다. 당연히 이것은 실재와 무관한 척하고 있다. 그러나 이 꿈의 장치를 통해 우리는 오히려 화자의 욕망이 현실에서는 터부시되고 있는 그 무엇과 관련 있음을 알아차릴 수 있다. 벼락을 맞기 위해 안간힘을 쓰는 「피뢰침」의 화자 역시 이의 연장선상에서 이해될 필요가 있다. '벼락'을 맞는다는 것은 무엇인가? 그것은 신의 분노를 사는 일, 즉 금기의 위반과 관련된 성적 욕망을 암시한다. 벼락을 맞은 직후 화자가 '죄의식'을 느꼈다는 것, "아빠가 홍콩 다녀오면서 사온 게스 손목시계"(『엘리베이터에 낀 그 남자는 어떻게 되었나』, 문학과지성사, 1999, 130쪽)가 그날 이후 작동을 멈추었다는 것, 그 이후 석 달 뒤 엄마가 병명도 모른 채 시름시름 앓다가 죽었다는 것, 그리고 다시 한번 번개를 맞기 위해 떠난 탐뢰 여행에서 결국 기억에서 지워버린 영상, "엄마와 아빠 사이로 웅크리고 기어드는 열다섯의 자기를 되살려냈다"(145쪽)는 것 등, 이 모든 모티프들이 암시하는 것은 금기에 관한 위반 욕망과 그로 말미암은 죄의식 혹은 공포의 감정들이다.

어머니에 관한 욕망은 기본적으로 아버지에 대한 부정행위다. 아버지로 대표되는 금기의 기제로부터 자유로워지고자 하는 아들의 욕망이

---

10) "열대의 숲에서 온통 벌거벗은 아빠는 화난 얼굴로 내 침대 쪽으로 다가오고 있다." (『호출』, 15쪽)

11) "엄마, 제 동생은 어디로 갔나요? 나는 엄마에게 묻는다. 그애는 죽었잖니. 아니, 우리가 죽었잖니."(위의 책, 22쪽)

12) "아이를 낳고 싶어요, 엄마. 제가 엄마의 아이를 낳아드릴게요. 나는 고통을 참으며 말하지만 엄마는 듣지 않고 사라져간다."(같은 책, 22쪽)

어머니를 욕망하게 한다. 김영하 소설에 있어서도 이러한 메커니즘은 그대로 작용된다. 그러나 그의 경우, 아들의 오이디푸스 콤플렉스를 유발하는 '강력한 아버지' 대신 '무서운 어머니'가 출현한다는 사실에 주목할 필요가 있다. 때로 "미친 여자의 머리카락처럼 산발하며 뻗어내려 간 뿌리와 기괴한 웃음소리를 내는 나뭇잎들"(「당신의 나무」, 『엘리베이터에 낀 그 남자는 어떻게 되었나』, 241쪽)이나 굶주린 독사 혹은 어미의 몸을 파먹고 태어나는 거미, 뱀처럼 쏟아지는 엄마의 웃음 등으로 환유되는 이 여자들의 이미지는 그의 소설 곳곳에서 다양하게 현상한다. 적장 홀로페르네스의 목을 베는 유디트(『나는 나를 파괴할 권리가 있다』)나 남편을 살해한 신화 속의 여성 다나이드(「나는 아름답다」) 등은 김영하 소설이 신화로부터 즐겨 그 이미지를 차용한 경우다. 그들은 언제나 남자의 사랑을 배반하고, 때로는 목숨을 노리기도 한다.(「거울에 관한 명상」) 그들과의 섹스가 눈이 찔릴 것 같은 공포(『나는 나를 파괴할 권리가 있다』)나 싸늘한 무감동을 동반한 절망적인 관계(「나는 아름답다」)로 그려지는 것도 그 때문이다. 퇴폐적이고 탐미적인 시선으로 관조되는 그녀들에 대한 남자들의 욕망은 대부분 그 강렬함에도 불구하고 좌절당하거나 거세된다.

소위 '메두사형 여성상'이라고 할 만한 이 강력한 여자들은 '남근' 달린 여자다. 이들은 아버지의 남근을 어머니에게로 대치시키고 있는 아들의 '상상'의 산물이다. 김영하의 소설 속에서 아버지는 '부정(nega-tion)'되는 것이 아니라 다만 '부인(disavowal)'될 뿐이다. 프로이트도 말하고 있듯이 '부정'이 현실을 지워버리려는 계기라면 '부인'은 현실을 중립화시키려는 보호기제의 하나다. 아들은 어머니를 욕망했으며, 그것은 이미 살펴보았듯이 강력한 죄의식과 거세 공포를 유발한다. 아들은 정상적인 사회 관계 속에서 살아남기 위해 자신의 욕망을 접고 아버지의 권위를 인정할 수밖에 없다. 그러나 여전히 어머니를 욕망하는 아들의 내면은 아버지의 권위를 인정하고 싶어하지 않는다. 부인의 메커니즘이 작동되는 것은 이때다. 아들은 현실 속에서는 아버지의 권위를 인정하는 척하면서 '상상' 속에서 아버지를 살짝 지워버리고 어머니에게 그 강력한 권위를 이행시킨다. 삼각형 모형 가운데 꼭지점의 하나를 형성하고 있는 아버지의 남근을 어머니에게로 이행시킴으로써 어머니―아들의 이자적 관계를 아버지의 금지로부터 보호하려고 하는 것이다. 그것은 아들이 아버지의 거세 위협으로부터 자신을 지키기 위한 또 하나의 방어기제라고 할 만하다. 그렇게 보자면 김영하의 '무서운 여자'들은 아들의 거세 공포가 만들어놓은 최대의 '상상적 고안물'인 셈이다. 이 상상적 고안물의 신원은 비교적 선명하다. 신화나 예술품, 특히 미술품이나 영화 등 시각적 예술에 드러나는 상상적 이미지는 이 무서운 여자들의 성격을 고안하고 축조하는 적절한 참조틀이다. 이미 살펴보았듯이 '뱀'과 거미, 미친 여자의 웃음소리 등 신화가 고안해온 다양한 상징물들은 김영하 소설이 즐겨 의탁하는 상상의 저수지인 셈이다. 그의 소설이 때때로 우리 현실보다 판타지에 보다 친근하다고 느껴지는 이유도 바로 거기에서 나온다.

아버지의 팔루스를 부인하고 어머니에게로 남성적 권력을 대체한 아들은 이제 이 강력한 어머니로부터 끊임없이 '학대' 받고자 한다. 일종의 자학적 욕망이라고 할 만한 이 도착 성향은 '상상' 속에서 아버지를 거세하는 방식의 하나다. 들뢰즈는 새디즘과 매저키즘을 구별하며 매저키스트의 자학적인 학대 욕망 속에서 궁극적으로 처벌되는 대상은 어머니를 욕망한 '아들', 즉 자신의 위반 욕망이 아니라 아버지를 닮은 아들의 '아버지성', 곧 남근적 권력 일반이라고 말한 바 있다. 그에 의하면 아들은 무서운 여자가 내리는 처벌의 공포에 시달림으로써 자기를 파괴하고 자기 안의 아버지, 그 권력의지를 조롱한다. 아버지, 너는 엄마에게 학대당하는 '어린아이'에 불과해! 아들은 자기를 '파괴'하면

할수록 더욱더 강력하게 아버지의 권위를 부수어버린다. 이 역설적인 내면적 파괴의 드라마는 '신버지'를 모독하기 위한 장정일의 '분뇨 예술'을 연상시키는 측면이 있다. 그러나 그것이 작동되는 메커니즘은 다르다. '나는 똥이다'라고 자기 모멸을 시도하는 장정일의 경우에는 이미 살펴본 대로 그것을 시도하는 남자의 남성성, 곧 남근 자체가 부정되는 것은 아니다. 오히려 자기 모멸을 통해서 아들은 아버지에 버금가는 신적 파괴력을 획득한다. 말하자면, 장정일에게 있어 자기 모멸은 자기 안의 남성성에 대한 파괴에 이르기보다 그것의 부활로 종종 이어지는 측면이 있다. 그의 희생과 자기 모멸의 유희가 때로 비장한 아이러니를 획득하게 되는 것도 바로 그 때문이다. 그러나 김영하의 경우 '자기'에 대한 파괴는 곧바로 남성성의 파괴, 즉 '거세 욕망'과 관련한 '여성적인 원리의 복원'으로 나타나는 경우가 많다. 그것은 비장미 대신 동화적 유머를 채택하기도 한다.

김영하의 소설에 관한 소설, 소설로 씌어진 소설론이라고 할 만한 「고압선」을 통해 이 과정을 좀더 상세하게 살펴보자. 발표 당시 IMF 사태와 겹쳐 실직 가장에 대한 이야기로 읽히기도 했던 이 소설은 그러나 그러한 구체적인 현실 상황과는 아무런 관련도 없다.[13] 이 소설 역시 주인공 남자의 금기를 넘어서고자 하는 위반 욕망과 그로 말미암은 거세 공포의 기록으로 이해될 필요가 있다. 소설의 첫머리를 장식하는 점쟁이 (주술사라는 이 오래된 메타포!)의 말("여자를 사랑하지 마십시오. 그러면 당신은 사라집니다", 『엘리베이터에 낀 그 남자는 어떻게 되었나』, 215쪽)이

---

13) 다시 한번 강조하건대, 김영하의 소설은 '상상'의 산물, 즉 판타지의 일종이다. 「흡혈귀」 속의 한 인물의 말을 빌리자면 현실을 재현하는 소설만큼 재미없는 것도 드물다. 그것은 아버지의 이름으로 진행되는 현실 원리를 그대로 답습하는 것에 불과하기 때문이다. 예술은 그러한 현실에 대한 '부인'이다. 분명히 '있음'에도 불구하고 끊임없이 '없다'고 말하기. 김영하의 소설이 금기의 위반 욕망과 밀접한 관련을 맺고 있는 것을 보라. 그에게 예술은 '어머니'를 대신하는 페티시즘의 일종이다.

'금지'와 '처벌'에 관한 조항임을 명심하자. 남자의 욕망은 '여자'다. 그러나 이 여자에 대한 욕망은 존재의 근거 자체를 위협하는 무서운 금기와 관련되어 있다. 존재를 무화시킬 정도로 강력하게 금지되어 있는 여자는 누구인가? 우리는 당연히 어머니를 떠올릴 수밖에 없다. 특히 아들이 "섹스중이라는 것을 번연히 알면서도 며느리나 자식을 불러"(216쪽)내는 어머니는 아들의 성을 관장하며 언제든지 거세의 위협을 가할 수 있는 '무서운 어머니'의 전형으로 부족함이 없다. 그저 그런 보통의 남자에 불과한 화자가 한때 친구 B의 애인이었던 여자의 "크고 동그란 가슴"(218쪽)에 매혹되는 것을 보라. 친구 B(아버지)라는 금기, 크고 동그란 가슴에 대한 페티시즘 등은 그녀가 어머니의 대치물임을 암시한다. 남자는 여자의 가슴에 "고개를 파묻고 젖꼭지를 입에" 물면서 "미치겠어. 하루 종일 네 젖가슴만 생각나"라고 고백한다. 여자는 "엄마처럼 그를 품어"(227쪽)준다. 이 표현은 「당신의 나무」에서 다시 한번 그대로 반복된다.[14] 최고의 만족감은 항상 '엄마'와의 관계 속에서 획득된다. 그러나 이 만족감은 언제든지 거세될 수 있다는 공포를 기반으로 한 충족에 다름아니다.

이 공포는 양가적인 감정을 초래한다. 여자(어머니)와 사랑을 나눈 남자는 점점 몸이 사라지다가 급기야는 '투명인간'이 되고 만다. '투명인간'이라는 이 장난스럽고 유머러스한 메타포가 거세를 암시하는 것임은 분명하다. 금기를 위반하면 응분의 처벌을 받게 된다. 투명인간으로 변해버린 남자의 몸이 상징하는 바는 바로 그러한 오래된 터부와 관련된 것이다. 그러나 재미있는 것은 화자가 "털이 없었으면, 성기가 없었으면" 하고 바란 적도 있다는 점이다. 그건 아주 어릴 적 "아버지와

---

14) "여자는 엄마처럼 당신을 어루만져주었다. 젖을 물려주었고 당신을 씻겨주었다. 섹스에 미숙한 당신을 다독여가며 길을 들였다. 겁내지 말아요……"(『엘리베이터에 낀 그 남자는 어떻게 되었나』, 257~258쪽)

함께 목욕탕에 갈 때"면 들곤 했던 "부끄러움"(226쪽) 때문이다. 이 부끄러움은 자신이 욕망하는 어머니를 차지하고 있는 아버지에 대한 질투의 감정임과 동시에 어머니를 욕망하는 데서 오는 죄의식의 다른 표현이다. 부끄러운 감정은 이미 아버지의 법이 내면화된 증후다. 즉 초자아의 다른 얼굴인 것이다. 화자는 이 부끄러움이 극심해서, 다시 말하자면 초자아가 지나치게 발달해서 오히려 자신이 아버지로부터 처벌을 받고 거세되기를 바랄 지경이다. 이 양가적인 감정은 은행에서 퇴출당하지 않으려고 안간힘을 쓰는 남자의 심리를 통해서도 그 일단을 볼 수 있다. 남자는 거세를 두려워하면서도(은행에서 잘릴 텐데) 한편으로는 그것을 바란다(완벽하게 사라질 수 있을 텐데). '거세'는 도저히 벗어날 수 없을 것 같은 초자아(은행, 가족)로부터 해방될 수 있는 유일한 가능성으로 보인다. 그렇다면 투명인간이라는 이 메타포는 아버지의 질서로부터 자유로워진 상상의 인물, 그 원초적 자아, 인간의 영원한 유년 시절의 대변자와 관련 있는 것은 아닌가. 그는 아버지의 이름을 알지 못하며 아직 어머니와 한 몸을 이루고 있는 자웅동체에 다름아니다. 그런 의미에서 그는 어디에나 존재할 수 있으며(상상 속에서) 또 어디에도 존재할 수 없다(현실 속에서).

이 투명인간에 대한 옹호 속에는 거세된 자, 즉 남자도 아니고 여자도 아닌 존재에 대한 열광과 함께 남성성 일반에 대한 혐오와 경멸이 동시에 존재한다. 사실 이 거세 욕망에는 아버지의 남근에 대한 부정성이 깃들어 있다. 무서운 어머니를 욕망함으로써 자기를 파괴하고 아버지의 남근을 거부하고자 하는 의지가 거세 욕망을 불러일으키고 있는 것이다. 그의 단편 「어디에도 있고 어디에도 없고」는 이 욕망이 김영하 소설을 추동하는 핵심적인 계기임을 암시한다. 역시 무당(주술사)에 의해 다섯 살 때까지 여자 옷을 입고 여자 노릇을 하며 자라야 죽지 않는다는 예언을 접한 남자가 외국 여행을 통해 그 동안 망각하고 있던 자기 안의 자기(여자로서의 자기)를 발견하게 됨으로써 새로운 정체성을 형성하게 된다는 이 이야기는 거세 욕망과 관련한 김영하 소설의 여성성을 드러내는 중요한 모티프를 함축하고 있다. 일찍이 『나는 나를 파괴할 권리가 있다』를 통해 천명된 바 있던 '죽음을 주재하는 자' 즉, 자기를 벌줄 수 있고 파괴할 수 있는 자는 '신'에 육박하는 절대적 자유(해방감)를 구가하고 있지만 결코 초월자, 초자아로 돌변하지는 않는다. 거세된 투명인간의 예에서 보듯 '나를 파괴할 수 있는 나'는 아버지의 권위에 대한 도전자이기는 하다. 스스로를 거세함으로써 아비의 남근을 거세하고자 하는 매저키즘의 발현. 그러나 그는 결코 아버지-신으로 회귀하지는 않는다. 동정녀 마리아의 아들 '예수'처럼 그는 신에 버금가는 권능을 행사하지만 영원히 '사람의 아들'로 남는다. 동시에 그는 남자도 아니고 여자도 아니다. 그는 신/인간, 남자/여자의 대립을 무화시키는 존재, 그 관계의 빗금을 가리키는 기호일 뿐이다. 그러기에 그는 '어디에나 있고 어디에도 없'다. 세기말 김영하는 우리에게 이제까지 존재하지 않았던, 그러나 언제나 우리 속에 존재하고 있었던 새로운 인간형을 선보인다. 그것은 자기 안의 남성성을 거세한 신인류의 탄생에 다름아니다. 이제 아버지를 거부하는 아들의 새로운 서사가 시작되고 있다.

4. 도살된 소의 진정성

　렘브란트는 일생에 걸쳐 집요하게 자화상 작업에 매달려온 화가로 유명하다. 그의 자화상은 시간과 함께 소멸하는 인간 존재에 관한 그의 통찰력, 그 어떤 관념에도 의지하지 않은 채 오로지 자신 내부의 자기를 들여다볼 뿐인 화가의 으스스한 눈빛으로 더욱 형형하게 빛난다. 일명 〈웃는 자화상〉(1669)이라고 불리는 그의 마지막 자화상에는 늙고 추한, 그래서 소름끼치도록 절망적인 한 인간이 웃고 있다. 이미 영광의 시간은 다하고 이제는 다만 쓸쓸히 사라져갈 일만 남은 한 존재가 오로지 거울 속의 자기를 뚫어지게 응시하면서 지상의 삶에 마지막 웃음을 선사한다. 후세의 사가들은 이 끔찍한 그림을 일러 스스로를 아무것도 아닌 것으로 그릴 수 있었던 자, 끝끝내 인간의 인간다움을 부정했던 자의 마지막 초상이라고 칭한 바 있다. 인간을 부정함으로써 영원히 불멸할 수 있었던 자, 그가 바로 렘브란트다. 90년대 문학에 나타나는 새로운 인간형(新人)들은 이 렘브란트의 자화상이 발하는 열정과 유사한 맥락을 지니고 있다. 인간의 이면을 정직하게 응시하는 렘브란트의 시선은 그들이 추구하는 예술의 유일한 목표이기도 하다. 그 시선을 통해 그들은 오랜 시간 동안 인간을 뒤덮고 있던 그릇된 형이상학적 관념을 폐기하고 그 자리에 소름끼치도록 끔찍한 벌레의 모습을 대신 채워넣었다. 그리고 그 벌레를 '자화상'이라고 불렀다. 그 벌레가 인간이 망각하고 억압한 자기라는 것이다. 이제, 인간은 벌레다, 똥이다. 그리고 어디에도 없고 또 아무 곳에나 있다. 마치 렘브란트가 그린 〈도살된 소〉(1655)처럼 그것은 다만 하나의 고깃덩어리에 지나지 않는다.

이 극단적인 비인간의 선언은 그러나 형이상학적인 인간이 방기해둔 온갖 종류의 폐기물들과 만나는 적극적인 계기가 되기도 한다. 이제 문학은 쓰레기들에 관한 담론으로 뒤덮이게 되었다. 그러나 '도살된 소'의 모티프는 미술사가 증거하는 것처럼 신성의 지상화를 암시하는 중요한 알레고리다. 그것은 이제 하늘의 영광에 대해서가 아니라 지상에 깃들인 신의 섭리에 대해서 이야기한다. 그러므로 이 고깃덩어리를 외면하거나, 그것에 옷을 입히는 것은 이제 별다른 의미가 없을 수도 있다. 고깃덩어리는 고깃덩어리 그 자체의 물질적 구체성으로 신성을 구현한다. 이것이 푸줏간에 걸린 도살된 소의 고깃덩어리가 말하는 바다.

지난 연대 우리 문학의 사회정치적 리비도를 내면화한 90년대 문학은 이제 '푸줏간에 걸린 고깃덩어리'들이 구현하고 있는 쓸쓸한 신성을 통해 문명과 제도의 폭력성에 대해 문제를 제기한다. 이 문제제기는 우리가 살펴본 대로 언제나 새로운 인간형에 대한 갈망으로 귀결된다. 90년대에 이르러 우리 문학은 그 멀고 먼 우회의 길을 돌아, 마침내 자신을 발생시킨 최초의 기원, 그 영원한 인간의 문제와 마주하고 있는 것이다.

(1999)

탈주의 변증법

1. 즐거운, 그러나 쓸쓸한 탈주

이 글은 몇몇 작가의 90년대 소설에 관한 상념들이다. 그 작가들의 명단은 다음과 같다. 90년대 벽두를 정체불명의 포스트모더니즘 논쟁으로 장식하고 포르노 판정을 거쳐 결국에는 거대한 자기 모멸의 시나리오를 완성한 작가, 장정일. 시에서 우화로, 우화에서 소설로, 소설에서 이야기로 쉼없는 몸 바꾸기를 자행하며 장르의 경계를 넘나드는 작가, 성석제. '문단의 신데렐라'로 불리며 90년대 문단을 환멸과 냉소로 화려하게 장식한 작가, 은희경. 이들의 공통점은 그들에 대한 극단적인 평가다. 한편에서는 새로움을 칭송하는가 하면 다른 한편에서는 그 가벼움의 과를 묻는다. 열광과 당혹. 소설의 신개지냐, 소설의 황무지냐. 이 극단적인 찬반양론은 비단 그들의 소설에 대한 평가에만 그치는 것이 아니라 지금 이곳의 90년대 문학에 대한 가치평가의 한 양상이라고 해도 무방할 것이다. 90년대 소설에 관한 인식론적 지도가 그들을 거점으로 삼을 수밖에 없는 것은 바로 그 때문이다.

72

논의의 대상을 '우리'의 시선으로 다시금 확정짓는 것에서부터 이야기를 시작하자. 무수한 아류와 숱한 모방을 만들어내고 있는 장정일은 이미 우리 시대 문학의 한 정점으로 기록될 만하다. 비록 그가 외설을 혐의로 대한민국 법원의 '심판'을 받음으로써 문학과 기존 체제 간의 오래된 원한의 한 끝을 장식한 바 있으나, 그 사실을 들어 그를 '쓰레기'로 치부하는 것은 현존하는 도덕률과 자신의 그것 사이의 행복한 데탕트를 확인할 수는 있어도 말의 바른 의미에서 '정당한' 관점은 아니다. 우리를 불편하게 하는 것은 그의 문학에 내재된 변함없는 상수(常數)다. 그는 우리 시대 한국사회가 노정한 후기 산업사회의 징후에 누구보다도 민감하게 반응하였으며 그 속에 편재된 정치적 허위의식과 문화적 야만성을 조롱하는 데 진력을 다했다. 때로는 희생양을 자임하는 그의 제스처가 과장된 '포즈'의 산물이 아니냐는 의혹도 없지는 않지만 90년대가 마련한 '현대성'의 조건을 숙고하려 했다는 점에서 그의 오른편에 나설 이는 드물다. 그는 오늘 우리가 반드시 짚고 넘어가야만 하는 문학적 거멀못임이 분명하다.

　성석제의 경우 90년대적 규정성은 보다 직접적이다. 장정일처럼 시에서 출발한 그가 그간 '시'라는 장르가 무의식적으로 억압했던 무수한 '산문성'을 '소설'이라는 이름으로 내보낼 수 있었던 것은 '90년대'라는 시대상황에 힘입은 바 다분하다. 소위 이데올로기의 시대, 거대서사의 시대, 역사철학의 시대라고 불리는 80년대였더라면 그의 소설들은 '엽편' '꽁트' 혹은 더 나아가 '개그'라는 평가와 함께 소설의 주류로 이야기될 수 없었을지도 모른다. '시'도 '소설'도 아닌 그의 소설들은 장르적 경계를 해체하며 '이야기'의 바다를 건너 기존의 소설장르가 돌아보지 않았던 깡패들과 중독자들, 그리고 순진한 바보들의 세계로 우리를 초대한다. 세계 속에서 타자가 될 권리, 현존하는 인생의 범주들 가운데 어느 하나와도 타협하지 않을 권리를 구가하는 성석제 소설의 주인공들, 특히 한 '지역'의 '왕'으로 군림하며 디오니소스적 자유를 구가하는 깡패들이 80년대 민중문학 진영의 '노동자' 범주에 상응하는 문제적 개인으로 거듭나기 위해서는 지난 연대의 독사(doxa)에 대한 그의 냉소를 기다릴 필요가 있었다. 이 부정적 영웅들은 농촌 공동체와 도시, 개인과 조직, 무(武)와 칼로 환유될 수 있는 이분법의 틀 속에서 점차로 스러져가는 전자의 항목을 대변하며 후자의 세계가 유린해버린 현대성의 그늘을 때로는 해학적으로 때로는 애상 띤 어조로 노래한다.

지난 연대의 소설을 가득 채우고 있던 엄숙주의의 굳은살을 긁어내며 그 텅 빈 중심에 그것이 배제했던 한없이 가벼운 이야기들을 채워넣는 것은 은희경 소설의 관심사이기도 하다. 그녀의 소설 역시 장정일이나 성석제의 그것처럼 90년대 문학을 뒤덮고 있던 거대서사에 대한 환멸에서 출발한다. 빌딩 숲 속의 오피스와 거대하게 조성된 신도시를 배경으로 펼쳐지는 여피남녀들의 연애 이야기가 사랑에 관한 환상이 아니라 상실감에 기반한 현대적 존재론으로 되살아날 수 있었던 것은 그 알리바이 덕분이다. '특별하고도 위대한' 그 무엇에 대한 환상이 제거된 우리 시대의 일상은 그녀의 연애소설을 당대에 관한 알레고리로 읽게 만든다. 그녀에 따르면 환멸은 지상의 모든 사랑에 깃들인 허무의 지평이자 유한한 존재가 지닐 수밖에 없는 삶의 비애다. 삶은 순정 아니면 농담이고, 그런 의미에서 '서정시대'는 끝났다. 이 순간 열두 살에 생의 비밀을 모두 알아버렸다고 선언하는 당돌한 여자아이의 내면은 우리 시대의 보편적인 자아상으로 되돌아온다.

이상에서 보듯 90년대 소설의 한 징후를 예감하려는 시도는 기본적으로 지난 연대 소설과의 대차대조표에 의존하지 않을 수 없다. 80년대는 이 의혹에 가득찬 '몸 가벼운 자들'의 '무거움'을 재는 하나의 척도로 기능한다. 절대적이고 신성한 그 무엇이 개개인의 내면을 사로잡고 있을 때, 적어도 그것을 향한 추구가 그것을 억압하고 금지하는 그 어떤 것에 대한 격렬한 항거의 불꽃으로 불타오를 수 있을 때, 1980년대 우리 소설들을 추동했던 미학적 목록들은 의심할 여지없는 '문학적' 덕목으로 자리잡을 수 있었다. 우리는 이러한 목록들이 무엇인지 잘 알고 있다. 리얼리즘적 규율이라든가 역사적 상상력, 변혁의 무기로서의 소설, 예언자적 지성으로서의 작가, 나아가 역사적 필연이나 진보에 대한 믿음, 인간에 대한 예의 등이 그것이다. 당대의 야만성에 대항하는 문학적 임무의 막중함을 환기시키는 이 목록들은 부재를 통해 현존하는 이념의 빛에 힘입어 그 절대적인 정당성을 획득한 바 있다. 모두 한 곳을 바라보는 것이 눈물겹도록 아름다운 것일 수 있음을 지난 연대의 문학은 우리에게 준엄하게 일러주었던 것이다.

그러나 어느 순간 그 절대적인 이념의 절대성이 의심되기 시작하면서 사정은 달라졌다. 모든 신성한 것들에 대한 걷잡을 수 없는 파괴가 자행된 것이다. '합의'는 '억압'으로 바뀌고 '한 곳으로 집중된 시선'은 '여타의 방향을 봉쇄한 독단'으로 자각되기 시작했다. 현실사회주의권의 붕괴로 시작된 90년대는 우리에게 거대한 파괴와 해체를 가져다주었다. 오랜 시간 한 곳으로 집중된 사회적 리비도의 분산을 막을 자는 아무도 없었다. 과연 파괴하고 해체할 그 무엇이 우리에게 존재하기는 했느냐, 우리에겐 여전히 '미완의 기획'이 남아 있는 것 아니냐는 반성과 절제가 이 급격한 위반 욕망을 제어할 수 있었던 것도 아니다. 이 분산의 욕망은 이미 새로운 시대의 당위가 되어버렸다. 실체를 거부하는 끊임없는 유동의 과정이 이제 고정된 실체를 향한 운동을 대체하기 시작했다. 90년대 문학은 이 흐름에 몸을 맡긴 자들의 즐거운, 그러나 쓸쓸한 탈주의 기록이라고 할 만하다. 따라서 우리가 할 일은 비교적 명백해 보인다. 그 즐거움의 쓸쓸함에 대하여, 그리고 그 쓸쓸함의 즐거움에 대하여 문학의 이름으로 그 내용증명을 발부하는 것. 이 글의 목표는 그것이다.

2. 쓰레기, 거짓말, 농담

장정일의 『너희가 재즈를 믿느냐』는 도발적이고 오만한 제목만큼이나 기존의 장르적 관습을 자극하는 문구들로 가득 차 있는 소설이다. '성냥으로 불을 붙이고 라이터를 내려놓았다' 라는 부조리한 문장이 난무하고 여주인공이 '167센티의 키에 35-24-34의 몸매를 가진 46킬로그램' 에서 '170센티의 키에 34-22-35의 몸매를 가진 50킬로그램' 으로 뒤바뀌는 등 혼란이 극심한 이 소설은 작가의 말대로 "불협화음과 반복되는 장식음의 변주, 즉흥적인 돌발성을 특징으로 하는 재즈음악과 같은 글쓰기"(『너희가 재즈를 믿느냐』, 표지글)[15]를 실험하고자 하는 작가의 의지의 산물로 볼 수도 있겠다. 흥미로운 것은 이 의지가 겨냥하는 것이 무엇인가 하는 점이다. 장정일에 따르면 이 의도된 착란은 "주인공의 성격과 생김새, 작중인물이 활동하는 시간과 공간이 일정하게 고정되어 있어야 하고 소설가가 쓰는 통사구조는 완벽해야" 하는 '소설'의 '통일성' 의 신화를 비웃고자 하는 조롱의 산물이다. 그러나 엄밀히 말해 시공간과 통사구조의 교란을 통해 소설을 해체하고자 하는 시도 자체는 작가가 의도하는 도발성("대범한 독자도 (……) 대목에서는 분통을 터뜨릴지도 모른다", 같은 곳)에 비하면 그다지 '도발적'이지 않다.

---

15) 이 글에서 인용한 작품은 다음과 같다. 장정일, 『너에게 나를 보낸다』, 미학사, 1992; 장정일, 『너희가 재즈를 믿느냐』, 미학사, 1994; 성석제, 『그곳에는 어처구니들이 산다』, 민음사, 1994; 성석제, 『위대한 거짓말』, 문예마당, 1995; 성석제, 『왕을 찾아서』, 웅진출판사, 1996; 성석제, 『새가 되었네』, 강, 1996; 성석제, 『재미나는 인생』, 강, 1997; 성석제, 『아빠 아빠 오, 불쌍한 우리 아빠』, 민음사, 1997; 성석제, 『궁전의 새』, 하늘연못, 1998; 성석제, 「해방」, 『창작과비평』, 1998년 여름호; 은희경, 『새의 선물』, 문학동네, 1995; 은희경, 『타인에게 말 걸기』, 문학동네, 1996; 은희경, 「명」, 『동서문학』, 1998년 여름호.

이미 의미의 착종을 넘어 무의미의 세계로까지 나아간 현대소설의 다양한 형식파괴 충동을 염두에 둔다면, 그의 '재즈적 위증'의 세계는 우리에게 지각체계를 뒤흔드는 당혹감보다는 답습된 실험에 대한 '익숙함'을 선사한다는 것이 보다 사실에 가까울 것이다.

정작, 장정일이 시도하는 '착종'이 흥미로운 것은 관습 파괴의 미학적 동력 자체가 아니라 그것이 생산된 맥락(context)이다. "난 아무 곳에나 총을 쏘고 싶어. 내일이 아니라 오늘, 오늘, 오늘을 향해서"(『너에게 나를 보낸다』, 144쪽)라고 소리를 질러대는 그의 '총 쏘기'와 더불어 '재즈적 글쓰기'는, 장정일 문학에 항상적으로 내재된 대타적 명제를 떠올릴 경우 그것이 의도하는 진정한 '도발성'을 획득한다. 노동예술제에 제출된 '바지 입은 여자'의 시에 대한 '오만과 자비'의 해석, "당신은 실을 짜는 한 여자 수인을 통해 열악한 노동상태와 복지를 고발하고 있어요"(235쪽)에 대한 장정일의 풍자적 비판을 생각해보라. 그의 말에 따르면, "사실주의의 기율" "낙관적 표현" "노동계급의 각성"이라는 어휘로 집약되는 지난 연대 문학의 '규율'은 "다의미한 사상"을 "일편향적으로 해석하는 잘못"을 저지른 "이상한 괴물"에 불과하다. 그의 문학이 지난 연대의 문학에 관한 악의에 찬 모독이라는 항간의 비난은 이에 비추어보면 당연하다. 그는 그것을 의도한다. 그가 보기에 사실주의의 기율이라든가 노동계급의 각성은 그 자체로 좋다 혹은 나쁘다고 판단할 범주가 아니다. 그것은 작가의 선택적 사항일 뿐 작품의 예술성을 담보하는 덕목이 아니다. 그럼에도 불구하고 그것이 다른 모든 덕목들에 우선하는 사태가 벌어졌다면 이것은 있을 수 없는 일이다. 장정일의 모독이 자행되는 것은 바로 이 지점이다. 하나의 '규율'이 모든 것을 배제하며 자신의 정당성을 고집하는 상황. 그는 그 규율의 옳고 그름에 이의를 제기하는 것이 아니라 다른 가능성을 원천봉쇄하는 그것의 억압성을 문제삼고자 한다. 재판정에 서지 않으면 안 되었던 장정일의 부도덕한 상상력이 말하는 바도 바로 그것이다.

　자기 소유의 아파트를 아내의 닦달 끝에 장모의 구멍가게를 확장하기 위해 처분하고 나서 지금의 전셋집으로 이사 오면서부터 단칸방이 너무 좁아 예전에 사용하던 침대는 옥상에 있는 주인집 창고 안에 모셔두었다. 그러니 처제가 이 단칸방을 방문해서 하룻밤이나 이틀 밤을 머무른 다 쳐도, 하나밖에 없는 침대를 어떻게 쓸 것인가 하는 공상을 하는 일은 쓸데없는 것이었다. 그럼에도 불구하고 그는 이 단칸방에 침대가 있다고 상상한다. 그리고 처제가 오면 그 침대를 어떻게 사용할지에 대해 공상하는 것을 멈출 수가 없다. 그걸 못 하게 하면…… 그는 죽는다. 그런데도 그런 공상을 하면 안 된다는 사람이 있다. 그의 단칸방에는 침대가 없다고. 아내의 동생을 탐하는 것은 부도덕하다고.(『너희가 재즈를 믿느냐』, 141~142쪽)

　침대가 없다는 것을 번연히 알고 있음에도 불구하고 침대가 있다고 '상상' 하는 것, 그 침대에서 아내와 처제를 동시에 품는 것, 그것을 끊임없이 되새기는 것, 그것은 장정일의 소설이 가리키는 바가 무엇인지를 명확하게 말해준다. '그걸 못 하게 하면…… 그는 죽는다' 라는 문장이 의미하듯 그것은 죽음을 담보로 한 공상이다. 그의 '침대에 관한 명상' 은 부재(침대가 없다)와 억압(침대가 있다고 상상해서는 안 된다)을 견디는 부도덕(처제와의 섹스)과 손을 잡고 있다. 아니, 그의 상상은 그것을 금하는 사람의 '도덕' 과 '비도덕' 저편에 존재하는 다른 어떤 영역일 뿐이다(따라서 그의 문학이 외설적이라거나 부도덕하다고 낙인을 찍는 것은 사태의 본질을 직시한 것이 아님은 물론이거니와 적절한 비판의 근거도 아니다). 그것은 '쓸데없는 것' 이라는 점에서 매일의 출근길에 읽는 '스포츠 신문' 의 '젊은이의 성' 난에 씌어 있는 '겨울과 질염' 에 관한 기사나 버스 운전기사가 켜놓은 라디오에서 흘러나오는 남녀 진행자의 '음담패설'과 다를 바 없다. 들어도 그만, 안 들어도 그만, 재미있어도 그만, 지겨워도 그만인, 그런 쓰레기들! 그러므로 베스트셀러 작가가 된 은행원 조사명은 여배우가 된 바지 입은 여자 정선경과의 '문학대담'에서 이렇게 말한다. "내 소설을 다 읽고 나서, 쓰레기통에 처넣으라고 하세요. 하하하―"(『너에게 나를 보낸다』, 288쪽) 이 이야기는 소설의 후기에서 작가 장정일의 목소리로 다시 한번 반복된다. "하므로 저는 이 소설을 든 독자에게 간구합니다. 지금 당신이 보고 있는 페이지의 앞장을 모두 찢어 쓰레기통에 넣으라고."(292쪽)

'쓰레기통에 처넣으라'는 전언을 들어 그의 소설이 글자 그대로 쓰레기라거나 장정일이 자신의 소설을 그야말로 그렇게 생각하고 있다고 믿는다면, 그것은 당신이 '처제와 아내와 동시에 침대에서 자는 공상'을 금하는 자의 도덕에 가담하고 있다는 것을 의미한다. '그것을 못 하게 하면…… 그는 죽는다'고 했다. 그것만이 현실적인 부재에 대항하여 그가 할 수 있는 유일한 항거인 셈이다. '나는 쓰레기야'라고 '하하하―' 웃는 자기 모독을 통해서 그는 '쓰레기들'을 산출하는 도덕과 비도덕의 체계를 조롱한다. 그것은 죽음에 이르는 자기 모독적 공상이 가리키는 바가 무엇인지 암시하는 데 조금도 모자람이 없다. "문학이 사회를 변화시킬 수 있다는 믿음은 흑마술이며 작가가 사회의 선도적 역할을 하고 있다는 믿음은 그들의 자아도취다"(286쪽)라는 선언에서 보듯, '쓰레기'를 자처하는 장정일의 소설은 문학과 작가를 둘러싼 해묵은 교리를 해체한다. 장정일의 말에 따르자면, 작가란 기껏 "난봉꾼" 아니면 "거짓말쟁이"(285쪽)일 따름이다. 『너에게 나를 보낸다』에 등장하는 "경산 퍼포먼스 레파토리 앙상블 시어터"의 백형두 일당을 생각해보라. 그런 자들이 시대의 사표이자 당대의 예언가를 자처하며, 현실 속에 존재하지 않는 침대를 '공상'하는 것을 '규율'에 어긋나는 것이라고 백안시하고 그 침대에서 아내와 처제를 동시에 품는 '상상'을 외설이라고 금하고 있다면, 진정한 소설가가 할 일은 비교적 명백하다. 쓰레기 같은 상상을 금하는 자들이 내세우는 윤리의 비-윤리성을 밝히는 것, 그들의 '흑마술'과 '자아도취'를 만천하에 폭로하는 것, 바로 그것이다. 장정일에 따르면 그것만이 '소설'이 기댈 윤리를 구성한다.

현실적 개연성에 의도된 착란을, 도덕에 부도덕을, 시대의 사표에 희대의 난봉꾼을 대입시키는 장정일의 반란은 결국 '나는 쓰레기야'라는 자학적인 웃음으로 끝을 맺는다. 진지하고 성스러운 것으로 합의된 실체에 대한 신성 모독은 그것의 너울을 벗겨내자마자 쓰레기가 되어 자신을 향한 모독으로 되돌아온다. 이 '역전의 드라마'는 '이야기의 바다'로 헤엄쳐가는 성석제와 은희경의 소설을 통해서도 다시금 확인된다.

도대체, 이야기란 무엇인가? 그것은 하늘을 나는 양탄자가 있고 담배 피우는 호랑이가 말을 거는 세계, 무한한 모험의 세계, 영원한 수공업의 세계, 마법과 환상의 세계로 통하는 구멍이다. 근대적 합리성의 산물인 소설과 달리, 이야기는 온갖 모순과 비합리, 우연과 과장에 등을 돌리지 않는다. 소설적 이성의 빛이 스며들지 않는 서사의 주름은 이야기의 세계에서 환하게 빛난다. 소설을 넘어서는 소설, 소설에 반란하는 소설을 쓰고자 하는 작가들에게 이야기가 돋보이는 것은 바로 그 때문이다. 소설의 모태였으되 소설이 '소설'을 주장하자마자 서사의 전통에서 소외되기 시작한 이야기는 오늘날 소설의 타자로서 새롭게 소설과 만난다. 이야기적 맥락을 강조하는 현대소설의 개방적 형식은 그 한 예다. 현실적인 개연성보다 우연성을 강조한다든가, 이야기꾼의 존재가 직접적으로 드러난다든가, 풍자적인 능청스러움을 도입한다든가 하는 성석제와 은희경 소설 역시 이러한 맥락과 무관하지 않다. 그것이 드러나는 형식과 의도에 있어서 정도의 차이는 있지만, 그들의 '이야기성'은 '사실주의 기율'이 강제하는 소설형식의 답답함을 넘어서기 위한 활공이라는 점에서, 근대소설의 타자로 존재하는 이야기의 기능 전환과 밀접한 관련을 맺고 있다. 그들에게 이야기는 언제나 소설 '이전' 임과 동시에 소설 '이후'를 가리킨다.

1) 옛날 옛날에, 장원두라는 착한 소년이 살았습니다.(「어린 도둑과 40마리의 염소」, 『궁전의 새』, 11쪽)

2) 그러면 도대체 경찰은 뭘 했고 뭘 하고 뭘 하려고 했는가. 바로 그 이야기를 할 참이다.(「조동관 약전」, 『아빠 아빠 오, 불쌍한 우리 아빠』, 20쪽)

3) 허나 다행히 우리의 주인공은 그처럼 어리석은 사람들은 아니었다. (……) 그런데 그들, 위대한 연인은 헤어졌다. 왜 헤어졌냐고? (……) 그것은 판단할 수 없는 문제이기도 하려니와 알 필요도 없다. 당신은 그것을 안다고 해서 자기의 삶이 달라질 수 있다고 생각하는가?(「특별하고도 위대한 사랑」, 『타인에게 말걸기』)

1)에서 보듯 성석제 소설은 아예 이야기투로 시작한다. 명확한 시공간 대신 '옛날 옛날에'라는 전형적인 관용구를 채택한 소설은 '~습니다' 체의 유장함과 선악 이분법에 실린 간결한 인물 묘사에 힘입어 모호한 노스탤지어 속으로 빠져든다. 장원두가 살고 있는 '동곡' 마을은 동화의 전형적인 무대로 조금도 손색이 없다. 사방을 둘러싸고 있는 산과 아침이면 솟아오르고 저녁이면 지는 둥근 해, 졸졸졸 흐르는 개울물과 유순한 염소들, 이 모든 것들이 제 나름의 생명을 부여받으며 물활론적 의미체계 속에서 작동하기 시작한다. 이야기투가 도입되자마자 소설은 현실성이 탈각된 설화의 차원으로 들어서는 것이다.

이야기와의 친연성이 명시적으로 드러나는 성석제 소설과 달리 은희경의 소설은 겉보기에는 우리가 익히 알고 있는 소설의 외양에서 크게 벗어나지 않는다. 장정일식의 형식 파괴 충동이나 성석제식의 장르 패러디화 경향을 찾아보기란 쉽지 않다. 그러나 은희경의 소설을 이끌어가는 주체 역시 고전적인 소설의 그것과는 다르다. 직접적이든 간접적이든 서사의 전편에 울려퍼지는 이야기꾼의 음성은 은희경이 우리가 주목하는 작가들, 특히 성석제의 서사전개방식과 친화성을 지니고 있음을 입증한다. 3)에서 보이듯 '왜 헤어졌냐고?' 식의 '독자(청자)'에 대한 '말 걸기'는 그 전형적인 예이다. 지역의 깡패 '조동관'의 일생을 이야기하는 2)의 화자의 목소리는 '특별하고도 위대한 연인'의 파경을 이야기하는 3)의 목소리와 다를 바 없다. 이들의 소설에서 '도대체 경찰은' 혹은 '우리의 주인공' 운운하는 목소리는 스토리를 진행하고, 때로는 사건에 개입하여 적절한 논평을 가하며, 필요하다고 생각될 경우에는 청자의 결론을 유도하기까지 하는 이야기꾼의 목소리를 상정하지 않고는 이해될 수 없다. 아예 자신의 목소리로 자신의 이야기를 하게 하는 성석제의 소설들(「해방」「고수」「유랑」)이 이 목소리를 '다성화'하고 있다면, 은희경의 소설은 그녀의 소설에 빈번하게 등장하는 에피그램식 경구, 예컨대, 3)에 한정해서 보자면, '그것을 안다고 해서 자기의 삶이 달라지지 않는다'라는 전언을 통해서 보듯 그것을 '내재화'하여 소설의 톤을 결정짓는 장치로 이용한다는 점에서 차이를 보일 뿐이다.

인물에 관한 '묘사'보다 화자의 '서술'에 힘입어 전개되는 이들의 서사는 인물의 '발전'이 아니라 이미 예정되어 있는 어떤 '결론' 혹은 '파국'을 향해 달려간다. '발전'의 서사가 어떤 목표점에 도달하기 위한 과정의 지난함과 방황의 의미를 밝히는 데 치중되어 있다면, 이들의 서사는 도달한 결론이 상기시키는 교훈을 어떻게 전달할 것인가에 더욱 치중되어 있다. 당연히 이들의 소설은 지난 연대의 소설이 제기하는 문제적 개인의 갈등이나 90년대 초반의 후일담소설 혹은 내성 소설에 나타나는 심연에 직면한 인물의 내면성을 알지 못한다. '피카레스크 소설'이나 '모험소설'의 구조를 명시적으로 드러내는 성석제의 소설은 말할 것도 없고 그러한 구조가 심층에서 작동하는 은희경의 소설에 이르기까지 이들의 소설에는 이미 과거가 되어버린 사건(파편화된 에피소드)을 종횡무진 연결시키는 작가의 '의도'만이 빛난다. 이들의 소설을 일종의 '알레고리'로 읽을 수 있는 이유도 여기에 있다.[16]

　　의도 혹은 교훈(비록 그것이 교훈을 거부하는 교훈이라 할지라도)이 명백한 소설은 거침이 없다. 이야기의 흐름을 방해하는 걸림돌은 제거되고 무수히 많은 사건들은 화자의 명확한 서술에 힘입어 일사천리로 전개된다. 발랄하고 속도감 넘치는 문체가 여기에 가속도를 부여함은 물론이다. 화려한 에피소드들은 머뭇거림이 없다. 잘 읽힌다. 재미있다. 부담이 없다. 질주한다. 그러다가 갑자기 '어―'하는 소리와 함께 끝이 난다. 이 '어―'하는 갑작스러움은 이들의 '소설성'과 관련하여 중요한 포인트다. 마지막에 독자를 엄습하는 배반감, 마구 웃기다가 느닷없이 눈물을 자아내는 이야기꾼의 교묘한 책략, 그것이야말로 이들의 소설을 고갯적 이야기들이나 소설을 표방한 우리 시대의 진부한 이야기들[17]과 구분지어주는 선명한 표징이다. "정말 재미있는 거짓말이야말로 일상의 반복, 권태에서 인간을 구원하는 힘이 있다"(『위대한 거짓말』, 표지글)거나 "거짓말 만세. 전세계거짓말쟁이협회 만세. 거짓말이 지배하는 역사여, 영원하라"(「재미나는 인생1」, 『재미나는 인생』, 11쪽)고 외치는 성석제의 '거짓말'론, "아아, 너무 웃긴다 웃겨. 내가 농담을 좀 안다는

---

16) 알레고리는 이미 장정일 소설을 해석하는 독법의 하나로 자리잡은 바 있지만 이들의 경우에도 서사를 추동시키는 중요한 기제다. 그러나 장정일의 알레고리가 당대를 겨냥하는 측면이 강하다면, 성석제와 은희경의 경우는 인간 존재 일반을 향한 실존적인 측면이 두드러진다는 점에서 그 초점이 상이하다.

17) 이들은 얼마나 많은가! 이런 이야기들일수록 '소설'이라는 관사를 머리에 얹기 좋아한다. '소설 동의보감' '소설 토정비결' '소설 정치야화' 등등.

거, 그 사람들이 어떻게 알았지?"(「서정시대」, 『서정시대』, 문학동네, 1998, 81쪽)라고 어깨를 으쓱거리는 은희경의 '농담'에 관한 자의식 등은 이들이 거침없는 이야기의 질주 속에서 공공연히 선택한 소설적 무거움의 '극단적인' 그러나 '자학적인' 주장들이다. 거짓말임이 명백한 거짓말[18]이나, 우리를 다소 불편하게 하기도 하고 때로는 견디기 곤란하게 만들기도 하는 농담[19]들을 통해 그들은 '진지하고 엄숙한 것'을 '고압과 도그마'의 다른 이름이라고 환기시킨다.

이야기의 바다를 헤엄치며 진부한 세상과 답답한 소설형식을 조롱하는 성석제와 은희경의 소설은 스스로를 '거짓말'과 '농담'으로 규정하는 자기 모순에 직면한다. 자신의 소설은 '쓰레기'에 불과하다고 웃던 장정일의 경우처럼 이들 역시 '거짓말'과 '농담'이라는 자기 모독을 통해 가까스로 자신들의 가벼움을 '무겁게' 만들고 있는 것이다. 그러므로 "거리에서 사람을 모아놓고 이야기를 해준 다음 모자를 돌리는 직업. 살롱에서 귀족들의 벌린 입에 파리를 집어넣고 주머니를 터는 직업. 안정성이 부족한 이 직업을 극적으로 개량한 것이 종이에 기록해서 서명하고 파는 소설이다"(「소설」, 『그곳에는 어처구니들이 산다』, 36쪽)라고 성석제가 소설에 관하여 냉소적인 규정을 하거나 "만약 어떤 시대처럼 소설가가 지식인이고 스승이라면 나는 소설을 쓸 엄두조차 내지 못했을 것이다. (……) 나는 그냥 이 시대에 살아가는 사람의 이야기를 쓰는 독자의 동시대인일 뿐이다"(『타인에게 말 걸기』, 작가의 말, 359쪽)라고 은희경이 겸손하게 머리 숙일 때 그러한 냉소와 겸손이 지향하는

---

18) 「내 인생의 마지막 4.5초」나 「소설 쓰는 인간」에 등장하는 주 처리 방식이나 통계 숫자 등의 형식을 빌린 언술은 거짓말 같지 않은, 명백한 거짓말의 한 양상으로서, 거짓말이 아니라고 주장하는 모든 거짓말 같지 않은 거짓말들에 대한 통렬한 '전복'이자 '야유'다.
19) 잠자리를 같이 한 남자의 고압적인 소유욕에 대해 "매춘으로 하자"고 답하는 「먼지 속의 나비」의 선회를 상기하라.

바가 무엇인지 짐작하기는 어렵지 않다. '침대에 관한 장정일의 명상'
이 작가의 '흑마술'과 '자기 도취'를 겨냥했던 것처럼 작가와 소설을
둘러싼 모든 교리에 대한 의심은 그들의 일차적인 목표다. 신성 파괴의
드라마는 여기서도 작동한다. 저 높은 곳을 부정하기 위하여 낮은 곳에
임할 수밖에 없는 비애, 한없이 가볍고 구차하다고 자신을 '낮춤'으로
서 '높아지는' 언어의 마술! 90년대 소설의 반란은 이 아슬아슬한 '탈
주'의 곡예다.

3. 이야기의 바다, 광장의 진실

태어나서 살다가 여차여차한 일을 겪고 죽기까지의 지난한 과정에서
자유로울 사람은 아무도 없다. 우리의 삶이란 아무리 대단한 것이라고
할지라도 단 몇 줄의 서사로 요약되지 않는 것이 없다. 모든 인간은 태
어나서 살다가 죽는다! 그러나 그것이 사실이라고 하더라도, 아니 그것
이 사실이기 때문에, 삶의 의미를 탐문하는 소설은 오히려 보잘것없는
인간의 삶에 내재되어 있는 어떤 형이상학적인 도약의 계기에 관심을
기울인다. 신도 영웅도 아닌 범인이 고양된 영혼의 자각을 통하여 자신
의 비속함을 넘어서는 어떤 순간에 대한 관심은 서사시에 육박하고자
하는 소설의 영원한 욕망이다. 무차별적인 '익명의 인간'으로부터 개
개인의 삶에 이름을 부여할 수 있는 '형이상학적인 인간'으로의 탄생은
소설의 영원한 테마다. 그러나 신성 파괴의 충동 속에서 자기 모독에
이른 소설의 관심 역시 그러할까? '쓰레기' '거짓말' 그리고 '농담'의
세계가 발견하는 인간적 진실이란 무엇일까? 세계에 대한 환멸에서 출
발하는 서사의 도달점은 어디인가? 소위 '인생유전담'이라고 할 만한
유형에 대한 지속적인 관심은 우리가 주목하는 작가들에게 있어 이 문

제들이 어떻게 의식되고 있는지를 확인하게 해준다.

1) '바지 입은 여자'는 서울에 입성한 지 세 달 만에 모델계와 영화계의 신데렐라로 부상했다. (……) 한일남은 서울로 올라가 정선경의 가방을 들어주고 그녀의 벤츠를 운전하는 '가방모찌'가 되었다. (……) '색안경'은 자신을 파면시킨 기관의 기관원을 사칭하고 사기를 치다가 지명수배자가 되었다. (……) 은행원은 첫 장편소설로 베스트셀러 작가가 되었다. (『너에게 나를 보낸다』, 273~280쪽)

2) 똥깐의 본명은 동관이며 성은 조이다. 그럴싸한 자호(字號)가 있을 리 없고 이름난 조상도, 남긴 후손도 없다. (……) 똥깐의 이야기는 사람들의 기억 속에서 달구어지고 이야기 속에서 다듬어져 마침내 그의 짧고 치열한 일생이 전(傳)으로 남기에 이른다. 그 이름은 조동관 약전이다.(「조동관 약전」, 『아빠 아빠 오, 불쌍한 우리 아빠』, 7쪽)

3) 어찌어찌하여 1959년 4월에 그는 태어났다. (……) 결혼한 지 3년이 지나서야 그는 대학을 마쳤고 첫 직장에 들어갔다. (「멍」, 『동서문학』 1998년 여름호)

4) 그녀가 병원에 도착하기 십 분 전에 그는 죽었다. (……) 남자가 출장에서 돌아온 뒤 두 달 만에 그녀는 신차장과 결혼했다. 그것도 벌써 이 년 전 일이다.(「짐작과는 다른 일들」, 『타인에게 말 걸기』, 157쪽)

과거형 시제의 간결한 서술에 기대고 있는 위의 예문들은 모두 돌고 도는 인생에 관한 시시한 기록들이다. 조동관을 제외하고 명확한 이름이 부여되지 않은 데서도 알 수 있듯이(조동관 역시 '그럴싸한 자호'가 없기로는 다른 이들과 마찬가지다) 이들의 삶은 "여성지나 주간지를 매달 매주 도배질하는 뻔한 이야기"(『너에게 나를 보낸다』, 231쪽)들에 속한다. 전(傳)의 구조를 패러디하고 있는 2)의 성석제 소설과, 소설 속 소설의 형식을 취하고 있는 3)의 은희경 소설은 그 전형적인 예이다. 이미 작가의 판단을 어느 정도 함축하고 있는 '그럴싸한' 혹은 '어찌어찌하여'라는 표현이 말해주듯 2)와 3)은 '깡패'와 '허풍쟁이'의 보잘것없는 일생으로 채워져 있다.

그러나 이 보잘것없는 이야기에 관한 관심은 낮은 곳으로 임한 소설의 위치 변경과 관련하여 중요한 의미를 갖는다. 깡패와 허풍쟁이의 '뻔한 이야기'로만 '소설'을 구성한다는 것은 그것에 관한 독자들의 기대나 장르 자체의 관습에 대한 배반을 전세로 하지 않고서는 생각할 수 없다. "아무도 건드릴 수 없는 개망나니짓으로 명성"(8쪽)을 쌓은 조동관이나 "인생 전체가 다 포즈"(81쪽)인 심영규가 외면적으로는 '소설' 장르가 요구하는 문제적 개인의 면모를 지니고 있는 것은 분명하다. 편집광들과 더불어 그들은 현존하는 체제의 바깥에서 그것과 갈등하며 자신의 욕망에 근거한 새로운 삶의 방식을 제시할 '자격'을 부여받고 있다. 고래의 민중 영웅의 양상까지 보이고 있는 2)의 조동관은 '은척 경찰'로 상징되는 공권력을 무화시키고 그것을 조롱하는 자이며 심영규는 비록 그 자신의 말에 따르자면 '깃발'만 들고 있었다고 하더라도 '제적'과 '위장취업'이라는 혐의를 받기도 하는 운동가이자 사회부적응자이다.

그럼에도 불구하고 2)와 3)은 고전적인 소설장르가 요구하는 문제적 개인의 자각과 그것에 근거한 영혼의 성장을 보여주지는 않는다. 조동관의 '역전 파출소 단독 점거 사건'은 "읍내 사람들의 뇌리에 동관을 결정적으로 똥깐으로 각인시킨 일"(8쪽)이었지만 정작 그 자신은 조금도 그럴 의도가 없었다. 다만 그는 도망 간 술집 여자를 잡지 못한 데서

오는 화풀이를 했을 뿐이다. 심영규 역시 마찬가지다. 그는 동기들에게 "굳이 달라고 하면 갚지 않을 수 없는 선대의 빚 같은 편치 않은 존재"(79쪽)지만 그 역시 조동관과 마찬가지로 그럴 의도는 전혀 없었다. 그들은 다만 자신들의 '본성'에 충실했을 뿐이다. 본성대로 하다가 조동관은 얼어죽고 심영규는 교통사고로 죽는다. 그러나 그 죽음은 그것을 받아들이는 사람들의 소망에 근거하여 "짧고 치열한 일생"(33쪽)으로 전해지거나 삶의 "엄숙한 형질변화"(86쪽)의 한 과정으로 치부된다.

성석제와 은희경이 전하는 이 한 편의 '인생유전담'은 그 자체로는 우스꽝스러운 희극에 해당되지만 그 이면에는 인간의 삶을 관조하는 비극적 정조가 깔려 있다. 장르적 관습을 뒤집는 패러디적 발랄함으로 진행되는 이야기는 서사가 진행됨에 따라 인간과 세계에 관한 지난 연대의 관념에 도전하는 몇 가지 비판적인 주장들을 함축한다.

우선, 인간의 본성에 관하여. 조동관과 심영규를 규정하는 것은 깡패와 허풍쟁이다. 전형적인 악당의 하나인 조동관은 아무도 건드릴 수 없는 '개망나니'이자 '처녀 사냥꾼'이며 "외상으로 밥 먹고 외상으로 반찬 먹고 외상으로 오입하고 (……) 외상으로 다른 아이들을 두들겨팬 뒤 외상으로 약을 사주"(8쪽)는 '외상 중독자'이다. "뒷감당도 못 하면서 큰소리부터 치고 보"고 "일 저지르고 나서 몰래 숨어 있는"(81쪽) 응석꾸러기이자 허풍쟁이인 심영규 역시 상사와 불화하고 직장을 옮기기 다반사며 직장을 옮길 때마다 "유쾌한 계획을 세웠고, 유쾌해서 술 마셨고 (……) 지각한 김에 결근했고, 윗사람한테 혼날까봐 계속 결근했고, 그래도 마셨고, 두고 보자 혹은 에라 하며 마셨고, 나중에는 뭘 마시는 줄도 모르고 마"시는 두주불사형 문제자라는 점에서 조동관과 막상막하다. 그러나 정작 이들의 성격을 서술하는 작가의 목소리는 놀부의 만행을 해학적으로 나열하는 판소리 광대의 리듬처럼 흥겹기 그지없다. 근대소설의 주인공을 사로잡고 있는 자기 보존의 책략적 마성이 결여된 이들에 관한 작가의 애정 어린 시선은 그 자체로 문제적이다. 영혼의 고양이나 주체의 보존이 아니라 있는 그대로의 본성에 의탁하여 흘러가는 삶, 완전한 무욕, 무소유의 방자함, 사악한 무관심에 대한 찬양,[20] 일종의 방외인과 디오니소스적 인간의 결합 정도로 이해되는 이 인간성에 대한 유쾌한 인정은 지난 연대의 문제적 개인을 사로잡고 있던 형이상학적 열정을 대체하며 그러한 열정이 억압한 웃고 떠들고 마시고 배설하는 생물체로서의 인간을 환기시킨다.

다음, 인간의 삶을 뒤덮고 있는 가변성과 우연성의 그물에 관하여. 조동관과 심영규의 삶은 의도하지 않은 사건과 오해의 연속이다. 그들은 자신들의 본성을 따랐을 뿐이지만 결과는 언제나 예측하지 않은 방향으로 나아간다. 우연에 기인한 착종의 순간은 소설의 형이상학을 의심하는 순간 인간의 삶을 규정짓는 결정적인 요인으로 자리잡는다. 은희경 소설이 지치지 않고 유포하는 진실이 바로 그것이다. 4)의 인생유전이 밝히는 대로 세상에는 '짐작과는 다른 일들'이 참 많은 것이다. 여자는 남자가 스스로 문을 열고 들어오도록 기다렸건만 남자는 몇 번의 발길질로 문이 굳게 닫혀 있다고 오해한 채 집을 나가버리며, 남자가 여자를 자신의 완전한 소유물이라고 믿는 순간 여자는 실연의 아픔을 견디지 못한 채 다른 남자와 후닥닥 결혼을 해버린다. 이러한 사례는 무수히 많다. 여자는 남자의 시선을 자신의 미모에 대한 관심으로 해석하지만 남자는 비에 젖은 여자의 우산이 그의 바지를 젖게 해서 그렇게 하지 않을 수 없었던 것이며, 조만간 남자는 다감하다고 생각되었던 여자의 성격이 실은 심한 감정기복에서 기인한 것이었고 발랄함의 정체

---

20) 이러한 인간성에 대한 애착은 성석제에게서 더욱 두드러지게 나타난다. 무위의 경지에 이른 중독 상태와 무심에 대한 헌사는 『왕을 찾아서』의 마사오 같은 깡패나 「해방」의 술꾼, 「고수」의 내기바둑꾼, 「소설 쓰는 인간」의 제비 등에 관한 애도를 통해 꾸준히 되풀이된다.

역시 경솔함의 이면이었다는 것을 깨닫게 된다. 이 오해와 착종은 우연에 몸을 맡긴 소설의 플롯을 통해 인간의 서사를 구성하는 핵심으로 작용한다.

1)의 장정일 소설은 그 전형적인 예이다. 어떤 합목적성도 상정할 수 없는 인간 존재가 얼마나 가벼운 것인지를 보여주는 데 치중하는 1)의 서사는 삶의 목표 같은 이성적 기획을 조롱한다. 짐작과는 다른 일들이 엮어가는 삶은 "치치올리나가 국회의원이 되고 마유미가 베스트셀러 작가가 되고 서울대를 나온 치과의사가 국수집 주인이 되는"(281쪽) 극단적인 변이의 연속이다. 극단에서 극단으로 옮겨가는 삶의 무게를 지탱하는 것은 "나를 바꾸고 싶"(236쪽)다는 욕망뿐이다. 그 욕망이 추동하는 세상은 이중적이다. 이것이 아닌 저것을 향한 욕망을 발동시킨다는 점에서 세상은 욕망들 사이의 '위계'와 '차이'가 엄존하는 공간이지만, 이것에서 저것으로의 극단적인 전이가 '만화처럼' 발생한다는 점에서 그곳은 이미 이것과 저것 사이의 차별성이 무화된 거대한 동일성의 공간이기도 하다. 여공과 여배우가, 기관원과 지명수배자가, 소설가와 가방모찌가 극단적인 대립항으로 자리잡음과 동시에 절대적인 동일성으로 묶여 있는 세상! 밥의 '평등'에 관한 운동과 그것의 '질'에 관한 운동을 동시에 연결시키는 '오만과 자비'의 변신은 이 세상이 숨기고 있는 최대의 '우연'이자 장정일이 폭로하는 최고의 '동질성'이다. 기관원을 범죄자와 연결시키는 한편 그는 평등의 이념 역시 우스꽝스러운 것으로 돌변하게 한다. 그것은 소설가를 여배우의 가방모찌로 전락시키는 희생제의(유희로서의 예술)를 통과한 다음 얻어진 당대의 블랙유머라고 할 만하다. 그의 인생유전이 겨냥하고 있는 것은 극단적인 전이가 가능해진 낙원의 예찬이 아니라 '전이'라는 메타포 속에 숨어 있는 이질적인 것들의 동질성, 그것을 가능하게 하는 세계에 대한 환멸(마유미가 베스트셀러 작가가 되는 세상이라니!)이다. 모든 것이 '등가(等價)'

로 교환되는 시스템 속의 변신 욕망이란 가능태이기도 하지만 무엇보다도 이래도 그만 저래도 그만인 '권태' 속의 '아이러니'이자 '유희'라는 점이 강조될 필요가 있다. 결국 장정일에게 극단적인 변신은 절대적인 동일성의 다른 이름이다. 욕망이 추동하는 등가교환 시스템 속의 변신은 이미 불가능하다. 변신 가능성, 이것이 아닌 저것이 될 수 있는 가능성은 없다.

무한한 우연의 산물인 인간은 이리하여 아이러니컬하게도 무한한 반복의 세계로 들어선다. 조동관과 심영규의 인생유전이 우리에게 일러주는 또다른 세계관은 바로 그것이다. 이제 어디에도 '축제'는 없다. 그 가능성도 없다. 천상을 향해 기어올라가던 사다리는 치워졌다. 그러므로 삶에 대한 "명예로운 모험심"(「그녀의 세번째 남자」, 『타인에게 말 걸기』, 20쪽)을 기대하는 것은 잘못된 것이다. 영원한 사랑을 서원했던 남자는 "아홉 달 뒤에 다른 여자와 결혼"(19쪽)하고, 사랑을 맹세했던 '영추사'는 물에 잠긴다. '지역'은 말도 안 되는 겁쟁이 '재천'의 손아귀에 들어갈 것이며 그는 새로운 "신화시대"를 개막할 것이다.(『왕을 찾아서』) 영원한 반복과 소극(笑劇)의 시대! 장정일의 소설에 흘러넘치는 '재즈'의 무한한 자유는 기실 다음과 같은 일상이 고안해낸 역설적인 상상물이다.

신정 연휴 동안 그는 장모로부터 한 차례 시외전화를 받았고, 아내 몰래 같은 도시에 사는 그의 어머니에게 한 차례 전화를 했다. 그가 비디오점에서 빌리거나 네 개의 방송사에서 방영하는 영화들을 합쳐 총 열 편의 국내외 영화를 보고 나자 삼 일간의 휴가는 끝이 났다. 일곱시에 일어나서 세수를 하고, 버스로 회사로 내달려가는 일은 올해도 작년과 같이 반복될 것이다.(『너희가 재즈를 믿느냐』, 111쪽)

삼 일간의 휴가를 채우는 것은 봐도 그만이고 안 봐도 그만인 총 열 편의 국내외 영화들이다. 교환 시스템 속의 일상은 완전한 무차별성의 세계로 진입한다. '못생긴 주제에 몸마저 함부로 굴리는 언니'를 사랑하든 '미스코리아 지망생에 정숙하기 이를 데 없는 동생'을 사랑하든 지상의 남루가 개선될 기미는 보이지 않는다. 햄버거를 꾸역꾸역 먹어대며 처제에게 순정을 바치는 인간이나 일요일이면 부하직원을 동원하여 자신의 취미생활을 즐기고 회식자리에서는 허구한 날 6.29 때 시위대에게 빵과 우유를 던져준 일을 자기 생애의 큰 자랑으로 삼고 있는 위인이나 모두 '가변적인 존재'라는 점에서는 근본적으로 동일하다(그들은 모두 스스로는 아무 의미도 지니지 못하는 '기호' 같은 존재들이다). 그는 일요일이면 여전히 마누라가 싸주는 김밥을 들고 부장의 테니스 파트너가 되어주기 위해 아침밥을 굶고 달려갈 것이며 고기 굽는 도시는 영원히 악취를 뿜어댈 것이다.(『너희가 재즈를 믿느냐』) 바야흐로 지상은 "세번째 남자"들과의 사랑으로 채워진다. 어차피 첫번째가 아니라면 "셋부터는 다 똑같다."(「그녀의 세번째 남자」, 『타인에게 말 걸기』, 72쪽) 성석제의 「통속」이 이야기하는 세계 역시 마찬가지다. "언제나 드높은 탑에 사는 공주였"던 여자와 "진창 속에서 그녀가 떨어뜨릴지도 모르는 손수건을 기다리던 비천한 노예"(110쪽)의 신분에 버금가던 남자가 십오 년이 지난 후 신도시의 슈퍼마켓에서 '코털깎이' 따위를 사다가 우연히 재회한다. 손 한 번 잡아보지 못했던 그들은 예정된 코스처럼 "정신을 차려보니 어느새 여관에 들어와 있다. 대낮부터."(114쪽) 그들의 불륜을 중심으로 둥근 원으로 엮인 주변 인물들의 희극적 상황을 그려내는 작가의 목소리는, "비읍—미스 남에게 줄 스웨터를 들고 거리를 질주한다"(134쪽) 식의 에필로그가 말해주듯 가차없는 속도감으로 '질주'하는 듯하다. 결론이 이미 예정되어 있기 때문이다. 그의 전언은 명백하다. '기역' '리을' '비읍' '미음'으로 호칭되는 이름만큼이나 인간들은 '모두가 그렇고 그렇다' 는 것이다. 어느 누구도 신이 부여한 이 쓸쓸한 '농담' 으로부터 자유롭지 못하다. 성석제에게 삶은, 낡은 잡지의 표지처럼, 다만, '통속' 적일 뿐이다.

반복의 세계, 영원한 통속성의 세계는 "특별하고도 위대한" 그 무엇에 대한 환상을 차단한다. 은희경이 토로하듯 이러한 세계 속에서 "사랑이란 천상의 약속일 뿐"(70쪽)이다. 다시 우리의 조동관과 심영규에게로 돌아가보자. 장르의 관습을 배반하고 조롱하는 이들의 일생은 한편으로 관습이 '관습' 혹은 '권위' 로 자리잡게 되기까지의 기원을 뒤집어 보여준다. 조동관과 심영규의 자연스럽다 못해 보잘것없기까지 한 일생을 전설과 신화의 차원으로 승화시키는 것은 단지 그것을 그렇게 받아들이고자 하는 사람들의 열망일 따름이다. 조동관이 똥깐으로 변한 데는 "똥깐이와 한 시대를 산 사람들이 똥깐이를 낳고 똥깐이를 만들고 똥깐이를 죽이는 과정에서 자신들의 일부로 평범한 사람 조동관을, 자신들과는 다른 비범한 인간 똥깐이"(7쪽)로 받아들이게 되는 과정이 개입된다. 심영규 역시 자신의 선택에 관한 자존심을 지키고자 하는 아내 한현정의 '허영' 에 의해 자신을 내팽개칠 수 있을 정도로 '강한' 남자로 되살아난다. 이러한 전복의 과정은 '특별하고도 위대한' 그 무엇에 관한 신화와 전설, 신화와 전설이 되어버린 역사에 대하여 강력한 의혹을 제기한다. 그것은 혹 사실에 대한 왜곡으로 점철된 '허위의 역사' 는 아닌가? 지상에 존재하지 않는 것에 목을 매달게 하는 '흑마술' 은 아닌가? 인생유전의 세계는 우리에게 끊임없이 현실의 이면을 들여다보라고 요구한다. 인간적 진실이란 특별하고도 위대한 그 무엇에 관한 신화가 무의식적으로, 혹은, 의식적으로 배제하고 무시해버린 '다른 사실' 들에 속하는 것인지도 모른다고 속삭인다.

낮은 곳으로 임한 소설은 개인의 내밀한 비의의 세계나 문제적 개인의 형이상학적인 열정을 기록하기를 그치고 항간에 떠도는 인생사로 눈을 돌린다. 개인의 밀실에서 자신의 목소리가 들려주는 황홀한 자기애에 사로잡혀 있던 소설은 우리가 주목하는 작가들에 이르러 광장을 가득 메우고 있는 대중들의 이야기에 귀를 빌려준다. 그들은 광장에 떠도는 이야기들을 채집하고, 채집한 이야기에 자신들의 삶을 덧붙여 다시 광장으로 흘려보낸다. 이리하여 이야기는 '형이상학' 대신 '유희'를 택한 몸 가벼운 자들의 영원한 저수원이 되었다. 이 이야기의 바다가 어디로 흘러갈지는 예측할 수 없다. 다만 "중앙의 신문과 방송에서 도저히 취재할 수 없는 것, 예상할 수 없고 이해할 수 없으면서도 사실인 것, 무시하고 포기하는 진실, 다룰 수 없는 역사를 폭넓고 세세하게 정면으로"(『왕을 찾아서』, 92~93쪽) 다루려는 출발의 진정성을 저버리지 않는다면, 현존하는 체제, 스스로를 진리라고 규정하는 독단에 대한 대중과의 공모된 웃음을 잃지 않을 수 있을 것이라는 말을 덧붙일 수 있을 뿐이다. 공모된 웃음이 사라지는 날, 그날은 그들 스스로가 진리의 독단에 빠져 허우적거리는 날이 될 것이다. 신성 파괴를 겨냥하는 유희란 언제나 다수 대중의 폭소에 힘입은 가면 박탈력을 전제로 하지 않을 수 없기 때문이다.

4. 역설을 견디는 유머

강력한 위계질서로 지상의 삶을 조직하고 장엄한 신화에 기반하여 다수의 합의를 형성하는 '신성'은 지난 연대의 우리 문학을 사로잡고 있던 절대적인 이념에 관한 한 단순한 수사 이상의 것이다. 부재를 통하여 임재하되 심판의 그날에 관한 약속을 잊지 않는 신성의 현현방식은 80년대 문학을 눈멀게 한 이념의 빛에 정확히 대응된다. 그 이념이 신성을 물구나무서기하듯 뒤집어놓은 것이라고 해서 달라지는 것은 아무엇도 없다. 문제는 그것의 구체적인 내용이 아니라 그 내용이 드러나는 방식, 그것의 자기 조작술, 그리하여 개인들 각자를 통치하고 배려하는 구조적 동질성이다. 그 점에 있어서라면 1980년대는 명백히 신성의 원광 속에 깃들여 있었다고 할 수도 있을 것이다. 교회의 뜨락에서 행복할 수 있었던 시대의 온갖 지복(至福), 이를테면 회의하지 않는 영혼, 일체의 삼라만상에 깃들인 약속의 표지, 명백한 선악 이분법, 형이상학적 열정, 육체에의 초월 등은 온갖 폭력과 야만의 시련 속에서 단련되지 않으면 안 되었던 지난 연대의 문학이 역설적으로 대면하게 된 행운이라고 할 만하다. 문학은 그 속에서 만신창이가 된 스스로를 위안하고 힘을 얻을 수 있었다.

그러나 90년대 문학을 추동한 근본적인 동력은 바로 이 신성을 향한 파괴 욕망이었다. 신성의 소멸이 성상 파괴로 이어진 것인지 파괴가 소멸을 부른 것인지 그 선후를 가리는 것은 일단 이 글의 능력을 넘어서는 것이다. 다만 우리는 세계사적 지각 변동과 함께 시작된 인식론적 장의 변화를 이야기할 수는 있겠다. 장의 변화는 연속보다는 단절 욕망을 불러일으킨다. 그러나 그 '단절'된 정신이 아니고서는 이전의 정신과 '연속'될 수 없다. 기존의 것 바깥에서 그것을 들여다보지 않고 어떻게 당대를 이야기할 수 있을 것인가. 우리가 살펴본 90년대 문학의 과격한 '탈주'는 바로 그 '신성이 있던 자리'를 향한 '의혹'의 눈빛에 다름아니다. 우리는 이미 그 눈빛을 일별한 바 있다. 재즈에서 만화, 포르노에서 음담패설, 동화에서 이야기에 이르기까지 우리가 주목하는 작가들은 '소설'이 배격했던 온갖 하위 장르들과 몸을 섞으며 지난 연대 문학의 규율들에 도전한다. 이 신성 모독의 축제는 쓰레기와 거짓말, 그리고 농담이라는 '위증'을 통해 처절한 자기 모독으로 되돌아오기도 한다. 소설형식을 겨냥한 파괴 충동은 이제 도미노가 되어 우리의 인간관과 세계관을 수정한다. 형이상학적 열정에 사로잡힌 인간이란 단지 웃고 떠들고 마시고 배설하는 인간을 억압한 이후에야 얻어지는 허상은 아닌가? 우리를 뒤덮고 있는 세계는 짐작과는 다른 일들로 이루어진 것은 아닌가? 진보와 발전에 관한 약속은 지루하게 반복되는 일상을 은폐하려는 이데올로기는 아닌가? 특별하고도 위대한 그 무엇은 지상에는 존재하지 않는 것이 아닐까? 장정일, 성석제, 은희경의 소설들이 꼬리에 꼬리를 물고 야기하는 의문들은 90년대 문학이 선 자리가 어디인지를 말해주는 대표적인 언설들이다. 우리는 그 의문들에 대한 답을 들어 알고 있다.

90년대 문학의 절대적인 타자인 지난 연대의 문학은 신성 파괴의 거대한 충동 앞에서 이제 도그마의 오명을 뒤집어쓰고 있다. 억압에 대항하는 실천적인 윤리의 하나로 출발한 그 자신이 다른 담론의 가능성을 봉쇄하는 억압의 원천이 되어버렸다는 기막힌 역설을 어디에다 하소연할 것인가. 무거움에 가벼움을, 진지함에 경박함을, 의미에 유희를 내세우는 지난 연대 문학에 대한 해체는 모든 몸 가벼운 것들의 활공과 함께 이제 거의 마무리 단계에 이른 것 같다. 무너져내리는 것에 대한 애도가 없을 수 없다. 지난 연대를 향한 향수와 이단자들에 대한 질타와 어디로 갈지 모르는 현재에 대한 불안이 뒤섞인 90년대가 끊임없는 '모색의 연대'로 기록될 가능성도 항존한다. 그러나 이 단절과 파괴와 해체의 수렁을 완전히 '무'로 돌려버리려는 시도, 엄연히 진행된 드라마를 진행조차 되지 않았다고 인정하지 않는 태도, 혹은 이것은 진정한 문학의 발전과는 아무런 관련이 없다고 믿는 독신, 이 모든 과정에 눈을 돌리고 오로지 좋았던 과거만 복창하는 복고주의 등은 소위 역사의 수레바퀴를 뒤로 돌리려는 시도만큼이나 부질없는 것임은 명백해 보인다.

따라서 당대의 문학을 향하여 이 시점에서 우리가 할 수 있는 일은 그것을 '과거'가 아니라 '현재'에 살게 하는 것, 그 기약할 수 없는 '미래'의 심연 속으로 밀어넣는 것, 바로 그것이다. 그럴 때, 무거움을 전제로

하지 않는 가벼움의 '무게'가 불가능하다는 것은 우리 시대의 문학, 아니 모든 운동하는 것들이 직면할 수밖에 없는 하나의 불길한 징후처럼 보인다. 자신의 정당성을 80년대 문학에 관한 안티 테제로부터 길어올린 90년대 문학은 스스로에 대한 존재 증명을 지난 연대의 문학에 빚지고 있는 만큼 변증법의 바퀴에서 자유롭지 못한 것은 아닐까? 변증법 바깥으로의 탈주를 시도하면 할수록 변증법의 체계는 그것에 대한 인준의 근거로 작동하는 것은 아닐까? 90년대 문학이 스스로의 정당성을 주장하면 주장할수록 80년대는 망령처럼 되살아난다. 그것은 영원히 사라지지 않는 좀비를 닮아 있다. 이 좀비는 미래로 던져진 90년대 문학의 운명을 되돌아보게 한다. 그것 역시 자신이 부정했던 지난 연대 문학의 운명을 답습하지 말란 보장은 없다. '도그마' 대신 '쓰레기'라는 오명이 근거로 제시될 뿐 폐기처분의 과정은 동일한 체계 속에서 작동된다. 출발의 진정성을 들어 스스로를 옹호하려고 하면 할수록 그것은 자신을 옥죄는 주박으로 변할 뿐이다. 신화에 대한 계몽이 또다른 신화를 낳는 것처럼, 우리는 도그마에 대한 탈주가 또다른 도그마로 변하는 악몽을 들어 탈주의 변증법이라고 부를 수 있을 것이다. 우리 시대의 문학은 이 역설 속에 자리잡고 있다. 우리는 이 역설을 견디는 법을 알고 있다. 우리가 주목하는 작가들의 이야기를 빌려 말하자면, 그것은 역설을 즐기는 것, 나아가 그것을 '삶의 유머'로 받아들이는 것, 바로 그것이다. 90년대 문학이 그 자리에 이를 수 있을까? 우리가 주목하는 작가들의 미래는 그것에 관한 하나의 시금석이다.

(1999)

문학을 되돌아보는 문학

─문학이 대중문화를 만날 때

1. 기호놀이로서의 문학

이를테면 "바람 부는 날이면, 압구정동에 가야 한다 사과맛 버찌맛 / 온갖 야리꾸리한 맛, 무쓰 스프레이 웰라폼 향기 흩날리는 거리"(『바람 부는 날이면 압구정동에 가야 한다』, 72쪽)[21] 라는 수사를 마주 대할 때, 혹은 자신의 소설을 "여성지나 주간지를 매달 매주 도배질하는 뻔한 이야기들"(『너에게 나를 보낸다』, 231쪽)로 취급해달라는 발언을 들을 때, 그리고 "완전한 신의 모습을 갖추어"(『나는 나를 파괴할 권리가 있다』, 16쪽)가는 자살안내원의 판타지가 리얼하게 다가올 때, 우리는 다시금 저 오래

---

21) 이 글에서 인용한 작품은 다음과 같다. 장정일, 『길안에서의 택시 잡기』, 민음사, 1988; 장정일, 『아담이 눈뜰 때』, 미학사, 1990; 장정일, 『너에게 나를 보낸다』, 미학사, 1992; 장정일, 『너희가 재즈를 믿느냐』, 미학사, 1994; 장정일, 『내게 거짓말을 해봐』, 김영사, 1996; 유하, 『무림일기』, 세계사, 1995; 유하, 『바람 부는 날이면 압구정동에 가야 한다』, 문학과지성사, 1991; 유하, 『세상의 모든 저녁』, 민음사, 1993; 유하, 『세운상가 키드의 사랑』, 문학과지성사, 1995; 김영하, 『나는 나를 파괴할 권리가 있다』, 문학동네, 1996; 김영하, 『호출』, 문학동네, 1997; 김영하, 「바람이 분다」, 『문예중앙』, 1998년 봄호.

된 질문으로 되돌아가게 된다. 도대체, 문학이란 무엇인가?

최근 우리 문학의 주요한 화두 가운데 하나로 등장하고 있는 '문학과 대중문화의 접속' 문제는 일견 낡고 진부해 보이는 이러한 질문에서 출발한다. 문학의 이름으로 제시되는 키치나 포르노그래피, 그리고 하드보일드한 판타지물은 이 질문과 함께 '문학'과 '비문학'의 경계를 다시 설정할 것을 요구하며 '문학성' 자체에 대한 새로운 논의를 제기한다. 이제 우리는 기존의 문학 개념으로는 포괄되지 않는 다양한 형태의 문학들, 특히 기술복제시대의 도래와 함께 새롭게 문학의 영역으로 진입해오고 있는 각종 문학적 잡종(hybrid)들과 이형태(異形態)들 앞에서 문학/비문학 혹은 고급문학/저급문학을 가르던 저간의 관습만으로는 더이상 문학을 생산하고 향유하며 보존하기 어려워졌음을 절감하게 된다. 아방가르드 문학이나 팝아트에 의해 여러 차례 시도된 바 있던 예술의 규범화에 대한 도전은 우리 문학이라고 해서 예외가 아니다. 이제껏 문학의 영토 안으로 편입되지 못했던 하위 문학 장르들, 예컨대 포르노그래피, SF, 추리소설, 판타지, 공포물, 탐정소설, 무협지 등이나 영화, 대중음악, 만화, 광고 등 소위 대중문화의 다른 장르들과 몸 섞은 문학이 대문자 '문학' 내부의 자기 준거의 문제를 환기시키며 문학의 정체성에 관한 집요한 물음을 던지고 있는 것이다.

90년대 벽두를 장식한 포스트모더니즘 논쟁이나 장정일의 『내게 거짓말을 해봐』를 둘러싼 외설 파동 등은 사실 이러한 문제제기의 단초를 제공한 측면이 없지 않다. 그 내용이나 절차상의 미숙함에 대한 아쉬움이 없지 않으나, 그 사건들은 분명 새로운 문학세대의 기존 문학제도에 대한 공격으로 이해될 필요가 있다. 그 파문의 제공자들은 경제개발계획의 실질적인 수혜자로서 우리 사회의 현대성의 성숙과정과 더불어 나란히 성장했으며 기존의 문학적 코드만으론 자신들의 감수성과 경험을 피력할 수 없다는 무력감을 자주 호소해왔다. 그들의 문학(파괴)행위들은 그런 의미에서 기존의 문학을 상대로 한 인정투쟁이자 자신들만의 문학을 정립해가는 과정이라고 할 만하다. 비록 외국문학에 대한 무분별한 모방에서 벗어나지 못했거나 구체적인 작품생산 대신 일회적인 해프닝에 그친 경우가 없지 않으나 이들이 제기한 문제의식은 90년대가 저물어가는 지금도 여전히 유효한 듯하다. 그들의 의견에 찬성을 하든 반대를 하든 이제 어느 누구도 이러한 문제제기 자체를 완전히 무시할 수는 없게 되었기 때문이다.

한 세기를 마감하는 이 시점에서 우리가 여전히 '문학'을 이야기하고자 할 때 그 문학은 도대체 무엇인가, 혹은 무엇이 되어야 하나. 온갖 대중문화의 하위 텍스트들과 손잡은 우리 시대 문학을 소위 문학의 위기를 초래한 주범으로만 볼 것인가. 그들은 과연 문화산업의 기만적 술책과 공모한 문학의 적이란 말인가. 문학에 대한 고전적 아우라를 포기하지 못할 경우 우리 시대 문학은 경박하고 감각적이며 저급하다는 부정적 평가에서 벗어나지 못한다. 그토록 오랫동안 우리를 사로잡고 있던 문학본질주의는 우리 시대의 저 잡다한 텍스트들을 향해 문학 종말론의 혐의를 부가해왔다. 이제 문학은 죽었다! 그러나 흥미롭게도 문학은 그 종말론의 주문이 끝나는 곳에서 언제나 또다시 다른 이름으로 자신의 삶을 지속해왔다.

이 글은 이러한 문제의식의 산물이다. "현대적 사물들은 절대로 더이상 자연에 의해서 생산된 것이 아니라 즉각적으로 복제된 것이다. 복제야말로 현대의 본질이다"라고 주장한 롤랑 바르트의 이야기를 염두에 두지 않더라도, 오늘날 우리 시대의 젊은 작가들이 고전적 의미의 자연과 접할 기회는 거의 없다고 해도 무방하다. 의미의 성소이자 존재의 근원으로 여겨지던 객관적인 실체로서의 자연은 무수한 복제품들, 다양한 참조물들, 텅빈 기표의 덩어리들로 대체되어왔다. 생산이 아니라 재생산을 특징으로 하는 우리 시대 도시는 보드리야르가 말한 대로 "모든 것이 텔레비전과 자동차의 기호 속에서, 매체와 도시 안내서에 씌어진 행위 모델의 기호 속에서, 서로 나뉘며 무차별적으로 진행"되는 미증유의 공간이다. 이 '기호의 제국'에서 태어나고 자란 세대에게 '자연'이란, 벤야민이 영화를 두고 말한 것처럼, 기술복제시대가 제공하는 인공적 환각의 다른 이름인지도 모른다. 대중문화는 그들에게 제2의 자연이다. 그들은 그 자연 속에서 숨쉬고 성장하며 다채로운 추억을 간직해왔다. 그들을 이미지 중독자들이라고 폄해도 좋다. 문제는 이 중독자들에게는 그들의 추억을 채집하고 보존하는 자신들만의 방식이 엄연히 따로 존재한다는 사실이다.

문학이 여전히 개인들의 추억의 최전선에 관여하는 장르이기를 고집한다면 문학 역시 몸을 바꿀 필요가 있는지도 모른다. 우리가 알고 있던 문학은 어느새 다양한 기호의 경계를 맴도는 무수한 이미지들의 유희와 자리를 바꾼다. 독립된 실체로 자리잡은 이 이미지들은 그것들의 기원인 현실(자연)을 지워버리며 스스로를 새로운 현실로 호명한다. 이제 우리 시대 문학은 현실에 대한 재현이라는 '문학'의 오랜 관념을 포기하는 대신 다양한 기호놀이의 매혹 속으로 빠져들기에 이르렀다. '문학이 있던 자리'를 위협하는 이 기호놀이는 역설적으로 오늘날 우리의 문학을 되돌아보기 위한 비상구 역할을 할지도 모른다. 장정일, 유하, 김영하의 텍스트들을 중심으로 우리 시대 문학의 존재방식을 살펴보고자 하는 것은 그 때문이다.

2. 장정일 : 주석자로서의 작가

각종 문화적 기호로 둘러싸인 인공낙원과 관련하여 장정일 문학을 이야기하는 것은 다소 진부해 보인다. 그의 대표작 「아담이 눈뜰 때」는

"내 나이 열아홉 살, 그때 내가 가장 가지고 싶었던 것은 타자기와 뭉크 화집과 카세트 라디오에 연결하여 레코드를 들을 수 있게 하는 턴테이블이었다"(『아담이 눈뜰 때』, 9쪽)라는 문장으로 시작한다. 이 소설이 타자기, 화집, 턴테이블이라는 세 가지 매체에 의한 아담의 성숙 과정을 주요 내러티브로 설정하고 있다는 이야기는 새삼스럽다. 아담은 '교과서' 대신 타자기와 화집, 그리고 턴테이블을 통해 진짜 '어른'이 된다. 이 어른을 이제까지와는 다른 새로운 인간이라는 의미에서 '아담'이라고 불릴 만하다. 이 최초의 인간 혹은 최후의 인간의 머리를 가득 채우고 있는 것은 단연코 '록 스피릿'이다.

이미 많은 논자들이 지적한 것처럼 장정일 문학은 이제 소설적 장치의 차원에서든 주제의 차원에서든 문화적 코드와의 연관성을 제외하고는 제대로 이해될 수 없다. 그에게 있어 대중문화는 그의 문학을 형성하는 육체이자 뼈대다. 우리는 그의 시와 소설을 통하여 소위 반-문화적 성격을 띠고 있는 무수한 대중문화의 파편들과 만난다. '짐 모리슨'이나 '재니스 조플린', 그리고 '로이 부캐넌'이라는 기표를 제외하고『아담이 눈뜰 때』를 읽을 수 있을까. 이 기표들은 순수 고독의 형식 속에서 자신의 주체성을 보존하는 현대의 위대한 반항아들로 추앙되며 새로움과 빠름만을 추종하는 스피드족과 길항한다. "온몸으로 이 세계의 가속도에 브레이크를 거는 일"(『아담이 눈뜰 때』, 122쪽)에 자신의 전존재를 투기할 것을 결심하는 '아담'이나 "난 아무 곳에나 총을 쏘고 싶어. 내일이 아니라 오늘, 오늘, 오늘을 향해서지"(『너에게 나를 보낸다』, 144쪽)라고 소리를 지르는 '은행원'이 이 위대한 반항아들의 계보에 닿아 있음은 물론이다. 이들 캐릭터들은 장정일 문학이 (의식적이든 무의식적이든) 항상적으로 추구하는 대중적 영웅의 원형적 이미지에 닿아 있다.

그런 의미에서 장정일의 글쓰기는 '반항' 혹은 '전복'이라는 이름의 꼭지점에 의해 대중문화와 연결되어 있는 대중문화의 이란성 쌍생아라고 할 만하다. 대학 등록을 포기하고 고향으로 귀향하는 '아담'의 글쓰기(「아담이 눈뜰 때」)는 록 스피릿과 등가를 이루며 '은행원'의 포르노그래피 쓰기(『너에게 나를 보낸다』)는 '엉덩이가 예쁜 여자'의 영화와 구별되지 않는다. 통사구조와 주인공의 성격, 그리고 생김새 등을 교란하는 글쓰기(『너희가 재즈를 믿느냐』)가 "불협화음과 반복되는 장식음의 변주, 즉흥성을 특징으로 하는 재즈음악"(『너희가 재즈를 믿느냐』, 표지글)과 무관하지 않음은 물론이다. 작가 스스로 아버지에 대한 우상 파괴와 자기 모멸을 시도한 것이라고 말하는 『내게 거짓말을 해봐』와 포르노그래피의 관계 역시 마찬가지다. 록이나 재즈음악, 영화, 포르노그래피가 배음을 형성하지 않은 장정일 소설을 상상하기는 곤란하다. 그것들을 제거하면 앙상한 작가의 의도만 남을 뿐이다. 그의 소설은 바로 그 모든 장르들의 '잡탕', 바로 그것이다. 펄프 픽션(pulp fiction). 그가 자신의 에세이집에 붙인 '펄프 에세이'란 제목은 그의 소설에도 그대로 적용된다. 그에게 있어 글쓰기는 각종의 문화적 텍스트 다시 쓰기(re-writing)인 셈이다. 이 점은 그의 '문학'을 발생시키고 축조해내는 태반이 무엇인지를 암시하는 중요한 부분이라고 하지 않을 수 없다.

> 열다섯 살,
> 하면 금세 떠오르는 삼중당 문고
> 150원 했던 삼중당 문고
> 수업시간에 선생님 몰래, 두터운 교과서 사이에 끼워 읽었던 삼중당 문고
> (······)
> 파란만장한 삼중당 문고
> 너무 오래되어 곰팡내를 풍기는 삼중당 문고
> 어느덧 이 작은 책은 이스트를 넣은 빵같이 커다랗게 부풀어 알 수 없

는 것이 되었네
　集채만해진 삼중당 문고
　공룡같이 기괴한 삼중당 문고
　우주같이 신비로운 삼중당 문고
　　　　　—「삼중당 문고」(『길안에서의 택시 잡기』) 중에서

　　장정일의 문학행위 전반에 관한 서시로 읽히는 측면이 없지 않은 이
시는 그의 문학이 궁극적으로 무엇을 지향하고 있는지를 함축적으로
드러낸다. '삼중당 문고'는 열다섯부터 지금에 이르기까지 삶의 이력
을 함께 해왔을 뿐만 아니라 '곰팡내'를 풍기다가 '이스트를 넣은 빵같
이 부풀어'오르며 '집채' 만해지고 '공룡' 같아져서 결국에는 '우주'에
버금가는 거대한 괴물로 확대된다. 이 만화적 상상력이 말하는 바는 우
주의 기원이다. 삼중당 문고가 없다면 우주도 없다. 그것은 이후에 오
는 모든 책들의 '기원'이자 '의미'의 성소다. "삼중당 문고만한 관 속에
들어가" 죽음을 맞겠다는 시인의 욕망은 이 세계가 삼중당 문고로 이루
어져 있음에 대한 통렬한 풍자다. 이 보르헤스적 인식은 장정일 문학을
추동시키는 가장 핵심적인 동력이다. 그의 문학은 모두 이 삼중당 문고
에 관한 주석, 기호에 관한 기호, 텍스트들에 관한 텍스트다. 기호는 거
듭 부풀어오르며 우주같이 신비로운 단 한 권의 책으로 다시 탄생한다.
그 단 한 권의 책은 다시 또다른 단 한 권의 책으로 거듭나며 끊임없는
윤회의 쳇바퀴 속으로 들어선다. 그는 소망하는 것이다. 그가 읽은 모
든 책, 모든 텍스트의 '양부'가 되고 '의사 저자'가 되기를!

　　내가 읽지 않은 책은 이 세상에 없는 책이다. (……) 그러므로 내가 낯
선 책을 읽는 행위는 곧 한 권의 책을 쓰는 일이지. 이렇게 해서 나는 내
가 읽은 모든 책의 양부가 되고 의사 저자가 되네. (……) 정선해서 골라

든 책을 안고 침대에 누워, 밑줄을 긋거나 느낌표, 또는 물음표를 치면서 나 아닌 타자의 동일성에 간섭하고 침잠하는 일, 한 권의 책읽기가 끝나면 뒷장에 내 식의 '저자 후기'를 주서하는 일. 나는 그런 '행복한 저자'가 되고 싶었네.(『너에게 나를 보낸다』, 278~279쪽)

책을 읽는 행위를 책을 쓰는 행위로 간주하는 '은행원'의 태도는 문학이란 무엇인가에 대한 새로운 관계 설정이라고 할 만하다. 그에 따르면, 읽는 것은 곧 쓰는 것이다. 쓴다는 것은 다시 읽는 것이다. 이제 글쓰기는 이 지상에 존재하지 않는 완전한 가공물을 창조, 생산해내는 것이 아니라 이미 존재하고 있는 가공물에 관한 가공물을 만드는 것, 그 끊임없는 재생산의 굴레 속으로 들어서는 것이다. 타인의 동일성에 간섭하고 침잠하는 '주석자(commentator)'만이 '행복한 저자(author)'다. 한 권의 책의 '뒷장'은 언제나 또다른 책의 '서장'이며 그 '서장'은 또다른 책과 겹쳐진다. 이 '교섭'이 차단된 저자야말로 '불행한 저자'들이다. 『너에게 나를 보낸다』는 이 '불행한 저자'들의 글쓰기 방식을 마음껏 조롱한다. E. M. 포스터의 소설론이 비웃음을 사고 무엇보다도 '사실주의의 기율' '낙관적 표현' '노동계급의 각성'(『너에게 나를 보낸다』, 235쪽)으로 집약되는 80년대 문학이 '행복한 저자'의 무차별적인 폭격 앞에 무방비로 던져진다. 거듭 말하거니와, 장정일에게 있어 '쓴다'는 것은 '읽기'다. 그의 모든 소설은 변형된 '독서일기'이며 소설로 말해진 '소설론'이다. 당연히 열광과 매혹이 있고 비판과 풍자가 동반된다. 터무니없는 폄하와 숭배가 교차하는 것도 이 '일기'의 속성에 비추어보면 그리 낯선 것만도 아니다. 일기는 작가의 주관성이 최고의 덕목으로 자리잡을 수 있는 유일한 공간이기 때문이다.

「제7일」을 중심으로 이 '행복한 저자'의 구체적인 양상을 추적해보자. (장정일 소설의 대부분이 그러하듯) 섹스만이 유일한 소통기제로 통용되는 남녀의 7일간에 걸친 성행위를 주로 묘사하고 있는 이 소설은 기본적으로 성경과 바타이유의 『에로티즘』, 그리고 그의 포르노 소설 『눈 이야기』에 대한 긴 주석이라고 할 수 있다. "저자에게는 운명적으로 부여되어 있는 오독이 독자에게는 권리니까요. (……) 어떻게 읽든 이 책은 당신의 내적 체험에 바쳐집니다"(『아담이 눈뜰 때』, 146쪽)라는 구절을 굳이 예로 들지 않더라도 이 책이 다른 책들에 관한 의식적인 오독의 산물이라는 예는 무수히 많다. 「제7일」의 화자는 각각의 장면 묘사가 시작될 때마다 이 소설의 작가와 다른 작가들의 묘사 방식을 비교하는 말을 의식적으로 삽입한다. 이 삽입에 의해 독자들의 소설에 대한 몰입은 차단되고 작가의 논평이 소설의 서사를 대신한다. 이를테면, "대개의 소설들은 남녀의 정사장면에서 되도록 남자의 육체묘사보다는 여자 쪽의 육체묘사에 더 신경을 쓴다. (……) 물론 이 소설의 작가도 그럴 것이다. (……) 운운"하는 부분이나 "여기에 무슨 또다른 설명이 필요할까? 그토록 자주, 너무나 세세히 설명되어버린 이성교접에 대하여?"(『아담이 눈뜰 때』, 127~128쪽) 등과 같은 구절은 이 소설이 종종 오독되었던 대로 핵이라든가 종말론에 관한 서사로 읽히기보다는 성에 관한 기존의 책들에 관한 주석서로 읽히기를 암암리에 요구하는 것처럼 보인다. 따라서 종말의 세기를 눈앞에 둔 두 남녀의 절실한 의사소통에의 갈망이라는 코드로 이 소설을 읽는 것은, 장정일이 인정하고 있는 대로 '독자의 권리'일 수는 있어도 적어도 그의 의도를 헤아린 해석은 아닌 듯하다. 예의 그 '행복한 저자'와 관련지어 말하자면, 이 소설은 그토록 자주 세세하게 설명되고 묘사된 허다한 이성교접에 관한 '조롱'과 '유희'의 산물이라고 할 만하다. 이 조롱과 유희에 의해 창세기와 포르노가 하나로 겹치며 그것의 허구성을 드러낸다. 창세기의 신화는 포르노와 구별되지 않으며 포르노 또한 현대의 신화에 다름아니다. 그 둘은 하나면서 둘이고 둘이면서 하나다. 결국 그 둘은 동일한 이야기의 다른 버전에 지나지 않는 것이다. 이 기괴한 신성모독을 들여다보기란 여간 고통스러운 일이 아니다. 그러나 '행복한 저자'의 '행복'은 바로 이 고통에의 환기, 그 부정의 유희에서 나오는 것인지도 모른다.

이제껏 장정일 문학에 대한 비판은 주로 그의 문학에 드러나는 상호텍스트성(intertextuality)의 양상에 초점이 맞추어져온 편이다. 그가 구체적인 체험보다는 정보와 지식을 중심으로 한 글쓰기에 치중한다거나 다른 작가의 작품을 표절하는 일을 일삼는다는 지적들이 모두 그렇다. 이 시점에서 우리는 『너에게 나를 보낸다』의 후기를 다시 한번 읽어볼 필요가 있다. 장정일은 이 글을 통해 자신을 포함한 신세대 문학의 약점과 한계로 '경험과 사유의 전멸'을 든다. 그러면서 날것의 정보를 조합해 편리하게 소설을 쓰려는 신세대의 경박함을 경계한다. 표절 의혹 속에서 글을 쓰는 세대야말로 가장 불행한 세대가 아닐 수 없다는 것이다. 이 글의 압권은 "지금 당신이 보고 있는 페이지의 앞장을 모두 찢어 쓰레기통에 넣으라"(『너에게 나를 보낸다』, 292쪽)고 간구하는 부분이다. 자신의 방법론을 신세대 문학의 한계로 명시하고 자신의 작품을 단순한 읽을거리이자 쓰레기에 지나지 않는 것이라고 모독하는 정신은 자기 작품을 둘러싼 비판, 저 엄숙한 창조의 신화에 대한 역설적인 모독이다. 그것은 의식적으로 채택된 자기 모멸의 포즈에 가깝다.

『내게 거짓말을 해봐』 역시 이런 관점에서 생각해볼 필요가 있다. 이미 대한민국 법원에 의해 '문학'이 아니라는 판정을 받은 바 있는 이 소설은 이제 그의 소설이 타인의 동일성에 대한 풍자적 간섭을 넘어 자신의 동일성을 향한 교란으로 향하고 있음을 보여준다. 이 '자기 모멸적 주석 달기'는 이미 우리가 알고 있는 대로 『너에게 나를 보낸다』에서부터 그 단초를 보인 바 있다. 이제 타인에게 간섭하던 정신은 자기 작품이 늘어감과 동시에 이전의 자기에 개입하는 정신으로 바뀐다. 이제까지의 자신의 작품들이 "아버지의 지배를 영구화하고 아버지에 대한 복종을 나타"(『내게 거짓말을 해봐』, 55쪽)낸 것에 불과하다고 거부되고, 성행위에 대한 집요한 묘사가 상식과 도덕을 파괴한다. "조악하게, 조악하게…… 조악한 방식으로."(같은 곳) 이리하여 자신의 예전 작품을 우스갯소리로 만드는 새로운 '분뇨 예술'이 탄생된다. 이에 대한 우리가 평가가 어떠했는지는 다시 말할 필요가 없을 것이다. 일단 그것이 과연 '문학'의 울타리 내부에 자리잡고 있는지에 관한 판단은 접어두자. 다만 여기서 짚고 넘어갈 필요가 있는 것은 '한없이 조악해지려고 하는 문학'을 곧바로 '조악한 문학'과 등치시키는 것은 잘못이라는 사실이다. 키치를 표방한 예술이 모두 키치 취급을 받을 수 없는 것과 마찬가지로 그 둘 사이도 그러하다. 장정일의 소설은 문학이 아니라고 주장(나의 예술은 똥이다)하면서 스스로를 문학의 영토 속으로 밀어넣는다(나는 모든 예술의 예술성을 의심하고 반성한다). 이 역설의 대위법은 그의 소설을 문학으로 호명하는 가장 중요한 준거다. 장정일은 그것의 가장 극단적인 경우이자 가장 첨예한 논전의 현장에 다름아니다.

3. 유하 : 얌체 뻐꾸기 시인, 절름발이 작곡가

일찍이 무협지와 영화의 언어를 빌려 80년대의 야만성을 신랄하게 풍자했던 유하에게 있어서 대중문화란 그야말로 감수성의 근원이라고 할 만하다. 무협지, 만화, 포르노, 동시상영관의 영화, 해적판 레코드 등 학교와 단절된 모든 하위 문화 텍스트들과 중고물품의 "아황산 가스가 팔 할"(『세운상가 키드의 사랑』, 104쪽)의 그를 키웠다. 욕망의 이름으로 그를 찍어내고 다시 그 욕망의 허기로 나날이 번창하는 세운상가는 유하 시의 영원한 육체다. 이른바 '세운상가 키드'. 그는 스스로를 그 아황산 가스가 낳은 '사유의 야바위꾼, 구멍난 영혼'(93쪽)이라고 부른다. 『무림일기』와 『바람 부는 날이면 압구정동에 가야 한다』를 가득 채우고 있는 대중문화의 파편들, 장난기와 조롱, 풍자적 수다, 촌철살인의 말놀이 등은 모두 이 "몽상의 청계천"(104쪽)과 무관하지 않다. "과외비 줄 돈으로 펜트하우스와 수지 콰트로를 사거나"(102쪽) "부르스 리의 / 怪鳥音을 지르며 교련선생의 머리에 헤드록"(101쪽)을 걸었던 몸의 기억이 없었다면 그의 시에 나타나는 그토록 경쾌하고 발랄한 상상력은 불가능했을 것이다. 우리는 유하에 이르러 비로소 "곰팡이꽃의 극치를 향해가는 영혼"(105쪽)의 위반 욕망과 그것이 드러내는 "호화양장본 세상의 기막힌 마분지성"(105쪽)에 대한 환멸을 동시에 맛본다. 키치 중독자이자 키치 반성자로서의 유하가 우리에게 끊임없이 상기시키는 진실은 바로 그것이다.

그러나 이미 여러 사람들이 지적한 것처럼 유하에게 압구정동의 환락과 세운상가의 어둠만이 존재하는 것은 아니다. 그 스스로 "난 서울에 살고 있지만 실은 넘서밭의 정기를 받고 / 태어났었네"(『바람 부는 날이면 압구정동에 가야 한다』, 25쪽)라고 밝히고 있듯이 그에게는 이 환멸을 상쇄시키는 고향 하나대의 세계가 존재한다. 하나대의 '넘서밭'은 그를 여타의 기호주의자들과 구별짓는 특유의 공간이다. 장정일과 비교할 때 이 점은 더욱 선명해진다. 글쓰기를 통해 잃었던 낙원과 실재, 그리고 진리를 회복할 수 있을 것이라고 믿는 아담에게도 회귀할 고향은 있었다. 「아담이 눈뜰 때」의 마지막이 고향 회귀로 끝나는 것은 여러모로 상징적이다. 그러나 아담이 잃었던 실재를 되찾을 가능성은 거의 없다고 보아도 좋다. 아담이 되돌아간 그의 고향 대구는 하나대의 '넘서밭'과 비교할 때 고향으로서의 자격을 상실한다. 그것은 이미 서울과 다를 바 없으며 서울보다 더한 모방 욕망이 기다리고 있을 뿐이다. 장정일에게 낙원이란 그 실체가 불분명한 헛것에 불과하다. 그러므로 '기원에 대한 향수'는 당연히 그의 몫이 아니다. 그에게는 다만 기원이 사라진 자리를 대체하는 다양한 기호의 미로가 기다리고 있을 뿐이다.

그러나 진추하와 올리비아 하세, 최진실과 심혜진, 이소룡과 주윤발 등의 '헛것'과 더불어 쏙독새와 굴뚝새, 강아지풀과 대숲, 날다람쥐와 여치 등의 '실재' 역시 익숙한 유하에게는 기원에 대한 향수가 여전히 남아 있다. "그 어떤 삶이 있어 / 저리도 옹골차게 울창하리 / 구부러짐 으로 온전할 줄 아는 / 청개든 지혜여"(『바람 부는 날이면 압구정동에 가 야 한다』, 107쪽)라고 유하가 노래할 때 거기에는 이미 다른 어떤 삶도 개입될 수 없는 절대적인 실체가 자리잡고 있다. 그것은 할머니의 넘서 밭일 수도 있고 삼백 년도 훨씬 넘은 규목나무일 수도 있으며 삽을 든 아재와 "문둥이 집 참새를 먹은 나도 문둥이가 될 거라며"(『무림일기』 96쪽) 놀리는 고모들일 수도 있다. 언제나 그 자리에 그대로 있는 것들, 피를 나눈 혈육, 그 영원한 근친성에 둘러싸인 하나대는 유하 시의 '기 원' 그 자체다. 그는 이미 낙원을 맛본 자다. 패러디와 장난으로 일관하 는 언어 유희자가 어느 순간 자연과 교감하는 고전적 서정시인의 면모 를 수줍게 드러내는 것도 그 때문이다. 문득 하나대의 대숲에 이르러 "뼛속까지 울리는 기다림의 떨림"(『바람 부는 날이면 압구정동에 가야 한 다』, 131쪽)을 온몸으로 받아들일 줄 아는 자만이 체제와 문명이 제공하 는 온갖 종류의 욕망을 조롱하고 그것의 헛됨을 직시할 수 있는 것인지 도 모른다. "가을 들판에 참새떼처럼 내려앉는 / 오후의 햇빛이여 / 갈대 숲 강아지풀 어루만지며 / 수랑골 방죽 위에 뛰노는 달빛, 별빛이여" (112쪽)라고 노래하는 시인은 "난 세상의 온갖 따라지性을 사랑하는 삼 류이므로, / 저 파고다극장처럼 살아남아, 시커먼 / 껌의 포충망과 씨름 하며 끝끝내 필름을 돌려보리라 / 설령, 그것이 껌 씹는 소리의 삶으로 그친다 해도"(『무림일기』, 145쪽)라고 절규하는 키치 중독자와 동형이 인이다. 그는 술에 취한 깊은 밤 세속도시 한가운데에서도 우연히 날아 든 여치와 "농경문화적으로"(『바람 부는 날이면 압구정동에 가야 한다』,

22쪽) 만날 줄 안다.

　푸른색에 대한 유하의 매혹은 상당 부분 이러한 이중성의 공존과 관련 있는 듯하다. 눈에 띄는 대로만 적어보아도 푸른색에 대한 유하의 관심은 적지 않다. 흥미로운 것은 거의 무의식적인 것으로 보이는 그 매혹이 실은 서정성이 짙은 소위 '전원시편'들에서 주로 검출된다는 사실이다. 이를테면, "푸르름의 기억을 되살려 나무의 뿌리로 되돌아오듯"(『바람 부는 날이면 압구정동에 가야 한다』, 16쪽), "어느새 내 몸을 감쌌던 그 넘서밭의 푸른 흔적"(25쪽) 등 푸른색은 과거의 기억이나 고향의 흔적을 수식하는 이미지로 주로 사용된다. 그것은 부재하는 과거의 어떤 충만함을 가리키는 기호다. 유하 시에 자주 등장하는 당신이나 그대와의 사랑이 이 푸른빛이 제공하는 은밀함과 깊은 관련을 맺고 있음은 물론이다. "사랑이 내 푸른빛을 흔들지 않았다면"(『세상의 모든 저녁』, 17쪽) 그의 사랑은 시작되지 않았을 것이고 "나 그대 앞에서 물처럼 투명한 꿈"(『바람 부는 날이면 압구정동에 가야 한다』, 68쪽)을 꾸지도 않았을 것이다. "마침내 푸른빛을 얻어내"(『세상의 모든 저녁』, 32쪽)기 위하여 그는 "무심한 대지에 칭얼대는 억새풀처럼"(같은 곳) 당신에게 엄살을 부린다. 그가 이 지상에서 준비하고 있는 것은 "소낙비를 완벽하게 긋는 박쥐우산이 아니라 / 푸른 비밀의 공간을 가볍게 준비할 수 있는 능력"(『바람 부는 날이면 압구정동에 가야 한다』, 84쪽)일 뿐이기 때문이다. 대부분의 연시가 그러하듯 이 사랑 역시 실연의 상처 속에서 자신의 존재를 역설적으로 증명한다. "푸른 날의 전율을 작은 입술에 담고"(『세상의 모든 저녁』, 33쪽) 당신은 날아가고 나는 남아 "가버린 푸른 잎의 말들을 추억"(『세운상가 키드의 사랑』, 124쪽)할 뿐이다. 푸름은 언제나 부재의 흔적, 추억의 원광 속에서만 빛을 발한다. 보라, 얼마나 많은 푸름의 이미지가 유하를 사로잡고 있는지를. 이 푸른색은 "푸른 神性"(20쪽)이라는 비유에 이르러 마침내 스스로를 완성한다. 그것은 이데아에 버금가는 절대적인 것, 그러나 지금-여기에는 부재하는 무엇, 그 형이상 학적인 메타포다.

유하는 이 푸른색에 사로잡힌 "이미지의 노예"(『세운상가 키드의 사랑』, 61쪽)다. 그것은 절대를 향한 억누를 수 없는 희구, 모든 낭만주의 자들의 동경에 다름아니다. 그러나 어느 누가 이 이미지를 온전히 자기 것으로 삼을 수 있는가. 저 유명한 낭만적 아이러니(romantic irony)는 사실 따지고 보면 모든 예술의 존재방식이기도 하다. "내 망막 저편에 움직이는 그녀 느낌의 지느러미, / 혹은 그녀가 감춘 외설의 나비 율동" 을 향해서 카메라의 셔터를 눌러보지만 정작 남는 것은 "굳어버린 나비 의 날개, 한때의 나른한 미소"(29쪽)뿐이다. "사진 속에는 그녀가 살지 않는"(28쪽)다. 이 절망 앞에서 유하는 "오, 내가 열망하는 건 미라의 언 어"(29쪽)라고 선언한다. '미라의 언어'가 아니고서는 이 덧없이 사라 지는 것들을 얻을 방법이 없다는 것을 알고 있기 때문이다. 이제 "이름이 라는 이미지의 우산"(46쪽) 속으로 몸을 피한 그는 "소멸하는 모든 것에 이름을 붙이"(47쪽)는 행위를 통해 푸른색을, 나비를, 그리고 그녀를 영 원히 살아 움직이게 하고자 한다. 그것만이 순간적으로 이 모든 이미지 들을 소거해가는 시간의 폭력 앞에서 시인이 행할 수 있는 유일한 대항 이다. "이름이란 내가 소유할 수 있는 아름다움의 영토를 명확하게 해" (48~49쪽)주는 이미지의 방부제이기 때문이다. 그러나 그의 처녀시집 에서 이미 불길하게 예언되고 있다시피 내가 "꽃이라 불렀는데, 똥이 될 때"(『무림일기』, 31쪽), 그때는 어떻게 할 것인가? "막상 소나무숲 위를 날아가는 산비둘기를 생포해 시의 집 안에 가두자 / 그는 곧 죽어"(『세 운상가 키드의 사랑』, 27쪽)버린다면? 이 이미지와 이름, 사물과 언어, 존재와 시의 불일치는 현대 서정시에 불어닥친 난관이 아닐 수 없다. "내가 산비둘기라고 쓰는 순간 / 나의 언어 바깥에서 그의 전체를 운반 하던 / 숭고한 山의 이미지"(27쪽)는 순식간에 날아가버리고 남는 것은 그것의 빈 껍질뿐이다. 이제 살아 있는 이미지를 포착하고자 하는 시인의 욕망은 무엇으로 다스릴 수 있을 것인가.

> 한 여자의 눈빛이
> 문득 강을 풀어놓을 때,
> 한 여자의 눈빛이
> 문득 바다를 풀어놓을 때,
>
> 내 마음 지느러미 상한 은어떼처럼
> 그 바다와 강을 거슬러올라
> 끝내 그녀의 눈빛에 다다르지 못하리
> ─『세운상가 키드의 사랑』 중에서

그렇다. 우리의 언어는 끝내 그녀의 눈빛에 다다르지 못한다. 마음이 이미 지느러미 상한 은어떼와 같기 때문이다. 강을 거슬러올라가기엔 지느러미의 상처가 너무 깊다. 다만 "영혼을 부르는 듯한 새 울음을 향해, 호랑지빠귀, 라고 불러보는 그 순간, 울음의 매혹과 비행할 수 없는 육체의 슬픔을 견딜"(49쪽)수 있을 뿐이다. 육체의 비행할 수 없음에 대한 인식. 비행을 하기엔 우리의 육체가 너무 무겁고 땅의 인력이 너무 강하다. 이 현대성에 대한 수락은 장정일 식의 '주석'으로 완결될 수도 없다. 그녀의 눈빛, 호랑지빠귀의 울음에 대한 매혹이 너무 강하기 때문이다. 소위 "환각과 환멸의 도플갱어"(51쪽)를 동시에 밀고 나가는 방법, '몽타주'는 이러한 긴장의 산물이다. "코카콜라를 든 심혜진의 미소"로부터 "폐수 위에 핀 연꽃"(『바람 부는 날이면 압구정동에 가야 한다』, 94쪽)을 바라보는 유하는 "달이 몰락한 그곳에서 / 둥근 달을 바라본 자"(『세운상가 키드의 사랑』, 89쪽)이며 "그 허물어진 이름들 위에서

/이제 정적도 노래해야만 한다"(115쪽)는 것을 깨닫는 자다. "환락과 악수하고 뒤돌아설 때면, 어김없이 내 등을 찌르는 환멸의 비수"(『세상의 모든 저녁』, 52쪽)를 모르지 않는 그는 "일요일 아침, 화사한 옷차림의 여자들이 호호거리며"(『무림일기』, 84쪽) 문을 나서는 교회에서 흡혈귀 드라큘라의 고성을 '동시에' 본다. 이 이미지들의 병치를 통해 우리는 자신의 육체의 유한성에 대한 인식과 더불어 그것을 넘어서는 무한에 대한 동경을 동시에 본다. 그가 이 '이중노출'을 어디에서 배웠는지는 비교적 명백하다. 『무림일기』의 '영화사회학' 시리즈를 들먹이지 않더라도 그와 영화는 끊으려 해도 끊을 수 없는 숙명적 인연을 맺고 있다. 그는 "너무 영화적으로 생각하는 게 병"(『무림일기』, 85쪽)이다.

이리하여 우리는 다시 '세운상가 키드'와 조우한다. 거대한 세계의 수챗구멍을 들여다보는 '오물의 상상력'이 아니고서는 이 도플갱어들의 가면을 벗길 수 없다. 이제 "진실은 어여쁜 키치의 이름으로나 불려지곤"(『세운상가 키드의 사랑』, 73쪽) 한다. 시인은 모든 '쓰레기들의 악령'을 소리쳐 부른다. 그가 살아온 날의 대부분이 비록 "투명한 물의 비유"(23쪽)를 망치는 데 동원된다 하더라도 그는 용서를 구하지 않을 작정이다. 그는 '뻐꾸기'이기 때문이다. 그는 스스로를 너무 잘 알고 있다. 그에겐 이제 "햇살의 음표를 집을 부리"(20쪽)가 없다. '햇살'을 노래하기엔 온갖 헛것들에 점령당한 그의 가슴이 너무 차갑다. "차가운 가슴은 저 혼자 알의 노래를 부화하지 못"(20쪽)한다. 그는 개개비 둥지에 몰래 자신의 욕망을 부려놓고 개개비의 목청으로 자신의 노래를 완성한다. 패러디와 말놀이의 미로 속을 맴돌며 온갖 도시의 오물, 뒷골목, 삼류들을 노래하는 그는 "얌체 뻐꾸기, 절름발이 작곡가"(20쪽)다. "숲을 떠밀고 바다를 떠밀어낸/그곳에 내 언어를 풀어놓으리"(20쪽)라고 노래하는 유하는 이미 숲을 노래하고 바다를 흠모하기 위해선 그것들을 어떻게 지워야 하는지를 아는 자다. 그에게 있어 지금 이곳의 진정한 서정시인은 스스로 서정시인이기를 포기한 자, 그 불가능의 환멸을 노래하는 자, 그리하여 "거대한 세계의 수챗구멍"(51쪽)을 들여다보는 자일 뿐이다.

"기어이 헛됨을 기리는 자"(91쪽) 유하가 명멸하는 세속 도시의 네온 사인 앞에서 우리에게 상기시키는 것은 삶의 찰나성이다. 환락과 환멸에 동시에 깃들인 찰나성은 다시 모든 존재하는 것에 대한 연민과 비애로 확대된다. 그리고 그것은 곧바로 "세상에서 영영 분실"(91쪽)되는 줄도 모르고 여전히 "달의 그저 냉랭한 매혹"(89쪽)만을 노래하겠다고 다짐하는 자신에 대한 연민으로 되돌아온다. 서정시가 더이상 가능하지 않은 시대의 서정시인을 자처하는 자의 자기 연민은 때로는 엄살로 때로는 자학으로 또 때로는 비애로 변주된다. "나는 명절이 싫다"(88쪽)는 시인의 엄살은 "그 전락을 홀로 즐기고 있다"(88쪽)는 자학과 만나며 "내 노래도 달과 더불어 몰락해갈 것"(89쪽)이라는 비애로 종결되지만, 그 순간 우리는 안다. "그 인생의 대부분은 달을 노래하는 데 바쳐"(89쪽)졌다는 것을. 비로소 우리는 유하에 이르러 도시의 밤하늘 위에 뜬 달, 그 이지러진 아름다움의 이미지에 이름을 붙일 수 있게 된 것인지도 모른다.

4. 김영하 : 사이버 모험가, 텍스트의 성애자

김영하의 「전태일과 쇼걸」은 그의 소설들이 탄생되고 버무려지는 현실적 기원을 암시하는 작품이라고 할 만하다. "민주자유당의 김영삼 총재가 강삼재 사무총장을 불러 점심을 함께 하면서 5.18 특별법을 제정하라고 지시"(『호출』, 201쪽)한 날 학원강사인 '그 남자'는 모처럼 영화를 보러 갈 생각을 한다. 박광수 감독의 〈아름다운 청년 전태일〉과 할리우드의 흥행작 〈쇼걸〉이 동시 상영되고 있는 서울극장에서 그 남자는 과거 학생운동의 경험을 공유하고 있는 첫사랑의 여자를 재회한다. "전적으로 우연한" 그러나 "사실은 전혀 우연하지 않은"(『호출』, 200쪽) 일들이 동시다발적으로 전개되고 있는 '서울극장(서울!)'은 당연히 김영하 소설이 기반하고 있는 세계에 대한 하나의 은유다. 소설에 따르면 그곳은 명멸하는 광고판과 이미지가 지배하는 기호적 공간이자 우연과 필연, 허구와 역사, 별일도 아닌 것과 별일들 사이의 경계가 해체되고 있는 뫼비우스의 띠 속이다. 이 세계 속에서 모든 이질적인 것들은 완전한 등가교환에 의해 서로간의 '경계'를 허물고 모두 한자리에 모인다. 〈전태일〉과 〈쇼걸〉은 다만 "둘 다 혼자 보기 좋은 영화"(209쪽)라는 점 때문에 한 극장, 한 장소에 집결된다. 조건만 형성된다면 그것들 사이의 의미나 내용이 어떻게 달라지든 둘 사이의 차별성은 무화된다. 이제 기능이 모든 것을 결정하는 기호가치의 세계가 펼쳐진다. 이 기호의 바깥은 없다. 아침에 일어나 잠들 때까지 우리는 이 기호의 천국 혹은 지옥 속을 맴돈다. "엘지 죽염치약으로 이빨을 닦고 아이보리 비누로 세수"를 하고 "존슨즈 베이비로션을 바르는" 우리는 자신만의 "균형을 유지하기 위하여"(201쪽) 한겨레신문과 조선일보를 함께 구독하는 정도의 차별화를 시도할 수 있을 뿐이다.

본문과 다른 형태의 활자체로 일상에 군림하는 기호의 세계, 즉 명멸하는 광고판을 부각시키며 그 공간 속에서 자고 먹고 웃고 영화 보며 하루를 소비하는 한 남자의 일상을 추적하고 있는 이 소설은 바로 그 점에서 다른 후일담소설들과 구별된다. 김영하는 이데올로기가 지나간 자리를 대치하는 기호들의 뻔뻔스러운 난무에 쉽사리 경악하거나 분노를 터뜨리지 않는다. 성급한 환멸 역시 그의 몫은 아니다. 그는 "구구절절한 신세타령들"(209쪽) 대신 다만 "그저 인적 드문 월요일 아침, 극장 의자에 몸을 깊게 파묻고 전태일을 처음 접하던 시절"(203쪽)로부터 그것이 할리우드 상업영화와 동일한 가치를 소유하게 된 현시점까지를 담담하게 회고한다. 이 건조한 회고를 통해 우리가 접하게 되는 것은 그의 "빛나던 시절"(203쪽) 역시 지금과 별반 다를 바 없는 일종의 기호의 천국 속을 헤매고 있었다는 사실에 대한 서글픈 인정이다. 그의 '전태일'은 1970년 사망한 한 청년 노동자로서의 실체가 아니라 『어느 청년 노동자의 삶과 죽음』의 주인공이었을 뿐이며 그의 '광주' 역시 '망월동'으로 상징되는 구체적인 역사라기보다는 NHK판 '비디오테이프' 속의 이미지였을 뿐이다. 되돌아본 과거는 구체적인 역사에의 헌신을 이미지에 대한 매혹, 그것에 대한 한없는 모방 욕망으로 뒤바꾸어놓는다. 끊임없이 '전혜린'을, '로자 룩셈부르크'를 '연기'하던 「전태일과 쇼걸」의 그 여자는 그런 점에서 "가짜 낙원에서 잘못 눈을 뜬"(『아담이 눈뜰 때』, 109쪽) 이브라고 할 만하다. 그러나 이 남루한 인식 앞에서 두려움에 가득 찬 '울음'을 터뜨리는 아담과 달리 김영하 소설의 주인공은 다만 '잠'을 택한다. 그들은 눈을 뜸과 동시에 다시 눈을 감는다. 세계가 무엇으로 이루어져 있는지 깨달은 뒤에도 달라지는 것은 아무것도 없다. 세계의 허위에 맞서 글쓰기를 필생의 업으로 선택할 것을 결심하는 아담과 달리 그들은 허위에 대한 항거 자체를 거부한다. 그 부정이 또다른 낭만적 허위를 만들어낼 수도 있다는 사실을 그들은 과거의 경험을 통해 이미 잘 알고 있기 때문이다. 그리하여 그들은 여전히 기호의 제국에서 눈을 뜨고 그 기호가 제공하는 이미지들을 향수할 것이다. 마치 깨어 있다가 잠을 자고 잠을 자다가 다시 깨어나는 것이 당연한 것처럼. 「전태일과 쇼걸」은 이 기호의 제국에 대한 섬뜩한 보고서다.

기호의 압도적인 승리를 건조하게, 심지어 당연하다는 듯이 승인하는 김영하의 소설은 기본적으로 기호놀이를 행하고 있는 그의 선배들의 계보에서 그리 멀리 떨어져 있지 않다. 우선 기호 바깥에 대한 기억과 향수가 부재한다는 것, 말하자면 그 역시 '고향'의 '푸른 숲' 속에서 노닐던 경험을 지니고 있지 못하다는 사실은 그가 장정일과 공유하고 있는 특징이다. 그의 소설에서 유하의 서정시편에서 맛보았던 햇빛과 달빛과 별빛에 대한 찬양을 찾아보기란 쉬운 일이 아니다. 무수한 참조물들로 뒤덮인 인공낙원은 어떤 의미에서든 그를 낳은 '고향'이다. 현대 도시인의 고독과 절망, 죽음 충동, 나르시시즘의 문제를 예리하게 파고드는 작가라는 김영하에 대한 이제까지의 평가가 말해주는 바도 그것이다.

그러나 이미 살펴보았듯이 몇 가지 점에서 그는 그의 선배들과 구분된다. 우선 다비드의 〈마라의 죽음〉과 들라크루아의 〈사르다나팔의 죽음〉을 앞뒤로 배치하며 그것이 환기시키는 죽음의 정서를 인공적으로 형상화하고 있는 『나는 나를 파괴할 권리가 있다』나 로댕의 작품이 소설의 주요한 모티프로 차용되고 있는 「나는 아름답다」와 「손」 등에서 볼 수 있듯이 김영하의 소설은 키치적 상상력보다는 고전적인 예술작품에 기대고 있는 경우가 많다. 대중음악이나 영화, 만화에서 빌려온 상상력의 흔적이 보이지 않는 것은 아니나 '분뇨 예술'과 '오물의 상상력'을 통해 '세계의 거대한 수챗구멍'을 가장 '조악하고 통속적인' 방식으로 들여다보고 있는 그의 선배들과 비교해볼 때 이 점은 유독 두드러지는 부분이다. 이는 세계를 바라보는 관점에서도 어느 정도 드러난다. 이미 『나는 나를 파괴할 권리가 있다』의 자살안내원의 캐릭터를 통해 김영하 소설의 개성의 하나로 굳어진 '건조함과 냉정함'은 그를 선배들과 구분짓는 또하나의 독특한 특성이다. 비단 인물의 성격뿐만 아니라 문체와 세계관의 차원으로까지 승격된 이 개성은 장정일 식의 본질적 실체를 상대로 한 조롱이나 전복, 유하 식의 이미지와 실체의 괴리에 대한 비애와 절망, 그 어느 쪽과도 무관하다. 세계에 대한 분노와 자기 모멸도, 그리고 환멸과 패러디도 그의 몫은 아니다. 그는 완전한 기호의 천국으로 변해버린 일상을 지극히 '건조하게' 받아들인다. 이 건조함이 그것에 대한 전폭적인 인정과 지지를 의미하는 것은 아니다. 군이 정의를 내리자면 환멸을 넘어선 무심의 경지에 가까운 그의 '냉엄'은 세계를 상대로 한 장정일 식의 비장한 도발과 유하 식의 애조 띤 만가의 정서 대신 '냉소'를 선택하는 경우가 많다. 이 냉소가 그의 소설에서 행하는 바는 서늘한 충격, 미쳐날뛰는 격정에 대한 차디찬 혐오다. 보라, 냉정하게 자신의 패배를 지켜보는 사르다나팔의 응시를! 모든 것이 기호로 대체된 완벽한 시뮬레이션 세계를 지켜보는 김영하의 시선은 바로 그 사르다나팔의 그것과 유사하다.

「삼국지라는 이름의 천국」을 통해 사이버 공간의 게임이 현실 속의 일상을 밀어내고 있는 세계를 지켜보는 김영하의 '시선'을 살펴보자. 과거 운동권이었던 한 사내가 있다. 그러나 지금 현재 자동차 세일즈맨인 이 사내의 일상을 사로잡고 있는 것은 '삼국지'라는 이름의 시뮬레이션 게임이다. 그는 이 게임의 세계 속에서 수천의 군사를 호령하고 적들의 침략으로부터 나라를 지키며 매달 적정한 돈을 치수와 농경에 투자하며 백성들의 안위를 돌보는 제후로 산다. 그러나 현실의 그는 "마을버스를 타고 언덕빼기를 내려와서 다시 시내버스로 갈아"(『호출』, 154쪽)타고 회사에 출근해서는 영업실적이 불량하다고 상사에게 질책을 당하는 평범한 샐러리맨에 불과하다. 그의 천국은 당연히 '현실'이 아니라 '게임'의 세계 속에 존재한다. 게임과 현실이 혼돈되는 나날이 지속된다. 거울을 보면 "점점 낯설어지는 남자가 거기 서 있다".(154쪽) 그에겐 게임의 세계가 리얼한 반면 현실의 세계는 점점 환각으로만 경험된다. 출근했다가도 도로 집으로 돌아와 "서서를 손권에게 보내 강화를 체결하라는 명령을 내"(159쪽)리기 일쑤다. 이 사내에게 있어 사이버 세계는 과거 학생운동을 하던 시절과 비견될 만한 진정한 의미의 '모험'과 '추억'을 가능하게 하는 유일한 공간이다. 이 사내의 일상은 낯설지 않다. 게임의 세계가 아니라면 이제 우리가 그 어디에서 "그 옛날 교문 앞에서 쇠파이프를 들고 전경들을 타격하던 전설적인 무용담"
(168쪽)을 재현할 수 있을 것인가. "감색 양복과 꽃무늬 넥타이를 걸치
고서도"(169쪽) 마치 그 옛날 '선'을 대듯이 전화를 해오는 옛 동지를
어떻게 비웃을 수 있을 것인가. 이 모든 부조화, 욕망과 현실의 괴리가
지속되는 한 "그의 게임도 계속된다, 언제까지나".(173쪽)

이 소설에 따르자면 게임의 승리는 필연적이다. 그것은 이제 현실과
실재를 압도하고 그것을 낯설게 만든다. 김영하 소설의 주인공들에게
이미 생은 제대로 된 삶을 시작도 하기 전에 어떠한 모험의 여지도 남겨
놓지 않았다. 그렇다면 아예 현실 자체를 추방하고 그 자리에 완전한
가상의 세계를 들여다놓는 것은 어떤가. 아니, 아예 현실 자체를 가상
이라고 치부하고 가상을 리얼한 공간이라고 인식한다면 생의 지리멸렬
함이 다소나마 상쇄되지 않겠는가. 김영하 소설은 우리의 실재 속으로
파고들어온 이러한 의문들에 대한 대답이다. 그것은 허구로 입증된 역
사 속에서 그것을 대체하는 가상 현실을 파고든다. 이 이야기들은 그
자체 실재에 의해 파생된 모험이나 추억과 완전한 '등가'다.

「바람이 분다」는 이 게임의 세계 속에서 살아가는 자의 사랑과 추억
에 관한 이야기다. 될 수 있는 대로 "감정"을 드러내지 않고 "미래도 과
거도 생각하지 않"(『문예중앙』, 320쪽)으며 어떠한 인간관계도 새롭게
맺지 않고 살아가는 자에게 있어 '추억'이란 과연 무엇인가. 다른 연인
들처럼 극장에 가거나 공원을 거닐거나 혹은 멋진 식당에서 밥을 먹는
대신 지하방에 틀어박혀 게임에 몰두하고 "배달된 중국음식과 도시락,
찌개백반"(323쪽) 따위를 함께 나눠 먹기만 하는 이 소설 속 연인들의
추억은 우리가 알고 있는 그 추억과 어떻게 구별되는가. 이 소설이 제
기하는 질문들은 게임 세대의 경험의 확실성과 관련하여 중요한 화두
를 제공한다. "빛도, 낮도, 밤도 없는 이 지하실에 바람이 분다. 바람이
분다. 게임을 한다. 게임을 한다. 게임이 한다. 게임을 한다"(324쪽)고

의도적으로 발레리의 명제를 뒤집고 있는 김영하가 이에 대해 어떤 답을 마련하고 있는지는 비교적 명백하다. 그는 "음의 신호를 1초간에 44,100으로 분해하고 그 하나하나의 크기를 약 65,000단계의 16비트 디지털 숫자로 나누어 기록하는" CD의 "그 미세한 틈 한구석에도 온기가 남아 삶을 데"(317쪽)울 수 있다고 믿는다.

이 디지털 세대에게 있어 추억은 눈 덮인 정상에서 얼어죽은 킬리만자로의 표범이나 그 킬리만자로에 오르기 위해서 석 달 동안 새벽신문을 돌린 남자의 추억과 다르면서도 같다. 그것은 온몸을 부딪혀 구체적인 역사를 갱신하지 않는다는 점에서 다르고 그것에 버금가는 기대감과 상실감 속에서 생을 소진한다는 점에서 여전히 같다. 결국은 하찮은 사고로 인생을 종친 헤밍웨이의 바람둥이와 비교해보면 그 점은 더욱 명확하다. 이 다름과 같음 사이에 게임 세대의 진정성이 놓여 있다. 단한 번의 실수로도 죽음에 이르는 경험세대의 추억에 대한 '치명적인' 상처는 게임 세대에게도 여전히 마찬가지다. 그 치명적인 상처가 금속성의 CD를 뚫고 인간의 목소리를 울려퍼지게 한다. 비로소 이 순간 냉소와 무심은 격정에 버금가는 사랑으로 피어난다. 이 역설이 '사이버 공간'의 '룰'이다.

총, 십자 드라이버, 삐삐, 카메라, 컴퓨터 등 현대적 도구들과 그것들을 사용하는 인간의 교류와 저항의 역사를 기술하는 김영하의 소설들은 '기술공학시대의 모험담'이라고 할 만하다. 우리 시대의 헤밍웨이는 파리의 환락가나 스페인의 투우장, 만년설로 뒤덮인 킬리만자로 대신 창문도 없는 음습한 지하방과 그 방을 꽉 채우고 있는 컴퓨터 모니터를 선택한다. 모니터를 응시하는 시선 속에는 이미 자연이 부재한다. 아재와 고모, 당숙 등 유하의 고향 하나대를 꽉 채우고 있던 '혈연적인 유대관계'는 김영하 소설과 무관하다. '방'에 칩거하고 있는 고독한 영혼을 위무하는 것은 근친들이 아니라 오로지 컴퓨터가 쏘아대는 전자

파뿐이다. 그 속에 모든 것이 준비되어 있다. 그리고 그것만으로도 충분히 킬리만자로에 도전한 표범의 모험에 버금가는 새로운 모험의 세계가 펼쳐진다. 최근작 「흡혈귀」「비상구」「투명인간」「피뢰침」 등을 보라. '인생을 흉내내는 영화는 인생보다 더 지겹다'로 요약되는 그의 예술관은 모든 텍스트들의 준거이자 기원으로 자리잡고 있던 현실을 다른 어떤 텍스트와도 교환 가능한 또다른 텍스트로 바꾸어버린다. 텍스트와 텍스트 사이를 종횡무진하며 이것과 저것, 저것과 이것 사이의 네트워크를 형성해가는 김영하는 텍스트들의 유혹에 경도된 텍스트의 성애자라고 할 만하다. 한순간 허구로 돌변해버린 현실은 김영하에 이르러 현실이라는 기호가 지칭하는 의미마저 상실해버렸다. 우리는 다만 그의 기호놀이의 네트워크를 통해 현실에 대한 환멸을 반영하던 문학이 환멸 그 자체로 바뀌어버리는 역전극을 목도할 뿐이다. "내 이 세상 도처에서 쉴 곳을 찾아보았으되, 마침내 찾아낸, 책이 있는 구석방보다 나은 곳은 없어라"라는 에코의 선언을 뒤집었던 유하의 시구, "내 이 세상 도처에서 쉴 곳을 찾아보았으되, 후미진 만화방보다 나은 곳은 없어라"(『세운상가 키드의 사랑』, 50쪽)는 이제 김영하 소설에 이르러 다음과 같이 완성된다. "내 이 세상 도처에서 쉴 곳을 찾아보았으되, 컴퓨터가 있는 지하방보다 나은 곳은 없어라."

5. 기호의 미로 속에서 길 찾기

통속적인 것, 멸시받아 마땅한 것, 문학적 가치로 인정받지 못한 것 등 문학적 타자를 전면에 내세운 채 행해지는 장정일, 유하, 김영하의 기호놀이는 명백히 기존의 문학을 위반하고자 하는 의지의 산물이다. '현실의 재현'이나 '정신의 감각화'를 지향하는 대문자 문학은 대중문화를 비롯한 다양한 참조 텍스트들을 차용한 텍스트들의 겹침, 이미지의 파열, 기호의 연쇄 속에서 그것의 오랜 '본질'을 추궁받는다. 끊임없이 새로운 의미를 개진하고자 했던 문학은 이제 기호 유희에 의해 어떠한 의미도 담고 있지 않는 그 무엇으로 바뀌어가고 있다. 새로운 기술의 등장이 언제나 새로운 예술 개념을 재구성해온 예술사의 이력을 되돌아볼 때 기존의 '의미'의 틈새에 개입하여 그것의 허구성을 드러내며 관습화된 의미의 각질을 제거하려는 이 흐름 역시 새로운 형태의 예술이나 문학으로 포용되지 못할 이유가 없다. 특히 스스로를 문학이 아니라고 공공연하게 주장하는 목소리나 낮은 곳에 임한 자의 포즈를 의식적으로 연기하는 이들 문학의 자의식은 이들이 단순한 키치 생산자에 그치지 않는다는 것을, 그러므로 그들과 구별되어야 한다는 것을 우리에게 부단히 상기시킨다. 그들은 문학이 아니라고 항변함으로써 고전적인 문학의 형이상학을 공격하고, 다시 스스로를 문학이라고 주장함으로써 무반성적인 문화산업의 논리로부터 벗어나고자 한다. 고급/저급, 유익한 것/해로운 것, 그리고 아름다운 것/추한 것 등으로 범주화되었던 기존의 문학 코드는 이 역설에 이르러 새로운 코드로의 변경을 요구받는다. 다른 모든 정신적 산물처럼 문학 역시 한 시대가 마련한 역사적 구성물에 다름아니라면 당대의 문학은 언제나 이러한 탈코드화 요구에 부단히 대응할 의무가 있을 것이다. 이 부단한 대응이야말로 문학의 현대성을 재는 바로미터이자 자기 반성력의 척도로 기능할 수 있기 때문이다.

우리가 살펴본 장정일과 유하, 김영하의 문학이 이러한 요구에 부합하는지 어떤지 판단하기는 아직 이르다. 그들은 아직 젊고, 젊은 만큼 앞날을 예측할 수 없는 무한한 변화의 가능성이 있다. 그러나 분명한 것은 이제 문학은 그 어떤 본질의 구현이 아니라 구조들 사이의 체계 혹은 그것들 사이의 기능 변환의 차원에서 정의될 필요가 있다는 것이다.

문학은 그것이 표상하는 '내용'에 의해서가 아니라 그것이 체계에 작동하는 순간의 '역사성'과 그 '기능성'에 의해 항상 스스로의 준거점을 확보한다. 그렇게 보자면 키치적 유희를 일삼는다고 비난받아왔던 그들의 문학에 관하여 우리는 이제 조금은 관대한 평가를 내릴 시점에 다다른 것인지도 모른다. 당대 문학의 관념적 체계를 뒤흔들고 새로운 미적 코드화를 요구하는 그들의 문학은 우리 시대 문학이 직면한 문제에 대한 구체적인 대답들이기 때문이다. 이 대답들은 충분히 낯설고 흥미롭다. 물론, 이들과 키치가 서로 얽혀 구분되지 않는 지점도 없지 않으며 무수한 아류들의 함정으로부터 자유롭지 않은 것도 사실이다. 더불어 본질 추구를 목적으로 하는 대문자 문학이 그저 하나의 이데올로기를 재생산하는 데 복무하고 있다는 그들의 비판 역시 또다른 이데올로기를 확대 재생산하고 있다는 혐의도 없지 않다. 이를테면, 장정일의 경우 문학적 퍼포먼스가 문학을 대체할 수 있다는 환상을 유포할 수도 있고, 유하의 경우 극심한 엄살로 규정되는 자기 연민의 포즈가 과연 문학적 진정성을 대체할 수 있을까 하는 의문이 없지 않으며, 김영하의 경우 때때로 현실과 실재를 대체하는 가상의 세계 속에서 그것이 제공하는 쾌락에 지나치게 탐닉하는 측면은 없는가 물을 수 있다. 그럼에도 불구하고 우리는 '문학'에 대한 새로운 문제제기를 가능하게 해준 그들의 문학적 가능성에 여전히 더 많은 의미를 부여할 필요가 있을지도 모른다. 그들이야말로 우리 시대 문학을 되돌아보는 문학에 다름아니다. 그것은 당대를 살아가는 우리 문학의 자기 알리바이, 자기 진정성의 다른 이름이기도 하다.

(1999)

124

다시, 문학이란 무엇인가

그토록 많은 모욕과 경멸, 또 그토록 많은 허무와 자학으로 뒤범벅된 문학이란 이전에도 또 그 이후에도 그리 흔치 않을 것이다. 우리가 지금 막 통과해온 90년대 문학을 되돌아볼 때 가장 먼저 떠오르는 것은 제대로 이해받지 못한 자의 치욕스러움이다. 그것은 한 번도 자신의 준거에 의해 스스로의 정당성을 확정짓지 못했다. 언제나 지난 시대와의 대차대조표에 의해 그 모자람이, 그 특이함이, 혹은 그 특이함 속의 모자람이 비판되거나 고무되곤 했다. 90년대에 관한 한 부정적이든 긍정적이든 80년대는 움직일 수 없는 준거점이었다. 그러나 과연 그것만으로 우리가 진정 이 시대를 보유했다고 할 수 있을까. 혹 80년대는 프로크루스테스의 침대는 아니었을까. 만약 그것이 자신의 기준에 의거하여 은연중에 스스로를 보편성으로 규정함으로써 90년대를 특이하고 비정상적인 일회용 에피소드의 하나로 전락시키고 있었다면? 이제 다시 시작되는 새로운 세기를 앞두고 우리는 90년대에 관한 이제까지의 준거틀을 반성하고 우리가 방금 빠져나온 시간들을 되돌아봄과 동시에 문학에 관한 새로운 해석적 전통을 개진할 필요가 있을 것이다.

이와 관련하여 지난 시기의 문학을 상대로 그것에 누적된 오해와 소문을 되돌아보는 작업은 필수적이다. 90년대 내내 문학 허무주의를 고취시키고 까닭 모를 불안감을 제공했던 '문학 위기론'. 사실 문학 위기론은 기본적으로 문학의 존립 근거에 대한 일종의 불안감의 표현이다. 그것은 무엇보다도 문학 시장의 거대화에 따른 출판자본의 장악력과 문학상업주의, 그리고 문학 이외의 매체들, 특히 영화와 광고를 비롯한 다양한 시청각 매체들과 컴퓨터로 대변되는 사이버매체들의 부각에 따른 문학의 주변화 현상에서 기인한다. 문학의 생존을 위협하는 이 치명적인 외부조건들은 문학정신을 잠식하고 문학의 물질적 형식 자체에 치명적인 위협을 가한다. 이제 문학을 둘러싼 가장 중요한 관심사는 문학행위 자체가 아니라 문학의 운명, 문학이 문학이라는 이름으로 스스로의 활로를 개척하는 방식이 되었다. 존재의 존폐가 문제라면, 위기는 위기인 셈이다.

그러나 이런 의미에서의 위기론이라면 그것은 항시적인 것이기도 하다. 근대적인 의미의 문학은 그 태생에서부터 자본과의 함수관계를 끊을 수 없을뿐더러 끊임없이 과학기술의 새로운 형식적 가능성과 경쟁해왔다. 따라서 그것은 어제의 문제임과 동시에 오늘의 문제이며 내일도 지속될 화두에 다름아니다. 심지어 이는 문학장르의 고유한 문제인 것만도 아니다. 사회 제반 부문의 자본 집중도와 이미 전 지구적 자본주의로 확장된 시장 메커니즘을 생각할 때, 상업주의는 현대예술 전반에 불어닥친 공통의 난제에 속한다. 영화와 음악이 이 난제를 피해갈 수 있을 것인가. 연극은 일찌감치 시장에 손을 들어버렸다. 과학기술의 발달에 따른 새로운 매체의 등장은 고도 정보사회에서 피할 수 없는 필연적인 상황이다.

문학 위기론의 외부적인 요인으로 지목되는 상업주의와 과학기술의 발달에 따른 다른 매체와의 경쟁 문제는 예술 전반의 난제임과 동시에 어떤 의미에서는 개인이나 집단의 주체적 각성으로도 막을 수 없는 역사적인 대세에 속한다.

　문제는 이 위기론이 오늘날 우리가 보는 대로 문학의 종말에 관한 담론, 그 끈질긴 비관주의와 맞닿아 있다는 점이다. 다른 어떤 시기와 비교할 수 없을 정도로 빠르게 변화하는 자본 증대력과 정보기술의 발달은 90년대 내내 문학 종말론을 문학 논의의 가장 뜨거운 감자로 만들어놓았다. 1) 더이상 '문학'이 아니어도 좋다, 와 2) 더이상 '문학'은 없다, 로 크게 대별해볼 수 있는 문학 종말론은 저 거대한 위기 바이러스에 대해 문학측이 간신이 개발해낸 항체 호르몬에 가깝다. 1)은 말한다. 이제 문학/비문학의 경계는 없다. 고고한 문학의 성채 속에서 혼자만의 왕국에 갇혀 있는 것은 어리석은 짓이다. 절대 다수의 대중이 외면하는 문학은 이미 문학 본연의 존재 근거를 상실한 것이다. 이제 과감히 성문을 열고 멀리 대중에게로 다가갈 필요가 있다. 문학 역시 '산업'의 일종이며 문제는 '대중'과의 관계 회복이다. 2)에게 있어 이것은 문학 외부에서 가해오는 위협보다 더한 공포를 유발한다. 그것은 믿었던 도끼에 발등을 찍혀본 사람만이 알 수 있는 더할 나위 없는 허탈감과 배신감의 연속이다. 2)는 말한다. 차라리 이제 은둔하자고. 이제 남은 길은 문학으로의 순교뿐이다. 죽음만이 문학을 살게 한다.

　90년대 문학에 관한 담론들은 어떤 의미에서든 1)과 2)가 빚어내는 스펙트럼의 자장을 벗어날 수 없다. 그러나 새로운 문학을 전망하는 자리에서 우리는 이들에 대한 섬세한 고려와 그것이 초래한 결과를 보다 냉정하게 따져볼 필요가 있다. 일종의 사유의 대수술, 패러다임의 전환이 절실하다. 이것은 특히 90년대 문학의 구체적인 현장을 탐사해볼 경우 더욱 그러하다. 그간 확대 재생산, 자가증식된 문학 종말론은 90년대 문학에 대한 평가절하의 알리바이로 원용되어왔다. 문화산업의 논리를 확대 재생산하는 1)은 말한다. 90년대 문학은 소통이 불가능한 혼자만의 독백이었다고. 고전적인 문학으로의 순교를 꿈꾸는 2)는 말한다. 90년대 문학은 저급한 대중문화와 손잡은 키치에 불과하다고. 이들은 모두 90년대 문학을 하나의 결락상태, 일종의 공백지대로 몰고 간다.

그러나 과연 그러한가. 일단 그러한 판단이 문학사에 대한 실체론적 관점을 전제하고 있으며 보편성에 대한 환상으로부터 자유롭지 못하다는 지적을 해두고 넘어가자. 그것은 80년대 / 90년대의 기계적 대조로부터 파생된 다양한 이항명제들, 이를테면 거대담론에서 미시담론으로, 역사에서 일상으로, 집단에서 개인으로, 고급문화에서 대중문화로 구분되는 무수한 대립쌍들 가운데 전자의 손을 들어주는 행위에 불과하다. 물론 그렇다고 해서 지금 우리에게 후자에 대한 새삼스런 추인이 필요하다는 것은 아니다. 대립쌍 가운데 어느 하나를 선택하는 문제는 각기 내용만 다를 뿐 구조상으로는 동일한 자장 속에 있다. 그것은 지난 세기에 무수히 많이 들었던 질문방식, 즉 이것이냐 저것이냐는 선택의 차원에서 그리 멀리 떨어져 있지 않다. 그러한 힘겨루기는 극단적인 선택을 강요하는 만큼 그 구조에 있어서 서로를 닮아 있는 것이 사실이다. 지금 우리에게 요구되는 것은 그러한 이분법적 문학 모델의 바깥으로 나가 다시 90년대 문학을 새로운 지평에서 들여다보려는 노력, 즉 문제틀의 재구성이다. 그것은 1)과 2)의 입장 모두를 거부하고 3) 문학 자체를 다시 생각해보려는 노력에 다름아니다.

그렇게 볼 때 다음의 몇 가지 화두는 90년대 문학이 무엇이었나를 사유하는 데 적절한 포인트를 제공해줄 것이다. 우선 1) 90년대 문학에서 내면성의 원리가 무엇이었나 하는 문제. 가령 신경숙과 윤대녕으로 대표되는 내면성의 문학이 이룬 문학사적 공과를 어떻게 평가할 것인가 하는 문제. 그들의 소설을 평가할 때 주로 제기되었던 질문들, 이를테면 의식 주체의 내면을 지향하느냐 주체의 경계를 넘어선 타자를 지향하느냐 하는 문제틀이 지금도 여전히 유효한지, 나아가 내면성의 문학이 여전히 우리 문학의 주류가 될 수 있을 것인지 등의 문제들이 검토될 필요가 있다.

다음으로 2) 리얼리즘적 재현의 위기와 관련된 문제. 초기의 오도된 포스트모더니즘론의 거품을 제거하면 거의 장정일에서 폭발되었다고 볼 수도 있는 반영론에 대한 조롱은 이후 김영하, 백민석, 송경아로 이어지며 90년대 소설의 한 특징으로 자리잡고 있다. 그들의 주장대로 현실이 더이상의 참조물이 될 수 없다면 이제 문학은 무엇이며 또 무엇이 되어야 하는가 하는 문제, 더불어 과연 현실 혹은 리얼리티란 무엇인가 하는 문제들, 무엇보다도 이들 문학을 특징짓는 개념의 하나로 '기호놀이' 라는 명명이 가능한가 하는 문제는 우리 문학의 미래와 관련하여 다양한 측면에서 검토되어야 할 사안이다.

이와 더불어 90년대 문학에 대한 부정적 평가의 일단을 이루는 3) 서사성의 약화에 관한 문제를 간과할 수 없다. 특히 문학의 갱생이 서사의 회복으로 가능하다고 생각하는 다양한 경향들에 대한 검토와 문학, 특히 소설이 그 스스로의 소설성을 실현하는 방법이 무엇인가에 대한 질문은 필수적이다. 이 문제는 문학이 '산업'으로 둔갑하지 않음과 동시에 '증발' 하지도 않을 대안에 대한 모색과도 밀접한 관련을 지니고 있다.

마지막으로 4) 다른 어떤 시기보다 여성 혹은 여성성에 대한 관심이 증폭된 가운데 90년대 내내 관심의 초점이 되어왔던 여성문학의 위상에 관한 문제. 소위 여성해방문학과 여성적 글쓰기를 내세우는 여성문학 내부의 이견들을 어떻게 바라볼 것인가, 이들과 페미니즘의 접점, 또한 성정치학이나 민족문학론과의 접점은 과연 가능한가 등등의 문제. 90년대 문학은 이러한 질문들과 그것들에 대한 대답과 성찰 속에서 그 스스로의 치욕에서 벗어나 자신의 진면목을 재확인할 수 있을 것이다.

90년대 문학에 관한 일반적인 담론 가운데 하나가 '문학주의' 라는 개념이다. 그 개념의 내포와 외연과 상관없이 일견 90년대가 문학주의에 치중했다는 진단은 문학 위기론과는 상반되는 것처럼 보이기도 한다. 문학주의가 문학의 자율성에 관한 지나친 옹호, 그리하여 '너무 많은 문학'을 암묵적으로 함축하고 있다면 문학 위기론은 문학의 소멸에 관한 공포, 그리하여 '너무 적은 문학'을 지칭하는 것으로 보이기 때문이다. 그러나 양자는 동전의 양면이다. 문학 위기론은 문학주의로 현상하고 문학주의는 문학 위기론에 젖줄을 대고 있다. 즉, 그들에 따르면 위기와 위협이 문학을 외부의 공포로부터 독립된 문학의 성채로 이주하게 하였으며, 그 속에서 강조되고 옹호된 '문학'이 어떤 의미에서는 문학의 영역을 점차로 협소하게 만든 게 된다.

그러나 90년대 문학의 남루를 문학주의라는 실체가 분명하지 않은 풍문으로만 돌려버리는 것은 공정치 못한 판단이다. 문학주의라는 이름으로 문학이 과거와 달리 대사회적 생활세계와의 접점을 상실하게 되었다거나 작가주의나 텍스트 물신주의에 함몰된 채 비평이 자기 목소리를 내지 못하게 되었다는 식의 비판은 특히 그러하다. 문학의 자율성을 옹호하는 허다한 이론에 기대지 않더라도 문학주의로 이름 붙여진 예술의 자율성은 계몽주의의 무게에 짓눌린 우리 문학의 특수한 맥락 속에서 어떤 제도에도 좌우되지 않는 미적 해반의 계기를 함축하고 있는 것이 사실이다. 물론 근대의 자율적 예술론에서부터 멀리는 예술 개념을 해체한 텍스트주의에 이르기까지 문학주의라는 개념의 내포가 명확하지 않고 그것이 표방하는 입장 역시 때때로 근대적 계몽의 기획 일반에 포섭되기도 한다는 점에서 그것에 대한 신뢰가 의심스러운 순간이 없지 않다. 그러나 우리는 이러한 모호를 밝힘과 동시에 그것이 그 애매함으로 지향하고자 한 것은 무엇이었는가에 관해서는 귀를 빌려줄 필요가 있다. 특히 90년대 내내 이 문학주의라는 이름의 다양한 텍스트적 실천이 과연 어떠한 성과를 낳았는지에 관한 성찰은 필수적이다.

비평의 위기론과 관련한 논의로 끝을 맺자. 사실 문학 위기론은 그 근원에 있어서는 비평 위기론과 밀접한 관련이 있다. 90년대 비평에 관한 한 우리는 어쩌면 한 번도 제대로 된 정리를 하지 않은 것인지도 모른다. 우리는 다만 1) 비평이 본연의 의무를 저버리고 있다는 이야기와, 2) 비평이 자본의 하수인이 되었다는 이야기, 3) 비평이 집단권력이 되었다, 는 이야기만을 들었다. 1)에 따르면 90년대의 비평은 80년대와 비교해볼 때 현격히 텍스트 중심적이며 폐쇄적이고 난해하다. 비평의 임무는 기본적으로 문학의 전위로서 작품 생산을 지도하고 고무하는 것이며, 이는 사회 제반 사항에 관한 이데올로기적 개입을 방관할 수 없다. 그러나 90년대 비평은 메타비평보다는 텍스트에 대한 해설만을, 논쟁적 대화보다는 수사에 둘러싸인 독백만을 양산한 경향이 없지 않다. 2)에 따르면 90년대 비평은 광고와 구분되지 않는다. 그것은 자본이 시장에서 승리하기 위한 한판 이벤트에 들러리를 서고 있거나 한 술 더 떠 그것을 조장한다. 소위 들러리비평, 주례비평이 그 어느 때보다 난무했다. 3)은 특정 에콜을 중심으로 한 비평의 섹트주의가 실정화된 권력의 하나가 되었다고 주장한다. 에콜은 문학에 대한 민주적인 접근을 가로막고 특정 집단의 이해관계를 관철시키기 위해 비평가 개인의 논리를 희생시키며 독단적인 권력을 행사한다. 소위 패거리비평의 폐해가 그것이다.

문학 논의와 관련하여 비평의 존재방식에 대한 질문은 더이상 간과될 수 없는 문제다. 과연 90년대 비평은 앞서 말한 비난으로부터 자유로울 수 없는 것인가. 이러한 문제의식을 저버리지 않는다 하더라도, 90년대 문학이 이제까지의 문학의 존재방식을 반성적으로 성찰하게 해주는 기능을 수행한 것과 마찬가지로 90년대 비평 역시 이제까지의 우리의 비평적 관행을 다시 한번 되돌아보게 하는 기능을 수행한 측면이 없지 않다는 사실을 지적할 필요는 있을 것이다. 우리의 비평은 90년대

비평에 이르러 가장 활발하고 자각적으로 1)이론가로서의 비평가와 독자로서의 비평가, 2)직접적인 거대담론의 생산자로서의 비평가와 문학담론 생산자로서의 비평가, 3)이데올로기로서의 비평과 해석적 합의체로서의 비평 등 다양한 층위에서 이제까지의 비평행위 그 자체를 비평할 수 있게 되었다. 90년대 비평이 1), 2), 3)의 이항대립 가운데 어떤 자리를 선택했는지는 비교적 명백하다. 그것은 과연 비평이란 무엇인지, 비평과 비평가, 그리고 텍스트와의 관계 정립은 어떠한지 등에 관해 답해왔다. 비록 80년대처럼 메타비평의 형태로 진행되지 않았다 하더라도 이는 다양한 작품론과 작가론을 통해 진작에 개진된 바 있다. 90년대 문학이 그러했던 것처럼 90년대 비평 역시 스스로에 대한 물음을 통해 자신의 명맥을 유지하고 있었던 것이다. 이 모든 행위를 무로 돌리고 아무런 목소리도 들리지 않았다고 말하는 것은 명백한 모욕이자 직무유기다. 정작 비평이 해야 할 일은 이 목소리들에 대한 보다 섬세하고 일관된 답변들이기도 하다.

아도르노의 어투를 빌려 말하자면, 문학에 관한 한 이제 명백한 것은 하나도 없다는 것이 분명해졌다. 문학 자체로서도, 사회의 다른 부문과 문학의 관계에 관한 질문에 있어서도, 심지어 그것의 존립 근거 자체에 있어서도 이제 자명한 것은 아무것도 없게 되었다. 우리가 90년대 문학의 터널을 뚫고 나오면서 얻게 된, 아니 새삼스럽게 다시 확인하게 된 사실이 있다면 아마도 바로 이것일 것이다. 우리 문학은 90년대를 통해 비로소 그것의 질기디질긴 자명성으로부터 해방되었다. 모든 해방이 그러하듯 여기에는 분명 양면성이 깃들여 있다. 그러나 어떤 의미에서 우리는 이제 드디어 문학에 이르는 길을 떠날 수 있게 된 것인지도 모른다. 이제 그 어떤 보편적인 공준에도 도달할 수 없는 우리 문학에 관한 혐오와 자학은 그만두자. 우리의 기약할 수 없는 항해를 가능하게 하는 것은, 문학이란 관습화된 육체 속에 그것을 넘어서는 그 어떤 초월성을 내장하고 있다는 사실에 대한 믿음, 문학의 그 오래된 자기 조절능력에 관한 신뢰뿐이다. 지금은 그것이 바로 우리 문학의 유일한 실존적 특성이 아닐까 명심해보아야 할 때다. 다시, 출발할 때인 것이다.

(2000)

2부

자아의 서사, 소설의 기원

―박완서론

1. 글쓰기 : 해원(解寃)의 제의(祭儀)

1970년 박완서는 작품 『나목』이 그해 『여성동아』 여류장편소설 공모에 당선됨으로써 '소설가'가 된다. 그의 나이 마흔이었다. 자전적 소설 「부처님 근처」에 따르면 소설가가 되기 이전 그는 "처자식만 아는 착실한 남자"와 결혼하여 "뭘 믿고 애를 둘만 낳을까" 저어하며 "애를 낳고 또 낳"은 평범한 가정주부였다. 일찍이 세 살 때 아버지를 여의고 전쟁의 와중에 집안의 유일한 남자였던 오빠마저 잃어야 했던 박완서에게 "처자식의 먹이를 벌어들이는 것 이외에는 자기가 속한 사회에 섣불리 참여하지도 저항하지도 않는 남자"와 "많은 아이들"은 남들과 다름없는 행복을 누리기 위한 최소한의 전제조건이었다. 그것은 원통하기 이를 데 없는 두 죽음으로부터의 도피이자 전쟁으로 차압당한 자신의 애절한 청춘에 대한 보상이며 궁극적으로는 삶이 마련하고 있는 무수한 우연, 순식간에 모든 것을 휩쓸고 가버리는 그 무지막지한 폭력으로부터의 보호막에 다름아니었다. 그는 그것이 필요했고 또 결국 그것을 가지게 된다.

문제는 그럼에도 불구하고 "행복하지 않았다"라는 데 있다. 헛된 이데올로기의 희생양이 된 "오빠에게 복수하는 기분"으로 추구했던 그 행복은 어느새 "시들시들하고 구질구질하고 답답하고 넌더리"나는 일상의 이름으로 존재를 구속하기 시작한다. "싱싱한 것은 아무것도 없었다." 곡소리 한 번 제대로 내보지 못한 채 황급히 삼켜버린 두 죽음으로부터 가까스로 자유로워졌다고 믿는 순간, 정작 그에게 남겨진 것은 "망가진 용수철처럼 매가리" 없는 감수성뿐인 듯했다. 두 죽음은 여전히 의식의 한쪽 구석에서 "언젠가는 토해내지 않으면 치유될 수 없는 체증"으로 남아 "온갖 사는 즐거움, 세상 아름다움"을 남의 일처럼 쳐다보게 만들었다. "땅을 도봉지구에 사두는 것이 유리한가, 영동지구에 사두는 것이 더 유리한가"를 고민하느라 밤을 새우며 "오로지 어떡하면 더 잘살 수 있나"에 모든 관심을 집중하고 사는 대다수의 '살맛나는' 사람들의 세상에서 자신만 홀로 '과거'의 망령에 사로잡혀 세상 살맛을 잃고 있는 듯했던 것이다. 치유된 것은 아무것도 없었다. 자상한 남편도, 많은 아이들도 그에게 '진정' 행복을 가져다주지는 못했다. 그는 영원히 깰 수 없는 과거의 '악몽' 속에서 주기적으로 체증과 신경통을 반복한다. 이 악몽을 떨쳐버릴 수 없는 한 그 어떤 '행복'에의 추구도 한갓 도로에 그치고 말 것이다. 그렇다면 이 악몽을 어떻게 치유할 것인가?

나는 그 이야기를 하고 싶어 정말 미칠 것 같았다. 나는 아직도 그 이야길 쏟아놓길 단념 못 하고 있었다. 어떡하면 사람들이 내 얘기를 끝까지 들어줄까, 어떡하면 사람들을 재미나게 할 수 있을까, 어떡하면 사람들로부터 동정까지 받을 수 있을까. 나는 심심하면 속으로 내 얘기를 들어줄 사람들의 비위까지 어림짐작으로 맞춰가며 요모조모 내 이야길 꾸며갔다.(『해산바가지』, 박완서 단편전집 4, 문학동네, 1999)

138

이야기를 하는 것, "6.25 때 말야, 사실은 말야, 우리 오빠는 말야" 하고 그 동안 억누르고 있던 이야기를 쏟아내는 것, 그를 구원한 것은 바로 그 '이야기'의 신비하고도 폭넓은 치유력이었다. '임금님 귀는 당나귀 귀'라고 소리친 이발사처럼 그는 '이야기'라는 인류가 개발한 특유의 '제도적 장치'를 통해 그토록 오랫동안 시달려오던 신경증과 불면으로부터 벗어나게 된다. 박완서 소설의 기원은 바로 이 억누를 수 없는 이야기 욕망이다. 억압된 채 체증이나 신경통을 통해서만 간신히 자신의 존재를 알리던 악몽 같은 사건들은 이야기의 몸을 빌려 공식적 발화의 장에 등장한다. 그 순간 해묵은 '원한'이 사라진다. 이야기된다는 것은 이미 이야기되고 있는 것들이 더이상 아무런 위협이 되지 못한다는 것을 의미한다. 마술램프를 빠져나온 거인 '지니'는 결국 그를 구해준 자의 충복이 되지 않던가! 그 어떤 엄청난 경험이나 사건도 이야기 속에서는 다만 하나의 '이야기'에 지나지 않는다. 과거사는 이야기꾼의 목소리를 타고 현재 속으로 생생하게 걸어들어옴과 동시에 다시 과거의 시간 속으로 영원히 되돌려진다. 시간에 대한 봉인(封印), 원한의 씻김굿, 이야기를 한다는 것은 바로 이 거대한 해원(解冤)과정에 다름아니다. 이 제의의 집전이 바로 그의 소설쓰기다.

2. 분노와 부끄러움의 이율배반

이야기 욕망과 관련된 박완서의 고백적 진술은 우리에게 한 소설가의 탄생의 뒤안을 엿보는 흥미를 제공한다. 가족 로망스(family romance)에서 파생된 원초적 상처가 언어적 질서로 구조화될 때 그것이 드러나는 방식과 작가의 삶 사이에는 당연히 여러 층위의 모종의 친연성이 내재할 수밖에 없다. 물론 모든 정신분석학적 해석이 하나의 원인으로 환원되는 것을 경계할 필요는 있다. 인과관계에 연연할 경우 그것은 또다른 허구를 구축할 가능성이 있기 때문이다. 그러나 박완서의 경우 그것은 이야기되는 내용에서부터 이야기되는 방식에 이르기까지 작가 특유의 독특한 균형감각을 생산해내는 근원이 되고 있다는 점에서, 이에 대한 해명을 제외할 수 없다.

우선 '처자식만 아는 남자'와의 '결혼'이라는 단위가 갖는 의미론적 자장을 살펴보자. 작가가 고백하고 있는 대로 이것은 무엇보다도 '오빠에 대한 복수'다. 어떻게 '소시민적 행복에의 추구'가 오빠에 대한 복수로 전이될 수 있는가? 이것은 박완서 개인사에 있어 오빠가 차지하고 있는 위치를 가늠해볼 경우 보다 선명해진다. 박완서의 많은 소설들, 특히 자전적 소설 『그 많던 싱아는 누가 다 먹었을까』나 『그 산이 정말 거기 있었을까』에 따르면 오빠는 총명하고 효성이 깊을 뿐만 아니라 과묵하기 이를 데 없는 완벽한 인물이다. 심지어 그는 첫사랑의 여인을 폐결핵으로 잃음으로써 문학적 음영을 지닌 인물로 부각되기도 한다. 진리와 도덕의 준거이자 그 자체 미(美)인 그는 세상이 요구하는 모든 절대적인 덕목의 대표자가 되기에 조금도 모자람이 없는 인물이라고 해도 과언이 아니다. 요컨대 그는 '아버지'라는 이름에 부여된 상징적인 가치체계를 대변하는 인물인 것이다. 사실, 세 살 때 아버지를 여읜 작가에게 일곱 살 위인 오빠는 아버지를 대신할 수 있는 거의 유일한 존재라고 할 수 있다. 그는 아버지를 대신하여 엄마와 어린 박완서로 이어지는 삼각형의 한 꼭지점을 형성하며, 그런 한에서 이들 편모슬하의 가정은 전형적인 핵가족 모형에 근사한 가족으로 지탱된다.

상징적인 의미에서든 실질적인 의미에서든 아버지를 대체하고 있던 이 오빠는 우리가 익히 알고 있는 것처럼 전쟁의 와중에 목숨을 잃는다. 해방 후 잠시 좌익에 몸담은 적이 있던 그를 한쪽에선 '반동'으로 몰고 또다른 한쪽에선 '빨갱이'로 몰아 결국에는 약 한번 변변히 써보지 못한 채 죽게 만든 것이다. 이데올로기에 압사당한 오빠의 죽음은 곧 일제 말기 봉건적 무지에 희생당한 아버지의 죽음의 반복이다. 아버지의 죽음은 오빠의 죽음을 통해 다시 한번 그 참상이 상기되고 오빠의 죽음은 다시금 아버지의 부재, 그 총체적인 상실감을 확인시킨다. 이 양편 모두의 죽음을 지배하는 것은 집단적 광기의 폭력성, 이데올로기의 허위성, 그리고 그 허구적 환상이 강요하는 희생제의 같은 것들이다. 아버지와 오빠는 '희생양' 이미지에 의해 하나로 묶인다. 개인의 잘잘못과 시시비비를 떠나 그들은 죽어야만 했고, 이 '죽임'을 토대로 집단과 집단, 제도와 제도, 권력과 권력, 욕망과 욕망은 서로를 견제하며 새로운 계약관계를 성립시킨다. '아무 일도 없었다는 듯' 역사는 그들을 망각한 채 가짜 기억을 유포하며 그렇게 지속적으로 흘러간다.

그러나 '죽임'을 당한 '아비'를 대하는 '아들'의 내면은 허다한 고전 작품들이 예증하듯 복수심으로 불타오른다. 아비를 죽인 적에 대한 원한과 증오는 하늘을 찌르고, 아직도 살아 있는 자신에 대한 학대는 극에 달한다. 박완서의 등단작 『나목』의 주인공 '경아'의 내면이 바로 이러하다. 누구를 향해서 분노를 터뜨리고 누구를 미워해야 할지 명확하게 알지 못한 채 '신경질적인' 분노만 터뜨리고 있는 갓 스무 살 된 여자아이의 복수심은 곧바로 세계의 잔혹하고도 부조리한 폭력성에 전율하는 작가 박완서의 원한과 정확히 대응된다. 경아의 분노가 다만 손톱을 질겅거리거나 종이에 구멍을 뚫는 행위를 통해서 겨우 유지될 수 있었던 것처럼, 박완서의 분노 역시 그 정당한 대응법을 알지 못한다. 아니, 복수를 감행하기엔 세계에 대한 그의 공포가 지나치게 크다. 훼손된 세계에 무방비로 남겨진 그가 선택할 수 있었던 복수란 오히려 죽임을 당한 오빠의 나약함을 증오하는 방법밖에 없었다. 남들은 다 잘도 피해가는 죽음을 그는 어찌하여 피하지 못했단 말인가! 이제껏 칭송되던 그의 온갖 미덕들은 순식간에 치명적인 약점으로 뒤바뀌고 오빠는 다른 누구도 아닌 자신의 나약함 때문에 죽임을 당한 것으로 이해된다. 그렇다면 이제, 미워하고 증오하고 분노를 터뜨려야 할 대상은 분명해 보인다. 오빠 내부의 정언명령에 대한 거부, 오빠와 정반대의 길을 가는 것, 그리하여 이 사악한 세계를 견디고 이 세계에서 끝까지 살아남는 것. 이데올로기를 거부하고 일상을 선택하는 것은 박완서가 택한 분노의 표출방식이다. 이때 일상은 그 자체 성스러운 원광을 획득한다.

그럼에도 불구하고 자기 내부의 오빠(아버지)를 거부하는 방식은 한편으론 여전히 '죄책감'과 '부끄러움'을 동반하는 것이 아닐 수 없다. 죽임을 당한 아비를 대신하여 적과 싸우는 대신, 적에 대항하여 살아남지 못한 아비의 나약함만을 공격하는 아들딸의 왜곡된 복수심은 기실 자신의 나약함에 대한 '자학'이자 세상에 대한 '냉소'의 다른 표현이기 때문이다. 그럴 때 아들은 결국 적에 대해서는 아무런 말도 하지 못한 게 된다. 오히려 적과 공모하고 타협함으로써 다시 한번 아비를 죽이는 작업에 동참하게 될 수도 있다. 그들 역시 이를 잘 알고 있다. 살아남아야 한다는 생존 본능이 아비가 가지 않은 길로 그들을 유도하기는 했지만 그것이 최선이 아님은 누구보다도 그들이 가장 잘 알고 있는 사실이기도 하다. '체증'과 '신경통'으로 현상하는 이들의 '불행의식'은 바로 이러한 딜레마의 산물이다. 죽임을 당한 아비가 피 흘리던 모습은 이들의 무의식 속에서 언제든지 의식의 표면으로 솟아오를 태세를 갖추고 있다. 이 무의식의 느닷없는 방문을 통해 그들은 자신들이 아비를 '살해'했을지도 모른다는 환상에 시달리기도 한다. 실제로 고통받는 오빠의 안식을 위해 그의 '죽음'을 간절히 희구한 적도 있었다고 고백하고 있는 박완서에게 이 환상은 전혀 근거 없는 것이 아니다. 『그 산이 정말 거기 있었을까』에 잘 나타나 있듯이 생명의 보전을 위해 한없이 비굴해진 오빠의 말기 모습은 작가의 영혼을 갈기갈기 찢으며 차라리 그의 평화로운 죽음을 요구하는 지경에 이르기도 했던 것이다. 오빠가 죽더라도 그의 가족들, 엄마와 올케와 조카들은 '살아야' 했으며 그들이 살기 위해서는 오히려 오빠가 죽어주는 것이 그들 모두에게 화평을 가져다 주는 유일한 길인지도 몰랐다. 그는 서서히 오빠의 죽음을 방조하며 '살아야 한다'는 지상과제를 수행할 준비를 한다.

그리하여 그와 그의 가족은 그 지옥 같은 전쟁, 참척의 상처로부터 벗어나 표면적으로는 남들과 다름없는 일상의 세계로 옮겨간다. 그러나 이 이행이 '살아남은 자'들의 뿌리깊은 상처와 원한을 말끔하게 제거할 수 있었던 것은 아니다. 다른 사람들처럼 과거를 잊고 모든 것이 잘됐다고, 다만 더 잘살 일만 남았다고 믿을 수 없는 박완서의 내면은 자신의 생존 본능에 대해 이중적인 태도를 보일 수밖에 없다. 끝까지 잘 살아남아서 먼저 간 오빠에게 복수하고자 하면 할수록 오빠에 대한 끓어오르는 애정과 형언할 수 없는 그리움은 더욱 커져만 간다. 그 사랑은 현존하는 일상을 위협하며 존재를 무의미의 극단으로까지 내몰 정도로 치명적이기도 하다. 그와 더불어 그토록이나 지켜내고자 했던 일상은 끝없는 악다구니의 연속으로 돌변하고 자아는 그 속에서 너덜너덜하게 닳아갈 뿐이다. 이것을 위하여 그렇게 오랫동안 오빠를, 아버지를 잊고자 하였던가? 일상의 이름으로 자행되었던 이데올로기 비판은 이리하여 다시금 그 일상에 대한 비판으로 반전된다. 이데올로기에 대한 복수는 일상에 대한 옹호를 낳고 일상에 대한 옹호는 어느 순간 다시 무사태평한 일상에 강한 숨통을 틔워줄 이념에 대한 동경으로 돌변한다. 이데올로기에 대한 '분노'는 결국 일상에 대한 '부끄러움'과 다르지 않은 것이다. 이 일상에 대한 양가적 감정은 박완서 문학을 추동시키는 가장 강력한 심적 구조의 하나다. 자신이 박차고 나온 고향 박적골을 향해서는 근대성을, 근본 없는 현저동의 '상것'들을 향해서는 봉건적 양반의식을 내세웠던 작가의 '엄마'처럼 박완서 소설은 헛된 이데올로기에 대해서는 일상의 감각을, 일상의 안일함에 대해서는 '부끄러움'을 가르친다. 그 기묘한 균형감각이 박완서의 소설이다.

3. 일상의 시간, 욕망의 뒤안

오빠의 죽음이 초래한 분노는 모든 이데올로기에 대한 불신으로 현상한다. 박완서만큼 끊임없이 집단환상이나 추상적인 관념에의 헌신을 경계해온 작가도 드물다. 개인적 진실의 추구보다 집단적 응집력과 새로운 세계에 대한 전망 제시에 치중해온 7, 80년대 우리 문학의 이데올로기적 성격을 염두에 둘 때 이 점은 동시기 박완서 소설의 단연 두드러진 측면이라고 할 수 있다. 비록 그것이 이미 살펴본 대로 작가의 개인사에서 연원한 특수한 사정에 힘입은 바 없지 않다 하더라도 당대의 지배적인 문학 경향이나 관습으로부터 벗어나 이처럼 일관되게 자신만의 독특한 시각을 유지하기란 결코 쉬운 일이 아니다. 더욱이 당대의 문학에 부과된 이데올로기적 성격이 의혹을 불허하는 대의명분을 획득하고 있는 경우에는 더욱 그러하다. 박완서 소설은 그 대의명분에 맞서 구체적인 일상의 디테일과 인간 욕망에 대한 정확한 투시가 소설의 본령임을 항변한다.

더이상 동화를 쓸 수 없게 된 동화작가의 딜레마를 다루고 있는 「어느 이야기꾼의 수렁」이 우화적으로 보여주고 있는 점도 바로 그것이다. 「풍선 타고 세계일주」라는 동화의 주인공 '또마'를 민통선 안의 군사분계선 안에서 북한 아이와 만나게 함으로써 이제껏 보아온 6.25 특집극과는 다른 특별한 작품을 만들어보겠다는 방송국 피디 김경채에 맞서 문학적 상상력을 제한하고 가두려는 온갖 시도들에 저항하는 동화작가의 안간힘은 기실 작가 박완서의 작가적 신념의 표백으로 읽히기도 한다. 작가를 가로막는 장애물은 곳곳에 편재한다. 그것은 어느 순간 현실의 리얼리티를 뛰어넘어 '희망' 의 이름으로 완전한 '허구' 적 '화해' 를 요구할 수도 있고, 작가의 실천적 '윤리' 를 앞세워 그 허구에의 '봉사' 를 강요할 수도 있다. 그럴 경우 다른 어떤 이름도 아닌 '작가' 가 택할 수 있는 윤리란 과연 무엇인가? 거짓인 줄 알면서도 희망의 메시지를 전달하기 위하여 집단환상을 부추기는 작업에 동참할 것인가, 아니면 다만 무미건조한 리얼리티만 추구할 것인가? 「어느 이야기꾼의 수렁」의 동화작가가 처한 이 딜레마는 사실 오늘날에도 여전히 해결되지 않은 모든 작가들의 '수렁' 임에 틀림없다. 이 수렁 속에서 박완서가 선택한 입장은 그의 이후 소설적 성과를 생각할 때 다분히 선언적인 것으로 들린다. 동화 속 주인공인 "그 아이들의 말문을 열지 못"한 채 글을 이어가지도 못하고 전전긍긍하기만 하던 동화작가는 결국 "환상"을 통해서는 "어떤 글을 써도 가짜"라는 입장을 다시 한번 확인한다. 그리고 "김경채야말로 나의 수렁이었"음을 자각한다. 작가의 수렁은 끊임없는 요구와 주문으로 '나' 의 개성을 억압하는 '김경채' 와 같은 당대의 지배 이데올로기라는 것이다.

온 국민을 웃고 울리던 '이산가족찾기' 캠페인에 대한 박완서의 신랄하고도 냉소적인 시선이나 80년대 운동권 대학생, 특히 운동권 남학생들의 가부장적 허위의식에 대한 날카로운 풍자도 크게 보면 이 계보에 속한다. 우리가 잘 알고 있듯이 『그해 겨울은 따뜻했네』나 『도둑맞은 가난』의 세계가 바로 그것이다. 피난 도중 일부러 손을 놓은 여동생을 가까스로 찾아내고도 다시 모른 척하는 언니(『그해 겨울은 따뜻했네』)나 자신의 도덕적 우월성을 확인하기 위한 수단으로 '가난' 을 이용하는 운동권 남자(『도둑맞은 가난』)는 이데올로기의 경직된 추상성을 넘어서는 인간 욕망의 어두운 이면, 소위 중산층의 속물근성이라고 하는 것이 얼마나 추악하며 질긴 욕망인지, 그러므로 그것을 섣불리 초월할 수 있다고 믿는 것이 얼마나 순진하고 헛된 이념인지를 드러내는 데 가장 적절한 실례를 제공한다.

'이산가족찾기'가 빚어내는 가족들간의 얽히고 설킨 이해관계를 풍자적으로 그리고 있는 작품「재이산」을 통해 이를 자세히 살펴보자. '이산가족찾기' 캠페인을 "휘황한 거국적 쇼"라고 규정하고 있는 이 소설은 기본적으로 혈연에 의지한 샤머니즘적 화해의 가능성을 냉소한다. 박완서에 의하면 인간이란 추악한 이기주의자들일 뿐이며 일상의 문화를 통해 드러나는 자기 보존 욕망은 '피' 뿐만 아니라 '계급'과 같은 추상적 유대를 훨씬 뛰어넘는 강렬한 것이다. "가족이 있을지도 모른다는 황홀한 희망" 속에서 육친의 포옹, 체온, 손길, 눈물, 목멘 소리 등 텔레비전이 제공하는 온갖 달콤한 환상에 젖어 있던 옷 수선공 몽동필(이 풍자적인 명명법 자체가 기실 작가가 말하고자 하는 바를 가장 경제적으로 항변하고 있는 것이다!)을 찾아온 것은 "냉정하고 지적인 목소리"로 대변되는 "이질감"뿐이다. 그가 되찾은 '가족'은 결국 "이제껏 살아오면서 만난 어떤 사람과도 닮지" 않은 사람들에 불과하다. 그런 의미에서 몽동필이 되찾은 가족은 그의 "가슴속에 가득한 분노"를 눈 녹듯 사라지게 해줄 환상 속의 그 '가족'이 결코 아니었던 것이다. 가족은 되찾음과 동시에 다시 영원히 사라졌다. '이산가족찾기'는 '이산'이 있었던 곳에 '재이산'만을 부려놓았을 뿐이다. 처음의 이산이 외적인 환경에 의한 것이었다면 두번째의 '이산'은 내적인 감정상의 문제라는 점에서 처음의 것보다 훨씬 심각한 문제라고 하지 않을 수 없다.

이 새로운 '재이산'을 그리는 박완서의 목소리는 어떠한 환상도 불허한다. 몽동필 가족을 두고 수군거리는 '안집' 사람들이라든가 '숙모'를 비롯한 친족들의 행태에 대한 예리한 관찰력과 절묘한 디테일은 근거 없는 감상주의와 소박한 낙관론을 비웃으며 그들의 일상을 천착하지 않는 어떠한 이념도 '진리'가 될 수 없음을 선언한다. 이는 비단 중산층

속물주의만의 문제가 아니다. 다른 계급에 비해 그들의 이해관계가 보다 선명하게 드러날 뿐 자기 보존 욕망은 다른 어떤 집단에 있어서나 마찬가지다. 중산층의 입장에서 몽동필 일가에 해당하는 외삼촌 가족을 해부하고 있는 「비애의 장」은 「재이산」과 여러모로 대칭적이다. 일가붙이가 떼거지로 몰려와 경우 없는 짓거리를 해대는 외삼촌 일가를 바라보는 중산층 여성의 '비애'는 기본적으로 몽동필이 숙부 가족에게 느끼는 '이물감'과 그리 다르지 않다. 단 한 번의 '극적 상봉'이 오랜 시간 동안 길들여진 일상의 문화적, 계급적 디테일들을 순식간에 봉합해버릴 수는 없다. 쇼(축제)가 끝나면 다시 일상이 지속된다. 이 일상의 완강한 힘에 대한 승인과 투시는 박완서를 간혹 완고한 보수주의자로 바라보게 하는 측면이 없지 않지만, 무엇보다도 어떠한 주의나 이념으로부터도 비판적인 거리를 유지하게 만드는 강력한 힘으로 작용한다. 일찍이 이데올로기의 희생양이자 그 자신 이데올로기의 추종자이기도 했던 '오빠'에게 복수하기 위해 '처자식만 아는 남자'를 선택했던 작가의 '생존 본능'은 '일상'의 이름으로 속 빈 강정 같은 '이데올로기'의 헛됨을 직시하고 있는 것이다.

재미있는 것은 때로 이 이데올로기의 자리에 연애나 예술이 위치하는 경우도 드물지 않다는 점이다. 더욱이 그 경우 작가의 개인적 이력에서도 드러나듯 이데올로기나 예술 혹은 추상적 관념에 대한 일상, 혹은 구체적 현실의 승리는 때때로 연애의 삼각형 구조로 현상하기도 한다. 아름다운 문학청년 '지섭' 대신 '나'와 결혼하게 되는 중인 출신 '남편'(『그 산이 정말 거기 있었을까』)은 『나목』의 그 무뚝뚝한 전기공이며 「부처님 근처」의 바로 그 '처자식만 아는 남자'다. 그들은 언제나 허황한 연애놀음 대신 일상의 안정감을 선사하며 삶의 균형감각을 되살려준다. 그리고 결국 연애의 최후의 승자가 되어 사랑을 쟁취한다. 박완서 소설에서 '남편'은 언제나 '애인'보다 한 수 위다. 이 남편의 질서, 일상의 시간이 소설적 무게를 저버리지 않는 한 애인들의 부박함, 이데올로기의 허황함에 대한 박완서의 비판적인 통찰력은 그 의의를 잃지 않을 것이다.

4. 마음의 오지(奧地)와 인간에 대한 옹호

그러나 과연 '남편'들은 항상 박완서의 영원한 우군일까? 그들이 "시들시들하고 구질구질하고 답답한" 일상의 주재자인 한 이 동맹관계는 언제나 위협받을 가능성이 많다. 사실 그들은 생활고에 얽매여 지나치게 체제 순응적이거나(「너무도 쓸쓸한 당신」) 아내의 미모를 사교에 동원하며 사세를 확장시켜보려고 안간힘을 쓰는 외화내빈형(「초대」)이거나 그것도 아니면 뭐든지 자신의 마음대로 주관하려고 하는 권위주의자(「로열박스」) 들이기도 하다. 이른바 '속물근성'의 대표자로서 남편은 일상이 강요하는 권태와 무위, 그 전망 없음을 환기시키는 상징적 기호라고도 할 수 있다. 물론 그들 가운데 타인에게는 너그럽고 자신에게는 엄격한 원칙주의자의 모습이 보이지 않는 것은 아니다. 「저문 날의 삽화」 연작이나 「꽃을 찾아서」 「J-1 비자」 등에 등장하는 남편들의 경우가 특히 그러하다. 세파에 물들지 않은 동심의 소유자이기도 한 그들은 하루가 다르게 급변해가는 세상과 무관하게 자신만의 원칙을 고수하며 당대의 성장 일변도의 가속도에 등을 돌린다. 불미스러운 사건으로 여자중학교 교장 자리를 물러나게 된 「꽃을 찾아서」의 장명환은 올림픽공원 조성이 한창인 방이동이 이전에는 '흰비름꽃'들이 넘쳐나던 아름다운 초원이었음을 알아볼 줄 아는 올곧은 심성의 소유자이며, 유정회 국회의원이었다는 전력을 내세워 작가의 다소 조롱기 섞인 풍자의 대상이 되고 있는 「애 보기가 쉽다고?」의 맹범씨 역시 미워할 수만은 없는 소박한 가부장의 모습으로 등장하고 있다. 이 '남편'들은 '오빠'의 이데올로기를 넘어서는 일상적 모럴 감각의 최대치라고 할 만하다.

그럼에도 불구하고 이미 살펴본 대로 이 일상의 윤리는 또한 살아남은 자들의 죄책감, 생존 본능에 모든 것을 내맡긴 자들의 부끄러움과 무관하지 않다. 산다는 것, 살아남는다는 것에 절대적인 가치를 부여하는 삶은 어느 순간 오로지 "더 잘사는 것" 이외에는 다른 어떤 가능성도 생각하지 않는 욕망덩어리로서의 인간과 조우할 가능성을 항용 지니고 있다. 중산층의 물적 토대의 확립 과정과 그들의 도덕적 타락 현상을 극명하게 대비시키고 있는 『도시의 흉년』이나 결혼 문제를 중심으로 물화된 인간관계의 극단을 추적하고 있는 『휘청거리는 오후』 등이 다루고 있는 문제가 바로 그것이다. 이 계열의 소설들은 이른바 풍속작가로서의 박완서의 개성을 다시 한번 확인할 수 있는 중요한 텍스트들이다. 사실 우리 문학사에서 이 '남편'으로 대변되는 중산층의 일상에 대한 묘사는 그리 오랜 역사를 지니고 있지 못하다. 그것은 일단 근대화 프로젝트에 힘입은 도시 중산층의 양적 확산을 전제조건으로 한다. 그것은 도시 거주자들의 획일적인 일상문화가 사회의 전반적인 생활 풍속도의 하나로 자리잡은 다음에야 비로소 가능한 작업인 것이다. 주로 70년대 이후의 도시적 일상성을 추적해온 박완서의 소설이 이러한 작업의 선두에 서 있었음은 새삼 말할 필요도 없다. 도시 중산층의 일상에 개입해오는 존재의 미세한 틈과 그 불길한 징후를 섬뜩하게 포착해낸 오정희의 소설들과 더불어 중산층의 세태풍속에 관한 박완서의 해학적인 묘사와 날카로운 풍자는 이미 그 한 전형을 획득한 바 있다.

「지 알고 내 알고 하늘이 알건만」은 박완서 식의 세태 풍자의 백미다. 혼자된 시아버지가 중풍으로 쓰러지자 그의 병수발을 하게 하기 위해 시장에서 광주리 장사를 하던 성남댁을 불러들인 진태 엄마의 얌체 같은 속성과 경제적 잇속 차리기 과정을 해학적으로 훑어나가는 이 소설은 판소리계 소설에서나 볼 수 있는 능청스러움과 유들유들함이 도처에 낭자하다. 특히 시아버지가 죽은 후 그 동안의 대가로 성남댁에게 주기로 되어 있던 아파트를 모른 척 떼먹는 진태 엄마의 그악스러움은 소설 전편에 얄밉게 묻어나던 중산층의 "체면 차리기"식 겉치레와 대조되어 더욱 선명한 여운을 남긴다. 죽은 시아버지와 성남댁의 우정 어린 동거를 두고 성적인 농담을 서슴지 않는 진태 엄마 친구들의 행태 역시 그들이 입에 거품을 물고 강조하는 중산층의 '교양'이란 것이 기실 머리에 임을 이고 "엉덩이를 신나게 휘두르"는 성남댁의 투박한 생명력에도 미치지 못하는 '천박한 본능'에 다름아니라는 작가의 메시지를 전면에 부각시킨다. 교양과 세련미로 무장된 가면 뒤의 무지와 잔혹성을 추적하는 박완서의 문체는 자신이 가장 잘 아는 세계를 묘사하는 자의 자신만만함으로 추호의 주저함도 없다. 팬티만 입고 남편을 맞는 여자 이야기를 하며 자신들은 고상한 척 히히덕거리는 아파트 여자들(「울음소리」)이나 아들 낳은 산모를 앞에 두고 다른 사람이 듣든 말든 상관하지 않은 채 남아선호사상을 거리낌없이 밝히는 지식인(「해산바가지」) 등 박완서가 묘사하고 있는 중산층은 기본적으로 가식과 허위, 천박으로 형용될 만하다.

그러나 중산층의 속물성에 대한 비판이 곧바로 노동자 농민으로 대표되는 민중에 대한 관념적인 신비화로 넘어가는 것은 아니다. 계몽적 어조를 유지하고 있던 당대의 계급편향 소설들이 그러하듯 민중에 대한 신뢰와 확고한 전망을 제시하는 것은 박완서의 장기가 아니다. 이점에 관한 한 박완서의 균형감각은 유례가 없다. 물론 상대적으로 민중적 인물에게서 긍정적 성격이 보다 두드러지는 것은 사실이다. 이를테면, 「지 알고 내 알고 하늘이 알건만」의 성남댁이나 「흑과부」의 능청스러운 인물 흑과부, 「해산바가지」의 배운 것 없는 시어머니, 그리고 「애보기가 쉽다고?」의 철거민 등 '모자라고 누추한 자'들의 철학은 배운 자들, 가진 자들의 정신적 빈곤과 인간적 야만성을 되비추는 거울 역할을 톡톡히 한다. 그러나 그렇다고 해서 박완서에게서 민중지향성을 발견해내고 그의 문학의 계급적 성향을 이야기하는 것은 지나치게 단선적인 해석이라고 하지 않을 수 없다. 당대 박완서 문학에 가해졌던 비판들, 즉 그의 세태 풍자를 쇄말주의로 몰아가며 풍속화의 차원에서 벗어난 보다 선명한 이념적 성향과 새로운 대안을 요구했던 관점들에서 발견할 수 있었던 당위적 성격만큼이나 이러한 관점 역시 그에 못지않은 피상성을 보여준다.

박완서의 중산층의 허위의식에 대한 비판은 단순히 계급적인 측면에 기댄 사회 비판의 맥락에서가 아니라 인간 삶의 총체적인 진실에 비추어볼 때 그 진면목이 드러난다. 핏줄이나 계급, 지식이나 돈 등 어느 하나로만 귀속될 수 없는 인간 내면의 역동적인 욕망의 드라마를 다각도로 조명하고자 하는 작가의 산문정신은 종종 그 가장 압축적인 형태로 중산층의 삶의 풍속도를 선택하는 경우가 없지 않다. 그것은 인간 각자의 내면 속에 깃들인 내밀하고도 심오한 "마음의 오지"에 대한 관심 때문이다. 세상사의 이치, 이를테면 계급이나 핏줄만으로는 죄다 설명할 수 없는 인간의 내밀한 욕망과 그 욕망이 그려내는 인간 존재의 신비에 대한 강조는 아이러니컬하게도 인간에 대한 그 어떠한 환상도 용납하지 않는 작가 박완서의 궁극적인 도달점이다. 자기 자식이 아닌 남의 자식을 키우는 여자의 이율배반적인 진실 찾기(「움딸」)라든가 자식을 앞세운 부부간의 역설적인 동지애에 대한 천착(「울음소리」「꽃을 찾아서」) 등은 박완서의 인간에 대한 관심이 표면적인 층위의 것이 아니라 보다 심층적이고 입체적인 차원의 것임을 암시한다. 특히 하조댁 할머니의 기이한 사랑의 방식을 에피소드로 제시하고 있는 「저물녘의 황홀」은 이후 지속적으로 형상화되고 있는 노년기에 대한 작가적 관심의 출발이자 인간이란 무엇인가라는 작가 본연의 질문을 함축하고 있는 문제작이다. 하조댁 할머니는 본처를 잘 받드는 시앗이다. 그녀는 본부인을 도와 가산을 일구는 데 많은 도움을 주었을 뿐만 아니라 남편이나 손자들의 사랑을 독차지하는 데 있어서도 특유의 역량을 발휘한다. 그러나 갑자기 중풍 든 남편이 자신을 외면하고 본처에게만 의지하자 어느 날 그만 자기도 중풍에 걸리고 만다. 그리하여 결국에는 남편과 나란히 누워 그가 죽는 날까지 동병상련의 아픔을 함께 하며 남편으로부터 상당한 양의 재산까지 물려받는다. 그러나 남편이 죽은 다음에는 언제 아팠냐는 듯이 훌훌 털고 일어나 집을 떠난다. 인근인들 사이에 "전설적인 요물"로 남아 있는 이 하조댁은 작중화자에 의해 "온몸으로 사람 속의 깊고 깊은 오지(奧地)에 뛰어들 줄 아는 특별한 재능"을 지니고 있었던 영혼의 조련사로 인식된다.

거의 작가의 목소리로 들어도 무방한 이 화자의 평가는 인간에 관한 박완서의 탁월한 통찰력과 상식을 뒤엎는 발상의 전환을 보여주기에 모자람이 없다. 그에 따르면 인간이란 언제나 짐작 불가능한 아이러니의 산물이다. 따라서 이러한 다면적인 인간에 대한 진실은 추상적인 관념이나 섣부른 도덕 의식에 의해서 결코 파악될 수 없다. 인간 영혼 깊숙이 숨어 있는 악마적인 본성에까지 인식의 촉수가 닿지 않는 한 인간에 관한 총체적 진실은 그 실체를 드러내지 않는다. 때로 외면하고 싶은 인간의 적나라한 모순까지 파헤치는 가면 박탈력이 아니면 인간의 다양한 면모 가운데 어느 한 면에 관한 인식에도 이를 수 없다. 작가 자신의 경험에서 우러난 흔적이 역력한 노망든 시어머니를 모시는 중산층 며느리의 내면에 관한 이야기가 빛을 발하는 것도 바로 이 지점이다.

부엌으로 나온 그녀는 먼저 부엌방의 기척부터 살폈다. 밤사이에 시어머니가 죽어 있을지도 모른다는 기대는 매일매일 새롭고도 독한 쾌감을 동반했다. 그러나 그녀는 그 쾌감에 너무 오래 탐닉하길 삼가고 찬 우유를 한 컵 받쳐들고 방문을 열었다.(「울음소리」, 『해산바가지』)

　때때로 혐오감이 고조될 땐 살의를 방불케 해 섬뜩한 전율을 느끼곤
했다. 이런 정서적인 불균형을 은폐하고, 아이들 앞에서나 이웃이나 친
척 보기에 여전히 좋은 며느리처럼 보이려니 여간 힘이 들지 않았다. 나
는 점점 못쓰게 돼갔고 때로는 자신의 몸과 마음이 망가져가는 걸 즐기
기도 했다. 저 늙은이가 저렇게 며느리를 못살게 굴다가 필시 며느리를
앞세우고 말걸. 두고 보라지. 이렇게 악담을 함으로써 복수의 쾌감 같은
걸 느꼈다.(「해산바가지」, 『해산바가지』)

　이 대목의 핵심은 '쾌감'을 동반하는 '살의'다. 아이들이나 이웃이
강요하는 윤리는 노망든 시어머니에 대한 며느리의 충성스러운 효성이
다. 한 인간에 대한 다른 인간의 존중은 자신의 존엄에 버금가는 중요
한 미덕이라는 것이다. 그러나 그것이 허울뿐인 가식에 지나지 않을
때, 눈앞에 드러난 현상만을 가지고 무엇이 선하고 그렇지 못한 것인지
판단하기란 여간 어려운 일이 아니다. 오히려 진정한 애정은 이러한 무
자비한 적대감을 통과한 다음에야 얻어질 수 있는 성질의 것인지도 모
른다. 살의를 방불케 하는 혐오감과 그로 인한 자기 파괴 사이에서 고
통받는 며느리의 가학-자학적인 메커니즘은 인간 내면에 깃들여 있는
어두운 그늘이다. 이 그늘을 살짝 덮어두거나 피해가려고 하는 어떤 시
도도 인간, 그 다면적인 존재의 진실에 이르지는 못한다. 박완서가 궁
극적으로 우리에게 보여주고 싶어하는 인간이란 바로 이 '다면적 얼굴
을 한 인간'이다.
　이를 두고 역설적인 의미에서의 휴머니즘을 이야기할 수도 있을 것
이다. 그가 제시하는 휴머니즘은 인간에 대한 신비화에 대항하는 휴머
니즘이다. 인간에 들씌워져 있던 가식과 허울에 대한 항전을 통해 역설

적으로 획득되는 이 인간다움은 "생명에 대한 존엄"을 통해 더욱 확대된다. 내리 딸만 넷을 낳은 며느리의 해산구완을 위해 언제나 최선을 아끼지 않았던 「해산바가지」의 시어머니의 인간적 품격은 그의 노망에 의해서도 결코 파괴될 수 없는 귀중한 실체다. 「해산바가지」의 며느리를 인간 혐오의 어두운 터널로부터 빠져나오게 만드는 것은 바로 그것이다. 그런 의미에서 박완서의 생명주의는 인간의 본능에 대한 처절한 절망을 거친 다음에야 도달하게 된 존재에 대한 대긍정의 세계라고 할 수 있다. 때로 그것이 대지적 모성에 기반한 자비의 세계로 현상하게 되는 이유도 바로 여기에 있다. 정신이 아니라 육체가, 해탈이 아니라 번뇌가, 다른 어떤 곳에 대한 동경이 아니라 지금 이곳에 대한 수용이 강조되는 그의 '생명주의'는 철저하게 진창투성이의 삶을 가리킨다. 그의 '부처'는 멀리 있는 것이 아니다. 그것은 인간 내면에 깃들인 마성(魔性)과의 싸움, 그것을 가능하게 하는 인간적인, 너무나도 인간적인 본능, 그 보잘것없는 품격과 관련된 것이다.

5. '나'로 귀환하는 율리시즈

박완서 문학을 두고 한 비평가는 "체험되지 않은 것은 아무것도 없다"는 표현을 썼다. 이 말은 허구와 사실의 경계가 뚜렷하지 않은 박완서 소설의 한 양태를 드러내는 것일 뿐만 아니라 작가의 삶의 서사에 고스란히 대응되는 소설 구조의 동질성을 지적한 것이기도 하다. 이미 살펴본 대로 박완서에게 있어 소설이란 한 개인의 '원한'과 관련된 일련의 '제의'적 행위다. 때로는 분노로 또 때로는 부끄러움으로 현상하는 원한의 소설적 매개화 과정은 작가 개인의 실존과 관련된 생 그 자체다. 이 저주받은 영혼은 소설이라는 장치를 통해 존재의 구원을 약속받으며 소설적 자아(공적 자아)로 재탄생한다. 개인을 구속하는 집단 이데올로기에 대한 강한 거부감, 추상적 관념의 공허함에 대한 직시, 일상에 편재되어 있는 허위의식에 대한 풍자, 모순투성이의 인간에 대한 옹호, 생명의 근원으로서의 인간에 대한 경이 등 박완서의 소설적 자아들은 기본적으로 구체적 현실과 온갖 감정들의 보고(寶庫)인 육체에 대한 승인을 기반으로 하고 있다. 우리가 박완서를 두고 진정한 의미에서의 현실주의자라고 이야기할 수 있는 까닭이 여기에 있다. 그는 어떠한 초월이나 낭만적 환상도 경계한다. 그가 믿는 것은 자신의 감각, 구체적 경험의 확실성이다. 그것은 일종의 신탁(神託)에 가깝다. 서울 시민 대부분이 피난가버리고 아무도 없는 텅 빈 도시 한가운데서 혼자 거대한 역사의 침묵을 지켜본 자의 공포와 뒤틀린 자만은 자기가 본 것에 대한 증언에의 예감, 그 어떤 운명에의 맹종에 의해 위무되고 승화될 수밖에 없었던 것이다.(『그 산이 정말 거기 있었을까』) 본 것, 들은 것, 겪은 것, 느낀 것 등 '나'로부터 비롯된 모든 것은 이 순간 다른 어떤 것보다 절대의 위치로 고양된다.

세기말, 소설은 이미 '나'의 확실성을 뒤집는 다양한 담론들을 '소설'로 공인하며 스스로의 존재를 갱신할 위기 혹은 기회를 맞게 되었다. 90년대를 줄곧 괴롭혀왔던 종말론은 소설장르라고 해서 예외가 아니다. 현실과 가상, 정신과 육체의 오랜 대립이 서로간의 경계를 허물고 상호침투의 불확정 공간으로 접어들기 시작했다. 이 인공의 공간에서 '나'란 한갓 허구적인 주체에 불과하다. 무수히 많은 '나'로 분열된 '타자'로서의 '나'는 자신의 기원을 설명할 수 없을뿐더러 그 어떤 원한이나 분노, 부끄러움과도 거리가 멀다. 다만 타자가 나에게 새겨놓은 흔적들을 통해 나는 나를 확인할 수 있을 뿐이다. 그것은 이 나를 믿을 수 있을 것인가? 오히려 진정한 나는 확인할 수 없는 나, 미지의 저편에서 숨죽인 채 웅크리고 있는 나가 아닐까? 라는 물음과 관계 있을 뿐이다. 최근 우리 소설에 나타나는 자아는 이토록이나 불길하고도 공포스러운 자아 망각 혹은 자기 부정의 계기를 내비치고 있다.

이에 비하면 자신의 기원을 확고하게 설명할 수 있는 박완서의 소설적 자아는 자기를 확정지을 수 있었던 시대의 행복했던 산물이라고 할 만하다. 그의 싸움은 적어도 적이 분명할 뿐만 아니라 지향점 역시 선명하다. 집으로 귀환하는 율리시즈처럼 그는 그 어떤 광기 속에서도 자신을 보존하며 균형감각을 잃지 않는다. 이데올로기를 향해서는 일상의 진실을, 일상의 권태에 대해서는 인간의 오묘한 실체를, 그 오묘한 실체의 덧없음에 대해서는 인간 내면에 깃들인 범신론적 생명사상을 내세우는 박완서의 소설적 여정은 그 자체 주체의 정립과정과 무관하지 않다. 이제 일상의 독자와 등신대(等身大)로 호흡하며 교감할 수 있는 작가는 박완서 세대가 거의 마지막인 듯하다. '그'의 원한이 '우리'의 원한으로, '그'의 재생이 '우리'의 재생으로 순식간에 접합될 수 있었던 시대는 이렇게 하여 점차적으로 역사의 저편으로 사라져가고 있다. 이념시대와 사이버시대를 사이에 둔 진경시대 예술가의 초상, 오늘, 우리가 박완서 소설을 통해 확인하는 것은 바로 그 경지다.

(1999)

포스트모던 테일
―배수아론

> 변하지 않는 것은 그 순간 우리 생의 인상일 뿐이다.
> ―배수아, 『랩소디 인 블루』

1. 이미지는 실재에 우선한다

다시, 이미지에서 시작하자. 등단작 「천구백팔십팔 년의 어두운 방」부터 최근작 「여점원 아니디아의 짧고 고독한 생애」에 이르기까지 이미지에 대한 강조는 배수아 소설의 낯선 매혹을 규명하는 만능열쇠로 여겨져 왔다. 그것이 "만화, 동화, 로맨스, 사진, 영화와 같은 여러 문화적 텍스트들의 잔상"[1]을 의미하는 것이든, "언어가 표현할 수 없는 의식을 가시화"시키기 위한 "육체성과 직접성의 언어 아닌 언어"[2]를 지칭하는 것이든, 이미지는 배수아 소설의 가장 대표적인 자질의 하나로 이해되어져왔다. 물론 당장 이런 반문도 가능하다. 사유의 감각화를 지향하는 소설가치고 '이미지에 중독' 되지 않은 자 그 누구인가. 특히 최근 등장한 일군의 신세대 작가들과 시각 이미지와의 친연성을 생각하면

---

1) 김동식, 「우리 시대의 공주를 위하여」, 『문학과사회』, 1996년 여름호, 772쪽.
2) 김미현, 「이미지와 살다」, 『부주의한 사랑』 해설, 문학동네, 1996, 180쪽.

더욱 그렇다. 그런 의미에서라면, 이미지는 비단 배수아만의 전유물이 아님은 분명하다. 그러나 그럼에도 불구하고 여전히 이미지는 배수아의 소설쓰기(글쓰기)를 추동하는 가장 중요한 모티프라고 할 수 있을 것이다. 그것은 배수아의 글쓰기가 실재에 대한 재현이 아니라는 것[3]을 다시 한번 확인하는 반복적 진술이기도 하다. 실재로부터 발생한 이미지가 아니라 실재를 자립적으로 재구성하는 이미지, 그것이 문제다. 달리 말하자면, 배수아의 소설쓰기는 구체적인 감각적 현실에서 출발하여 그것의 본질을 추상화한 이미지를 제시하는 것이 아니라 주어진 이미지, 미리 만들어진 가상에 의해 실재가 새롭게 재구성되는 일련의 과정 속에 놓여 있다는 것, 우리의 출발점은 바로 이 지점이다. 이미지는 실재에 우선한다. 배수아 소설은 지금 우리 소설사가 바로 그 '타임'을 지나고 있음을 새삼 일깨워준다.

이를테면, 이런 식이다. '엄마들'이 있다. 여자고등학교의 가사선생이었다가 시댁 식구와 불화 끝에 아버지와 별거하고 결국에는 이혼한 뒤 새로운 삶을 찾아나서는 '엄마'(『랩소디 인 블루』)[4]는 "이태리 영화"(『랩소디 인 블루』, 81쪽)에서처럼 스카프를 쓰고 "잉그리드 버그만"(88쪽) 같은 감색 투피스를 입고 있으며 아이스크림을 먹는 딸아이를 제과점에 놓아둔 채 연인과 밀회하기 위해 한낮의 하얀 담장들 사이로 사라진다. 마치 "영화의 한 장면"(85쪽)처럼. "아침마다 머리를 올리고 유행하던 샤넬 라인의 연둣빛 원피스를 입"고 있으며 "재키 스타일의 선글라스"

---

3) 배수아 소설에 대한 최초의 규정이자 지금도 여전히 유효한 문제틀을 제공하고 있는 정과리의 글(「어른이 없는, 어른된, 어른이 아닌」,『푸른 사과가 있는 국도』, 고려원, 1995)은 체험과 시선 사이의 공백에 주목하며 그녀의 소설을 "삶이 곧 모의"에 지나지 않는 세대의 자화상으로 자리매김한 바 있다.

4) 이 글에서 인용한 작품은 다음과 같다. 배수아,『푸른 사과가 있는 국도』, 고려원, 1995; 배수아,『랩소디 인 블루』, 고려원, 1995; 배수아,『바람인형』, 문학과지성사, 1996; 배수아,『부주의한 사랑』, 문학동네, 1996.

(『바람인형』, 111쪽)를 가지고 있던 또다른 '엄마' 역시 남편의 자유분방함을 이기지 못하고 끝내 가정을 떠난다. 이미지의 가공할 마력은 우아한 인텔리 엄마들의 세계에만 국한되지 않는다. 『부주의한 사랑』의 '엄마' 역시 마찬가지다. 그녀는 인습과 가난과 거친 노동에 시달리며 모령이라는 정식 이름 대신 "한국전쟁 때 중국군을 따라서 사라져버린" 어느 "중국 여인의 이름"(46쪽)을 본따 '아모'라고 불린다. '아모'는 누구인가? 상호텍스트성의 차원에서 볼 때 이 여인은 『랩소디 인 블루』에서 이야기하고 있는 "공리가 나오는 중국 영화"(13쪽)나 "여성학이나 사회학에 관한 자료를 모아놓은 책"(302쪽)에서 빌려온 이미지일 가능성이 짙다. 모령의 환난과 낙태 경험은 '공리' 주연의 영화를 볼 때처럼 슬픔을 환기시키며, 뜨개질 바늘을 이용해 낙태를 시도하다가 결국 실패하고 교수형에 처해진 어느 제3세계 여자아이의 실제 기록과도 어느 정도 겹쳐진다.

배수아 소설에 등장하는 그 수많은 '아이들'은 또 어떤가? 호프의 웨이트리스로 일하는 만두가게의 여섯번째 여자아이나 동물원의 매점원 정이, 언제나 딸기향이 들어간 추잉검을 씹는 여자아이 등 그녀의 소설 속의 여자아이들은 〈트리스테스 드 로라〉나 〈웬즈데이 차일드〉(『랩소디 인 블루』, 160쪽) 같은 소프트한 피아노 음악이 상기시키는 슬픔의 이미지와 무관하지 않다. 오토바이를 몰고 온 남자아이 경운이나 지하철 생활자 노아와 핑크 역시 "스웨이드 가죽으로 만들어진 재킷과 블루진"(71쪽)을 걸친 록가수의 뮤직비디오적 감수성으로부터 그리 멀리 떨어져 있지 않다. 눈먼 조부와 다리를 저는 아버지, 쉼없는 노동에 시달리는 엄마의 아들인 김신은 비교적 선명한 계급적 신원에도 불구하고 터키 영화 〈욜〉[5]의 이미지로부터 자유롭지 못하다.

---

5) "그 화면에는 신이에게서 들었던 나라가 있었다. 신이는 어느 날 잘 자란 아이가 되어 영화 〈욜〉에서 밖으로 나와 블루진에 농구화를 신고 서울의 재수학원을 다녔고 (……) 고

이들은 모두 실체 없는 환영들이다. 그것은 스카프를 쓰고 등장하는 이태리 영화의 '소피아 로렌'이나 〈카사블랑카〉의 '잉그리드 버그만', 그리고 알이 큰 검은색 선글라스를 낀 '재키'를 모태로 한 그 어떤 이미지, 블루진을 입고 오토바이를 탄 채 도시의 밤거리를 질주하는 '록가수'의 이미지, 처절한 가난과 가혹한 인습 속에서 신음하는 '공리' 주연의 영화와 터키 영화 〈욜〉의 이미지, 그 난무하는 이미지들로부터 탄생된 또다른 이미지들일 뿐이다. 그것들은 원본의 이미지와 다르면서도 같다. 얼핏 보기에는 각기 다른, 그러나 자세히 들여다보면 궁극적으로는 별로 다르지 않은 인물들의 서사가 지치지 않고 반복된다. 차이가 제거된 텅 빈 이미지의 다발들, 그 절대적인 동일성의 세계가 무한정 펼쳐지고 있는 것이다.

그 다발들을 헤치고 하나의 이미지를 추상하면 그것은 일찍이 김동식이 말한 "한국어로 표현된 공주가 아니라 영어로 발음되는 프린세스"[6]의 감각에 이른다. 엄마 혹은 여자아이들은 왕자와 낭만적 사랑을 나누고 화려한 결혼식을 올린다. 그러나 동화의 행복한 결말과 달리 배수아 소설의 주인공들을 기다리는 것은 불행한 결혼, 즉 이혼이다. 그렇다고 해서 동화의 세계가 사라지는 것은 아니다. 이 순간 '이혼'은 아이러니컬하게도 프린세스의 결혼을 마무리하고 동화적 판타지를 유지하는 가장 핵심적인 코드로 부각되기 때문이다. 이혼은 "아무나 하는 게 아"닌 것이다. 그것은 "영화배우나 가수가 하는 일"(『푸른 사과가 있는 국도』, 77쪽)이지 "돈에 연연하며"(『부주의한 사랑』, 42쪽) 아무런 "열정도, 희망도 없이"(50쪽) 살아가는 "마을 여자"(66쪽)들이 할 수 있는 일이 아니다. 배수아 소설에 등장하는 그 수많은 '이혼녀'들은 이리하여 여전

등학교를 세 번이나 옮겨다니다가 마지막으로 서울로 와서 결국 그만두어버렸다. 거기에서 나의 영화 〈욜〉은 끝나버린다." (『랩소디 인 블루』, 105쪽)

6) 「우리 시대 공주를 위하여」, 『문학과사회』, 1996년 여름호, 766쪽

히 '프린세스' 이미지에 부합되며, 적극적으로 '이혼'의 낙인 속으로 걸어들어가면 갈수록 더욱더 '프린세스'에 가까워진다. 이혼은 동화의 끝이 아니라 판타지의 시작인 것이다. 바람의 아기인 '바람인형'은 "바로 그 자신"(『바람인형』, 141쪽)이기만 할 뿐 결코 피가 돌고 살아 숨쉬는 지상의 인간이 될 수 없다. 바람인형이 지상에 발을 딛는 순간 배수아가 들려주는 동화는 그 마법을 상실하기 때문이다.

오늘날 날로 점증하는 이혼율과 그로 말미암은 가족의 해체는 그 누구도 부인할 수 없는 '역사적 현실'이다. 이제 이혼은 '재키'만의 문제도 영화 속 '가상'의 고통도 아니다. 그것은 신문의 가십란과 영화 스크린으로부터 곧바로 우리의 일상으로 진주해왔다. 바로 오늘, 당신과 나를 사로잡고 있는 실존적 고통, 그것에 다름아니다. 그러나 배수아의 이혼녀들은 이혼의 물적 토대, 이른바 이혼의 사회경제적 의미와 전혀 무관하다. 그녀들은 여전히 '옥수수밭에 버려진 바람인형'들일 뿐이다. '부주의한 사랑'의 결과물인 그녀들은 그 '치명적 상처'를 견디며 '투명한 블루'의 이미지 속으로 사라진다. 우리가 현실적 실체라고 부르는 그것과의 연관성에도 불구하고 배수아 소설 속의 이혼은 구체적인 역사적 현실 속의 사회적 존재로서 나를 확정짓는 것이 아니라 다시 한번 이미지와 가상, 시뮬라크르로서의 나를 선언하는 결정적인 코드가 된다. 따라서 배수아 소설 속에 나타나는 가족의 해체와 파편화된 개인의 고독을 후기자본주의사회의 일상에 대한 재현으로 읽어내려는 반영론적 관점[7]은 그녀의 소설에 대한 뒤집혀진 독법이라고 할 수도 있을 것이다. 그녀의 소설은 기본적으로 바람을 타고 떠다니는 바람인형의 요정담(fairy tale)이다. 그것은 호박이 마차로 변하고 물에 빠진 새앙쥐가 늠름한 준마로 돌변하는 판타지의 세계다. 자정을 알리는 시

---

7) 최인자, 「상처로 봉인된 기억 되찾기」, 『바람인형』 해설, 문학과지성사, 1996 ; 신승엽, 「배수아 소설의 몇 가지 낯설고 불안한 매력」, 『문학동네』, 1997년 겨울호.

계 종소리와 함께 모든 환상이 사라지고 나면 우리의 재투성이 아가씨에게는 현실의 냉혹함이 찾아온다. 배수아의 소설은 그 안타까움의 세계, 바로 그 이야기의 연장선상에 있다.

그것을 굳이 소설이라고 하는 딱딱한 입방체 속에 넣어 규격화할 필요가 있을까. 물론, 그렇다고 해서 그녀의 소설(이후의 소설)이 고전적인 동화의 세계를 그대로 답습하고 있는 것은 아니다. 이미 살펴본 대로 동화의 세계는 끝났다. 아무도 왕자와 공주가 결혼한 다음 행복하게 잘살기만 했을 것이라고 믿지 않는다. 그러나 그럼에도 불구하고, 아니 그렇기 때문에 우리는 더욱더 동화적 판타지를 필요로 한다. 행복하지 못하기 때문에 행복을 갈망하며, 더 이상 어린 여자아이가 아니기 때문에 인형과 공주들이 날아다니는 그 순정의 세계를 희구한다. 장정일은 이 판타지에 대한 갈망을 '샴푸의 요정'에 대한 애정으로 고백한 바 있다. 매일 저녁 여덟시 반, 십오 초 동안 재림하는 '샴푸의 요정'을 만나기 위해서라면 우리는 신탁을 갈망하는 독신자처럼 무슨 짓이든 한다. 자본주의는 점점 더 노련해진다. 디즈니가 들려주는 한 편의 동화, 멋진 판타지가 거미줄처럼 전 세계로 뻗어 있는 시장경제 체제와 무관하지 않듯이, 이제 우리의 심층, 그 무의식의 세계는 이 자본주의의 마법으로부터 자유롭지 못하다. 우리는 이 판타지의 거미줄 속에서 살아갈 수밖에 없다. 배수아의 요정담은 바로 이 세계의 산물이다. 그것은 '샴푸의 요정'의 형상을 하지 않고서는 찾아올 수 없는 '천사'의 이미지를 지니고 있다. 이제 천사는 영화와 텔레비전, 그 가상 속에 어느 순간 (동화처럼) 임재했다가 (소설처럼) 불현듯 사라진다. 우리를 사로잡는 배수아 소설의 매력은 바로 그 불안정한 세계의 동거다.

2. 부재와 불행의 판타지

이런 세계가 있다. "흰 눈이 덮인 끝없는 서부의 평원, 언제나 따뜻하
게 타오르고 있는 장작난로, 긴 금발의 여자아이들, 눈 덮인 숲속의 사
냥, 테이블에 넘칠 듯이 가득한 호두와 치즈와 초콜릿 케이크, 달콤하면
서 향기로우면서 소금기 있는 치즈의 냄새."(『바람인형』, 103~104쪽)
화려한 크리스마스의 시작을 알리는 만화영화의 세계다. 또 이런 세계.
"푸른 새벽의 하이웨이가 화면에 서서히 연기 속에서 크게 떠오른다. 여
자아이의 푸른 스커트를 부풀리면서 하이웨이의 바람이 불어온다. 여
자아이는 톱으로 손목에 상처를 내고 있다. 붉은 피가 스커트와 하이웨
이에 떨어지고 있다. 여자아이는 죽음이 다가오기까지의 공포를 잊기
위해서 아직도 켜져 있는 카스테레오의 볼륨을 높였다. 스테레오는 점
점 볼륨이 높아져 마침내는 귀를 찢을 정도가 되어버린다. 여자아이의
의식이 점점 몽롱해져간다."(『랩소디 인 블루』, 193쪽) 어둡고 추운 영
화관 한귀퉁이에 혼자 앉아 두 번 세 번 지치지 않고 음미하는 이 세계.
이 이미지들은 충분히 "아름다웠다".(『부주의한 사랑』, 136쪽) 따뜻하고
풍요로우며, 달콤하고 향기로웠다. 치명적인 상처와 낯선 공포가 있고 그
모든 것을 감당하게 하는 "정말로 강렬한 것"(『랩소디 인 블루』, 123쪽),
한없이 "불안하고도 매혹적인"(『부주의한 사랑』, 45쪽) 그 어떤 것, 그리
하여 몽롱해져가는 의식 속에서 생의 마지막에 단 한 번 얼굴을 마주하는
"죽음 같은 사랑"(23쪽)이 있었다.

그러나 이 세계는 현실 속에서는 마주할 수 없다. 그것은 "불연속적
으로 끊어지다간 계속되고 하는"(『바람인형』, 106쪽) 아름다운 퍼즐 조
각이나 윙윙거리는 텔레비전의 "푸른 불꽃"(『랩소디 인 블루』, 193쪽)
저편에서만 존재한다. "피처럼 붉은 뺨과 눈처럼 하얀 얼굴, 그리고 숯
처럼 검은 머리칼을 가진 여자아이"(『바람인형』, 128쪽)와 "그 무표정

함, 그 시니컬과 무의미, 움직이지 않는 입술, 그늘 속에 가려진 눈동자, 이집트의 왕비 같은 헤어스타일"(『랩소디 인 블루』, 304쪽)로 단숨에 관객을 사로잡는 영화배우들의 세계, 요컨대 이 세계는 디즈니가 살아생전에 꿈꾸던 세계, 그 이상도 그 이하도 아니다. 거기에는 왕자와 결혼한 공주가 오래오래 행복하게 사는 이야기, "과자로 만든 집에서 아이들이 행복하게"(『부주의한 사랑』, 52쪽) 사는 이야기, 그것이 아니라면 "사랑이 영원하기를, 청춘이 계속 아름답기를, 그리고 사람들이 서로를 잊지 말기를"(『푸른 사과가 있는 국도』, 230쪽) 기원하는 이야기가 펼쳐진다. 이런 종류의 이야기들은 여름방학용 어린이 특선 만화영화가 되어 혹은 도시의 오피스걸을 겨냥한 로맨틱 멜러물이 되어 우리를 방문한다. 놀이동산의 인공낙원은 가끔 그 현란한 가공의 이미지 속에 그 세계의 부재를 가리키기도 한다. 요람에서 무덤까지 우리는 이 시뮬라크르들이 제공하는 색채의 마술과 달콤한 도취로부터 자유롭지 못하다.

도취는 결핍을 부른다. 배수아 소설의 출발점은 바로 이러한 상황이다. 많은 "가슴 설렘과 비극에의 예감"(『푸른 사과가 있는 국도』, 197쪽)에도 불구하고 우리의 일상에서는 시뮬라크르들의 세계에서와 같은 결정적인 일이라곤 하나도 일어나지 않는다. 현실은 "언제나 시간이 되면 돌아와야 하는 집과 마찬가지로"(92쪽) 거기에 그렇게 있을 뿐이다. 우리가 화면을 수놓는 화려한 이미지와 목숨을 건 모험 이야기를 갈망하는 것은 그 때문이다. 컴퓨터 소프트웨어 제작자와 결혼하여 화려한 부르주아의 나날을 영위하는 현실의 '신유리'가 아니라 영화 〈바람에 날리는 푸른 스커트〉의 히로인 신유리(『랩소디 인 블루』)를 더 사랑하고, "신이가 아니라 신이가 주는 그림자"(289쪽), 그 실체 없는 보랏빛 이미지에 더 현혹된다. 시뮬라크르로 존재하는 판타지가 '행복의 서사'라면 그 가상에 의해 재구성된 배수아 소설의 이야기가 '불행의 서사'가 되지 않을 수 없는 이유가 여기에 있다. 전자가 '있음'의 매혹을 이야기한

다면 후자는 '없음'의 슬픔을 이야기한다. 판타지가 퍼뜨리는 '충만함'
은 시장경제의 사슬 속에 뒤섞이는 순간 '텅 빔'으로 다가오는 것이다.

그리하여 우리가 무더위를 잊기 위하여 혹은 한순간의 고독을 해소
하기 위하여 판타지에 말을 걸기 시작하는 순간 그것들은 우리에게 더
큰 갈증과 외로움을 선사한다. 더 큰 갈증과 외로움은 다시금 우리에게
더욱 화려하고 더욱 로맨틱한 판타지를 소비할 것을 속삭이지만 우리
에게 돌아오는 것은 "마지막까지 이 거대한 상실이 어디에서 왔는지 알
지 못한 채 이 세상을 떠나야"(「여점원 아니디아의 짧고 고독한 생애」)
한다는 뼈아픈 자각이다. 판타지에 대한 갈증은 그것을 해소하려 하는
순간 더 큰 갈증을 낳고 결국에는 근원을 알 수 없는 상실감을 선사한
다. 그것은 갈증을 해소하기 위해 마시는 코카콜라가 더한 갈증을 낳는
것과 유사하다. 판타지의 이율배반. 부재를 메우려는 모든 노력들의 공
황상태. 배수아 소설의 상실감은 여기에서 나온다. 그러므로 이런 종류
의 "슬픔이나 우울에는 뚜렷한 이유가 없"다.(「나의 첫 개」) '결핍'과
'상실감'을 조장하는 것이 '현실'의 조건에서 기인한 것이 아니기 때문
이다. 그것은 다만 시장경제의 촘촘한 그물망이 강제하는 '기호가치'
(보드리야르), 바로 그 가상의 욕망에서 비롯된 것일 뿐이다.

배수아의 소설은 그 기호가치가 산출하는 부재와 불행의 판타지다.
계모의 구박과 학대 속에서 유년기를 보내고, 성장해서는 전처 소생의
세 아이와 "병을 앓는 큰딸, 이미 죽어버린 두 아이의 무덤과 가장 나이
가 어린 사내아이와 연연, 얼마간의 빚과 마을에서 떨어진 산기슭에 있
는 방 하나짜리 집"(『부주의한 사랑』, 49쪽)만 덩그러니 남겨놓은 채 죽
어버린 남편 대신 가족을 건사하는 모령의 이야기가 이를 가장 전형적
으로 보여준다.

모령은 배를 강하게 동여매고 집 뒤의 텃밭에서 일을 했다. 더운 날이

어서 땀이 쉴새없이 흘러내리고 아침부터 아무것도 먹지 않아서 현기증이 났다. 그래도 모령은 참았다. 생선을 말리기 위해 지붕에 얹어놓았기 때문에 이른 아침부터 파리떼들이 몰려들었다. 햇빛 때문에 모령은 정신을 차릴 수 없을 만큼 아득해왔다. 모령은 일어나 땅에 묻어둔 차가운 독으로 다가갔다. 독에는 검은 간장이 담겨 있었다. 모령의 입술은 하얗게 타고 이마에서는 끈적한 땀이 배어나왔다. 입 속도 모래처럼 말라갔다. 그릇에 차가운 검은 간장을 하나 가득 담고 모령은 하얗게 마른 혀끝을 대어보았다. 시원했다.

'어쩌면 성공할지도 몰라'

모령은 그걸 한 번에 마셔야 하리라. 이 나이에, 남편도 없이 아이를 낳을 수는 없는 것이다. 빠르면 빠를수록 좋아. 모령은 이제 점점 더 늙어갈 것이고 좋은 일은 더이상 생기지 않을 것이다. 모령은 숨을 쉬지 않고 다른 생각을 하려고 노력하면서 차가운 간장을 마셨다. 하루가 지나도 아무런 일도 일어나지 않았다. 모령은 긴 뜨개질 바늘을 몸 속에 넣었다. 처녀처럼, 진한 피가 한 줄기 흘러내렸다. 모령은 아이를 갖게 된 것을 진심으로 후회한다. 이제는 옛날 같지 않아. 때리고 괴롭히는 날이 많았어도 남편은 있어야만 한다.(『부주의한 사랑』, 59쪽)

과부의 몸으로 사생아를 임신한 모령이 아이를 없애기 위해 자신의 몸을 학대하는 이 장면은 도시 신세대의 현란한 일상을 감각적으로 묘사하는 작가로 알려진 배수아 소설의 전반적인 분위기에 비추어볼 때 상당히 낯설고 이질적이다. 도시의 네온사인 대신 텃밭에 내리쬐는 햇빛이, 블루진을 입고 떼를 지어 몰려다니는 아이들 대신 나이 마흔에 아버지를 알지 못하는 사생아를 임신한 중년 여인이 소설의 전면을 장식한다. 그러나 모령의 수난과 고된 노동 역시 근본적으로 판타지의 일종이라는 점에서 거대 도시의 뒷골목을 떼지어 몰려다니는 아이들의 고독한 이미지와 별반 다르지 않다. 하층 여성 노동자의 모습을 하고 있는 모령 역시 소비문화에 중독된 포스트모던한 아이들의 외양만큼이나 실재를 가장한 불행의 이미지에 의해 재구성된 시뮬라크르[8]에 지나지 않기 때문이다. 가장 전형적으로 '조작된' 가상을 통해 배수아 소설의 서사구조를 살펴보면 다음과 같다.

우선, 유기(遺棄) 모티프. 짙은 간장을 마셔대고 날카로운 뜨개질 바늘로 찔러대는 가운데 어느 누구도 반겨주지 않는 세상으로 방출된 아이의 공포, 아무도 원하지 않았고 사랑하지도 않는 아이였다는 자각. 그녀의 많은 소설 텍스트 속에 잠재되어 있는 이 공포와 자각은 마침내 "어머니, 나는 이제 죽을 때까지 어머니의 아이가 아니겠어요. 바람처럼 떠나겠어요"(『부주의한 사랑』, 59쪽)라는 외침으로 마무리된다. 태초의 버림받음이 모성(근원)에 대한 부정과 유랑에의 동경으로 나타나는 것이다. 그리하여 이 아이들은 "아이를 낳는 게 아니"었다거나 "결혼 같은 것은 하는 게 아니었"(66쪽)다는 회한과 함께 이후 "나에게 결혼은 없으리라"(『랩소디 인 블루』, 97쪽)는 불모의 예감으로 마감된다. 어디에도 '행복한 결혼'은 없다. 결혼은 자유로운 삶을 가로막는 질곡이자 아무런 열정도 희망도 없는 일상으로 통하는 관문일 뿐이다. "어둡

---

8) 전쟁이 한창일 때 강가의 숲에서는 많은 군인들이 죽었다"(53쪽) 혹은 "모령이 낳은 아기의 아버지는 아마도 떠돌이 목수이거나 아니면 아직도 끝나지 않은 산속 마을의 전쟁을 위해 주둔하고 있는 직업군인이거나 아니면 벽돌공이거나 그도 아니면 지금도 산속에서 가끔 나타나는 다 떨어진 누더기 군복을 입은 코뮤니스트 패잔병들 중 하나일 거라고 미령은 생각했다"(76쪽)와 같은 구절을 들어 『부주의한 사랑』을 50년대 한국전쟁기를 배경으로 한 일종의 사실로 간주하는 시각은 '부주의'한 것이다. 이 소설에서 채택된 한국전쟁은 한국전쟁의 모습을 한 가상에 다름아니다. 그것은 '한반도'의 전쟁이 아니라 '산속' 마을의 전쟁일 뿐이며 우리가 그토록 많이 듣던 '좌익'이나 '산사람' 혹은 '빨갱이'와의 전쟁이 아니라 '코뮤니스트'의 그것, 오늘도 세계 도처에서, 외신과 영화와 소문으로 여전히 진행되고 있는 전쟁 일반을 지칭하는 것일 뿐이다. 말하자면, 이 소설의 전쟁은 전쟁의 시뮬라크르다.

고 깊은 동물의 숲을 밤새워 헤매 본 사람"(96쪽)들은 "밤이 되면 도시의 건물과 건물 사이에서 검은 늑대들의 무리가 움직이면서 숨어 있다는 것"(97쪽)을 어쩔 수 없이 알고 있기 때문이다. 그들은 자신도 어쩔 수 없는 "나쁜 피"(『부주의한 사랑』, 35쪽)의 흔적과 "절대로 기억할 수 없는 기억 이전의 기억"(「여점원 아니디아의 짧고 고독한 생애」)으로 인해 결코 "잘 정리된 클래식 음악 같은 생"(『랩소디 인 블루』, 111쪽)을 누리지 못한다. 끊임없이 창문을 두드리는 바람소리에 귀를 기울이고 무심히 흘러가는 구름으로부터 눈을 떼지 못한다. 버려진 아이였을지도 모른다는 자각이 "히스테리에 가까운"(「한나의 검은 살」) 낭만적 질환[9]을 낳고 있는 것이다.

다음, 고아의식. 사생아이자 친모에게서 양육될 수 없는 상황에 놓인 아이란 다시 말해 고아에 다름아니다. 부모의 이혼과 재혼, 먼 친척이나 양부모에 의한 대리 양육은 배수아 소설의 '아이들'에게 너무나 익숙한 실존적 조건이다. 「포도상자 속의 뮤리」에 나오는 아기염소 '뮤리'는 이 아이들에 관한 하나의 메타포다. 뮤리는 불구상태로 태어나 엄마 염소와 형제들을 잃어버리고 혼자 외롭게 세상에 남겨진다. 그것은 피하려야 "피할 수 없는 운명"(『바람인형』, 96쪽)적 시련이다. 이 시련 속에서 그들은 "세상 사람들이 믿고 있는 안정감이라든지, 영원한 휴식이라든지, 변하지 않는 마음이라든지, 따뜻한 미소 같은 것"(『랩소디 인 블루』, 작가의 말)은 끝끝내 없을지도 모른다고 생각한다. 그리하여 "성장해서도 껍질 속에서 나오기 싫어하는, 언제까지나 그 속에 있

---

9) 『랩소디 인 블루』나 「아멜리의 파스텔 그림」에 두드러진 욕망, 즉 아무런 계획 없이 돌발적으로 트렁크에 짐을 싸서 사랑하는 남자아이와 도피하고자 하는 갈망은 잠재된 낭만적 질환의 현현이다. 대개의 경우 불발에 그치게 되는―불발에 그치리라는 것을 알기 때문에 여전히 시도되는―일탈적 도피는 배수아 소설에서 '죽음'에 버금가는 절대적인 행위로 격상되어 있다.

고 싶어하는 두루미"(123쪽)처럼 영원히 '아이'의 상태에 머무르고 싶어한다.[10] 이 '아이'에 대한 동경은 배수아 소설을 이해하는 아주 중요한 코드다. 어른 되기를 강요하는 세상의 규율에 맞서 "난 어른이 되기 싫어"(210쪽)라고 절규하는 그녀의 소설 속 '아이'들은 어른으로 대변되는 세계의 훼손에 대응하는 하나의 방책이라고 할 만하다. 일찍이 『양철북』의 오스카가 그러하듯 '아이' 상태에 대한 동경은 어른의 위선과 허위에 대한 강한 응징의 성격을 지닌다.

그러나 어른이 되고 싶지 않다는 것과 어른 자체를 싫어한다는 것은 다른 차원의 문제다. 배수아의 아이들은 스스로 어른이 되기를 원하지는 않지만 항상 어른의 애정 어린 시선을 갈망한다. '여자아이'들은 언제나 "어른 남자"(『부주의한 사랑』, 107쪽)의 은은하게 풍겨오는 오데코롱 향기에 도취된다. 오데코롱 향기로 감각화된 '어른 남자'에 대한 동경(특히 『부주의한 사랑』의 사촌의 경우)은 부재하는 아비에 대한 그리움에 버금간다. 그들은 어른들이(특히 어른-남자가) 자신들을 언제나 "줄 위에서 춤추려고 하는 작은 여자아이"[11]로 바라보아주기를

10) "나는 내가 아주 아기인 채로 이 세상을 떠날 거라는 느낌이 든다."(『바람인형』, 60쪽)
11) '서커스단의 줄 타는 여자아이' 이미지는 『랩소디 인 블루』와 『바람인형』 등에서 다양하게 변주된다. '오케스트라의 첼로를 켜는 남자아이'(『랩소디 인 블루』, 『부주의한 사랑』)의 이미지만큼이나 여러 번 반복되는 이 이미지는 배수아 소설과 관련 소설 속 여주인공의 자아 이미지와 관련이 있는 듯하다. 특히 이 이미지는 다양한 대립쌍을 유도하는데, 서커스/오케스트라, 줄타기/첼로 연주 등으로 거칠게 도식화되는 이항대립 구조는 양자의 계급, 신분적 차이, 그리고 유목/정주로 의미화될 수 있는 생의 영위방식 및 그에 뒤따르는 피보호/보호의 상호 관계성에까지 영향력을 행사한다. 이는 비천한 신분이지만 아름다운 여자와 고귀한 신분의 파워 있는 남자 간의 사랑을 주축으로 하는 로맨스의 전형적인 서사구조인 만큼 그것의 현대적 번안이라 할 만하다. 스스로를 '서커스단의 줄 타는 여자아이'로 바라보며 연민을 잊지 말기를 당부하는 배수아 소설 속의 '여자아이'들은, 말하자면, 전형적인 로맨스적 동경을 버리지 않고 있는 것이다. 이 동경이 한편으로는 부르주아식 결혼에 대한 거부나 일탈적 도피 욕망으로 나타나는가 하면 다른 한편으로는 결혼을 통한 신분상승과 안정감의 획득 욕망으로 드러나기도 한다. 즉, 집시의 유랑과 왕비의 안주, 상호모순적인 그 둘은 배수아 소설에 있어서 낭만적 사랑의 이형태(異形態)에 다름아닌 것이다.

바라며 "그 여자아이가 가여웠던"(『랩소디 인 블루』, 206쪽) 사실을 잊지 말아주기를 바란다. 자기를 비하하면서까지 동정과 연민을 갈구하는 심리, "따뜻한 겉옷으로 누군가 손을 덮어주기를 원"(124쪽)하는 심리는 일종의 마조히스트적인 갈망으로 전환되면서 "자기 인생이 연극조로 되어가는 것"을, "비련의 주인공이 되는 것"(『바람인형』, 114쪽)을 은연중에 즐기는 차원으로까지 비약한다. 결핍감이 심하면 심할수록 더욱 강렬한 퇴행 욕망(영아, 심지어 태어나기 이전의 기억으로 돌아가기)에 사로잡히고 급기야는 극단적인 자학적 충동[12]에 자신을 내맡기게 되는 것이다.

배수아가 채택한 '불행의 판타지'는 버림받았다는 자각, 즉 그 누구도 원하지 않은 아이였다는 자각과 자신은 고아와 같다는 의식으로 구성된다. 전자가 모성에 대한 부정과 낭만적 사랑에 대한 동경으로 분출된다면 후자는 아이로의 퇴행 욕망과 마조히스트적인 애정갈급증의 차원으로 응축된다. 전자가 가정의 안정된 울타리를 넘어서 외부로 뻗어가려는 수평적 확산에 해당된다면 후자는 훼손된 세상 밖으로 나아가는 대신 불가항력적인 운명의 시련을 감내하며 존재의 근원으로 퇴행하려는 수직적 응축을 가져온다. 이들은 서로 길항하면서 배수아 소설에 팽팽한 긴장감을 부여한다. 그 긴장감은 두 힘의 접점, 즉 '절대의 차원으로 고양된 사랑'에 대한 낭만적 갈망 속에서 최고도로 압축된다.

---

12) 배수아는 최근작에서 이러한 경향을 더욱 극단적으로 밀고 나간다. "이십사 시간 안에 이루어진 비정서적이고 의사소통이 부재한 섹스"(「여점원 아니디아의 짧고 고독한 생애」)나 유부남 애인으로부터 버림받고 강간당해 죽은 사라의 이야기(「1999년, 네덜란드 모텔을 떠나며」), 눈발이 가루처럼 날리는 날 혼외정사를 이유로 반팔옷에 "보석도 지갑도 외투도 없이"(「장화 속 다리에 대한 나쁜 꿈」) 쫓겨난 여자가 일부러 '악몽'을 꾸기를 자청하는 이야기 등은 더욱 그로테스크해진, 그리하여 '증오'와 '분노'로 돌변한 마조히스트적인 욕망의 최대치를 보여준다. 섹스는 자해의 일종이며 남아 있는 것은 "달콤한 몰락의 고통"이다. 완전한 "절멸(絶滅)"(「여점원 아니디아의 짧고 고독한 생애」)상태. 극단적 고립과 자해 충동.

이 사랑에 대한 동경이야말로 배수아 소설의 근원적 시뮬라크르들인 판타지와 로맨스가 변함없이 자랑하는 덕목이 아닐 수 없다. 흥미로운 것은 판타지와 로맨스가 실현된, 그리하여 충만해진 사랑의 이미지를 제공한다면 배수아의 불행의 판타지는 부재하는, 그러므로 텅 빈 그 무엇으로 제시된다는 점이다. 배수아 소설에 있어서 사랑은 갈망하기에 부재하며 부재하기에 다시 간절히 욕망하는 악순환의 고리 속에서 맴돈다. 이 악순환은 축적과 완결을 알지 못한다. 자신의 꼬리를 잡고 맴도는 강아지처럼 언제나 자기 자리를 벗어나지 않는다. 영원한 회귀. 이 순환론적 사고는 '결과물 없는 세계'의 '사건 없는 삶'이 부여하는 필연적인 '결과'일지도 모른다.

> 그렇게 미칠 것 같은 기분으로 일생을 살았다고 생각되어지는데 어느 순간에 정신을 차리고 보면 아무런 일도 일어나지 않았단 말이야. 정말로 아무런 일도 일어나지 않았어. (……) 미쳐버린 것은 나 혼자였던 거야. 세상은 조금도 미치지 않았고 앞으로 일어날 일들을 모두 다 이미 알고 있었던 것 같아. 아니 앞으로 일어날 일들이 아니고 앞으로 어떤 일도 안 일어나리라는 거지. (……) 모든 것은 순간일 뿐이야.(『랩소디 인 블루』, 188쪽)

미칠 것 같은 갈망과 추구는 텅 빈 공허로 귀결된다. 절대적인 사랑을 추구하면 할수록 그것은 더 멀리 도망가며, 더욱 매혹적인 것, 더욱 아름다운 것으로 다시 되돌아온다. 그러므로 욕망은 영원히 잡을 수 없는 '그림자', 실체 없는 '환영'일 뿐이다. 그것은 그 무엇으로도 메울 수 없는 결핍이 되어 치유할 수 없는 상처를 남긴다. 따라서 이 욕망에 사로잡힌 자는 모두 '버려진 아이'이자 의지할 데 없는 '고아'다. 온 세상을 질주하며 떠돌아다닌다고 해서 이 절대적인 상실감이 회복될 수 있는 것은 아니다. 어느 한 대상에 고착된 애정을 갈구한다고 해서 그렇게 되는 것도 아니다. 정신을 차리고 보면 사랑의 그림자는 언제나 아득한 저편으로 사라지고 세상은 여전히 전과 다름없다. 우리를 미쳐버리게 하는 것은 바로 그것이다. 세상은 늘 그대로인데 정작 '미쳐버린 것'은 오로지 '나' 하나였다는 사실! 이제 '나'는 안다. "생은 변경될 수 없는 것들로만 가득 차 있"(『푸른 사과가 있는 국도』, 83쪽)고, 언제나 "아무런 결정적인 일도 일어나지 않"(197쪽)으리라는 것을. 미래 역시 과거와 마찬가지로 아무런 일도 생기지 않으리라는 것, 오늘 이렇게 미친 갈망에 시달려도 곧 현재가 될 미래의 시선으로 바라보면 오늘의 욕망이란 또다시 아무런 의미가 없는 것이 되고 말리라는 예감을. 우리가 알지 못하는 사이 "생은 오토매틱로드처럼 앞으로 나아갈 것"(「4번 버스를 타라」)이며 영원한 것은 "그 순간 우리 생의 인상"(『랩소디 인 블루』, 312쪽)뿐이다.

『랩소디 인 블루』의 3부에 나타나는 잡지 편집자와 정이 그리고 오케스트라의 아이의 시점에서의 서술은 바로 이 사실을 확인시키는 소설적 장치다. 신이의 그림자를 쫓아 양양으로 간 미호가 실종된 이후에도 '삶은 지속된다'. '잡지 편집자'와 '정이'와 '오케스트라의 아이'는 여전히 살아남아 일상을 영위해야만 한다. 가끔 그들은 희미하게 남아 있는 옛날을 되돌아본다. 과거는 흔적도 없이 사라졌다. 이 소설의 '투명한 허무주의'는 각각의 인물들이 겪는 불행한 삶에서 나오는 것이 아니라 바로 이 냉혹한 사실, 여기에서 발생한다. 허무주의자에게 "영원이라는 말은 너무도 낯"(『푸른 사과가 있는 국도』, 230쪽)설다. 그러나 우리는 그것을 "영원히, 영원히 알 수 없게끔 만들어져 있"다. 이 부재와 불행, 불행과 부재의 서사에 사로잡힌 당신과 나는 어쩌면, "별로 잘 만들어지지 못한 구형 사이보그"(「1999, 네덜란드 모텔을 지나며」)였는지도 모른다.

172

3. 아이러니를 넘어서

배수아의 부재와 불행의 판타지를 우리가 익히 알고 있는 전통적인 의미의 소설이라고 할 수 있을까? 과연 "동화적 세계와 로맨스적인 열정의 종언이 수동 타자기가 의미하는 글(소설)쓰기로 집중된다"[13]고 할 수 있을까? 마찬가지 의미에서 그것이 신세대의 성장소설이라는 형태로, "관리되는 삶에 대한 비극적이고 허무적인 전망을 제시"하고 있다고, 그리하여 하나의 "반성행위이며 객관화하고 의식화하는"[14] 행위라고 할 수 있을 것인가? 이러한 문제들에 답하는 것은 쉽지 않다. 무엇보다도 이 물음들은 동화나 로맨스에 의해 재구성된 배수아 소설이 과연 그것들과 구별되는 소설장르로 자신을 확정지을 수 있는 요소를 지니고 있는지, 만약 그렇다 하더라도 그것을 비판적 의식의 산물인 반성행위의 하나로 볼 수 있는지에 대해 답하기를 요구한다. 말하자면, 배수아 소설의 소설적 정체성에 관한 가치론적 판단을 요구하고 있는 것이다.

그녀의 소설이 동화나 로맨스 장르와 같지 않다는 것은 이미 살펴본 대로다. 그러나 문제는 그렇다고 해서 그것이 곧바로 그녀의 소설이 고전적인 의미의 소설이라는 사실을 입증하지는 못한다는 데 있다. 배수아 소설에 나타나는 '상실감'은 그것이 동화나 로맨스물과 구별됨을 알려주는 징표이기는 하지만, 그렇다고 해서 그것이 곧바로 고전적인 의미의 소설장르가 선험적으로 요구하는 '성숙한 상태의 멜랑콜리'를 의

---

13) 김동식, 「우리 시대의 공주를 위하여」, 『문학과사회』, 1996년 여름호, 774쪽.
14) 성민엽, 「성장 없는 성장의 시대」, 『랩소디 인 블루』 해설, 고려원, 1995, 333쪽.

미하는 것도 아니다. 소설적 상실감은 기본적으로 아이러니 정신과 관련된다. 그것은 의미내재적인 삶의 실현을 가로막는 현실에 대한 환멸스러운 인정과, 그럼에도 불구하고 그 싸움을 포기하는 것은 더욱더 절망적이라는 현실에 대한 이중적 부정 속에 존재한다. 그러나 존재와 당위의 분열이 아니라 시뮬라크르에서 출발하는 배수아의 소설은 이러한 의미의 아이러니 정신과 인연이 멀다. 순환적으로 반복되는 가상에의 회귀가 현실(실재)의 발견을 대체하고 기호가치에 대한 동경이 의미내재적인 삶의 탐구를 대신한다. 그러므로 배수아의 소설은 소설이 아니다. 그것은 소설 이전이거나 소설 이후의 세계일지도 모른다. 이를 포스트모던 시대의 동화라고 불러도 좋지 않을까. 그것은 동화시대의 충족을 알지 못하는 것만큼이나 소설시대의 분열을 알지 못한다. 충족된 행복을 이야기하기에는 그 결핍과 상실감이 너무 압도적이고, 찢기는 분열을 마주하기에는 이 시뮬라크르에의 매혹이 지나치게 자족적이다. 그러니 이것을 소설 이후의 소설, 포스트모던 테일이라고 할밖에.

판타지의 주체가 소설적 인식의 결과인 반성적 자아와 무관한 것은 당연하다. 판타지는 "본능이기도 하고 체질이기도 하고 어느 날 갑자기 찾아오는 열 같기도"(『랩소디 인 블루』, 작가의 말) 한 글쓰기의 산물이다. 그것은 대상과의 객관적 거리 대신에 동일시를, 인식이 아니라 분위기를, 반성이 아니라 향락을 지향[15]한다. 그 기묘한 서사를 우리는 기꺼이 소비한다. 한없이 쓸쓸한 삶의 인상화에 열광하며 역설적으로 현실의 쓸쓸함을 잊기도 한다. 배수아 소설의 상실감이 현실의 상실감을 치유하는 것이다. 이 치유, 이 소비를 통해 우리는 잠시 우리 일상의 결핍을 망각한다. 이 망각은 포스트모던 시대의 동화가 우리에게 부여하는 따뜻한 위무라고 할 수 있을 것이다. 물론 그것은 보드리야르적인

---

15) 졸고, 「야만의 기억, 천사의 이면」, 『문학동네』, 1996년 봄호, 463쪽.

의미에서의 저지물(containment)의 기능이기도 하다. 인종학이 반인종주의로 귀결되고 디즈니랜드가 미국 사회 전체의 디즈니랜드적 성격을 은폐하듯이, 무엇보다도 야만의 시간을 기억하기 위한 광주청문회가 그 시간을 과거로 돌려보냄으로써 집단적 망각을 완성하듯이, 거대한 공허와 치유할 수 없는 불행을 이야기하는 배수아의 소설은 그것을 또 하나의 허구(시뮬라크르)로 만들어버림으로써 현실의 빈틈을 잠시 메워준다. 그렇다면 이것은 전형적인 키치는 아닌가? 극단적으로 자율화된 자폐적인 '예술' 대신 시민사회의 일상으로 자연스럽게 진주해온 '부르주아의 눈높이 예술'처럼 이것은 소비사회 시뮬라시옹 세대의 일상을 장악한 또하나의 '달콤한 키치'는 아닌가? 이 달콤한 키치야말로 키치적 사회의 산물에 다름아닐 것이다.

그러나 우리가 다음과 같은 표현들, 이를테면, "졸리운 듯한 구름이 핑크빛으로 연하게 물들어가고 향료를 넣은 아이스크림 같은 냄새가 나는 저녁이 되어가고 있었다"(『랩소디 인 블루』, 88쪽)라는 문장이나 "차에서 내릴 때 선영의 구두에 와 닿는 아스팔트는 오븐에서 갓 꺼낸 피자치즈 같은 느낌이었다"(『푸른 사과가 있는 국도』, 181쪽)라는 구절들의 유아적 몽환성에 한 번쯤 매혹당한 적이 있다면, 특히 인명으로 채택된 사촌 '혁명'(「여점원 아니디아의 짧고 고독한 생애」)이라는 기호와 "나는 1997년 가을에 죽었다"(「1997, 네덜란드 모텔을 지나며」)라는 문장으로 시작되는 소설의 첫머리 앞에서 그 무지에 가까운 형식적 대담함에 깊이 공감한 채 '소설'을 둘러싼 우리의 고정관념이 날카롭게 찢겨나가는 듯한 느낌을 받은 적이 있다면, 무엇보다도 '블록공'이 되어버린 '벽돌공'과 '오호츠크해'에 비견되는 '주문진 앞 바다'라는 표현 앞에서 '호박을 안고 뛰는 소년'을 보고 '럭비공을 안고 뛰는 소년'이라는 수사를 사용했던 이상의 권태를 생각한 적이 있다면, 배수아 소설은 단순한 키치에 그치지 않을 것이다. 밀란 쿤데라가 이야기한 것처럼 "모든 소설은 그것에 앞선 작품들에 대한 대답"이다. 이 낯선 감수성의 감각화는 그것 자체로 우리가 암암리에 설정한 대문자로서의 '소설' 개념에 대한 도전이 될 수 있을 것이다. 민족도, 이데올로기도, 문학사적 전통도, 모두 비껴나가는 배수아의 소설은 철부지 어린아이가 본능적으로 어른의 위선을 넘어서는 것처럼, 그렇게, 딱딱하게 굳어진 소비사회의 표면을 가볍게 활공한다. 바로 이 순간 포스트모던 시대의 동화와 키치는 '소설'로 전화된다. 그것은 죽어가는 소설의 운명을 영속시키기 위한 긴급 수혈이며 고립된 소설의 진로를 타개시켜주는 원조부대이다.

존재와 당위 사이의 분열을 지양할 수 있으리라는 청춘의 신념을 잃어버린 데서 출발한 소설형식은 현실이 예술을 위해서 더이상 유리한 토양을 제공해줄 수 없다는 사실을 반증하는 하나의 징후가 되었다. 이제, 끊임없이 시뮬라크르를 증식시키는 판타지 이후의 판타지, 소설 이후의 소설은 현실이 예술을 위한 토양조차도 안 된다는 사실을 말해주는 하나의 징후일지도 모른다. 배수아 소설은 그 징후의 경계 위에 서 있다.

(1998)

텔레비전 키드의 유희
— 백민석론

1. 권태, 죽음에 이르는 병

백민석의 소설은 권태에 질식해버린 아이의 무료함으로 뒤덮여 있다. 그의 아름다운 성장소설 「내가 사랑한 캔디」는 "그녀는 아주 무료하게 그것을 지켜보고 있었다"라는 문장으로 시작되어 '실현될 수 없는 이상을 무작정 기다리는 고통에 비하면 도끼날에 목이 잘리는 고통 따위는 약과'라는 끔찍한 깨달음으로 마무리된다. 하늘 아래 더이상 새로울 것도 흥미로울 것도 없다는 것, 완전한 권태만이 남아 우리를 무료하게 한다는 것. 그의 소설은 바로 이러한 상황 인식에서 출발한다. 이제 현실은 "저, 포르노그래피 앞에서조차 무릎을 꿇어야"[16] (「내가 사랑한 캔디」, 553쪽) 하고 "우리가 할리퀸 문고에서 종종 읽을 수 있는, 그리고 비디오 숍에서 종종 빌려보곤 하는, 그런 서스펜스와 대모험"(564쪽)

16) 이 글에서 인용한 작품은 다음과 같다. 백민석, 「내가 사랑한 캔디」, 『문학과사회』 1995년 여름호; 백민석, 『헤이, 우리 소풍 간다』, 문학과지성사, 1995; 백민석, 『내가 사랑한 캔디』, 김영사, 1996; 백민석, 『16믿거나말거나박물지』, 문학과지성사, 1997.

따위는 애초에 불가능하다. 현실의 그 어느 곳에도 우리를 팽팽한 긴장 속으로 몰고 갈 탈출구는 존재하지 않는다. 다만 "턱없이 길고 지루"(565쪽)한 일상만이 남아 있을 뿐이다.

1971년생 작가 백민석이 비관적이면서도 따뜻하고, 진지하면서도 유치한 그 특유의 분위기로 전달하고 있는 이 전언은 오늘날 우리 시대의 예술이 처한 상황과 관련하여 몇 가지 중요한 문제를 제기한다. 일단 현실에 대한 그의 환멸과 권태가 단순히 한 작가의 개인적인 무력감의 표현만은 아니라는 사실을 확인할 필요가 있다. 굳이 현실사회주의권의 붕괴와 함께 90년대 우리 문단을 찾아온 이념에 대한 환멸을 들추지 않더라도 이는 동세대 작가들에게서 유사하게 발견되는 역사적인 '질병'이라고 할 만하다. 박청호의 나른한 허무주의, 배수아의 판타지로 표출되는 상실의 미학, 박성원의 관리사회를 향한 펑크적인 일탈 욕망, 그리고 김영하나 송경아, 김연수 등으로 대표되는 현실 재현 미학에 대한 염증과 가공의 허구에 대한 관심 등은 모두 이 질병과 무관하지 않다.

젊음은 때로 과장된 절망의 포즈를 취하기 쉽다. 어떤 세대의 문학도 당대를 희망의 시대로 받아들인 경우는 거의 없었다. 그렇다 하더라도, 이제 막 출발점에 선 이 젊은 작가들을 극단적인 좌절감이나 체념 혹은 대상이 불분명한 모멸감이나 조소로 몰고 가는 것은 무엇일까? 그들의 권태와 무력감이 다른 세대와 구별되는 세대적인 특수성을 지니고 있다면, 그것은 무엇인가? 혹 그들의 절망과 권태는 인간의 모든 이성적인 기획을 '무'로 돌리는 절대적인 공허를 눈앞에 둔 자들의 진지한 미학적 응전은 아닌가? 그런 의미에서 이들을 우리 문학의 미래로 볼 수는 없는가? 백민석의 소설을 빌미로 한 이 글은 이렇게 꼬리에 꼬리를 물고 융기하는 온갖 질문들의 연쇄 속에 놓여 있다.

2. 총알 한 알 무게만큼의 유희

　유희의 영역에 새로운 예술의 왕관을 부여한 것은 20세기 아방가르드 예술의 공로라고 할 만하다. 그들은 아무런 즐거움도 발견할 수 없는 권태와 허위로 가득 찬 세계 속에서 인간의 창조적인 '자유'야말로 즐거움의 유일한 원천이 될 것이라고 주장했다. 실재가 즐거움을 주지 못한다면 스스로 그것을 변형시키는 주체의 무한한 자유가 그 고통을 위로해줄 수 있을 것이라고 생각했던 것이다. 물론, 오래지 않아 그들은 그것 역시 환상에 불과한 것이었음을 알아차리게 된다. 그러나 그들의 환상은 예술의 영토에 또다른 가능성의 문을 열어주었다. 환상을 만들어내고 있다는 사실 자체를 망각하는 것. 마음대로 장난을 치고, 환상을 창조하고 스스로에게마저 기만당할 준비를 하는 것. 우리는 백민석의 소설을 통해 어느새 우리의 문학 속으로 미끄러져들어온 유희의 예술을 자연스럽게 목도하게 된다.

　나는 그때 무료함을 달래기 위해 테이블 위에 화이트로 총잡이, 라고 써넣고 있었다. 총잡이, 그건 어떤 비밀한 희망이었다.(「내가 사랑한 캔디」, 『문학과사회』)

　상상해낼 수 있는 모든 것을 이미 다 생산해낸 인류는 이제, 인류가 상상해낼 수 없는 것들을 생산해내기 시작했다.(「캘리포니아 나무개」, 『16믿거나말거나박물지』)

　나의 유일한 현실은 비현실이다.(「음악인 협동 조합 · 2」, 『16믿거나말거나박물지』)

우리는 우리를 끊임없이 속임으로써 살아남는다.(「그들은 운명적으로 자질구레함을 타고났다」, 『16믿거나말거나박물지』)

한치의 오차도 없이 수학적으로 정확하게 계산된 세계, 그 수정궁의 권태를 향해 총을 쏘아대는 행위는 이미 우리에게 낯선 메타포가 아니다. 장정일은 도스토예프스키의 수정궁의 국민이 행할 수 있는 유일한 예술적 대안은 아무 곳에나 총을 쏘아대는 행위뿐이라고 강조한 바 있다. 백민석의 '총잡이' 역시 장정일 식의 총 쏘기의 자장에서 자유롭지 못하다. 소위 만화적 상상력을 구가하면서 리얼리즘 소설의 전통을 회의하는 그의 환상성은 장정일의 유희 본능과 무관하지 않으며, 펑크뮤직이나 재즈, 할리우드 B급 영화에서부터 포르노에 이르기까지 온갖 장르의 대중문화에 관한 문화적 편향을 숨기지 않는 것 역시 그의 후예답다. 하나의 소설 속에 온갖 장르, 예컨대 소설의 테마를 보강하는 시나 노래 가사, 포르노 영화의 줄거리나 단막극 등을 삽입하여 장르의 비빔밥을 만드는 솜씨도 기본적으로는 그와 무관하지 않다.

그러나 백민석의 총 쏘기는 어떤 이념이나 특정한 목적의식을 지니고 있지 않다는 점에서 장정일과 구분된다. 그것은 거창한 테러리스트의 행위가 아니다. 그의 주장에 의하면, 누구나 총을 쏘아댈 수 있다. 분열증적인 광인들이나 약간 정신나간 직업군인들로부터 지극히 상식적이고 평범한 의식을 지닌 샐러리맨들에 이르기까지 누구라도 언제든지 총을 쏘아대는 것이 가능하다. 백민석의 소설은 이미 "방아쇠를 당기느냐 마느냐" 하는 "햄릿 식 고민"(「내가 사랑한 캔디」, 『문학과사회』, 578쪽)이 의미가 없어진 세계에 속한다. 다만 "지금 총 한 자루를 들고 있고, 그것을 휘두를 줄 안다는 사실만이 중요"할 뿐, 왜 총을 들어야 하는지, 그 총으로 누구를 쏘아야 하는지는 이미 중요한 문제가 아니다. 그들은 "아주 조금만 진지"해지면 된다. 단지 "총알 하나만큼의 무게"(578쪽)

정도로만 말이다. 그러기에 그는 거침이 없다. 가령,

　진실 / 역사적 사실 / 건강한 삶 / 시대의식 / 교훈 / 존재 / 중심

이라는 덕목들을 이야기하는 교수 앞에서,

　일인 이역 / 암호 / 알리바이 / 죽임의 미로 / 변장 / 쌍둥이(혹은 탐정이
면서 범인) / 얼굴없는 사체

와 같은 '대립항'을 내세우는 화자의 태도는 조금도 주저가 없다. 그것
들이야말로 그들의 진정한 '동류항'이라고 믿고 있기 때문이다.
　따라서 장정일의 총 쏘기가 관객도 무대도 제대로 갖추어지지 않은
상황에서 벌어지는 한 전위예술가의 한 편의 '해프닝'이라면, 백민석
의 그것은 지형지물이 적절하게 배치된 야전장에서 한 무리의 개구쟁
이들이 벌이는 전쟁 '놀이'라고 할 만하다. 전자에게 총 쏘기는 유희의
형태를 띠고 있으나 그것은 단순한 장난으로 그치지 않는다. 장정일의
소설에 나타나는 그 숱한 자기 반영적인 언급들이나 기존의 문학제도
에 대한 도전적인 선언들을 생각해보자. 이에 비해 백민석의 총 쏘기는
이미 고뇌에 가득 찬 고독한 단독자의 결단의 산물이기를 그치고 있다.
아니, 그렇게 될 수가 없다. 그에게는 자의식이 중요하지 않다. 자의식
마저 증발해버린 상황. 그는 놀이에 몰두하는 어린아이가 항용 그러하
듯 무심하게 아무 곳에나 총을 쏘아댈 뿐이다.
　백민석의 그것에 비추어보자면 장정일 식의 총쏘기는 또다른 의미에
서의 계몽주의적 기획의 일부라고 할 수도 있을 것이다. 이 의지는 자
기 목적적인 행위 일반에 깃들여 있게 마련인 강렬한 파토스를 동반한
다. 그것은 언제나 자신이 당긴 방아쇠가 몰고 올 파장을 낙관하는 자

의 영웅적 비장미와 역설적인 나르시시즘을 동반한다. 반면, 백민석에게는 이러한 파토스가 부재한다. 그는 가볍고 나른하다. 아무도 없는 무대에서 자기 혼자 헤드뱅잉에 열중하는 록커처럼 그는 자신의 행위를 연극화하려고 하기보다 스스로의 열정을 연소하는 데 몰두할 뿐이다. 그것은 아무리 총을 쏘아대도 박살나지 않고 오히려 더욱더 견고해지고 권태로워지는 수정궁 안에 갇힌 죄수의 열정이라고 할 만하다.

이제 그가 해야 할 일은 분명해 보인다. 이 수정궁의 세계와는 무관한 가공의 성을 쌓는 일이 그것이다. 그 성의 성주는 당연히 '환상'이다. '믿거나말거나박물지 주식회사'는 이 거대한 성의 문패에 적힌 이름이다. 이 거대한 몽상을 실현시키는 데 많은 품이 드는 것은 아니다. 옛 연금술사들처럼 뜨거운 도가니를 끌어안고 비지땀을 흘릴 필요도 없고 어떤 통치자처럼 수만 명의 인원을 동원하여 하늘을 꿰뚫는 거대한 탑을 쌓아올릴 필요도 없다. 이미 존재했던 것들, 상상할 수 있었던 모든 것들을 부정하고 상상할 수 없었던 것을 상상하는 데서 백민석의 거대한 몽상, 즐거운 환상은 출발한다. 거기에는 자신의 코코야자에 다가와 자신의 은둔을 방해하는 자에겐 오줌세례를 퍼붓는 은둔금수(隱遁禽獸)(「캘리포니아 나무개」, 『16믿거나말거나박물지』)에서부터 인류가 신화나 민담 환상을 통해 끈질기게 이어왔던 상상괴물의 마지막 계보에 위치하는 물고기(「완다라는 이름의 물고기」)에 이르기까지, 또한 반동물반식물 돌연변이 인간(「Green Green Green Grass of Man」)에서부터 그분 앞에 있다는 것만으로도 누구나 그분의 적이 되어버리는 '그분'(「그분」)에 이르기까지 없는 것이 없다. 과연 '박물지적'이라는 말이 가리키는 대로다.

이 세계는 백민석이 만들어낸 홀로그램들이다. "유치한 파랑 글씨로, 마치 만화의 한 장면처럼"(「그들은 운명적으로 자질구레함을 타고났다」, 『16믿거나말거나박물지』) 항상 "메롱!"으로 끝나는 마지막 장면이 내장

되어 있는 이 가상현실은 수정궁의 권태를 벗어날 수 없는 인간들의 도저한 상상력의 산물이라고 할 만하다. 한없이 유치하고 더할 나위 없이 장난스럽고, 다른 어떤 목적도 지니지 않았다는 의미에서 순수하기 그지없는 이 '비현실'은 이 세계를 살아가는 사람들의 유일한 '현실'이기도 하다. 우리는 스스로를 끊임없이 속임으로써 현실을 견딜 수 있을 뿐이다. 그러나 이 홀로그램의 전원장치를 오프(off)시켰을 때 우리 앞에 나타날 거대한 공동(空洞)들은 어떻게 할 것인가! 다만 "우리가 아는 세상에서 가장 깊고도 쓸쓸한 어떤 미소를 얼굴에 떠올리며 그 공동들의 밑바닥들을 천천히 거닐"(「그들은 운명적으로 자질구레함을 타고났다」, 『16믿거나말거나박물지』)기만 할 것인가.

백민석의 '총알 한 알의 무게만큼의 유희'는 모든 미학적 기획들의 잔해 더미 위에서 출발하는 쓸쓸한 비가다. 가볍고 유치한 놀이를 표방하는 그의 소설이 아이러니컬하게도 오히려 한없는 상실감과 묘한 비애감을 내포하고 있는 것은 바로 그 때문이다. 아무 의미도 없고 과녁도 확실하지 않으며 무료하기 그지없는 그 놀이는 사실 인류가 개발한 가장 고독한 형태의 비극인지도 모른다. 이 깨달음은 소위 포스트모던이 운위되는 우리 사회에 대한 섬뜩한 자각으로 이어지기도 한다. 오늘날 우리의 현실이야말로 백민석 식의 그로테스크한 유희를 낳은 토대이기 때문이다.

3. 피터팬 환상

유희를 가장 잘 행할 수 있는 주체는 당연히 '아이들'이다. 일찍이 이상이 성천 시골의 똥누는 아이들에게서 속수무책의 유희성을 발견한 것처럼, 똥을 눈다는 행위, 그 무위의 배설 본능을 놀이의 차원으로 탈바꿈시킬 수 있는 것은 어떤 관습에도 물들지 않은 아이들의 시선뿐이다. 어느 누구도 그 경지에 이르지 못한다. 아이들이 아니고서야 어떻게 아무 곳에나 총을 쏘아대며, 터무니없는 환상을 창조해내고, 그것을 진짜라고 믿을 수 있을 것인가. 자기를 오랫동안 가장 완벽하게 속일 수 있는 자는 바로 아이들뿐이다. 백민석 소설의 주인공들에게서 발견되는 '피터팬 욕망'은 바로 여기에서 연원한다. 최근 젊은 작가들의 소설에서 심심찮게 발견되는 이 '유아기 상태의 유예 현상'은 전세대의 고아, 유아의식과 구별되는 독특한 사회·심리구조를 갖고 있다. 백민석의 『헤이, 우리 소풍 간다』를 통해 이를 좀더 자세히 살펴보자.

'딱따구리' 이야기와 『이상한 나라의 앨리스』를 패러디한 '골목을 쓰는 앨리스', 록그룹 애니멀스의 〈해 뜨는 집〉을 변형한 듯한 '고아의 노래', 재즈 피아니스트 테드 다메론의 곡에서 힌트를 얻은 희곡 '꿈, 퐁텐블로' 등등 이루 헤아릴 수 없을 정도로 많은 이면 텍스트들의 중첩물이라고 할 『헤이, 우리 소풍 간다』는 대중문화에서 빌려온 이미지가 실재에 대한 재현을 대신하고 있다는 점에서 이른바 만화적 상상력의 극치를 보여준다. 그러나 시간적 연속성이나 구성상의 유기성을 무시하고 온갖 파편적인 이미지들을 늘어놓고 있는 이 소설의 파편적인 외양을 헤치고 소설의 중심구조를 재구성해보면 의외로 기존 소설과 유사한 전형적인 여로형의 탐색구조가 드러난다. 말하자면, '현재-과거로부터의 호출-과거로의 회귀-현재로의 귀환'으로 요약되는 지그재그 구조가 그것인데, 대부분의 서사가 그러하듯 이때 과거의 기억은 현재적 삶을 구속하고 있는 치명적인 외상을 숨기고 있는 경우가 대부분이다. 현재의 안정된 일상 밑에서 억압되고 있던 원초적인 상처는 수시로 우리의 망막을 어지럽히며 일상의 틈새를 벌려놓고 존재를 위협한다. 과거로의 호출이 이루어지는 것은 대개 이 무의식의 예정된 수순이라고 보아 무방하다. 여로형 소설은 이 호출에 응답한 자의 기원 추구 과정을 보여준다. 우리가 이 여행을 통해 억압된 무의식의 저편으로 초대되는 것은 그 때문이다.

> 박스 바니, K는 더 길게, 더 쭉, 팔을 뻗는다.
> 빌어먹을 만화 주인공들의 대장. 더 크게, 더 큰 공기방울들을 만들어 내며, K는 킥킥거린다. 박스 바니…… 빌어먹을, K는 팔을 쭉 뻗어, 마침내 손에 잡힌 그 무엇을, 힘껏 끌어당긴다. 얘,
> 얘, 얘!
> K는 문득, 머리카락을 붙잡고 자기를 물 밖으로 끌어올리는 누군가의 손을 느낀다. 그 손은 다시, 양볼을 쥐어뜯으며 억지로 K의 턱을 벌리려 한다. 또 욕조에서 잠들었지! (『헤이, 우리 소풍 간다』, 47쪽)

자궁을 연상시키는 '욕조' 속에서 '아이들'의 대장 박스 바니를 기억하며 '잠'이 드는 스물일곱 살의 극작가 K의 모습은 그가 언제나 과거로부터의 기억에서 자유롭지 못한 자임을 암시한다. 그를 부르는 호칭(나이와 상관없이 그는 여전히 '아이'이다), 그리고 '또'라는 어사에서 볼 수 있듯이 그는 일종의 '유년기 퇴행 욕망'에 사로잡혀 있는 자인 것이다. 어른이 된 '아이들'이 과거로부터의 호출 이후 찾아간 곳이 결국 초등학교 뒷산에 위치한 '동굴(구멍, 자궁)'이었다는 점 역시 이러한 추정을 뒷받침한다. 자궁회귀 본능은 현실에 대한 두려움이나 도피 성향과 결부되거나 반대로 그와 대립되는 과거의 좋았던 기억에 대한 고착과 관련되게 마련이다. K에게도 그러하다. 그에게 있어 현실이란 언제나 '결핍'의 연속이며, '낙원 이후'일 뿐이다. 그렇다고 해서 K의 낙원이 과거에 속하는 것도 아니다. K와 그의 친구들을 키운 요람은 산동네 '무허가 판자촌'이었으며, '고아의 노래'에서 상징적으로 드러나듯, 그들의 유년은 '고아'와 다름없는 "격렬한 외로움"(39쪽)의 시기였기 때

문이다. 엄마는 무작정 집을 나가 돌아오지 않고 아버지는 술주정과 매질로 일생을 탕진한다. 외부 현실이 가하는 폭력적인 양상으로부터 한 존재를 보호해줄 '성소'로서의 가족은 없다. 그들에게 가족이란 "자기 자신에게조차도 결코 설명해줄 수 없는, 그런 신비"(「요람 속의 고양이 둘」, 『16믿거나말거나박물지』)에 가까운 낯선 개념일 뿐이다. 그러나, 그럼에도 불구하고 '아이들의 세계'에는 이 엄청난 상실감을 대체하는 새로운 의미의 '공동체'가 존재했었다. '박스 바니'가 마련한 아이들 만의 세상이 그것이다.

'박스 바니'는 누구인가. 계모의 구박을 피해 여섯 살짜리 동생과 집을 나와 외따로 떨어진 창고에서 살아가고 있는 박스 바니는 아이들 공동체의 실질적인 대장이자 보호자다. 이 새로운 가부장은 "K의 팔뚝만 한, 아주 커다란 칼"(『헤이, 우리 소풍 간다』, 129쪽)로 판자촌 아이들에게 가해지는 동네 깡패들의 행패를 막아주고, 무지막지한 부모들의 구타나 억압 대신 자신이 건설한 특별한 낙원의 행복을 널리 베푼다. 이 박스 바니와 더불어 새롭게 건설한 '아이들 세계'에서의 추억은 어린 K와 친구들을 사로잡고 있는 유일한 낙원의 기억이다. 과거의 호출('안 선생님'의 음악회)을 받은 아이들(무엇보다도 그들은 여전히 '딱따구리'이고 '뽀빠이'이며 '집 없는 소년'들로 불리고 있다)이 다시금 자신들이 떠나왔던 바로 그 시간으로 되돌아가려고 하는 것은 바로 그 때문이다. 이 낙원은 모든 차별이 무화된 모성성의 공간이자 자웅동체의 세계이며 '아비-아들-어미'의 상징적 역할 구분이 행해지지 않은 '상상적인 세계'이기도 하다. K들, 혹은 백민석이 회귀하고자 하는 세계는 바로 이 공간이다. 그것은 타자와 자아 사이의 경계가 제거된 완전한 동일시의 공간이며 궁극적으로는 자아의 존재 자체가 무화된 절대적인 죽음의 공간이기도 하다. 자궁은 생산과 소멸의 이중적인 공간이기 때문이다.(이 소설이 결과적으로 현재로 귀환하지 못한 채 '아이들'의 죽음으로 마무리된다는 사실은 그런 점에서 여러모로 의미심장하다. 자궁회귀 본능은 죽음 충동에 다름아니기 때문이다.)

명확한 자아의 상을 확립할 수 없는 '상상적인 단계'는 당연히 오이디푸스 콤플렉스를 알지 못한다. 백민석의 소설에서 장정일의 경우와 달리 현실원칙으로 대표되는 아버지의 세계에 대한 강력한 부정의 포즈, 특히 명백한 선언이나 극도의 자의식적인 진술에 의해 행해지는 반항의 양상을 찾아보기 어려운 것은 이 점과 밀접한 관련이 있는 듯하다. 아비에 대한 부정과 반항 대신 그는 오히려 아비에 대한 강렬한 연민과 동경을 보여준다. 그에게 '아버지'는 여전히 '아빠'일 뿐이다. '아이'의 '아빠'는 진공관 앰프가 딸린 오래된 전축을 부둥켜안고 있거나(『헤이, 우리 소풍 간다』, 193쪽) 튜브를 꽂은 채 흰 시트를 덮고 병실에 누워 있(252쪽)을 뿐이다. 그는 억압적인 현실원칙으로 자리하기에는 지나치게 연약한 존재다. 아이는 이러한 아비를 바라보며 반항은커녕 연민에 가득 차 "거의 울고 있"(254쪽)다! 한편 이 소설에서는 모성에 대한 갈구 역시 찾아보기 어렵다. 실질적인 서사의 추동자이자 작가의 분신이라고 할 수 있는 K는 '엄마'에 대해서는 한마디도 하지 않는다. 비단 이 소설에서만 그러한 것이 아니라 그의 다른 소설들, 예컨대 『내가 사랑한 캔디』라든가 『16믿거나말거나박물지』에서도 이 점은 마찬가지다.

소설장르가 훼손된 세계에서의 자아의 형성에 관한 집요한 탐구의 기록이라는 사실을 굳이 상기하지 않더라도, 또한 우리의 근대 문학사가 모성의 끈적한 늪으로부터 벗어나 부재하는 아비를 찾아가는 지난한 몸부림으로 얼룩져왔다는 사실을 들추지 않더라도 백민석에게서 발견되는, 연약하게 사그라드는 '아빠'에 대한 연민과 오이디푸스 콤플렉스의 부재 현상은 우리 문학에 나타난 새로운 문학적 징후라고 하지 않을 수 없다. 백민석의 아이들은 다만 상상의 세계 속에서 영원히 자유롭게 뛰어놀기만을 꿈꾼다. 엄마없는 하늘 아래, 때로는 고아처럼, 거대한 공허를 숨긴 채. 그리고 이 낙원이 어느 순간 외부의 힘에 의해 산산조각나는 것을 목격할 때(아이들의 세계는 어른들의 세계에 의해 언젠가는 깨어지게 마련이다) 아이들은 더이상 낙원에서만 살 수 없다는 사실을 깨닫는다. 바로 그 순간 유년은 끝나고 도저히 치유될 수 없는 상실감이 찾아온다.

4. 놀이하는 아이들의 기원

백민석의 피터팬은 어디에서 나왔는가? 이 아이들이 어찌하여 우리의 일상을 점유하고 한바탕 놀이를 하게 되었는가? 이 세대의 특이한 감수성의 구조는 도대체 어떻게 구성되었는가? 이들의 세대적 기원은 무엇이란 말인가?

그것도 몰라?
우리가 텔레비전 브라운관을 통해 열광하며 보았던 그 81년의 만화 주인공들은 실은…… 브라운관 안의 전자총이 쏘아대는 전자빔이 만들어낸 수많은 휘점, 즉 빛의 점들에 불과한 거야. 그런 빛의 집합체가 바로 일곱난쟁이였고, 오로라 공주와 손오공이었고, 집 없는 소년이었고……
그러니까, 우리는 고작해야 그러한 휘점, 즉 전기 신호들과 우리 자신을 동일시, 하고 있었던 셈이란 말이지…… 80년, 81년에 말야.
그래?
그럼! 시대착오적이지…… 네가 아직도 일곱난쟁이이고, 내가 아직도 뽀빠이, 라면…… 너와 난, 3차원 입체 영상시대에 살면서 의식은 81년 2차원 브라운관 속의 허깨비들에 가 있는 셈이라구. (『헤이, 우리 소풍 간다』, 209쪽)

188

그의 소설의 주인공들에게 '80년'은 그해 겨울 처음으로 '컬러 텔레비전이 방영되었던 해'로 다가온다. 이 규정성은 아무리 강조해도 지나치지 않다. 폭압과 야만의 연대의 시작 1980년을 도저히 지울 수 없는 '악몽의 시간'으로만 기억하는 세대와 흑백의 무미건조한 일상이 화려한 빛의 세례 속에서 순식간에 낙원으로 변한 '불꽃놀이의 시간'으로 기억하는 세대 사이에는 영원히 건너뛸 수 없는 심연이 가로놓여 있는 것인지도 모른다. 야만의 역사를 가리기 위해 일상에 진주해온 기만적인 '컬러 텔레비전'은 황지우의 시에서 말하는 대로 '뻔뻔스러운 프로야구'와 함께 군사정부가 국민들에게 하사한 고귀한 선물인 만큼, '80년'은 대한민국 대중문화 산업의 원년이라고 할 수도 있겠다. 드디어, 엄밀한 의미에서의, '텔레비전 키드'가 탄생한 것이다, 바로 1980년 겨울에.

텔레비전 키드들은 어렸고 어린 만큼 어리석었으며 컬러 텔레비전의 기만적인 마술에 눈이 멀어 '역사' 혹은 '현실'이라고 할 만한 것이 그들을 비껴가도록 내버려두었다. 혁대로 등에 매질을 가하는 아버지도, 연탄집게로 머리에 땜빵을 찍어놓는 엄마도, 허구한 날 전기세 일, 이백원을 가지고 죽일 듯이 싸워대는 이웃들도, 어깨며 팔뚝이며 온몸에 검은 문신이 새겨져 있는 '그것들'의 갑작스런 사라짐도 텔레비전의 화려한 전기 휘점 아래에서는 조금의 흥미도 끌 수 없었다. 물론 그들도 "죽음이 더이상 낯선, 그 어떤 호기심의 대상"(『헤이, 우리 소풍 간다』, 140쪽)이 아니고 "폭발 직전의 그 어떤 순간에 놓인 것처럼" 무언가가 "들끓고, 들끓고 있"(143쪽)다는 사실을 알아차리기는 했다. 무엇인가 큰일이 벌어지고 있다는 사실을 짐작하기는 한 것이다. 그러나 그런 것들은 모두 대낮의 일에 불과했다. 대낮이 가고 인공조명의 밤이 찾아오면 그 무시무시한 공포는 금세 사라지고 '전자 빔의 수많은 휘점들'이 가져다주는 행복과 성공과 희망, 정의와 승리와 사랑이 일상을 뒤덮는다. 이 '2차원' 브라운관의 세계(가상)는 '3차원' 입체 영상의 세계(현실)를 대체하며 그들을 '무허가 판자촌 아이들'에서 화려한 '텔레비전 키드'로 새롭게 탄생시켜준다. 일곱난쟁이니, 오로라공주와 손오공이니, 집 없는 소년이니 하는 만화영화의 영웅, 그 가상적 인물로 말이다.

'미디어는 메시지'라는 맥루한의 말은 우리에게 새로운 매체의 등장과 신인간의 탄생이 결코 동떨어진 과정이 아니라는 것을 설파한다. 새로운 매체의 등장과 더불어 인간의 감각기관은 확장과 퇴화의 길을 걷게 되고 인간의 감성 역시 이 새로운 환경에 적응하게 되면서 이전과는 다른 새로운 감수성의 신인간이 탄생한다. 텔레비전 키드의 탄생은 이러한 관점에 비추어보면 신인류의 탄생을 알리는 서곡이라고 할 만하다. 그들은 활자문화에 사로잡혀 있는 구인간들을 비웃으며 영상문화의 화려한 개막을 선언한다. 활자를 좇는 눈의 이동과 관련된 시간적, 선적 사고보다 수초 사이에 완전히 이질적인 것들을 한순간에 응시할 수 있는 공간적, 면적 사고에 더 친숙한 그들의 '능력'은 그에 상응하는 텍스트를 요구하고 또 생산하기 시작한다. 이제 공감각, 멀티 감각의 인간형에 적합한 텍스트가 아니고서는 그들의 감성을 표출하고 자극하기 어려운 듯이 보인다.

백민석 소설의 형식은 이러한 텔레비전 키드의 전형적인 감각적 특징들을 그대로 반영한다. 온갖 대중문화의 잔재들을 긁어모은 듯한 콜라주 형식, 시간의 진행에 따른 내러티브를 거부하고 동시적인 상황진술을 채택한 파편적인 몽타주 형식, 시각에 의존하는 묘사, 개연성이나 인과관계를 대신하는 우연적이고 환상적인 구성, 자유자재로 조정되는 시간개념 등으로 특징지을 수 있는 백민석의 소설을 읽는 작업은, 그와 유사한 감각기관의 확장 내지 수축 과정을 겪지 않은 '구인간'들에게는 온갖 쓰레기들로 가득 찬 '미궁 뒤지기'라고 할 만하다. 그들은 때때로 이 미궁에서 길을 잃을 수도 있겠다. 그의 소설이 대중적인 호응을 받지 못하는 경향이 있다면 그것은 아마 이러한 점 때문일 것이다.

우리는 백민석 소설을 통해 실재 역사를 취급하는 이들 세대의 독특한 현실관의 일단을 접한다. '전교조 일세대'라는 자기 규정에서도 알 수 있듯이, 그들은 "현재 받고 있는 교육이 국가적인 스캔들이 될 정도로 썩은 것이라는 걸 최초로, 공개적으로 인식하게 된 첫번째 세대"(『내가 사랑한 캔디』, 84쪽)다. 그들은 자신들이 의지하고 있는 학교 교육이 통째로 썩은 것이라는 걸 공개적으로 확인하고도 어쩔 수 없이 그 기반 위에서 성장하지 않으면 안 되었던 세대인 것만은 틀림없다. 『내가 사랑한 캔디』가 끊임없이 '우리, 불쌍한'이라는 어구를 반복하고 있는 것도 아마 이러한 세대의식에서 나온 것일 터이다. 그러나 이들에게 현실 역사란 이미 가상으로 익숙해진 여러 유형의 홀로그램을 현실의 실재 속에서 작동시켜나가는 과정과 다름없다. 시위 현장을 그리는 백민석의 소설이 그러하다.

이전 세대, 특히 80년대 소설 속에서 시위는 존재의 결단을 촉구하는 결의의 순간이자 공동체의 이념을 재확인하는 결속의 자리이기도 했으며 공권력의 무자비한 억압성이 적나라하게 드러나는 고발의 장이기도 했다. 그러나 백민석에게 있어 시위는 톱니바퀴처럼 정밀하게 맞물려 돌아가던 일상이 어느 순간 폭발하는 축제의 공간으로 부각된다. 이념의 순결성이나 도덕적 정당성은 그리 중요한 문제가 아니다. 다만 나른하고 권태롭게 썩어가던 일상이 어느 순간 뜨겁게 달아오르는 '놀랄 만한 서스펜스'의 경험 여부가 문제될 뿐이다. 그러므로 백민석이 그리는 시위 장면은 무수히 많은 할리우드의 B급 영화나 컬트영화의 모험담 등을 닮았다. "나의 유일한 현실은 비현실"이라는 17번 격납고 자경단 보스(「음악인 협동조합·3」)의 시가 이들에게 절실할 수 있는 것도 그 때문이다. 가상의 임재! 시위는 이를 위한 거대한 폭발이며, 기존의 권태가 소멸하는 도취의 순간이다. 이것이야말로 90년대 학생 시위에 대한 정직한 진술은 아닐까. 이제 전위성은 화염병이 난무하는 시위 현장에만 있는 것이 아니다. 그것은 비디오드롬에 침윤된 타란티노적 감수성에도 있고, 커트 코베인의 영웅적인 죽음에도 있으며, '아키라'의 묵시론적인 미래상에도 있다. 전위성의 편재! 이 리얼리티의 확보 여부에 텔레비전 키드 백민석 소설의 진정성이 깃들여 있을 것이다. 소설 형식은 결국 당대 사회 실상과 나란히 나아갈 수밖에 없기 때문이다.

5. 일그러진 거울 속의 진실을 위하여

우리는 백민석의 소설들을 통하여 우리 문학 속으로 진입해 들어온 새로운 문학적 징후를 만날 수 있다. 그것은 새로운 감각으로 훈련된 신인류들의 감수성이라고 할 만하다. 이 '육체성'은 미학적인 층위에서 진행되고 있는 포스트모더니즘의 흔적을 뚜렷하게 내보이고 있는 것이 사실이다. 이들의 문학 행위가 현실에 대한 표피적인 인식과 과장된 절망감에서 연유한 것에 불과하다는 반박도 없지 않다. 또 우리 사회의 모더니티조차 제대로 이야기할 수 없는 상황에서 포스트모더니티를 이야기한다는 것이 얼마나 허황한 일이냐는 비판도 만만치 않다. 그러나 이제 감수성의 차원으로 진입해 들어온 이 세대들의 자기 표출 욕망을 완전히 부정한다는 것은 무의미한 듯하다. 그들이야말로 우리 문학의 다음 세대이기 때문에 더욱 그러하다. 백민석을 비롯, 젊은 작가들의 문학 행위에 대한 좀더 정밀하고 분석적인 이해가 필요한 것은 바로 그 때문이다.

그러나 세기말을 눈앞에 둔 우리에게 이제 이러한 유형의 소설만이 기다리고 있다는 사실은, 또, 얼마나 비극적인가! 모든 예술적 실험이 이미 다 이루어졌고 다만 그 잔해만 남아 있다는 것, 그것은 우리에게 환멸과 권태만을 선사한다. 그 권태를 물리치기 위해 고안된 '아이들'의 '놀이'가 얼마나 많은 행복을 가져다줄 수 있을지는 아무도 알 수 없다. 그것은 오히려 더욱더 치유할 수 없는 권태와 환멸의 늪을 선사할 수도 있다. 백민석의 소설에서 보듯, 유희로서의 예술은 점점 더 많은 유희성과 더 기발한 장난을 요구하게 마련이고, 이 악무한적인 놀이에의 탐닉은 영원한 피터팬만이 감당할 수 있는 것인지도 모른다. 어른의 세계가 참을 수 없는 권태를 경감시켜주지 못하는 것은 분명 사실이다. 그러나 그렇다고 영원한 아이로 머물러 있는 것 역시 끔찍한 일이기는 마찬가지다. 자아의 주체적인 의식의 소멸은 결국 자동인간 혹은 투명인간을 산출할 것이고, 그렇다면 이것이야말로 모든 전원장치의 파워 오프 상태, 즉 죽음이 아니고 무엇이겠는가. 백민석의 소실은 우리 문학이 처해 있는 이러한 딜레마를 고통스럽게 되비추고 있는 일그러진 거울이다. 지하세계를 건설하고 전위적인 공연을 기획하며 투명인간을 실험하던 '펨프'의 다음과 같은 최후진술을 보라. "자네도 그걸 보고 있나!"(「음악인 협동조합·4」). 그러나 정녕 '그것'을 알고 있다면 희망은 멀지 않다. 백민석은 '그것'을 말하고 있다. 그 인식은 이 작가의 유희가 사실은 '뭉크의 절규'에 다름아님을 웅변한다. 우리는 이 절규에 귀를 기울여야만 한다. 그것은 우리 모두가 거리와 광장으로 달려나간 1980년, 아무도 없는 방에서 '고아'처럼 '텔레비전'의 만화영화를 보며 두려움을 달랜 세대의 내면으로 가는 첩경이기 때문이다.

(1997)

유쾌한 환멸, 우울한 농담
—은희경론

1. 냉철한 서기관 혹은 조숙한 악동

은희경의 출발점은 분명해 보인다. 적어도 그녀의 소설은 작가의 내밀한 사적 영역을 들여다보는 즐거움과는 무관한 듯 보인다. 유년기 외상에 대한 순정한 고백은 그녀의 몫이 아니다. 물론 그녀의 등단작이자 대표작인『새의 선물』은 유년기 기억의 복원작업이라 할 수 있다. 그러나 이 과거로의 시간여행도 이런 종류의 소설이 대개 그러한 것처럼 오늘의 '작가'를 형성해낸 원체험에 추를 드리우고 있는 것은 은희경에게는 '이것을 토해내지 않으면 내가 살 수 없다, 이것을 말하기 위해서 나는 작가가 되어야만 했다'로 요약되는 운명애에 대한 희구가 미약하다. 자기의 내면을 향한 열정은 종종 희화되거나 조롱받곤 한다. 그렇다고 해서 비슷한 연배의 작가들의 소설에서 자주 발견되는 것처럼 공동체적인 경험의 장에 대한 동경이 있는가 하면 그것도 아니다. 그녀의 작품목록에는 지난 연대를 배경으로 한 소위 '후일담소설'이라고 할 만한 것이 드물다. 집단에 대한 유대나 미래에 대한 전망 역시 그녀의 냉소를 피해가지 못한다. 이를 두고 '쿨하다' 고 할 수 있을까. 끈끈한 자기애도, 열광적인 광장애도 알지 못하는 그녀의 소설은 아무래도 곧이곧대로의 열정이나 이상과는 인연이 없는 듯하다. 흥미로운 것은 이 냉담의 성격이다. 때로는 집중적인 열광을, 또 때로는 터무니없는 폄하를 낳으며 그녀의 소설을 신화화하는 데 결정적인 역할을 담당해온 이 냉담은 도대체 무엇인가. 이 물음에 답하기 위하여 우리는 작가 은희경이 '열정' 으로부터 벗어남으로써 얻게 된 것의 목록을 살펴볼 필요가 있다.

우선, 미정형의 상태로 끈적거리는 기억의 덩어리로부터의 해방. 거듭 말하거니와, 『새의 선물』은 꼼꼼하고도 정밀한 기억의 복원력이 돋보이는 중요한 소설적 성과임에는 틀림없지만, 이 작품이 기억의 추를 대고 있는 공간은 엄밀한 의미에서 우리가 '회상(Eingedenken)' 이라고 부르는 것과는 무관하다. 근대화의 열기가 스멀거리는 60년대 말에서 70년대 초의 풍속을 절묘하게 그려낸 세태소설이라는 평가가 말해주듯, 이 소설은 한 작가가 자신만의 고유한 경험들을 '풀어내' 놓은 기억의 실타래라기보다는 다양한 매체와 실증적인 자료의 더미 속에서 새로운 기억을 '만들어' 간 고고학적 발굴의 결과라고 할 만하다. '날카로운 관찰력' 이 '섬세한 기억력' 을 대체하며 허구의 기억을 창조하는 데 중추가 되고 있다. 요컨대 그녀는 '프루스트' 보다는 '발자크' 에 가까운 편이며, '병적인 감수성' 의 '예술가' 보다는 '냉정한 통찰력' 에 의존한 '서기관' 의 태도를 견지한다.

그러나 우리의 발자크는 많은 점에 있어서 그의 선배와 결별하고 있다. 무엇보다도 은희경 소설에서 두드러지는 거대서사 혹은 총체성에 대한 냉소는 그의 선배와 그녀를 갈라놓는 결정적인 차이점이다. 그녀는 말한다. "만약 어떤 시대처럼 소설가가 지식인이고 스승이라면 나는 소설을 쓸 엄두조차 내지 못했을 것"[17]라고. 소설가는 단지 "이 시대를 살아가는 사람의 이야기를 쓰는 독자의 동시대인"일 뿐이라는 것이 그녀의 생각이다. 소설가의 지위에 대한 그녀의 정의는 표면적인 의미 맥락만을 따라갈 경우 소박한 겸양의 표현으로 들린다. 그러나 모든 언표들이 그러하듯 그것은 언제나 그것이 놓여 있는 맥락에 따라서 전혀 다른 의미를 지니기도 한다. 소설가를 지식인이나 스승과 동일시하며 그들과 동급의 윤리적 모럴을 요구해온 우리의 저간의 관행을 생각할 때는 더욱 그러하다. 미처 드러나지 않던 아이러니가 작동하는 것은 바로 이 지점이다. '독자의 동시대인으로서의 소설가'에 대한 소박한 꿈은 혹 모든 거대서사에 대한 풍자적 조롱은 아닌가? 그러나 이 조롱은 공격적이지 않다. 노골적인 공격 대신 은희경이 선택하는 것은 농담이다. 그런 의미에서 그녀의 소설을 '단순한 연애소설'이라고 규정짓는 것보다 이 작가를 더 빙그레 웃게 하는 일도 없을 것이다. 한 걸음 더 나아가 '이렇게 시시한 이야기 따위는 읽고 싶지도 않다'고 침을 뱉을 수 있다면, 그녀의 독자로서의 자격을 갖추었다고 할 만하다.

속도감 있는 문체와 폐부를 찌르는 에피그램들, 유머로 포장된 아이러니와 그 속에 가득 찬 삶의 비애에 힘입어 자신만의 독특한 개성을 확보하고 있는 그녀의 소설은, 그러므로, 가볍고 날렵하다. 유쾌하고 발랄하다. 그러나 한편으로는 씁쓸하고 쓸쓸하다. 모든 사람들이 가고 있는 방향을 의도적으로 거슬러올라가는 조숙한 악동의 장난기 속에는 항상 생의 이면을 뒤집어보고 있는 냉혹한 서기관의 가차없는 시선이 숨어 있다. 제1회 문학동네소설상 수상작품인 『새의 선물』(문학동네, 1996)에서부터 최근 상자된 소설집 『타인에게 말 걸기』(문학동네, 1996)에 이르기까지 이 점에는 변함이 없다. 무거움과 가벼움, 진지함과 장난스러움, 환멸과 진실을 하나로 파악하는 이 작가의 개성적인 세계에 좀더 가깝게 다가가기 위해서는 우리 역시 어깨의 힘을 조금 뺄 필요가 있다.

---

17) 은희경, 『타인에게 말걸기』, 작가의 말, 문학동네, 1996.

2. 차가운 열정의 드라마

이미 전근대적인 공동체의 유대와 삶의 고즈넉함은 사라졌다. 그러나 근대의 황폐한 인간관계를 말하기엔 아직 무언가 본격적으로 전개되지 않은 것이 있다. 이 절묘한 형질 변동의 시기 60년대를 배경으로 '조숙한 열두 살짜리 여자아이'의 성장과 '엄마, 아빠, 어린 시절'의 풍속적 관심을 하나로 통합하고 있는 『새의 선물』은 말 그대로 '은희경적 세계의 밑그림이자 나침반'[18]이라고 할 만하다. 사실 『새의 선물』이 우리에게 선사한 충격과 즐거움은 이루 말할 수 없다. 이는 많은 부분 낯선 화자와 관련된다. 이제까지의 우리 소설 속에서 유년기 화자가 담당한 몫은 사건에 대한 불충분하고도 일면적인 인식의 용인이라는 기능이다. '믿을 수 없는 화자'에 의거한 진술은 독자들에게 화자의 직접적인 언술을 뒤집고 그 이면의 진실을 새롭게 구성해가는 지적 흥미를 맛볼 수 있게 해준다. 우리 인식의 불철저함과 진실의 다면적인 입체성에 대한 성찰이 이루어질 가능성이 많은 것도 바로 이러한 유형의 진술을 통해서다. 이미 고전이 되어버린 『사랑 손님과 어머니』를 비롯, 『장마』 등을 위시한 유년기 화자 중심의 허다한 '분단소설'들을 생각해보라. 『새의 선물』 역시 이러한 범주에 속한다.

그러나 이 소설의 화자는 스스로 "열두 살 이후 나는 성장할 필요가 없었다"고 이야기하는 당돌한 소녀다. 삶의 켜켜를 다 알고 있다고 주

---

18) 최근 연재를 완료한 동아일보의 『마지막 춤은 나와 함께』 역시 『새의 선물』이 펼쳐놓은 이야기의 그물에서 자유롭지 못하다. 강진희의 다소 분방한 연애편력기는 『새의 선물』의 열두 살짜리 화자의 시선을 통과할 경우 또다른 의미를 획득한다. 『타인에게 말 걸기』속 단편들의 연애담도 사정은 마찬가지다.

장하는 당돌한 소녀가 전지적 작가시점을 대신하면서 소설은 때로 화자의 연소함을 잊고 열두 살의 인식 수준을 상회하는 진술을 거리낌없이 쏟아놓는다. 그러나 그것은 다만 뒤집혀진 진술에 불과하다. 이 소설의 화자의 독특함은 이 명민한 화자의 진술이 한번 더 뒤집히면서 웃음과 연민을 낳는 데 있다. 화자 진희는 단순한 관찰자에 그치지 않는다. 진희는 사실상 이 소설의 관찰자일 뿐만 아니라 서사의 전면적인 주동인물이기도 하다. 그녀의 존재는 특히 이모와의 대립, 갈등 속에서 이채를 발휘하게 되는데 '지모신'의 형상을 하고 있는 할머니와 '감나무 집'이라는 안정된 공간에 둘러싸인 '이모'가 훼손되지 않은 가치의 구현자라면 열두 살짜리 소녀 진희는 이미 세계의 훼손과 삶의 호의 없음을 알고 있는 인물로 등장한다. 스무 살 청춘 이모의 연애와 실연의 드라마를 서술하는 열두 살 소녀의 어조를 보라. 이 기막힌 역전 속에 이 소설의 독특한 매력이 있다.

그러나 삶을 상대로 냉소와 경멸을 마구잡이로 휘두르고 있는 이 소녀의 진술에는 아귀가 맞지 않는 엉뚱함과 의미를 알지 못한 채 동일한 말을 반복하는 앵무새를 볼 때의 처연함이 깃들여 있다. 미쳐서 자살한 엄마와 재혼하여 따로 살고 있는 아버지를 둔 소녀가 삶에 통달한 듯 냉소와 경멸을 휘두르며 모든 종류의 모험을 비웃는다. 그러나 소녀가 아무리 어른의 흉내를 낸다고 한들 그녀는 열두 살짜리 아이일 뿐이다. 이 아이의 냉담과 환멸은 삶에 상처 입은 자의 미숙한 자기 보호 본능, 상처에 대한 방어기제에 가깝다. 그 순간 진희의 진술은 냉소를 넘어 연민으로 확대된다. 우리가 이 화자를 잊을 수 없는 것은 바로 그 때문이다. "'술이 많이 취했을 때면 그가 그립다'라고 하지 않고 '술이 어설프게 취했을 때나 그가 그립다'라고 말"[19]하는 은희경의 역설이 빛나

---

19) 은희경, 「내가 아주 잘 아는 사람들에 관한 간단한 이야기」, 『실천문학』, 1996년 가을호, 275쪽.

는 지점도 바로 여기다. 이를 통해 그녀는 일반적인 상식이나 기존의 문학적 관습으로는 포착되지 않는 특이하고 낯선 인물의 섬세하고도 역동적인 새로운 내면 드라마를 창조해낸다.

> 내가 내 삶과의 거리를 유지하는 것은 나 자신을 '보여지는 나' 와 '바라보는 나' 로 분리시키는 데서부터 시작된다. 나는 언제나 나를 본다. '보여지는 나' 에게 내 삶을 이끌어가게 하면서 '바라보는 나' 가 그것을 보도록 만든다. 이렇게 내 내면 속에 있는 또다른 나로 하여금 나 자신의 일거일동을 낱낱이 지켜보게 하는 것은 이십 년도 훨씬 더 된 습관이다.(『새의 선물』, 12쪽)

'보여지는 나' 와 '바라보는 나' 로 분열된 자아는 '보여지는 나' 의 서사적 모험을 '바라보는 나' 의 끊임없는 '관찰' 에 의해 왜소한 것으로 만들며 그 진정성을 의심하게 만든다. 성찰되어진 모험은 이미 모험이 아니다. 사실 『새의 선물』은 '바라보는 나' 의 비평적 시선에 의한 '보여지는 나' 의 성찰의 기록이라고 해도 과언이 아니다. 이 소설의 프롤로그가 "나는 쥐를 보고 있다"(9쪽)라는 문장으로 시작해서 "거리를 재어 보고 있다"(13쪽)라는 문장으로 끝나고 있는 것도 이와 무관하지 않다. 이모의 연애는 그것을 바라보는 진희의 시선에 의해 그것의 낭만적 허위를 드러내며, 이러한 진술은 소설을 읽는 독자들의 '바라보기' 에 의해 다시 조정된다.

> 나는 지금도 혐오감과 증오, 그리고 심지어는 사랑에 이르기까지 모든 극복의 대상을 이겨내기 위해서는 언제나 그 대상을 똑바로 바라보곤 한다. (……) 그것은 나의 오랜 습관이다.(『새의 선물』, 10쪽)

오히려 눈을 똑바로 뜨고 그 벌레를 낱낱이 관찰함으로써 내게 징그러움을 강요하는 그 벌레들의 기대를 좌절시켰다.(『새의 선물』, 115쪽)

쥐나 벌레 심지어는 혐오감과 증오 그리고 사랑으로까지 환유되고 있는 '극복의 대상'은 언제나 그것을 바라보는 자의 시선에 의해 애초의 폭력적인 힘을 상실한다. '바라보기'는 모든 시련과 고통을 이겨내려는 의도의 산물이다. 화자의 내면적 트라우마를 '이겨내고' '좌절시키는' 방식이 바로 '바라보기'인 것이다. 물론 그것만으로 근본적인 치유가 되는 것은 아니다. 그것은 잠시나마 객관적인 거리를 유지하고 자신의 상처를 대상화시키기 위한 하나의 책략, 하나의 포즈에 불과하다. 그러나 이 거리 두기를 통해 화자는 비로소 분열된 자아에 대한 객관화와 냉철한 인식을 얻는다. 소설쓰기를 '생의 이면'[20]을 향한 집요한 응시로 이해하는 은희경의 소설관은 바로 여기서 나온다.

건조한 성격으로 살아왔지만 사실 나는 다혈질인지도 모른다. 집착 없이 살아오긴 했지만 사실은 집착으로써 얻지 못할 것들에 대한 두려움 때문에 짐짓 한 걸음 비껴서 걸어온 것인지도 모른다. 고통받지 않으려고 주변적인 고통을 견뎌왔으며 사랑하지 않으려고 내게 오는 사랑을 사소한 것으로 만들기 위해 정열을 다 바쳤는지도 모를 일이다. 하지만 상관없다. (『새의 선물』, 387쪽)

---

20) "삶은 평범하고 사소해 보이는 일상성으로 잘 덮여 있다. 뻔한 것 같으면서도 애매하고 또 엄청나게 광범위하다. 그런 광범위한 삶에서 어떤 한 부분을 포착하고 거기에 칼날을 대고 잘라내서 단면을 본 다음, 다시 뒤집어서 이면을 보는 것, 나는 그런 것이 소설쓰기라고 생각하고 있다."(은희경, 「내가 아주 잘 아는 사람들에 대한 간단한 이야기」, 『실천문학』, 266쪽)

끊임없이 자아를 '보여지는 나'와 '바라보는 나'로 분리시키고 두 자아 사이의 거리 두기를 통해 상처를 방어하고자 하는 이 인물은 위의 지문에서 고백하고 있는 대로 표층과 심층, 기표와 기의가 서로 어긋나 있는 대표적인 인물인지도 모른다. 정이 뚝뚝 듣는 말이나 어떠한 애정 표현에도 흔들리지 않고 "감정의 균형을 유지"(129쪽)할 수 있지만 뜻하지 않은 한마디 말에 심한 감정적 동요를 겪기도 하고, 정작 집착이 없는 것이 아니라 다만 집착이 두려울 뿐이며, 고통을 견딜 수 있는 것은 단지 고통받지 않기 위함이라는 이 '역설적인 자기애'의 드라마는 절대적인 상실감에 시달리는 현대인의 사랑에 대한 양가적인 반응으로 이해될 수도 있겠다. 해설을 쓴 황종연이 "자폐적 고립을 향한 충동과 타인의 정서적 시혜에 대한 길망 사이에서 움직이는 나르시시즘"이라고 부르고 있는 이 심리적 메커니즘은 과연 우리 소설사가 이제까지 알지 못했던 낯선 풍경이라고 할 만하다. 무엇보다도 자신에 대한 냉철한 응시를 통해 상처를 극복하게 되었음에도 불구하고 이 모든 인식이 이후의 삶에 어떠한 영향도 미치지 못할 것임을 암시하는 '하지만 상관없다'라는 언사는 이러한 성격을 보충설명한다고 하겠다. '상관없다'라는 말이 '상관하지 않겠다'라는 의지의 표명이 아니라 '상관한들 무슨 소용이 있겠는가'라는 무관심과 '그러니 어쩌란 말인가'라는 냉소로 읽히기에 더욱 그러하다. 무관심과 냉소로 드러나는 세계에 대한 거리감은 역설적으로 절대적인 사랑에 대한 열망을 불러일으키고, 그 갈망은 다시 그것을 불가능하게 만드는 세계에 대한 혐오감을 낳는다. 은희경 소설에 나타나는 삶에 대한 경멸과 가벼움은 이러한 심리 메커니즘을 통해 삶에 대한 열정으로 증폭된다. 그러나 그것은 이제껏 우리가 본 대로 복잡하고도 역설적인 심리적 메커니즘을 통과하고서야 겨우 확인될 수 있는 성질의 것이다. 이는 곧 '차가운 열정'이라고 할 만하다.

3. 생의 농담과 가벼움의 미학

쿤데라에 따르면 '서정적인 관점'이란 자신의 주관성에 의거, 세계의 낯섦을 상쇄시키고자 하는 태도 일반을 말한다. 이러한 관점은 당연히 세계의 폭력성을 알지 못하는 맹목적인 무지의 소산이거나 절대적인 열정의 소산인 경우가 많다. 맹목과 열정으로 무장한 삶에 대한 서정적 관점은 대개 무겁고 진지하다. 자아와 세계 사이의 소통 가능성을 신뢰하며 타인과의 유대를 꿈꾸는 자들[21]은 대체로 이 부류다. 그들은 자신들만의 '열쇠'를 가지고 세계를 열고자 노력하며 끊임없이 '타인에게 말 걸기'를 시도한다. 문제는 이들의 열쇠가 그 문짝의 구멍과 아귀가 꼭 맞아떨어지리라는 보장이 없을 뿐만 아니라 그러한 노력에 따른 보상 역시 항상 적절하게 이루어지는 것만은 아니라는 데 있다. "이제 내가 너를 유년부터 다시 시작하게 해줄 거야"라고 말하던 남편은 '영신'을 버리고 다른 여자의 유년을 책임지기 위해 고군분투하며(「열쇠」), 등을 보이고 있는 타인에게 말을 걸려는 노력을 아끼지 않았던 '그녀'는 심신이 상처투성이가 된 채 산부인과 병실에 누워 있게 된다.(「타인에게 말 걸기」) 은희경 소설의 최대의 서정주의자 『새의 선물』의 이모는 어떤가. 이 순진성의 화신은 결국 도청소재지의 산부인과에서 어린애를 지우는 형벌을 감수하게 된다. 세계는 애초에 서정적 인간들에 대한 배려가 전무하다. 오히려 그들의 신뢰는 언제나 '배반'으로 보답될 뿐이다.

물론 쿤데라가 삶에 대한 '서정적 관점'을 언급했을 때, 세계가 서정적 인간에게 가하는 위협에만 관심을 가졌던 것은 아니다. 우리는 보통

---

21) 『새의 선물』의 이모, 「특별하고도 위대한 연인」들의 남녀, 그리고 「열쇠」의 영신이나 「타인에게 말 걸기」의 그녀 등이 대표적이다.

서정적 관점의 인격화, 즉 서정적 관점의 화신을 시인이라 부른다. 그런데 이 시인이란 존재는 종종 세계로부터 가장 큰 상처를 받는 자들이기도 하지만 때로는 세계를 상대로 맹목적 열정에서 기인하는 주관적 폭력을 휘두를 가능성이 농후한 자들이기도 하다. 쿤데라의 『생은 다른 곳에서』가 주목한 것은 바로 그 후자의 가능성이었다. 열정의 화신 '야로밀'의 서정주의는 구체적인 인간 역사, 특히 구소련의 전체주의와 결합하여 인간이 만들어낼 수 있는 최대의 비극을 산출하고 그 자신의 열정을 희극화한다. 그것은 인간 존재의 비극이자 역사의 아이러니라고 할 만하다. 생은 항상 '다른 곳'에 있는 것이 아니라 '지금 여기'에서 시작된다. 그런 의미에서 쿤데라에겐 지금─여기를 무시한 채 다른 어떤 곳을 가리키는 유토피아주의는 언제나 의혹과 경계의 대상이었다. 은희경 역시 마찬가지다. 그녀 역시 쿤데라와 동일한 문제의식에서 출발한다. 삶에 대한 서정적 관점은 언제나 조롱되고 성찰된다. 그것은 '보여지는 나'에 대한 '바라보는 나'의 반성이 소설의 주조를 결정할 때 이미 어느 정도 예견된 것이기도 하다. 다만 쿤데라가 시인의 서정성이 혁명 혹은 꿈의 이름으로 세계에 가하는 위협을 경계한다면, 그녀는 여전히 사악한 세계가 순진한 서정주의자에게 가하는 배반에 촉각을 곤두세운다는 점에서 구별될 뿐이다. 그녀에겐 여전히 '세계'보다 '개인'의 상처가 보다 중요한 것이다.

흥미로운 것은 이 상처와 위협을 다루는 그녀만의 독특한 방식이다. 그녀는 세계가 가하는 테러에 주목하며 희생양들의 목록을 나열하는 데서 그치지 않는다. 그녀의 득의의 영역은 이 무거운 주제, 오랫동안 '문학'이 되풀이해온 이 세계의 불가항력을 향한 가벼운 변주력에 있다. 은희경의 전언에 따르면, 서정적인 인간들이 겪게 되는 '비극'은 결국 세계가 자신에게 그다지 호의적이지 않다는 것을 깨우치지 못한 자들에게 부여된 생의 '농담'이다. 쿤데라가 자신의 어떤 소설에도 '참을 수 없는 존재의 가벼움'이라는 제목을 붙일 수 있다고 말하는 것처럼, 그녀는 자신의 모든 소설을 '농담' 시리즈로 완결짓는다.

이 '농담'이 가장 경쾌하고 씁쓸하게 발휘되는 것은 남녀의 연애사건을 통해서다. 연애는 때로 "운명적이었다고 생각해온" 것을 한순간에 단순하고도 "흔한 해프닝"(『새의 선물』, 224쪽)의 하나로 대치시켜버리는 생의 아이러니 가운데 가장 강력한 영향력을 발휘하는 것이다. 또한 그것은 '특별하고도 위대한 인연'을 '짐작과는 다'르게 만들어버리는 우연의 산물이기도 하다. 이를테면, 적절한 때 우연의 여신이 미소를 짓고선 "'나는 사랑에 빠졌어'라는 자기 암시와 '저 사람은 특별한 사람이야'라는 최면에다가 '이것이야말로 나의 진짜 첫사랑이야'라는 망상의 세 가지 구색"(「특별하고도 위대한 연인」, 『타인에게 말 걸기』, 79쪽)을 갖추기만 하면, 그것은 저절로 완성되고 마는 것이다. 「특별하고도 위대한 연인」을 보자. 김동인의 「감자」에 버금가는 고압적이고 건조한 전지적 작가시점으로 '특별하고도 위대한 사랑'을 서술하는 이 소설을 '특별하고 위대한' 사랑에 대한 조롱으로 충만하다. 이 세상에 그런 사랑이란 없다. 그와 그녀, 그리고 그녀의 새로운 남자의 시점이 장마다 바뀌면서 세 사람 사이에 얽힌 사건의 고리를 각자의 입장에서 매번 다른 방식으로 정리하는 「짐작과는 다른 일들」 역시 그렇다. 사랑의 우연성과 삶의 아이러니는 이 소설에서도 변함없는 테마다. 존재는 그가 존재인 한 그 어느 누구도 삶이 마련한 우연과 아이러니의 덫으로부터 자유롭지 못하다.

그는 생각했다. 자기가 사랑한 것은 결혼 전의 그녀라고. 그가 가슴에 간직한 그녀는 다이아몬드가 아니라 시커먼 숯검댕이였다고.
처녀 아닌 아줌마와 살아야 한다는 것이 모든 결혼한 남자의 비애임을 그때의 그는 이해하지 못했다.

그것을 이해하지 못한 채 그는 죽었다.(「짐작과는 다른 일들」, 『타인에게 말 걸기』, 141쪽)

똑똑 떨어지는 문체로 여러 번 행갈이를 하면서 간결하게 서술된 위 지문은 삶이 부여한 우연과 농담과 씁쓸함을 단 몇 문장으로 날렵하게 포착한 사례 가운데 하나다. 문장과 문장은 제각각 하나의 긴 사연들을 함축하며 다른 문장의 침입을 허용하지 않는다. 한 단락을 구성하는 문장이 짧으면 짧을수록 생의 아이러니는 더욱 돋보인다. 이 경우 스타일은 단순한 형식에 그치지 않고 내용으로 육화된다. 소위 은희경 식 문체미학의 진수를 보여주는 대목이라고 할 만하다. 작가에 따르면 '다이아몬드'처럼 보이던 그녀의 눈물을 '숯검댕이'로 만들어버리는 것은 그녀의 잘못도 그의 오해도 아니다. 해학적인 에피그램이 말해주듯, 그 것은 다만 처녀 아닌 아줌마와 살아야 하는 모든 결혼한 남자의 비애일 뿐이다. 그러나 소설 속 그는 "그것을 이해하지 못한 채" 죽었다. 삶의 의외성을 부각시키기 위하여 작가는 이야기의 전형적인 어투, 예컨대 '왕이 죽었다. 그리고 왕비가 죽었다'라는 사건의 인과적 연쇄를 도입한다. 그러나 이미 이야기의 흥미로움과 호기심은 사라지고, 다만 삶을 둘러싼 운명의 아이러니만이 부각될 뿐이다. 사랑에 눈이 멀어 자신들에게 내려앉은 우연의 여신을 필연적인 운명의 여신으로 믿어 의심치 않았던 연인들의 자가당착은, 이 순간, 연애의 오해 혹은 오해된 연애를 넘어 삶의 비애로 되돌아온다.

『새의 선물』도 마찬가지다. 진희의 성숙은 생의 농담과 더불어 돌연 찾아온다. '황혼을 배경으로 한 염소와 한 남자의 실루엣'으로 각인되었던 로맨틱한 사랑은 그 실루엣의 실체를 확인하는 과정에서 사라진다. 그것은 보잘것없는 한 평범한 남자의 그것에 불과했던 것이다. 이 농담을 알아차리는 순간, 그리고 그 아이러니에 눈뜨는 순간, 비로소 성숙이 찾아온다. 따라서 성숙이란 농담에 대한 이해력에 다름아니다. 그것은 웃음의 힘에 대한 인정이며 그 웃음의 아이러니를 최대한 이용할 수 있는 능력이기도 하다. 우리가 익히 알고 있는 문학적 의장으로서의 '아이러니'는 바로 이러한 의지의 산물이다. 운명을 가볍고도 발랄하게 조롱함으로써 아이러니스트는 비로소 신적인 위치에 육박한다. 그들의 우월감이나 자유로움, 그리고 희극적인 유희 본능은 전적으로 신적 초월에서 기인하는 것이다. 은희경의 소설에 나타나는 가벼운 조롱기와 냉소, 순간적인 웃음의 본질은 기본적으로 아이러니스트의 그것과 무관하지 않다. 그러나, 우리는 안다. 농담이 되어버린 삶이야말로 생이 부여하는 최고의 비극이란 것을.

4. 허무의 절정, 환멸의 나비

삶이 단지 하나의 농담에 지나지 않는다는 것을 알아버린 정신에게 삶에 관한 "명예로운 모험심"(「그녀의 세번째 남자」, 『타인에게 말 걸기』, 20쪽)을 기대하기란 불가능하다. 은희경의 절창 「그녀의 세번째 남자」는 이 지점에서 시작한다. 대기업 홍보실에서 사보를 만들고 있는 한 여자가 있다. 그녀의 왼손가락에는 영원한 사랑의 상징물인 '반지'가 끼워져 있다. 한 남자가 '영추사' 일주문 앞에서 사랑의 서원을 다짐하며 끼워준 것이다. "그리고"[22] 그는 "아홉 달 뒤에 다른 여자와 결혼했

---

22) 이 접속사는 이 소설의 테마와 관련하여 그 자체 하나의 통렬한 아이러니로 기능한다. 이를 조금 자세히 살펴보기 위해 원문을 따라 읽어보자.
　"이 반지에 사랑을 맹세하는 게 아냐. 이 절에 맹세하는 거야. 반지는 잃어버릴 수 있지만 장소는 사라지지 않으니까. 그리고 그녀의 입술에 입을 맞췄다. 그리고는 아홉 달 뒤에 다른 여자와 결혼했다.
　─사랑하는 사람과는 결혼하지 말아야 해.

다".(19쪽) 그럼에도 불구하고 이후 팔 년 동안 그 금반지는 줄곧 그녀의 삶을 구속해왔고, 그녀 역시 거기에 대해서 별다른 이의를 제기한 적이 없다. 그녀는 "무엇이든 깊이 생각하지 않았으며 특히 가지지 못할 것에 대한 무모한 열정 따위는 일찍 폐기시키는 법을 알고 있었"(36쪽)기 때문이다. 삶에 대해 어떤 기대도 갖고 있지 않은 이 건조한 여자가 새삼스럽게 일상에서 미끄러져나와 자신의 사랑의 기원인 '영추사'를 찾아간다. 그러나 그녀의 일탈에 '낭만적 모험' 일반에 깃들여 있는 명예로운 모험심 따위는 기다리고 있지 않다. 그녀는 이미 그 모험의 끝에서 자신을 기다리고 있는 것이 깊은 잠에 빠진 공주가 아니라는 사실을 너무도 잘 알고 있다. 설혹, 공주가 기다리고 있다 해도 달라지는 것은 아무것도 없다. 그로 인해 왕자의 운명이 바뀌지는 않을 것이기 때문이다. 공주는 공주고, 왕자는 왕자다. 결혼한 뒤에도 여전히 그녀를 찾아와 "연애감정과 섹스를 인출해"(19쪽)간 "그는 거기에 잘 있"다. '그리고' 그녀는 "여기에 잘 있"(33쪽)다.

삶의 변화 가능성을 전면적으로 부인하는 이 소설은 환멸과 정면으로 얼굴을 맞댄다. 환상은 지금-이곳에 '부재'하는 것에 대한 강렬한 욕망에서 비롯된다. 때로는 낭만주의자들의 '현실 초월욕'으로, 또 때로는 이상주의자들의 '유토피아주의'로 드러나곤 했던 환상에 대한 갈망은 이제까지 예술의 존재 근거였다. 비록 환상을 승인하고 이용하는

친구의 말대로라면 그녀는 제대로 가고 있는 셈이었다."(19쪽)

'사랑의 서원'과 '다른 여자와의 결혼'을 잇고 있는 '그리고'는 그것의 고유한 기능, 곧 대등한 항목들을 서로 연결시키는 역할을 염두에 둘 때, 이미 작가의 어조와 관련 이 소설의 주제를 함축하고 있다고 해도 과언이 아니다. 사랑의 맹세와 그것의 덧없음을 과연 이보다 어떻게 더 '경제적'으로 이야기할 수 있을 것인가. 뿐더러 그것은 '제대로 가고 있'다고 이야기된다. 이 자기 풍자에 이르면 은희경의 문체가 끔찍해진다. 그 가차없음은 단 한 번 망설이지도 않고 말하지 말아야 할 것을 발설해버리는 어린아이의 순진무구함에 가까울 정도다.

방식은 서로 달랐지만, 이 두 가지 경향은 기본적으로 예술을 통해 현재의 남루함을 극복하려고 한다는 점에서는 언제나 일치했다. 그러나 「그녀의 세번째 남자」의 '환멸'은 지금-이곳의 현실 이외의 다른 가능성은 없다는 체념의 산물이다. '그녀'에게는 '지금-이곳'의 삶을 넘어서는 '다른 곳에서의 삶'이 애초에 부재한다.[23] 서정시대는 끝났다. 삶은 비밀과 기대와 예감으로 이루어진 것이 아니라 상투적인 일상과 한 줌의 기대마저도 채워줄 수 없는 뻔한 사실들로 뒤덮여 있다. 타자와의 소통 가능성은 사라진 지 오래되었으며 타인에게 말을 걸어보지만 돌아오는 것은 상처뿐이다. 이제 무엇으로 이 거대한 환멸을 견딜 것인가. '지금-이곳'의 삶이 아무리 남루하다고 할지라도 그것을 넘어서는 다른 삶에 대한 환상 역시 '경멸할 만한 관점'에 불과하다면, 이제 남은 방책은 과연 무엇인가. 애초에 '다른 삶'의 가능성에 대한 갈망 자체를 포기하는 것, 그리고 그 위에서 뛰어 노는 것, 그것은 어떤가.

이런 점에서 「빈처」는 시사적이다. "분명히 사랑해서 결혼했는데 사랑을 이루고 나니 당연한 순서인 것처럼 외로움만 기다리고 있"(「빈처」, 『타인에게 말 걸기』, 173쪽)는 결혼한 여자의 일상은 전형적인 환멸의 과정에 다름아니다. 「빈처」는 "하찮은 존재"(170쪽)가 되어버린 자신의 상황을 '일기'를 통해 '허구화'하는 행위를 통해 일상을 연극의 무대로 만든다. 일찍이 '보여지는 나'와 '바라보는 나'로 자아를 분리했던 『새의 선물』의 진희처럼, 「빈처」의 아내는 결혼한 주부로 '보여지

---

23) 이 점은 『새의 선물』도 마찬가지다. 풍운아 남편을 둔 관계로 늘 일에 치여 사는 '광진 테라 아줌마'가 남편을 떠날 결심을 하고 차부 한 끝에서 버스를 기다리고 있는 광경을 목격한 열두 살짜리 화자 진희는 자신에게도 지금의 삶을 벗어나고자 하는 욕망이 존재하는지를 묻는다. 그 물음에 대한 답은 곧 '아니다'로 드러난다. 이곳을 떠나 다른 곳으로 간다고 해도 자신을 둘러싼 출생의 고뇌가 사라지지는 않을 것이기 때문이다. 그런 의미에서 '아무리 먼 곳으로 가도 낯선 곳은 없다'는 인식이야말로 가장 은희경 소설다운 인식이라고 하겠다.

는 나'에게 직장에 다니는 독신 처녀의 일기를 쓰게 함으로써 '바라보는 나'의 시선을 잡아두고 있다. '바라보기'가 '일기 쓰기'로 대체되어 있지만 그 내면적인 심리적 메커니즘은 유사하다. 이러한 '일기 쓰기'를 통해 우리는 결혼한 주부의 일상과 "스테디한 애인이 없기 때문에 또 열애에 빠지지 않았기 때문에 매일같이 애인을 만나지는 않"(164쪽)는 독신 처녀의 일상이 별반 다르지 않다는 씁쓸한 블랙유머를 맛본다. '빈처'의 고전적 영광은 사라지고 이제 다만 '빈처'의 '빈처다움'만 남았다. 이 의뭉스러운 풍자가 날카로운 통찰의 결과임은 물론이다. '보여지는 나'를 관찰하고 있는 '바라보는 나'의 자기 연민을 연상시키는 "내 똥을 자세히 보는 나를 거울로 보니 참 정답다"와 같은 진술은 이 소설의 풍자의 절정이자 자학의 심연이며 삶에 대한 처절한 농담이다. 한밤중 화장실 변기 안의 '똥'을 바라보는 '나'! 이 진술은 '보여지는 나'가 드디어 이제 '똥'처럼 되어버렸다는 이야기라고 할 수도 있다.

불성실한 남편을 향해 분노를 터뜨리거나 여성의 각성된 자아를 요구하기는 쉽다. 「빈처」에 나타나는 남편의 이기주의와 무관심에 대한 비판이 여타의 여성주의 소설에 비해 결코 확장되어 있다고 할 수는 없지만 결혼제도가 가져온 이 우스운 부조리극에 대한 은희경의 대응은 새삼 돋보이는 측면이 있다. 그녀는 노골적이고 직접적인 방식 대신 우회로를 택했다. '간접화된 아이러니'가 그것이다. 자신을 '독신'으로 치부하고 남편에게 '애인'의 역할을 맡기는 아내의 '각색 행위'는 고도의 지성의 산물이다. 삶에 대한 작위(作爲)로 해석될 수 있는 이 행위의 근저에는 그러나 농밀하게 함축되어 그 성분조차 짐작할 수 없는 분노와 슬픔이 깃들여 있다. 『새의 선물』의 성숙한 진희나 「먼지 속의 나비」의 선희, 그리고 「그녀의 세번째 남자」의 그녀 등의 분방한 연애관계는 이러한 '작위' 혹은 '위악'과 관련하여 이해될 필요가 있다. 이들이 공유하고 있는 삶에 대한 하나의 태도, 즉 "무엇에도 얽매이지 않고 스스로도 집착하지 않는다"(「먼지 속의 나비」, 『타인에게 말 걸기』, 264쪽)는 입장은 환멸에 가득 찬 삶에 대항하는 허무주의적 유희에 가깝다. 여기에는 저물어가는 도시의 허공을 맴돌며 한사코 바람의 반대방향으로 날아오르려는 나비의 불안한 비행에 버금가는 안타까움이 깃들여 있다. "괜히 코끝을 아"(「먼지 속의 나비」, 261쪽)리게 하는 연민 같은 것 말이다.

> 셋부터는 다 똑같다. 그도 세번째 남자 중의 하나가 되지 말란 법은 없다. (……) 공중전화 부스에서 나온 그녀는 서울 쪽을 쳐다보았다. 이제부터 그녀가 진입해 들어갈 도시의 하늘에는 구름이 잔뜩 끼어 있었다. 거기에서 그녀는 세번째 남자들을 만날 것이다. 그리고 그녀가 첫번째 만나는 '세번째 남자' 는 아마 지금 손목시계를 힐끗 쳐다본 다음 머리카락을 한 번 쓸어넘기고 나서 다시 책상 위의 펜을 집어들고 있을 것이다. 그녀는 그라는 타인에 대해 그 정도는 알고 있었다. (「그녀의 세번째 남자」, 『타인에게 말 걸기』, 73쪽)

아프리카 사람들은 하나, 둘……이라고 헤아린 다음 그 다음부터는 무조건 '많다' 라고 한다. 세번째와 네번째는 모두 동일할 뿐 구별되지 않는다. '그녀의 세번째 남자' 는 아프리카 산수에 의하면 첫번째와 두번째가 아닌 모든 남자들의 총합이 되는 셈이다. 이 '세번째' 라는 뭉뚱그림 속에는 '특별한 것' 에 대한 거부가 숨어 있다. 절대로 사라지지 않을 줄 알고 사랑을 맹세했던 '영추사' 는 물에 잠기고 첫번째 남자는 다른 여자와 결혼해버린다. '그녀' 를 맴돌던 절간의 목수와 하룻밤을 보내지만 달라진 것은 아무것도 없다. 이 세상에 특별하거나 영원한 것은 없다. 이 사실을 깨닫는 순간 첫사랑이자 팔 년 동안의 유부남 애인이었던 '그' 가 원래 그녀가 알고 있던 '그', 즉 그녀의 첫사랑이 아님을 알게 된다. 첫사랑의 '그'는 사라지고 없다. 그리하여 그녀는 영추사의 '영가천도재'에 '그'의 이름을 올리고 그의 넋을 '천상'으로 돌려보낸다. "사랑이란 천상의 약속일 뿐"(70쪽)이기 때문이다. 이제 두번째 남자 절간의 목수를 사다리 삼아 천상에서 지상으로 내려온 사랑은 바야흐로 '세번째 남자'들의 시간으로 대체된다.

그러나 이 상식을 넘어서는 대담한 일탈의 기운에도 불구하고 은희경 소설에 나타나는 '세번째 남자'들과의 분방한 연애는 쾌락적이지는 않다. 그것은 섹슈얼리티의 해방과도 무관하며 합일 욕망에 근거한 에로티시즘도 아니다. 여기에는 다만 섹스로 거대한 환멸을 넘어서려는 허무주의가 있을 뿐이다. "우리는 모두 삶에 속는다. 그러나 굳이 속지 않으려고 애쓸 이유도 없다. 유한한 앎을 가지고 무한한 삶을 어떻게 알 것인가. 알려고 하면 더욱 위태로워질 뿐이라는 것이 은희경의 전언이다."(「짐작과는 다른 일들」, 『타인에게 말 걸기』, 161쪽) 이것은 절망인가 초월인가, 방관인가 실천인가.

5. 환멸의 알레고리와 연애소설 사이

다시 90년대로 돌아가자. 흔히들 90년대 문학을 이야기하면서 환멸을 이야기하는 경우가 많다. 먼 곳에서 들려오는 몰락의 소문에 지나치게 민감하게 반응한 것이든, 현실 정합성이 사라진 이론에 대한 회의이든, 절대적인 준거틀의 부재에 기인한 것이든, 포스트모던이라는 이름의 유행사조에 대한 추종이든 간에, 환멸이 90년대 문학의 중심적인 화두 가운데 하나인 것만은 틀림없다. 은희경의 문학적 출발 역시 이러한 환멸의 바다다. 이제까지 살펴본 대로 그녀의 문학을 둘러싸고 있는 몇 가지 모티프들은 그녀의 문학이 90년대의 이 거대한 자장 속에서 성장했고 그 속에 뿌리내리고 있을 뿐만 아니라 그 흐름을 형성하고 또 넓혀 가는 중추적인 역할을 하고 있음을 보여주기에 손색이 없다.

그러나 우리가 잊지 말아야 할 것이 있다. 무엇보다도 은희경 소설에 나타나는 아이러니의 양상이 바로 그것이다. 아이러니는 이 작가의 문학에 있어서 소재이자 주제이며 심지어 창작기법이자 문체를 결정짓는 근본 요소다. 성석제나 채영주, 주인석 등의 소설과 유사한 양상을 보이기도 하고 또 때로는 결정적인 지점에서 갈라지기도 하는 은희경의 아이러니는 웃음과 해학, 그리고 그를 통한 풍자와 모멸감의 근원이 되고 있다. 원한(resentment) 없는 작가인 그녀가 자신의 상처에서 출발할 수 없다면 혹은 그러한 출발 자체를 낡은 것이라고 거부한다면, 이제 그녀에게 주어진 길은 철저한 지적 조작의 세계일 것이다. 아이러니에 입각한 지적인 의장이 아니고 무엇으로 90년대가 마련하고 있는 이 거대한 환멸을 헤쳐나갈 것인가. 그렇다면, 그녀가 우리에게 들려주는 90년대식 '연애소설'은 하나의 알레고리라고 볼 수도 있을 것이다. 그것은 거대서사를 거부하며 그것의 다른 존재방식을 모색한다. 삶에 대한 서정적 관점에 대한 비판과 농담의 페이소스는 삶에 대한 또하나의 대안적 상상력일 수도 있다.

그렇다면 다시 우리의 질문으로 돌아가자. '환멸'을 통해 비로소 세계에 대한 객관적인 인식으로 나아갈 수 있다는 것은 과연 행운인가 불운인가. 어떤 '위대하고도 특별한' 이념도 이 지상에는 존재할 수 없으며, 다만 그렇게 믿고자 하는 주관의 의지만이 편재해 있을 뿐이라고 믿는 것은 남루한 일상을 견디는 데 힘이 될 것인가 독이 될 것인가. '짐작과는 다른 일들'에 의해 삶이, 역사가 결정된다는 사고는 삶을, 역사를 풍요롭게 할 것인가 왜소하게 할 것인가. 물론 우리는 그녀가 이러한 물음에 어떻게 대답할 것인지 희미하게나마 알고 있다. 혹은 이미 '어떤' 기대가 그녀의 소설들을 찾아읽는 우리의 마음속에 자리잡고 있는 것인지도 모른다. 아니다. 은희경은 이미 이러한 물음의 저편에 속하는지도 모르겠다. 자신은 다만 '순수 연애소설'을 썼을 뿐이라고, 남녀간의 연애 이야기를 더이상 이상한 눈으로 읽지 말아달라고. 사실, 이러한 물음에 대한 문제제기가 바로 은희경의 소설이기도 하다.

(1997)

타자라는 소행성과의 만남
—하성란론

1. 침묵의 웅변

하성란의 소설은 흥미진진한 스토리텔링이나 화려한 카메라 워크에 도무지 관심을 기울이지 않는 고집불통 영화감독을 연상시킨다. 독자의 섣부른 틈입을 허용치 않는 결벽한 서사는 지독히도 폐쇄적이다. 어디서도 이야기꾼의 자기 현시욕이나 누설 욕망 따위를 찾아보기 어렵다. 다만 파편적으로 이어지는 장면과 장면의 연쇄가 끊임없이 이어질 뿐이다. 장면적(scenic) 기법을 모아주고 요약하며 사건을 전개시키는 개관적(panoramic) 기법은 상대적으로 드물다. 초점화자의 시야를 넘어서는 주석적 서술이 거의 배제된 치밀하고 정교한 현재형 묘사가 소설 속 인물들의 움직임을 뒤쫓거나 그 인물들의 시각으로 포착된 이미지들을 제시할 뿐이다. 주관이 극도로 절제된 각각의 문장들은 대부분 초점화자의 객관적인 시각 묘사로 일관하는 경우가 많다.

이 무뚝뚝하고 답답한 텍스트를 통해 우리가 만나게 되는 것은 끊임없는 의미의 차단과 예정된 스토리 전개의 지연이다. 스토리는 파편적인 인상들 사이에 흩어져 있고 의미는 촘촘한 언어의 미로 속에 숨어 있기 일쑤다. 이 파편을 뒤지고 이 미로를 헤매며 독자들은 자기 나름의 스토리와 의미를 재구성해내지 않으면 안 된다. 사실 이런 종류의 결벽증은 우리를 과도한 모호함의 세계로 인도한다. 아무런 정보도 제공되지 않는 감당할 수 없는 무지 속에서 우리는 다만 이 작가가 마련하고 있는 절제된 이미지들을 바라보기만 하는 경우가 적지 않다. 그 어떤 명확한 인상이나 구체적인 정보도 없다. 공허한 수사나 감정의 과장은 그녀의 덕목이 아니다.

그럼에도 불구하고 어느 순간 우리는 이제껏 그 어떤 수사나 그 어떤 이야기도 선사하지 못한 깊은 감동과 따스한 연민, 그리고 생을 둘러싼 우수와 운명에를 만나게 된다. 이 놀라운 아이러니여! 그녀는 구차한 설명 없이 한순간 생의 전모를 말한다. 이른바 에피파니(epiphany)라고 할 만한 그 갑작스러운 깨달음의 순간은 가히 침묵의 웅변이라고 할 만하다. 파편적으로 던져져 있던 인물들 각각의 건조한 일상과 고독한 내면이 어느 순간 그 막막한 거리감을 뚫고 우리에게 홀연히 말을 걸어오기 시작한다. 순간 아직도 지상의 일상에 사로잡혀 있던 우리의 시선은 생의 비밀로 가득한 우주적 차원으로 비약한다. 우리는, 갑작스럽게, 내려다본다. 나의 일상을 구성하고 있던 저 보잘것없는 행위와 이미지들을. 우리의 눈앞에서 그토록 진부하고 무의미하게 보이던 그것들은 이 돌연한 비약을 통과한 이후 한없는 연민과 영원한 구원의 대상으로 돌변한다. 높은 곳에서 내려다보면 모든 존재는 다만 외롭게 자신의 실존을 감내하고 있을 뿐인 것이다.

냉정과 연민, 환멸과 위로, 침묵과 웅변이 동시에 명멸하는 하성란의 소설은 각자의 궤도를 따라 외롭게 공전하지 않으면 안 되는 존재들의 실존을 드러내기 위한 '가장(假裝)'에 가깝다. 그렇다면 혹 하성란의 주관이 배제된 초정밀 묘사는 홀로 떨고 있는 존재의 어깨에 내려앉은 천사의 시선은 아닌가? 천사는 오늘도 지상의 인간들의 행동과 대화에 귀를 곤두세운다. 그리곤 우리의 귀에 대고 속삭인다. 외로움은 당신만의 것이 아니라고, 곧 "우주선 니어 호는 삼 년간 20억 킬로미터를 날아가 에로스라는 소행성을 만나게 된"(「지구와 가까운 소행성과의 랑데부」)다고, 오늘 당신의 고독은 그 '랑데부'를 향한 하나의 작은 움직임에 불과하다고. 그러나 우리는 이 목소리를 듣지 못하는 경우가 많다. 우리의 귀는 밀랍으로 봉해져 있기 때문이다. 하성란의 소설은 이 밀랍을 뚫는 바늘이다.

2. 메트로폴리스의 악몽

그러나 천사가 마련하고 있는 '랑데부의 순간'은 존재 홀로 견뎌야 하는 '지상의 시간'에 비하면 지나치게 짧다. 예정된 축복의 시간은 한없이 유예되고, 지루한 일상만이 우리의 삶을 구성한다. 하성란 소설에 있어서 메트로폴리스의 건조한 일상과 지루한 풍경에 대한 묘사는 이 지상의 시간을 암시하는 하나의 메타포다. 그녀에 따르면, 우리의 지상은 "유통기한이 지난 깡통 통조림"이거나 우주를 비행하는 "무중력 상태의 캡슐"(「지구와 가까운 소행성과의 랑데부」) 같은 곳이다. 사람들은 통조림 속에 든 꽁치처럼 차곡차곡 개켜져 일층에서 사십층으로 운반되거나 우주 비행사들처럼 알약 모양을 하고 있는 시리얼 따위로 끼니를 때운다. 어느 순간 바로 지척에서 서로 눈길을 교환하거나 옷소매를 스치는 일도 없지 않지만 상대방이 누구인지 알아볼 수도 없고 구태여 알려고 하지도 않는다. 그곳은 "실제 온도보다 체감온도가 훨씬 낮"(같은 곳)은 곳이기 때문이다.

이 유예된 시간을 살아가는 이들에게 '이름'이 있을 리 없다. 하성란 소설의 주인공들은 '여자' 혹은 '남자' 라는 추상적인 기호로만 존재할 뿐 분명한 고유명사가 없다. 어느 누구도 특별한 '얼굴' 이 아니다. '동그란 얼굴' (「내 가슴속의 부표」)이라는 정도의 표징이라면 최고의 '이름' 에 속한다. 주로 십 년째 "한흥은행 남서울지점 2번 창구에 앉아 있" (「루빈의 술잔」)는 은행원이거나 팔 년째 잡지사 미술부에서 레이아웃을 담당하고 있는 회사원(「풀」「내 가슴속의 부표」), 혹은 마네킹에 익숙한 디자이너들이 무자비하게 찔러대는 시침바늘 때문에 온몸에 상처가 가실 날이 없는 피팅모델(「꿈의 극장」「지구와 가까운 소행성과의 랑데부」) 등에 종사하고 있는 하성란 소설 속의 '여자' 들은 대도시의 기계적인 단순노동 속에서 점점 더 "밋밋한" (「풀」) 존재가 되어간다. 자신들이 누구인지 알 기회가 좀처럼 주어지지 않을뿐더러 그 욕망 자체도 점점 탈색되어간다. '여자' 들은 '여자들' 의 삶에 만족하고 안주할 수밖에 없다. 사정은 '남자' 들도 마찬가지다. 별 볼일 없는 제약회사의 직원 (「지구와 가까운 소행성과의 랑데부」)이거나 몇 년째 승진 대상에서 누락되고 있는 은행원(「풀」「루빈의 술잔」) 또는 새벽 고속도로를 달리는 트럭 운전사(「시즈오카 현의 한 호텔은 후지산이 보이는 날만 숙박료를 받는다」)에 불과한 그들은 '여자' 들과 마찬가지로 존재성이 극도로 미약한 자들이다. '여자' 여도 좋고 '남자' 라도 상관없다. 어느 날 갑자기 사라져버린다 하더라도 그 빈자리가 두드러지지 않을 그들의 삶은 언제나 대체 가능한 삶, 그 일회성의 소모재와 같다.

인물들이 내포하고 있는 이 기괴한 익명성은 '희망정육점' 이나 '화곡3동 킹치킨' (「꿈의 극장」) 혹은 '신한자동차학원' 이나 '경인고속도로' (「루빈의 술잔」) 따위의 명확한 고유명사로 꼼꼼하게 지시되는 외부세계의 즉물성과 선명하게 대비된다. 총천연색 시네마스코프로 번쩍이는 적나라한 외부세계는 그 기표가 환기하는 극사실감으로 인해 오히려 비현실적으로 보일 정도로 생생하게 묘사되어 있다. 이 사실적 초현실성은 인물들의 추상적 기호성을 가중시키며 그들의 존재감을 더욱 미미하게 만든다. 두 사람에게 동일한 주민등록번호를 발급한 "대림3동 동사무소"를 묘사하는 하성란의 집요하다 못해 끔찍한 디테일을 보라. "액자 안에 든 태극기와 한문으로 적힌 국정 지표, 금연이라는 붉은 글씨, 그리고 은색으로 성원세탁소 기증이라고 적힌 커다란 벽시계"와 "청소년, 회계, 청소, 이륜차, 광고물, 위생, 건설, 건축이라고 적힌 작은 팻말들" 그리고 "도장 자국으로 파인 대접만한 인주통과 검정색과 빨간색 볼펜을 스카치테이프로 한데 묶은 볼펜"(「루빈의 술잔」)을 놓치지 않는 그녀의 정교한 시선은 개인들에게 가해지는 세계(제도)의 위압감과 공식성, 그 나른한 권태와 고질적인 태만을 드러내는 데 적합한 장치로 기능한다.

이 고압적인 현실 속에서 '겨우' 존재하는 인간들은 점차적으로 체적이 줄어들거나(「꿈의 극장」「루빈의 술잔」) 당장 오늘 한 일도 기억하지 못하는 악성 건망증(「풀」「지구와 가까운 소행성과의 랑데부」)에 시달린다. 체중이 주는 것과 건망증을 모두 '상실'의 지표로 볼 수 있다면, 하성란 소설 속 인물들의 '질병'은 일종의 '부재 증명'이라고 할 만하다. 이 '증후'는 메트로폴리스로 상징되는 지상의 시간, 곧 일상을 영위하기 위해서 치러야 할 대가에 다름아니다. "새 한 마리 끼어들 틈"조차 없는 메트로폴리스의 "고체 덩어리 같은 회색 하늘"(「두 개의 다우징」)은 예전에 살던 '집터'와 '우물'과 '파밭'이 파헤쳐진 자리에서 시작되며, 차고 맛있었던 우물이 있던 자리는 공사판의 자재들로 어지럽다. 바람에 무성하게 흔들리던 파르스름한 파들의 합창이 전해지던 곳은 한갓 빈 공터로 버려져 있을 뿐이다. 모든 단단한 것들은 대기 속으로 사라져 녹아버린다. 이 거대한 '현대성의 경험'은 메트로폴리스의 시간을 구성하는 가장 기본적인 동력이다.

하성란의 소설은 이 현대성의 파도에 휩쓸린 주체의 부재를 응시하며 그것이 있던 자리를 복원하고자 한다. "단층 양옥이 헐린"(「꿈의 극장」) 빈터나 "창문의 유리는 모두 깨지고" 그 너머로 아이들의 낙서 자국이 남아 있는 "찢겨진 벽지가 보이"(「루빈의 술잔」)는 철거된 아파트 단지 등으로 현상하는 '공터 이미지'에 대한 집착은 이의 한 예다. 그것들은 이미 망실된 과거의 잔해들, 이를테면 "빈 개집"이라든가 "밑이 검게 타고 찌그러진 양은냄비" 같은 것들로 "그릇들이 부딪히는 소리와 수돗물 소리, 아이들의 잠투정 섞인 울음소리" 등이 생생하게 살아 있던 과거를 현재 속으로 불러낸다. 과거는 부재를 통해 존재를 증명한다. "사람들이 떠나도 집은 여전히 기억을 담고 있"(「루빈의 술잔」)기 때문이다. 어느 날 갑자기 가짜 악어가죽 핸드백과 다듬다 만 고추만 남겨놓은 채 '남자'의 눈앞에서 사라진 K(「내가 사랑한 것은 그녀의 등허리였을까」)나 소식이 끊긴 지 십오 년이 넘는 아버지(「두 개의 다우징」), 그리고 P백화점이 붕괴한 날 이래로 모습을 볼 수 없는 남편(「루빈의 술잔」) 등 '실종' 모티프 역시 그러하다. '잃어버린 활자 찾기'(「풀」) 플롯과 함께 '실종' 모티프는 시간의 '모래'(「풀」「두 개의 다우징」) 속에 파묻힌 주체를 향한 지난한 탐구의 여정을 암시한다. 하성란의 소설 속에는 '물 속에 수장된 친구의 시체'(「내 가슴속의 부표」)가 살아 있다. 친구는 사라짐과 동시에 시간의 바깥에서 영원히 자신의 존재를 과시한다.

사라진 것을 되살리려는 이 의지는 탈각당한 개인성의 흔적을 복원하고자 하는 열정과 관련된다. 그것은 메트로폴리스의 사막 속에서, 혹은 시간이라는 이름의 모래 속에서 소멸된 주체의 한 '부표', 한 흔적에 대한 강박이다. 이 뭉개진 얼굴과 저당잡힌 이름을 되살려내고자 하는 의지는 물구나무선 인간과 세계의 도착된 관계를 새롭게 정립하고자 하는 열정의 다른 이름이기도 하다. 다른 어떤 사람과도 공유하지 않은 혼자만의 비밀들, 예컨대 고등학교 시절의 책상에 새긴 '자유'라는 글자(「지구와 가까운 소행성과의 랑데부」)나 어느 날 아직 굳지 않은 아스팔트에 찍은 발자국(「루빈의 술잔」), 또는 자라 배에 새긴 이름(「내 가슴속의 부표」) 혹은 언젠가는 햇빛에 사금파리처럼 빛날 땅에 묻힌 동전(「두 개의 다우징」) 따위로 상징되는 개인성의 목록들은 이 순간, '남자'와 '여자'라는 추상적인 익명성으로부터 벗어나 '나'의 해방을 담보해주는 필사적인 알리바이로 작용한다. 한때 나는 다른 누구도 아닌, 온전한 '나'였던 것이다. 이제 나는 더이상 '나'이기를 요구하지 않는 세계에 대항하여 나만의 이름과 얼굴을 되찾고자 한다.

그러나 공터가 언제나 불도저의 굉음으로부터 자유롭지 못한 것(「내가 사랑한 것은 그녀의 등허리였을까」)처럼 사적인 기억들은 언제나 소멸의 운명으로부터 자유롭지 못하다. 곧 새로운 도시가 건설될 것이며 머지않아 거대한 망각의 시간이 닥쳐올 것이다. 정교하게 계산된 칼로리를 섭취한다고 해도 체중은 끊임없이 줄어들 것(「꿈의 극장」)이며 하루의 일과를 매일 꼼꼼하게 기록한다고 해도 건망증은 쉽사리 치유되지 않을 것이다.(「지구와 가까운 소행성과의 랑데부」) 우리는 텅 빈 공터에 관정봉이 박히고 공사가 시작되는 현대성의 경험에서 자유롭지 못한 만큼이나 과거의 기억이 뭉텅뭉텅 사라지고 낯익은 얼굴이 점차적으로 소멸되는 과정에 대해 속수무책이다. 잃어버린 시간을 향한 탐사는 그 열정만큼 끊임없는 지연 속에 식어가고 어느 순간 회의를 동반한다. 나의 진정한 얼굴을 엿보는 순간 그간의 일상은 파열되고 거대한 심연이 우리를 기다리고 있다는 것을 알게 되기 때문이다. 따라서 하성란의 소설은 개인성의 피안에 가 닿는 그 순간, 다시 일상으로 회귀한다. 아들은 "이홉들이 소주병 가득한 참기름과 쌀"을 이고 자식을 배웅하기 위해 앞장서 걸어가는 어머니를 보며 "야반도주하는 사람처럼 막차에 올라타면서" 결심한다. "다시는 이곳에 오지 않을 거야. 다시는." (「지구와 가까운 소행성과의 랑데부」) 그리고 차라리 '건망증'의 일상을 택한다. 이리하여 일상은 그 끊임없는 머뭇거림과 이탈 욕망에도 불구하고 다시 건재하게 된다. 오히려 조정국면을 거친 일상은 더욱 빠른 속도로 망각과 소멸을 부채질하며 우리에게 진주해온다. 실패한 혁명이 더 적은 자유와 평등을 선사하는 것처럼 그것은 거침없이 개인성을 유린한다. 이 유린을 메트로폴리스의 악몽이라고 할 수 있지 않을까. 하성란 소설은 그에 대한 하나의 기록이다.

3. 연민과 경계 : 타자를 만나는 여자의 두 가지 방식

개인성의 서사는 대개의 경우 가족을 중심으로 공전한다. 가족은 존재가 최초로 던져진 관계의 그물망이자 존재를 호명하고 자아 정체성을 부여하는 사회제도의 축도다. 따라서 모든 존재를 사로잡고 있는 근원적인 기억은 이 가족 공간을 매개로 공전하지 않을 수 없다. 하성란 소설이 펼쳐 보이는 개인성의 모험 역시 궁극적으로는 가족에 대한 기억으로 돌아간다. 아버지-아들 / 딸로 이어지는 수직적 갈등축은 여기서도 아들 / 딸의 모험의 양상을 결정하는 근본적인 기제로 작동한다. 등단작 「풀」을 비롯 「두 개의 다우징」 「내 가슴속의 부표」 「루빈의 술잔」의 밑그림이 되고 있는 아버지-딸의 관계와 「내 가슴속의 부표」 「지구와 가까운 소행성과의 랑데부」에 드러나는 어머니-아들의 구도 역시 크게 보아 이 고전적인 양상과 그리 다르지 않다. 다만 흥미로운 것은 「두 개의 다우징」을 제외하고는 부모 자식간의 수직축을 형성하는 데 있어 동성축(同性軸), 즉 '아버지-아들'과 '어머니-딸'의 관계에 대한 관심은 그리 두드러지지 않다는 사실이다. 거의 대부분 아버지-딸의 관계로 환원되는 이 수직축은, 그러므로 딸인 '여자'가 타인, 특히 이성과 맺는 관계와 은밀하게 대응된다.

하성란 소설 속 '딸'의 '아버지'들은 그 타고난 재질에도 불구하고 사회적인 성공으로부터 소외된 낙오자의 형상을 하고 있으며 그로 인해 어머니와 불화한다. 어머니들은 아버지를 대신하는 현실원리로 작용하면서 아버지를 천상에서 지상으로 끌어내리는 역할을 하거나(「풀」), 아버지를 버리고 새로운 삶을 찾아 떠난다.(「루빈의 술잔」) 일렉트라 콤플렉스의 고전적인 삼각형 구도는 일찍이 깨어지고 어머니의 자리는 텅 빈 채 남아 있을 뿐이다. 딸은 어머니와의 경쟁 없이 아버지에게 바로 연결된다. 이 점은 어머니-아들의 관계에 있어서도 마찬가지다. 「지구와 가까운 소행성과의 랑데부」에 나타나는 어머니에게 남은 유일한 끈은 아들과의 관계뿐이며 그녀는 죽어서도 아들을 소환한다.(「내 가슴속의 부표」)

이렇게 볼 때 하성란 소설은 동일한 대상을 가운데 둔 타자들간의 욕구 실현을 위한 팽팽한 긴장감을 알지 못한다. 라이벌이 사라지는 순간 욕망의 대상은 더이상 욕망의 대상이 아니다. 욕망은 손쉽게 손에 넣을 수 없는 것, 그 결핍 속에서만 싹트기 때문이다. 딸은 이제 더이상 아버지를 향해 은밀한 비원을 키워나갈 필요가 없다. 딸과 아버지는 어머니의 감시와 방해 없이 바로 연결된다. 딸의 욕망은 미처 작동되기도 전에 이미 연소되어버린 형국이다. 따라서 딸의 욕망은 쉽게 무화되고 좀처럼 스스로의 결핍을 드러내지 않는다.

등단작 「풀」이 말하는 바도 바로 그것이다. 「풀」의 '여자'는 애인이 사준 꽃다발을 어디에서 잃어버렸는지도 모른 채 분실한다. 이 소설을 추동하는 표면적인 의문, 즉 "왜, 나, 는, 꽃, 을, 두, 고, 나, 왔, 을, 까"라는 물음은 자아의 정체성에 관한 질문이기도 하지만 무엇보다도 자신의 내부에서 일찍이 폐기된 욕망의 기원에 관한 문제제기이기도 하다. 왜 이 여자-딸에게는 대상(꽃-애인)에 대한 사무치는 소유욕(욕망)이 존재하지 않는가? 이 물음으로 시작된 「풀」의 '탐색'('찾을 탐(探)'자 찾기)이 결국 아버지에 관한 기억으로 회귀하는 것은 그런 의미에서 너무도 자연스럽다. 그러나 '욕망'이 사라진 곳에는 바로 '연민'이 자리잡는다. 도망간 아내를 찾아 헤매다 돌아온 집에서 그 동안 돌보지 못한 딸의 한쪽 다리가 굳어버린 것을 안 아버지와 "한쪽 다리를 기역자로 꺾"(「루빈의 술잔」)으며 걷는 딸의 관계는, 계절이 바뀌면 날아드는 딸의 소포꾸러미와 그 딸을 전송하며 버스 창으로 던져주는 아버지의 삶은 달걀과 사과 봉지처럼 서로에 대한 따뜻한 연민과 깊은 이해에 기반해 있다. 아무도 사가지 않는 문짝을 만드는 아버지와 애인도 없이 십년째 같은 은행의 같은 자리에서 근무하는 딸은, 이 순간, 세상의 몰이해와 소외를 잠시 접는다.(「루빈의 술잔」)「풀」의 딸 역시 마찬가지다. 실직한 이후 남도에서 홀로 꽃가게를 하고 있는 아버지가 새벽마다 안간힘을 쓰며 '팔굽혀 펴기'를 하는 것을 지켜보는 딸 역시 '어머니'의 불만과 비난을 알지 못한다. 하성란 소설 속의 아버지는 아내의 시선이 아니라 대개의 경우 딸의 시선으로 포착되며 현실원리 저편에 존재하는 경우가 많다. 때문에 이 딸들은 남편 및 남편 친구 커플과 동반한 여름여행에서도 끊임없이 "아버지는 기어코 할머니 산소로 갔을까"(「내 가슴속의 부표」)라는 조바심과 걱정을 늦추지 않는다. 심지어 유일하게 어머니−딸의 관계가 서사의 표면에 돌출해 있는 「두 개의 다우징」에서 조차 어머니를 버리고 다른 여자와 살림을 차린 아버지에 대한 혐오와 불평을 찾아보기 어렵다. 오히려 십오 년째 소식이 없는 아버지를 기다리는 어머니에 대한 짜증과 서먹함이 돌올해 있는 딸의 내면은 아버지의 대체물로 기능하는 이복언니에 대한 연민과 동일시에 기울어져 있는 형편이다.

　욕망의 무화와 아버지에 대한 연민으로 도식화할 수 있는 아버지−딸의 수직축은 그 딸이 애인 / 남편과 맺는 수평축으로 확대되면서 하나의 선명한 상징을 획득한다. 이른바 '기형적인 것'이라고 할 만한 "불량"

(「풀」)의 이미지가 그것이다. 하성란 소설의 초점화자를 강렬하게 사로 잡는 것은 언제나 불구적인 것들이다. 애인이나 남편이 있음에도 불구하고 절룩거리는 다리를 가진 분식집 남자(「풀」)나 구릿빛으로 그을린 팔뚝에 닻 모양의 문신을 한 사내(「내 가슴속의 부표」)에게 흔들리는 화자의 내면은 이 기형성이 하성란 소설을 규정하는 근본적인 요소라는 사실을 암시한다. 더구나 이 기형성은 이성(異性)관계의 매혹에만 한정되지 않는다. 다리를 저는 여자는 동일한 주민등록번호를 지닌 두 여자의 이야기인 「루빈의 술잔」에 다시 나타나며, 점점 체중이 줄어드는 여자(「지구와 가까운 소행성과의 랑데부」 「꿈의 극장」)나 앞니 사이가 벌어진 여자(「시즈오카 현의 한 호텔은 후지산이 보이는 날만 숙박료를 받는다」)의 형태로 반복되기도 한다.

　신화에 의하면 기형성은 선택받은 자의 표지다. 정상적인 다수와 다른 특이한 자질은 영웅성의 표징이다. 그러나 신화는 이 우월한 표징이 초래하는 비극적 결말 역시 놓치지 않는다. 영웅은 바로 그 자신의 성격적 결함, 즉 다수와 다른 그 특이한 표징으로 인해 운명적으로 부과된 시련에 부딪친다. 그런 의미에서 기형성은 다수와 구분되는 개인성의 최대치이자 그 최대치를 유지하기 위해 대가를 지불해야 하는 최대의 시련이기도 하다. 사회로부터 소외, 추방된 하성란의 아버지들은 이 기형성의 표징과 관계 있다. 기형성은 '아버지적인 것'이며 아버지는 기형적 영웅이다. 그들은 모든 사람들이 개인성의 흔적을 탈각당한 세계 속에서 스스로의 이름을 기억하고자 노력한다. 따라서 그들의 고독과 몰락은 필연적이다. 그들은 시련 속에서 스스로를 소진시켜나간다. 딸은 영웅의 추락과 시련을 지켜보며 아버지 / 영웅에 대한 '연민'을 버리지 못한다. 아버지의 표징(기형성)을 지니고 있는 남자—여자들에게 흔들리는 딸의 내면은 바로 거기에서 연유한다. 아버지 / 영웅과의 관계를 통해 수직적으로 형성되었던 연민이 기형성의 이미지를 통과하면서 타자와 관계를 맺고 있는 딸의 수평적인 관계로까지 확대된 것이다.

그러나 딸의 연민은 언제나 일상의 경계 안쪽에서만 가능하다. 딸은 영웅이 된다는 것이 얼마나 많은 시련을 가져오는지 누구보다도 잘 알고 있다. 아버지의 일생이 말해주는 바가 바로 그것 아닌가. 딸은 이름을 찾기 위한 모험을 폐기하고 기꺼이 익명의 바다로 뛰어든다. 스스로 '아버지처럼 되기'(영웅 되기)를 포기하는 것이다. 딸은 안일하고 건조한 일상을 넘어서는 "노란 부표 바깥"(「내 가슴속의 부표」)으로 절대로 나아가지 않는다. 손에 곧 잡힐 듯 미끄러지는 조약돌을 주워올리려고 물 속 깊숙이 잠수하는 것은 언제나 위험한 일이다. 일상의 바깥으로 미끄러져나가면 다시는 돌아올 수 없기 때문이다. '여자'는 남편을 뒤따라가며 문신한 사내를 뒤돌아보지 않으려고 애쓴다. "뒤돌아보는 순간 그 자리에서 소금기둥으로 변"(「내 가슴속의 부표」)한다는 것을 알고 있기 때문이다. 그러므로 영웅적 시련(익사/불륜)이 입을 벌리고 있는 일상의 저편으로 나아가지 못하게 하는 "가슴속"의 진정한 "부표"(「내 가슴속의 부표」)는 바로 '아버지', 그 초월적 자아인지도 모른다.

'연민'과 '경계'는 하성란 소설이 아버지의 이름으로 타자와 의사소통하는 두 가지 방식이다. 타자에 대한 배려와 연민은 타자의 삶에 대한 관심과 이해를 낳지만 그것은 언제나 자기 삶의 한 축을 놓지 않는 경계를 동반한다. 인물들 각각은 여전히 고립된 단자이자 지구로부터 수억 광년 떨어진 소행성에 불과하다. 그들은 모두 자신의 삶의 궤도를 따라 맴돌 뿐이다.

「지구와 가까운 소행성과의 랑데부」가 말하는 바도 그것이다. "충실용역"에 근무하는 여자는 여전히 일층에서 사십층까지 빌딩 청소를 관리하면서 인도 고무나무 잎새에 엽서를 띄워보내는 일을 멈추지 않을 것이며 대각선 방향의 사무실에 근무하는 남자 또한 새로 나온 척추 교정기와 체중 감량제에 대한 상담을 그만두지 않을 것이다. 그러나 이 불구적인 삶은 서로의 기형성에 감응하는 연민에 의해 언젠가 한 번은 만나게 되어 있다. 하성란 소설은 그 가능성에 대한 신뢰를 포기하지 않는다. 그리하여 여자는 "수백 개가 넘는 창을 더듬어" 그 남자가 내려다보고 있는 단 "한 개의 창을 찾아"낼 수 있을 것이며, 남자는 자신의 주머니 속에서 판독 불가능하게 된 "누가 내 발 걸 주세. 힘 나동그라. 좀. 02"라는 기호가 "누가 내 발 좀 걸어주세요. 흙바닥에 힘껏 나동그라지게요. 나 좀. 102"라는 의미를 지닌 여자의 구원 요청에 다름아니었다는 사실을 알아차릴 것이다. "우주선 니어 호는" 결국에는 "에로스라는 소행성을 만나게"(「지구와 가까운 소행성과의 랑데부」) 되어 있는 것이다. 삶에서 상처 입은 두 여자의 뜨개질이 하나의 모티프를 중심으로 한 개의 테이블보로 완성되듯이(「루빈의 술잔」), 그 가능성은 순간에 불과하지만 결국에는 이루어질 수밖에 없는 필연이다.

이 소통의 방식은 더디고 미미하다. 그러나 그것은 무조건적인 궤도 이탈이나 완전한 자폐의 자유를 구가하는 그 어떤 방식도 미처 도달하지 못한 타자에 대한 온전한 감응과 인간에 대한 깊은 신뢰를 우리에게 전해준다. 우리는 이 감동과 신뢰를 통해 '나'와 '너'의 궤도를 넘어 '우리'가 될 수 있을 것이다. 하성란의 여정은 이러한 깨달음의 세계로 우리를 인도한다.

4. 이야기의 보고를 찾아서

이미 90년대 후반기에 들어선 작금의 상황에서 90년대 문학의 새로움을 말하기란 쑥스럽기 그지없는 일이다. 이념이나 역사에 대해 발언하던 거대서사로부터 일상과 내면에 대한 관심으로 이동한 관심축의 변화나 예언자-교사에서 일탈자-유희가의 위치로 내려온 작가의 위상 변화를 확인하는 것도 새삼스럽다. 지금까지 암묵적으로 공유하고 있던 거대문자로서의 문학에 대한 개념이 혼란의 도가니 속으로 빠져들면서 다양한 소문자 문학이 산개되고 있음은 누구나 공감하는 사실일 것이다. 최근 들어 활발한 목소리를 내고 있는 일군의 신세대 작가들과 더불어 하성란 역시 이러한 90년대적인 문학의 지형 변화에서 자유롭지 못하다. 무엇보다도 시각 묘사에 주력하는 이미지에 대한 경사나 가족과 절연된 단독자의 일상이나 현대 도시의 풍경에 관심을 집중하는 도시적 감수성 등은 그녀를 모던한 신세대 작가로 자리매김하기에 충분하다.

그러나 하성란에게서는 동세대의 다른 작가들과 구분되는 고유한 개성이 있다. 우선, 마이크로 묘사로 정평이 나 있는 그녀의 문체. 이 치밀한 묘사는 가독성(可讀性)을 염려할 정도로 폐쇄적이고 수공업적이다. 우리 소설사는 그 동안 지나치게 묘사에 관한 기술적인 정련과정을 생략해버린 채 곧바로 묘사의 해체로 달려나간 느낌이 없지 않다. 그러나 고전적인 엄격함으로 빛나는 묘사기술에 대한 자부심은 소설미학의 가장 기본적인 전제조건이다. 하성란의 문체는 새삼 우리 소설사의 결락 부분이 무엇이었는지 다시 한번 확인시켜준다. 정확한 데생력이 추상의 기본이듯 묘사의 정확도는 소설공법과 그것의 해체에 있어 밑바탕을 이루고 있기 때문이다.

다음, 여성성에 대한 탐구에 집중하는 대부분의 여성 작가들과 달리 하성란 소설은 자신의 성(性)에 대한 정체감이 미미하다. 그녀의 소설에 나타나는 쌍둥이 모티프나 레이스를 뜨듯 서로의 삶을 엮어가는 여자들간의 교류와 소통이 자매애를 연상시키는 측면이 없지 않지만, 그것을 성적 정체성에 대한 자각으로 이어가려는 의지는 상대적으로 약화되어 있는 편이다. 말하자면 그녀의 자매애는 여성적 특질로 제시되어 있기보다 존재 일반의 소통과 유대에 관한 하나의 답으로 볼 수 있다. 일종의 '편향'에 대한 경계가 느껴지는 대목이기도 하다.

이 점은 그녀의 소설에서 최근 유행이 되다시피 하고 있는 영화와 음악에 대한 관심이나 광고와 컴퓨터 따위와 관련된 첨단 직종 종사자를 거의 발견할 수 없다는 사실을 통해서도 다시 확인된다. 대중문화 장르에 대한 관심이나 첨단의 전문 직종에 대한 관심은, 많은 경우 그것이 주장하는 만큼의 현대성을 획득하지는 못하지만, 때때로 새로운 문학적 양식의 실험으로 드러나는 경우도 없지 않다. 여기에는 동시대 대중과 호흡하며 현대성의 최첨단을 달리고 싶은 욕망이 내재하고 있는 것이다. 그러나 하성란의 소설들은 이 욕망의 직접적인 방출을 자제하거나 가능한 한 배제한다. 하지만 그녀의 소설들이 현대성에 대한 관심이 부족하거나 장르적 실험에 대한 감각이 미약하다고 할 수는 없다. 이미 살펴본 대로 하성란 소설의 관심은 현대 도시의 단자적인 삶의 감각과 그것에 필적하는 드라이한 묘사에 있다. 따라서 대중문화에 대한 장르적 관심을 드러내리란 기대를 가져볼 만하다. 그러나 이러한 기대를 배반하는 그녀의 소설은 성적 편향에 대한 경계만큼이나 소재적 규정성에 대한 거부 역시 상당하다는 것을 알 수 있다. 이러한 경계와 거부는 때로 두루뭉실한 문학주의로 흐를 수도 있지만 일단 당대의 주류로부터 어느 정도 자신을 차단할 수 있다는 것은 무엇보다도 용감한 개성으로 기억될 만하다.

가족 공동체가 부여하는 안락감이나 자연과의 동화의 순간을 알지 못한다는 점에서 그녀 역시 최근 신세대 작가들과 별반 다를 바 없다. 그녀가 줄기차게 관심을 지니고 있는 것은 다른 신세대 작가들과 마찬가지로 도시 독신 생활자의 건조한 일상에 대한 지극히 객관적인 보고다. 그러나 하성란 소설에서 그들은 마치 하늘에서 뚝 떨어진 듯 가족과의 모든 관련을 절연한 채 독신의 자유를 구가하는 인물로 나타나는 것이 아니며, 오로지 모든 화해의 가능성을 공동체의 복원에만 두는 복고적인 부적응자들로 제시되는 것도 아니다. 그들은 과거와 쉽사리 화해하지 않는 만큼 또한 새로운 삶의 형태를 적극적으로 향유하지도 않는다. 도회적 문화에 매혹당한 키치 중독자나 과감하게 자본주의적 일상을 거부하고 혼자만의 삶을 영위하는 미학적 룸펜의 모습은 하성란 소설과 무관하다. 그들은 다만 현대성이 강요하는 익명적인 삶의 조건을 수락한 상태에서 이것을 넘어서는 작은 공감을 꿈꿀 뿐이다. 그것은 타자에게로 가는 작은 오솔길이라고 할 만하다. 이 꾸불꾸불한 오솔길은 더딘 행보만을 가능하게 하지만 이는 곧게 뻗은 고속도로가 미처 전해주지 못한 무궁무진한 이야기의 보고(寶庫)가 될 수도 있다. 그 가능성을 믿어보고 싶다.

(1997)

사랑의 사막, 사막의 사랑

—윤효론

1. 도주와 배반의 서사

한 계집아이가 있다. 어제도 아비는 돌아오지 않았다. 엄마는 돌아오지 않는 아비를 기다리며 목각인형처럼 여위어간다. 아이는 본능적으로 버림받는다는 것이 무엇인지 알아버린다. 다시는 버림받지 않기 위해 아이가 선택한 방식은 자기가 먼저 버리는 것이다. 먼저 버리는 자는 최소한 어느 누구에게도 버림받지 않을 수 있기 때문이다. 윤효 소설은 이 기묘한 배반의 서사에서 출발한다. 인간에 대한 어떠한 기대나 갈망도 결국은 상처로 돌아온다는 것. 그러기에 따뜻한 가족의 품으로부터, 자기를 호명하는 이념으로부터, 심지어는 안주하고 싶은 사랑으로부터도 끊임없이 달아나지 않으면 안 된다는 것. '머물고 싶다' 와 '달아나야 한다' 로 분열되는 이 자의식에 가득 찬 도주(逃走)는 당연히 건너뛸 수 없는 심연(深淵)을 향한 달리기가 아닐 수 없다. 그런 만큼 그것은 또한 필사적이기도 하다. 자신을 지킬 다른 어떠한 방도도 알지 못하는 까닭이다. 비록 상처 입은 영혼의 역설적인 자기애와 고독이 그 끝에 놓여 있을지라도 윤효는 이 기묘한 달리기를 멈추지 않는다.

이 배반의 서사는 두 가지 방향으로 전개된다. 그 하나가 자신의 내밀한 기억 속으로 깊숙이 파고들어가 자기 안에 숨어 있는 어린 소녀의 상처에 다가가는 것이라면, 다른 하나는 자신의 실존으로부터 돌아나와 우리 시대 도시인의 삶을 규정하고 있는 현대성(modernity)의 바깥을 사유하는 것이다. 전자를 '기억의 현상학'이라고 부를 수 있다면, 후자는 '현대성의 고고학'이라고 칭할 만하다. 그런 의미에서 그녀의 소설은 이중적이다. 말하자면, 그것은 과거에 결박당한 한 실존적 개인의 기록인 동시에 금속성의 욕망이 난무하는 후기산업사회에 관한 묵시록이며, 한 개인의 삶을 규정하는 내면적인 트라우마에 관한 것이자 또 동시에 그 트라우마를 넘어서는 인간 삶의 비의(秘意)를 겨냥한 것이기도 하다. 그녀의 어투를 빌려 말하자면, 그것은 '나'의 이야기이자 '우리'의 이야기이며 '상처'이자 '치유'인 그런 이야기이다.

이 이야기들은 아주 힘겹게 구술되고 있다. 더듬더듬 어눌하게 이어지는 조심스러운 말투, 머뭇거리며 사라진 기억의 갈피를 들춰내는 조심스런 손길, 때로 광휘처럼 다가오는 무수한 이미지의 파편들, 갑작스럽게 휘몰아쳐오는 광기와 회한 등 그녀의 소설은 구어(口語)의 생생한 활력을 전해주기에 조금도 모자람이 없다. 그녀의 소설 제목이 말해주듯 이 세계는 기본적으로 '담화(談話)'의 세계다. 고백과 대화, 그리고 몇 가지 '단편'적인 에피소드로 영위되는 이 세계는 문어(文語)의 질서 정연한 논리 저편에 자리하고 있다. 따라서 명확한 플롯과 구체적인 행위, 시간의 순서에 따라 전개되는 내러티브에 의거한 고전적인 소설이론으로는 윤효 소설의 생생한 개성을 포착하기 어려운 측면이 있다. 일견 뒤라스적인 세계를 연상시키기도 하는 그녀의 소설을 제대로 음미하기 위해서는, 긴장을 풀고 방심한 채로 이 구어의 세계가 펼쳐 보이는 이야기의 바다에 뛰어들 필요가 있다. 화자의 숨결이 느껴지는 이야

기의 생생한 현장성과 중간중간 불쑥불쑥 개입하는 다양한 이미지들의
출현을 즐기면서 문어적인 논리의 세계로는 포착할 수 없는 구어의 새
로운 가능성을 맛보는 것. 윤효가 우리에게 요구하는 독법은 바로 그것
이다. 이 독법을 통해 그녀가 펼쳐 보이고 있는 이중적인 서사, 나의 이
야기이자 우리의 이야기인 그 세계로 미끄러져들어가보자.

2. 생의 알리바이를 위하여

소설쓰기의 변은 다양할 것이다. 그것은 모두가 속아넘어갈 만한 거
짓말을 하기 위한 것일 수도 있고, 여러 유형의 삶을 경험하고자 하는
변신 욕망에서 기인한 것일 수도 있다. 조금 거창하게 이야기해서, 사
악한 현실세계에 대한 복수욕에서 글쓰기를 시도할 수도 있겠다. 그러
나 그 다양함에도 불구하고 한 사람을 소설쓰기로 이끄는 기제들은 어
떻게 보면 동일한 욕망에서 발원한 것일 수도 있다. 일찍이 '임금님 귀
는 당나귀 귀'라고 외쳤던 이발사의 경우에서 보듯, 그것은 참을 수 없
는 발설욕, 즉 '누설하고 싶은 욕망'이 아닐까. 말하고 싶다는 것. 말을
하지 않으면, 혹은 말을 하지 못하도록 억압당한다면 도저히 살아갈 수
없을 것 같다는, 아니 살아도 그것은 이미 산 것이 아닌 것 같다는 이 누
설 욕망은 자기 현시욕의 다른 표현이기도 하다. 그렇고 그런 일상적인
삶으로부터 자신의 생을 구분짓고자 하는 욕망이 없다면, 한없이 고단
하고 때로 위험천만하기까지 한 이 수공업(手工業)에 자신을 기꺼이 내
던질 자는 그리 많지 않을 것이다. 「삼십 세」[24]를 통해 이 치명적인 누
설 욕망에 사로잡힌 한 여자의 내면을 들여다보자.

---

24) 이 글에 인용된 작품은 모두 『허공의 신부』(문학동네, 1997)에 수록된 작품들이다.

서른 해의 생이 내 존재에 인각시켜준 모든 것을 올올이 풀어 아름다운 피륙을 짜 타인들에게로 띄워보내고 싶다는 욕망. 그리하여 좀더 고양된 존재로서 순결한 백지처럼 텅 비어 다른 생을 맞아들이고 싶다는 욕망. 그것이 언제부터인가 날 서서히, 그러나 아주 뜨겁게 달구어온 것입니다.

　아, 어쩜 그것만이 아닐지도 모른다구요? 그 거죽을 들춰보면 더더욱 절박한 무언가가 꿈틀거리고 있을 거라구요? 물론 감지하고 있지요. 그 욕망의 바닥엔 어떤 생생한 공포가 똬리를 틀고 있다는 것. 바로, 소, 소멸에 대한 공포지요. 언젠가 이 눈먼 공포에조차 끝이 오리라는 것, 비정한 초침 소리를 내며 내 삶을 뭉텅뭉텅 베어먹고 가는 시간이 어느 순간 그 거대한 입을 벌려 날 덜컥 삼켜버리면 늘 안간힘 다해 버둥거리던 난 흔적도 없이 사라질 테고, 아무도 날 기억하지 못할 테고, 그저 무(無)로 환원되어버릴 거라는 이,

　그런 아찔한 심연을 난 오늘도 맞닥뜨려야 했습니다.

　자신의 아니무스(animus)를 향한 한 여자의 절절한 고백으로 일관하는 「삼십 세」는 윤효의 글쓰기와 관련하여 몇 가지 모티프를 제공해준다. 무엇보다도 그것은 어찌하여 소설을 쓰지 않을 수 없었는지, 그리고 그 소설이 어찌하여 '당신'에 대한 말하기의 형식을 띠지 않을 수 없었는지에 관해서 이야기한다.

　우선 '다른 생을 맞아들이고 싶다는 욕망'. 현재와는 다른 좀더 고양된 형태의 새로운 삶에 대한 갈망은 이제까지의 삶을 되돌아보게 하는 전기(轉機)를 제공한다. 이 갈망이 강렬하면 강렬할수록 물밀듯이 밀려오는 기억과의 사투(死鬪) 역시 격렬해진다. 일반적으로 '서른'은 이러한 계기로 작용하는 가장 보편적인 생물학적 시간이라고 할 수 있다. 그녀에 따르면 '서른 살의 육체는 이미 자신의 비밀을 파악해버린' 것

이기 때문이다. 그것은, 인생의 한 정점에 들어섰다는 의미이기도 하다. 정점에 들어선 자는 이제껏 올라온 길과 다시금 내려가야 할 길을 한눈에 내려다본다. 이 시간을 놓치면 자신이 땀 흘리며 올라갔던 길은 이제 영원히 보이지 않을지도 모른다. 다만 내리막을 향해 치닫는 기나긴 하산의 시간만이 우리를 기다리고 있을 뿐. 이 절박함. 윤효의 글쓰기는 자신의 삶에 다가온 무위를 초조하게 지켜보고 있는 자의 절박한 몸부림이다. 그것은 다르게 이야기하자면, 서른 살 영혼에 내재된 자기 삶의 안타까운 보존 욕망이기도 하다.

　그런 의미에서 윤효의 글쓰기에는 모든 것을 무(無)로 돌려버리려는 '소멸에 대한 공포'가 깃들여 있다. 소멸에의 공포, 그것은 시간 앞에 속수무책인 존재의 어쩔 수 없는 숙명이기도 하다. 윤효의 소설쓰기는 이 숙명을 넘어서고자 하는 격렬한 고통의 기록이다. 비정한 초침 소리를 내며 시간은 서서히 그녀의 인생을 정점으로부터 후퇴시키고 결국은 백지로 환원시켜버릴 것이다. 아무도 기억해주지 않는 삶. 존재했었다는 흔적마저도 남겨놓지 않는 시간의 그 엄청난 불가항력. 인간 존재가 결코 벗어날 수 없는 이 운명을 향하여 그녀는 혼신을 다해 사투를 벌이려 한다. 그럴 수가 있는가. 그토록 격렬한 고통과 상처가, 결사적인 사랑과 싸움의 기억들이, 영원히 지워지지 않을 것 같은 그 이미지들이, 그렇게 쉽게, 어찌하여, 아무것도 아닌 것이 될 수 있단 말인가. 그녀는 단 한 번만이라도 '시간의 밖'으로 나가보기를 꿈꾼다. 이때 그녀의 글쓰기는 시간의 불가항력을 상대로 자신의 삶의 흔적을 붙잡아두고자 하는 필사의 모험에 다름아니다.

　이 모험은 '당신'을 상대로 한 것이다. 「삼십 세」가 당신을 전제로 한 이야기 형식을 취하고 있는 것도 이러한 사정에서 기인한다. 아니, 어떻게 보면 윤효 소설은, '당신'이 구체적으로 거론되지 않는 작품들에서까지도 그 서사의 밑바닥에는 이 존재를 향한 작가의 내밀한 고백이 깃들여 있다고 할 수 있을 정도다. 남녀간의 대화로 구성된 '담화' 시리즈는 자신이 불러들인 당신과의 변형된 독백이며, 삼인칭 주인공 시점의 소설들에 나타나는 끝을 알 수 없는 모호한 서술 역시 윤효 소설이 이 '당신'이라는 존재를 향한 구술행위의 연장선상에 있는 것임을 느끼게 한다. 그런 의미에서 윤효 소설의 '당신'은 김채원의 「겨울의 환」이나 신경숙의 「풍금이 있던 자리」에서처럼 소설의 서사를 지탱해나가기 위한 일종의 형식적 장치임과 동시에 주제 그 자체이기도 하다. 윤효에게 있어 그것은 모든 사랑의 원형이자 완벽한 의사소통을 의미하는 것이기도 하다.

그러나 '당신'은 항상 지금은 없는 존재, 부재를 통해서만 현존한다. 그녀는 당신을 통해 최초로 누군가와 함께 하는 동행을 꿈꾸었을 뿐만 아니라 또 그것을 꿈꾼다는 것이 얼마나 어리석고 허황한 일인지도 함께 알아차린다. 너무 가까운 영혼들은 언제나 서로에게 상처를 준다. 가까이 가면 다치게 마련이다. 상처받지 않으려는 자기애의 꼬리를 물고 두 영혼은 서로를 못 견뎌한다. 게다가 여기에는 80년대의 야만적인 현실에 노출된 청춘 남녀들의 현실에 대한 부채의식마저 덧붙여져 있는 형편이다. 당신과의 동행은 이미 존재론적으로나 역사적으로나 한없이 위태로운 외줄타기의 운명에 노출되어 있다. 그러나 바로 그 점 때문에 부재하는 당신은 또 영원한 갈망의 대상이 되지 않을 수 없다. 붙잡지 못한 것에 대한 한없는 미련, 다가가지 못한 행복에 대한 참을 수 없는 갈망. 서른에 직면한 윤효의 글쓰기는 '당신'을 통과함으로써 현존하는 쓰라린 상처의 근원을 확인한다.

상처에 대한 확인은 자기 검열과 자기 변명을 동반한다. 왜 자신의 삶은 당신과 함께 하는 행복한 것이 될 수 없었는지 그 이유를 파헤치는 윤효의 글쓰기는 자기 생에 대한 알리바이 확보에 치중한다. 이 작업은 괴물 같은 시간에 대항하여 기억의 저편을 향해 나아가고자 하는 영혼의 모험임과 동시에 스스로의 삶에 대한 정당성을 확보하고자 하는 안 간힘이기도 하다. 윤효의 소설은 이 '집요한 노스탤지어'의 산물이다. 벗어나려고 발버둥을 치면서도 끊임없이 되돌아갈 수밖에 없게 만드는 이 노스탤지어는 그녀의 소설이 자신의 나이테를 따라서 깊숙이 파고 드는 이유를 설명해주는 키워드이기도 하다.

3. 부성(父性)의 추방, 대체된 이데올로기의 세계

아버지, 생래적으로 유랑의 피를 가진 사내. 아버지는 윤효 소설의 트라우마다. 외지인 J시에서 한 여자를 만나 결혼하고, 그러고도 안착 하지 못해 여기저기를 떠돌아다닌 사내. 결국 고향인 K시로 되돌아와 사진관, 인쇄소, 제재소, 벽돌공장 등등에 손을 대며 온갖 직업을 전전 했던 사내. 과욕과 허영으로 모든 사업에서 실패를 거듭하고 한동안은 첩살림을 차려 가족까지 외면했던 남자(「삼십 세」). 윤효의 문학은 이 미 살펴본 대로 이 아비에 사로잡힌 어린 소녀의 예민한 신경증으로부 터 결코 자유롭지 못하다. 그러나 그것이 가부장제에 대항하는 딸의 자 기 인식 과정으로만 읽히는 것은 아니다. 윤효의 아버지는 대부분의 문 학적 소재로서의 아비가 그러하듯 억압적인 율법이자 폭력의 대변자이 기도 하지만, 다른 한편 그 율법과 폭력의 희생자로 그려지기도 한다. 이 이중성은 아비의 세계를 벗어나고자 하면서도 역설적으로 그 세계 를 감싸안는 특이한 양상으로 전개된다.

윤효의 작가적 출발점과 회귀점을 동시에 보여주는 문제작 「새」를 통 해 이 양상을 자세히 들여다보자. 70년대 초반 알 수 없는 성장열기에 사로잡힌 소도시의 한 가족에게 날아와 그들과 함께 미쳐버릴 것 같은 봄을 보낸 '새'는 바로 작가 자신이자 아버지를 상징하는 메타포라고 할 수 있다. 이 아버지는 누구인가. 그토록 멀리했던 집에 돌아와 결국은 미친 듯이 날아오르는 새들을 베란다에 감금한 채 길들이려고 안간힘을 다하는 이 사내는 딸들의 만화가게 출입을 금하고 노트 검사를 행하며 정성껏 색칠해 오린 종이인형을 내다버리라고 명령하는 억압자이기도 하다. 자신이 투자했던 모든 것들에 실패한 뒤 좁디좁은 아파트로 돌아와 아무 일도 하지 않고 소주잔만 기울이는 이 사내는, 딸에게는 그가 집에 돌아온 이후 "집이 더 좁게 느껴지고, 숨도 제대로 쉴 수 없고, 언제 터질지 모르는 폭탄"을 보는 것 같아 불안하게 만드는 전제 군주에 다름아닌 것이다. 그러나 이 아비가 율법의 집행자이기만 한 것은 아니다. 그 역시 그 율법의 패배자이기도 하다. 야생의 흔적을 지울 수 없는 새들을 길들이는 일에 그가 그토록 집착하는 이유도 그 때문이다. 새들은 날개가 꺾이고 눈에 검은 막이 씌워지더라도 자신의 본향을 향한 몸부림을 멈추지 않을 것이다. 조만간 실패가 예견되는 일에 강한 집착을 보이는 아비의 새 길들이기는 세상을 향한 마지막 한풀이라고밖에 볼 수 없다. 아비는 세상에서 좌절하고 돌아와서 기껏 새를 길들여보겠다고, 그리하여 자신을 좌절시킨 세상을 향해 자신이 살아 있음을 입증해 보이겠다고 큰소리를 치고 있는 형편인 것이다.

어쩌면 아비는 "영영 빠져나갈 수 없다는 것을 받아들이"기를 거부하는 새를 통해 자신의 더운 피를 확인받고 싶었던 것인지도 모른다. 남의 밑에서 일하느니 차라리 굶어죽는 길을 택하겠다고 큰소리치는 이 독불장군은 취직을 강권하는 엄마의 등을 내리치면서까지 자존심을 지키려고 애쓴다. 이 필사적인 자존심 지키기는 머리를 짓찧으면서도 날아오르려고 요동치는 새의 날갯짓과 닮아 있다. 당연히 여기에는 피비린내가 동반된다. 딸은 밤이 되면 살거죽을 파고들듯이 난리를 치는 새들의 날갯짓 소리에 "우리가 새들을 가두고 있는 게 아니라 거꾸로 우리가 새에게 갇혀 있는" 것 같은 악몽에 시달리며 미쳐간다. 새 길들이기는 세상을 향한 아비의 한스러운 독기에 다름아니기 때문이다. 새는 피범벅이 된 채 날아오르려고 퍼덕이는 그 섬뜩한 이미지만큼이나 중층적인 의미를 함축하고 있다. 새는 아비를 좌절시킨 세상이자 그 세상에 갇혀버린 아비이며, 그런 아비에 의해 숨도 제대로 쉬지 못한 채 부들부들 떨고 있는 딸이기도 하다. 이 '새'에게 고착된 기억은 그런 의미에서 단연코 히치콕적인 '악몽'에 속한다.

이 악몽에서 놓여날 길은 정녕 없는가. 길은 하나다. 억압의 근원인 아비를 추방시키는 것이다. 즉, 새를 풀어주는 것이다. 이 추방은 아비의 죽음을 전제로 한다. 크리스테바가 말한 대로 아비에 대한 추방이 없이는 사랑도, 그에 입각한 글쓰기도 불가능하다. 부성의 죽음을 전제로만 딸은 세상을 향해 날아갈 수 있다. 딸의 날갯짓은 사실 이러한 분리에서 시작되는 것이다. 「새」의 마지막 장면은 이런 점에서 시사적이다.

고개를 드니, 아, 숲은 끝나 있었다. 쾡하게 트인 하늘, 언덕을 깎아내는 불도저, 흙을 파먹는 포클레인, 곳곳의 건설회사의 깃발들. 거대한 기계들의 굉음 앞에서 웬일일까? 아버지는 더이상 키가 커 보이지 않았다. 너무 말라 휘청 꺾일 듯…… 몇 발자국 앞으로 나서자 몸은 없고 풍덩한 바짓자락만 펄럭이며, 꼭 허수아비처럼. 난 눈을 막 비볐다. 그가 조금도 무섭지 않았다. 앞이 뿌옇게 흐려왔다.

가둘 수 없는 것들, 그 새들이 날아간 숲은 어느새 언덕을 깎아내는 불도저와 흙을 파먹는 포클레인에 점령당한 황무지로 변해버렸다. 이 거대한 기계들 앞에 선 아비는 실상 얼마나 허술하고 왜소한 존재인가. 너무 말라 몸은 없고 풍덩한 바지만 남은 그는 이 순간 허수아비에 불과할 따름이다. 곳곳에 나부끼는 건설회사의 깃발과 거대한 기계를 보아버린 딸에게, 이제 아비는 조금도 무서운 대상이 아니다. 이 순간 아비의 죽음은 이미 예견된 것이다. 스물여섯 살에 겪게 되는 아버지의 죽음은 초등학교 때 이미 보아버린 이 원초적인 장면에 대한 재확인이다. 그러나 이 넘어서기에는 눈물이 동반된다. 분명 작가는 앞이 뿌옇게 흐려왔다고 적고 있다. 두려움의 화신이었던 아비가 조금도 두렵지 않게 되는 순간 아비는 이미 극복의 대상이 아니라 새로운 연민의 대상이 되어 다시금 딸의 내면 속으로 들어온다. 딸은 이제 새로운 싸움을 준비한다. 아비를 대신하여 아비를 왜소하게 만들어버린 것들을 향해 전의를 불태우는 딸. 이 싸움은 양면적이다. 왜냐하면 딸의 내면 속에서 아비 역시 이중적인 애증의 대상이었기 때문이다. 아비를 넘어서고 싶었다는 점에서 딸 역시 아비에게 적대적인 세계의 일원을 꿈꾼 게 사실이다. '여수─서울'이라는 표지가 붙은 기차를 보면서 딸은 얼마나 이곳에서의 삶이 아닌 저곳에서의 삶을 동경하였던가. 어디론가로 멀리 떠나가려는 원심력은 딸의 절망적인 날갯짓이기도 했다. 그러나 그 세계를 보자마자 딸은 이 세계가 자신의 아비를 한낱 딸의 폭군으로 만들어버렸다는 것을 알아차린다. 이러한 역전 속에서 확인되는 아비에 대한 딸의 연민은 그야말로 영원히 풀려날 수 없는 아비의 사슬이라고 할 만하다.

「담화 둘─커브에 선 사람들」은 이 사슬에 붙박인 새의 날갯짓이 결국 어디에 안착하게 되는지를 보여준다. 오 년 만에 다시 만난 옛사랑─이 소설에 나오는 남자 역시 「삼십 세」에 나오는 '당신'의 변주이고, 그런 점에서 당신에 대한 독백으로 보아도 무방할 것이다─과 해후한 남녀의 대화로 진행되는 이 소설은 아비의 기억에 주박당한 어린 영혼과 스무 살에 이르러 맞게 되는 이데올로기와의 내밀한 관계를 더 들여다보게 한다. 딸이 본 황무지 공터의 세계는 진보와 건설과 기계로 상징되는 현대 자본주의사회에 대한 하나의 환유이기도 하다. 이 세계의 이면에는 야만과 파괴와 폭력이 숨어 있으며, 이 악마적인 힘에 의해 아버지는 한순간 허수아비가 되어버린 것이다. 스무 살에 깨닫게 되는 이 기묘한 세상사의 이치 앞에서 딸이 택할 수 있는 길은 그리 많지 않다. '죽음'이 횡행하는 80년대의 야만을 눈앞에 둘 때 "19세기 자본주의의 노동계급의 증오 속에서 싹튼 마르크시즘의 단호함, 명쾌함"은 이 갈증에 대한 하나의 해답으로 떠오른다.

어떤 설명이나 지문도 없이 남자와 여자 간의 대화로만 구성된 「담화 둘 ─ 커브에 선 사람들」은 80년대를 반추하게 한다. 이 반추는 1974년 즈음 초등학생 계집아이였던 한 여자아이의 삶에 대한 열정을 되살려 낸다. 이 '여자아이'들이야말로 '80년대의 딸'들이다. '역사'라고 부를 만한 시간들을 알몸으로 마주 대했던 이 딸들에게 있어 마르크시즘이란 기실 실존적인 풍경이라고 할 만하다. 여기에는 그 어떤 후일담소설도 명확하게 이야기하지 못했던 내면적인 무늬가 숨어 있다. 80년대의 딸들을 사로잡았던 이데올로기는 겉멋이나 유행이나 허영이 아니라 '아비를 대체'하는 것이었다. 실존적인 상처가 투영된 하나의 선택으로서의 이데올로기는 아비에 대한 애증만큼이나 도착되고 뒤틀린, 그리하여 때로는 단순하게 열광했다가 또 때로는 말할 수 없는 환멸에 시달리게 되는 혈육애 같은 것으로 발현된다. '내가 무엇이든 다 해줄게'라고 속삭이던 아비. 그러나 정작 아무것도 해준 게 없는 아비. 그럼에도 불구하고 여전히 그 속삭임에 맹목적으로 기대고 있는 딸의 징그러울 정도로 원초적인 열망! 80년대의 딸들이 선택한 이데올로기는 아비에 대한 도착된 애증의 드라마를 재현한다.

「담화 둘 ─ 커브에 선 사람들」에서 남과 여의 목소리로 분열되는 이데올로기에 대한 반응방식은 서로의 차이에도 불구하고 기본적으로는 공감의 가능성을 향해 열려 있다고 볼 수 있다. 제목이 말하는 대로 이들은 남녀간의 차이를 넘어 어느덧 '커브'에 서 있는 연배다. 어떤 방식으로든 이들의 삶은 이전과는 다른 방식으로 휘어지게 될 것이다. 이 실존적인 공감이 두 사람의 대화를 자신들의 세대에 대한 따뜻한 후일담으로 만들고 있다. 그러나 이들의 차이를 완전히 무시할 수는 없을 것이다. 그리고 이 미세한 차이를 통해 지난 연대를 통과해온 두 남녀의 실존적인 선택의 각기 상이한 유형을 엿볼 수 있다. 남자의 목소리로 추적해볼 수 있는 하나의 삶은 무엇보다도 '이념에 대한 냉소'라고 할 만하다. '이념 역시 도그마에 불과하고 그런 의미에서 종교적인 광기로 화할 위험이 항존한다, 이념의 완전한 실현이란 불가능하다, 다만 이 세계가 광기에 휩싸이지 않도록 균형을 잡아줄 수 있을 뿐이다'라고 범박하게 요약되는 남자의 신념은 장기 파열 속에서 획득된 것이기에 섣부른 판단을 불허하는 측면이 있다. 뿐더러 여기에는 이후의 윤효의 소설, 특히 현대 도시인의 일상적인 삶의 감각으로 드러나는 주인공들의 의식세계를 예견케 하는 측면도 있다. 이러한 냉소 역시 기실 작가의 분열된 또다른 자아의 양상이라고 볼 수도 있는 것이다.

그렇다면 이 소설에서 보다 주목해야 할 것은 이러한 목소리를 상대로 한 여자, 즉 작가의 또다른 자아의 목소리가 지니고 있는 정당성 여부일 것이다. 말하자면, 이념에 대한 냉소를 앞에 두고 윤효가 구술하는 내용들이 그녀의 이데올로기에 대한 자기 알리바이로서 얼마만한 힘을 획득하느냐 하는 점이 관건인 것이다. 윤효는 당연히 남자의 냉소와 균형감각을 이해하면서도 그것을 불신하는 태도를 취한다. 적어도 여기에는 자유나 평등, 정의의 이름으로 드러나는 인간 이성의 힘, 예컨대 남의 밥그릇을 부당하게 가로채는 그릇됨을 바로잡고자 하는 열정이 남아 있다. 인간의 궁극적인 진보와 발전에 대한 신뢰가 있는 것이다. 그러나 이 신념이 80년대와 같은 집단의 힘에 대한 맹목적이고 단순한 열정으로 나타나는 것은 아니다. 윤효는 말한다. 명징한 행복과 자족적인 개인과 그 개인들간의 열린 관계를 꿈꾼다고. 복제품들, 미분화된 공동체의 냄새 속에서 개인들을 사로잡고 있는 불안과 말할 수 없는 허약함을 딛고 정교한 개인주의를 보고 싶다고. 그것만이 이 경쟁과 전체주의와 획일성으로부터 우리를 지켜줄 수 있을 것이라고. 이렇게 볼 때 남자의 '명징한 냉소'가 실은 아버지의 현실원칙 앞에 무릎꿇지 않을 수 없었던 남자의 자기 모멸의 다른 표현이자 몰락을 방치하는 허무주의와 무관하지 않다면, 그녀의 행복에 대한 갈망은 실패한 아비를 대신하여 이데올로기를 선택한 여자의, 아니 계집아이의 삶에 대한 존재론적인 열망으로 읽을 수도 있을 것이다.

이 집착은, 그러나, 얼마나 위태로운 것인가. 그녀에 따르면 명징한 행복은 미분화된 공동체가 아니라 자족적인 개인과 개인의 열린 관계를 통해서만 이루어질 수 있다. 이 자족성이 처절한 고독으로 화하는 것은 순식간이다. 이 경우 행복이란 타인에 대한 의지와 믿음을 의도적으로 방기함으로써만 획득될 수 있는 것인지도 모른다. 달리 말하자면, 사랑에 대한 환상과 맹목적인 집착이 사라지는 지점에서 윤효의 행복은 비로소 성취되는 것이다. 이는 일종의 방어 본능이라 할 만하다. 우리가 그녀의 소설을 통해 현대 도시인의 소외된 사랑의 양상을 보게 되는 것도 이러한 사정에서 기인한다. 버림받은 계집아이와 현대 도시인의 내면에는 기본적으로 상처가 두려워 아예 사랑을 거부하는 자들의 상실에 대한 공포감과 역설적인 애정기갈증이 자리잡고 있다.

4. 모던 타임즈, 서울, 카프카의 도시

도주가 시작되고 있다. 이 도주는 어느 누구와도 엉키고 싶지 않다는 욕망의 산물이다. 서로의 근원을 건드리지 않는 선상에서 적당한 거리를 유지하며 영역을 침범하지 않는 것. 이 팽팽한 긴장감은 지금 –이곳에서의 윤효의 삶에 대한 균형감각이라고 해도 과언이 아니다. 「모던 타임즈, 1996 유리꽃」 「음화, 1994년 서울」 「담화 하나 — 여자와 남자」

「막간」 등을 통해서 섬뜩하게 때로는 냉혹하게 다루어지고 있는 이 계열의 소설들은 기본적으로 이 도주와 거리감각에 대한 변주라고 할 만하다. 윤효 소설의 절묘함은 바로 이 변주력에 있지 않을까. 그녀는 아비로부터 버림받고서 다시는 버림받지 않으려고 안간힘을 다하는 한 소녀의 초상을 통해 현대인의 내면 속에 자리잡고 있는 소외의 맨얼굴을 본다. 사랑이란 말 자체를 거북하게 만드는 현대의 불모성은 기실 사랑에 대한 처절한 갈망의 역설적인 표현임을 간파하는 윤효의 예민한 시선은 자신의 실존적인 상처에 대한 응시를 통해 걸러진 만큼 단순한 추상의 차원을 넘어서고 있다.

「담화 하나 — 여자와 남자」를 통해 윤효가 파악한 현대(modern times)를 들여다보자. 사실 이 소설은 소설의 형식 그 자체가 이미 현대에 대한 하나의 메타포로 기능하고 있다고 해도 좋다. 기본적으로 「담화 둘 — 커브에 선 사람들」과 동일하게 대화가 주된 형식을 이루고 있지만 그와는 달리 약간의 지문이 덧붙여진 이 소설은 안면만 있던 두 남녀가 우연히 만나 이야기를 주고받다가 헤어지는 과정이 소설의 전부다. 이들 남녀는 어떠한 서사나 모험도 구성하지 않는다. 이 점은 「담화 둘 — 커브에 선 사람들」도 마찬가지지만, 거기에는 그래도 두 남녀의 과거의 서사가 빚어내는 갈등이 작동하고 있었기 때문에 이 소설만큼 낯설게 여겨지지는 않는다. 그러나 이 소설은 이들 남녀의 만남을 필연으로 이끌 어떠한 과거사도 없다는 점에서 그야말로 서사 자체가 통째로 부정되는 양상을 보여준다. 다만 파편적인 만남과 만남의 산물로서의 대화만이 떠돌고 있는 셈이다. 광고쟁이와 잡지쟁이라는 자본주의 첨단의 직업을 가진 이들 남녀는 아귀가 잘 맞는 대화에 강렬한 매혹을 느끼지만 궁극적으로는 아무 일 없었다는 듯 자신이 가야 할 길을 간다. 표면적으로 이들의 사랑을 가로막는 것은 아무것도 없다. 여기에는 고전적인 소설이나 현대의 대중소설에서 흔히 보이는 혼사장애 모티프라고는 보이지 않는다. 오히려 이들은 결혼 적령기에 접어든 정상적인 남녀들로 다른 모든 사람들로부터 결혼을 종용받고 있는 형편이다. 그럼에도 불구하고 「담화 하나—여자와 남자」는 시치미를 뚝 떼고 이들 간의 로맨스에 눈을 감는다.

이 소설의 장점은 사실 바로 여기에 있다. 무수히 많은 소설들이 현대의 소외된 사랑에 대해 이야기해왔다. 부의 편재나 신분상의 갈등, 심지어 불륜이나 근친상간에 이르기까지, 소설 속의 사랑은 현대성에 의해 파생된 문제라는 점에서 예외가 없었다. 그러나 「담화 하나—여자와 남자」는 내용적 측면을 통해서가 아니라 소설의 형식 자체를 통해 현대성의 악마적 이면을 보여준다는 점에서 예외적이다. 서사와 행위의 부재, 떠도는 파편적인 담론들, 로맨스의 종말이라고 이야기될 만한 이 소설의 형식적 특성은 '우연한 만남—순간적인 위안—타인에 대한 매혹—자기애의 위기—급격한 탈주'로 이어지는 우리 시대 불모의 사랑을 그대로 상징한다. 이 형식적 낯설음은 우리에게 현대의 소외를 내용으로 하는 그어떤 소설에서보다 더욱 섬뜩한 이미지로 다가온다. 이 형식이 부여하는 낯설음에 비하면 이 소설에 나오는 〈모던 타임즈〉라는 그룹전의 포스터—무수한 익명의 얼굴들의 집적체—에 빗댄 현대성에 대한 규정은 오히려 식상하다는 느낌이 들 정도다. 소설의 형식이 이미 내용을 규정해버렸기 때문이다. 이 메마른 형식이야말로 현대의 사랑에 대한 메타포이자 나아가 현대의 본질을 추상화한 것은 아닐까. 소설의 말미에서 말하고 있는 대로 '무-모-하-지-만-건-너-보-고-싶-은' 우리 시대의 사랑은 이미 어떠한 행동이나 사건도 야기할 수 없는 성질의 것일 터이다.

「담화 하나—여자와 남자」를 통해 그 극단적인 형태를 드러낸 불모의 사랑은 「모던 타임즈, 1996 '유리꽃'」이나 「음화, 1994년 서울」 「막간」에 이르러서는 소설의 서사를 통해 다시 반복된다. 윤효의 문학에서 이 계열의 소설들은 양적으로나 질적으로나 모두 중요한 위치를 차지하고 있는 것임에 틀림이 없다. 우연한 만남으로 야기되는 현대의 소외된 사랑이 결국은 한 여자의 죽음으로 종결되는「음화, 1994년 서울」이나 타인의 시선으로부터 놓여나버린 서른다섯 살 노처녀의 황폐한 일상을 잔혹하게 보여주고 있는「막간」, 그리고 유부남인 직장 상사와의 불륜과 욕망의 바벨탑을 향해 달려가는 현대인의 허위를 해부하고 있는「모던 타임즈, 1996 '유리꽃'」등은 윤효의 문제의식이 어디에 있는지를 보여주기에 충분하다. 자신의 내밀한 기억의 현상학을 넘어 자본주의적 일상이 야기하는 삶의 존재방식을 문제삼는 윤효의 작가의식은, 자본주의의 역사적인 규정력하에 있는 개인의 실존성을 강조한다. 그러나 소설의 역사에 비추어볼 때 이러한 문제의식은 카프카 이래로 무수히 많은 작가들에 의해 탐색되어온 것이기도 하다. 따라서 이에 대한 철저한 자의식이나 낯선 형식 실험을 동반하지 않고서는 작가의 의도가 제대로 관철되기 어려운 것도 사실이다.

『허공의 신부』가 극단적으로 시도하고 있는 실험적인 형식이라고 할 초현실주의적인 서술들, 예컨대 "짓뭉개지는 꽃잎, 잎들. 그는 엉금엉금 게걸음으로 계단쪽으로 간다. 아아 가지 말아요. 모두 거짓말이야. 그러나 말은 새어나오지 않고, 그가 그가 컴컴한 낭하로 내려간다. 낙하하듯 빠른 속도로. 그녀도 달려간다. 난간을 붙들고 내려다 본다. 추락의 소용돌이…… 그가, 그의 꿈이 미끄러져가는 소리를 듣는다. 속수무책의 착오를"(「모던 타임즈, 1996 '유리꽃'」)과 같은 서술형태들이나 잦은 쉼표 혹은 말줄임표의 사용, 현미경을 들여다보듯 한 사람의 의식에 밀착된 정교한 심리 묘사 등 이 계열의 소설들 역시 자신의 테마를 보강하기 위한 다양한 형식 실험을 동반하고 있기는 하다. 그럼에도 불구하고「담화 하나—여자와 남자」가 보여주는 낯설음에 비견될 수는 없다고 여겨진다. 다소 성급하게 당겨서 이야기하자면, 이러한 테마가 그 힘을 제대로 발휘하기 위해서는 차라리 기존의 소설 관습에 저항하는 극단적인 서사 부정이나 자의식에 가득 찬 조롱이나 패러디를 동반해야 할 필요가 있다. 윤효에게도 마찬가지 주문을 할 수도 있을 것이다.

어쨌든 사랑에 대한 환상을 불허하는 이 소설들은 다음의 몇 가지 특징을 지니고 있다. 우선, 모성 공간에 대한 혐오와 부정. 윤효 소설에는 따뜻하고도 정상적인 사랑이 보이지 않는다. 서로간에 어떠한 막힘도 없이 얽혀들 수 있는 사랑에 한해서, 사랑은 미래로 향한 서로에 대한 구속이 될 수 있을 것이고 그때서야 비로소 그 결실에 관심을 기울일 수 있을 것이다. 이 막힘 없는 의사소통을 거부할 때, 혹은 그것이 불가능한 상황이 닥쳐왔을 때, 사랑의 결실인 아이는 단지 개인의 이기(利己)를 가로막는 걸림돌에 불과하다. 「음화, 1994년 서울」의 남자가 외치는 것처럼 아이는 언제나 '준비'되지 않은 상황에서 갑작스럽게 닥쳐오는 불길한 선고에 다름아니다. 임신 테스트를 행하는 「모던 타임즈, 1996 '유리꽃'」의 여자는 천장을 향하여 누워 자신의 육체를 더듬으며 자궁 속에 깃들인 태아야말로 "경건한 신비라기보다는 여분의 잔여, 얼룩" 같아 "혐오에 가까운 이물감이 괴어오"른다고 고백한다. 「허공의 신부」를 임산부의 백일몽으로 이해할 수 있는 것도 이러한 맥락에서다. 그것은 임신에 대한 공포와 혐오가 여성적인 존재에 대한 불안으로 발현된 정신착란 상태의 기술이라고 할 만하다. 자궁에 대한 혐오와 부정은 결국 '어머니'로서의 삶에 대한 부정으로 이어진다. "딸들의 주형을 뜨겠다고 벌겋게 달군 인두를 휘두르는 어머니"(「허공의 신부」)는 윤효 소설에서 언제나 무력한 식물성의 이미지로 그려진다. 갈라진 손, 까칠한 얼굴 등 어머니는 자신의 체적을 좁히며 침묵하는 삶에 대한 은유다. 이 어머니처럼 살지 않겠다고, "절대로 내 자아를 굶기지 않"(「삼십세」)겠다고 작가는 얼마나 다짐을 했던가. 이 결의들이 고독에 미쳐가면서도 끝끝내 사랑을 불신하고 부정하는 팽팽한 자의식과 만나 불모의 사랑을 숙명으로 받아들이게 한 것은 아닌가.

그렇다면 언제까지나 이 세계를 우회해 가기만 할 것인가. 사랑으로부터, 자궁과 어머니로부터 얼마나 멀리 달아날 수 있을 것인가. 윤효의 소설은 이 지점에서 다소 마조히스트적인 양상을 보여준다. 강한 힘에 대한 갈망이 그것이다. 위로받고 싶다는 욕망, 소통에 대한 열망, 명징한 개인들간의 자족적인 행복. 윤효는 여전히 이것에 대한 미련을 버리지 못했다고 말한다. 그 열망이 있는 한 윤효의 우회와 도주는 언젠가는 멈추어질 성질의 것이다. 그러나 이미 윤효는 사랑의 마법적인 힘을 믿지 못하는 속인이다. 이 모순에 가득 찬 열망은 절대적인 힘에 대한 기원으로 나타난다. "그는 절대여야 한다. 아님 나를 열 수가 없다"(「모던 타임즈, 1996 '유리꽃」」)는 말처럼 그 열망은 너무 간절해서 상대적인 것, 차선으로는 이 감옥을 부술 수 없다. 이 열망은 죽음을 눈앞에 두고 겁 많은 아이처럼 떨고 있는 아버지를 외면한 채 그가 전처럼 '폭군'으로 군림해주기를 바라는 딸의 모순된 내면(「담화 하나 — 여자와 남자」)을 설명해주는 심리적 기제이기도 하다.

결국 윤효가 원하는 것은 식물적인 어머니의 세계를 떠나 테러리스트에 육박하는 강한 힘의 세계로 나아가는 것인가. 아무도 함부로 할 수 없는 강한 자가 되는 것. 자신의 미모와 재능, 집요함과 교활함으로 하층계급에서 최고 권력자의 자리로 이동해간 에바 페론(「담화 하나 — 여자와 남자」)이 윤효가 제기하는 삶의 모델의 하나라면 그것은 그러하다. 그러나 이러한 힘에 대한 갈망이 현실의 황폐함에 대한 역설적인 강조의 의미를 지니고 있는 것이라고 한 발 물러서서 양보한다고 하더라도, '에바 페론'이 '명징한 개인성'의 은유가 아닌 것만은 분명해 보인다. 이러한 마조히즘이 야만적인 파시즘을 낳았음은 이미 역사가 증명하고 있는 사실이다. 윤효의 소설은 이 파시즘과 얼만큼의 거리를 지니고 있을 것인가. 과연 그녀는 젊은 날의 '마론 브론도'처럼 밋밋한 일상을 일시에 뒤흔들어버리고 장전된 도화선에 불을 당겨줄 거대한 남근을 갈망하고 있는 것인가.

5. 어머니에게로 돌아가기 : 견인(堅忍)의 미학

아니다. 그렇게만 이야기하는 것은 너무 일면적이다. 윤효의 문학은 테러리즘에 대한 마조히스트적인 열광과 어머니의 식물적인 연약함을 가로질러 그 틈새를 가리키고자 한다. 그녀의 소설쓰기가 자기 생의 알리바이를 작성하고자 하는 것이라면, 그것은 서른에 이른 여자의 성적 정체성에 근거한 변명이 될 것이다. 그녀의 소설에 자신의 육체를 들여다보고 있는 여자들이 빈번하게 등장하는 것도 아마 그 때문일 것이다. 윤효는 자신이 여자라는 사실을 한 번도 잊지 않는다. 심지어 '인간'이라는 보편적인 술어로 남자와 여자의 차이를 대체했었던 스무 살 즈음에도 그녀는 그 보편적인 개념어의 뒤안에 숨어 있는 여자라는 특수한 존재의 아픔에 끊임없이 귀를 기울여왔던 것이다.(「담화 둘 — 커브에 선 사람들」)

그렇다면 이제, 「단편들」을 통해 윤효 문학이 여성적 정체성을 어떻게 받아들이고 있는지를 살펴보자. 이 소설은 '창' '푸른꽃' '축제'라는 각기 다른 세 개의 소제목으로 여자들간의 관계의 양상을 미세하게 추적한다. 이혼 전담 변호사의 아내로 중산층의 안일하되 조금은 권태로운 일상을 영위해가는 화자가 사수 끝에 미쳐버린 동창생, 퇴락한 피아니스트, 이혼한 연극배우 등 각각의 인물들과의 만남을 통해 우리에게 던지는 질문은 '우리 시대의 진정한 여자의 일생은 무엇인가' 하는 점이다. 하지만 윤효는 질문만 던질 뿐 답을 마련해놓지는 않는다. 다만, 결벽증에 빠져서 미친 듯이 청소를 해대는 여고 동창생의 방황이나 동성애를 통해 구원받고자 했던 1206호 피아니스트의 자살, 그리고 자유의 화신인 연극배우의 고독과 눈물을 통해서 이 도시에서 여자로 살아간다는 것의 신산함을 들려주고자 한다. 자기만의 방에 갇혀, 혹은 스스로를 유폐시킴으로써 그녀들은 자신들을 소외시킨 낯선 현실에서 도피하고자 한다. 그러기에 이 소설에는 나른한 권태와 부패해가는 일상의 냄새가 묘하게 묻어난다.

……퀭해요. 모든 것이 손에 익었고, 더이상의 사건은 없고, 앞으로 늙어갈 일만 남았다니. 뭐, 그를 더 사랑하도록 노력하라구요? 글쎄, 그가 뭘 좋아하는진 알죠. 바둑과 오럴섹스. 특히 바둑은 그의 긴긴 연인이라 몰입할 때면 나와의 약속 같은 건 깡그리 잊으니까. 나? 나도 지겨워요. 한 남자와의 일생이라니. 섹스에라도 미쳐볼까. 미칠 듯하다가도 잘 안 돼. 절정에서도 픽, 실소가 터지니. 생각해봐요. 밤마다 똑같은 필름인데……

역시 윤효의 특기인 대화투로 일상에 대한 염증과 소외된 부부관계의 공허함을 보여주고 있는 이 지문은 '퀭하다'는 말로 우리 시대 중산층 여자들의 삶의 무의미를 적절하게 지적하고 있다. 파편 하나라도 타인과 나누고 싶지 않다는 극단적인 개인성의 신화에 사로잡혀 있는 「모던 타임즈, 1996 '유리꽃'」의 사랑이 비정상적인 관계의 양상에서 비롯된 것이라면, 이 소설에 엿보이는 권태와 공허는 정상적인 결혼생활이 야기시키고 있는 또다른 단절감을 말해준다. 그렇게 따지자면, 윤효 소설에서 정상적인 관계에서 파생된 것이든 비정상의 관계에서 파생된 것이든 모든 사랑은 불모의 사랑, 사막을 건너는 행위일 따름이다. 따라서 그 사랑에 자신의 실존을 의지하고 있는 대다수 여자들의 삶은 당연히 상처 입을 수밖에 없는 것이다. 이 상처에도 불구하고 생은 영위되어야 한다. 그렇다면 상처 입은 영혼들끼리의 연대는 어떤가. 퇴락한 피아니스트와 화자가 맺는 동성애는 '퀭한' 일상을 메우는 여성연대의 불꽃이다. 화자의 외면에 자살을 택하고야 마는 퇴락한 피아니스트의 죽음이 말해주는 것도 바로 그것이다. 그녀는 자신에게 남겨진 마지막 비상구가 닫혀짐으로써 결국 죽음에 이르게 된 것이다.

윤효는 이 소설을 통해 여자들만의, 여자들끼리의 '유대'가 아니고서는 이 사막에서의 사랑은 불가능하다는 이야기를 하려는 것 같기도 하다. 그러나 그녀의 소설에서 이 유대감은 구체적인 생활의 차원으로 끌어내려진 실감의 대안으로 드러나고 있지는 않다. 이미 말했듯이, 그녀는 다만 질문을 던져보고 싶었던 것이리라. 그러나 정상/비정상의 인위적인 구분이 아니더라도 윤효가 그려 보이는 이 여자들의 연대는 다소 그로테스크한 일탈로 그려지고 있는 것이 사실이다. 이 그로테스크함은 밋밋하기 이를 데 없는 일상에 하나의 충격이 될 수는 있겠지만, 완고하고도 반복적인 일상의 구속력을 물리치지는 못할 것이다. 하나의 소문으로, 스캔들로, 이벤트로, 광기로, 축제로 이 일상의 사막을 건널 수는 없기 때문이다. 연대는 생활이 되어야 하고 익숙한 편안함을 제공해야 한다.

그런 점에서 우리는 다시 「삼십 세」로 돌아갈 필요가 있다. "어머니는 조그마한 여자입니다"라는 진술로 시작되는 윤효의 어머니에 대한 기억의 출발점은 결국 '일하는 여자'에 대한 이미지다. 소도시인 K시에서 꼬박 이십 년 동안 작은 미장원을 경영해온 여자. 남들을 꾸며주는 데 바쳐진 일생에도 불구하고 정작 자기 자신에게서는 조금의 장식성(粧飾性)도 찾아볼 수 없는 여자. 외면당한 채 속절없이 늙어가는 육체의 소유자. 중년 여자 특유의 풍염함조차 찾아볼 수 없는 여자. 삶이란 고단하기 이를 데 없는 것임을 웅변하는 손. 그리하여 딸들의 유년을 압도하고 삶이란 무겁기 그지없는 것임을 일찌감치 깨닫게 했던 여자. 이 여자의 삶으로부터 벗어나기 위하여 윤효가 기울였던 노력은 이미 살펴본 바 있다. 어머니로부터 벗어나기. 그 무력함을 강한 힘으로 대체하기. 윤효의 삼십 년을 사로잡은 동력은 바로 그 전의(戰意)였다. 그러나 서른에 이른 그녀는 이제 어머니의 삶을 받아들이고, 소설은 바로 여기에서 출발한다. "타지에서 여자로서 최악의 삶을 살면서도 핏줄의 위안을 거부했던, 자신이 선택한 삶을 스스로 구겨버릴 순 없었던 자존심, 무서운 근기 같은 것"을 어머니의 침묵과 고단 속에서 감지했기 때문이다. 이 과정을 통해 윤효는 삶이란 이러한 근기(根氣)에 의지해서 영위되어야 하는 것이 아닌지 묻는다. 그것이야말로 "달아나지 않고 중심에서 철저히 견디어내는 것"이므로.

이 '견인의 미학'은 윤효가 우리 시대에 전하는 하나의 메시지다. 불모의 사랑이 숙명이라면 사막에서의 사랑은 다만 견디는 것, 그것도 철저하게 맞부딪쳐 그 천근만근의 무게를 모두 감싸안는 것, 그것이어야 하지 않을까. 이 사실을 깨닫는 순간 윤효의 도주는 멈추어진다. 그리고 비로소 사막을 인정하면서도 그것을 건너뛰려는 윤효의 날갯짓이 시작된다. 아이러니컬하게도 그것은 부정의 대상이었던 어머니를 껴안는 것, 그리하여 스스로 어머니가 되는 것, 그 수난의 시간에 대한 숙명적인 포용으로 드러난다. 힘겹되 집요하게 되풀이되는 윤효의 소설쓰기에는 이 숙명을 필연적인 것으로 인정한 자의 달관과 그럼에도 불구한 삶에의 의지가 이중적으로 뒤섞여 있다. 숙명을 인정하면서도 자기갱생 욕구를 버리지 않는 자세는 삶의 끝까지 가본 사람만이 지닐 수 있는 중요한 미덕이다. 이 미덕을 통해 윤효의 소설은 삶에 대한 대긍정의 세계에 이르고 있다. 삶이든 사랑이든 이데올로기든, 시간 앞에서 영원한 것은 아무것도 없다. 그러나 바로 그 이유 때문에 삶은 살 만한 것인지도 모른다. 사막의 모래더미에서 영원히 살아남을 그 무언가를 발굴해내고자 하는 윤효의 소설은 그리하여 생의 정점에 선 자가 되돌아보는 공포와 그 공포가 빚어내는 역설적인 아름다움으로 가득 차 있다. 사막에서의 사랑이란 그런 것이다.

(1997)

3부

다시, 씌어지는 이야기
─신경숙의 『바이올렛』

1. 그녀, 미지의 타자

『깊은 슬픔』의 '이슬어지'를 기억하는 사람들에겐 『바이올렛』의 '미나리 군락지 마을'이 다소 낯설 수도 있겠다. 은서와 완, 세의 고향이었던 '이슬어지'가 훼손되지 않은 낙원의 이미지를 간직하고 있다면, 소설의 주인공 오산이의 태생지인 '미나리 군락지 마을'은 현실원칙이 지배하는 공간이기 때문이다. "얼핏 보기에 이 마을은 한 마을 같지만 안마을 사람과 새터 사람이 갈"(8쪽)린다. 안마을이 이씨 중심의 집성촌이라면 새터마을은 외지에서 흘러들어온 뜨내기들의 거주지다. "이씨가 아닌 사람들이 마을의 중심을 이루는 안마을에 사는 경우란 없다."(8쪽) 한 마을처럼 보이는 외양 속에는 성씨를 중심으로 이미 구분과 배제의 지표가 작동되고 있다. 해야 할 일과 하지 말아야 할 일, 할 수 있는 일과 할 수 없는 일 등이 이 지표에 따라 구별되고 나뉘어진다. 관습과 제도가 인간의 능력과 삶의 양태를 결정한다. 다른 이유는 없다. 다만 "이씨 성을 가진 아이들은 자신들이 이씨라는 이유 하나만으로 마을에서 기득권을 갖는다."(14쪽) 사옥이, 귀순이 등 이름으로만 불리는 이씨 성을 가진 아이들은, 꼭 이름자 앞에 성이 붙어서 불리는 새터마을의 아이들보다 날 때부터 우월하다. 호명 자체가 규율의 표지다. 그리고 이 상징적 규율에 의해 마을의 질서와 안녕이 보장된다. 그것은 자연 속에 각인된 인간 욕망의 차단 장치라고 할 만하다. 이 장치가 작동되는 한 그 어떤 일탈적인 욕망도 자연 속으로 합류하지 못한다.

『바이올렛』의 주인공 오산이는 그 이름에서 알 수 있듯 이 장치의 바깥에 위치하고 있다. 마을의 실세인 '이씨'는 그녀와 거리가 멀다. 이 세계에서 그녀가 어떤 자리를 배당받았는지 짐작하기란 어렵지 않다. 그녀는 태생부터 '축복'과 관계가 없다. 그녀의 어머니는 이제 막 태어난 그녀를 "보려 하지 않고 눈을 꾹 감아버린다."(7쪽) 그녀의 아버지는 분명 그녀의 어머니에게 "누군지 모를 타인의 아이를 배고 있다고 해도 상관이 없었을 만큼 한눈에 반"(10쪽)한 적이 있었지만, 그녀가 태어남과 동시에 그의 사랑은 멀어지고 산모의 '우울증'은 심해진다. "마당을 어지럽히던 꽃이 다 졌을 무렵의 아침에 어느 날과 마찬가지로 오토바이를 타고 J시로 간 그녀의 아버지는 이후 구 년이 지나도록 돌아오지 않는다."(11쪽) 그녀에게 '아버지'란 '부재'를 대신하는 말일 뿐이다. 그것은 한갓 오토바이의 굉음이나 포마드 기름 혹은 가죽 장갑이나 가죽 자켓 등 몇 가지로 환유되는 이미지에 불과하다. 우리는 "하이힐이나 유리문을 젖히고 들어가게 되어 있는 빌딩 속의 식당, 엘리베이터, 상점 안에 들어차 있을 색색의 옷감들"(8쪽) 등 도시생활을 동경해온 그녀의 엄마가 그 꿈을 접고 태아를 위한 포대기에 장미꽃 수를 놓았다는 사실을 통해 오산이의 탄생과 그녀의 엄마의 좌절 혹은 환멸이 밀접한 관련이 있음을 알 수 있을 따름이다. 아버지는 엄마의 꿈을 짓밟은 자다. 그것은 어쩌면 후일 '도시'가 그녀의 엄마에게 선사할 불운을 대행한 것일 수도 있다. 그런 의미에서 아버지는 '오토바이'로 상징되는

'도시적인 것'과 동일한 계열체를 형성한다. 그것은 '포용'하기보다는 내팽개치고 '주기'보다는 '빼앗는다'. 결국 그녀의 아버지는 그녀와 엄마를 '버린다'. 이후 엄마의 잇단 가출과 재혼으로 아비의 자리를 차지하게 되는 양부들도 이 점에 있어서는 마찬가지다. 그들은 그녀에게서 엄마를 '빼앗아' 간다. 그녀에게 아버지는 폭력, 기만, 폐기, 탈취와 동의어다.

라캉 식으로 말해 유아는 아버지와의 동일시를 통해 거세공포를 견딘다. '아버지'는 상징적 관계의 그물망을 통해 유아의 정체성을 규정하고 사회적 위치를 지정한다. '아버지'라는 기호는 절대적 의미의 주재자이자 그 기원이다. 그러나 오산이는 이 아버지의 호명을 받지 못한 존재다. 그녀에게는 누구보다도 많은 수의 아비가 '있다'. 그러나 단 한 명의 아버지, 그녀에게 '이름'을 부여해 주고 상징적 질서의 안쪽으로 끌어당겨줄 유일한 존재로서의 아버지는 '없다'. 이 절대적인 아버지의 부재가 그녀를 하나의 '잉여' 혹은 그와 정반대의 텅 빈 '결여'로 만든다. 아버지의 호명이 없이 그녀가 우리들의 의미체계 속으로 진입할 길은 없다. 당연히 그녀는 우리들의 언어로는 포착되지 않는 '타자'의 영역에 속한다.

우리는 그녀를 알아보지 못한다. 그녀를 이해할 수도 없고 그녀에게서 동질감을 느낄 수도 없다. 우리의 이해와 공감을 얻기엔 그녀의 존재가 너무도 낯설다. 심하게 말해, 그녀는 다만 '아무것도 아닌 것'일 뿐 그 '어떤 것'도 아니다. 우리는 간혹 "하교길에 어느 밭둑 건너에 있는 묘지 위에 엎드려 귀를 기울이고 있는 그녀, 주인집 마당의 닭과 오리들을 멀거니 응시하고 있는 그녀, 이따금 미나리지가 바라다보이는 둑 위에 오래도록 혼자 앉아 있는 그녀"(27쪽)를 '보기'만 한다. 그녀는 항상 우리들의 관음(觀淫)의 대상일 뿐이다(그녀에게 사랑의 환멸을 가르쳐준 '그 남자'가 사진기자라는 사실은 이 시선의 폭력이 어느 정도인지를 시사한다). 우리는 그녀에게서 우리가 보고 싶은 것만 본다. 그녀는 이씨가 아니라 오씨 성을 지니고 있으며, 아버지로부터 버림받은 말이 없는 여자아이다. 우리가 알고 있는 사실은 이 정도다. 그리고 그것이 그녀에 관한 모든 것이라고 착각한다. 그러나 우리가 본 것은 언제나 그녀의 이미지일 뿐 그녀의 실체는 한 번도 제대로 포착된 적이 없다. 그녀에 관한 모든 것을 알게 되었다고 생각하는 바로 그 순간, 그녀는 다시 저 해독할 수 없는 기호, 완전한 불가사의, 영원한 수수께끼의 세계로 되돌아가버린다. 그녀의 침묵은 완벽하다. 무엇이 그녀의 입을 열고 그녀로부터 '그 여자의 이야기'를 풀어내도록 할 것인가.

"잊혀져도 좋을 이 이야기"(8쪽)는 여기서 시작된다. 『바이올렛』은 시선의 감옥에 갇힌 그녀로부터 부당한 시선의 그물을 걷어내고 그녀에게 자유를 선사하고자 한다. 한 번도 발화되지 못한 그녀의 목소리가 굳은 혀를 뚫고 전하는 언어에 귀 기울임으로써 그녀의 침묵이 조용한 비명에 다름아니었음을 깨닫는다. 그것은 오산이의 이야기이자 오산이를 닮은 사람들의 이야기의 시작이기도 하다. 그 이야기가 시작되는 순간, 우리는 알게 될 것이다. 어디선가 "아직 가보지 않은 외진 해변의 자갈들이 이 지독한 여름 햇빛을 견디며 달구어져 있"다는 것을. 어디선가 우리가 "아직 밟아보지 않은 산길이 지나가는 바람 한 점 없이 견고한 침묵을 견디며 황토를 드러내고 있"으며 또한 우리가 "모르는 사람이 누군가와의 소통을 원하며 고독하게 새끼손가락을 깨물고 있"(44쪽)다는 사실을.

『바이올렛』은 그 미지의 타자, 태곳적부터 조용히 자신들의 운명을 견디고 있을 수밖에 없었던 사람들에게로 다가가는 조심스러운 발걸음이다. 발소리가 크면 그들은 달아나버릴지도 모른다. 그러나 그렇다고 해서 그들이 애초부터 존재하지 않았다고 할 수는 없다. 오히려 그들은 우리가 그들을 잊은 이후에도 끊임없이 우리의 내부 깊숙한 곳에서 신호를 보내고 있었다. 이제 우리가 추방한 그들의 발신음에 응답할 시간이다.

2. 부재의 흔적 : 그녀에게 가는 길

오산이는 매일 총리공관쪽으로 향한 길과 삼청터널로 향한 길이 갈라지는 좁은 골목의 '길다란 방'에서 나와 세종문화회관 뒤편의 '화원'까지 걸어서 출퇴근한다. 『바이올렛』은 서울 시내의 공간지지학(空間地誌學)이라 불러도 좋을 정도로 그녀가 지나다니는 이 일상적인 '거리'를 꼼꼼하게 묘사한다. 이를테면, 이런 식이다. 화원에서 나와 방으로 돌아가기 위해 그녀는 "교보문고로 통하는 지하도를 건너서 광화문을 바라보며 걷다가 한국일보 쪽으로 방향을 튼다."(50쪽) 다시 지하도를 통해 박물관 정문으로 나온 그녀는 "신호가 풀리자 길을 건너 104번 버스가 서 있는 버스 정류장을 한번 바라보더니 현대미술관 길을 따라 걷는다."(51쪽) 미술관을 지나면 넓었던 길이 어느새 좁아진다. 좁은 골목은 가파른 축대로 이어지고 "축대로 된 인도의 반을 오면 그때부터 그녀의 방 창문이 보인다."(52쪽) 거기가 그녀의 방이다. 그리고 다음날 아침이 되면 그녀는 이 길을 되밟아 다시 화원으로 출근한다. 이 거리 곳곳에서 그녀는 머리를 노랗게 물들이고 힙합바지를 바닥에 끌며 각자 다른 음악을 듣는 남자아이들을 만나기도 하고 고궁 벽에 붙어서 있는 한 쌍의 연인들을 보기도 한다. 언제나 한결같은 자세로 서 있는 경비경찰을 만나는 것도 이 거리에서다.

서울시내의 지리에 눈이 익은 사람이라면 오산이의 움직임을 따라 이상한 형태의 곡선으로 이루어진 도형 하나를 그릴 수도 있을 것이다. 그러나 그녀의 동선이 그리는 이 궤적은 그 극대화된 사실감으로 인해 오히려 가장 비사실적으로 보인다. 세종문화회관이니 한국일보사니 삼청터널이니 하는 고유명사는 『바이올렛』에 등장하는 순간 그 현실감을 잃어버리고 마치 이방의 어느 도시를 연상시키는 기호처럼 낯설어진다. 사물을 사진보다 더 정확하게 재현해낸 하이퍼리얼리즘이 그러하듯, 그것은 익숙한 사물이나 틀에 박힌 일상을 이제까지 우리가 알고 있던 것과는 완전히 다른 전혀 새로운 것으로 바꿔놓는 효과를 낳는다. 그 좁고 구불구불한 오산이의 동선은 그녀의 욕망의 궤적이라고 할 수 있다. 오산이는 그 궤적을 통해 말한다. 그 말에 따르면, 그녀는 구부러지고 분절된 미로다. 자칫 잘못하면 길을 잃을 수도 있는 그 미로는 그러나 두렵거나 이해할 수 없는 것은 아니다. 다만 조금 낯설 따름이다. 이 생경함을 견디고 이를 좀더 자세히 들여다보면 그것은 우리 모두가 익히 알고 있는 것, 즉 우리 자신과 그리 다르지 않다. 그녀가 아침저녁으로 지나다니는 '거리'가 그러하듯.

'오산이는 무엇이다'라고 명확하게 정의할 수 없다면, 혹은 그렇게 정의되는 순간 그녀의 실체가 사라지고 만다면, 그녀에 관한 이야기는 그녀가 무의식적으로 그려내는 다양한 흔적(trace)을 통해 추출해낼 수밖에 없을 것이다. 사실 「풍금이 있던 자리」라는 제호가 말해주듯, 부재(absence)의 흔적을 포착해내는 신경숙의 문체는 그것 자체로 소설이 무엇인가에 대한 하나의 답변이었다. 그녀에게 소설은 말해질 수 없는 것, 존재할 수 없는 것들을 향한 필사의 흔적 찾기다. 그것은 줄거리로 요약되는 이야기에 저항하며 단 하나의 명확한 진실 대신 다양한 우회로를 선택한다. 진실은 여기저기 흩뿌려져 있다. 우리는 다만 그 산포된 진실을 찾아 주저하며 나아갈 뿐이다. 아마도 진실이란 이 더듬거림 그 자체인지도 모른다. 더듬거림을 포기하는 순간 진실은 다시 어두운 지하 저편으로 떨어져버릴 수도 있다. 한없는 지연과 우회를 거쳐 진실은 순간적으로 현현한다. 우리는 그 에피파니(epiphany)의 현장에 동참할 수 있을 뿐이다.

　5장 '생일'은 이 흔적 찾기로서의 진실이 어떻게 발현되는지를 잘 보여준다. 스물 세번째의 생일을 맞이한 오산이는 화원의 동료 수애가 사준 케이크를 들고 정처없이 거리를 방황한다. 뚜렷한 목적지가 정해지지 않은 그녀의 발걸음은 세종문화회관에서 시작해 제일은행 본점을 지나 종각, 종로서적으로 이어지며 복합상영관에서 상영되는 영화를 보고 난 후 다시 대학로로 연결된다. 이 기나긴 행로는 애초의 출발지였던 세종문화회관 옆 화원에 이르러서야 그 대단원의 막을 내린다. 결국 그녀는 원점으로 되돌아온 것뿐이다. 그녀가 이 여정을 통해 확인한 것은 그 '거리' 어디에도 그녀가 있을 곳, 곧 그녀의 욕망의 자리는 없다는 사실이다. 욕망은 한없이 지연될 뿐이다. 200만을 돌파했다는 영화를 보아도, 미친 듯한 열기로 가득한 카페에 들러도 마찬가지다. 오산이의 욕망은 정확한 대상을 찾지 못한 채 한없이 미끄러지기만 한다. 이 충족을 모르는 욕망은 그 끝에 '어머니'를 숨기고 있다.

　지하철 철커덕거리는 소리가 귀에 가득 찬다.

　어떤 얼굴이 떠오르려다가 밀려난다. 얼굴을 높이 쳐들고 걷곤 했던 어머니. 자칫 상대에게 동정을 보내고 있는 것처럼 여겨지게 하던 갸름했던 눈동자. 어머니가 새살림을 차려 점잖은 부인이 되어가는 걸 보는 일은 나쁘지 않았다, 고 그녀는 생각한다. 얼음판 위에서 빙빙 돌았던 팽이처럼, 뒷산에서 날렸던 흰 연처럼, 그 시절 사용했던 크거나 작은 양은 그릇들처럼 어머니의 형체도 흩어져버렸다. 부분부분 남아 있는 것들이 눈을 감고 있는 그녀의 의식 속에서 고단하게 떠다닌다. 이마, 혹은 뺨, 머리냄새, 손가락…… 부분부분 흩어져버렸다. 무릎 밑의 흉터, 뒷가르마 밑의 점…… 그렇게. 상실할 수밖에 없는 것들. 어머니라고 예외는 아니다. 다만 갸름했던 눈만은 사무친다고 지금 그녀는 생각하고 있다.

주변에는 어울리지 않았지만 어느 옷이나 잘 어울렸던 어머니만이 가질 수 있는 눈이었다고.(106쪽)

철커덕거리는 지하철의 리듬에 맞춰 오산이의 자유연상은 드디어 어머니에 이른다. 그토록 정처없이 떠돌았던 그녀의 기나긴 행로는 이 어머니에게 다가가기 위한 혹은 어머니를 망각하고 회피하기 위한 순례에 다름아니었던 것이다. 그녀가 어머니를 떠올리게 되기까지의 여정을 꼼꼼하게 기록하고 있는 이 장은 결국 오산이의 욕망을 공간적으로 재현하는 데 많은 것을 할애한 셈이다. 생일이란 어머니에게서 와서 어머니에게로 가는 삶을 기념하는 의식 가운데 하나다. 그녀는 원점, 다시 말해 그녀 안에 존재하는 어머니를 발견하기 위해 그토록 오래 거리를 헤매고 다녔던 것이다. 그 점에서 이 장의 소제목이 '생일'이라는 사실은 의미심장하다. 철커덕거리는 지하철의 리듬 속에서 어머니를 떠올렸을 때, 그녀는 그때에서야 비로소 다시 태어난다. 자기 안의 어머니를 발견함으로써 그녀는 드디어 '그녀'가 된 것이다. 그러나 '그녀'를 제대로 알기란 얼마나 지난한가. 어머니의 이미지는 의식 속에서 고단하게 떠다니기만 할 뿐 형체도 없이 손쉽게 '흩어져버린다'. 어머니에 관한 한 그 어느 것도 명확하게 표명되지 않는다. 아무것도 확정지을 수 없다. 어머니는 '~고 생각한다'라고 반복되는 문장이나 이마 혹은 뺨 등 부분부분으로만 재생되는 파편화된 몸의 기억, 그리고 말줄임표 속에 숨어 언뜻언뜻 자신의 부재를 드러내고 있을 뿐이다. 이 부재를 말하기 위해 광화문에서 출발, 종로를 거쳐 대학로를 돌아 다시 세종문화회관에 이르는 오랜 우회와 시행착오의 궤적이 필요했던 것인지도 모른다. '그녀'들에 관한 진실이란 그렇다. 그것은 많은 망설임, 엉뚱한 착란, 끊임없이 미끄러지는 환유의 사슬을 통과한 다음 겨우 얻어지는 '부재'의 흔적이다.

3. 식물적 상상력과 물의 이미지

굳이 『외딴 방』이 아니더라도 신경숙 소설에서 '방'에 유폐된 채 끊임없이 소통을 갈구하는 자아를 만나게 되는 일은 어렵지 않다. '방'은 '집'이 아니다. 그것은 차고 달던 우물물, 파릇파릇한 싹이 돋던 텃밭, 마당가를 한가롭게 거닐던 오리와 닭들, 새카맣게 익어가던 장독 속의 간장 등, '집'을 포기한 다음에야 얻게 되는 존재의 처소다. 그런 의미에서 그것은 원초적 상실의 형이상학적인 징후이자 현대적 실존에 관한 가장 함축적인 메타포라고 할 수 있다. 그러나 오산이의 '가파른 축대 끝에 있는 길다란 방'은 이 상실이 어머니의 세계로부터 아버지의 세계로 이르는 존재의 내면과도 밀접한 관련이 있음을 암시한다는 점에서 방에 관한 또다른 화두를 제기한다. '좁고' '가파르며' '길다란' 오산이의 방의 외양은 당연히 탁 트인 대로나 평평한 평지, 그리고 네 귀가 잘 맞는 안정감 있는 형태와 여러모로 대조된다. 전자가 수직적 초월을 지향한다면 후자는 수평적 포용의 세계다. 이 수직적 상징의 대표적인 것으로 우리는 남근(phallus)을 들 수도 있을 것이다. 교회의 첨탑이나 뾰족하게 치켜세워진 창처럼 팔루스는 위협과 위엄이 공존하는 절대적 권위를 상징한다. 오산이의 거처는 이 상징물의 한쪽 끝에 위치한 '길다란 방'이다. 이제 그녀는 '미나리 군락지'에서의 삶을 청산하고(이 청산은 어머니와의 결별을 의미한다) 남근적 상징물이 지배하고 있는 세계, 거대 도시의 한복판에 곧바로 노출된다. 그곳은 세계의 끝이자 변방이다. 그리고 그런 만큼 가장 가혹한 폭력이 생산되는 곳이자 그것의 기원이기도 하다. 그 세계의 폭력성은 무엇보다도 아들 없음을 타박하는 주인남자의 폭력행사를 통해 가시화된다. 세 딸과 주인여자에게 가해지는 그 남자의 폭력은 '길다란 방'의 주인인 오산이에게 조만간 닥칠 또다른 형태의 폭력의 징조단위라 할 만하다. 바이올렛(violet)이 그 여자 오산이에 대한 메타포라면 그것이 그 의미적 연관에 있어서 폭력(violence)과 그리 멀지 않은 위치에 놓여 있다는 것은 여러 모로 의미심장하다.

'농원'은 이런 폭력적 세계와 구별되는 새로운 대안적 상상력의 한 끝을 보여준다. 오산이의 직장인 '화원'이 이 세계로 가는 창구 역할을 함은 물론이다. "세종문화회관의 주차장과 옆벽을 마주하고 있는 이 거리에서 잠시 불현듯 만나지는 이 화원은 이 거리를 지나는 사람들에게 느닷없이 자동차 소리를 잊게 해주는 장소이다."(28쪽) 다소 이채롭고 낭만적이기까지 한 이 화원이 '자동차 소리'를 잠재울 수 있는 거리의 비상구라면 구파발을 벗어나 서울 외곽에 자리잡고 있는 '농원'은 이 화원의 모태라고 할 만하다. 농원의 주인이 벙어리 남자라는 점도 심상 찮다. 그는 목소리가 '거세'된 자다. 아내와 아기를 잃은 인도네시아 남자(이방인)와 새끼를 밴 회색 점박이 고양이(상처 입은 모성), 그리고 나란히 자라나는 파파야 야자수 두 그루(동성애)와 삼촌을 향해 사랑을 불태우는 조카(근친애) 등이 형성하고 있는 농원의 독특한 분위기는 농원의 세계가 팔루스적 상징과 완전히 대척되는 지점에 위치하고 있음을 입증한다. 모든 이질적이고 비정상적인 것들의 공동체로서의 농원은 거리의 '폭염'이나 깎아지른 듯 솟아 있는 축대 끝 길다란 방의 '폭력'과 무관하다. 이 세계는 관용과 사랑, 자발적 복종과 연민, 그리고 본능의 자연스러움이 '상처'의 흔적을 지우는 재생의 공간이다.

비닐하우스 주변은 천변이다. 풀이 우거진 천변을 향해 잘 자란 팬다 고무나무와 가지마루가 윤기 나는 푸른 잎을 햇볕 아래 드러내놓고 찰랑 찰랑거리고 있다. 수애는 바람이 일렁일 때마다 일제히 흔들리는 푸른

잎들을 눈부시게 쳐다본다. 푸른 잎사귀들이 아아, 소리를 지르고 있는 것 같다. 비닐하우스 안에서 싹을 틔워 저만큼 자라게 하려면 얼마만큼 시일이 걸릴까.(127쪽)

'미나리 군락지'의 푸른 미나리줄기와 늪, 그리고 '농원'의 푸른 잎사귀들과 천변은 폭력과 죽음을 상징하는 '불'과 '붉은색'에 선명하게 대립된다. 옆방에 있던 '레크리에이션협회'의 청년을 죽음의 유혹으로 몰고 가는 것도 '불'이고 공사가 시작된 공원의 흙은 언제나 '시뻘겋게' 파헤쳐져 있다. 오산이는 거리에 바싹 붙어 앉은 화원이 불현듯 갑갑하게 여겨질 때면 언제나 식물들에게 미친 듯이 물을 준다. 푸른 기운을 띠는 물은 초록의 식물과 함께 불의 파괴력을 치유하는 묘약인 셈이다. 이 물의 이미지가 여성적인 것과 깊은 관련을 지니고 있음은 말할 것도 없다. 물은 스스로 사라짐으로써 다른 것을 채운다. 그것은 모든 생물에게 생명을 전하는 '약수'이자 스스로에게는 아무것도 허여하지 않는 무한한 '은총'이다. 그것은 "누가 시키지 않아도 자발적으로 솟아오르며, 저절로 움직인다. 조그만 틈도 뚫고 들어갈 수 있으며, 단단한 바윗덩어리도 뚫을 수 있다. 얼음처럼 단단해질 수도 있고, 수증기처럼 부드러워지기도 한다."(김혜순, 「연인, 환자, 시인, 그리고 너·2」, 『문학동네』 2000년 여름호, 431쪽) 대저 모든 생명의 기원인 '어머니'의 존재방식이 이와 같다. 『바이올렛』은 식물적 상상력과 이 물의 이미지에 기대 상처의 치유와 폭력의 정화를 이야기한다. 오산이를 데리고 농원에 도착한 이수애가 흙 속에 섞여나오는 거름 냄새를 맡으며 다음과 같이 이야기하는 것은 그러므로 너무나 자연스럽다. "여길 떠나 있는 동안에 이 냄새가 해 저물 때 엄마들이 부르는 소리처럼 나를 부르더라구. 아무렇지도 않다가 이 냄새가 맡아지면 돌아가고 싶어 가슴이 저리더라니까."(131쪽) 거세된 목소리를 다시 살려내는 것, 그것은 그야말로 '엄마들이 부르는 소리'에 의해서만 가능한 것인지도 모른다.

4. 말 이전의 말, 말해지지 못한 말

　바이올렛은 어디에나 흔하게 피어 있어 어찌 보면 풀같이 여겨지기도 하는 꽃이다. "푸른 잎도 작고 보랏빛 꽃도 작다."(120쪽) 대개의 경우 '제비꽃'으로 널리 알려진 이 꽃의 이미지는 『바이올렛』의 세계로 들어가는 열쇠 구실을 한다. 그녀가 사진기자인 그 남자를 처음으로 만나게 되는 것도 이 바이올렛 때문이다. 잡지 표지를 위해 꽃을 찍으러 온 그 남자는 그녀가 건네주는 바이올렛 화분을 들여다보며 대체 이 꽃이 뭐가 예쁘다는 거냐고 중얼거리다가 그녀와 눈이 마주친다. 결국 그 남자가 찍은 것은 이 꽃을 들여다보고 있는 그녀다. 사진 속에서 그녀와 바이올렛은 하나가 된다. 그러나 그 남자가 바이올렛의 진가를 알아보지 못했다는 사실은 중요한 복선이다. 그는 이 꽃이 예쁘지 않다고 타박한다. 그것은 촬영을 지켜보던 화원 앞 구경꾼들도 마찬가지다. 그들 역시 "이 보잘것없는 꽃을 무엇 하러 이렇게 정성들여 찍는가, 하는 표정들이다."(121~122쪽) 그와 구경꾼들은 결코 '바이올렛'의 진가를 모른다. 알려고도 하지 않으며 알 수도 없다. 그럼에도 불구하고 그 남자가 이 소설 전편을 통해 그녀의 욕망을 추동하는 가장 강력한 기제로 작용할 수 있었던 것은 송글송글 땀이 맺힐 정도로 그녀, 오산이를 열심히 사진 속에 담았기 때문이다. 비록 카메라 렌즈를 통해서이기는 하지만, 그리고 이 점이 그 남자의 한계이기는 하지만, 어쨌든 그는 어느 순간 그녀가 아름답다는 것을 '알아본' 유일한 남자였던 것이다.

　신경숙 소설에서 '알아본다'는 것은 상당히 중요한 메타포다. 「풍금이 있던 자리」의 '그 여자'는 위로 오빠 셋만 있는 집의 여자아이를 "알아봐줬던 것"이고 '그 남자' 역시 "처음 만난 그날, 느닷없이 내리는 비를 맞고 버스를 기다리고 있는 여러 여자들 중에서 감기를 앓고 있는 여자'가 바로 그녀라는 사실을 "알아줬던 것"(『풍금이 있던 자리』, 29쪽)이다. 망각된 기억을 되살리려고 과거로 거슬러올라가는 『기차는 7시에 떠나네』의 '하진'에게 얼굴을 '알아본다'는 것은 잃어버린 시간을 되찾는 것만큼이나 의미심장한 일이다. 그들은 서로 "이젠 나를 알아보겠니?"(『기차는 7시에 떠나네』, 234쪽)라고 되묻는다. 알아봄에 대한 희구는 신경숙 소설 전체를 관통하는 강력한 소통의지의 변형이다. 알아봄은 '너'와 '나' 사이의 결속을 요구한다. 서로를 알아보는 행위를 통해 그들은 타자에게서 자신을 본다. 그 순간 그들 사이에는 아무런 틈도 없다. 그들을 갈라놓던 그 어떤 경계도 그 어떤 금지도 이 순간에는 무력해지는 것이다.

이 '알아보기'에 대한 욕망은 하잘것없는 존재의 소리없는 '비명'과 같은 것이다. 그것은 말없는 '말'이다. 말을 하지 않을 뿐만 아니라 말을 해도 이해되지 않는 상태(언어는 이미 폭력의 산물이다)에 처한 존재가 자신의 전존재를 집약시켜 '몸'으로 말한다. 따라서 그것은 다른 어떤 형태의 소통욕구 보다 더욱 강력하다. 스스로를 유폐시켰던 그 '길다란 방'에서 나와 보다 넓고 평평하며 안정된 세계와 소통하려는 욕망은 이들에게 사활이 건 본능에 다름아니다. 신경숙 소설에서 이 욕망은 때로 동성애적 코드로 드러나기도 하고 또 때로는 글쓰기에 대한 갈망으로 표출되기도 한다. 우리는 「딸기밭」이나 메타소설의 형식을 취한 『외딴 방』 등을 통해 신경숙 소설 속에서 동성애적 갈망과 글쓰기가 모종의 근친관계를 형성하고 있다는 사실을 확인할 수 있다. 전자가 그야말로 언어 이전의 상태로 되돌아가려는 욕망이라면 후자는 금지된 언어, 부재의 언어를 향한 염원이라고 할 수 있을 것이다. 그러나 이 두 가지 욕망은 다른 무엇보다도 폭력적 세계 안에서의 소통, 내가 너를 확인하고 네가 나를 알아보는 그 은밀한 화합의 연장선이라는 점에서 유사하다.

분명 오산이와 이수애의 우정은 단순한 동료애를 넘어선다. 청감상의 유사성이 아니더라도 우리는 이수애가 '미나리 군락지 마을'에서의 서남애의 대리물임을 쉽게 알아차릴 수 있다(구파발 농원을 흐르는 천변에서 장난을 거는 수애에게 버럭 소리를 지르던 오산이의 의식 속에 제일 먼저 떠오른 것은 미나리 군락지에서의 서남애다). 수애는 어딘지 모르게 남애와 닮아 있다. 흥미로운 것은 이들이 모두 정상적인 핵가족 모델, 소위 '신성가족'의 이미지에서 멀리 벗어나 있다는 점이다. 술에 취하면 항아리 속에 들어가 노래를 부르는 아비를 가진 서남애나 두 살 때 사고로 부모를 여읜 이수애는 오산이와 마찬가지로 '아비'의 이름을 알지 못하는 족속들이다. 이들은 모두 "대열에서 낙오된 듯한 너, 그리고 나"(15쪽)들이다. 그들 사이의 결속은 필연적이다. 오산이는 "남애의 벗은 몸이 제 것과 똑같아서. 거울 속의 분홍색 살갗에 이마의 상처를 갖다대면 쓰라림이 가실 것도 같"(19쪽)아서 둑에 누운 채 물에 젖은 옷을 벗어 말리던 남애의 몸뚱이를 껴안았고, 이수애 역시 오산이와 함께 태어나 처음으로 누구랑 함께 잠들고 깨어나는 일을 해보았으며 그녀가 있는 동안은 어디 쏘다니지도 않았고 화원 일도 열심히 했다. 이 관계가 말하는 바는 '낙오자'들의 유대, 이름을 얻지 못한 자들의 연대다. 이 관계를 통해 그들은 상처를 공유함과 동시에 서로의 상처를 치유해준다. 그런 의미에서 이 유대와 연대는 상황에 따라 "한낮에 에스컬레이터를 타고 있는 처녀, 이력서를 들고 빌딩과 빌딩 사이를 헤치고 묵묵히 걷고 있는 청년, 새벽 지하철 속에 앉아 있는 샐러리맨"(60쪽) 등 모든 '상처받은 자'들에게로 확대될 수도 있는 성질의 것이기도 하다. 그것은 "슬픔인 것 같기도 하고 고독인 것 같기도 한 그 무엇"(같은 곳)을 얼굴에 새기고 있는 자들의 결속에 다름아니다.

글쓰기 역시 마찬가지다. 오산이는 방 안에 놓인 미니냉장고를 책상 삼아 자신이 좋아하는 작가의 산문 '낡은 셔츠에 관한 기억'을 필사하며 글쓰기에 관한 갈망을 키워나간다. 그녀는 "널찍한 방과 널찍한 탁자를 가지고 글을 쓰고 있는 자신을 생각할 때, 그때만큼은 어쩌면 인생은 살 만한 것인지도 모른다는 느낌을 가지곤 했다."(69쪽) 오산이는 아직 자신만의 언어를 알지는 못한다. 다른 작가의 글을 필사하거나 오퍼레이터가 되어 문서를 편집하겠다는 소박한 꿈만 지니고 있을 뿐이다. 때로 그녀는 "버스를 기다릴 때는 정류장의 나무에 열 손가락을 대고, 나는 버스를 기다린다, 라고 쳐보았고, 버스 안에서는 무릎 위에 손을 얹고, 나는 버스를 타고 달린다, 라고 치곤"(33쪽) 한다. 그러나 조만간 그녀는 말해지지 못한 채 억압되어 있던 자신의 언어를 발견하게 될 것이다. 물론 그것은 간신히, 간신히, 천신만고 끝에 겨우 얻게 되는 한 줌의 언어, 그 신생의 언어다.

그러다가 방금 간신히 위와 같은 몇 줄을 적어보는 그녀.
그녀의 검은 눈에 설핏 물기가 고였다가 사라진다. 그뿐이다. 이어쓰고 싶은 욕구가 넘쳐흐를 뿐 더이상 진전되지 않는다. 몇 번인가 끊어진 글쓰기를 다시 시도해보려고 몇 번이나 노트에 펜을 갖다대던 그녀. 이마의 땀방울. 그녀, 끝내 이어쓰지 못하고 노트 사이에 펜을 내려놓는다. (……) 그녀는 다시 만년필을 쥐고 필사적으로 새 노트 앞에 등을 구부리고 앉는다. 새 노트에 이마가 닿을 듯이 엎드린 그녀의 눈가에 다시 설핏 물기가 고였다가 사라진다. 그림자같이 따라다니는 그의 환영을 피하기 위해 자신이 숨으려 드는 곳이 겨우 이 노트 속이라니.(186쪽)

욕망만 앞설 뿐 더이상 진전되지 않는 글쓰기, 몇 번인가 끊어졌다 다시 이어지는 글쓰기, 그 글쓰기를 향한 갈망은 그 남자를 향한 자신의 욕망의 대리보충(supplement)이다. 현실에서 그녀를 '알아본' 그 남자는 '환영'으로 떨어지더라도 그 남자를 대리하는 글쓰기는 결코 '환영'으로 떨어지지 않는다. 글쓰기에 관한 한 욕망은 언제나 제 끝을 모른다. 그것은 모든 은폐되고 금지된 욕망이 은밀히 숨쉬다가 이제까지와는 완전히 다른 새로운 언어로 재생되는 공간이다. 설혹 그녀가 사라지더라도 글쓰기의 흔적은 남아 그녀의 부재를 증언할 것이다. 소설의 말미, 이루 말할 수 없는 상처를 입은 그녀가 밤별이 질 무렵 도시의 미술관 공터 포클레인 '무덤'에 들어앉아 마지막으로 "으깨진 팔꿈치를 감싸며 옆구리에 붙어 있는 가방을 열고 꾸물꾸물 노트를 꺼내 아무 장이나 펼치고서 뭔가 꾹꾹 적어넣을 양을 하"(274쪽)는 『바이올렛』의 결말은 글쓰기의 불멸성에 관한 오산이의 욕망을 가장 극적으로 보여주는 대목이다. 그녀의 글쓰기는 부재를 몰아내고 그 자리에 자신의 욕망을 아로새긴다. 그러나 이 욕망은 어디까지 인정될 수 있는가? 이제 이 욕망이 팔루스의 세계 속에서 어떤 대가를 치르는지 지켜볼 차례다.

5. 다시 씌어지는 이야기

욕망은 현실을 위협한다. 현실이란 무엇보다도 금지의 체계다. 이 체계가 제거된 상태란 혼돈일 뿐이다. 우리는 이 혼돈을 죽음으로 바꿔 부를 수도 있을 것이다. 이 죽음을 필사적으로 연기하기 위해 인류가 고안한 장치가 바로 금기(taboo)다. 열광과 환희의 축제가 끝나면 욕망은 어떤 식으로든 응분의 대가를 치러야만 한다. 이 욕망을 제어하고 길들이지 않는 한 세계는 유지되지 않기 때문이다. 따라서 이 규율은 언제나 가장 잔인하고 가장 폭력적인 방식으로 행사된다.

정적.

어둠이 내리기 전 어스름 속. 두 여자애의 시야가 뿌옇다. 잘라진 채 나뒹구는 닭의 목. 우물가로 튄 핏방울들. 아직도 살아 꿈틀거리는 닭 몸통을 끌어안고 나자빠져 있는 남애의 혼비백산한 눈. 좁다란 코밑에 튀어묻은 닭의 피. 그녀는 쥐고 있던 칼을 떨어뜨리고 남애는 목이 잘린 닭을 내팽개친다. 항아리와 담벼락과 우물 벽과 두 여자애에게 튀는 핏방울. 주춤주춤 뒤로 물러서던 남애는 그녀를 향해 비명을 질러대며 신발을 신은 채로 마루로 뛰어올라 방으로 들어간 뒤 문을 걸어잠근다.(26쪽)

이 대목은 『바이올렛』에 각인된 세계의 원초적 폭력을 하나의 극명한 이미지로 제시하고 있는 장면이다. 서남애에 대한 오산이의 욕망은 금지된 세계를 넘보는 불온한 시선이었다. 이 욕망에 대한 세계의 응징은 참수(castration)였다. 잘라진 채 나뒹구는 닭의 목은 기실 동성을 욕망하는 오산이에게 가해진 상징적 처벌에 다름아니다. 그것은 욕망의 무한질주를 감시하고 규율하는 아버지의 언어라고 할 만하다. 이후 오산이의 삶은 '욕망'의 솟구침과 '참수'의 위협 사이에서 동요한다. 욕망이 있는 곳에는 늘 금지가 있다. 금지가 있는 곳엔 또한 당연히 욕망이 있다. 붉은 모자(위협적인 붉은색!)를 쓴 지하철 공사장 인부들이 노란 철책에 기대어 담배를 피우고 있는 곳 저 멀리엔 언제나 도발적인 젊음으로 팽만한 '배드민턴 치는 여자'들이 있게 마련이다. "배드민턴 치는 여자들의 미끈한 다리는, 물고기들이 물살을 차내듯이 미술관 뜰의 잔모래들을 사삭, 차내며 명랑하게 움직인다. 바닥에 떨어진 공을 주울 때 짧은 진치마는 더욱 아슬히 올라간다. 어쩌면 엉덩이가 보일 듯하다."(177쪽) 미끈한 다리를 자랑하는 '배드민턴 치는 여자'들의 욕망은 금지를 모른다. 그것은 언어로 포착되지 않는 영역, 현실적 규정력의 저편, 아니, 그 모든 것이 무화된 전(前)의식의 단계, 순수한 욕망 그 자체라고 보아도 좋다. 일종의 '열기'에 해당하는 이 욕망은 어느 순간 금지의 경계를 뚫고 현실 속으로 솟구쳐오른다. 그리고 그 욕망의 언어로 이제까지 '자연'으로 인식되어온 것이 실은 '인위적 규율'에 불과한 것임을 폭로한다.

이 폭로는 위험한다. 그것은 이제까지 아슬아슬하게 유지되어오던 남성적 상징 질서 자체를 뒤집어엎고 그 자리에 거대한 혼돈을 부려놓기 때문이다. 이 카오스를 막기 위해 '경찰'이 '오토바이'(오산이의 아버지가 타고 다니던 것도 오토바이였다) 굉음을 울리며 달려온다. 그는 순찰을 돌던 중이라고, '너'를 구하러 왔다고, 어서 오토바이에 올라타라고, 속삭이는 것을 잊지 않는다. 사실 이 경찰의 위무는 위협의 다른 이름이다. 그는 아무리 부드럽고 따뜻하다 하더라도 '경고'를 잊지 않는다. 욕망에 의해 한껏 부풀어올랐던 오산이의 몸은 이 경찰의 위협에 의해 겨우 "그 남자와 광화문 카페에서 재회하기 이전의 그녀", 즉 "그 남자라는 환영에 이끌리기 전의 침착한 그녀"(219쪽)로 되돌아온다. '경찰'은 그녀의 욕망을 관리하며 그것의 분출을 가로막는다.

그러나 이 욕망의 관리체계는 언제나 정당하기만 한가. 배드민턴 치는 여자들과 오산이를 비롯, 그녀들의 욕망은 절대 현실로 귀환할 수 없도록 그토록 강력하게 감금되어야만 하는 것인가. 그것은 정녕 분출되는 순간 세상의 질서를 뒤흔드는가. 그것은 아무도 모른다. 다만 우리가 알고 있는 것은 '그렇다'고 알려진 사실뿐이다. 다른 이야기가 나도는 것은 원천적으로 봉쇄되어 있기 때문이다. 자신을 찾아온 오산이를 끌고 지하 비상 계단으로 데려가 욕을 보인 최현리는 이렇게 말한다.

"네가 달아나지만 않았다면 그럴 양이었지. 우선 향기로운 저녁을 먹고, 술을 한잔 곁들이고, 강변이 내려다보이는 곳으로 춤을 추러 가고, 그렇게 부드럽게 순서를 밟을 양이었지. 하지만 네가 급해 보여서 말야.

이렇게 거칠게 바뀌어버렸구나. 이거도 괜찮잖니. 조금만 협조해준다면 더 좋겠는데…… 오늘은 이렇게 반항해도 내일은 너 스스로 전화할걸. 여기에서 나를 기다리겠다고 말야…… 니 얼굴에 씌어 있어. 나 죄 없어. 다만 네가 말 못하는 걸 내가 알아서 해주는 것뿐이야…… 자, 그러니 좀 얌전히 굴어."(269쪽)

최의 말은 오산이를 비롯한 '그녀들'의 욕망에 관한 가장 '상식적'인 견해를 대변한다. 그녀들의 불온한 욕망은 '그들'의 상식에 의해 '너는 (욕구충족에) 급해 보인다'와 '너는 (나의 방식을) 좋아할 거다', 그리고 '너는 (너의 욕망을) 말하지 못한다' 등의 몇 가지 단위로 수렴된다. 그들은 '그녀'에 관한 한 모르는 게 없다. 그러나 위에서 언급한 그녀에 관한 몇 가지 정보 단위는 모두 '~라고 나는 생각한다'에 불과하다. 그녀는 어디에도 없다. 정작 그녀가 사라진 자리를 차지하고 있는 것은 거대하게 부풀어오른 '나', 최현리의 욕망뿐이다. 그것은 페니스가 말하는 것 혹은 생각하는 것이지 그녀 자신의 것이 아니다. 그러므로 그녀의 욕망은 아직도 여전히 '이야기'되지 못한 상태다. 그녀의 욕망은 금지의 형태로만 이야기될 뿐이다. 그녀는 말을 할 수도 없고 또 하려고 해서도 안 된다. 절대로 욕망하지 마라. 이 금지에도 불구하고 욕망을 풀어놓으려고 하면, 목이 잘린다! 최현리가 그녀에게 저지른 강간은 바로 이 위협적 언어의 각인에 다름아니다. 그녀들의 몸에 새겨지는 이 끔찍한 억압은 끊임없이 그녀들의 욕망을 내면화한다. 13장 '수녀'에서 오산이의 어린 시절의 친구 서남애는 결국 세속의 욕망과 절연하고 신성(神聖)의 세계로 입문한다. 그녀에겐 이제 어떤 욕망도 깃들일 자리가 없다. 팔루스적 상징체계는 그녀의 욕망에 빗장을 질러버렸다. 서남애는 그들의 규율을 가장 극단적으로 내면화한 경우다. 이 극단적인 내면화를 통해 그녀는 역설적으로 현실에서의 위치를 간신히 유지한다. 살던 '집'이 허물어진 오산이와 달리 그녀가 살던 집은 여전히 그녀의 친척에 의해 '관리'되고 있는 것이다.

그렇다면 이제 오산이에게는 어떤 길이 남아 있는가. 그녀 역시 서남애처럼 그들의 도덕을 내면화할 것인가.『바이올렛』의 대미는 이 질문에 대한 답이다. 앞장에서 미리 살펴본 것처럼 그녀는 지난 여름 '배드민턴 치는 여자'들이 발랄하게 뛰어놀던 공원 한구석을 차지하고 있던 포클레인에 기어오른다. "포클레인은 땅을 많이도 헤쳐놓았다. 퍼올려진 흙더미들이 여기저기 수북하게 쌓여 있다. 깊숙이 땅을 파헤친 포클레인이 그녀가 일구어놓은 꽃밭 자리에 포만한 짐승처럼 서 있다."(271쪽) 포클레인은 '땅(어머니)'을 훼손한다. 포클레인의 횡포에 그녀가 여름 내내 심고 보살펴보던 '바이올렛'은 '흔적'도 없이 사라졌다. 포클레인은 포만한 짐승처럼 바이올렛을 먹어치우고 하늘을 찌를 듯 솟구쳐 있을 뿐이다. 이 흔적 없는 부재에 대항하기 위하여 그녀는 포클레인의 아가리 속으로 기어들어간다. 그리고 그 속에 남아 있던 흙으로 자신의 몸을 덮어 하나의 '무덤'을 만든다. 마침내 '어머니'가 떠오른다. 불쌍한 어머니. 그녀는 "이 포클레인에서 내려갈 수만 있다면 이제 어머니를 찾아갈 수도 있을 것 같다"(274쪽)고 생각한다.

그러나 정작 그녀가 한 일은 포클레인에서 내려와 어머니를 찾아가는 것이 아니라 우리가 이미 살펴본 대로 노트를 꺼내 '뭔가를 꾹꾹 적는 시늉'이다. 이제 그녀는 사라졌다. 포클레인이 '바이올렛'의 흔적을 감쪽같이 지워버린 것처럼 그녀의 흔적은 어디에도 없다. "이제 이 거리에 그녀는 없다."(290쪽) 그러나 그것은 부재가 아니다. 그녀가 마침내 자기 안의 '어머니'를 찾아내고 글쓰기가 그것을 대체할 수 있다면 그녀 역시 그녀의 딸에 의해 다시 '발견'될 것이다. 그리고 다시 '씌어질 것이다.' 그 글쓰기는 신성으로의 초월이나 포클레인에 버금가는 폭력의 발로가 아니다. 그것은 다만 스스로를 묻음(죽임)으로써 재생하는 부재의 흔적일 뿐이다. 그 흔적을 통해 우리는 영원히 존재 바깥으로 추방되지 않는 하나의 이야기를 듣는다. 그 이야기의 시작은 이러하다. "조그만 여자애. 아직 추운 이월의 어느 날 겹겹이 문이 닫힌 집 어두운 방안에서 갓 태어나 외할머니 손에 들려진 이 여자애를 그녀의 어머니는 가슴에 꼭 끌어안고 쓰다듬는다……" '잊혀져도 좋을 이야기'는 이리하여 이제 잊혀져도 좋겠다.

(2001)

잃어버린 목소리를 찾아서

─『순정』으로 읽는 '이야기/소설' 의 가능성

1. 말하기로서의 쓰기

『순정』은 성석제의 소설이다. 그것 이외에 달리 할말이 없다. 『순정』은 성석제 소설이라는 말로 모든 설명이 끝나는 소설이다.

사실 지속적으로 작품을 찾아 읽게 만드는 작가는 대략 두 부류다. 늘 새롭고 낯선 이야기로 우리의 호기심을 만족시켜주는 작가와 누구나 아는 이야기를 귀 기울여 듣게 만드는 작가. 전자가 화려한 모험담으로 승부한다면 후자는 그만의 독특한 이야기 기술로 맞선다. 일찍이 벤야민이 이야기꾼의 원조로 언급한 선원과 농부의 메타포가 각기 이에 대응된다. 그에 따르면 선원이 머나먼 세상을 편력하고 돌아와 이국의 낯선 풍물을 호들갑스럽게 전해주는 자라면 농부란 무엇보다도 시시콜콜한 고향의 일상사를 구수한 입담으로 풀어놓는 자다. 이야기의 유구한 전통을 잇고 있는 소설 역시 언제나 이 두 유형 사이에서 요동친다.

물론 소설이 선조의 관습을 답습하고 있는 것만은 아니다. 대개의 경우 소설 속 모험의 활력은 언제나 그것만의 독특한 서술방식을 요구하며, 이야기 서술방식상의 혁신은 모험 그 자체의 내용을 새롭게 규정하기도 한다. 소설은 마침내 자신의 기원을 뒤섞으며 새로운 잡종을 낳는다. 이 애매하고도 복합적인 성격이야말로 소설을 규정하는 가장 강력한 정체성이라고 할 만하다. 그럼에도 불구하고 이야기의 유형학이라는 것이 가능하다면 성석제는 단연 후자, 즉 농부의 계보에 속한다.

일견 그의 소설이 전자의 유형, 즉 선원의 이야기에 속하는 것이 아닌가 의구심이 들 수도 있다. 실제로『궁전의 새』(하늘연못, 1998)를 위시한 '원두 시리즈'나 전형적인 피카레스크 소설의 면모를 띠고 있는 『왕을 찾아서』(웅진출판사, 1996), 그리고「조동관 약전(略傳)」등은 남성서사의 하나로 이해되어왔다. 저 인간적인 깡패 '마사오'와 한 도시의 전설이 된 건달 '조동관'을 비롯, 그 허다한 술꾼, 춤꾼, 노름꾼, 내기 바둑꾼 등 성석제가 즐겨 다루는 인물들은 소위 "천하를 주유하며 행협(行俠)하는"(『홀림』, 문학과 지성사, 1999, 131쪽) 당대의 방외인(房外人)들이다. 그러나 질료 자체보다 중요한 것은 이러한 질료를 다루는 작가의 태도 혹은 방법이다. 특히「유랑 ─ 취생옹(醉生翁) 첩실(妾室) 하세가와 도미코(長谷川惠子)의 봉별서(逢別書)」나「협죽도 그늘 아래」를 생각하면 더욱 그러하다. 그의 소설은 이 '영원한 남자'들에 관한 신화적 동경, 퇴색되지 않는 연민만큼이나 그들에 관한 풍자 역시 잊지 않는다. 이 풍자는 어쩔 수 없이 남성신화의 허랑함, 그 허랑함의 희극성으로 연결된다. 그렇게 보자면, 그의 관심은 남성이 아니라 인간일 것이며, 남성적 힘에 관한 옹호가 아니라 그것의 비애감일 것이다. 저 방외인들의 돈 키호테적 모험이 인간적인 경외를 획득하는 지점도 바로 이 순간이다. 따라서 90년대의 문학공간 속에서 성석제 소설의 의미를 되새기는 작업은 '농부형 이야기의 모던화'에서 시작되어도 좋다.

기본적으로 그의 소설, 특히 장편소설들은 대개『홍길동전』을 위시한 다수의 고전소설,『삼국지연의』유의 역사소설, 정체불명의 무협지 등 소위 남성영웅소설을 패러디하고 전복하는 데서 출발한다. 그것은 『돈 키호테』가 중세기사소설과 맺고 있는 관계와 일맥상통한다. 스토리 자체는 진부하다. 사실 이른바 모험의 활극이야말로 가장 상투적인 서사구조를 지니고 있는 것 아닌가. 그가 진정 칭송되어야 한다면 그것은 바로 그러한 사실을 가장 '비극적인 희극' 또는 가장 '희극적인 비극' 가운데 하나로 예리하게 포착할 줄 안다는 점이다. 방점이 찍혀야 할 부분은 서사가 아니라 그것들이 이야기되는 방식, 뻔한 이야기를 뻔하지 않게 만드는 기술, 그 형식적인 새로움의 차원이다. 말하자면, 그의 소설은 '어떻게 이야기하느냐'가 소설작법상 차지하고 있는 저 불멸의 위치를 다시금 확인시켜주는 가장 고전적인 범례다. 우리가 알고 있는 대로 이야기꾼의 입담은 성석제 소설의 핵심이다. 『순정』 역시 마찬가지다. 다 아는 이야기, 너무나도 뻔한 이야기를 처음 듣는 이야기처럼 흥미롭게 만드는 '농부-이야기꾼'의 교활한 기지(機智)는 이 소설이라고 해서 예외가 아니다.

돌이켜보면 성석제만큼 소설이라는 매체에 관한 자의식을 민감하게 보여주는 작가도 드물다. 그는 새로운 작품을 선보일 때마다 매번 새로운 언술방식의 가능성을 모색해왔다. 「내 인생의 마지막 4.5초」[1]나 「소설 쓰는 인간」에 붙여진 가짜 주석들, 「조동관 약전」 혹은 「유랑」 등에 나타나는 고전에 대한 능청스럽고 해학적인 패러디 등은 그 대표적인 경우다. 『우리가 정말 잊어버려서는 안 될 볼룸 댄스의 역사』 『무도의 예절 연구』(이 제목들이란!) 등 가공의 책을 동원하여 볼룸 댄스에 관한 허구의 주석을 장황하게, 그러나 가장 아카데믹하게 인용하고 있는 「소설 쓰는 인간」을 보라. 우리 시대 소설에 관한 가장 풍자적이고도 해학

---

1) 작가의 기존 작품 인용시 장편의 경우에만 출판사와 발행연도를 명시하기로 한다. 인용된 단편의 경우 작가의 단편소설집 『새가 되었네』(강, 1996)와 『아빠 아빠 오, 불쌍한 우리 아빠』(민음사, 1997), 『홀림』(문학과지성사, 1999) 등을 참조하기 바란다.

적인 보고서가 거기에 있다. "똥간의 본명은 동관이며 성은 조이다"로 시작되는 「조동관 약전」이나 "첩이 삼가 상공께 아뢰옵니다"로 포문을 여는 「유랑」 역시 마찬가지다. 전(傳)이나 서(書)의 형식은 성석제의 소설에 이르러 케케묵은 먼지를 털고 새롭게 소설의 형식 속으로 편입된다. 그의 소설은 소설장르의 유연성을 입증하는 거대한 부대자루다. 그 자루 속에 들어가면 고색창연한 것도 현대적인 것으로 재탄생하고 어떤 이질스럽고 낯선 형식도 모두 소설의 이름으로 뒤섞이게 된다.

이는 이제까지의 소설의 역사 전체와 대면하려는 의지가 아니고는 이러한 정열을 설명할 길이 없다. 의식적이든 무의식적이든 그것은 소설의 관행, 그것의 제도, 그것의 영향력에 이르기까지 '소설이 있던 자리'에 관한 숙고된 질문에 다름아니다. 문제는 서구의 소설사가 말해주듯 장르에 관한 자의식은 대개의 경우 소설을 살리는 방향보다 그것을 부정하는 쪽으로 치닫는 경우가 많았다는 점이다. 우리 소설사라고 해서 예외가 아니다. 서구가 소설을 창안하고 또 그것을 조롱하고 답답해하는 동안 우리 역시 그들이 만들어놓은 길을 따라갔던 것이 사실이다. 소설의 죽음을 통해 소설의 부활을 기원하는 역설은 종종 우리 소설의 활로를 모색하는 가장 강력한 대안으로 존중받아왔다. 그러나 성석제의 소설에 이르면 이러한 자의식이 얼마나 유쾌하게 발현될 수 있는지 새삼 놀라게 된다. 그는 어깨에 힘을 빼고 시작한다. 엄숙함은 그의 장기가 아니다.

그에 따르면 소설이란 별게 아니다. 그것은 "거리에서 사람을 모아놓고 이야기를 해준 다음 모자를 돌리는 직업, 살롱에서 귀족들의 벌린 입에 파리를 집어넣고 주머니를 터는 직업"(『그곳에는 어처구니들이 산다』, 민음사, 1994, 36쪽)의 현대적 버전이다. 따라서 오늘날의 소설업이란 안정성이 부족한 이 직업들을 개량하고 업그레이드하는 데 성공한 비교적 자유로운 전문 기술직에 다름아니다. 소설가들은 장터의 이야기꾼, 광대, 악사, 차력사, 서커스단의 난쟁이 들의 친구이자, 불시에 주머니를 터는 불한당, 귀여운 거짓말쟁이 들의 후배들이다. 이들은 오로지 자신의 입담에 의지하여 한 시대를 견딘다. 그렇다고 해서 소설가와 장터의 이야기꾼이 동일한 조건에 처해 있는 것은 아니다. 소설가들은 그들의 선배들이 사용해왔던 목소리와 몸짓과 표정, 청중과의 의미심장한 눈빛 교환 등 모든 물질적인 수단을 박탈당한 자들이다. 그런 점에서 그들을 불행한 이야기꾼이라고 할 수도 있겠다. 그러나 이 모든 물질적 수단 대신 그들은 문자라는 미증유의 매체를 보유하고 있다. 그들에게는 이 문자를 중심으로 한 쓰기(writing)의 영역이 새롭게 주어진 것이다. 문자는 목소리의 대리보충(supplement)이다. 이제 그들은 이 문자에 의거하여 그들의 선배들이 풍요롭게 확보하고 유쾌하게 전파한 이 모든 구연의 전통을 재연(再演)해야 할 임무가 있다. 그것은 그들의 글쓰기가 문자에 의해 상실된 그 고유의 구연의 세계를 다시 복원해내야 하는 아포리아에 직면해 있음을 의미한다.

일찍이 일제 강점기의 채만식, 김유정 등이 걸어갔고 7, 80년대의 김지하와 서정인, 이문구 등에 의해 새롭게 개척되어왔던 이 길은 이제 성석제에 의해 또다시 우리 소설사의 중심으로 진입해들어왔다. 비록 전인미답의 처녀지는 아니라고 할지라도 이 길의 고단함과 그 이정표 없음은 익히 알려져 있는 대로다. 단 한 번 발화된 다음 대기 속으로 황망히 사라지는 그 불안한 목소리를 어떻게 문자로 현존(presence)시킬 것인가. 말랑말랑한 '이야기'의 질감을 '소설' 속에 포착하고자 하는 욕망은 과연 가능한가. 데리다가 지적한 대로 이미 그 세계로 돌아가는 것은 불가능한 것이 아닌가. 이야기 속에는 이미 문자의 그림자가 어른거리고 있다. 그럴 경우, 목소리의 세계는 하나의 거대한 허구이며 그것을 향한 동경은 존재하지도 않았던 세계를 향한 가없는 여행이 될 수도 있다. 입담에 의지하는 성석제의 소설은 이러한 질문들에 답해야만

한다. 아마도 그는 '최후의 이야기꾼'이나 '소설 이후의 소설가'를 꿈꾸고 있는 듯도 하다. 그도 아니라면 그 둘 사이를 왔다갔다하는 영원한 이방인을 희망하는지도…… 그러거나 말거나. 사실 성석제의 성석제다움은 이제부터다. 그는 시침 뚝 떼고 독자들을 쳐다본다. 그리고 말문을 연다. "…… 이치도라는 아이가 살았는데……"

2. 안티-크리스트, 반영웅의 탄생

『순정』의 주인공 이치도(李治道)는 도둑이다. 그러니까 이 소설은 멀리는 『홍길동전』, 가까이는 『장길산』, 그리고 바다 건너서는 『괴도 뤼팽』 등 무수한 도둑 이야기들의 변형인 셈이다. 어쨌든 이러한 종류의 이야기들이 항용 그러하듯 우리의 주인공 이치도 역시 일반적인 의미의 '도둑'은 아니다. 도둑이라고 했을 때 연상할 수 있는 모든 악덕은 당연히 그의 것이 아니다. 그는 "한 사람의 생명처럼 이 세상에 유일무이하면서 다른 무엇과도 바꿀 수 없는 것은 훔치면 안 된다"(10쪽)는 것을 철학이자 세계관, 그리고 유일한 좌우명으로 삼고 있는 도둑이다. 그야말로 도둑 중의 도둑이며, "야, 이 도둑놈아!"라고 불러도 절대 뒤돌아보지 않고 묵묵히 자기 길을 갈 단 하나의 도둑이기도 하다. 사실 "제대로 도둑질도 못 하는 도둑놈들이나 남들이 소리치고 떠드는 소리에 신경 쓴다."(9쪽)

이 도둑의 프로필은 이제까지 우리가 성석제 소설에서 만나왔던 그와 유사한 '업종'의 종사자들, 이를테면, 『왕을 찾아서』의 '마사오'나 「해방」의 술꾼 등을 연상시킨다. 자기 세계의 '고수'들임에도 불구하고 결국은 몰락할 운명에 처해 있는 자들의 묘한 비장미는 이들의 캐릭터를 완성한다. 이른바, 그들은 '너무 늦게 온 자'들이다. 그들의 전성시대는 지나갔다. 그들에겐 이제 몰락의 길만이 남아 있다. 이러한 사실은 그들을 비극의 주인공으로 각인시키기에 충분하다. 분명 그들은 희극적인 인물들이다. 그러나 도둑이든 깡패든 고수들의 시절은 가고 이제 삼류들만 남아 망나니 짓거리를 반복하고 있는 이 세계에서 그들은 그 어떤 비극적 영웅보다 더 비극적이고 그 어떤 영웅보다도 더 영웅답다. 이 '비열한 세계'와 더불어 호흡하기엔 그들의 영혼이 지나치게 고매하며 그와 맞붙어 싸우기엔 그들의 합리성이 턱없이 모자란다. 사실 합리성이란 교활함의 다른 이름이기도 하다. 칼을 쓰는 깡패 '창용'에게 결국은 무릎을 꿇고 마는 우리의 '마사오'를 생각해보라. 그들에게 내일은 없다. 다만 지금 여기에서의 뒤늦은 영웅적 면모만이 두드러질 뿐이다. 이치도 역시 그러하다. 그는 소설의 처음부터 끝까지 줄곧 도둑 같지도 않은 도둑떼에게 쫓기고 있다.

『순정』은 이러한 영웅의 일대기다. 나서(탄생) 자라고(성장) 때때로 배우며(수업시대) 모진 환난과 시련을 견디고(위기) 드디어 자기 세계의 일인자, 즉 도둑 중의 도둑으로 우뚝 섰다가(영웅시대) 결국에는 몰락하고 마는 비극적인 영웅담은 이 소설을 구성하는 기본축이다. 모든 영웅서사가 그러하듯 이 소설 역시 '비범한 탄생-시련-위기-복수-신분 상승' 등 일련의 영웅서사의 궤도를 맴돈다. 그 상투적인 서사구조는 영웅의 주변인물들, 즉 아비와 어미, 스승과 연인, 적과 동지 등으로 살을 붙여나가며 독자적인 이야기를 구성한다. 우선, 비범한 탄생편. 그의 어미는 "시골에서는 보기 힘든 전문 작부"이며 그의 호적상의 아비는 "아이가 몇 달 만에 어디로 나오는지 알지도 못"하는 반편 땜장이다. 아비를 아비라 부르지 못하고 형을 형이라고 부르지도 못하는 이 치도의 비극은 홍길동에 버금가는 대도가 될 운명을 예견하는 것이라고 할 만하다. 그에게 일찍이 "도둑의 도"[2]를 갈파한 스승은 한때 "그 자신 나라를 뒤흔든 대도적이었던" 왕확(王碻)선생[3]이다. 그는 도굴꾼이다. 그의 딸 왕두련(王頭蓮)은 이치도가 평생 순정을 바쳐 사랑하는 유일한 여자다. 장르의 관습상 모든 사부의 딸들은 주인공의 애정의 대상이 될 수밖에 없다. 우리의 주인공 이치도에게도 이 공식은 그대로 적용된다. 왕두련은 언청이로 태어나 왕확선생네 문간에 버려진다. 이 '고아'는 이치도를 무시하는 '최고 여고생' 시절을 거쳐 당대 최고의 창녀로, 그리고 장애자 수용시설의 자원봉사자로 변신을 거듭하며 소설이 진행되는 내내 우리 주인공의 애를 태운다.

  예수의 일생이라고 해서 이와 다를까. 현실의 아비가 실제의 아비가 아닌 점, 고향은 그를 한낱 도둑(사기꾼)으로만 기억한다는 점, 탈향과 함께 본격적인 방랑(칠 년)에 돌입하고 드디어 크게 깨달은 다음 이후 삼 년 동안 도둑질(기적수행)에 복무한다는 점, 그리하여 모든 버림받은 자들과 한패가 된다는 점 등 그의 일생은 모든 '수난자 / 구원자'가 겪게 마련인 삶의 기본구도에서 크게 벗어나지 않는다. 그러나 그가 누구인가. 도둑 중의 도둑 아닌가. 그는 애초에 도둑이었으며 앞으로도 그러할 것이며 이 사실을 벗어나서는 존재의 의미가 없다고까지 할 수 있다. 그는 한 번도 성스러운 존재가 될 것을 꿈꾸어본 적이 없다. 오히려 성스러운 존재의 전혀 성스럽지 않은 점, 영웅의 영웅답지 못한 점 등을 들춰내는 데 일가견이 있을 뿐이다. 사실 이 점이야말로 이치도뿐만 아니라 '조동관'으로 대표되는 성석제 소설의 온갖 비속한 주인공들

---

2) 잠시 이 대목을 음미하지 않고 바로 넘어가기엔 아쉬움이 없을 수 없다. 그대로 인용하자면 다음과 같다. "도둑에게도 다섯 가지 도가 있나니라. 먼저 훔칠 물건이 어떤 것이며 자물통은 어떤 게 걸려 있는지 잘 살펴 알아두는 것이 거룩함(聖)이다. 앞장을 서서 훔치러 들어가는 건 용감함(勇)이며 물러날 때 맨 뒤에 서는 것이 의로움(義)이다. 알맞을 때를 보는 게 슬기(智)이니라. 도둑질한 걸 공평하게 나누는 것을 어질다(仁)고 한다. 이 다섯 가지에 정통하지 않고서는 천하에 이름난 도둑이 될 수 없다."(71쪽)

3) 이 배꼽 잡는 이름자 뒤의 한자나 '도둑의 도'에 사용된 한자는 모두 그의 소설을 추동하는 힘이 패러다임을 알려주는 코드다. 그것이 정확하면 정확할수록, 익숙한 것이면 익숙한 것일수록 장르와 관습을 전복하는 힘, 그리하여 우리를 웃게 하는 힘은 더욱 강력해진다.

의 '문제적 성격'이라고 하지 않을 수 없다.

천사들의 '수태고지'를 뒤집어놓은 듯한 어미 춘매의 태몽을 보자. 춘매는 어느 날 하늘에서 사다리가 내려오는 꿈을 꾼다. 그 사다리에는 바가지가 달려 있고 그 속에는 싯누런 콩이 담겨 있다. 그녀는 콩으로 메주를 쑤리라 작정하고 콩을 삶다가 그래봤자 나눠먹을 식구가 없다는 것을 깨닫고 콩 삶기를 중단한 다음 다시 콩을 볶기 시작한다. 그러나 그것인들 나눠먹을 인간이 있나…… 다시 콩 볶기도 중단하고…… "뭐 이렇게 꿈이 처음부터 뒤숭숭한 기야." 춘매의 꿈은 이미 박장대소할 만반의 준비를 갖추고 있다. 이제까지의 영웅신화가 줄기차게 강조해온 태몽의 신비와 권위는 이 웃음 앞에서 순식간에 그 황금빛 위용을 상실한다. 더욱이 꿈 이야기를 하고 있는 지금 그녀는 이치도의 호적상의 아비 봉달과 한참 재미를 보는 중이 아닌가. 결국 그녀의 꿈은 하늘에서 떨어져내리는 호박을 덩굴째 껴안고 나뒹구는 '추락'으로 끝난다.

춘매는 좋아라 호박을 안았다…… 그러자 하늘에 연결된 덩굴까지 뚝 떨어져 춘매는 덩굴째 호박을 안게 됐다…… 호박의 무게를 이기지 못하고 춘매의 몸은 아득한 지상으로 떨어져내리기 시작했다…… 떨어지고 또 떨어지고 또 떨어졌다…… 무한히 쉬지 않고 떨어지고 또 떨어졌던 것이다……(18쪽)

이 '추락'의 이미지는 이치도를 규정하는 결정적인 요소다. 그는 영웅이되 영웅이 아니다. '성배 세트'와 '태자관'으로 상징되는 성속(聖俗)의 정점을 고의로 땅속 깊이 매장함과 동시에 표표히 세상으로 나아가 도둑질에 임하는 그의 역정은 그의 '영웅성'이 소위 '성스러움'과는 무관함을 암시하는 중요한 지표다. '성배 세트'가 사랑하는 애인 두련의 미래와 관련된 것이었다면 태자관은 스승의 영광과 결부된 것이었다. 그는 이 두 세계를 부정함으로써 비로소 진정한 도둑이 된다. 소위 '순정'은 그의 것이 아니다. 그는 '강호의 도'를 짓밟음으로써 자신의 정체성을 확립한다. 한마디로 그는 반영웅(反英雄)이다.

이 점은 그의 고향땅의 두 산, 즉 '두장산'과 '독산'의 관계에서도 드러난다. 한여름 더위를 피할 수 있는 너른 계곡과 사시사철 맑은 물을 지닌 두장산을 내버려두고, 생김새부터 기이한데다 여름철이면 바람 한 점 내려보내는 법이 없는 독산에 지극한 친근감을 느끼는 이치도의 '취미'는 단순히 취향만의 문제에 국한되지 않는다. 사실 독산은 은척을 대표하는 깡패 조동관이 경찰과 대치하면서 죽어간 '모포굴'로 유명한 곳이 아닌가. 이치도는 이 '모포굴' 속에 자신이 가장 사랑했던 자들의 애장품을 묻고서 스스로 '조동관'이 된다. 독산의 모포굴을 통과해 나옴으로써 그는 자신이 누구인지 알게 된 것이다. 그런 의미에서 모포굴은 이치도의 새로운 탄생지라고도 할 수 있다. 그는 '도둑 중의 도둑', 곧 '안티-크리스트'다. 이제 그는 성속의 피안에 위치한 존재인 것이다. 이리하여 이제까지의 그의 소설에서 무수히 변주되고 패러디되어 온 성석제 식의 영웅서사시, 그 완결편이 시작된다.

3. 자기 텍스트 베끼기

『순정』의 스토리상의 줄기는 이치도와 왕두련의 '아름다운 순애보'다. 그러나 그것은 표면적인 스토리라인을 따라갔을 때의 이야기다. 오히려 이 소설에서 주목할 만한 것은 이치도의 '사랑'이 아니라 그의 '우정'이다. 그에겐 적이자 친구인 '성억제'가 있다. 이 인물이 작가의 이름 '성석제'를 희화한 것, 곧 작가의 자기 반영물(self-reference)이라는 데는 이의가 없을 것이다. 기존의 자기 소설 텍스트를 모방하고 풍자하며 증식시키려는 충동은 이 소설의 서사를 지탱하는 가장 강력한 충동이다. 언제나 "콧물을 훌쩍거리"는 전당포집 아들 '성억제'는 '성석제가 쓴 성석제'다. 그의 면면을 살펴보자. 그의 아비는 그 일대 최고의 현금 보유자이면서도 '자물쇠'라는 별명을 얻고 있는 데서 드러나듯 엄청난 구두쇠다. 성억제는 부자 구두쇠 아들이라는 대가를 톡톡히 치른다. 다른 아이들이 모두 받는 급식빵을 혼자서만 받지 못한다. 돈이 있는 아이는 돈을 내고, 돈이 없는 아이들은 무상으로 받는 급식빵은 그와는 인연이 없다. 돈이 있으되 무상으로 받을 수 있는 것을 왜 돈을 내고 받느냐는 '자물쇠'의 엄명으로 돈을 내지 않았으니 빵을 받을 수 없음이요, 빵을 받지 못했다 하여 학교에서 부잣집 아들인 그에게 빵을 무상으로 나눠줄 리도 없기에 그러하다. 그리하여 이 불쌍한 '부자 아빠'의 아들은 '장터국밥집' 아들 이치도의 빵을 나눠먹으며 함께 도둑질을 도모하는 등 특별한 우정을 쌓아나간다.

이 궁합이 잘 맞는 '짝패(double)'는 성석제 소설 속에 자주 등장하는 모티프다. 특히 『왕을 찾아서』의 나와 창용이 대표적이다. 똑같은 날 태어난 그들은 다같이 마을 최고의 깡패 '마사오'를 숭배하며 망나니짓을 서슴지 않는다. 『왕을 찾아서』는 그 짝패의 한쪽인 '나'가 서술하는 지역의 깡패사를 중심으로 '나'의 유년에 대한 아름다운 반추가 또다른 가지를 형성한 소설이었다. 이야기는 결코 '나' 바깥으로 퍼져나가지 않는다. 어디까지나 '나'의 의식이 중심이다. 그러나 『궁전의 새』가운데 '원두' 이야기로 옮겨오면 사정은 조금 달라진다. 『왕을 찾아서』의 유년 회고담이 전면화된 이 소설은 그 황금빛 찬란했던 날들의 동화를 "옛날 옛날에……"의 이야기 투로 풀어낸다. 이제 '나'의 의식이 있던 자리에 '이야기꾼'의 목소리가 들어선다. 그러나 이 이야기꾼은 한편으로는 '나'의 서술을 대신하지만 다른 한편으로는 여전히 '나'의 의식, 즉 절대적인 이야기꾼의 권위를 거부하지 않는다. 그는 동화 속의 전지전능한 이야기꾼처럼『궁전의 새』를 한 편의 단일한 가상의 세계로 재창조한다. 이 권위가 조금 답답하고 거추장스럽게 여겨질 때쯤 짧은 장편『호랑이를 봤다』(작가정신, 1999)가 나온다. '어느 소설가의 시답 잖은 이야기' 혹은 '물레방아 돌던 마을에 사는 어느 노인의 이야기' 등 짤막짤막한 부제(이 부제는 결국 누가 이야기하느냐를 밝히는 길잡이 역할을 한다)를 단 각각의 이야기편은 이 소설을 구성하는 이야기꾼들이 한 사람이 아니라는 사실을 반증한다. 무수한 이야기꾼들의 들끓는 목소리가 소설 곳곳에 산재한다. 그러나 이 다수의 익명의 화자를 통제하고 간섭하는 초월적인 이야기꾼은 아예 부재한다. 그런 의미에서 이 소설은 가히 무수한 이야기꾼들의 축제라고 할 만하다.

그렇다면『순정』은 어떤가. 이 소설은 부분적으로 직접적인 이야기를 구연하는 이야기꾼들이 다수 포진하고 있다는 점에서『호랑이를 봤다』의 연장선상에 있다고 할 수 있다. 그러나 그 무수한 이야기꾼들을 통제하고 그것에 주석을 다는 초월적인 이야기꾼이 존재한다는 점에서는『궁전의 새』와 연결되는 지점이 있다. 이 소설의 이야기꾼은 상당히 의뭉스럽다. 그는 이제까지의 성석제 소설에 등장했던 다른 어떤 이야기꾼보다 더 교묘히 자신을 숨기는가 하면 노골적으로 자신의 권능을 휘두르며 이야기를 변형시키기도 한다. 비유적으로 말해,『궁전의 새』의 이야기꾼이 아이들에게 이야기를 들려주는 난로 가의 할머니 혹은 다소 덜떨어진 동네 아저씨의 순진성과 관계 있다면,『순정』의 이야기꾼은 애들과 노인네들, 할 일 없는 건달 몇몇이 둘러선 시장 한쪽 공터에 진을 치고 서서 "애들은 가라"고 외치는 예의 그 약장수(무엇을 파는지는 밝히지 않겠다)를 닮아 있다.

요컨대 그는 전략적인 '꾀보-이야기꾼'에 좀더 가깝다. 그는 자신의 수준을 능가하거나 적어도 자신과 비슷한 수준의 사람들을 상대로 모든 이야기들을 관장하고 제압한다. 따라서 이런 종류의 이야기는 형식상 결코 단조롭지 않으며 내용상 그 어떤 이야기보다(성인용 버전이다). 이 이야기꾼은 아주 신랄하고 풍자적이다. 그에게 걸리면 어느 누구도 점잖게 걸어나가지 못한다. 주머니를 몽땅 털리고 어느 순간 오입쟁이가 되는가 하면 온갖 비속한 행위의 주연을 도맡게 된다. 어미 춘매의 죽음을 목도한 후 그대로 걸어나온 이치도가 모터를 단 자전거에 왕두련을 태운 채 희희낙락하는 성억제를 만나는 장면을 보라. 이 대목에서 성억제는 쓸데없이 거만하고 위선적이다. 왕두련은 성억제와 나란히 누워 이야기를 나누면서도(물론, 그는 결코 이야기만 나누기를 원한 것은 아니다) 이불 속을 더듬어 옆에 누워 자고 있는 이치도의 성기를 위무한다. 구원은 엉뚱한 곳에 떨어진 것이다. 그것도 모르고 성억제는 그 밤 내내 애간장을 태운다. 그야말로 청맹과니로서의 작가가 노골적으로 풍자되는 순간이다. 이제 작가는 죽은 것일까. 작가 대신 이야기꾼이 서사장르의 새로운 주체가 되고 있다. 이제 그가 바로 신이다.

이 이야기꾼의 권능은 가히 판소리 광대의 그것에 비길 만하다. 자신의 개성에 따라 주어진 이야기를 마음대로 늘였다 줄였다 함으로써 또 다른 이야기를 탄생시키는 판소리 광대의 책략은 이 소설의 형식과 관련하여 여러 면에서 시사적이다. 이른바 '판소리 사설체'. 그것은 이야기의 보고임과 동시에 변형태며 끝없는 이야기의 연쇄이자 출발이기도 하다. 『순정』은 저 오래된 이야기 구성방식에 비교적 충실하다. 그렇다면 이제 우리가 할 일은 분명해 보인다. 『순정』을 읽는 것이 아니라 들어야 할 차례가 왔다. 우리는 보고 듣는다. 저 약동하는 이야기꾼의 발화를, 몸짓을, 그리고 마당을 둘러싼 저 익명의 관중이 내지르는 환호와 한숨을.

4. 말놀이 pun, 그 즐거운 카니발 정신

'판소리 사설체'라는 비유가 말해주듯 『순정』은 노래를 지향한다. 따라서 이 소설 텍스처(texture)는 일차적으로 음악성의 복원을 그 목적으로 한다. 시인 성석제의 면모가 두드러지는 순간이라고 할까. 그는 누구보다도 소설과 노래(시)의 만남을 강력하게 희구해온 작가이기도 하다. 예컨대, 『그곳에는 어처구니들이 산다』 혹은 『재미나는 인생』 등 장르를 확정지을 수 없는 글쓰기를 보라. 그는 장르의 구분에 얽매이지 않을뿐더러 종종 그 경계 자체를 무너뜨린다. "한 여자가 앉아 있다"라는 문장을 반복하며 칠순 노인의 구구한 인생유전을 시로 장식하고 있는 「협죽도 그늘 아래」나, 단 두 단락으로 이루어진 「홀림」 등은 그가 소설을 시 혹은 음악에 버금가는 스타일의 실험실로 이해하고 있음을 보여주는 징표다. 물론 이러한 스타일에 대한 집착이 단순한 수사적 차원으로 떨어져 있는 것은 아니다. 스타일은 내용이며 내용이 곧 스타일이다. 두 소설의 경우에도 운율은 그대로 내용으로 육화된다. "한 여자가 앉아 있다"라는 문장은 결코 평탄치 않았을 여자의 인생을 반어적으로 압축하며, 단락 구분 없이 이어지는 『홀림』의 회오리 같은 문장 역시 그 자체 '홀린다는 것'을 조형적으로 구체화한다. 단락 구분 없는 문장을 통해 '홀림'의 불가항력적 마력을 입증하고 있는 것이다.

『순정』에서도 이러한 경향은 쉽게 발견된다. 이 소설의 어디를 펼쳐보아도 우리는 다음과 같은 '말꼬리 잡기'를 만나볼 수 있다. "그러나 시시한 도둑들, 병아리 도둑들, 진정한 도둑의 심오한 세계를 모르는 엉터리 도둑들은 그런 철학을 알 리 없고, 안다 해도 실행에 참고하지 않을 것이며, 참고한다 하더라도 제대로 실천할 수 없다."(10쪽) 혹은, "춘매옥에서 노래를 하지 않으면 술을 마시지 않은 것이요, 술을 마시지 않았으면 춘매옥에 가지 않은 것이며, 춘매옥에 가지 않았으면 은척에 사는 사내라고 할 수도 없는 것이었다"(16쪽) 같은 문장들. 이 '말꼬리 잡기'는 이야기의 가락을 유도하며 일종의 노래조의 사설을 가동시키기에 적합하다. 이 경우 문장과 문장은 논리적 인과성보다는 앞 문장이 유발한 리듬에 크게 의존하게 된다. 다음 문장의 발화를 결정짓는 것은 앞 문장의 발화다. 이 경우 언어를 운용하는 것은 당연히 시니피에가 아니라 시니피앙이다. 그것은 "원숭이 똥구멍은 빨개. 빨간 것은 사과. 사과는 맛있다……"라는 노래의 동력에 비할 만하다. 시니피앙의 연쇄가 불러일으키는 즐거움은 『순정』의 문장을 가동시키는 가장 일차적인 흥겨움이다. 문장은 때때로 이야기를 진술하기보다 스스로 유발한 리듬에 취해 그것을 즐기고 있는 듯한 경향을 보이기도 한다. 문장과 문장 사이에는 종종 논리적인 비약이 존재하며 때때로 터무니없는 이질적인 문장들이 서로 병치되기도 한다. 이런 종류의 '낯선 충격'을 예술로 승화시킨 사람들은 잘 알려진 대로 초현실주의자들이다. 다만 초현실주의자들이 추구한 '낯설게 하기'가 주로 기괴함에 근거하고 있었다면 성석제의 소설은 즐거운 유희정신에 입각해 있다고 할까. 분명 그는 인식의 새로운 지평을 열고자 하기보다(물론 그러한 의도에서 완전히 벗어날 수는 없겠지만) 언어가 불러일으키는 환유적 미끄러짐, 그 불확정적 장난에 더 몰두하는 경향이 있다.

이것은 소위 '언어의 카니발화' 현상과 맞물릴 때 더욱 강화된다. 이를테면, "하룻저녁 어느 술집에서 젓가락 두드리는 소리가 좀 났다 하면 다음날은 그 소리의 오만 배쯤 시끄러운 바가지 긁는 소리로 온 읍내가 시끄러웠다"(15쪽) 혹은 "마지막의 싸움 같지도 않은 싸움으로 한두 해 양식을 사다먹더니, 그걸 필생의 직업으로 삼아 술집에 찾아오지도 않는 사람들에게까지 닥치는 대로 시비를 걸어 부러진 이만 해도 열두 대, 갈빗대가 도합 여섯 대, 턱뼈 이탈이 5회, 코뼈 주저앉은 게 세 번이었고, 그 외에 할퀴고 찢긴 사소한 부상은 일일이 들 것도 없었다"(20~

21쪽) 같은 엉뚱한 수치들의 향연. 이 대목에서 웃지 않을 사람이 몇이나 될까. 정확하게 수치로 환원된 진술, 예컨대 갈빗대가 도합 여섯 대, 턱뼈 이탈이 5회 등, 오로지 정확성을 풍자하려는 의도가 아니라면 도저히 서술할 수 없는 진술을 태연하게 이어가는 대목은 그것의 어이없음에 의해 오히려 더욱 강력한 웃음을 유발한다. 이 장난을 통해 합리성의 비합리성, 곧 수치에 관한 우리의 맹목적인 믿음이 은근히 비틀리고 조롱된다. 그것은 여러 가지 의미에서 라블레 소설에서 숫자가 사용되는 방식과 유사하다(우리 것으로는 놀부가 '박타는 장면'이 이에 대응될 것이다). 바흐친은 가르강튀아가 노트르담 사원의 종탑에서 소변으로 파리 시민을 죽이는 에피소드에서 사상자 수를 정확히 260,418명으로 묘사하는 대목을 들며 라블레 소설의 형이상학 파괴효과를 지적한 바 있다. 라블레는 숫자 장난을 통해 숫자가 지니고 있는 기존의 성스럽고 상징적인 의미를 해체하고 있다는 것이다.『순정』역시 그러하다. 우리가 여기서 '오만 배'를 '사만 배'로 바꾼다든지 '5회'를 '6회'로 적는다든지 하는 것은 무의미하다. 그것은 그 자체로 희극적 효과를 강화하고 유희정신에 투철함으로써 소설의 텍스처를 흥겹게 구성하는 역할을 한다.

이 점은 5장에 등장하는 에피소드 가운데 "피도 눈물도 없는 고양이", 줄여서 "피눈물"이라고 불리우는 술집 주인에 관한 에피소드를 서술할 때 더욱 분명해진다. '피눈물'과 그의 부하들(그들은 줄곧 이치도의 목숨을 위협하는 악당들이다. 그러나 그들을 서술하는 이야기꾼의 가락은 얼마나 흥겨운가. 이른바 그들의 존재는 선악의 경계 자체를 무화시킨다)은 모두 고유명사 대신 특정한 별명으로 불린다. 예컨대 가오리, 오징어, 박쥐, 문어, 꼴뚜기, 송충이, 메뚜기 등등으로 말이다. 이들의 별명은 물론 그들의 행위와 관련하여 웃음을 자아내고 일반적으로 우리가 사용하는 관용적인 표현들, 즉 '어물전 망신은 꼴뚜기가 시킨다'라고 할 때의 그 꼴뚜기의 쓰임을 다시 한번 전복시키는 역할을 한다. 이 점은 고유명사라고 해서 다르지 않다. 우리의 주인공 '이치도'의 이름을 보자. 이 이름은 그 내력 자체가 희극적이다. 이치도는 하마터면 '이택도'가 될 뻔했다. 출생신고를 하러 간 봉달이 "택도 없는 소리 하지 마소"라고 소리치는 바람에 읍사무소의 서기가 '이택도'라는 이름을 지어넣을 뻔했기 때문이다. 그러나 그는 곧 모범공무원으로서의 자신의 위상을 떠올린 다음 잠깐 동안의 명상을 거쳐 '이치도'라는 이름을 지어낸다. 뜻한 바대로 하면 이치도는 "오얏나무(李) 아래를 지나가는 도로공사 공사판 십장(治道)" 노릇은 너끈히 하고도 남을 이름이다.

이미 살펴본 '성억제'나 '왕확' '왕두런' 그리고 결정적으로 '춘매'라는 이름 역시 마찬가지다. '춘매'가 '춘향'과 '월매'를 동시에 연상시키며 그들의 전형적인 성격을 패러디하는 측면이 있음은 다시 지적할 필요가 없을 것이다. 이 모든 이름들은 인물의 고유성을 드러내는 한편 철저하게 유희성 혹은 관습의 전복을 위해 특별하게 고안된 언어들이다. 언어가 굳이 기존의 의미에 고정될 필요는 없다. 소설은 더욱 그러하다. 사실 소설이야말로 언어의 축제판이라고 해도 과언이 아니다. 말이 말을 낳고 그 말이 또다른 말을 낳는 과정은 의미의 쇄신에 필수적인 코스다. 『순정』은 말놀이를 통해 소설, 특히 우리 소설이 그 동안 결코 자유로울 수 없었던 의미의 그늘로부터 조금이나마 '해방'되고자 하는 면모를 보인다. 그것은 즐거운 유희, 유쾌한 카니발 정신 덕분이라고 할 만하다.

5. 이야기꾼의 향연

『순정』은 독자와 함께 쓰기를 시도한 텍스트다. 물론 이것은 '쓰기'의 트릭에 관한 이야기다. 『순정』의 화자 앞에는 언제나 청중들이 눈을 빛내며 앉아 있다. 그것은 씌어진 텍스트를 사후에 독자들이 읽기를 바라지 않는다. 소위 '현장감각'. 『순정』의 문체는 이야기를 하는 사람이나 듣는 사람이나 그들 모두 지금, 바로, 여기에서, 모두가 잘 알고 있는, 적어도 맥락을 짐작할 수 있는 이야기를 하거나 듣고 있다는 투로 말한다. '문답법'은 그 대표적인 경우다. 이를테면, "그래서 그렇게 한 작부가 얼마나 되더란 말이냐. 너도 나도 다 다이아몬드 반지 끼고 열두 자 자개장 앞에서 뜨끈한 고기국밥 먹어가면서 사느냐. 그렇지 않으니, 춘매는 춘매로 살았고 꾸준히 찾아오는 봉달에게는 딴 사람의 반값만 받고도 몸을 내주었다. 일단 봉달의 생각이 들어맞는다는 징조가 아니겠는가"(17쪽)와 같은 대목. 이러한 예는 무수히 많다. "종치기 마누라는 어떤 여자인고 하니"(25쪽), "그럼 왜 죽었는가"(29~30쪽), "그 이야기는 나중에 필요하면 몰아서 하기로 하고"(36쪽) 등 과장해서 말해 이 소설의 '팔 할'은 이야기꾼이 묻고 답하는 방식으로 되어 있다.

이 '문답법'은 우선 이야기를 하는 당사자가 이야기의 흐름을 잊지 않고 조절하도록 막간 휴지부와 같은 역할을 함과 동시에 이야기를 듣는 사람들에게 있어서도 이야기의 전후관계를 다시 한번 정리해주는 반복학습의 기능을 하기도 한다. 이치도의 어미 춘매의 입심을 설명하며 화자가 이야기하고 있는 대로 "남들이 그 이야기를 솔깃하게 듣게 하는 무구한 힘" 같은 것이 그것이다. 진행되는 이야기가 적어도 일방적인 독백이 아니라 상호간의 대화에 근거하고 있는 듯한 효과를 자아내기에 이보다 더 적절한 방법도 드물다. 그것은 이야기꾼이나 이야기를 듣는 청중들에게 끊임없이 상대방이 현존하는 듯한 환상을 제공한다. 마치 일대일로 이야기를 하고 있는 것처럼.

'부분적 재현' 방식은 이 점을 더욱 증폭시키는 효과를 낸다. 부분적 재현이란 판소리 가운데 창 부분, 예컨대 춘향의 '옥중가'와 같은 형태의 직접적인 서술을 가리키는 개념이다. 『순정』에서도 이러한 개념에 부합하는 몇몇 대목을 찾아볼 수 있는데, 그것이 하는 역할은 이야기꾼의 다수화(多數化), 곧 이야기꾼의 복수화(複數化)다. 달리 말하자면 우리는 이러한 형태의 '아리아'를 통해 이제까지의 일대일 대화에서, 일 대 다수 혹은 다수 대 다수의 형태로 대화 혹은 공연이 확대되는 듯한 느낌을 받는다. 이제까지의 이야기꾼을 밀치고 나와 직접적으로 자신들의 이야기를 구연하는 또다른 이야기꾼은 이야기판 자체를 더욱 풍성하고 다양하게 만드는 또다른 요인이다. 그들을 라이브 콘서트 무대의 초대가수에 비할 수 있을까. 이 방면에서 역시 가장 뛰어난 기량을 자랑하는 자는 단연 땜장이 이봉달이다. 이치도가 빌미가 되어 호적상 춘매의 남편이 된 봉달은 춘매와 "같이 사는 게 무슨 벼슬이나 되는 듯 일을 나가지 않"는 '일'을 본업으로 삼게 된다. 그의 하루는 작부 노릇하는 춘매의 영업을 방해하며 그녀를 감시하다가 술에 취해 허튼 수작을 하는 손님들과 싸움을 벌이는 것으로 일관된다. "해가 넘어가고 술꾼들의 목젖에 굵은 침이 넘어가는 시간"이 되면 그의 주정도 본 궤도에 오르기 시작하는데, 이때 울려퍼지는 것이 바로 그의 '주정가'다. 그의 '주정가'는 "애국가처럼 전체 4절"로 구성되어 있다. 술 마시고 지나가다가 길 가는 사람에게 시비 걸기가 1절, 그에 이어 "발산과 포효의 2절"이 뒤따르고 그뒤 "호흡을 조절하는, 비교적 예술성이 높다는 평판을 받고 있는" 3절이 자리잡는다. 성당 앞에서 오줌을 누다가 두드려맞는 4절에 들어서면 이 주정가도 대미에 이른다. 잠시 발산과 포효의 2절을 감상해보자.

"아아아, 지미랄 것, 너희 똥도 못 처먹는 개새끼들, 다 나와. 너 술도가 나와. 너 농약가게 하는 놈 나와. 너 기름 팔아 처먹는 놈 나오고 떡 쳐서 파는 놈, 말고기를 소고기라고 속여 파는 놈 나와. 쌀 배달 하는 놈, 소리사 하는 놈 다 나와. 철공소, 목공소, 철물점, 대장간, 대서방, 도장집, 문방구, 성냥공장, 엿도가, 고물상 나와라. 우체국, 경찰서, 읍사무소, 세무서, 소방서 다 나오란 말이다. 개새끼들아, 나왔으면 일렬로 서. 이놈의 새끼들, 내 마누라하고 재미본 그 대가리들, 잘 놀게 내가 그냥 놔둘 줄 알았냐. 야, 너 흔들거리는 놈, 똑바로 서! 내가 땜장이라고 우습게 봤어. 사나이 봉달이를 우습게 봤다 이 말이야. 내가 오늘부터 너희 대가리에 헛구멍 난 걸 몽땅 때우겠다 이 말씀이야. 너희 마누라들, 그것도 다 때워버리겠어. 이놈의 새끼들, 똑바로 안 서! 차렷, 열중쉬어, 차렷, 경례!"(21~22쪽)

이 엄청난 욕설과 상소리와 고함은 그 자체 수천 마디의 설명보다도 더욱 강렬하게 이봉달을 성격화한다. 언어의 힘, '지미랄 것, (……) 다 나와'로 요약되는 이 구어의 특별한 질감이 아니라면 밑바닥 인생의 전형 같은 봉달의 삶은 다만 언제나 그러하다고 익히 알려져온 낡은 계명을 반복하는 선에서 그치고 말았을 것이다. 그러나 봉달이 전하는 그만의 생생한 언어는 이러한 상투적인 개념적 인식에 활력을 불어넣는다. 이 구체적인, 너무도 구체적인 발화의 질감 앞에서 그 어떤 이데올로기 혹은 개념적인 인식도 무력해진다. 소설은 다만 언어의 이미지에 의거하여 실재와 언어 사이의 틈, 그 메울 수 없는 거리를 드러낼 수 있을 뿐이라는 바흐친 이하 '구어 중심주의자'들의 통찰력이 새삼 빛을 발하는 순간이다.

『순정』에는 이러한 이야기꾼이 여럿 등장한다. 이치도의 어미 '춘매'나 그의 스승 '왕확'(그의 이북 사투리는 또다른 질감을 전한다)은 말할 것도 없고 이치도가 고향에서 도망쳐나와 두런에게 가기 위해 무임승차한 기차에서 만난 '대열차강도단의 두목'(그는 이치도에게 입에 거품을 물고 국가와 기차, 기차와 보건, 기차와 경제, 인생과 기차, 기차와 역사, 기차와 기찻길, 인구증가와 기차 등의 관계에 대해 설파한다)이나 '농업무술'의 최고봉을 자랑하는 깡패 '피눈물', '아시아의 황금다리 차세찬 선수 후원회'의 박회장 등 다소 굵직한 배역을 맡은 인물들에서부터 만화방 주인, 학교 소사, 대장간 주인 등의 단역에 이르기까지 이들의 면모는 실로 다양하다. 누구 하나 평범한 인물이 없다. 사실 이 인물들, 이 이야기꾼들, 이 가수들이 없었다면『순정』의 텍스트는 그 재미가 훨씬 덜했을 것이다. 그들은 모두 자신만의 목소리를 지니고 있으며 그에 준하는 언어를 구사할 줄 안다. 그럴진대 어느 누가 주인공이고 또 어느 누가 부수적인 인물일 것인가.『순정』은 이 모든 인물들의 목소리의 기록, 그들간의 대화의 역사, 그들의 회의와 갈등과 화해와 축복의 나날에 관한 긴 보고서, 말하자면 이 다양한 이야기꾼들이 짜내려간 한 필의 무명천이다. 그 올은 성기고 짜임은 울퉁불퉁하다. 그러나 거기에는 이음매가 드러나지 않는 매끈한 비단으로는 결코 형용할 수 없는 이채로운 무늬가 수놓여 있다. 이제, 그 무늬를 들여다볼 때다.

6. 은척 : 글쓰기의 원점

『순정』은 '은척'에서 시작해 '은척'으로 끝난다. 은척은 단순한 소설의 무대가 아니다. 그것은 소설의 화자이자 인물이며 소재이자 주제의 차원으로 비약한다. 은척이 이야기하는 은척에 관한 은척의 소설, 이것이『순정』이다. 성석제 소설에 있어서 은척이란 무엇인가. 일단 은척은 '지방 중소도시'라고 할 때의 그 '중소' 가운데서도 '소'에 해당하는 도시다. 이 도시는『왕을 찾아서』에서의 '지역', 그리고『궁전의 새』에서의 '변두리 마을'과 무관하지 않다. 또한 이곳은 한때 경찰을 상대로 치열한 대치국면을 연출하다가 결국에는 그들의 총에 맞아 장렬히 산화해간 깡패 조동관 또는 조똥깐(「조동관 약전」)의 전설의 현장일 뿐만 아니라 영웅 마사오를 밀어내고 새로운 칼잡이의 시대를 연 장본인 박재천(「내 인생의 마지막 4.5초」)이 "엄마, 무서워"라는 인간적인, 너무나 인간적인 비명을 지르며 죽어간 곳이기도 하다. 말하자면, 이 은척은 성석제 소설의 영원한 고향, 그 원점에 해당되는 곳이다.

　이 도시의 지형과 산세, 중심지의 풍경과 주민들의 성격 등은 비교적 소상하게 알려져 있는 편이다.『왕을 찾아서』는 북쪽을 제외한 나머지 삼면이 병풍 같은 산으로 막혀 있는 이곳을 두고 언젠가 큰 도둑이 웅거할 것이라고 예견한 바 있으며,『궁전의 새』는 이 살벌한 '지역'을 동화의 무대로 장식하기도 했다. 동쪽으로 가면 동곡(東谷)이 있고, 서쪽으로 가면 서곡(西谷)이, 남쪽으로 가면 남천(南川)이, 북쪽으로 가면 까마득한 절벽 말고는 아무것도 없는 대지, 이른바 "옛날 옛적, 어느 마을"이 그것이다. 마침내『순정』에 이르면 은척은 도둑의 소굴과 동화의 무대가 통합된 특이한 공간으로 설정된다. 이를테면, "사방을 돌아 흐르는 냇가가 외곽 지역과 자연스러운 경계선을 이루어주고" 있는 가운데 둑방을 중심으로 왼편에는 전기 불빛이 번득이는 읍내가, 오른편에는 호롱 등불이 깜빡이는 전형적인 시골마을이 펼쳐지는 공간, 이 모든 이질적인 것들의 대치장소로 말이다. 여기에서는 근대와 전근대, 도시와 농촌, 문명과 자연이 '둑방'의 어둠을 배경으로 묘한 긴장을 연출한다. 조만간 둘 가운데 어느 하나가 본격적으로 세력을 펼치게 될 것이다(우리는 어느 쪽이 승리할 것인지 이미 알고 있다. 그를 두고 '역사의 필연'이라고 명명한 사람도 있다. 그 점이 은척을 단순한 가공의 공간이 아니라 사회역사적 현실로 인식하게 하는 힘이다). 그럴 경우 암암리에 형성된 이 기묘한 공존은 곧 깨어지게 될 것이다. 그러나 『순정』의 은척은 아직 어느 한쪽의 일방적인 승리와 다른 한쪽의 완전한 소멸을 알지 못한다. 모든 것은 여전히 미정형의 안개 속에 쌓여 있을 뿐이다. 운명은 다만 전조(前兆)로서만 자신을 드러낸다. 이 점이 은척을 은척답게 만든다.

다가올 근대성의 격변과 그 속에서의 자신의 운명 앞에 속수무책인 '무방비 도시' 은척은 무엇보다도 삶의 일차원적인 활력으로 흥청거리는 공간이다. 그것을 '비속함'이라 하자. 주정을 부리는 자가 있고 시비를 거는 자가 있으며 결국 그 둘이 서로 맞붙어 싸움을 하면 그들을 빙 둘러싸고 눈을 빛내며 구경하는 사람들이 넘쳐흐르는 세계. 그들의 고함 소리로 날이 새고 날이 지는 도시. 이 모든 인간 군상들의 세속적인 삶이 은척을 규정한다. 그러므로 봉달의 주정을 구경하던 사람들이 이 모든 소란을 끝까지 지켜본 다음 집으로 돌아가며 주고받는 말들, 예컨대 "자네 아들이 월남 가서 테레비라는 걸 보냈다면서" "어제 공설운동장에서 개 싸움 하는 거 본 사람 없어", 그리고 "서곡 사는 차서방이 딸을 여읜다는데? 그 집 딸내미가 곰보라는 거 신랑 집에서 아나?"와 같은 목소리들이야말로 『순정』의 심층 텍스트를 형성한다. 그들이 있음으로 해서 비로소 이야기가 시작되고 마침내 끝을 맺는다. 소설의 잠재적인 청자이자 독자이기도 한 그들의 목소리는 『순정』의 배음을 형성한다. 이 익명의 이야기꾼들의 웅얼거림이야말로 『순정』이 그토록 재연하고자 하는 목소리의 실체이기도 하다. 그런 의미에서 은척은 그들이 말하는 그들의 일상, 그들의 정서, 그들의 미의식을 대변한다. 이를테면, 이런 것들. "이 녀석아, 넌 왜 내복 바람으로 나와서 코를 찔찔 흘리고 있어. 썩 들어가지 못해?"와 같은 어른들의 허풍 섞인 꾸지람, 혹은 말만한 처녀의 "엄마야, 난 몰라. 된장찌개 다 탔겠네"와 같은 외마디 비명, 그리고 "저 망할 놈의 개새끼가 지금 처먹는 게 뉘집 애 똥이

여"와 같은 상소리의 세계.『순정』은 근대가 진주해올 경우 필연적으로 상실하게 될 이 모든 삶의 적나라한 풍경들을 원래의 모습 그대로, 조금의 훼손도 없이, 채집하고 보존하고자 한다. 그것은 이제는 화석이 되어버린 고대 도시를 복원하고자 하는 열망과 흡사하다. 유물이 되어버린 삶의 구체성은 끊임없이 발견자의 손길을 기다리지만 그것을 되살리기란 무망할 따름이다. 은척은 이 무망한 작업 속으로 들어가는 열쇠다. 우리는 은척을 통해 시간의 침탈이 멈추어진 세계, 화산재를 뒤집어쓰기 직전의 삶의 세목들을 만난다. 이 기이하고도 따뜻한 시공은 '현재진행형의 과거'라고 할 만하다.

그렇다면, 다시, 은척은 무엇인가. 이 소설을 위요하고 있는 그토록 많은 화장실 유머와 배설 혹은 생리현상과 관련된 에피소드 등을 떠올려보자. 〈암흑가의 황제〉〈돌아온 외팔이〉 등의 성인용 영화를 '문화교실'이라는 이름으로 틀어대는 읍내 극장의 "변소"에서 이치도가 어린 깡패 조정학과 만나 한판 승부를 겨루는 장면이나 중학생이 된 이치도가 "사춘기에 접어든 공립 은척중학교 학생들의 이성에 대한 호기심을 가로막고 자연정화하는 장치"인 "똥통"에 빠져 허우적대는 장면 등『순정』은 '똥'에 관한 우리의 금기와 위선과 허영을 조금의 여과장치도 없이 다소 민망하고도 저속하게 과장하고 조롱하며 풍자한다. 그것은 가히 '분뇨의 상상력'이라고 할 만하다. 이것을 단지 고전적인 해학에 대한 집착으로만 볼 수 있을까. 그러기엔 작가의 장난이 지나치게 집요하고 자의식적이다. 왜 '똥'인가. 왜 이 메타포에 그다지도 집착하는가. 하나의 답이 있을 수 있겠다. 굳이『똥바다』나『분례기』를 들지 않더라도 우리 소설사에서 그것은 언제나 민중의 원초적인 건강함을 상징하는 대표적인 수사로 사용되어왔다. 똥은 밥이며 곧 생명의 근원이다. 똥을 가리고 무시하며 거부하는 모든 사상, 모든 미학은 생명의 숨구멍을 덮고 막으며 부끄러워하는 것에 다름아니다. 이 분뇨의 상상력이 강변하는 것은 수직적 초월이 아니라 세속적 범신론이다. 사람이 곧 부처이며 지금-이곳의 난장이 바로 피안이다. 로두스 섬은 없다. 뛰어라, 지금 이곳에서.

일찍이 성석제는 "헤아릴 수 없이 많은 길, 세속의 다양함을 숭상한다"(『홀림』, 268쪽)고 적은 바 있다. 소위 '길'의 진실은 그의 모토다. 그것은 "'내일은 내일의 태양이 뜬다' 유의 동네 장기 같은 훈수라든가, '소년은 어제와 오늘이 다를 것이라고 생각하며 살았답니다' 같은 딴 나라 딴 세상에서나 통하는 위안, '진주는 조개의 아픔 속에서 태어난다' 같은 전통 있는 가짜 사탕"(『호랑이를 봤다』, 작가의 말) 등 저 제도화된 소설의 위선을 과감히 전복하고 냉소하기 위해 채택된 선언이기도 하다. 그에 따르면 소설이란 신의 영광이 아니라 인간의 사랑을, 피안의 아름다움이 아니라 언제나 지금-이곳의 구차스러움을 노래해야 한다. 저잣거리와 그 속에서 울고 웃는 비속한 인생들을 찬양하는 것이야말로 소설의 미덕이다. 소설을 배태하고 키우며 그것에 생명을 부여하는 것은 언제나 길의 세속성이다. 이 세속정신은 속스럽기는 하되 잇속에 밝거나 책략을 구사할 줄 모른다. 그의 소설이 패배가 예상되는 인물, 몰락의 길을 자초하는 인물, 이 휘황찬란하고 잘난 현대가 무시하고 조롱하는 인물들에 관한 우신예찬(愚神禮讚)에 가까워지는 것도 그 때문이다. 『순정』의 최고 우신, 봉달의 죽음을 묘사한 장면을 보자.

봉달이 죽어가던 그 시각, 읍내에서는 불길한 고요가 저녁 안개처럼 깔리기 시작했다. 하루 한 번이 멀다 하고 악다구니를 벌이는 사람들이 살았지만, 십수 년 전 전쟁이 끝난 뒤로 제 손으로나 남의 손으로나 사람에 의해 목숨이 끊긴 이는 없었다. 대기는 셈하고 있었고 나무들은 기억하고 있었다. 벌레들도 그런 사실을 알았다. 바람이 멈추고 나무들은 잎을 낮추었으며 벌레들은 번식을 위한 울음을 멈추었다. 이제 은척에서

나서 은척에서 자라 은척에서 살며 호흡하고 부딪치며 짓뭉개지던 한 생명이 스러져가는 것이다.(30쪽)

반편 땜장이이자 주정뱅이인 봉달의 죽음은 의외로 전 우주의 애도 속에 가슴 저리게 진행된다. 그의 죽음에 조의를 표하기 위해 일순 바람은 숨을 멎고 벌레들은 울음을 멈춘다. 나무와 벌레와 바람은 인간의 운명과 교섭하며 인간사 생로병사가 우주와 함께 호흡한다. 세계는 여전히 인간과 더불어 '호흡하고 부딪치며 짓뭉개' 진다. 비록 "소문이라면 자다가도 벌떡 일어나는 사람들"이 "하루 한 번이 멀다 하고" 악다구니를 벌이고 문풍지 사이로 새들어오는 찬바람이 추위와 배고픔을 일깨우기도 하지만 이 세계에는 아직 '희망'과 '사랑'이 있다. 은척의 크리스마스를 보라. 이치도의 대부 왕확이 주연, 감독하고 이치도와 춘매가 조연으로 참여하는 크리스마스의 풍경은 이 소설의 가장 아름다운 대목 가운데 하나다. "문둥이 피부처럼 딱딱하고 구멍이 숭숭 뚫린 연필 한 다스"를 든 노인네 왕확이 언챙이 딸의 손목을 잡고 머나먼 눈길을 걸어와 "아침에 팔 우거지 해장국이 설설 끓으며 김을 뿜어올리고" 있는 춘매의 집 연탄화덕 옆에서 그녀와 함께 묵묵히 먼 데서 들리는 성당의 찬송가 소리를 듣는 대목은 『순정』이 표방하고 있는 미의 절정이다. 자신들의 불우를 기름진 풍요로 바꿔놓을 수 있는 '의식(儀式)'이 있는 한, 인간도 세계도 아직은 서로에게 적대적이지 않다. 그들은 다만 이 우주 속의 거대한 우연이자 필연, 서로가 서로를 필요로 하는 유기적인 존재들일 뿐이다. 소년 이치도와 소녀 왕두련의 '순정'을 축복하는 은척의 대자연을 보라. 그들이 두런두런 이야기를 나누며 집으로 돌아오는 긴 "방죽 아래 냇가에는 연초록의 부드러운 풀들이 자라"고 있고 염소들은 "풀을 뜯다 말고 이따금 메에에, 하고 소리를 낸다." 머릿수건을 쓴 여인네들이 밭을 매는 뒤편으로는 때로 "붉은 해가

변전소로 뻗은 철탑 사이에 걸려" 있고 소년의 자전거에 걸린 소년과 소녀의 가방들은 서로 부딪치며 가볍게 흔들린다. 소녀는 이따금 소년의 말을 듣다 말고 눈을 들어 아스라이 뻗친 방죽 위를 바라보기도 한다.

은척은 이 모든 것들의 대명사다. 그것은 똥이며, 바보 반편이다. 그것은 '이발소 그림' 같은 센티멘털이며 대자연과 인간에 대한 턱없는 낙관이다. 그것은 보잘것없고, 눈에 띄지 않으며, 여전히 운명의 행방을 확정지을 수 없는 미정형의 고치상태에 머물러 있다. 그것은 세속적이고 비속하며 심지어 저속하기까지 하다. 그러나 그것은 여전히 인간과 자연과 우주와 바람과 나무와 벌레에 대하여 무어라 말할 수 없는 신뢰를 간직하고 있다. 그들은 하나다. 우주다. 아니, 하나가 아니라는 것을, 하나가 될 수 없다는 것을 믿지 못한다. 그리하여 몰락이, 패배가, 좌절이, 종말이 다가온다 한들 누구를 탓할 것인가. 분명 그러한 세계가 있었고 그러한 세계에 대한 기억이 있으며 그러한 기억을 지금 이 순간 되살려내고 싶은 주체의 의지가 있는데. 그렇다면 무엇이 문제인가. 다만 '쓰면' 되지 않는가. '쓰기'가 '현존'으로 바뀌는 순간, 은척은 실재할 것이다. 은척은 영원히, 언제나, 새롭게 씌어질 것이고 또 씌어져야만 한다.

7. 죽음을 연기(延期 / 演技)하는 글쓰기

'쫓김'에 관한 모티프로 글을 맺자. 『순정』의 처음과 끝에는 각기 동일한 삽화가 들어 있다. 먼저 처음 부분. 아비 봉달이 죽어가던 시각, 어린 이치도는 은척 읍내를 빠져나가 사방을 돌아 흐르는 냇가의 둑방에 다다른다. 시골마을과 읍내 중심부를 가르는 경계선 노릇을 하던 그 둑방 말이다. 이 둑방을 가득 채우고 있는 것은 "먹줄을 쳐놓은 듯" 어두운 암흑뿐이다. 이치도는 이 어둠의 한가운데 우뚝 버티고 있는 어떤 '물체'를 본다.

그 물체는 있는 듯 없는 듯했다. 없는가 하면 있고 있는가 하면 엷은 어둠 속으로 스며들었다. 이치도는 조그만 눈을 한껏 크게 뜨고 코를 벌름거리며 귀를 세웠다. 그런데 눈, 코, 귀가 훨씬 더 발달된 존재가 이치도에게서 이십여 미터밖에 떨어지지 않은 곳에 있었으니, 바로 이치도가 정체를 알려 하는 그 물체였다.

그건 개였다. 아니 늑대였다. 아니 여우였다. 아니 은척 근처에만 산다는 호랑이의 새끼, 지나가는 나그네의 머리 위를 건너뛰며 혼을 빼고 결국은 간만 빼먹고 간다는 개호주였다. 일 분, 이 분, 이 분 삼십이 초, 서로가 무엇인지 알아차리는 데 충분한 시간이 흘렀다. 그리고 두 존재는 각자 행동을 개시했다. 이치도는 주먹을 쥐고 오던 길로 내달리기 시작했다. 개호주는 펄쩍펄쩍 도약하면서 이치도를 쫓았다.(31~32쪽)

이 대목은 소설의 마지막 장에서 다시 한번 그대로 반복된다. 몰락한 이치도는 서울에서 거지꼴이 되어 쫓기고 있다. 결국 더이상 버티기 힘들어진 그는 자신을 쫓는 '피눈물' 일당들을 피해 은척으로 돌아온다. 이른바 귀향이다. 그러나 새로 생긴 고층 아파트가 "목가적이고도 고리타분한 원래의 은척다운 풍경"을 훼손한 채 그 위용을 자랑하고 있는 은척은 이미 예전의 은척이 아니다. 땅거미가 짙어진 방죽을 따라 걷던 이치도는 불현듯 다시 저 둑방의 한가운데, 저 깜깜한 완전한 어둠 속에 내던져져 있음을 깨닫는다. 그 다음 대목은 위에서 인용한 부분과 동일하다. 거의 글자 한 자 다르지 않다.(264쪽 참조) 한참 정신 없이 달리다가 결국 "원래 출발했던 자리"로 되돌아왔음을 깨닫는 것까지 똑같다. 소설의 처음에나 끝에나 이 '쫓김'의 끝에 왕확의 집, 즉 왕두련이 있다는 것도 그러하다.

사실『순정』의 소설 속 실제 시간은 쫓기던 이치도가 서울에서 은척으로 내려가기까지의 몇 일인지 몇 시간인지 추정할 수 없는 '순간' 이전부다. 소설은 처음부터 끝까지 이치도의 쫓김에서 시작해 그의 쫓김으로 끝난다. "누가 이치도를 쫓는가. 이치도가 삼십여 년을 살아오면서 만난 대부분의 사람들이다. 쫓는 이유는? 천하의 도둑인 이치도가 그들에게서 뭔가를 훔쳤기 때문이다."(9쪽) 그는 끊임없이 쫓기고 또 쫓긴다. 지하도나 육교를 지날 때, 횡단보도를 건널 때, 주변을 경계하느라 그의 눈알은 잠시도 가만있지 못한다. 가스총을 휴대하고 한 방에 갈 수 있는 극약을 준비하고 있다고 해서 안심이 되는 것도 아니다. 추적의 불안은『순정』의 기본 정서다. 바로 뒤에서 목숨을 노리는 놈들이 떼거지로 몰려온다. 그들에게 걸리면 곧 죽음이다. 이치도가 피하고 있는 것은 바로 그 죽음의 맨얼굴이다. 흥미로운 것은 이 죽음을 눈앞에 둔 순간 '이야기' 가 펼쳐지기 시작한다는 점이다. 그의 일대기, 즉 '이치도전' 을 방불케 하는 그의 이야기는 생명을 담보로 한 필사적인 회상의 결과다. 이야기야말로 죽음을 연기(延期)하고 보류하는 최고의 '약' 인 셈이다. 그런 의미에서 이치도는 이야기(회상)에 의거해 목숨을 이어가는 셰에라자드다.

그렇다면 현실의 균열을 상상적으로 메워주는 '이야기' 의 세계는 어떠한가. 위 인용문으로 되돌아가보자. 그의 이야기, 즉 그의 회상은 '개호주' 의 쫓김에서 시작돼 다시 그것으로부터의 쫓김으로 마무리된다. 이야기 속에서도 이치도는 여전히 쫓기고 있다. 사실 쫓김은 도둑인 이치도의 운명의 형식인지도 모른다. 누가 그를 쫓는가. 개호주다.[4] 개호주는 무엇인가. 그것은 은척 근처에만 기생하는 동물로 '지나가는 나그

4)『호랑이를 봤다』의 '호랑이' 가 이 '개호주' 와 밀접한 관련이 있음은 두말할 필요도 없다. 곶감이어도 좋고 개호주라고 해도 좋고 호랑이라고 해도 무방하다. 서양의 누구처럼

네의 혼을 빼고 간을 먹고 간다'는 전설상의 괴물이다. '있는가 하면 없고 없는가 하면 있'는 것, '엷은 어둠 속으로 스며들어' 그 자체 어둠이 되고 있는 것, 그것은 어디에나 편재하고 어디에도 부재한다. 우리는 그것을 저 신화적인 태초의 어둠 그 자체로 보아도 좋겠다. 그것은 이야기를 낳는 원초적인 공포, 존재의 들림, 일종의 존재론적 질병에 다름아니다. 죽음은 이야기 속에서도 결코 추방되지 못한다. 그것은 아늑한 이야기의 세계 속까지 따라와 존재를 위협한다. 이야기가 죽음을 연기(延期)하는 동안 죽음은 다시 끈질기게 이야기에 들러붙었을 뿐이다. 우리는 다만 이야기가 죽음을 힐끗거리며 미끄러져내리는 그 순간을, 그 찰나를 '사는(生)'지도 모른다.

그렇다면 이제 남은 길은 끊임없는 죽음의 연기(演技)뿐이다. 이야기가 벌려놓은 죽음의 심연을 내려다보며 필사적으로 그것을 모르는 척 연기(演技)하기, 성석제 소설은 바로 그것의 산물인지도 모른다. 이 연기에 대한 보다 구체적인 사실들을 확인하기 위해 다시 이치도의 쫓김이 시작되고 마무리되는 두 개의 장면으로 돌아가보자. 처음이나 마지막이나 이치도는 개호주에게 쫓기다가 왕확의 집에 이르러 정신을 수습한다. 그러나 두 경우, 그 양상은 판이하다. 소설의 처음, 그 집은 '동화' 속에 있었다. 그러나 소설의 마지막에 이르면 사정은 달라진다.

1) 그 집의 바람벽에는 이치도의 머리가 들어갈 만한 작은 들창이, 이치도의 머리 높이쯤에 나 있었다. 거기서 노란 호롱 불빛과 도란거리는 말소리가 흘러나왔다. 하나는 남자 어른의 굵직한 목소리였고 하나는 어린 여자아이의 목소리였다.(34쪽)

바람 소리라고 해도 좋다. 그것은 갖가지 이름으로 환유되는 '죽음'의 시니피앙일 뿐이다.

2) 이치도는 기시감에 사로잡혀 고개를 갸웃거린다. 마루에 켜진 형광
등불빛이 마당으로 비춰진다. 텔레비전을 켜두었는지 빠른 말씨로 무언
가를 이야기하는 사내의 말이 들린다.(265~266쪽)

분명 이치도는 소설의 처음, '호롱 불빛'이 노랗게 밝혀진 작은 오두
막에서 새어나오는 부녀의 도란거리는 목소리에 위안을 받는다. 그는
"이젠 살았다는 안도감, 단란한 가정, 인자로운 아버지, 따뜻한 불빛,
배고픔, 인간 본연의 서로움" 이 모든 것들이 비빔밥이 되어 있는 그 어
떤 감정에 사로잡혀 '울기'까지 한다. 그것도 그냥 우는 것이 아니고
"막무가내로 눈물을 흘리며 구색을 맞춰 이잉잉, 소리까지" 내며 운다.
동화, 옛날이야기의 세계가 그를 구원하고 있는 것이다. 아니, 구원했
다고 믿고 있는 것이다. 그러나 2)를 보라. '호롱 불빛'은 어느새 '형광
등 불빛'으로 바뀌어 있고 '도란거리는 목소리'는 '텔레비전의 소음'
에 묻혀 잘 들리지 않는다. 이 세계는 이미 동화의 세계가 아니다. 그것
은 말 그대로 현실원리가 지배하는 산문의 세계다. 이야기가 죽음을 연
기(延期)하는 동안 눈물나도록 따뜻했던 동화는 어느새 건조한 산문으
로 대체되었다. 심지어 왕확은 태자관의 효험을 묻는 왕두련의 말에
"아니디, 아니야. 기건 내가 심심해서 만든 짜가야. 물건도 짜가, 이야
기도 짜가, 짜가!"라고 실토하기까지 한다. 다 가짜다. 태자관도, 불빛
도, 동화도, 따뜻함도, 구원도 모두 엉터리다. 다 '지어낸' 이야기에 불
과하다. 무엇이 죽음으로부터 우리를 보호해줄 수 있을 것인가. 아무것
도 없다. 다만 우리는 그것이 없다고, 죽음은 연기(延期)될 수 있다고
연기(演技)할 수 있을 뿐이다. 그것이 '이야기'의 힘이다. 그것뿐이다.
이제 이 모든 가짜들, 이 환(幻)들 앞에서 어떻게 할 것인가. 분노하고
항거할 것인가, 진짜를 찾아 떠날 것인가. 그것 역시 또다른 환에 불과
할지도 모르는데. 성석제는 말한다. 다만 웃을밖에. 그러니 그 웃음이

웃음일 것인가. 그것은 분명 눈물에 다름아니다. "이치도의 웃음소리는 점점 더 커지고 길어진다. 마침내 폭소로 변한다. 멈출 수 없다. 눈물, 콧물, 땀을 흘리며 계속 웃는다."(269쪽)

이제 마무리를 하자. 성석제의 소설적 욕망은 문자가 들어서는 순간 은폐되어버린 목소리를 복원하는 것이었다. 그의 소설은 잃어버린 목소리를 찾아 헤매는 과정이자 그 자체 이야기꾼의 향연, 살아 있는 입말의 만다라였다. 그것은 이제까지 우리가 알고 있던 소설의 경계를 넘어 무한히 뻗어 있는 구연의 전통 속으로 스며들고자 한다. 그것의 속스러움, 그것의 보잘것없음, 그것의 촌스러움에 이르기까지 소위 이야기의 전통은 그가 믿고 의지하는 몇 가지 원칙 가운데 하나였다. 그러나 한편으로 그의 소설은 자신이 불러일으킨 구연 욕망을 스스로 부정하고 비웃고 조롱하는 또다른 시선의 산물이기도 하다. 이제 이야기의 세계로 돌아갈 수는 없다. 아니, 순수한 목소리의 흔적만을 쫓는다는 것 자체가 이미 불가능한 욕망이다. 목소리를 기록하는 순간 목소리는 목소리가 아니다. 그것은 다만 문자일 뿐이다. 그는 그것을 안다. 그래서 어느 한쪽으로 끝까지 가지 않는다. 마지막 대목에서 그의 '이야기소설'은 다시 뒤집힌다. 우리는 대단원에 이르러 자신의 이야기에 푹 빠져 있는 독자들을 향해 혀를 내미는 작가를 만난다. 이 웃음은 독자들의 상상력뿐만 아니라 작가 자신의 소설적 욕망마저도 동시에 조롱하는 태도의 산물이다.

그리하여 성석제의 소설은 이야기도 아니고 소설도 아닌 그 무엇으로 남는다. 그것을 '이야기/소설'이라고 할 수 있을까. 이야기와 소설을 가르는 경계는 영원히 소멸되지 않는다. 오히려 그 둘은 서로의 병치로 그 긴장감을 더하게 된다. 그것을 쉽사리 위악이라거나 장난이라고만 보지 말자. 나아가 '이거 장난치는 거야, 뭐야?'라고 그의 진정성을 의심하지도 말자. 우리는 알고 있기 때문이다. 그 웃음은 눈물, 콧물, 땀이 뒤섞인 울음이라는 것을. 구원이 불가능한 세계의 구원에 대한 갈망은 그렇게 온다.『순정』은 우리에게 그 장관을 이미 충분히 보여 주었다.

(2000)

글쓰기 욕망의 음화(陰畵)
—『기차는 7시에 떠나네』를 읽는 한 방법

1. 글쓰기와 삶

어떤 인생이 좋은 인생이라고 생각하는가, 라는 질문이 차례로 돌아왔
다. 자기가 하고 싶은 일을 할 수 있고, 사랑하는 사람과 가족이 되어 사는
인생이라고 나는 대답했다. 그건 평소의 나의 생각이었다. 두 가지가 동시
에 이루어지는 인생이라면 뭘 더 바라서는 안 될 것만 같았다.(21쪽)[5]

'자기가 하고 싶은 일'을 하면서 '사랑하는 사람과 살기', 이 두 가지
가 공존할 수 있는가? 이미 많은 글을 통해 알려진 대로 신경숙에게
'자기가 하고 싶은 일'이란 무엇보다도 '글쓰기'다. 그렇다면 이 질문

---

5) 괄호 안의 숫자는 신경숙의 『기차는 7시에 떠나네』(문학과지성사, 1999)의 페이지이
다. 신경숙의 다른 작품을 인용할 경우에는 작품명과 페이지 숫자를 동시에 병기한다. 참
조 작품은 다음과 같다. 신경숙, 『풍금이 있던 자리』, 문학과지성사, 1993; 『외딴 방1』, 『외
딴 방2』, 문학동네, 1995; 『오래 전 집을 떠날 때』, 창작과비평사, 1996; 『강물이 될 때까
지』, 문학동네, 1998.

은 '글쓰기'와 '결혼'이 하나가 될 수 있는지를 묻고 있다고 보아도 좋을 것이다. '글쓰기'가 자신의 내면으로 파고드는 구심력에 해당된다면 '결혼'은 타인과 관계를 형성하고 그들의 삶에 개입해야 하는 원심력을 요구한다. 이 구심력과 원심력이 서로 길항하지 않고 각자의 궤도를 따라 각기 고유한 자신의 개성을 유지할 수 있을 것인가? 신경숙의 세번째 장편소설 『기차는 7시에 떠나네』가 제기하는 질문은 바로 이것이다.

물론, 화자 김하진의 잃어버린 기억 찾기를 골간으로 기억의 복원을 통한 자기 존재의 확인, 어긋난 사랑의 상처와 그것의 치유, 그를 통한 새로운 관계의 가능성 등을 탐구하는 이 소설을 이렇게 한 측면으로만 읽는다는 것은 다른 많은 의미연관을 상실하는 편파적인 독법이 될 수도 있을 것이다. 흔히들 지적하는 대로, 이 소설에는 어떤 식으로든 80년대의 물리적 폭력과 그에 대항하던 노동운동의 잔영이 드리워져 있으며 시대의 해일에 밀려 난파당한 개인들의 파편화된 몸뚱이와 그 몸뚱이의 상처를 어루만지는 해원의 손길이 깃들여 있음을 부인할 수 없다. 그것은 80년대를 향한 신경숙 식의 만가로서의 의미도 없지 않다.

그러나 "중국여행에서 돌아온 날"(11쪽) 시작되어 "중국여행에서 돌아온 트렁크를 풀던 밤"(244쪽)으로 끝나는 이 소설이 구조적으로 연인의 청혼에서 비롯된 혼란으로부터 그것의 수락에 이르기까지의 한 여인의 내면적 드라마와 긴밀한 상관관계가 있음도 무시할 수 없다. 소설은 '트렁크'를 풀고 정리해야 한다는 정신적 압박감으로부터 출발해서 그것이 풀림과 동시에 끝난다. "불현듯 어서 집에 가서 거실에 놓여 있는 중국여행에서 돌아온 트렁크를 풀고 싶"(245쪽)다고 느끼게 만드는 것은 '결혼하자'는 진서의 말이었다. '청혼'을 받아들임과 동시에 그동안 방 한구석을 차지하고 있던 '트렁크'가 풀린다. 트렁크야말로 이 뒤죽박죽 뒤섞인 사건들의 은유다. 트렁크는 김하진의 의식/무의식으로

310

채워진 판도라의 상자다. 소설을 추동시켜온 이 트렁크가 열리고 그 안에 산적해 있던 여행의 흔적이 정리되는 순간, 소설 속의 모든 사건, 이를테면 김하진의 잃어버린 기억 찾기, 윤과 현 피디의 재결합 문제, 조카 미란의 일상으로의 복귀, 전화를 걸어오는 낯선 여자의 자기 삶 찾기 등이 모두 제자리를 찾아간다. 그렇게 보자면, 이 소설은 '트렁크 풀기'의 한 과정이었던 셈이다. 그런 의미에서, 과감한 단순화를 무릅쓰고 말하자면, 이 소설은 화자 김화진의 결혼기피증—"청혼을 받는 순간 암전이라도 된 것처럼 내 마음이 캄캄해졌다"(21쪽)—에 대한 병리학적 주석이라고 할 만하다. 인생의 새로운 국면을 마주한 자아가 자신의 욕망의 새로운 경계를 설정하기까지의 지난한 과정은 여행지에서 돌아와 그 혼돈의 기억을 추려내고 일상의 질서를 새롭게 창출하는 과정과 구조적으로 정확하게 대응되는 것이다.

　그간 우리가 알고 있던 신경숙의 글쓰기 스타일, 즉 '오래 전 집을 떠난 자', 그리하여 언제나 '빈집'에서 혼자 외롭게 헛된 열망과 싸워온 자의 '글쓰기'를 상기할 경우, '결혼을 한다는 것', 그녀의 용어를 빌리자면, '사랑하는 사람과 함께 가족이 되어 사는 인생'을 꿈꾼다는 것은 '글을 쓴다는 것', 즉 "아픈 시간 속을 현재형으로 역류해 흘러들 수밖에 없는 운명"(『외딴 방1』, 39쪽)을 받아들인다는 것과 여러모로 상치되는 지점이 없지 않다. 『외딴 방』이 상징적으로 재현하고 있는 것처럼, 그녀의 글쓰기는 기본적으로 "집을 버리고 와서 집을 생각"(『외딴 방1』, 12쪽)하는 이율배반의 글쓰기다. "사랑하는 사람과 함께 있고 싶은" 열망은 "외려 지나치게 강"(21쪽)하지만 "막상 상대방이 청혼을 해오면" "마음이 닫혀버려 이후로는 제대로 교제가 되지 않"(20쪽)는 의식의 혼돈과 모순은 바로 거기에서 기인한다. 그녀에게 결혼과 글쓰기는 삶에 관한 서로 다른 방향을 가리키는 상반된 기호이기 때문이다. 결혼이 과거를 봉인하고 현재를 미래 속으로 던져넣는 것이라면 글쓰기는 끊임없이 과거로 되돌아가 그것들을 현재형으로 만들기를 요구한다. 이 길항관계는 이제까지의 신경숙의 글쓰기를 유지해온 가장 팽팽한 동력이라고 할 만하다. 이 길항관계가 공존으로 뒤바뀌는 순간, 그간의 삶을 지탱해오던 의식은 그 생경함에 '암전' 된 듯 혼이 나가버린다. 이제 글쓰기를 추동하는 빛은 외부로부터 주어지는 것이 아니라 스스로 만들어나가고 찾아야만 하는 과제가 되어버렸다. 이 소설이 단순한 결혼 이야기를 넘어 '글쓰기로 이루어진 삶' 과 '삶을 담보로 한 글쓰기' 사이의 매개에 관한 지난한 모색의 과정, 그 공존의 가능성에 대한 탐구로 다가오는 것은 그 때문이다.

　그러나 『기차는 7시에 떠나네』 그 어디에도 이에 관한 명시적인 언급은 없다. '글을 쓰는 자기' 와 '글로 씌어진 자기' 를 동시에 보여주며 현재와 과거의 끊임없는 대화, 습합의 형식을 취하고 있는 『외딴 방』의 자기 반영성은 이 소설에서는 상당히 간접화되고 은폐되어 있다. 글쓰기 주체의 목소리는 서사의 표면에서 완전히 사라지고 무의식적으로 혹은 교묘하게 억압된 방식으로만 드러난다. 그러므로 서사의 표면적인 전개를 따라가는 것은 우리의 관심사와 관련하여 아무런 의미가 없다. 오히려 "아무 연관성도 없이 불쑥불쑥 떠올랐다가 사라지는"(45쪽) '목소리' 들, 지나가는 말로 슬쩍 던져두고 가는 모종의 암시들, 이미 이전의 소설을 통해서 우리에게 익숙해진 유사한 모티프들의 반복과 변형의 과정, '~듯하다' 혹은 '~같았다' 등 사실의 경계를 흐리고 애매모호하게 만드는 주관적 어미 처리 속에 숨어 있는 글쓰기 주체의 더듬거림과 주저의 흔적들을 '징후적으로' 읽어내는 작업이 필요하다. 허구의 인물 김하진의 목소리를 '더빙' 하고 있는 작가 신경숙의 내면이 느닷없이 서사의 표면을 뚫고 현상하는 순간의 포착이 중요하다. 말하자면, 우리에게 요구되는 것은 '음화(陰畵)'를 '양화(陽畵)'로 뒤집는 전략인 셈이다. 우리는 그를 통해 뚜렷한 형체도 없이 뒤섞여 있는 그녀 "내부의 술렁거림"(43쪽)을 재생해낼 수 있을 것이다. 따라서 그녀의 이전 소설들과의 끊임없는 대화의 과정, 서로간의 상호 텍스트성에 관한 섬세한 분석과 정치한 비교는 필수적이다. "하나의 점 대신 겹겹의 의미망을 선택"(『외딴 방1』, 79~80쪽)하는 신경숙의 텍스트들이 몇 겹의 그물로 뒤얽어놓은 또다른 서사의 저편으로 '우회'하는 것, 우리가 할 일은 바로 그것이다.

2. 목소리, 목소리, 목소리

이십대 후반에 방송국 입사 동기로 만나 이제 삼십대 중반에 접어든 연인들이 있다. 어느 날 남자는 당연하게도 "이젠, 결혼을 하자"고 한다. 그런데 여자는 "손까지 내저으며 한 발짝 물러"선다. 그 바람에 "서로 만지고 싶던 분위기는 깨져"(20쪽)버린다. 남자를 사랑하지 않아서가 아니다. 그의 체취와 면도하지 않은 날의 가무스름한 턱을 사랑함에도 불구하고 그 여자는 그의 청혼을 받는 순간 마음이 캄캄해진다. 무엇이 이 여자로 하여금 이렇게 모순된 행동을 하도록 하는가? 이 여자의 내면은 도대체 무엇인가? "언젠가 무슨 일로인가 지독하게 헤어지기 싫은 무엇과 억지로 헤어져서 여기로 왔다는 생각을 지울 수가 없"(70쪽)다는 느낌을 단서로 『기차는 7시에 떠나네』는 이 결혼기피증의 기원을 탐색한다. 잃어버린 과거로의 '여행'이 시도되고 우리는 80년대의 공단 풍경을 가로지르며 지난 연대의 야만적 폭력성과 그것이 자행한 사랑의 상처와 해후한다. 이 표면적인 서사의 결말은 "사랑했던 사람들"(257쪽)의 '잘 살고 있음', 즉 현재에 대한 긍정이다. 이십대 초반의 그 여자 김하진이 열렬하게 사랑했던 남자 유은기가 그녀를 몹시 따랐던 "요꼬짜는 여자아이"(238쪽)와 결혼하여 한 아이의 아비로 살아가고 있음을 확인하고 받아들이는 일은 과거를 상대로 한 처절한 전투 끝에 주어진 전리품이다. 그러나 그것이 전부인가? 이 시점에서 우리는 신경숙이 '배음'으로 흘리고 있는 또다른 '목소리'에 귀를 기울일 필요가 있다.

시간 여유가 없어서 의자에 앉을 생각도 못 하고 출입문 안쪽 벽에 기대서서 대본을 펼쳐들고 내 몫의 대사를 별 거리낌없이 읽어보았다. 고향을 싫어하는 건 나쁜 건가요? 난 여기가 숨막혀요. 겨울엔 비와 진흙 여름엔 먼지 때문에…… 상대 배역의 "돌아와서 당신을 데려갈게"를 건너뛰고 다음의 내 대사를 크게 발음해보았다. "그 기차역 기억하세요? 나 떠나면서 곧 돌아올 생각이었어요. 하지만 나는 길을 잃었고 낯선 곳을 헤매었죠." 감기로 인해 비음이 섞인 내 목소리가 공명음을 내며 스튜디오 안에 울려퍼졌다. "손만 뻗으면 당신에게 닿을 것 같았는데도……" 이제 와 연습을 해본다는 건 가당찮은 일 같아서 잠깐 의자에 앉았다 가려고 성큼성큼 의자를 향해 걸어갔다. 의자를 막 돌려세우려다가 의자 안에 쭈그리고 앉아 있는 현 피디를 발견했다.(55~56쪽)

위 인용문은 성우인 작중화자 김하진이 영화 더빙에 들어가기 전 아무도 없을 것이라고 믿은 방송국 5층의 외진 스튜디오에서 감기 몸살 때문에 미처 읽어보지 못한 자기의 대본을 연습하는 장면이다. 이 장면의 형식적 기능은 분명해 보인다. 이혼의 상처 속에서 고독을 감내하며 혼자 술을 홀짝이고 있는 인물 현 피디와 김하진 사이에 형성된 공감과 친밀성의 계기를 드러내는 것이 그것이다. 따라서 이 장면의 핵심은 두 사람 모두가 타인에게 무방비인 상태에서 자신들의 의지와 상관없이 드러내게 된 서로의 맨얼굴에 대한 확인과 그것의 우연적인 허용이라는 측면이다. 각자 몫의 상처와 고독을 일상적인 도시의 풍경 속에서 감각적으로 제시하면서도(방송국의 외진 방에 놓여 있는 등이 긴 의자!)

그것의 느닷없는 해소의 순간, 그 섬광 같은 우연적인 만남의 가능성 역시 잊지 않고 있는 이 장면은 한강 나루에서 불이 켜지는 마포대교를 바라보며 도시적 서정을 이야기하는 장면과 더불어 이 소설의 매력적인 대목 가운데 하나이기도 하다.

그러나 정작 이 인용문에서 우리의 관심을 끄는 것은 한갓 장식음에 불과하다고 할 수 있는 바로 그 방송대본의 내용이다. 김하진이 맡은 배역은 '고향을 싫어하는 여자' '고향을 숨막혀하는 여자' 다. 그녀는 어찌어찌하여 '기차' 를 타고 고향을 떠나게 된다. 그러나 따옴표와 함께 스튜디오를 가득 메우게 되는 목소리는 그 숨막히는 고향을 떠난 여자의 탄식("나는 길을 잃었고 낯선 곳을 헤매었죠")이다. 그녀의 탄식의 이유는 단 하나다. '당신' 을 잃었기 때문이다. 짐작컨대, 그녀가 고향을 떠나고자 한 이유의 상당 부분 역시 당신의 부재("돌아와서 당신을 데려갈게")와 관련 있을 것이다. 그러나 당신과 함께하기 위하여 당도한 그곳에서 그녀는 아이러니컬하게도 '당신' 의 상실을 맛본다. 손만 뻗으면 닿을 것 같은 안타까움만 남긴 채 당신은 저편으로 사라졌다. 이 여자가 누구인가? 아무것도 아니라는 듯 무심하게 던져놓은 이 여자의 비원은 과연 단순한 멜러물의 대본에 불과한 것인가? 혹시 이 소설이 진정으로 내지르고 싶은 목소리는 교묘하게 숨겨진 이 여자의 탄식과 절규, 그 욕망과 좌절, 그것과 관련이 있는 것은 아닐까?

고향을 떠난 이후 길을 잃고 낯선 곳을 헤매고 있다고 탄식하는 이 여자는 김하진의 '목소리' 를 빌려 서사의 표면에 순간적으로 등장한 작가 신경숙의 소설적 자아다. 그 여자와 신경숙은 김하진을 사이에 두고 텍스트의 표면과 이면에서 서로 '공명' 한다. 곧 돌아올 생각으로 그 '기차역' 을 떠났다가 여태 그곳으로 돌아가지 못하고 있는 이 여자는 "모내기가 끝나던 마지막 날 밤기차를 타고 쇠스랑을 삼킨 우물이 있는 집을 떠"나 서울로 온 『외딴 방』의 '나' 다. "태어나서부터 일곱 살 누나의

어린 등에서 거북이처럼 붙어 자란 동생"(『외딴 방1』, 24쪽)과 제대로
된 작별인사도 하지 못한 채 딸을 떠나보내고 "사흘을 그냥 방에 누워
만 있었"(「깊은 숨을 쉴 때마다」, 『오래 전 집을 떠날 때』, 319쪽)던 아버
지를 뒤로한 채 '집'을 떠나온 '나'의 상실감은 방송대본 속의 여자의
그것과 겹쳐지면서 "너무나 피투성이로 헤어져서 아직도 그 피가 마르
지를 않은 것 같"(70쪽)다는 화자 김하진의 '결락감'을 작가 신경숙의
'비감'으로 환원시킨다. "나는 무슨 일로인가 어느 부분이 훼손된 인간
이에요"(71쪽)라는 '고백'을 보라. 방송대본의 여자/김하진/신경숙의
소설적 자아 등은 이 고백을 통해 하나의 점으로 응축된다. 그들은 모
두 절대적으로 분리 불가능한 어떤 세계로부터 분리되어나온 결핍의
소유자들이다. 이미 "가질 수 없는 것에 눈이 쏠려버려서"(「오래 전 집
을 떠날 때」, 『오래 전 집을 떠날 때』, 111쪽) 고향을, 집을, 가족을 떠나
야만 살 수 있게 된 자, 그리하여 자신의 결핍을 응시하는 자, 자기의
'집'에 대한 형언할 수 없는 향수를 간직한 채 찢겨진 자아를 내려다볼
수밖에 없는 존재들인 것이다.

　이들의 운명은 가혹하다. "기차는 한번 사람을 멀리 데려오면 쉽게
그 장소로 다시 데려다주지 않는"(「오래 전 집을 떠날 때」, 『오래 전 집을
떠날 때』, 111쪽)다! 한번 그 기차에 몸을 실은 자는 다시는 떠나온 곳으
로 되돌아가지 못한다. 영원히 낯선 곳을 헤매며 그 고립의 형벌을 감
당할 수밖에 없다. '당신'을 향한 자유로운 추구의 과정은 언제나 '당
신'에게 닿을 수 없는 지독한 고독의 나날과 구별되지 않는다. "행복해
야 할 때도 마른 우물 속에 갇힌 것같이 목이"(149쪽) 마르게 하는 '갈
증'의 나날은 '당신'에 대한 추구가 지니고 있는 이중성의 산물이다.
"한 발짝만, 한 발짝만 더 내디디면 당신한테 갈 수 있다"(242쪽)는 '확
신'은 번번이 "예기치 못한 서러운 감정" 속에서 "그래, 너는 어디에 있
는가"(80쪽)라는 '회한'으로 곤두박질친다. "비감하고 자극적이며 그

리움을 불러일으키는"(202~203쪽) 그리스 민요 〈기차는 8시에 떠나네〉를 변형한 이 소설의 제목이 의미심장해지는 것도 바로 이 순간이다. "카테리니행 기차는 8시에 떠나네. 11월은 당신의 기억 속에 영원히 남으리. 이제 밤이 되어도 당신은 비밀을 품고 오지 못하네. 기차는 8시에 떠나고 당신은 역에 홀로 남았네. 가슴속에 아픔을 새긴 채 안개 속에 5시에서 8시까지 앉아만 있네."(203쪽) 이 그리스 민요를 배음으로 우리는 '7시 기차'를 타고 '도저히 헤어질 수 없는 그 무엇'으로부터 멀리 떠나온 그녀들의 "고해성사"(203쪽)를 듣는다. 『기차는 7시에 떠나네』가 정작 우리에게 상기시키고 있는 것은 과거로의 시간여행을 통한 자아 확인 욕망이 아니라 바로 그 욕망의 덧없음, 아무도 막을 수 없는 시간의 힘, 운명이라고밖에는 달리 표현할 길이 없는 존재의 비극성 같은 것들이다. 당신을 향한 나의 글쓰기는 끊임없이 좌절되고 연기되며 한 번도 그 존재의 피안에 당도하지 못한다. 우리를 아득한 회한으로 이끄는 것은 바로 이 '미끄러짐'이다.

3. 부재, 글쓰기의 기원

'고향 상실감'으로 현상하는 신경숙 문학의 기원은 '오래 전 집을 떠날 때'다. 그녀의 소설은 이 시간을 기점으로 상승과 하강을 반복하는 내면의 파동을 그린다. 우리가 익히 알고 있듯이 그녀에게 고향은 시골/도시, 유년/성년의 단순한 시공 대립을 넘어 이제는 닿을 수 없는, 그리운 것들의 총체를 가리킨다. 그것은 「풍금이 있던 자리」에 감각적인 문체로 구현된 바로 그 이미지, 곧, "산은 푸르고…… 푸름 사이로 분홍 진달래가…… 그 사이…… 또…… 때때로 노랑 물감을 뭉개놓은 듯, 개나리가 막 섞여서는…… 환하디환했습니다"(『풍금이 있던 자리』,

12쪽)에서 만날 수 있는 환각적 풍경이거나 "부엌에서 들리는 어머니의 토닥토닥 도마질 소리"(『깊은 슬픔·하』, 135쪽) 혹은 '밥을 태우는 냄새' 등으로 구현되는 형이상학적 동경의 다른 이름이다. 우리는 이미 『깊은 슬픔』의 '이슬어지'를 통해 그 절대적인 낙원의 한 자락을 엿본 바 있다. 유순한 황소와 그를 닮은 어진 인간들, 둥근 산과 밋밋하게 흐르는 강물, 하늘을 나는 새들과 집 안을 어슬렁거리는 고양이와 닭들. 그녀 소설의 저변에 흐르는 고향은 소위 '집'에 관한 우리의 고전적 사유를 가득 메우고 있는 저 아득함, 막막함, 어쩔 수 없음의 세계, 인류가 꿈꾸는 영원의 세계라고 할 만하다. 그녀의 소설이 종종 모천으로 회귀하는 연어에 비견되곤 하는 것도 바로 그 때문이다.

그러나 낙원으로의 회귀 욕망과 고향에 대한 향수는 모든 형이상학적 동경이 그러하듯 기본적으로 그것에 대한 부재의 인식과 실현 불가능성에 대한 절망에서 나온다. 부재가 그것에 대한 향수를 낳고 절망이 그리움을 절대화한다. 우리는 신경숙의 소설에서 고향에 대한 목가적인 찬양만큼이나 그것으로부터의 강렬한 탈출 의지를 본다. 『외딴 방』의 '나'는 쇠스랑에 찍힌 발등을 어루만지며 "오빠, 나 좀 이곳에서 빨리 데려가줘"(『외딴 방1』, 14쪽)라고 갈구하며 「初經」의 소녀는 "어디로 어디로 아주 먼 데로 갔으면"(「初經」, 『강물이 될 때까지』, 190쪽) 하고 바란다. 그녀의 초기 소설집에서 만나게 되는 고향은 우리가 알고 있는 '낙원' 이미지와는 거리가 있다. 여전히 "하늘이 조용하고 청명"(「강물이 될 때까지」, 『강물이 될 때까지』, 71쪽)하기는 하지만 근대화의 거센 동력은 이곳이라고 해서 예외가 아니다. '철도 공사'와 '성당 신축공사'로 인한 '모래바람'은 서서히 고향의 원초적인 생명력과 꽉 찬 충족감을 잠식하며 발전과 성장의 한편에 폐허와 유린의 흔적을 남긴다. 「初經」의 언니는 교회 신축현장에서 일하는 목수의 아이를 잉태한 채 집을 나가며 남새밭은 곧 붉은 벽돌의 교회부지로 바뀔 것이다. "시간

318

은 무엇이든 원형 그대로 놔두질 않"(「강물이 될 때까지」, 『강물이 될 때까지』, 70쪽)는다. 그리하여 돌이킬 수 없는 훼손의 순간에 무방비로 버려진 고향은 "모든 것이 뜨거운 햇살 속으로 잦아드는"(「初經」, 『강물이 될 때까지』, 179쪽) '폭양의 공간'이자 "어디서나 묘지 냄새가 나"(「강물이 될 때까지」, 『강물이 될 때까지』, 93쪽)는 '죽음의 시간'으로 변질된다. 남아 있는 유일한 희망은 이 무기력과 몰락의 세계를 벗어나 어디론가 멀리 가는 것, 그것뿐이다.

이 고향 탈출 욕망은 신경숙 소설의 욕망을 추동하는 가장 강력한 동인이다. 그것은 서울에서 전학 온 얼굴이 유난히 하얀 계집애 '정희'(「聖日」「初經」)거나 아버지의 애인인 '포목집 여자'(「初經」) 혹은 칠이 벗겨진 파란 대문으로 걸어들어와 위로 오빠 셋만 있는 집의 여자아이를 알아봐준 '그 여자'(「풍금이 있던 자리」), 그리고 학교 전체를 꽃밭으로 만들 생각으로 하루 종일 꽃모종을 돌보던 '4학년 3반 여선생님'(「강물이 될 때까지」, 『외딴 방』) 등에 대한 동경으로 변주되며 신경숙 소설의 한 축을 형성한다. 그녀들이야말로 실체를 알 수 없는 미지의 세계, 도시에 속하는 자들이다. 그녀들은 이제까지 신경숙 소설의 화자들에게 친숙했던 세계, 이를테면 "얼굴의 주름 사이로까지 땟국물이 흐르는 여자, 호박 구덩이에 똥물을 붓는 여자, 뙤약볕 아래 고추 모종하는 여자, (……) 아궁이의 불을 뒤적이던 부지깽이로 말 안 듣는 아들을 패는 여자, 고무신에 황토흙이 덕지덕지 묻은 여자"(「풍금이 있던 자리」, 『풍금이 있던 자리』, 15쪽) 들과 구별되며 그들을 '낯설게' 만든다. 신경숙 소설의 욕망의 밑자리를 형성하는 것은 바로 '그녀'들이다. 그녀들은 바람 부는 '신작로' 저편과 한여름의 폭양 아래 하얗게 빛나는 '철길'을 따라 어른거리며 "……그 여자처럼 되고 싶다……"(「풍금이 있던 자리」, 『풍금이 있던 자리』, 24쪽)는 구체적인 욕망을 불어넣는다. 신경숙의 소설에서 그토록 자주 출몰하는 도로와 철길의 이미지는 이 고향 탈출 욕망으로 구체화되는 먼 것에 대한 그리움이 아니고는 그 극단적인 설렘과 매혹의 계기를 설명할 길이 없다. 그것들은 언제나 '금지'와 '죽음'의 그림자를 드리운 채 '가질 수 없는 것에 눈이 쏠려버린 영혼'의 허방을 두드린다. 낯선 것에 대한 유혹과 공포를 담고 섬뜩하게 달려오는 '기차'는 비록 철길 저편에 죽음이 기다리고 있을지라도 욕망의 저편으로 달려가라고 충동질한다.

『외딴 방』은 이 욕망을 다음과 같이 정리한다. "잘 있거라. 나의 고향. 나는 생을 낚으러 너를 떠난다."(『외딴 방1』, 27쪽) 그러나 우리는 '생을 낚고자 하는' 이 욕망이 이후 '동남전기주식회사'에서 어떻게 좌절되는지 알고 있다. 그것은 '외딴 방'으로의 유폐와 '도저히 믿을 수 없는 임금', 그리고 가장 많은 장항아리와 가축을 지닌 집안의 귀한 딸에게서 무엇에도 기댈 수 없는 여공으로의 전신(轉身)을 요구하는 '하층민화'의 시초였을 뿐이다. '그 여자'들이 불어넣은 욕망은 급변하는 산업화의 현장에서 더이상 실현될 수 없는 이미지, 다만 '풍금이 있던 자리'로만 너울거릴 따름이다. 기차는 생의 궁극으로 데려다주기는커녕 철커덕거리는 굉음을 내지르며 그녀의 전존재를 삼켜버릴 듯이 위협한다. 이 위협을 눈앞에 둔 순간 글쓰기 욕망이 가동된다. 이때의 글쓰기는 삶의 매순간들을 '언어'로 채집해서 한 장의 사진으로 가둬놓으려는 욕망, 말하자면 '언어의 집'을 통해 존재의 소외를 극복하고자 하는 욕망에 다름아니다. 글쓰기가 아니고는 "아득한 밤하늘 아래, 별을 향해 높고 아름답게 잠든"(『외딴 방2』, 260쪽) '백로들의 무리'를 보러 갈 길이 없다. 그것은 독한 상처로만 이루어진 생을 어루만지는 "순결한 한 가지"(『외딴 방1』, 23쪽)다. 이 순결함에 의해 좌절된 욕망은 정화되고 다시금 생은 한치의 낭비도 없는 절대적인 그 무엇으로 재구축된다. 아무것도 아닌 것, 무(無)로부터 모든 것, 절대의 것으로의 도약. 이 순간 신경숙의 글쓰기는 신을 향한 내기, 전존재를 건 실존적 결단으로 자리잡는다.

4. 빈집, 글쓰기의 심연

그러나 존재의 구원과 관계하는 글쓰기는 언제나 존재의 소외에서 출발한다. 존재의 소외, 그 균열이 글쓰기를 낳고 멀리 있는 '당신'에게 닿고자 하는 욕망을 품게 한다. 모든 친숙한 것으로부터의 작별이나 당신의 부재가 아니었다면, 낯익은 것에 대한 동경 그리고 당신을 현존하게 하려는 욕망은 발생하지 않았을 것이다. 모든 욕망이 그러하듯 글쓰기 역시 부재에서 기원해 그것으로부터 벗어나기를 꿈꾼다. 그러나 아이러니컬하게도 글쓰기의 욕망이 건재하기를 바라는 한 그것의 기원인 부재의 '지속' 역시 필수적이다. 부재는 글쓰기를 낳고 그것은 다시 부재를 낳는다. 글쓰기의 욕망은 한없이 지연되며 그 유예 속에서만 글쓰기는 스스로의 욕망을 확인할 수 있다. 글쓰기는 결코 '당신'과의 만남을 가져다주지 않는다. 손만 뻗으면 닿을 듯한 지척의 거리에서 당신은 현존한다고 느끼는 순간 덧없이 사라진다.

현관 밖에 놓여 있는 트렁크와 문 밖에 쌓인 우편물들을 안으로 들여다 놓고 신발을 막 벗으려다가 나는 멈칫했던 것 같다. 신발장 옆에 서서 안으로 통하는 문을 밀고서는 마치 남의 집을 들여다보듯 잠시 거실을 들여다봤던 것 같다. 조용하게 내려져 있는 블라인드. 꽃병에 꽂혀 있는 시든 장미. 의자 위에 권태롭게 걸쳐져 있는 여행을 떠나기 전까지 입고 있던 셔츠와 바지. 읽던 페이지가 포스트잇 붙여진 채로 엎어져 있는 책. 벽에 걸려 있는 거울 속으로 거실을 들여다보고 있는 내 모습이 힐끗 비쳤을 때 나는 갑자기 모든 것을 포기하고 싶은 마음이 스쳤던 것 같다. (25쪽)

여행지로부터 빈집으로의 귀환이라는 모티프는 신경숙 소설에서 그다지 낯선 것이 아니다. 「오래 전 집을 떠날 때」는 페루 여행에서 돌아와 마주한 '빈집'의 '환영(幻影)'이라고 할 만하며 「깊은 숨을 쉴 때」는 제주 성산포에서의 여정을 '빈집'으로의 귀환으로 끝맺는다. '빈집'은 여행지의 시간과 일상의 시간을 중개하는 절충지이자 그녀 글쓰기의 도달점인 셈이다. 여행은 끝났지만 길이 시작된 것은 아니다. 그녀는 애초의 출발점인 빈집(부재)으로 되돌아온 것뿐이다. 모든 것으로부터 단절된 채 조용히 썩고 있는 이 부재의 시간은 여행지의 시간을 단순한 환각으로 만들며 새롭게 마주해야 할 일상의 시간을 낯설게 한다. 이전의 나, 과거의 나와 연속되어 있다고 믿고 있는 자아를 순간적으로 허공에 뜨게 만드는 이 시간은 글쓰기에 의지해 간신히 유예되어 온 '무'의 갑작스러운 현현이라고 할 만하다. 그것은 글쓰기가 가져다주리라고 믿었던 구원을 의심하게 한다. 공허는 하나도 추방되지 않았다. 부재는 충만으로 대체되지 않고 오히려 또다른 공허를 초래하며 더 큰 갈증을 야기한다. "탑 하나가 대개는 천년 이천 년을 가로지르고 있"으며 "삼천 년이 되었다는 나무가 등허리가 부러진 채로 우주의 저편을 향해 잎사귀를 흔들고"(13쪽) 있는 나라 중국으로부터 "7월의 폭염"(33쪽)이 지배하는 서울로 귀환한 김하진의 '멈칫거림'은 바로 그러한 인식에서 나온 순간적인 절망감이다. 시간이 아무런 의미를 지니고 있지 않은 세계, "시간을 깔아뭉개고 있는 나라"(13쪽)로의 여행을 반복한다고 한들 이 '멈칫거림', 이 서먹한 '단절감'은 해소되지 않을 것이다. 그것은 "어렸을 때 아무도 없는 빈집의 해 저물녘에 마루에 엎드려 깜북 잠들었다가 대문이 흔들리는 기척에 어설피 잠이" 깼을 때 그토록 친숙하던 마당을 "단 한 번도 발 디뎌본 적이 없는 낯선 곳"(147쪽)으로 만들어버리던 바로 그 이물감이며 갑자기 잠에서 깨어나 혼자서 "불이 켜지고 있는 도시를 바라"볼 때 느끼게 되는 "서러운 감정"과 닮아 있다.

빈집에서 만나게 되는 '거울 속의 나'는 '존재의 심연'을 응시하게 한다. "지금 이 순간 이전의 모든 기억들"을 "성찰의 대상"으로 만들어 "오늘 속에 흐르는 어제 캐내기"(『외딴 방1』, 87쪽)에 혼신의 힘을 다한다고 해서 이러한 심연이 해소되는 것은 아니다. 글쓰기는 기본적으로 모든 것을 무로 돌려버리려는 시간과의 끊임없는 싸움이자 유동하는 삶을 온전히 담아낼 수 없는 언어와의 항전이다. 어느 누가 시간과 언어와의 싸움에서 승리할 것인가! 이 불가항력의 실체 앞에서 글쓰기는 필연적으로 무참한 패배와 좌절을 넘어설 수 없다.「오래 전 집을 떠날 때」가 섬뜩하게 파헤치고 있는 진실은 바로 그것이다. 밤이 내린 숲을 뒤덮은 채 서로 올망졸망 기대어 자고 있는 백로의 무리를 보게 해주리라는 '기약'으로 충만하던 글쓰기 욕망은 결국 "빈집 방 안의 빽빽하게 들어찬 푸른 잡초"와 그 속에 올라앉은 두 마리 백조의 "갈증에 불타는 듯"(『오래 전 집을 떠날 때』, 124쪽)한 두 눈을 제시하는 것으로 그치고 만다. 메마른 빈집에서 '갈증'에 불타는 두 눈을 빛내고 있는 '백조'는 말할 것도 없이 글쓰기의 심연에 빠져버린 작가의 분신이다. 글쓰기가 지속될수록 별빛을 받아 총총히 빛나는 백로의 무리는커녕 메마른 빈집에 갇힌 백조의 갈증만 두드러질 뿐이다. 존재의 낯설음은 해소되지 않는다. 빈집을 누비는 두 남매의 말―"우리는 집을 가질 수 없다는 거 몰라? 빈집에만 깃들여 살 수 있다는 거 잊었어?"(『오래 전 집을 떠날 때』, 148쪽)―처럼 글쓰기는 운명적으로 빈집의 산물일지도 모른다.

글쓰기가 공허를 추방하지 못한다면 이제 무엇으로 이 결핍을 채울 것인가? "단순하고 조용한 가족"(111쪽)에 대한 염원은 이 순간 절실한 가능성으로 떠오른다. '빈집'은 정녕 '한켠에 조그마한 꽃과 닭이 있는 집'으로 대체될 수 없는가? 『기차는 7시에 떠나네』는 이 질문을 통해 이제까지의 신경숙의 글쓰기를 성찰하고 또다른 단계로의 비약을 감행한다. 김하진의 과거로의 여정이 결혼기피증에 관한 치유의 성격을 띠고 있음을 기억하자. 사랑하는 사람이 있음에도 불구하고 '가족을 이루어 사는 삶'을 두려워하는 그녀의 내면은 표면적으로는 분리될 수 없는 대상과의 이별이 가져온 결락감에서 기인한 것이었다. 그러나 긴 우회 끝에 우리는 그것이 욕망의 역설적 구조와 무관하지 않음을 알게 된다. 빈집은 글쓰기 욕망의 기원이자 도달점이다. 가족으로부터 도피하여 빈집을 지킬 수 있는 정신만이 욕망의 체계를 끊임없이 가동시킬 수 있다. 그 욕망에 사로잡힌 영혼은 언제나 '빈집'으로 돌아가기를 두려워해서는 안 된다. 비록 그것이 '죽음'과 맞닿아 있더라도 기꺼이 그 심연에 몸을 던져야 한다.

그렇게 보자면, 빈집을 끔찍해하면서도 필사적으로 그것으로 되돌아가려는 김하진의 결혼에 대한 거부감은 결국 신경숙의 글쓰기 욕망을 향한 필사의 자기 방어라고 할 수 있다. 글쓰기 욕망을 가동시키기 위해서 집은 영원히 '빈집'으로 남아 있어야 한다. 사랑과 가족을 갈망하면서도 그것을 거부하는 것, 그것이 '오래 전 집을 떠나온 자'들의 숙명이다. 그러나 다시 원점으로 돌아가보자. 김하진의 과거로의 여행은 한편으론 청혼의 수락을 예감케 한다. 여행이 시작되었다는 것은 이미 길 찾기에 접어들었음을 의미하기 때문이다. 빈집의 공허는 치유되어야만 한다. 그러나 글쓰기 역시 여전히 지속되어야만 한다. 이 두 가지 과제의 해결, 즉 빈집에서 벗어나 글쓰기. 『기차는 7시에 떠나네』가 마련하고 있는 여행은 바로 그 세계를 향한 모험이다.

5. 지금은 빈집을 벗어날 때

『기차는 7시에 떠나네』는 본격적인 서사가 전개되기 전 몇 가지 사건들을 동시에 병렬적으로 제기한다. 우선 중국여행에서 돌아오자마자 받게 되는 전화들에 의해 촉발되는 사건들. 미란의 자살소동을 알리는 언니의 전화와 라디오 드라마의 청취자라는 낯선 여자의 전화는 이후 김하진의 과거 여행이 종결되고 진서의 청혼이 수락된 뒤에도 줄곧 서사의 표면에 남아 있는, 나름대로 중요한 사건의 발단에 해당된다. 그녀들은 윤과 함께 김하진의 서사에 조응하며 그것을 심화 확대한다. 이소설을 감싸고 있는 묘한 동성애적 분위기는 바로 그러한 서사적 조응성에서 비롯된 것으로 그녀들은 김하진의 '분신'으로 이해해도 별다른 무리가 없을 것이다. 특히 사랑의 삼각관계와 그것에서 기인한 상처로 기억상실 증세를 보이는 미란은 김하진의 과거 모습이자 미래를 예감하게 하는 상징적 기표다. 따라서 미란의 자살소동과 그것의 극복과정은 김하진의 기억 복원과정, 그리하여 결혼에 이르는 과정의 일단을 암시하는 지표의 역할을 한다.

무엇보다도 이 두 서사의 공통점은 '자해적 성격'에 있다. 표면적으로 김하진은 '기억'하기 위하여 과거로 되돌아가지만 그것이 소설 심층에서 행하고 있는 기능은 역설적이게도 '망각'이다. 김하진은 과거의 사랑을 '기억'해냄으로써 오히려 그것을 완전하게 '망각'하고 진서의 청혼을 받아들일 결심을 한다. '사랑했던 사람들'이라는 과거적 명명 자체가 이미 그들과의 현재적 관련성을 배제하고 있음에 유의할 필요가 있다. 밤늦게 김하진에게 걸려오는, 청취자라는 낯선 여자의 전화와 친구 윤이 스스로 선택한 자폐에 대해서도 유사한 이야기를 할 수 있다. 낯선 여자는 김하진과의 통화를 통해 끊임없이 자신의 잘못을 회고하고 윤 역시 사랑하는 사람들과의 고립을 통해 스스로에게 형벌을 내린다. 이 모든 경우에 있어서 '자해' 행위는 '소생'을 위한 필수적인 '통과의례' 다.

집은 우리가 도착하기 전날부터 허물기 시작한 것 같았다. 우물은 뚜껑이 내려져 있고 담장 한켠이 완전히 무너져 있었다. 대문이 좁아 마당으로 들어올 수가 없으니 담장을 무너뜨려 포클레인이 들어올 길을 만든 모양이었다. 꽃밭이 아니라, 빨랫줄이 아니라, 포클레인이 마당에 들어앉아 있는 모습은 생경했다. 감나무, 자두나무, 치자나무가 먼지를 뒤집어쓰고서 울적하게 서 있었다. 이미 방 안의 장롱이며 식탁이며 아버지의 책상이며 다탁들도 사슴우리 곁에 세워진 천막으로 옮겨져 있었다. 집은 지붕이 걷어지고도 안이 텅 빈 채로 그 동안 자신이 품고 있던 정다웠던 마당에 입을 쩍 벌리고 들어앉아 있는 포클레인을 울적하게 내려다보고 있었다. 여기저기 채송화가 낮게 포복한 채 고무신이나 물조리개나 빗자루들을 쳐다보고 있었다.(82쪽)

이 자해의 최고봉은 '옛집 허물기' 다. 이 옛집은 김하진이 '태어난 집'(81쪽), 즉 태를 묻은 '본가' 다. 우리는 이 고향집을 잘 알고 있다. '뚜껑이 내려진 우물' 은 발등을 찍은 쇠스랑이 잠겨 있는 그 우물일 것이며 '좁은 대문' 은 아마도 칠이 벗겨진 파란 대문일 것이다. 과거가 고스란히 담겨 있는 '옛집' 을 허문다는 것은 이 모든 지표들을 먼지 속으로 되돌려보낸다는 것을 의미한다. 그것은 망각의 구체적이고 물질적인 메타포라고 할 만하다. 과거와의 영원한 결별, 완전한 망각을 묘사하는 작가의 문체가 의식적으로든 무의식적으로든 '울적하게' 라는 부사어를 두 번이나 반복해서 사용하는 것도 그 때문이다. 따라서 '옛집' 을 허물고 '새집' 을 짓는 행위는 신경숙의 글쓰기와 관련된 모종의 상징이다. '옛집' 을 허문 김하진에게 청혼을 한 진서가 '방송국 드라마

부분의 세트 디자이너'로, "비록 도면상에서이기는 하지만 아마 우리나라에서 가장 많은 집을 지은 사람 중의 한 사람"(19쪽)으로 설정되어 있다는 점 역시 암시적이다. '청혼의 수락'이라는 서사단위가 '새집 짓기'(옛집 허물기)를 통해 '빈집'에 갇힌 글쓰기를 구원하고자 하는 욕망의 표현임은 분명해 보인다. '울적하기'는 하지만 옛집을 허물지 않고는 새집을 지을 수 없다는 것, 과거를 죽이지 않으면 과거의 본질을 보존할 수 없다는 것, 그것은 신경숙의 글쓰기에 불어닥친 새로운 딜레마다. '빈집'속에 계속 갇혀 있어야 한다면, '모든 것을 포기하고 싶어지는 마음'을 더이상 달랠 수 없을지도 모른다. 이제까지는 무한히 증식되는 글쓰기 욕망이 죽음충동을 유예해왔다. 그러나 이제 '빈집'에서의 글쓰기가 존재의 '무덤'에 이르는 길임을 간파한 영혼은 이 유예를 견딜 수 없을지도 모른다. 그런 의미에서 지금은 '빈집을 벗어날 때'에 가깝다.

『기차는 7시에 떠나네』는 신경숙 소설에 불어닥친 이 위기의 고백이자 그것으로부터 멀어지기 위한 필사의 도주의 기록이다. 이제 자신의 욕망을 가동시켜왔던 시스템 자체를 바꿀 시기. 욕망은 부재에서 발원하기를 멈추고 새로운 형식으로 재탄생해야 한다. 만약 부재가 아닌 그 무엇도 욕망을 산출시킬 수 없는 것이라면 글쓰기는 아마도 '욕망'그 자체를 부정하는 단계, 그리하여 글쓰기 자체의 '몸'을 바꿔야 하는 단계로 접어들어야 할지도 모른다. 이 소설이 과거의 자신에 대한 상징적인 '자해'의 기록으로 읽히기도 한다는 점은 그런 의미에서 의미심장하다. '죽임'과 동시에 새롭게 '소생'하는 글쓰기를 염두에 둘 때 "세한정기, 경방기계, 영신금속, 한국후지필름"그리고 "중앙정공, 생산기술연구원, 원림산업, 아코스볼링장, 조만현산부인과"를 거쳐 "연희실업학교가 보이는 남부아파트"(127쪽)로 이어지는 이 소설의 여정은 '외딴방'이 밀집해 있던 그 공간을 '기억'하기 위한 시도가 아니라 오히려

'망각' 하기 위한 여행으로 다가온다. 신경숙은 '사랑했던 사람' 들을 그 곳에 부려놓고 그들에게 '집(가족)' 을 지어준 다음 그곳으로부터 자유롭고 싶었던 것은 아닐까. 그들이 '잘' 살고 있다고 믿고 싶었던 것은 아닐까. 그것을 확인하지 않는다면 결코 '빈집' 에서 벗어날 수 없을 것이다. '사랑했던 사람' 들은 그들의 현재를 영위하고 있다. 가족과 함께. 이제 그녀도 새집을 지을 때다. 새집에는 가족이라는 이름의 일상이 기다리고 있을 것이다. 이 일상의 삶을 상대로 한 싸움이 그녀의 또다른 욕망의 시발점이 될 것이다. 『기차는 7시에 떠나네』가 환기시키는 것은 바로 그것이다. 그것은 '집을 떠나 집을 생각하는' 글쓰기를 대체하는 '집으로 돌아와 집을 벗어나는' 글쓰기에 다름아니다.

(1999)

증언과 기록에의 소명

─박완서의 자전소설 읽기

1. 박완서 문학의 우물

이미 '문학사' 그 자체가 되어버린 작가를 대상으로 무엇을 새롭게 이야기할 것인가. 많은 이들에 의해 수차례 논의된 결론을 되풀이할지도 모른다는 불안감이 작가에 대한 접근 자체를 망설이게 한다. 사실 박완서는 1970년 『여성동아』에 장편소설 『나목』이 당선되어 문단에 나온 이래 최근의 『그 산이 정말 거기에 있었을까』에 이르기까지 우리 문학사의 산 증인이라고 해도 과언이 아니다. 초기 소설에 드러나는 중산층의 허위의식에 대한 예리한 비판이나 가족사에 근거한 분단 비극의 형상화, 그리고 최근 들어 더욱 활발하게 논의되고 있는 페미니즘이나 생명사상에 대한 따뜻하고도 설득력 있는 공감에 이르기까지 이 작가가 천착해온 주제들은 한결같이 우리 문학의 가장 예민한 성감대를 형성해온 바 있다. 작가를 둘러싼 다양한 비평적 담론이나 연구 성과 역시 활발하기 그지없으며 그것만으로도 이미 한 권의 단행본[6]이 완성되었다. 박완서 문학의 현대성이나 대중적 관심을 염두에 둘 때, 앞으로도 이러한 사정은 크게 달라지지 않을 것이다.

　그러나 이 모든 사정들은 박완서 문학으로 가는 여정에 있어 나름대로의 길잡이 노릇을 하는 한편 또한 그것에로의 진입을 가로막는 걸림돌로 작용할 수도 있다. 과도한 '대가 대접'이나 살아 있는 '화석' 취급은 90년대에 이르러서도 여전히 왕성한 창작활동을 하고 있는 작가에 대한 예가 아니다. 특히 『그 많던 싱아는 누가 다 먹었을까』(웅진출판사, 1992)와 『그 산이 정말 거기 있었을까』(웅진출판사, 1995)를 통해 드러난 박완서 문학의 무궁무진한 예술적 잠재력과 그 작품들이 지니고 있는 현재적 의미를 생각하면 더욱 그렇다. 망각에 대항하는 필사적인 싸움의 기록이라고 할 만한 이 소설들은 "순전히 기억력에 의지해서 써보았"다는 작가의 말이나 '자전적 성장소설'이라는 평가를 염두에 두지 않더라도, 작가의 과거 경험에 대한 세밀한 복원기이자 자서전으로 읽어도 무방할 것이다. 물론, 이 작품들이라고 해서 "기억의 더미로부터의 취사선택"과 "기억과 기억 사이를 자연스럽게 이어주는 상상력"이 개입되지 않는 것은 아니다. '자전적'이라는 한정어가 붙어 있다 할지라도 '소설'의 외양을 지니고 있는 이상 그것은 완전히 날것 그대로의 사실이라고만 할 수는 없을 것이기 때문이다.

　그럼에도 불구하고 우리가 이 소설들을 일종의 자서전으로 받아들일 수 있는 것은 이 소설들에 임하는 작가의 전략에서 비롯된다. 작가는 아주 드러내놓고 "순전히 기억력에만 의지"했다고 주장함으로써 은연중에 그것을 하나의 창작방법론으로 봐달라고 '주문'한다. 창작방법론으로서의 회상이란 직접적인 자기 경험을 떠나서는 존재할 수 없다. 더구나 '우리 시대의 탁월한 이야기꾼'이라고 지칭되는 박완서의 경우, 다른 어떤 작가보다도 소설 속의 인물과 작가를 겹쳐서 읽을 여지를 많

---

6) 권영민 외, 『박완서론』, 삼인행, 1991.

이 남겨놓고 있는 것이 사실이다. 『나목』과 『목마른 계절』, 그리고 「엄마의 말뚝」 시리즈나 단편 「조그만 체험기」 등은 작가의 개인적인 경험이 아니고는 그 곡진함을 살리기가 쉽지 않았을 것이다. 바로 옆에 앉아 있는 사람에게 자신의 개인사를 털어놓고 있는 듯한 분위기를 풍기는 작가의 '천의무봉'한 문체 역시 이러한 착각을 부추기는 데 일조하고 있음은 새삼 말할 필요도 없다.

　허구로서의 소설장르는 소설 속의 화자와 작가가 별개의 인물이라는 관습적인 약속에서 출발한다. 또 한 작가를 이해하기 위하여 그 작가의 개인사를 소상하게 알아야 할 필요도 없다. 그러나 박완서 문학에 있어 자신의 경험과 그것을 이야기로 풀어내는 방식이 상호 밀접한 관련성을 지니고 있다면, 나아가 바로 그 점에서 박완서 문학의 고유한 특징을 발견할 수 있다면, 작가의 문학세계에 대한 총체적인 이해는 우선적으로 작가가 심혈을 기울여 되살려내고 있는 과거 경험에 대한 정밀한 분석을 통해 가능해질 수 있을 것이다. 사정이 그러하다면 박완서 문학에 대한 일종의 원형(原型)으로 읽힐 가능성이 다분한 이 작품들의 자장(磁場)을 통과하지 않고서 박완서 문학에 대해 이야기하기는 곤란하다. 작가 역시 『그 많던 싱아는 누가 다 먹었을까』와 『그 산이 정말 거기 있었을까』의 곳곳에서 자기 작품의 창작동기로부터 그것이 변용되기까지의 과정을 언급[7]하고 있고, 『미망』을 비롯해서 「엄마의 말뚝」 시리즈, 『나목』『목마른 계절』 등에 출몰하는 에피소드나 이미지들은 이 작

---

7) 이를테면, "그후 현저동에 처음으로 집을 산 경위를 『경제정의』에 소상하게 소개한 적이 있어 여기 그중 몇 대목을 인용한다"(『그 많던 싱아는 누가 다 먹었을까』, 119쪽) 같은 대목이라든가, "훗날 『미망』을 쓸 때 여주인공 혼례 장면에서 울궈먹은 바가 있다"(위의 책, 182쪽) 같은 구절, 그리고 "그후 몇십 년 후 내 소설 중 가장 긴 장편 『미망』을 쓰는 데 중요한 모티프로 삼았다"(같은 책, 211쪽), 또 "처음 방문한 지섭이네는 훗날 『나목』을 쓸 때 고가의 모델로 삼고 싶을 만큼 깊은 인상을 남겼다"(『그 산이 정말 거기 있었을까』, 277쪽)와 같은 직접적인 언급들이 대표적인 예이다.

품들의 그것과 서로 겹치면서 일종의 상호 텍스트성이라고 불릴 만한 차원을 열어보이고 있는 형편이다.

　그런 의미에서 『그 많던 싱아는 누가 다 먹었을까』와 『그 산이 정말 거기 있었을까』는 작가의 창작과정의 저변을 형성하고 있는 일종의 창작수첩으로서, 박완서 문학의 '우물'이라고 할 만하다. 우리는 이 소설들을 통해 이제껏 박완서 소설의 심층에서 밑그림으로만 일렁이던 과거 경험의 총체를 만날 수 있다. 이 우물의 맨 밑바닥으로 내려가 이 작가의 글쓰기의 기원을 살펴보자. 특히, 작가의 다른 작품들과의 겹쳐 읽기를 통해 박완서 문학을 관류하는 가장 기본적인 구조와 동인들을 짚어볼 필요가 있다. 이 작업은 90년대 문학에서 이 작품들이 차지하는 위치를 정확하게 그려보여줌과 동시에 박완서 문학의 현재적인 의미 역시 밝혀줄 것이다.

2. 낙원 상실기, 근대적 자아의 탄생

　『그 많던 싱아는 누가 다 먹었을까』와 『그 산이 정말 거기 있었을까』를 굳이 연작으로 읽을 필요는 없다. 각각의 작품들은 그 자체로 완결된 형식을 지닌 독립된 하나의 작품으로 존재한다. 그러나 개성 박적골에서의 어린 시절부터 전쟁이 벌어지던 해인 스무 살 때까지, 구체적으로 1931년에서 1950년까지의 이야기를 담고 있는 『그 많던 싱아는 누가 다 먹었을까』와 1951년 1·4후퇴부터 1953년 결혼할 때까지의 그 참혹했던 시간을 그리고 있는 『그 산이 정말 거기 있었을까』는 시간적인 전개의 순서로 미루어보거나 인물의 성격 발전과정으로 짐작해보거나 간에 서로 너무나 밀접한 관련성을 지니고 있어 아무래도 따로 떼어서 생각하기가 쉽지 않다. 결혼 한 이후부터 작가가 되기까지의 공백기를 메운 또다른 작품이 첨가된다면 고리키의 '3부작'에 버금가는 중요한 문학적 자산으로도 자리잡을 수 있을 이 소설들은, 따라서, 미완의 상태로 남겨진 '연작'의 일부라고 생각하는 것이 적절할 것이다.

이 연작을 관통하는 기본적인 구조는 '낙원 상실기'다. 고향인 개성 박적골로 상징되는 낙원과 타향인 서울 현저동 일대의 심상이 상호 대립적인 구조를 취하면서 낙원에서의 풍요로움과 비-낙원에서의 헐벗음이 선명하게 부각된다. 이 점은『그 많던 싱아는 누가 다 먹었을까』에서 특히 두드러지는 특징인데, "땅을 독차지한 집도, 땅을 못 가진 집도 없"고 "다들 일 년 먹을 양식 걱정은 안 해도 될 자작농들"(15쪽)로 구성된 '박적골'은 분명 정지용의 시「향수」만큼이나 우리 문학사를 대표하는 몇 안 되는 낙원 이미지의 하나라고 할 만하다. 밋밋한 동산과 탁 트인 벌판이 있고 실개천이 흐르는 박적골은 그야말로 자연과 인간의 소외를 알지 못하는 인류사 태초의 고향 이미지에 다름아니다. 이에 비해 서울 현저동은 "층층다리처럼 비탈에 다닥다닥 붙어 있어서 곧 쏟아져내릴 것" 같은 집들이 빼곡히 들어차 있고 "오줌과 밥풀과 우거지가 한데 썩은"(49쪽) 시궁창물이 흐르는 환멸의 공간으로 그려지고 있다. 도회 문명에 대한 일말의 기대감도 허락하지 않는 서울은 비-낙원의 스산함을 단적으로 드러내면서 낙원에 대한 향수를 자극하는 부정적인 공간으로 채택되고 있다.

'박적골로부터 서울'로의 공간이동[8]은, 그런 점에서, '천상으로부터 지상'으로의 이동에 비길 만하다. '실개천'과 '시궁창물'로 극명한 대

[8) 『그 많던 싱아는 누가 다 먹었을까』와 거의 흡사한 이야기를 담고 있는 「엄마의 말뚝·1」역시 동일한 공간이동을 보여준다. 황도경은 「정체성 확인의 글쓰기」(『이화어문논집』132호, 1994)에서 이 작품의 내적 구조를 꼼꼼하게 검토하면서, 이 과정이 '농바위고개'를 오르는 '아래에서 위로의 움직임'으로 시작됨을 밝힌 바 있다. 고개를 오르는 상향적 움직임으로부터 곧 추락할 것 같은 하향적 움직임으로의 이동이 화자의 두려움과 불안감의 정서를 반영하기에 적합하다는 것이다.

조를 이루고 있는 두 공간은 단순한 배경에 그치지 않고 이 연작의 가장 기본적인 구조로 작동하면서 서사를 추동하는 근본적인 힘, 곧 상실감을 극대화하는 장치로 기능한다. 그런 만큼 이 연작에는 잃어버린 낙원에 대한 풍요로운 기억을 복원하려는 움직임과 비-낙원에서의 신산스러움과 고통에 가득 찬 삶의 내용을 부각시키려는 움직임이 서로 길항하면서 나란히 가고 있다. 소설의 제목을 통해 작가가 이야기하고 싶었던 것도 아마 바로 그 점이었을 것이다. 그렇게 지천으로 널려 있어 조금도 눈여겨보게 되지 않던 '싱아'나 아직도 눈앞에 가물거리는 '그 산'은 도대체 모두 어디로 가버리고 보이지 않는단 말인가. 그 아쉬움, 그 회한. 이 소설들은 바로 이러한 '상실감'의 정조에서 출발하고 있다고 해도 과언이 아니다.

아카시아꽃도 처음 보는 꽃이려니와 서울 아이들도 자연에서 곧장 먹을 걸 취한다는 걸 알게 된 것도 그 꽃을 통해서였다. 잘 먹는 아이는 송이째 들고 포도송이에서 포도를 따 먹듯이 차례차례 맛있게 먹어들어갔다. 나도 누가 볼세라 몰래 그 꽃을 한 송이 먹어보았더니 비릿하고 들척지근했다. 그리고는 헛구역질이 났다. 무언가로 입가심을 해야 들뜬 비위가 가라앉을 것 같았다.
나는 불현듯 싱아 생각이 났다. (……) 나는 마치 상처난 몸에 붙일 약초를 찾는 짐승처럼 조급하고도 간절하게 산 속을 찾아 헤맸지만 싱아는 한 포기도 없었다. 그 많던 싱아는 누가 다 먹었을까? 나는 하늘이 노래질 때까지 헛구역질을 하느라 그곳과 우리 고향 뒷동산을 헷갈리고 있었다.(『그 많던 싱아는 누가 다 먹었을까』, 82~83쪽)

'상실감'은 '아카시아'의 '비릿하고 들척지근한' 맛과 대조되는 '싱아'의 '새콤한 신맛'으로 감각화되어 '상처난 몸에 붙일 약초를 찾는 짐승' 같은 '갈급증'을 불러일으킨다. 잃어버린 낙원을 불현듯 손짓하는 '싱아'야말로 아카시아로 인해 생긴 들뜬 비위와 헛구역질을 다스려 줄 비방(秘方)이다. 이 순간 '싱아'는 단순한 기호품의 차원을 넘어 한 인간의 형언할 수 없는 향수를 드러내기 위한 미각적인 심상의 차원으로 비약한다. '그 많던 싱아'가 하나도 보이지 않는다는 것은 과거의 '고향 뒷동산'으로부터 화자가 얼마나 멀리 떨어져 있는가를 직접적으로 확인시켜주는 한 단서이기도 하다. 이제 아기처럼 부드럽고 만만한, 신비와 생명감이 흘러넘치던 박적골의 뒷동산은 늙은이처럼 헐벗고 정기가 없는 매동소학교 어귀의 인왕산으로 대체되었다. 그 사실에 직면한 화자는 '하늘이 노래지는' 상실감에 휩싸여 인왕산과 박적골의 뒷동산을 '헷갈리'기까지 한다.

개성/서울, 실개천/시궁창물, 싱아/아카시아, 신맛/비린맛으로 꼬리를 물고 환유되는 이 낙원 상실의 대립구조는, 달리 말하자면, 조부모와 일가친척들의 한없는 사랑과 보호 속에 놓여 있던 유년 시대의 종말을 의미하기도 한다. 이제 할아버지의 후광을 등에 업고 양반 가문의 손녀로 행세하던 시절은 끝났다. 다만, "체장수네, 굴뚝장수네, 미장이네, 땜장이네"(71쪽) 아이들과 함께 그들과 다름없는 대접을 받아야 하는 시간만이 남아 있을 뿐이다. 그것이 싫다면 외톨이로 남을 수밖에 없다. 박완서와 엄마가 택한 것은 현저동 사람들과 '구분'되는 것이었고, 그런 만큼 작가는 성장기의 혹독한 시련 앞에 무방비 상태로 내던져지게 된다. 작가는 친구 하나 없이 혼자 산을 넘어 소학교를 다닌다. 이 시련은 후일 『그 산이 정말 거기 있었을까』가 포회하고 있는 시간대, 즉, 1950년부터 1953년까지의 전쟁기간을 통해 가장 잔혹한 형태로 확대 재생산된다. 이 가혹한 시련 다음에는 모든 시련극복형 서사가 그러하듯 당연히 화려한 백조, 즉 '작가'로의 입문이 운명처럼 기다리고 있다. 시련은 작가가 되기 위한 통과의례에 다름아니었던 것이다.

그렇게 보자면 이 '낙원(고향, 유년기) 상실기'는 '성장소설'의 외연 속에 작가 박완서의 탄생을 내포하고 있다고 할 수도 있을 것이다. 그러나 이 연작이 기대고 있는 낙원 상실의 구조는 단순히 박완서 개인의 체험에만 국한되는 성질의 것이 아니다. 이 연작은 보다 일반적이고 보편적인 의미에서 봉건적인 공동체의 전통으로부터 황폐한 근대세계로 나아간 현대인 일반의 '역사철학적인 기록'으로 읽힐 여지가 없지 않다. 이제는 사라져버린 전통세계의 안정감과 풍요로움, 그리고 사랑과 질서에 대한 추억은 인류가 고향이나 유년기에 대해 생래적으로 지니고 있는 향수와 본질적으로 다를 바 없기 때문이다. 고향으로부터의 이탈과 유년기의 미성숙으로부터의 탈피를 통해 한 개인은 본격적으로 자기 세계를 정립해간다. 이른바 '어른'으로 '성장'하는 것이다. 인류사의 차원에서 진행되는 이 과정을 우리는 보통 근대화라고 부른다. 어른이 된다는 것이 친근한 것, 부드러운 것, 요컨대 '싱아'의 신맛처럼 새콤한 그 무언가로부터의 분리를 의미하는 것이라면 근대세계의 일원이 된다는 것 역시 그러하다. 그 과정은 '아카시아'의 비릿한 내음을 감내하는 것, 양반의 손녀이기를 그치고 삯바느질집 딸의 신분으로 전락하는 것, 그리하여 혼자서 산을 넘는 시련을 감수하는 것 따위와 은밀하게 대응된다. 그것은 도저히 감내하기 힘든 지난한 과정임에는 분명하지만, 어린아이가 어른이 되지 않으면 안 되는 것과 같이 어떤 세대에게 있어서는 필생의 과업으로 자리잡고 있는 것이기도 하다. 박완서의 성장기에는 그러한 한 세대의 '운명'이 그림자처럼 따라다니고 있다.

  그런 의미에서 이 연작이 박완서 세대의 '이중적인 성장'의 과정, 즉, 어른-근대인으로의 자아 확립의 과정을 다른 어떤 기록보다도 절실하게 묘사하고 있음은 당연하다. 주목할 만한 것은 이 과정이 개인의 의지와 무관한 천재지변의 시련으로만 그려지고 있는 것은 아니라는 것이다. 오히려 이 시련은 '기꺼이 감내하고자 하는 어떤 것' 의 외양을 띠고 있기도 하다. 진실로 '서울 살이' 는 얼마나 많은 박완서와 박완서 엄마들의 삶의 목표로 작용했던가! 어린 시절 할아버지가 사오신 '덕국물감' 을 통해 최초로 문명의 냄새를 맡은 이래, 문명으로 표상되는 '근대적인 것' 은 오랫동안 작가의 가슴을 울렁거리게 한 내밀한 가치이 기도 했다. '농바위고개' 를 넘어 최초로 송도에 다다랐을 때 느꼈던 그 눈부심은 '야만의 시간' 인 한편 '별천지' 이기도 했다. 즉, '단발머리' 와 '신여성' 그리고 '내리닫이' 원피스와 '스케이트' 로 상징되는 '서울 아이' 로의 변신은, 외양상으로는 '엄마' 에 의해 강요된 것이지만 작가 역시 마음 깊은 곳에서 샘솟는 알 수 없는 기쁨으로 몸을 떨던 적극적인 존재 전이의 과정이기도 했던 것이다.

혐오와 매혹으로 분산되는 근대에 대한 양가적인 감정은 박완서 문학의 출발점이라고 하지 않을 수 없다. 작가가 의도했던 전략이 무엇이든 간에 이 연작은 한 여자아이의 성장과정을 통해 이율배반적인 근대인의 양가적인 감정을 맛보는 데 더할 나위 없이 적절한 계기를 제공한다. 박완서 문학이 내포하고 있는 중산층의 허위의식에 대한 적나라한 비판이나 장편소설 『미망』을 통해 드러나는 근대적인 합리성에 대한 나름의 옹호 등은 이러한 이율배반과 무관하지 않다. 그렇다면 우리는 근대성을 중심으로 박완서 문학에 대한 새로운 좌표를 설정할 필요가 있을 것이다. 이 연작은 우리를 이러한 요구 속으로 내몬다.

3. 희생제의와 비극적 장엄미

'낙원 상실기' 로 이 연작을 읽게 될 경우, 논의의 핵심은 자연스럽게 '낙원-이후' 의 삶에 놓인다. 사실, 이 연작의 대부분은 서울 현저동과 박완서 가족 간의 '악연'을 그리는 데 바쳐져 있다. 이미 살펴본 대로, 이 시련의 과정은 그 뒤에 작가의 탄생을 준비하고 있다는 점에서는 박완서 문학의 근원을 형성하고 있으며, 일제강점기로부터 해방, 그리고 한국전쟁기에 이르는 우리 근대사의 중요한 대목들을 통과한다는 점에서는 왜곡된 근대화의 격랑에 휩싸인 한 개인의 근대에 대한 매혹과 불안감을 동시에 보여준다. 서로 긴밀한 연관을 지니고 있는 이 두 가닥은 '오빠'에 대한 작가의 기억을 통해 하나로 통합되고 있다. 그런 만큼 이 연작에서 '오빠'가 차지하는 위치는 남다르다.

이제까지 박완서 문학은 주로 '엄마'와의 길항관계에 의해 설명되어 온 편이다. 박적골 양반 가문의 종부로, 젊은 시절 남편과 사별하고 과부가 된 '엄마'는 완고한 집안 어른들의 반대를 무릅쓰고 자식들의 교육을 위하여 눈감으면 코 베어간다는 서울로의 이주를 감행하는 대단한 결단력의 소유자이자 어린 박완서의 진로를 결정하고 그것을 실행에 옮기는 생의 재단사다. 일찍이 「엄마의 말뚝」시리즈에 의해 확인된 엄마의 모습은 이 연작에서도 예외가 아니다.[9] 오히려, 이제까지 박완서 문학에서 무수히 다루어졌던 엄마에 대한 작가의 애증에 가득 찬 진술이 이 연작에 이르러서는 비로소 직접적인 일면성으로부터 벗어나 객관화되고 있다는 느낌이 들 정도로 이 연작에 드러나는 '엄마'에 대한 작가의 시선은 끈끈한 추모의 애정과 더불어 섣부른 상승 욕망에 사로잡힌 엄마의 '근대적인 열정'에 대한 유머러스한 비판을 동시에 포함하고 있는 형편이다. 추모와 비판의 양날로 버무려진 이 연작을 통해 '엄마'는

---

9) 『그 많던 싱아는 누가 다 먹었을까』를 「엄마의 말뚝·4」로 읽는 견해(김윤식, 「박완서론—기억과 묘사」, 『작가와의 대화』, 문학동네, 1996, 46쪽)는 두 작품들간의 연관성을 최대한 확대한 견해라고 할 수 있다. 그에 따르면 이 소설은 "어머니는 그후 칠 년을 더 사셨다"라는 진술로 시작하여 엄마가 돌아가신 다음 산소를 마련하기까지의 과정을 이야기하고 있는 「엄마의 말뚝·3」(『저문 날의 삽화』, 문학과지성사, 1991)을 잇는 속편이라고 할 만하다.

우리 시대 엄마의 가장 생생하고도 전형적인 캐릭터로 자리잡게 된다.

그러나 이 연작은 무엇보다도 작가와 엄마가 그토록이나 갈등하면서도 또한 그렇게나 긴밀한 운명적인 연대를 형성할 수밖에 없었던 가장 은밀하고도 심층적인 내면의 근원을 짚어볼 수 있게 한다는 점에서 더욱 '문제적'이다. '희생양'으로 선택된 오빠의 존재가 그러하다. 오빠는 총명, 효성, 과묵이라는 전근대적인 미덕에다가 근대적인 덕목이라고 할 약자에 대한 휴머니즘[10] 및 결핵에 걸린 여인에 대한 로맨틱한 사랑까지 겸비한 인물로 그려진다. 말하자면, 오빠는 전근대적인 공동체의 미덕과 근대적인 개인의 덕성을 완벽하게 체현하고 있는 인간인 셈이다. 특히 돼지 잡는 모습을 본 이후 돼지고기를 입에 대지도 않았다는 오빠의 '식물적인 이미지'는 이 완벽한 인간상의 정신적인 연약함을 더욱 강화하는 기능을 하기도 한다. 완벽한 인성을 지니고 있으되 약하고 여리기 그지없는 오빠의 성격이야말로 훼손된 세계에서의 희생양의 순결성을 드러내는 데 가장 적합한 장치일지도 모른다. 세 살 때 아버지를 여읜 작가에게 일곱 살 위인 오빠는 아버지를 대신할 수 있는 유일한 존재였다. 물론, 할아버지의 규율과 자애가 작가의 유년을 지배하고 있지만, 이상하게도 박완서에게 할아버지는 엄격한 부성으로서의 지위를 획득하지 못하고 있다. 일찍 아비를 잃은 손녀에 대한 할아버지의 지나친 애정이 이러한 결과를 가져온 듯하다. 그런 반면, 오빠를 바라보는 작가의 시선은 위에서 살펴본 대로 거의 숭배에 가깝다. 오빠와 결부될 경우, 엄마의 그 엄청난 모성마저 왜소해지는 양상이 없지 않

---

10) 오빠는 자기도 어떻게 될지 모르는 상황에서 한 노동자의 징용을 면제받게 하기 위해 사장과 담판을 짓기도 하며, 결국에는 일제 말기에 이르러 지나친 양심의 가책으로 "그 좋다던" 총독부를 그만둘 정도로(『그 많던 싱아는 누가 다 먹었을까』, 164~165쪽) 강직한 면모를 보이기도 한다. 이러한 휴머니티는 오빠가 잠시나마 사회주의에 심취하게 되는 배경으로 작용하기도 한다.

다. 오빠가 아비를 대신하는 존재로서 형언할 수 없는 그리움의 대상이 되고 있는 것이 사실이라고 하더라도 작가는 어찌하여 이토록 오빠를 '미화' 하고 있는 것인가?

그것은 이 아름다운 인간에게 불어닥친 세계의 폭력성을 유감없이 드러내고자 하는 작가의 '전략적인' 기억의 산물일 수도 있다. 『그 산이 정말 거기 있었을까』는 오빠를 상대로 한 '희생제의' 의 기록으로서의 의미가 없지 않다. 사도세자의 죽음을 기록하고 있는 『한중록』처럼 이 소설은 희생양으로 선택된 한 인간의 죽음의 과정을 눈물겹도록 비루하게 그리고 있다. 해방 후 잠시 좌익에 몸담은 후 전쟁이 발발하자마자 본의 아니게 해방군으로 대접받다가 결국은 어처구니없게도 국군의 오발에 의해 다리에 총상을 입고 모두가 피난 가버린 서울 한복판에서 구차하게 생명을 영위해나가야만 했던 오빠는, 과연 더할 나위 없는 이데올로기의 속죄양이라고 할 만하다. 어디에도 속할 수 없었던, 아니 속하고자 하지 않았던 오빠에 대한 세계의 폭력적 응징은 '오발' 로 인한 총상이다. 이 과정은 한 세계의 폭력성이 얼마나 무참하게 개인을 유린하는지를 확실히 증거하면서 도저히 객관화할 수 없는 작가의 상처와 분노를 여실히 드러내준다.

이 점은 『그 많던 싱아는 누가 다 먹었을까』와 여러모로 비교되는 『그 산이 정말 거기 있었을까 』를 보면 더욱 명확하게 드러난다. 전자가 오빠의 인간적인 품격에 대한 미화로 일관하면서 오빠를 지상의 인물이 아닌 것처럼 그리고 있다면, 이와 달리 후자는 그를 단지 살기 위하여 현실적으로 불가능한 온갖 행동을 요구하는 비굴한 인간으로 그리고 있다. 『그 산이 정말 거기 있었을까 』에 나타나는 오빠의 비굴함이 심하면 심할수록 『그 많던 싱아는 누가 다 먹었을까』를 통해 빛나는 오빠의 영혼은 더욱 순결해지면서 그 성스럽던 인간을 그토록 무참하게 파괴해버린 세계의 폭력성은 더욱 여실히 드러난다. 이러한 대조적인 양상은 일차적으로 전쟁이 한 인간에게 가한 폭력성을 부각시키는 데 효과적이다. 그러나 보다 꼼꼼하게 살펴보면 이러한 '영웅의 추락'은 단순히 전쟁이나 이데올로기 자체가 지니고 있는 파괴력이라기보다, 오빠 스스로가 지니고 있는 인간적인 품격 그 자체에서 기인하는 측면이 크다. 총체적인 인성을 구현하는 그의 인간적인 풍모가 전쟁과 이데올로기라는 야만적 광란으로 일관하는 이 사악한 근대세계와 맞지 않았던 것이다. 그는 지상의 인간답지 않게 지나치게 순결하고 정의로웠던 만큼 그에 합당한 대가를 치러야 했던 것이다. 서울이 진공상태에 빠졌던 1950년의 석 달 동안, 오빠가 보여주었던 '말더듬증'은 그런 점에서 아주 상징적이다. 말을 한다는 것은 기본적으로 자기가 누구라는 것, 즉 자신의 영혼이 어떠하다는 것을 입증하는 행위다. 그 말에 혼돈이 오고 그 행위가 지연된다는 것은 '영혼이 존재할 수 없는 불모의 시간'을 드러내는 데 다른 어떤 것보다 적절한 메타포로 기능한다.

　오빠는 자신의 맨얼굴을 가릴 가면 하나 없이 근대의 사악한 힘을 가로질러 가려고 했다. 세계는 그를 '희생양'으로 삼아 이러한 인성으로는 이 세계에서 살아갈 수 없음을 다른 모든 인간들에게 징계했다. 오빠의 인성은 천상의 세계에 속하는 것이어서 지상의 시간 속에 노출될 경우 그 스스로를 보호할 수 없음은 물론 순식간에 주변 사람들을 위협하는 흉기로 돌변하기도 한다. 유머와 여유가 흘러넘치던 『그 많던 싱아는 누가 다 먹었을까』와는 달리 『그 산이 정말 거기 있었을까』가 한치의 여유도 찾아볼 수 없는 분노와 연민[11]으로 가득 차 있는 것은 이 '희생

---

11) 『그 산이 정말 거기 있었을까』의 어느 대목을 펼치더라도 쉽게 만날 수 있는 다음과 같은 표현들, 이를테면, "나는 그게 참을 수 없이 분하고 억울했다"(18쪽)라는 대목이나 "이불 속에서 외롭게 절망과 분노로 치를 떨었다"(57쪽), "나의 본래의 좋은 점, 관용, 신뢰, 겸허, 연민, 동경 따위를 더 담아둘 데가 없을 정도로 발랑 까져버린 자신을 느끼고 소스라치듯이 참담해지곤 했다"(257쪽) 같은 진술들은 작가의 내면을 그대로 드러내면서 이 소설의 톤을 결정짓는다.

제의'의 무자비함에서 기인한 것인지도 모른다.

박완서 문학은 이 세계의 폭력적인 힘에 대한 인식을 저버린 적이 없다. 이미 세계는 '낙원'이 아니다. 여리고 순결한 오빠의 영혼을 물가에 내보낸 어린애처럼 불안하게 바라보지 않으면 안 되게 만드는 세계의 사악한 힘은 처음에는 현저동을 둘러싼 스산한 삶의 풍경에서 그 기미를 내비치다가 곧이어 전쟁과 이데올로기의 이름으로 자신을 드러낸다. 현저동-전쟁-이데올로기로 환유되는 근대의 파괴적인 동력은 결국 오빠를 하나의 무력한 희생양으로 만들어버린다. 오빠의 죽음은 이 세계에서 살아남기 위해서는 무엇을 선택해야 하는지를 가르쳐준다. 이렇게 볼 때, 찌는 듯한 여름에 죽은 지 하루도 못 되어 공동묘지 한구석에 묻히게 된 오빠는 '작가' 박완서 문학의 내밀한 '출발점'이자 진정한 의미에서의 '말뚝'이라고 하지 않을 수 없다.

4. 책략으로서의 자굴감

오빠에 대한 희생제의는 이 연작의 꼭지점을 형성하고 있다. 그 꼭지점이 사라졌다면, 이제 이 연작의 서사를 움직이는 동력은 양변에 위치한 작가와 엄마의 길항력이 아닐 수 없다. 무릇 모든 살아남은 자들은 그 험한 시련을 함께 겪어낸 사람들 특유의 결속감과 함께 또한 단지 살아남았다는 이유만으로 상대방에 대한 경멸을 가슴에 품고 살아간다. 도착된 애정의 한 형태라고 할 이러한 양면성은 작가와 엄마 사이의 길항력을 설명하는 심리적 메커니즘이기도 하다. 누구보다도 서로에 대해서 잘 알고 있으되, 결코 상대방에게 체신 떨어지는 모습을 보여주지 않으려고 기를 쓰는 작가와 엄마의 안간힘은 결국 살아남은 자들의 생에 대한 대응방식의 하나라고 할 만하다.

박완서 문학에서 엄마란 무엇인가? 엄마는 '종종머리'의 시골 계집아이를 순식간에 '단발머리'로 만들어버린 채, '농바위고개'를 넘어 서울로 데려가는 가장 직접적인 '매개자'이다. '신여성'이라는 확고한 모델을 선정해주고 작가를 도시로 끌어들이고 있는 엄마는 전통과 관습의 세계 대신 문명과 이성의 세계를 최초로 보여준 인물이라고 할 수 있다. 두 세계의 중간에 위치한 매개자로서의 엄마는 박적골을 향해서는 '합리성'을, 현저동을 향해서는 '양반의식'을 내세우며 도착된 자부심으로 위태롭기 그지없는 일상을 꾸려나간다.[12] 권위와 전통에 도전하는 '합리성'과 아무리 나락으로 떨어졌다고 하더라도 그에 합당한 법도와 도리를 잃어버리지 않으려고 애를 쓰는 엄마의 '양반의식'은, 사실, 상호 모순되는 성격이 아닐 수 없다. 합리성은 봉건적 신분제도가 강요하는 상하 수직체계와 그에 따른 신비화에 냉담할 수밖에 없다는 점에서 양반이라는 우월감과 상충한다. 그 역 역시 마찬가지다.

　박완서는 엄마에게서 드러나는 이 모순과 허위를 놓치지 않는다. 이 연작 전체가 이 엄마에 대한 희화화로 가득할 정도다. 이를테면, 박완서는 지아비를 잡아죽인 장본인이라는 점에서 굿이라든가 무당의 존재를 철저하게 외면하고 믿지 않는 엄마와 달리, 굿판 구경에 신나하고 떡을 받아먹는 재미를 만끽(『그 많던 싱아는 누가 다 먹었을까』, 87~88쪽)하는가 하면, 사촌동생 명서의 혼백이 저승 가는 길에 마지막 인사를 하

---

12) 온 동네 사람들과 집안의 모든 이들이 두려워하는 할아버지의 호령과 성화를 자기 나름의 방식으로 가늠하여 알아듣고 농담으로 눙쳐버리는 등, 세속의 관습이나 무지를 일거에 뛰어넘는 엄마의 구체적이고도 현실적인 사고방식은, 권위와 신성에 대한 도전으로 현상하기도 하는바, 이 성격이 박완서 남매의 서울행을 가능하게 한 것이라고 볼 수 있다. 그러나 "성 안"으로 진입하지 못한 채 결국은 "천하의 상것"들의 동네 현저동에서 삯바느질로 생계를 영위해가게 된 엄마가 거대한 익명의 세계 서울에서 해체되고 분열되는 자기의 정체성을 유지할 수 있었던 힘은 전적으로 자신이 박차고 나온 "박적골 양반 가문의 종부"라는 우월감으로부터 연원한 것이라는 점은 엄마의 합리성이 아직 전근대적인 신분의식과 묘하게 혼효된 애매모호한 성격의 것임을 암시한다.

기 위하여 멀리 떨어져 있는 자신을 일부러 방문했다고 굳게 믿는(『그 산이 정말 거기 있었을까』, 103~104쪽) 등 엄마의 합리주의를 그다지 신용하지 않는다. 작가가 사용하는 어투들, 예컨대 "과연 잘나기는 잘난 엄마였다"(『그 많던 싱아는 누가 다 먹었을까』, 39쪽)라든가, "엄마의 말투는 늘 너무도 자신이 옳다는 확신에 차 있어서 정말 옳은 소리도 우격다짐으로 들렸다. 나는 그게 싫었다"(『그 많던 싱아는 누가 다 먹었을까』, 56쪽) 등에도 엄마의 교만을 은근히 비꼬는 작가의 음성이 묻어 있다. 신분적 우월감에 대해서도 마찬가지다. 소학교 시험에 합격한 소식을 전하는 행랑어멈의 호들갑에 "웬 수선인가. 그깟 소학교 붙은 걸 가지고"라고 말하는 엄마는 "갑자기 도도하게 굴었다"라는 작가의 비평을 피해가지 못한다. 그러나 방학을 맞아 의젓한 교복과 내리닫이 치마를 해입힌 남매를 데리고 금의환향하고 싶은 엄마의 허영은, 현저동에 살면서도 굳이 딸을 매동소학교에 보내는 자존심의 다른 일면이다. 작가가 '점잖은 근거와 속된 허영의 모순'[13]이라고 부르는 엄마의 양면성은 실은 '매개자'가 지닐 수밖에 없는 혼돈이라고 할 수 있다. 그 누구도 엄마에게 근대에 대항하여 살아남는 법을 가르쳐주지 않았다. 자신의 본래적인 기질에 근거하여 이 낯선 괴물에 대항해야 하는 엄마의 입장에서 '합리성'과 '양반의식'은 근대를 견디기 위한 유일한 책략이 아닐 수 없다.

작가 또한 어찌 이것을 모르랴. 엄마에 대한 작가의 비판이 그 가차없는 언사에도 불구하고 언제나 티 없는 유머와 따뜻한 사랑을 동반한다는 것은 이를 말해주는 비근한 예다. 그러나 '매개자'로서 두 세계, 즉 봉건과 근대에 공히 걸쳐져 있던 엄마의 책략과 달리 박완서가 선택한 것은 근대에 철저히 무릎 꿇는 '자굴감'이다. 이미 세계는 '오빠'와

13) 박완서, 「엄마의 말뚝·1」, 『제4회 이상문학상수상작품집』, 문학사상사, 1980, 292쪽.

같은 인간형을 허락하지 않는다. 이제 더이상 오빠를 숭배하는 어린 소녀로 살아갈 수는 없다. 박완서는 이 세계가 요구하는 모든 것을 전적으로 받아들인다. 살아남아야 하기 때문이다. 『그 산이 정말 거기 있었을까』의 후반부는 오로지 이 욕망 이외에는 다른 어떤 것도 돌아보지 않는 작가의 처절하고도 역설적인 노력을 생생하게 그리고 있다. 살아남기 위하여, '돈'을 벌기 위하여, 작가는 세계가 강요하는 '벌레' 같은 삶을 감내한다. 오빠의 순결한 영혼과도 다르고, 엄마의 양면적인 허위의식과도 다른 이 성숙의 과정은 지나치게 급박하게 찾아온 것이기에 세계에 대한 균형 잡힌 인식이나 자존의 보존 같은 것을 찾아볼 수 없다. 다만 적극적으로 세계의 훼손된 가치 속으로 뛰어들고 있는 작가의 역설적인 '자긍심' 과 터무니없는 '복수심' 만이 두드러지고 있는 형편이다.

우리가 대학에 들어간 지 일 년도 채 안 됐다는 게 믿어지지 않았다. 어떻게 일 년도 안 되는 동안에 그런 일들이 다 일어날 수가 있단 말인가. 또 아무리 한동안 소식이 끊겼었다 해도 여고 동창생에 대해 궁금한 게 얼마나 예뻐졌을까, 연애는 해봤을까, 따위가 아니라 죽었을까, 살았을까, 라는 것은 환갑이나 지나고 나서나 할 짓이 아닌가. 나는 나를 스쳐간 세월의 부피와 경험의 부피가 맞지를 않아 용궁에서 대접받고 나온 어부와 완전히 역으로 혼란스러워졌다. (『그 산이 정말 거기 있었을까』, 109쪽)

한강을 넘어 멀리 이화대학을 바라보는 작가에게 뼈저리게 각인되는 자기 인식은 박완서 개인의 그것을 넘어 한 세대의 자기 점검으로도 읽힌다. '일 년' 도 안 되는 사이에 이들은 갑작스럽게 '환갑' 이 지난 '노인' 들이 되어버렸다. 그들은 제대로 된 연애도 해보기 전에 이미 사랑에 대한 환상 따위는 이 세상에 존재하지 않는다는 것을 알아버린 것이다. 다만 "오로지 배고픈 것만이 진실이고 그 밖의 것은 모조리 엄살이요, 가짜"(『그 산이 정말 거기 있었을까』, 49쪽)다. 이 갑작스러운 쇠락의 과정은 폐허가 다 된 마을에서 싹을 틔우고 있는 목련 봉오리를 향해 "미쳤어!"라는 절규 이외에는 다른 어떤 것도 허락하지 않는 피폐함으로 드러난다. 뿌리깊은 절망과 환멸이 그들을 '폐허' 속에서도 다시 '생명'이 꿈틀거릴 수 있다는 사실조차 인정할 수 없게 만들어버렸기 때문이다.

그러나 이 절규는 목련에 대한 너무도 절절한 반가움의 역설적인 표현이기도 하다. 아무리 어른 흉내를 내보아도 이제 겨우 스무 살이다. 환갑이 다 된 노인네처럼 군다고 하더라도 그 내면마저 속일 수는 없다. "그가 떠나고 나면 서울이 온통 텅 빈 것 같고 눈에 띄는 모든 게 무의미해" 보이는 '지섭'과의 연애 역시 그러하다. 그것은 폐허 속에서도 싹을 틔우려고 하는 목련의 생명력 같은 애처로운 청춘의 면모를 엿보게 해준다. 데뷔작 『나목』이 그리고 있는 세계 역시 여기에서 멀리 떨어져 있지 않다. 미군 부대 피엑스 걸로 굴종의 나날을 보내고 있는 스무 살 주인공의 황폐한 내면 풍경과 새롭게 발견하는 진정한 삶에 대한 인식은 이 연작이 포착하고 있는 세계에 대한 환멸과 이상에 대한 그리움의 이중구조와 유사하다고 할 만하다. 그악스러운 생존 본능에 자신을 내맡기면서도 내면적으로는 그 사실을 받아들이지 못하는 박완서의 '여자아이'는 북 치는 장난감 곰인형에 자신을 투사하면서 그 시간을 견딘다. 돈이 세계를 움직여간다고, 그것을 인정하지 않는 다른 모든 것은 한갓 엄살이거나 가짜에 불과하다고 절규하는 목소리는 실은 상처받은 영혼의 세계에 대한 분노에 다름아니다.

우리가 박완서를 신뢰할 수 있는 것도 바로 이 지점일 것이다. 박완서 문학은 기본적으로 '낭만적 허위'에 대한 본능적인 경계심을 보여준다. 현실에 무지한 너무도 순결한 영혼이라든가 현실과 괴리된 추상적

346

이상주의는 모두 박완서가 믿지 않는 덕목들이다. 전자는 언제든지 세계의 사악한 힘 앞에서 '희생양'으로 화할 위험이 있고, 후자는 부지불식간에 현실의 사악한 힘을 그대로 체현하는 공허한 허위의식으로 떨어지는 경우가 없지 않다. 상대방을 기쁘게 해주기 위해 끊임없이 노력하는 지섭과의 낭만적인 연애를 청산하고, 있어도 없는 듯 없어도 있는 듯 무덤덤하기 이를 데 없는 남자를 결혼 상대자로 선택하는 것은 이러한 인식에서 비롯된 행동이다. 이는 생존 본능이나 현실논리에의 추종과 구별될 필요가 있다.

'예술'보다 '사는 일'을 우선시한 화가 '박수근'을 통해 작가가 이야기하고 싶었던 것도 아마 바로 그것이었을 것이다. 예술적 고뇌나 우울한 정열 대신 노동의 충족감과 단순 노동의 평화를 택하고 있는 박수근의 초상은, 더이상 예술가로 살아갈 수 없도록 만드는 상황에서 진정한 예술가로서 살아간다는 것이 무엇인가에 대한 하나의 답처럼 보인다. 혹시 그것은 '벌레'를 강요하는 세계에서 오히려 '벌레' 답게 살아 주는 '역설'은 아닌가. 단, 절대로 조바심을 내지 않으면서, 그리고 자신이 '벌레'가 되고 있다는 사실을 망각하지 않으면서 말이다. 아예 예술가가 아니라 간판장이로, 미군 부대 초상화장이로 묵묵히 자신의 시련을 감내하는 박수근의 태도는 이 순간 사악한 세계를 향하여 박완서가 채택할 수 있는 '자기 기만술'의 한 상징으로 자리잡는다.

5. 개인사의 증언에서 보편사의 기록으로

90년대에 이르러 많은 여성작가들에 의해 범박하게 '자전적 성장소설'이라고 부를 만한 소설들이 양산된 바 있다. 우리 사회 전역을 휘몰아쳤던 경제개발계획의 여파 속에서 나름대로 풍요로웠던 고향을 떠나 어린 노동자의 길을 걷지 않으면 안 되었던 작가의 지난 시절을 현재의 부채감과 함께 다루고 있는 신경숙의 『외딴 방』이나 적나라한 고백으로 우리 사회에서 여성으로 살아간다는 것이 어떤 의미를 지니는지를 탐사하고 있는 김형경의 『세월』 등으로 대표되는 이러한 경향은 박완서의 이 연작과 더불어 90년대 소설의 한 흐름으로 자리잡고 있는 듯이 보인다.

지난 연대를 이데올로기의 시대로, 소련의 붕괴와 함께 시작된 90년대를 일상성의 시대라고 부르는 화법은 이미 일반화된 느낌이다. 문학은 이제 거대담론을 대신하는 미시담론에 대한 주목으로 그 방향을 선회하고 있다. 신경숙이나 김형경의 자전적 성장소설이 최근 문학의 중요한 성과로 자리잡을 수 있었던 것도 우리 사회의 이러한 흐름과 무관하지 않다. 그들이 보여주고 있는 개인의 내밀한 상처와 그것의 극복과정은 그 자체 지난 연대문학에 나타났던 민중의 자기 정체성의 회복과정과 맞먹는 무게를 획득하면서, 이제 문학은 바다를 뒤집는 격랑이 아니라 바람결에 일렁이는 나뭇잎의 무게에 대해서도 이야기해야 한다고 주장한다. 그런 의미에서 어떻게 보면 지극히 개인적인 트라우마를 고백하는 작가들의 목소리는 그 고백의 내용을 통해서가 아니라 그것을 당당하게 소설화하는 태도를 통해서 새로운 충격으로 다가온다. 자신의 은밀한 개인사를 노출함으로써 그들은 한 실존적 개인의 연대기가 집단이나 민족의 연대기에 맞먹는 것임을 실증하고 있기 때문이다.

박완서의 최근 소설들 역시 이러한 흐름으로부터 완전히 자유롭다고 할 수는 없을 것이다. 그럼에도 불구하고 몇 가지 점에서 박완서의 고백은 90년대의 다른 작가들의 그것과 의미를 달리하는 측면이 있다. 우선, 박완서의 개인사는 그대로 박완서 세대사로 확대된다는 것. 이것은 박완서 세대가 우리 역사에서 남달리 중요한 시기, 예컨대 일제강점기로부터 해방에 이르는 기간, 그리고 해방기의 혼란으로부터 한국전쟁의 참상에 노출된 시기 등 굴곡진 삶을 살아왔다는 의미에서 그러할 뿐만 아니라 때로는 유머러스하게 때로는 회한에 가득 차 회고하는 삶의 내용이 동세대의 일반적인 경험의 양상이나 풍속과 크게 유리되지 않는다는 사실에서 기인한 것이기도 한다. 자신의 개인적인 경험이 곧바로 한 집단이나 한 세대의 일반적인 경험의 양상으로 확대될 수 있다는 것은 그 경험이 강제하는 고통과 상처에도 불구하고 분명 작가에게는 커다란 축복이라고 하지 않을 수 없다. 하지만, 우연하게 주어진 이 역설적인 축복을 알아볼 수 있는 눈은 아무에게나 있는 것은 아니다. 말하자면, 그것은 '작가에의 예감'이라고 할 만한 것으로, 앞으로 '언젠가 글을 쓸 것 같은 예감' 속에서 자신에게 밀려오는 막막하기 이를 데 없는 공포를 견뎌낼 수 있는 정신만이 간직할 수 있는 행운일지도 모른다.

> 우리만 여기 남기까지 얼마나 많은 고약한 우연이 엎치고 덮쳤던가. 그래, 나 홀로 보았다면 반드시 그걸 증언할 책무가 있을 것이다. 그거야말로 고약한 우연에 대한 정당한 복수다. 증언할 게 어찌 이 거대한 공허뿐이랴. 벌레의 시간도 증언해야지. 그래야만 난 벌레를 벗어날 수가 있다. (『그 많던 싱아는……』, 287쪽)

서울 시내 모든 사람들이 피난 가고 천지에 인기척이라고는 하나도 없는 거대한 공허를 눈앞에 두고 박완서는 그것을 목도한 것이 신의 소명에 다름아니라고 자각한다. 혼자만 이것을 보았다면 언젠가는 이것을 증언하라는 의미가 아니겠냐는 이 발상의 전환은 기실 박완서 문학의 본질이 무엇인지를 드러내는 중요한 대목이다. 자기의 두 눈으로 똑똑히 목격하고 온몸으로 생생하게 느꼈던 그 감각과 경험을 이야기한다는 것은 이 순간 한 개인의 실존적인 상처와 고통을 넘어서 한 시대에 대한 역사적인 '증언'으로 다가온다. 최인훈의 『화두』에 버금가는 이 증언은 이 순간 개인적인 기록으로부터 한 세대의, 한 집단의, 한 민족의 야만의 시간에 대한 기록으로 전위된다. 이 '전위(轉位)'는 박완서의 자전적 기록이 갖는 가장 중요한 힘이다. 한 개인의 기록에서 한 세대의 기록으로의 전위는 보편적인 인류사의 기록으로의 전위를 가능하게 하기도 한다. '증언 욕망'과 '복수심'에서 시작된 글쓰기는 어느 순간한 개인, 한 세대의 특수한 경험의 양상에서 벗어나 인류 보편의 문제에 대한 성찰로 자리바꿈한다. 포근하게 자아를 감싸주던 고향으로부터의 이탈과 낯설고 사악한 근대세계로의 진입이라는 인류사의 보편적인 과제는 박완서의 고향-유년 상실과 훼손된 세계에서의 시련이라는 경험과 은밀하게 대응한다. 이미 살펴본 대로 그것은 세계에 대한 지속적인 절망과 환멸의 시간임과 동시에 그 시간을 감내한 정신만이 도달할 수 있는 현실에 대한 균형감각의 획득과정이기도 하다. 이 과정을통해 박완서는 자신을 둘러싼 계급의 물질적 기반을 끊임없이 폭로 비판한다. 증언과 기록을 통한 자기 의식의 확립과정은 박완서 문학의 근저에 다름아니다. 오늘의 저편으로, 그 되돌리고 싶지 않은 과거와 끊임없이 대면하게 하는 박완서 문학의 힘은 바로 그것이다.

(1997)

이탈(離脫)한 자의 여로(旅路)
—김이태의 『슬픈 가면무도회』

단 한 번 궤도를 이탈함으로써 두 번 다시 궤도에 진입하지 못할지라도
캄캄한 하늘에 획을 긋는 별, 그 똥, 짧지만, 그래도 획을 그을 수 있는,
포기한 자 그래서 이탈한 자가 문득 자유롭다는 것을.
— 김중식, 「이탈한 자가 문득」

1. 길 위에 선 자의 편력기

이제까지 김이태 문학에 대한 비평적 관심은 그녀의 소설에 나타나
는 90년대적인 징후에 관한 것이었다. 이른바 신세대 작가로 불리는 동
세대의 다른 작가들과 공유하고 있는 특질들, 이를테면 록뮤직이나 영
상 이미지에 침윤된 작중인물들의 분방하기 이를 데 없는 의식이라든
가 금기를 가볍게 뛰어넘는 위반 혹은 전복적 상상력, 지난 연대의 권
위적인 거대담론에 대한 실존적이고도 자의식적인 비판적 언술 등은
그녀를 90년대의 대표적인 작가 가운데 하나로 주목하게 하면서 부지
중에 그녀의 문학에 관한 평가의 기준으로 작용해왔던 것이 사실이다.
시대와 더불어 호흡하는 동세대와의 교감능력은 작가에게 그 자체로
중요한 하나의 자산이다. 어떤 작가도 당대와의 이러한 행복한 만남이
전제되지 않고서는 스스로의 특출남을 증명해 보일 수 없다. 그러나 문
제는 일명 '신세대 담론'이라는 틀이 김이태 문학의 구체적인 양상을
이해하는 데 오히려 걸림돌로 작용하는 경우도 없지 않았다는 데 있다.

그녀의 소설에 나타나는 광기 어리다 못해 때로는 파괴적으로까지 느껴지는 위반의 상상력은, 기존 문학과의 단절을 표방하는 최근 소설의 흐름을 대변하는 것이라고만 치부하기에는 그 상실감과 상처의 뿌리가 그리 만만하지 않다.

김이태의 두번째 장편소설『슬픈 가면무도회』는 이러한 측면에서 새삼 주목할 만한 작품이다. 우리는 이 소설의 화자 서경의 젊은 날의 방황을 통해 "어딘지 텅 빈 듯하며 요상한 냄새, 그 냄새"를 좇아 "개처럼" 달려나간 등단작 「몽유기」의 공허한 열정을 다시금 엿본다. 이 소설의 신산한 여로를 통해서는 "다시는 얌전한 일상으로 내려올 것 같지 않"다고 끝맺음하는 「궤도를 이탈한 별」의 허무를 맛보기도 한다. 이 소설은 등단작 「몽유기」의 우울한 청춘상과 「궤도를 이탈한 별」의 광기어린 모험, 「식성」의 그 괴이한 토악질이나 「독신」의 완벽한 고립, 그리고 「얼굴」에 어른거리고 있는 근친애적인 사랑 등 그녀가 이제껏 단편들에서 보여주었던 다양한 이미지와 테마들을 종합한다. 그런 의미에서『슬픈 가면무도회』는 작가의 개인적인 삶의 파편들이 그대로 튕겨나오는 생경한 문장들과 후반부로 갈수록 느슨해지는 구성상의 안이함에도 불구하고 김이태 문학에 대한 그간의 오해를 불식시키고 총체적인 조망을 가능하게 할 계기라고 할 만하다.

표면적으로 볼 때, 이 소설은 궤도를 이탈한 자의 편력기다. 서울과 칠레, 일본과 영국 등의 광대한 공간적인 배경은 이 편력에 적절한 무대를 제공하면서 화자인 서경의 청춘기를 장식한다. 그렇다고 해서 이 소설이 이국적인 무대를 배경으로 비일상적인 사건과 행동을 그려나가는 모험소설의 외관을 취하고 있는 것은 아니다. 각각의 공간을 둘러싼 서사적 모험은 시간 순서에 따라 가지런하게 나열되어 있는 것이 아니라 우연한 기회에 순간적으로 되살아나는 화자의 집요한 회상에 힘입어 서술되고 있다. 그런 만큼 뚜렷한 플롯에 근거한 사건 위주의 스케일 큰 모험과는 거리가 있다. 따라서 외형적으로 드러나는 공간상의 잦은 변이와 단절, 그에 따른 새로운 이야기의 전개에도 불구하고, 이 소설은 기본적으로 사라져가는 기억을 둘러싼 시간과의 격렬한 고투의 기록이라고 보아야 한다. 빗대어 이야기하자면, 이 소설은 『돈 키호테』의 구조 속에 『잃어버린 시간을 찾아서』의 정신을 내장하고 있는 것이다.

편력은 대개의 경우 일상적 현실을 넘어서거나 초월한다. 편력하는 영혼은 평균치의 삶이 제공하는 일상적인 삶의 지복(至福)을 거부하고 자기 영혼이 지시하는 목표를 좇아 길 위에서 떠돈다. 길 위에 선다는 것, 그것은 안정된 것, 따뜻한 것, 낙관적인 것, 이 모든 축복과의 결별을 의미한다. 그것은 아버지의 율법과 가족이라는 울타리의 보호로부터 영원히 배제되는 삶이다. 그리하여 그것은 결국 동질적인 세계 속에서 익숙한 것들에 둘러싸인 삶 대신, 이질적이고 낯선 것들과 한 무리가 될 것을 서약한다. 편력기라는 이름에 걸맞게 『슬픈 가면무도회』는 지금-이곳의 일상적인 현실에 붙박여 있지 않다. 이 소설을 추동하는 힘은 한 곳에 정착해서 살아가는 정주민의 관습적인 삶이 아니라 거칠 것 없이 떠도는 유목민의 자유다. '집시'나 '마약 중독자'나 혹은 '아마추어 예술가'라는 이름으로 살아가는 그들은 일상의 궤도 저편에 존재한다. 그런 의미에서 이 소설의 편력은 절대적인 자유를 담보로 한 예술혼의 추구로 읽힐 수도 있다. 거칠 데 없고 대담하기 이를 데 없으나 때로는 한없는 고독과 제어하기 힘든 죽음 충동으로 다가오기도 하는 이 편력은 일상/비일상의 경계를 미끄러지면서 이 소설에 독특한 분위기를 부여하는 데 결정적인 역할을 한다.

그러나 길에 대한 '기억'은 언제나 다시 '현재'와 만나지 않을 수 없다. 『슬픈 가면무도회』가 채택하고 있는 서사적 전략으로서의 편력 역시 이러한 범주에서 크게 벗어나지 않는다. 그토록이나 둥근 원을 그리며 떠돌던 과거의 편력은 현재의 자아를 규정하는 요인으로 작용한다. 현재는 언제나 과거의 자아, 자신이 인지한 최초의 자아에 대해 낯설게 마련이다. 그 낯섦의 강도가 지나온 길의 거리를 반영한다. 이 소설의 작중화자 서경 역시 마찬가지다. '양키'라고 오인받고 손가락질당하는 영국인과 지금 나란히 누워 있는 그녀는 자신이 이전부터 알고 있던 '그녀'가 아니다. 버글거리는 아이들과 말도 잘 통하지 않는 서양인들이 군데군데 박혀 있는 파티에서 모든 것을 초탈한 듯한 가면을 쓰고 웃고 있는 그녀는 "자기 멋에 빠져든다고 말하기에는 열정과 순수한 데가 있고, 엉터리라고는 해도 돌이키고만 싶은" 어떤 "자신만만한 시기"를 거쳐왔다고는 도저히 믿기지 않는 심한 무력감에 사로잡혀 있다. 무엇인가, 그녀를 끊임없이 다른 '그녀'로 만드는 그것은?

그녀에게 글을 쓴다는 것은 묵지근한 '숙취감'처럼 좀처럼 사라지지 않는 이 물음들에 대한 답을 마련하고자 하는 행위다. 글쓰기를 통해서 그녀는 자신의 편력이 무엇이었는지를 알고자 한다. 글쓰기는 '나는 지금 왜 여기에 있는가?'라는 정체감의 혼란을 넘어 자신의 삶의 진정한 주인이 되기를 꿈꾸는 자의 유일한 삶의 대안으로 자리잡는다. 말하자면, 글쓰기를 통한 존재 회복의 열망이 '가면'에 익숙한 자아와 불화하며 자신의 맨얼굴과 대면하게 하는 것이다. 낯선 타자가 되어버린 자아의 근원으로 깊숙이 잠입을 시도하는 것은 바로 이 '가면'을 벗어던지기 위한 필사적인 의지의 산물이다. 지나쳐온 '길'에 대한 『슬픈 가면무도회』의 '추억'이 마냥 달콤한 노스탤지어로만 채워지지 않는 것은 바로 그 때문이다.

2. 연옥으로서의 카르타헤나

콜롬비아의 카르타헤나.

한 남자를 좇아 서울에서의 삶을 청산하고 머나먼 남반구를 향해 자신의 삶의 궤도를 수정한 서경에게, 1992년 남미의 '카르타헤나'는 그저 스치고 지나가는 무수히 많은 지명 가운데 하나가 아니다. 그곳은 처음에는 서경과 그녀의 영국인 남편이 칠레에서의 지긋지긋한 이 년을 청산하고 다시 북반구의 일상적인 궤도로 진입하기 위하여 시도한 여행중 닿게 된 한 체류지에 불과했다. 가진 재산이라고는 "이십 년도 더 묵은 도지차와 두 개의 트렁크"뿐인 서경 부부가 비행기 삯을 절약하기 위하여 칠레에서 LA까지 도로여행을 계획했을 때, 카르타헤나는 그렇게 긴 여행의 중간 경유지로 선택되었을 뿐이었던 것이다.

그러나 더이상 육로가 건설되어 있지 않아 파나마로 가기 위해서는 배나 비행기를 타야 한다는 것을 알았을 때, 카르타헤나는 단순한 경유지에 그치지 않는다. 그것은 지구의 반대편으로 날아온 서경의 궤도를 이탈한 삶이 다시 정상적인 궤도로 진입하고자 할 때 그것을 가로막는 완강한 '금지'의 상징인가 하면, 한편으로는 더이상 본 궤도로의 진입에 가슴 조일 필요 없이 차라리 거기서 주저앉고 싶게 만드는 '유혹'의 공간이기도 하다. 거부와 유혹으로 빛나는 카르타헤나는, 그런 의미에서, 서경의 마음속에 자리잡은 '연옥'이라고 할 만하다. "완전히 독립적이고 자유롭고 방탕하고 싶은" 자아와 "자신이 속한 사회에 종속되고 싶어하는" 자아간의 상호 길항하는 욕망은 정확히 카르타헤나라는 이국적인 공간의 속성을 그대로 대변한다.

　단지 내가 저렇게 살고 싶어하니까. 줄줄이 낳은 아이들과 술을 너무 과하게 마시는 남편에게도 상관없이 어디서든 씩씩하고 무심하게 살고 싫어하니까.

그녀는 다시 절벽틈 사이에 우유 같은 감촉을 지닌 바닷물을 헤집고 잠시 살고 싶었다. 어벙하게 두리번거리고 행복해하는 미소를 틈틈이 띄우는 관광객이 아니라 바닷물과 열대어에 무심히 젖어가는 인간이 되고 싶었다.(『슬픈 가면무도회』, 해냄, 1997, 125~126쪽)

카르타헤나는 북반구의 일상적인 궤도로 재진입하고자 하는 서경의 발목을 '우유 같은 감촉을 지닌 바닷물'로 다시 붙잡는다. 그 주저앉음 은 '관광객'의 삶을 거부하고 '원주민'의 삶을 택하고 싶다는 욕망에서 여워하다. 그러나 이 동화에의 열망은 생에 대한 애착이 아니다. 오히려 그것은 그와 정반대로 나락으로 떨어지고자 하는 "자살에의 유혹"과 흡사하다. 모든 과거의 욕망, 예컨대 북반구의 일상으로 회귀하여 아이를 만들고 학부형이 되어 한 사회의 소속원으로 살아가고자 하는 욕망 따위가 우연적으로 혹은 필연적으로 '금지'당할 때, "일시에 모든 가능성을 차단하는 죽음"에 대한 동경은 오히려 더 강렬해진다. 그 욕망만으로는 살 수 없다는 것을 알면서도 어쩔 수 없이 말려들 수밖에 없는 죽음으로의 유혹은 이 소설을 지배하는 가장 퇴폐적이면서도 매력적인 부분이 아닐 수 없다. 서서히 타락해가는 자신을 무방비 상태로 내려다보면서 즐기는 아슬아슬한 긴장감. 여기에는 어느 누구의 간섭도 방해도 없다. 오로지 절대적인 자유가 있을 뿐이다. 완전한 망아(忘我)의 세계. '마약'과 두 남자와의 묘한 혼거(混居)상태로 상징되는 이 시간 속의 모험은 그런 의미에서 시간적으로나 공간적으로 '서울'의 일상과 완전히 대극되는 지점에 놓여 있다. 낮시간의 가벼운 일과를 마치면 공원으로 나가 작은 병맥주를 마시거나 누군가 건네주는 마리화나를 성급히 빨아대면서 낄낄거리는 삶, 이 삶의 방식이야말로 가장 반-북반구적인 것, 가장 반-관광객적인 것, 그리하여 가장 반-문명적인 것이 될 수 있는지도 모른다.

그러나 이 지상 천국은 영원할 수 없다. 서경 부부는 어떻게든 다시 이곳을 빠져나가려 한다. 그들은 자신들이 '낙원'에 속하는 사람들이 아니라는 것을 깨닫는다. "북극의 자장이 사람을 긴장시켜주는" 그 "척박한 곳"으로 되돌아가고자 하는 갈망이 '낙원'의 망각을 위협한다. 이제 더이상의 이탈은 있을 수 없다. 한순간 삶의 끝을 경험한 영혼에게 여행은 이제 아무런 의미도 지니지 못한다. 서경 부부는 마약소지 혐의로 경찰에 연행된 뒤 그것을 계기로 카르타헤나를 떠나기로 한다. 죽음을 피하기 시작하는 순간 이미 '영화(movie)'는 끝났다. 단지 돌아가는 일, 무사히 정상적인 궤도로 재진입하기 위한 건조한 일정만이 남아 있을 뿐이다. 서경을 길 위에 나서게 했던 이탈에의 욕망은, 이제, 떠나온 원점으로 되돌아가고자 하는 갈망으로 변형된다. '한없이 떠나고 싶다/그대로 영원히 주저앉고 싶다', 또는 '아무도 몰라보는 익명화된 자아를 만나고 싶다/어느 누구라도 누군지 단숨에 알아차리는 사람이 되고 싶다'로 다양하게 분화되던 자유와 종속의 심리적 길항관계가 결국 후자의 승리로 끝나게 된 것이다.

그래, 우리는 소시민이야. 너와 재미있는 시간을 보냈지만 우리는 한계가 있다구. 우리는 가야 돼. 선을 지키다가 가야 한다구.(148쪽)

관광객이 아니라 원주민이 되어도 좋으리라는 '죽음'에의 수락은 단지 '흉내내기' 혹은 '가진 자의 포즈'에 불과했던 것인지도 모른다. 그들은 결코 프랑스인 집시 알란처럼 될 수는 없었던 것이다. '선'을 지키기 시작하는 삶에 더이상의 이탈은 없다. 아무리 누추한 일상이 기다리고 있다고 하더라도, 그것이 비록 '소시민'이라는 올가미를 준비하고 있다고 하더라도, 서경 부부는 편력과 방황 대신 안주와 일상을 선택한 것이다. 카르타헤나의 추억을 중심으로 그 시공간의 바깥을 오가는『슬픈 가면무도회』의 서사구조는 이러한 사정에서 나온 것이다. 연옥을 통과하지 않은 정신의 방황을 진정한 편력이라고 할 수 없는 것처럼, 카르타헤나가 과연 서경의 삶에서 무엇이었는지를 집요하게 탐색하지 않는 자기 점검은 아무런 의미도 지닐 수 없다. 서경의 여로는 카르타헤나를 중심으로 다시 원점으로 회귀한다. 그러나 궤도는 이탈한 자를 용서하지 않는다. 단 한 번 궤도를 이탈하는 것만으로도 그들은 다시는 처음의 그곳으로 되돌아오지 못한다. 그녀는 이미 과거의 그녀가 될 수 없다. 되돌아왔으되 언제나 이방인에 불과한 그녀는 자신에게 영원히 낯선 타자일 뿐이다. '기묘한 방식으로 떠돌고 있는(I'm floating in a most peculiar way)' 자아에 대한 확인. 이 소설은 시간의 가역반응이 초래하는 이 무서운 진리에 대한 확인이다.

3. 아웃사이더의 자의식

서경의 여로는 '서울-칠레-콜롬비아(카르타헤나)-영국-일본'으로 이어지는 머나먼 여정이다. 이 여로의 신산함은 작가 김이태의 개인적인 이력과 거의 흡사하다. 그만큼 이 소설의 모험은 체험의 절실함을 견지하고 있는 편이다. 이 모험이 우리에게 상기시키는 바는 명확한 듯하다. 단 한 번 궤도를 이탈한 자는 영원히 돌아올 수 없다는 것, 단지 무수히 되돌아오려는 시도만 있을 뿐이라는 것. 이 비정한 현실인식은 김이태 문학의 저변을 차지하면서 80년대에 대한 작가의 독특한 시각을 형성한다. 일찍이 등단작「몽유기」를 통해서 지난 연대의 열정과 이념에 대한 상실감을 피력한 바 있는 그녀는『슬픈 가면무도회』를 통해 다시금 그 근원으로 되돌아가고자 한다.

그녀는 폭탄이 터지고 강둑이 무너지고 아비규환으로 피난 가는 꿈을 자주 꾸었다. 자주 보아온 반공영화에 데모 광경이 합쳐서 남긴 잔재였을 것이다. 매번 누가 적인지 모르는 것이다. 그래서 혼자 어느 구석이든 파고들려는 것인지도 모른다.(92쪽)

당신은 손가락질받아본 적도, 인간도 아니라는 식의 따가운 눈초리도 받아본 적이 없겠지. 그것이 얼마나 지글거리고 무서운 것인지. 얼마나 후유증이 오래 남는 건지. 그런 건 모르겠지.(103쪽)

'반공영화'와 '데모 광경'에 관한 이미지로 얼룩져 있는 서경의 무의식은 분단체제하의 개발독재국가에서 유년기를 보낸 김이태 세대의 '공포감'의 일단을 보여준다. 물론 이 세대가 폭탄이 터지고 강둑이 무너지는 아비규환 속에서 실제로 피난 행렬에 오른 적은 단 한 번도 없다. 다만 그들은 그 이미지를 자신의 실제와 동일시하지 않을 수 없는 무수히 많은 이데올로기적 억압장치에 현저하게 노출되어 있었을 뿐이다. '반공영화'에 의해 많은 김이태 세대들은 전쟁과 파국, 그리고 혼자 남겨진다는 것의 두려움을 일찌감치 내면화할 수 있었다. 그 내면화는 개인의 무의식을 규정하는 가장 강력한 통제장치이기도 하다. 80년대의 학생시위는 이 이데올로기적 장치들을 상대로 한 항전(抗戰)의 성격을 띠고 있다. 그것이 지닌바, 허위성을 밝혀내고 더이상 가짜의 삶을 살지 않겠노라는 젊은 청춘의 자기 정립의 과정은 80년대 학생운동과 무관하지 않다. 말하자면, 학생운동은 사회 변혁을 향한 염원의 표현인 동시에 자아 성장에 대한 갈망의 표현이기도 했던 것이다. 그러나 이 과정은 국가 권력을 상대로 한 만큼 거대한 게릴라전의 양상을 띠지 않을 수 없었고, 그런 측면에서 외면적으로 그것은 유년기 무의식을 지배했던 '전쟁에 대한 공포'와 닮아 있었다. 두 이데올로기의 싸움. 그 어느 쪽도 개인을 호출하기를 멈추려고 하지 않는다. 어느 쪽으로도 기울어지지 않겠다고 선언하는 순간, 개인은 다수의 '손가락질'과 타자들의 '따가운 눈초리'로부터 자유로울 수 없다. 이 고립의 자유는 '지글거리는 무서움'과 '유황불'의 응징 속에 자신을 내맡길 용기를 필요로 한다. 그러므로 그것을 감내하고 누리는 개인적인 자유는 당연히 이중으로 뒤틀린 '후유증'을 남기지 않을 수 없다.

이 '후유증'은 『슬픈 가면무도회』의 궤도 수정을 부추기는 최초의 동기로 작용한다. 막 대학에 들어온 신입생이 보아버린 "인간 막대기", 한숨가 붉덩이로 변해 한 시대의 압제를 증언하는 한 인간의 분신 장면은 서경의 뇌리에서 죽음의 그림자를 지워내지 못한다. 그 죽음으로부터 자기도 그리 멀리 떨어져 있지 않다는 생각, "모든 과거의 욕망이 환영으로 보이는 순간, 그 욕망들이 어리석음으로 부풀려진 허상이었고 소위 그래서 절망하는 순간, 언제나 깨끗하게 결단내릴 수 있다는 가능성"은 그리하여 이후 서경의 삶을 지배하는 절대적인 인식으로 다가온다. 이것은 학생운동에 열성적으로 투신한 사람이든 방관자로 떠돈 사람이든 누구를 막론하고 당시의 청춘들을 행동하게 했던 근원적인 '편견'인지도 모른다. 이 편견에 침윤당한 자아는 언제고 길위에 나설 준비가 되어 있다. 적어도 일신의 안일을 위하여 미래를 준비하고 오늘의 혼돈을 깡그리 잊은 채 순한 시민으로 일상의 궤도를 허겁지겁 따라가는 삶만은 살지 않겠다는 자의식. 이 자의식이 유지되는 한에서만 비로소 한 인간의 죽음을 목격하고 방관한 시대적인 죄책감으로부터 도덕적으로 자유로워질 수 있을 것이다. 바로 그때만이 그 또는 그녀의 '이탈'이 전신에 불을 붙이고 옥상에서 뛰어내리는 영혼의 존재론적 '결단'과 겨우 대적할 수 있기 때문이다. 서경의 편력이 의미를 갖는 것도 바로 이 지점이다. 한사코 행복해지기를 꺼리는, 피기도 전에 지려고만 하는 자학으로 뭉쳐진 궤도로부터의 이탈 욕망은 그 순결한 80년대의 제단에 자신의 청춘을 제물로 바치려는 행위인지도 모른다.

그러나 이 제의에도 여전히 '시간'은 개입한다. 끊임없이 튕겨나가려고만 하던 그 무리는 어느샌가 모두 사라지고 보이지 않는다. 그런 시간이 존재하기나 했었는지 의심스러워질 정도로 그들은 감쪽같이 자취를 감추었다. 이 순식간의 역전! '꽃밭에 꽃들이 하나도 없다.' 『슬픈 가면무도회』속에 들어 있는 소설 내 소설 「우리의 잠재적 동지」는 바로 이 상황에 대한 서경, 김이태의 발언이다. '거실 한쪽 벽에 걸린 만년의 트로츠키의 사진이 두고두고 웃음거리가 되는 세계'로 변해버린 현재의 일상은 낯설기 그지없다. 언제나 집단으로부터 "내빼고 있다"는 의식에 사로잡혀 자신을 자책하던 서경에게는 더욱 그러하다. 도무지 이 현실을 인정할 수가 없는 것이다. 그러나, 되돌아보면, 그토록 멀리 떠나고자 했던 자신마저 결국에는 다시 궤도에 진입하려고 안간힘을 쓰고 있지 않은가. 그렇다면 우리는 모두 "한통속"이다! 아무것도 바꾸지 못한 채 결국 다시 아버지의 세계로 귀환한 '탕아'들에 불과하다!

김이태 문학은 이러한 자의식에서 출발한다. 80년대에는 운동권의 논리와 충돌하고 90년대에 이르러서는 또 지난 연대를 거부하는 신세대의 논리와 화해할 수 없는 이 기묘한 자의식은 90년대 우리 문학이 도달한 아웃사이더의 그것이라고 하지 않을 수 없다. 이 국외자의 비판 정신은 우리의 삶에 진입해온 일상성의 가공할 위력을 폭로하는 한편 먼 곳을 향한 우리의 동경에 깃들여 있는 허위의식을 조롱한다. 아무리 끝까지 가보려고 해도 결국 되돌아올 수밖에 없는 우리의 '꿈'의 한계와 그 감옥에 갇혀 일상의 그물 바깥으로 나아가려 하지 않는 우리의 '안일'은 이리하여 어느 순간 스스로의 이중성을 들여다보게 된다. 그 세계는 가면으로 둘러싸인 세계다. 그것은 한없이 낯설지만 또한 한없이 슬프기도 한 세계다. 『슬픈 가면무도회』는 바로 그 허무를 가리키고 있다.

(1997)

4부

미궁 속의 산책

1. 미궁 속에 갇힌 소설의 욕망

소설을 '길 찾기'에 비유하는 것은 '출구' 혹은 '집'을 향한 그것의 욕망과 무관하지 않다. 오랫동안 소설은 혼돈을 넘어 미정형 상태에 일정한 질서를 부여하려는 인간 욕망의 산물로 이해되어왔다. 이러한 인식은 혼돈이란 구획되고 정리되어야 할 과제라는 신념을 전제하고 있다. 아울러, 그 임무를 수행해나갈 주체는 인간 이성이라는 사실에 대한 믿음 역시 확고한 편이다. 온갖 유혹과 환난에도 불구하고 결국에는 사랑하는 아내가 기다리고 있는 고향 이타카로 돌아가는 오디세이의 여정이 근대 소설의 전형적인 서사로 자리잡을 수 있었던 것도 바로 그 때문이다. 우리에게 소설이란 언제나 자신의 욕망을 규율하고 통제하는 합목적적 주체의 간지(奸智)에 가까운 것이었다.

그러나 최근 우리 문학에서 이러한 의미의 소설을 찾아보기는 쉽지 않다. 일찍이 최인석은 「혼돈을 향하여 한 걸음」을 통해 그 표제만큼이나 극명하게 이 회귀서사를 부정한 바 있다. 자신의 정체성을 찾아 과거로 거슬러올라간 사내가 결국 맞닥뜨리게 된 것은 거대한 혼돈과 무한한 심연뿐이었다. "길을 잃었다. 어제오늘의 일이 아니었다." 사내는 "길을 잃은 지 벌써 오래"건만 그는 "그것을 이제야 깨닫고 있"(『혼돈을 향하여 한 걸음』, 창작과비평사, 1997, 59쪽)는 것이다. 그 순간 그는 자각한다. 이 혼돈을 벗어나 확고한 정체성을 구축하려고 애쓰는 것은 일종의 기만일 수 있음을. 결국 그는 혼돈으로부터 벗어나려 하는 대신 오히려 그것의 한가운데로 발을 들여놓는다. 그리고 이 혼돈을 자신을 둘러싼 존재론적 조건으로 받아들인다.

최근 소설들도 마찬가지다. 그들은 '길 찾기'의 책략 대신 그 길의 '미궁스러움'과 그 미로를 가로막고 있는 괴물 미노타우로스에 관해 이야기하려는 경향이 있다. 괴물을 물리치고 집으로 귀환하기는커녕 그 미궁 속에서 영원히 길을 잃고 떠도는 경우도 없지 않다. 이 미궁 속에서의 주체의 실종을 탓하고 싶은 생각은 없다. 오히려 이 글은 그들이 인간 이성과 맞바꾼 진실, 이를테면 자신들이 '이성'이라는 실을 가지고 이 미궁을 빠져나간 테세우스가 아닐지도 모른다는 의혹에서부터 그들 자신이 바로 그 혼돈의 주체이자 미궁을 공포의 도가니로 바꿔버린 괴물 미노타우로스일지도 모른다는 자각, 그리고 혼돈이 인간 의식을 수렁으로 내몰고 있는 것이 아니라 인간이 혼돈을 수렁 속에 집어넣고 그 위를 덮어버린 채 아무 문제 없다고 치부하고 있는 것인지도 모른다는 발상의 전환에 이르기까지, 최근 우리 소설에 불어닥친 변화의 조짐을 흥미롭게 지켜보는 데서 출발한다. 이 변화의 조짐들은 이제까지 '소설'을 비추고 있던 거울을 깨고 그것의 모습을 새롭게 재조립하는 데 결정적인 역할을 한다. 한강의 『내 여자의 열매』(창작과비평사, 2000)와 백민석의 『목화밭 엽기전』(문학동네, 2000) 그리고 배수아의 『그 사람의 첫사랑』(생각의 나무, 1999)을 통해 그 '거울'의 파편을 맞춰보자. 이 작업을 통해 미궁 속에 갇힌 최근 소설의 적나

366

라한 욕망이 드러날 것이다.

2. 『내 여자의 열매』: 탈신의 욕망, 연꽃의 관능

한강의 두번째 소설집 『내 여자의 열매』는 상처와 고통이 육화된 (embodied) 세계다. 피 흉터 눈물 생리 멍 가시에 찔린 자국 음식 혐오증 시력상실 등 이 소설집에는 가시적이고도 물질적인 형태로 구체화되어 나타나 있는 육체적 흔적(trace)이 도처에 낭자하다. 한강에 따르면 존재는 미정형의 진흙덩어리다. 그것은 그것을 빚는 자의 손놀림에 의해 '부처'가 될 수도 있고 흉물스러운 허물을 지닌 '뱀'이 될 수도 있다. 그러나 끈적거리고, 찢기고, 멍들고, 찔린 자국 등, 이 모든 육체적 흔적은 존재 자체가 이미 근본적으로 결여태에 다름아니라는 사실을 암시한다. '부처'의 본질을 내포하고 있다 하더라도 현존하는 한 그는 수성(獸性)의 허물, 그 껍질에서 벗어날 수 없다. 그런 의미에서 존재는 "뱀 지나간 자국처럼 길게 금이 벌어진 콘크리트"(287쪽) 벽과 같다. 그것은 자신의 균열과 허물로 언제나, 이미, 스스로, 낙원의 부재를 입증한다. 「어느 날 그는」의 '그'와 「해질녘 개들은 어떤 기분일까」의 '아빠'가 보여주듯 『내 여자의 열매』가 마련한 존재의 초상은 언제나 "반인반수"(25쪽), 그 신화 속 괴물의 모습에 가깝다.

이 누더기 같은 한 겹 가죽을 벗어던질 길은 없는가. 지겹도록 우리를 구속하고 있는 오래 묵은 분노와 후회와 증오, 억울함과 자책과 부끄러움 같은 것들을 깨끗하게 털어버리고 이제까지와는 전혀 다른 새로운 '나'로 다시 태어날 방법은 없는가. 괴물, 짐승의 운명을 벗어나고자 하는 탈신(脫身) 욕망은 이 소설집을 관통하는 가장 강렬한 충동이다. 이 욕망은 때로 "어두운 하늘에 닿으려고 몸을 길게 뻗어올린 나무"

(71쪽)에 대한 동경으로 반사되기도 하고 "운무에 가려 봉우리가 보이지 않는 푸른 산"(249쪽), 혹은 "하얀 소금가루만 남겨놓고 나를 몸뚱이째 증발시켜버릴 것 같은 뙤약볕"(68쪽) 그리고 "철길 위로 넘실거리며 다가오는 강줄기"(310쪽) 등의 이미지로 환유되기도 한다. 이 욕망이 기본적으로 존재의 '허물'을 벗고 '본원적인 자아'로 되돌아가려는 의지를 말한다는 데에는 이의가 없다.

그러나 다양한 이미지와 비유로 드러나는 이 욕망은 서로 다른 두 방향을 동시에 가리키기도 한다. 나무와 산이 상징하듯 곧고 푸르게 뻗어나가 하늘에 닿기를 바라는 초월의지가 그 하나라면, 빛과 물처럼 점점이, 흔적 없이 흩어져 한점 티끌이 되기를 바라는 소멸의지가 또다른 하나다. '초월'이 자기 안의 관음, 즉 진흙덩어리 속에 선험적으로 녹아 있는 부처를 만나고자 하는 열정이라면 '소멸'은 그 진흙덩어리를 다시 우주 삼라만상의 근원인 바람과 물과 흙, 그리고 햇빛으로 날려보내는 과정, 곧 자연으로 되돌려보내는 과정이라고 할 만하다. 성화(聖化)와 무화(無化), 이 두 가지 길을 따라 탈신(脫身)의 욕망은 "사람의 운명을 일시에 끝장내버리고 싶"(89쪽)은 무서운 죽음 충동을 잠재운다. 「아기부처」에서 가슴에 '칼'을 품고 살아왔던 어머니가 불화(佛畵)를 그림으로써 자기 안의 관음을 만나는 과정이나 오랜 인고 끝에 결국 '남편'의 '흉터'를 받아들이게 되는 '나'의 내면적 움직임이 모두 그러하다. '부처'와 '햇빛'은 그 특유의 생명력으로 존재의 살기를 잠재우고 유한한 운명을 벗어날 방도를 일깨운다.

한강은 이 '부처'와 '빛'의 행복한 만남이 '꽃'이라고 말하는 듯하다. "터질 듯 팽팽한 물관 가득 맑은 물을 퍼올리며, 온 가지를 힘껏 벌리고 가슴으로 하늘을 밀어올리는 거예요. 그렇게 이 집을 떠나는 거예요."(239쪽) '꽃'은 육신의 무거운 껍질을 벗고 한없이 뻗어나간 '정신'과 맑은 물로 녹아내린 '육체'의 순간적인 화합이다. 그런 점에서 꽃은 존재가 누릴 수 있는 관능의 정점이라고 할 만하다. 꽃이 되는 순간 우리는 '반인반수'의 '괴물'에서 벗어나 비로소 세계와 화합하는 주체, 모든 것을 생생하게 감각하는 주체로 다시 태어난다. "간선도로를 거칠게 미끄러져가는 차들의 질주를, 그이가 현관문을 열고 나에게로 다가오는 발소리의 미세한 울림을, 비 내리기 전이면 비옥한 꿈에 젖어 있는 대기를, 안개를 품은 새벽하늘의 희부연 빛을"(236쪽) 감지하는 존재는 이미 존재의 미궁에 갇혀 신음하는 괴물이 아니다. 관능의 담지체인 꽃을 매개로 그 또는 그녀는 드디어 탈신에 성공한다. 「내 여자의 열매」에서 점차 말수를 잃어가던 아내가 목소리를 회복하는 것도 스스로 '꽃'이 되면서부터다. 아내는 '꽃'이 되고서야 비로소 남편의 눈물을 감지할 수 있으며 남편은 그때서야 아내를 그리워하며 꽃으로 변한 아내를 돌보기 시작한다. '꽃'에서 '열매'로 이어지는 '식물성'의 변신을 통해 존재는 자기를 벗어난 자기, 그 무한한 초월의 세계로 들어서게 된 것이다.

이 식물의 은유가 존재의 감옥에서 벗어나 스스로 해방된 존재를 가리키는 것임은 분명하다. 바람에 흔들리는 나뭇가지의 미묘한 흔들림, 물관 가득히 물을 끌어올리기 위해 가지런하게 모아진 뿌리, 햇빛에 부서지는 잎사귀의 싱그러움 등 '식물성'은 수동성 속의 능동, 연약함 속의 강함을 암시하는 오랜 메타포였다. "어두우나 밝으나 오롯이 거기 있었던, 늘 거기 있었던 마음 한자리"(213쪽)로 대변되는 식물성의 존재를 기억하는 것만으로도 육신의 짐승 같은 타자에 점령당한 자아는 스스로의 야만과 남루를 벗는다. '등을 들고 가는 행자'가 있음으로써 세상이 밝아지듯 자기 안의 식물성, 그 관음의 존재 자체만으로도 존재의 야수성, 그 미궁 속은 한줄기 빛을 밝힌다. 한강이 보여주는 이 담담한 긍정과 묵묵한 인내는 맑고 고요하고 눈부시다. 그러나 『내 여자의 열매』가 존재의 미궁을 넘어 존재 바깥의 미궁에 대해 이야기하는 바는 그리 많지 않은 듯하다. 진흙덩어리 같은 우리의 존재는 인간 본성을 넘어 이미 현대성의 제반 조건으로부터도 자유롭지 않다. 이제 인간 존재의 진흙덩어리를 빚는 손길은 존재 안에 깃들인 부처일 수도 있지만 한편으로는 존재를 끊임없이 흉터와 상처로 몰고 가는 현대성의 사악한 힘일 수도 있는 것이다. 이 사악한 힘으로부터의 탈신을 이야기하기에 『내 여자의 열매』는 지나치게 시적 메타포에 의지하고 있는지도 모른다. 그러나 한 가지 분명한 것은 우리 소설이 『내 여자의 열매』를 이르러 드디어 '식물'을 욕망하게 되었다는 사실이다. 한강은 활짝 핀 '연꽃의 관능'을 우리에게 선보이고 있는 것이다.

3. 『목화밭 엽기전』 : 언표할 수 없는 것들의 역류(逆流)

백민석의 장편소설 『목화밭 엽기전』은 제목 그대로 엽기적 일탈을 일삼는 부부의 이야기다. 그들은 어린 제자를 유인하여 감금하고 폭행하며 포르노비디오를 제작한 다음 사체를 유기한다. 작가는 어떠한 윤리적 판단도 배제한 채 다만 거대한 '동물원'에 갇힌 자들 상호간의 폭력적 원무(圓舞)를 보여줄 뿐이다. 일상인의 도덕과 양심, 소설장르의 일반적 관습과 독자의 혐오감 따위를 의도적으로 배반하는 서술자의 냉담한 시선은 이 충격적인 광기(the unnatural)를 자연적인 것(the natural)으로 반전시킨다. 작가는 납치와 고문, 암매장 등이 세탁기를 작동시키고 아침식사를 준비하는 것과 마찬가지로 일상적인 행위일 뿐이라고 말하는 듯하다. 디즈니의 만화영화 〈톰과 제리〉를 보며 해머에 얻어맞은 고양이의 참상을 끔찍해하기보다는 오히려 즐거워하는 것처럼 우리들은 이 과도한 상상력 앞에서 현실적인 의미연관을 떠나게 된다. 이 소설의 엽기는 만화적 상상력이 그러하듯 기의가 아니라 기표 차원의 유희에 다름아니다.

그런 의미에서 『목화밭 엽기전』은 드러내놓고, 아주 노골적으로, 스스로를 키치로 호명하고 있는 텍스트라고 할 수 있다. 그것의 엽기는 만화영화나 펄프픽션의 호러가 현실을 변형하고 과장함으로써 독자적인 환상공간을 창출하는 것과 거의 유사한 방식으로 구축되며 그것과 동일한 효과를 불러일으킨다. 그것은 '그들만의 공간'에서 '그들만의 룰'에 의해 작동된다. 판타지 속에서라면 어떠한 광기나 패륜도 모두 관대하게 허용된다. 현실/환상의 경계를 유지하고 있는 한 그것은 오히려 현실의 안정성을 입증하는 알리바이로 기능하기까지 하기 때문이다. 그러나 문제는 그렇게 간단하지 않다. 『목화밭 엽기전』은 판타지와 현실의 안정된 경계를 넘어 끊임없이 현실세계로 역류하려고 하는 충동을 내장하고 있기도 하다. 애니메이션과 실사가 뒤섞인 영화처럼 이 소설은 펄프픽션적 환상과 일상적 현실을 어느 순간 하나로 합쳐버린다. 그 순간 우리는 머리가 쭈뼛해진다. '저것은 환상이야' 하며 웃고 있던 우리의 머릿속으로 그 환상적 엽기가 현실세계의 그것일 수도 있다는 섬뜩한 깨달음이 지나간다. 바로 그 깨달음과 함께 미처 지워지지 않은 채 우리의 얼굴에 남아 있는 웃음의 흔적이야말로 진정 엽기이자 공포가 아닐 수 없다.

따라서 도착(conversion)은 이 소설의 내용이자 형식이다. 백민석은 대중문화와 고급문화, 정상과 비정상, 도덕과 비도덕, 문명과 야만 등에 관한 상식적 구별짓기에 강력한 의문을 제기한다. '도착적인 것'은 사실 지극히 '정상적인 것'이고 지극히 '정상적인 것'이 오히려 가장 '병리적인 것'이 되는 역설적 진실. 『목화밭 엽기전』은 이러한 아이러니 효과를 극대화시킨 우울한 소극(笑劇)이라고 할 수 있다. 이 소극은 터무니없는 펄프픽션적 엽기담을 현대적 권력과 인간 주체에 관한 알레고리로 읽게 만드는 한편 "어떻게 호암아트홀 풍의 진부한 휴먼드라마들이 휴머니티를 결국엔 외면하게 되는 것"(33쪽)인지를 시침 뚝 떼고 보여준다. 소설의 주요한 무대인 '펫숍'은 일층의 세븐일레븐과 골프용품 전문점, 그리고 지하층의 횟집이나 전통 비빔밥집과 마찬가지로 실재하는 공간인 동시에 "이렇다 할 집물이 없어, 용도를 미루어 짐작할 수도 없"(122쪽)는 추상적이고도 허구적인 공간이다. 그것은 "질문을 허락하지 않는 수수께끼고, 손대는 것을 허락하지 않는 조각 퍼즐"(123쪽)과도 같다. 그곳에서 무슨 일이 벌어지는지 알고 싶다면, "방법은 하나다. 겪어보는 것이다".(122쪽) 푸코의 원형감옥(panopticon)을 연상시키는 이 '펫숍'은 그런 점에서 현실이자 환상이다. 그것은 작가 백민석이 마련한 허구적 유희가 자행되는 공간임과 동시에 언제나 허구의 경계를 뚫고 현실 속으로 역류해 들어오는 실재의 악몽이기도 하다. 우리가 광기에 휩쓸리지 않기 위해 억압해야만 했던 많은 진실이 그곳에 있다. 우리는 그 공간을 통해 우리가 무의식 저편으로 추방한 존재의 비명 소리를 듣는다. '동물원'이 곧 '정부종합청사'가 망각하고 억압한 주체의 잔여물임을 암시하듯, 한창림의 식탁 아래에는 가죽 개목걸이를 목에 걸고 비명을 질러대고 있는 어린아이를 감금한 지하 작업실이 있고, 텅 빈 둔덕으로 보이는 그의 집은 실상 '무덤'이다. 이 기묘한 감시장치의 공존에 의해 우리는 '주체'로 탄생된다. 비로소 우리가 알고 있는 대로의 우리가 되는 것이다.

　이 주체화 과정을 백민석의 엽기적 상상력으로 복원해보자. '펫숍 삼촌'이란 무엇인가. 그는 그대로 내버려두면 "암컷의 배를 찢어 내장을 꺼내 먹"(172쪽)을 수도 있는 '육식 원숭이'들을 적절하게 관리하고 훈육시켜 "웃는 플라스틱"(72쪽), 즉 '인형'으로 변형시키는 권력의 총체다. 방법은 아주 간단하다. 원숭이를 펫숍의 '다중 공간'에 데려다놓기만 하면 되는 것이다. 이 공간은 그 야만스러운 괴물 원숭이들을 "휘면 휘어지고 자르면 잘라지고 뽑으면 뽑혀지고, 눈엔 초점이 없으며, 속은 텅 비어 가볍기 한이 없"(72쪽)는 플라스틱 인형 같은 존재로 새롭게 탈바꿈시킨다. 이보다 더 끔찍한 미궁은 없다. 백민석의 '펫숍'은 이제까지의 어떤 장인이나 기술자도 생각해내지 못한 다양한 장치와 배치를 사용하여 그 속에 갇힌 괴물들로 하여금 자신들이 미궁에 갇혔다는 사실조차 생각하지 못하게 만들 뿐만 아니라 자발적으로 그들 스스로의 괴물스러운 수성을 포기하게 만든다. 그 결과 새롭게 탄생한 '인형'들은 자신들의 주체적인 의지 자체를 완전히 상실한다. 이 인형들의 전시장이 바로 펫숍이다. 인형들은 권력이 강요하는 그 어떤 일도 당연하게 해치운다. 이 무뇌아적인 인형들이 본능으로 무장한 원숭이들보다 더 끔찍한 이유가 여기에 있다.

그러나 어떤 감옥이나 미궁에도 권력의 사각지대는 존재하게 마련이다. 조증과 울증 사이를 급격하게 반복하는 박태자의 '히스테리'는 권력의 통제와 감시를 뚫고 주체의 빈틈을 가리킨다. 히스테리가 있는 한 박태자는 '웃는 인형'이기만 한 것은 아니다. 그것은 박태자조차 완전히 억압할 수 없었던 인간 무의식이 의식에게 보내는 신호라고 할 수 있다. "마음속 저 깊은 데까지 밀고 들어와, 심연 깊이 가라앉아 일상에선 드러나지 않는, 그런 부분을 헤집어놓는 (수컷 ─ 인용자) 냄새"(173쪽)를 동경하는 한창림의 내면 역시 마찬가지다. 그는 여전히 길들여지기 이전의 원숭이를 동경한다. 비록 그것이 암컷의 내장을 찢는 엽기를 동반하고 나타난다 하더라도 그것은 '펫숍' 바깥으로의 탈주를 꿈꾸는 행위와 무관하지 않다.

흥미로운 것은 백민석이 카니발적 축제에 버금가는 이 탈주 욕망을 '목화밭'과 연결짓는 대목이다. 『목화밭 엽기전』은 '목화밭'이 정작 무엇을 의미하는지 한 번도 명료하게 정의하지 않는다. 한창림뿐만 아니라 우리 모두가 "그게 뭔지도 모르고, 그걸 본 적도 없"(94쪽)다. 다만 그것이 텅 빈 곳과 구별됨으로써 의미를 획득한다는 사실만 짐작하고 있을 따름이다. "생 시멘트라는 가죽만 남고, 내장이며 눈코가 싹 비어버린"(122쪽) '펫숍'이라는 공간을 생각할 때 '목화밭'이란 기호는 일단 '펫숍'의 권력을 넘어서는 어떤 것, 즉 죽음과 폭력으로 얼룩진 광기와 대립되는 '푸르른 생명'의 공간을 가리킨다고 추측해볼 수 있다. 그러나 그것은 이 광란에 가득 찬 탈주를 희망적인 것으로 규정하고 싶은 독자의 욕망에서 나온 의미부여일 수도 있다. 의식을 잃어가는 한창림의 눈앞에 떠오른 '목화밭' 역시 그 실체를 드러내지 않고 "모자이크 처리"(280쪽)된 것이라는 사실을 상기해보자. "분명 까끌까끌한 감촉과 가볍긴 하지만 무게감도 느껴지는데"도 불구하고 그가 보는 것, 그리하여 우리가 보게 되는 '목화밭'은 "그저 검은 반점들 몇 개"(280쪽) 뿐이다. '목화밭'은 언제나 빗금 혹은 모자이크 바깥에 위치해 있다.

작가는 이 언표화할 수 없는 기호로 자신의 탈주 욕망을 언표화하고 싶었는지도 모른다. 목화밭이 무엇을 가리키는지 언급되는 순간 그것은 이미 권력이 구별짓고 확정해놓은 의미, 그 미궁 속으로 다시 떨어지기 때문이다. 『목화밭 엽기전』의 탈주는 다만 '차이'에 의해서, 끊임없이 그 궁극적 의미를 지연시키는 전략에 의해서만 그 진정한 의미를 획득한다. "누군가 그의 입 속에 비닐 빵봉지를 쑤셔넣은 것 같았다"(9쪽)라는 진술이 끊임없이 반복되는 이유도 그 때문이다. 우리의 입을 가로막고 있는 비닐, 그 억압적 빗금을 걷어내고 말하고 싶은 욕망, 그럼에도 불구하고 결코 걷어내질 수 없는 그것, 『목화밭 엽기전』이 우리에게 상기시키는 것은 바로 그 '비닐'을 둘러싼 의미론적 싸움이다.

4. 『그 사람의 첫사랑』: 조직인간의 도저한 허무주의

배수아의 소설집 『그 사람의 첫사랑』에는 그녀의 이전 소설들의 강렬한 탈주 욕망을 기억하는 독자들에겐 다소 건조하다는 인상을 줄 정도로 지루한 일상의 파편이 사실적으로 펼쳐져 있다. 이 반복되는 현대적 일상의 배후에는 대도시의 거대한 빌딩이 자리잡고 있다. 지하에는 쇼핑 아케이드와 슈퍼마켓, 주차장이 있고, 일층부터 육층까지는 갖가지 정체불명의 사무실과 병원, 사우나, 당구장, 수영장 등이 입주해 있으며 육층부터는 주거가 가능한 오피스텔이, 그리고 옥상에는 인조 잔디가 깔려 있는 그렇고 그런 빌딩들. 「200호실 국장」에서 특히 선명하게 제시된 이 공간은 이 소설집을 관통하는 일관된 배경이라고 해도 과언이 아니다. "흰 와이셔츠에 감색 슈트, 버버리 머플러에 속옷은 트렁크 스타일의 베네통"(203쪽)을 입고 있는 성공한 부르주아와 "융통성이라고는 없을 것 같은 엷고 빈약한 입술에 거친 질감의 회색 천으로 만든 웃옷을 입"(262쪽)고 있는 전문직 여성, 그리고 "언제나 말없이 휴지통을 비우거나 우체국 심부름"(318쪽)을 도맡아 하다가 시간이 되면 교복으로 갈아입고 야간고등학교로 등교하는 시골 출신의 사환 등으로 구성되어 있는 이 세계는 이미 정교한 원리에 의해 작동되는 복잡한 시스템이다. 이 시스템은 어떤 외부의 충격이나 조종도 없이 스스로의 본능에 따라 질서를 창조해낸다는 점에서 거대한 괴물에 비할 만하다. 이곳에서 "실체는 없거나 중요하지 않다. 충실해야 하는 것은 역할"(281쪽)뿐이다. 마을의 '왕자'였던 소년이 순식간에 '시골에서 온 촌놈'으로 둔갑되어 사회의 '지진아'가 되는 세계(「그 사람의 첫사랑」), 뛰어난 엘리트 생화학자가 "상당히 많은 비용이 들었던 잘못된 예측의 결과"(67쪽)로 간단히 소거되는 공간(「은둔하는 北의 사람」). 이 세계는 '왕자'와 '엘리트'를 원하지 않는다. 다만 "조직인간"(281쪽)을 필요로 할 뿐이다.

이 거대하고 삭막한 미궁 속에서 인간의 자율성이란 한낱 루머에 불과하다. 『그 사람의 첫사랑』은 이 자율성의 신화에 일관된 냉소를 보낸다. 그것은 다만 "몽환에 가득 찬 고전주의"(137쪽)에 불과할 뿐이다. 그것은 '첫사랑'에 관한 오해만큼이나 끈질기게 우리의 일상을 미혹하고 있을 따름이다. 배수아에 따르면 "우리는 결국 모두 표면의 삶을 살수 있을 뿐이다."(194쪽) 이 믿음에 저항하는 것은 불온하고 위험하다. "인간에게는 인간의 길이 있"(49쪽)다고 믿는 '김무사'의 이타주의(「은둔하는 北의 사람」)가 그 대표적 사례. 북에 있는 가족의 안전을 도모하고 자신의 신념을 지키고자 했던 그의 '인간주의'는 오히려 그에게서 '김무사'로서의 자율성과 정체성을 앗아간다. 조직은 그를 '공식적으로' 부인한다. 그는 "김일성의 특별한 신임을 받아 북아프리카에서 외교관으로 활동"(44쪽)했던 위대한 과학자에서 어느 순간 어떤 파일에서도 개인적 기록을 찾아볼 수 없는 "먼 북쪽 나라에서 온 벌목공"(90쪽)이 되고 만다. 어느 누구도 이 '권력'으로부터 자유롭지 못하다. 우리 모두는 권력이 부여한 코드에 의해 한 아이의 아버지, 한 여자의 남편, "金-李 인터내셔널"의 대표, 시청의 징계위원 등의 '역할'을 수행하고 있을 뿐이다. 그것의 코드를 바꾸려고 하거나 아예 그것 바깥으로의 탈주를 꿈꾸는 것은 "동물원 안의 자유분방한 원숭이"(360쪽)의 행태에 불과하다. 이제 권력은 무조건적으로 윽박지르고 무지막지한 규율만을 강요하는 것이 아니다. 영향력을 행사하지 않는 곳이 없지만 그 속의 개인들을 자유롭다고 착각하게 만드는 "마취력"마저 필요로 한다.

　권력에 관한 이 끔찍하고도 냉혹한 인식은 배수아의 소설을 '프린세스'와 '바람인형'의 동화로부터 카프카적인 '조직인간'의 서사로 옮겨놓는 결정적 분기점이다. 그녀는 이제 "내 주변의 사람들의 배역이 바뀐다고 해서 내가 달라지는 것은 아니다. 나는 자아와 타인을 혼동하는 일은 하지 않는다"(360쪽)고 당당히 선언한다. "무도회의 공주"라도 된 듯한 기분에 사로잡혀 "영혼을 뒤흔드는 감정 같은 것"(281면)에 빠져드는 것은 "과도한 낭만성 지향"(222면)임에 분명하다. 그러나 이 모든 '이상주의', 이 모든 삶의 '미혹'을 걷어내는 순간 삶은 이루 말할 수 없이 누추해진다. 이제 우리에게 남아 있는 것은 "온갖 종류의 생명보험과 화재보험, 상해보험과 보증보험, 분리수거해야 하는 쓰레기와 수리해야 하는 낡은 창문과 가스 시설, 물이 새는 수도 파이프와 다달이 오르기만 하는 집세와 세금"(98쪽)뿐이다. "파시스트" 같은 절대 복종을 요구하는 이 목록들은 우리의 삶을 모래사막처럼 지루하게 만든다. 사랑도 마찬가지다. "내 눈을 뽑아서 그대를 가질 수 있다면 그렇게 하겠"(102쪽)다고 갈망하던 사랑도 시간이 흐르면 결국은 아무런 흔적도 남기지 않는다. "우리가 수만 명의 노예를 소유하고 있어서 그들 수만 명 노예의 눈을 모두 뽑는다고 해도"(같은 곳) 서로를 완전하게 소유할 수 있는 것은 아니다. 이제 인생의 "홀리데이" 같은 것은 어디에도 없다. 오로지 빛 하나 없는 대정전(大停電)의 시기가 가없이 펼쳐지고 있을 뿐이다.

이 참혹한 '허무주의'는 『그 사람의 첫사랑』을 규정하는 기본적인 정조라고 할 수 있다. 이 멜랑콜리한 우수는 상실과 부재의 미학을 감상적으로 그려냈던 배수아의 이전 소설의 것과 일견 구별되지 않는 것도 같다. 그러나 그것은 '공주'와 '왕자'의 '낭만주의'를 헌납하고 얻어낸 '현실주의'라는 점에서 이전의 허무와 구별된다. 그녀는 이제 단순히 어떠한 제도나 어떤 한 개인의 악감으로 인해 상처 입고 고통받지는 않는다. 그녀가 이 소설집에서 말하는 고통은 사악한 '타자'가 순결한 '자아'에게 가하는 '훼손'이 아니다. 그것은 "삶이 주는 모욕을 견딘"(40쪽) 다음 자신 스스로에게 가한 자발적 "향연"에 가깝다. 따라서 고통 그 자체가 거의 신성의 경지다. 가히 고통에 관한 한 절대적인 마조히즘의 차원에 접어들었다고 할 만한 이 "자해" 충동은 "그대가 태어난 것은 거룩한 이상을 실현시키기 위해서도 아니고 충만한 사랑을 이루기 위해서도 아니니 그대는 행복해지고 진화해야 할 의무가 없습니다"(208쪽)라는 구절에 이르러 거의 '종교'의 경지로 승화된다. 게다가 "정상적인 모든 삶이 불가능한 사람들"(97쪽)의 수용소인 '낙오자의 섬'으로의 추방을 꿈꾸는 대목에서는 다시 환상의 너울이 내려앉기도 한다.

이제 권력의 지배를 벗어나 체계 바깥으로 탈주하는 것은 불가능하다. 그것은 "영원히 피터팬으로 살며 공적인 삶의 내용을 최소화하기를 원하는 소시민적 자유주의"(360쪽)에 불과한지도 모른다. '조직인간'은 현대인의 '숙명'이다. 그러나 그렇다고 해서 그 모든 것을 그대로 승인하고 '권력'이 규정한 가면, 그 주체의 "허영"에 만족할 수만도 없다. 스스로의 몸을 상대로 한 '자해'는 이러한 딜레마에 직면한 존재가 선택한 마지막 몸부림이다. "극단을 수용한 다음 나는 강해진다. 내 존재의 모든 것, 부정하지 않는다. 아름답다고 말하지도 않는다. 변명도 후회도 없이 앞으로 간다. 그리운 것이 있어도 뒤돌아보지 않겠다."(같은 곳) 그럴 수 있을까. 그 길이 다만 자아의 마지막 흔적을 뭉개버리는 것은 아닐까. 무엇보다도 권력은 이 완강한 저항을 과연 두려워나 할까. 시스템은 여전히 가동될 것이다. 그러나 아마도 한 사람의 육체를 담보로 한 필사의 인내는 그 시스템의 오작동을 지시하는 표징이 될 수는 있을 것이다. 이 '고장' 속에 그 시스템의 미궁을 파괴할 결정적인 계기가 들어 있을지도 모른다. 『그 사람의 첫사랑』은 바로 그러한 믿음으로 이 거대한 미궁을 필사적으로 견디고 있다.

5. 초월, 교란, 마조히즘

존재를 규정하는 미궁에서 벗어나려는 탈주 욕망은 최근 소설들의 지배적인 충동 가운데 하나라고 할 수 있다. 그러나 그들에겐 돌아갈 고향도, 그들을 기다리는 정숙한 아내도 없다. 그렇다고 출구가 분명하게 보이는 것도 아니다. 도처에 완강한 벽뿐이다. 그들은 이미 '이곳'이 아닌 '저곳'을 꿈꾼다는 것의 무의미함을 너무나 잘 알고 있다. 훼손되지 않은 원초적 고향이든 미궁 바깥의 어떤 곳이든 이곳을 넘어서는 다

른 어떤 곳은 없다. 말하자면, 미궁 바깥은 없는 것이다. 이 끔찍하고 지
루한 일상적 공간은 그들의 유일한 거처다. 이 공간 속에서만 그들의
역할이 규정되고 일정한 이름이 부여된다. 이 공간 바깥으로 나가는 순
간 나는 이미 나가 아니다. 그 사실을 자각한 순간 나는 이미 괴물에 다
름아니다. 존재 자체가 그것을 규정하는 미궁을 닮아 있기 때문이다.
이 괴물에 만족할 수 없다면, 규정된 주체로 살아갈 수 없다면, 이곳 아
닌 다른 곳으로의 탈주, 지금의 삶이 아닌 다른 삶으로의 전신(轉身)은
필연적이다. 자, 이제, 다시, '무엇을 할 것인가'.

한강 · 백민석 · 배수아의 최근 소설들은 이러한 난제 속을 구불구불
기어간 자취들이다. 그들은 쉽사리 이곳 바깥으로의 이주(移住)를 도모
하지 않는다. 그렇다고 이곳의 일상 속에 완전히 정주(定住)하는 것도
아니다. 그들이 꿈꾸는 것은 이 미궁 속으로의 가벼운 산책이다. 산책
은 이주할 수도 정주할 수도 없는 미궁 속의 주민이 택할 수 있는 차선
책이다. 그것은 여행도 아니고 일상도 아니다. 그것은 차라리 일상 속
의 여행이며 여행 속의 일상일 뿐이다. 한강의 서사적 탐색은 진흙덩어
리인 존재의 정신적 해탈, 그 식물로의 탈신화(脫身化)로 귀결된다. 그
것은 꽃과 열매의 관능을 회복함으로써 지금 이곳의 끔찍한 현존을 지
워나가는 과정이다. 그 작업이 시적인 초월에 의지하고 있다면 백민석
은 키치적 엽기를 자처한다. 그가 택한 전략은 초월이나 전복이 아니라
교란(攪亂)에 가깝다. 권력이 나의 정체를 알아차리고 이름을 부여하기
전에 재빨리 다른 형태로 변신하는 그의 교란술은 차이를 최대화하면
서 끊임없이 의미를 지연시키는 기호학적 모험을 겨냥한다. 배수아가
선택한 길은 일종의 마조히즘이다. 그녀는, 다만, 견딘다, 이 미궁의 괴
물스러움을. 그것은 자신 스스로 조직인간의 괴물성에 부여한 형벌이
다. 괴물로 괴물성을 벌하는 그녀의 방식은 일종의 마조히즘적 거세 욕
망과 연결되어 있다.

미궁을 산책하는 일은 곤경에 처한 자신의 처지를 새삼스럽게 확인하는 일임과 동시에 산책의 즐거움으로 그 사실을 순간적으로 부정하는 것이다. 그것은 갇혀 있으되 권력에 복종하지 않는 것이며 탈주를 기도하되 완전히 그 바깥으로 나가지 않는 것이다. 한강·백민석·배수아의 소설은 이러한 아이러니의 힘으로 가동된다. 그것은 현대적 삶의 불가피성을 소설로 돌파하고자 하는 하나의 방법론이라고 할 만하다. 이 긴장을 감내하고 그것을 다시 '소설'의 미궁으로 되돌릴 수 있다면, 미궁 속의 산책은 우리 소설의 또하나의 출구가 될 수 있을 것이다.

(2000)

옥탑방과 지하방의 상상력
—조경란과 한강의 소설

1. 집의 위기

집에 관해서라면 우리는 이미 많은 것들을 알고 있다. 집은 보호와 관계되는 모든 내밀한 이미지의 가장 구체적인 현상태이자 인간의 기억을 지속시키는 내적 원리다. 우리는 얼마나 자주 '집 밖으로의 추방'과 '세계 속 적의에의 노출'을 동일시해왔던가. 집이 존재의 처소이자 영원한 모성의 공간이 아니었다면 우리가 알고 있는 저 오래된 형이상학적 이미지는 결코 성립할 수 없었을 것이다. 존재가 세상으로 내쫓기기 이전 잠시 안락을 제공하는 은신처로서의 집의 이미지는 언제나 추억의 어슴푸레한 빛 속에서 불타오른다. 그런 의미에서 집은 『공간의 시학』의 저자가 말하고 있듯이 내밀한 가치들에 관한 현상학적 연구에 있어서 물이나 불과 맞먹는 근본적인 요소라고 할 만하다.

그러나 지금 우리에게 인간의 상상력과 추억을 하나로 통합하는 집에 관한 몽상이 가능한 것일까. 장엄한 자연의 일부로서 겸손하게 엎드려 있는 아늑한 오두막이나 어두컴컴한 지하실과 다락방에 관한 몽상은 이미 우리 시대의 것이 아니다. 우리들의 집은 겸허한 오두막과 영혼의 은신처들을 갈아엎은 자리에서 출발한다. 하루아침에 어제의 존재의 거처들은 폐가로 바뀌고 거대한 메트로폴리스가 건설된다. 메트로폴리스에서의 집이란 기본적으로 번지수와 층계의 층수로 구획된 '기호적 구멍'에 불과하다. 우리는 이 '기하학'의 한 꼭지점에서 나와 다른 꼭지점으로 이동한다. 우주적인 신비와 대지적 몽상은 우리 시대와 무관하다.

흔히 '세계 내에서의 인간 존재의 변화'로 요약되는 이러한 '집'의 위상 변화는 우리 시대의 필연적인 존재론적 상황이다. 모더니티의 폭력적인 동력은 모든 존재하는 것들을 끊임없는 해체와 쇄신의 과정 속으로 몰아넣는다. 어두운 것은 밝은 것으로, 복잡한 것은 단순한 것으로, 몽롱한 것은 명확한 것으로 탈바꿈시키는 모더니티의 질적 변환은 제어할 수 없는 속도로 우리 시대를 규정짓는다. 집에 관한 몽상 역시 이 엄청난 변화의 과정과 무관할 수 없다. 어두운 기억의 저편에서 은밀하게 빛을 발하던 집에 관한 우주적 몽상을 대체하는 것은 무엇인가? 그것은 혹시 우리 시대의 집에 불어닥친 공간 구조상의 변화와 관련된 것은 아닐까? 이를테면, 꼬불꼬불한 난간을 돌아가 간신히 깃들이게 되는 '첨탑'이나 '다락방'의 눈부신 전망 혹은 몇 개인지 모를 어두컴컴한 층계를 내려가 겨우 닿게 되는 '지하실'의 아득한 어둠을 알지 못하는 우리들의 '기하학적 공간'은 집이 본원적으로 제공하던 '원형적인 아늑함' 대신 '도발적인 현기증'만 유발시키고 있는 것인지도 모른다.

신경숙의 『외딴 방』에서 절정을 이룬 최근 우리 소설의 방에 관한 상상력은 바로 여기에서 나온다. 구로공단을 가득 메우고 있는 그 허술하고 미비한 닭장방이나 준공검사가 끝난 후 불법으로 올려진 옥탑방, 그리고 아침나절에만 잠깐 빛이 드는 습기투성이의 지하방은 명백히 집을 상실한 현대인의 존재의 처소다. 이제 우리 시대 집에 관한 몽상은 이 방을 통과하지 않고서는 모두가 공상이거나 망상 혹은 허상에 불과할 것이다. 조경란의 『가족의 기원』(믿음사, 1999)과 한강의 『검은 사슴』(문학동네, 1998)을 통해 우리 시대 방의 상상력이 제공하는 존재의 변모를 살펴보자. 이 소설들이 펼쳐보이는 '옥탑방'과 '지하방'의 상상력은 그 자체로 우리 시대 소설시학의 성격을 드러내는 중요한 징후가 될지도 모른다. 우리는 그 징후들에 비판적으로 '개입'할 필요가 있다.

2. 『가족의 기원』 : 도피의 서사, 자폐의 시학

몰락한 집안의 맏딸이 있다. 대학을 졸업하고 직업도 없이 지내지만 자의식만은 누구에게도 뒤지지 않는 그녀는 아래층과 삼사 도쯤 기온 차이가 나는 '옥탑방' 속에 틀어박힌다. 한때 존재의 요람이었던 집은 채권자들의 빚 독촉으로 이제 "도약을 허용하지 않는 결박 같은 존재"로 바뀌어버렸다. 생의 비의로 뒤덮여 있던 집 안 곳곳은 어느새 망각하고 싶은 과거를 환기시키는 악몽의 현장으로 돌변해버렸다.

"일층과 옥탑방을 잇는 천장 모서리에 두껍게" 진을 치고 있는 거미줄이 환기시키듯, 조경란의 『가족의 기원』에 나타나는 집의 상태는 기본적으로 쇠락의 이미지에 가깝다. 어쩌다 옥탑방에 올라온 엄마가 "내려가면 창문부터 활짝 열어제치"고 "걸레를 빨아 엄마가 디뎠을 법한 자리들을 싹 닦아"내는 화자의 행동은 존재의 본향으로서의 집에 관한 고전적인 담론들의 종말을 확인하기에 모자람이 없다. 이제 존재는 집 '안'에 깃들이려고 하기보다는 끊임없이 집 '밖'으로의 탈출에 골몰한다.

가족 구성원에 대한 그녀의 본능적인 경계심은 핏줄에 관한 논리가 다른 어떤 논리보다도 강력한 영향력을 행사해온 우리 소설사의 맥락 속에서 다소 이질적으로 보이기도 한다. 그러나 "12자, 8자 통유리" 속에 갇혀 세상에 대한 한없는 적의와 공포를 저작하던 등단작 「불란서 안경원」의 '나'를 상기하면, 조경란 소설에서 세계와 격리된 자아의 자폐적 모티프는 그리 낯선 것만은 아니다. 그녀의 소설에 따르자면, 가족보다 더 낯선 타자는 없다. 피를 나눈 자매와 한겨울 동안 한방을 써야 한다는 결정이 내려졌을 때 삶이 "견딜 수 있을 때까지 어디 한번 견뎌보지 그래"라고 혀를 빼물고 조롱하는 듯하다고 느끼는 「환절기」의 화자는 그 대표적인 경우다. 누구도 쉽게 들어올 수 없는 혼자만의 공간을 확보하고자 하는 욕망은 그녀 소설의 주인공들을 사로잡고 있는 절체절명의 과제다. '자기만의 방'을 향한 집념은 그 또는 그녀가 비록 가족이라고 하더라도 절대로 양보할 수 없는 존재의 현안이다. 조경란 소설이 화목하고 단란한 부르주아 가족에 대한 불온한 위협으로 읽힐 수 있는 것은 바로 그 때문이다.

그렇게 보자면 '옥탑방'은 혼자만의 방을 욕망하는 존재의 은신처에 대한 강렬한 메타포라고 할 만하다. 그것은 집을 포기한 대가로 주어지는 '세계의 선물'이다. 아니다. 그것은 세계와의 힘겨운 싸움 끝에 획득한 '자아의 전리품'에 가깝다. "내가 우습게 보이는가 당신들" "당신들 다 죽여버리고 말겠어"라고 이를 갈며 울음을 터뜨리던 「불란서 안경원」의 여자는 조경란의 옥탑방을 단순한 도피처로만 볼 수는 없게 만든다. 그것은 폭력적인 현실, 존재를 침범하는 사악한 세계의 논리에 대항하여 가까스로 지켜낸 자아의 최소한의 체표면적에 다름아니다. 이 옥탑방으로의 유폐가 자기 보존 욕망과 관련 있다면 바로 그러한 의미에서다.

이 힘겨운 자기 보존의 과정은 『가족의 기원』의 서사를 구성하는 가장 기본적인 축이다. 그것은 끊임없는 도피로 점철되며, 세계로부터 이탈하여 자기 안에 유폐됨으로써 완결된다. 자아는 스스로의 존재를 유지하기 위하여 예수를 세 번 부인했던 베드로처럼 집을, 가족을, 그리고 사랑을 거부한다. 이 도피와 배반은 자기를 보존하기 위한 필사의 방법이다. 우선 "엄마의 애인이었고 남편이었고 가장이었"던 동생 정후로부터의 도피. 아버지가 사기를 당한 이후 집안을 꾸려온 둘째 정후가 "사는 동안 단 한 번만이라도 본능에 따르고 싶"다고 호소하며 퇴직금의 절반을 떼어주고 호주로 떠나가버렸을 때, 집안의 장녀인 화자는 "무섭도록 쿵쾅거리"는 심장을 무시한 채 다만 읽던 책의 페이지를 넘기기만 한다. '나'는 정후가 가장 듣고 싶어하는 말을 끝내 입 밖에 내지 않는다. 가장 노릇을 하던 정후를 대신하여 "세금을 내고 쌀을 사야 할" 가족의 미래를 책임지겠다는 말은 '나'를 영원히 가족에 붙들어매는 족쇄로 작용할 것이기 때문이다. 그렇게는 할 수 없다. 동생의 애원에도 불구하고 나는 집으로 돌아갈 수 없는 것이다.

『가족의 기원』은 그 동생에 대한 '변명들'로 시작한다. 변명 속에는 당연히 자신의 행위에 대한 정당성이 깃들일 자리가 없다. 장녀로서 나는 집안을 책임져야 한다는 것을 잘 알고 있다. 아니, 그보다 그들 "세 자매들은 모두 상업고등학교를 다녔어야 했고 일찌감치 취업했어야 했"는지도 모른다. 그러나 "정직하고 열심히 살아오시면서 우리가 하고 싶은 일 막지 않고 늘 지켜봐주시는" 부모님이 "균열이 일고 있던 집안 형편"에 대해 아무 말도 해주시지 않았다면, 그것은 누구의 잘못인가? 그들은 "빚을 내서" 부르주아 가족의 흉내를 내며 간신히 집을 유지해왔다. 그렇다면 아버지의 '헛된 집착'과 엄마의 '허황한 허영'으로 축조된 집은 하나의 이데올로기에 불과하다. 그들이 원하는 "가족의 모습은 현실 어디에도 존재"하지 않는다. 그것은 "어차피 몰락하게 되어 있"는 하나의 '허구'에 지나지 않는다.

이 지점에서 두번째 도피가 정당화된다. 집을 유지하려는 모든 욕망을 허구이자 이데올로기로 돌려버린다면 그것은 평생 가족의 행복을 추구해온 아버지와 엄마에 대한 명백한 도전이 될 것이다. 열일곱에 홀

홀 단신으로 바닷가 마을을 떠나와 자수성가한 아버지와 시아버지의 제사를 준비하며 마치 '소풍이나 야유회'를 준비하는 사람처럼 부산스러운 엄마는 우리 시대가 알고 있고, 또 요구하고 있는 부모의 외양에서 한치도 벗어나지 않는다. 기나긴 금욕과 맹목적인 집착으로 가난을 극복하고 전형적인 부르주아 가족의 외양을 갖춘 우리 시대 중산층의 가족 서사는 화자의 가족사와 그대로 겹쳐진다. 이를테면, 이런 것들. "칠십년대와 팔십년대 후반까지 사우디아라비아 공사 현장에서 모래폭풍과 씨름하"며 가족들에게 꼬박꼬박 월급을 송금하는 가장과, "그 흔한 춤바람 한 번 나지 않고" 그가 보내주는 돈을 모아 집을 장만을 하고 그 집에 까만색 구식 전화기와 얼룩말 무늬가 있는 소파, 그리고 여느 집처럼 피아노를 들여놓는 현숙한 아내, 그리고 가장의 부재를 견디며 "엄마 말 잘 듣고 공부 열심히 하"는 세 딸들. 당신과 나, 우리 모두 너무나 잘 알고 있는 이야기들 말이다.

오늘 우리의 집이 어디에서 기원하고 있는지를 여실하게 드러내는, 이제까지 우리 소설사가 때로는 회한에 가득 차서, 때로는 느닷없는 노스탤지어에 사로잡혀서 끊임없이 되풀이해왔던 그 이야기들을 향한 조경란의 시선은 다분히 신경증 환자의 그것과 비슷한 데가 있다. 그녀는 가족을 사랑하면서도 증오하고 증오하면서도 사랑한다. "내가 원하는 것은 결혼이 아니라 이 땅의 아버지와 가족들로부터의 독립이다"라고 소리치는 화자의 내면은 일단 현재의 행복을 유예하며 미래의 행복을 약속하는 모든 거대서사에 대한 가차없는 부정으로 보아도 좋을 것이다. 옥탑방의 상상력이 '아버지'라는 이름의 모더니티에 관한 정치적 윤리학의 성격을 띠게 되는 것도 바로 이 순간이다. 핏줄과 자본의 논리가 이상한 형태로 착종되어 있는 이 땅의 모더니티를 생각하면 더욱 그러하다.

그러나 '아버지'는 언제나 부재하면서도 임재해왔다. 사막의 나라로부터 한없이 이어지던 아버지의 "맞춤법이 틀린 편지"들과 녹음테이프들. 부재하는 아버지는 오늘의 결핍의 원인이기도 하지만 그 결핍을 메워줄 내일의 행복의 주재자이기도 하다. 그런 의미에서 아버지는 언제나 왜곡되고 도착된 에로스의 화신이다. 그녀의 단편들, 예컨대「목이 긴 사내 이야기」나「내 사랑 클레멘타인」등에서 반복적으로 드러나는 아버지와 딸의 팽팽한 길항력은 서로간의 애증을 둘러싼 이 오랜 불구를 암시하기에 충분하다.『가족의 기원』역시 그런 측면이 없지 않다. 사기를 당하고 인력시장을 헤매는 아버지에 대한 '나'의 태도는 극단적인 혐오와 인간적인 연민 사이를 부유한다. 특히 집을 나간 후 '유르빔 카페 주인'의 아파트에서 만난 '반실성 상태'의 노인에 대한 배려와 그와의 동침은 조경란 식의 일렉트라―콤플렉스가 발현된 장면이라고 보아도 무관하다. 아버지로부터 도피한 자리에서 나는 여전히 아버지를 그리워하고 있는 것이다.

이 아버지에 대한 갈망은 유부남과의 사랑을 통해서도 간접적으로 드러난다. 가정이 있는 남자와의 사랑은 아버지를 떠나 또다른 아버지의 '보호막' 속으로 들어가는 것과 마찬가지다. 생선살을 발라주는 애인의 모습에서 한 가정의 아버지로서의 그와 자신의 아버지의 모습을 동시에 떠올리는 장면을 보라. 그는 아버지를 대신하여 집을 떠나온 나를 돌보아주는 또다른 아버지다. 그는 방을 얻도록 도와주고 "마치 여행이라도 떠나는 사람"처럼 들떠 있는 나의 미숙한 생활감각을 현실 속으로 단단하게 고정시켜준다. 화자가 아무리 "그러나 나를 너무 자주 들여다보지는 마. 엄마처럼, 마치 네가 내 가족의 일부인 것처럼" 하고 거리를 둔다 하더라도 유부남과의 사랑은 그가 아버지의 역할을 대체하는 한 가족에 대한 나의 무의식적 집착을 드러내는 하나의 징후일 뿐이다.

그러나 가족으로부터 도피한 곳에서 다시 그 허구의 집을 축조할 수는 없다. 화자가 새로운 가족을 꾸미자는 애인의 말에 그로부터의 도피를 단행하는 것은 그 때문이다. 사랑하는 사람 역시 화자에겐 "감옥 같은, 창도 없는 집 같은" 억압으로 돌변할 수 있을 것이다. 그리하여 결국 화자는 세상의 모든 집들로부터 도피하는 데 성공한다. 동생과 부모와 애인으로부터의 도피.『가족의 기원』의 마지막을 장식하는 것은 "어떤 집 문도 열고 들어갈 수 있는 열쇠 하나 없"는 자아의 완전한 '해방-고립'이다. 이제 이 해방된 자아가 돌아가 쉴 곳은 어디에도 없다. 아직 입주가 시작되지 않은 충주호 근방의 빌라와 노인이 죽어나간 아래층 아파트가 마지막 휴식처로 남아 있기는 하지만 그 역시 잠정적일 뿐이다. 아무도 살지 않는 '빈집'만이 존재를 구원하는 유일한 공간이라는 사실은 이 해방된 자아에 관한 뼈아픈 아이러니다.

우리는『가족의 기원』을 통해 집이 제공하는 우주적 몽상이 옥탑방으로부터 여관방을 거쳐 텅 빈 집에 이르는 과정을 목도했다. 살펴보았듯이 그것의 귀결은 '자폐'다. 무거운 트렁크를 들고 "귓등과 정수리께로" 흘러드는 빗물을 훔치며 새로운 출발의 도정에 오르는 나는 컴컴한 어둠과 검은 비구름 속으로 노출된다. 나는 안다. "내 인생의 모든 방은 호수장 삼백육호처럼 누추하고 주말이 아니라 어디에도 안주하지 못한 채 일 주일 내내 떠돌게" 될 수도 있다는 것을. 그러나 고립을 두려워하지 않는 이 자폐적 상상력의 극치는 "지금 우리에게 중요한 건 함께 모여 사는 게 아니라 어떻게든 각자가 살아나갈 방법을 찾아야 하는 것"이라는 깨달음 속에 하나의 출구를 마련하고 있다. 그것은 '함께' 하는 삶에서 '혼자' 사는 삶으로의 전환이 생존과 관련 있음을 암시한다. 이제 집에 관한 오래된 형이상학은 옥탑방에 유폐된 자아에 의해 산산조각이 나버렸다. 조경란은 가족이란 "세상의 그 많은 고유명사 중 하나에 지나지 않"는 것이라고 외친다. 가족은 무수한 개인과 마찬가지로 하나의 명사일 뿐이다. 이제 우리에게 남은 길은 그 '개인-가족'에 대한 따뜻한 포용인지도 모른다. '옥탑방'은 그것에 대한 하나의 상징이다.

3. 『검은 사슴』: 회귀의 서사, 소멸의 시학

그렇다. 우리는 옥탑방 속에 유폐된 개인들이다. 우리가 알고 있는 것은 이 남루한 진실이다. 누추한 육체를 누일 수 있도록 허락된 곳은 "뜨겁게 달아오르는 옥탑방"이거나 "문턱 아래의 지대가 낮은 탓에" 대낮에도 "어스름녘처럼 어두"운 "반지하방"이 고작이다. 조금 운이 좋다면 "중간 크기의 방 하나에 화장실, 좁은 대로 부엌 겸 거실까지 곁들여진" 허름한 다세대주택의 "사층의 우측 끝세대" 정도를 넘볼 수 있을 것이다. 인류 역사가 시작된 이래 우리 시대만큼 집의 체적이 축소된 시기가 또 있을까? 그 과정은 우리 존재의 점차적인 축소, 소멸의 과정에 정확히 대응된다. 한강의 『검은 사슴』이 상기시키는 현실은 바로 이것이다. 이 소설 어디에서도 가족의 드높은 웃음소리가 울려퍼지는 아름다운 집은 보이지 않는다. 옥탑방과 지하방 그리고 다세대 한 칸 방이 영혼을 일깨우는 집의 자리를 대신한다.

제각기 초점화자의 역할을 하면서 소설의 서사를 엮어가는 나, 명윤, 그리고 장종욱 등은 바로 『가족의 기원』의 화자의 현재라고 할 만하다. 그들에게도 가족은 이미 어느 알 수 없는 시간대의 "어슴푸레한 기억"에 불과하다. 딱딱하게 굳어버린 현실의 각질을 뚫고 가족에 관한 기억이 솟구쳐오르기를 기대하기란 좀처럼 쉽지 않다. 그것은 다만 "떠오르지도, 가라앉지도 않으며 소리없이 멀어져가는 허공의 푸른 빛"에 감싸인 꿈을 통해서만 가끔씩 자신의 존재를 확인시킬 따름이다. 말하자면 가족은 망각됨으로써만 스스로를 기억시키는 것이다.

『검은 사슴』이 이 푸른빛 허공에서 시작해 역시 "어둠이 조용히 빛줄기들과 몸을 바꾸는" "검푸른 어둠"으로 끝난다는 것은 이와 관련, 상당히 암시적이다. 밝음과 어둠 그 어느 편에도 속하지 않는 푸른빛은 이 소설의 지배적인 이미지다. 작가가 밝혀놓고 있듯이, 그것은 "말과 침묵, 어둠과 빛, 꿈과 생시, 죽음과 삶, 기억과 현실 사이" 혹은 "그것들을 안팎으로 둘러싸며 가득 차" 있는 공간을 지시한다. 바다와 카메라 플래시의 심상이 이와 맞닿아 있음은 말할 것도 없다. 소설을 열고 닫는 가장 중요한 초점화자인 '나'가 "수평선을 프레임의 중간이나 삼분지 일, 혹은 오분지 일의 상단에 놓은" 바다 사진만을 찍는 아마추어 사진작가라는 사실을 상기하자. "나라는 존재가 너무 작아 거의 의식할 수조차 없게 되는 바로 그 순간"을 영원으로 고정시키고자 하는 나의 욕망은 이 소설이 지향하는 바가 무엇인지를 간접적으로 드러낸다. 카메라 플래시의 섬광으로부터 바다를 거쳐 꿈으로 환유되는 저 푸른 공간에 대한 집착은 이 소설이 푸른빛에 매혹당한 예술사의 다른 많은 작품들과 같은 계보에 속한다는 사실을 말해준다. 우리는 푸른빛에 대한 갈망이 언제나 존재가 무화되는 어느 한 지점, 즉 순수 지속으로의 회귀와 관련 있음을 잘 알고 있다. 그런 점에서 볼 때, 집으로부터의 도피의 여정으로 점철되었던 조경란의 『가족의 기원』과 달리, 한강의 『검은 사슴』은 잊혀진 저 망각의 집으로 되돌아가고자 하는 회귀의 여정으로 가득 차 있다고 할 수 있다.

　이 회귀의 여로는 여러 겹으로 감싸여 있다. 『가족의 기원』의 서사가 '나'를 중심으로 한 일직선상의 비교적 단일한 에피소드로 구성되어 있다면, 『검은 사슴』의 그것은 몇 겹의 서사가 다양한 초점화자에 의해 한 점으로 응축되는 구조에 가깝다. 그것은 까면 깔수록 속을 알 수 없는 양파처럼 껍질을 다 벗기기 전에는 알맹이, 즉 소설의 핵심에 도달하지 못한다. 이 양파의 제일 바깥을 둘러싸고 있는 것은 실종된 의선을 찾아가는 나와 명윤의 여정이다. 이 여정 안에는 다시 탄광 전문 사진가

장종욱의 여정이 내포되어 있다. 그리고 다시 그 속에는 의선의 그것이, 그리고 다시 그 속에는 그녀의 아버지의 그것이, 또 그 속에는 그녀의 엄마의 그것이, 그리고 그 가장 깊숙한 곳에는 이 모든 서사를 하나의 상징으로 응축시키는 '검은 사슴'의 서사가 들어 있다. '검은 사슴'은 바로 이 몇 겹의 삶의 껍질을 탈각시킴으로써만 자신의 존재를 드러낸다.

그러므로 '보물 찾기'의 플롯은 이 소설을 가동시키는 기본 동력이다. 끊임없이 지연되는 보물 찾기, 보물이 아니라 찾는다는 행위 자체가 중요한 보물 찾기 모티프의 특징은 여기서도 그대로 통용된다. 희뿌윰한 기억 속의 의선을 좇는 나와 명윤은 그녀가 존재한 적이 있었다는 사실 자체가 의심스러울 정도로 그녀의 흔적조차 찾을 수 없으며 아내와의 추억에서 자유롭지 못했던 장종욱 역시 결국 아내를 찾지 못한다. 의선은 이따금 머리를 사로잡는 기억의 한 끝을 좇아 고향 어둔리로 돌아오지만 이미 그곳에 아무것도 발견할 수 없다. 아내를 찾아 아이들을 버리고 전국을 유랑하는 그녀의 아버지 역시 결코 그의 아내를 찾지 못한다. 함전탄광에서 죽은 정의 아내였던 의선의 엄마는 아마도 여전히 죽은 남편을 찾아 미쳐 떠돌 것이다. 이 모든 지연(遲延)의 서사는 깜깜한 어둠 속을 벗어나지 못한 채 결국 그곳에서 죽고 마는 검은 사슴의 서사를 통해 그 절정에 달한다. 보물은 끝내 찾아지지 않는다.

그렇다면 이 여행을 지속시키는 힘은 무엇인가? 푸르스름한 빛의 세계로부터 촉발된 집으로의 회귀는 자신의 바깥에 있는 그 무엇을 향한 탐색에만 그치는 것이 아니다. 그들의 여정은 실은 타인을 빌미로 삼은 자신들 존재 내부로의 잠입에 다름아니다. 『검은 사슴』이 서울에서 출발하여 "사방이 검은 산들로 틀어막힌 황폐한 시가지" 황곡을 거쳐 "세상의 모든 줄 끊어진 연들이 구름 위를 떠돌다가 마지막으로 내려앉는 골짜기" 연골로 이어지는 나와 명윤의 여정을 가장 기본적인 뼈대로 하고 있다는 것은 이 보물 찾기의 서사들이 결국 무엇을 향한 여행인지를 암시하기에 충분하다. 그것은 우리들이 언제나 망각할 수 없음에도 불구하고 망각하지 않으면 살 수 없었던 내면의 '어둠', 그 망각된 존재를 향한 존재론적 결단이다. 이 여행의 끝에서 마주치게 되는 것은 결국 자신의 맨얼굴이다. 나는 나에게 카메라를 남겨두고 떠난 민영 언니를, 그리고 명윤은 일찍이 집을 떠난 누이 명아를, 그리고 장은 아내의 진정을 만나게 된다. 민영 언니와 명아, 그리고 집을 나간 아내는 모두 나와 명윤, 그리고 장의 현존을 규정짓고 있는 존재의 또다른 얼굴들이다. 그들은 황곡과 어둔리 연골의 어둠을 통과하여 결국 그들 스스로에게로 되돌아간다.

우리가 "살았던 공간에서 버림받은 것들이 모두 모여 이"룬 이 "지하 팔백 미터"의 어둠을 향한 작가의 애정은 도처에서 발견된다. 우리는 이미 그녀의 소설집 『여수의 사랑』을 통해 이 따뜻한 인간애의 극한을 맛본 바 있다. 버림받은 것들에 대한 연민과 그것이 불러일으키는 세계의 폭력에 대한 경악은 한강 소설의 중요한 특징이다. "소포에 결박당해 있던, 어떤 무도한 사내가 느닷없이 젖가슴을 움켜쥔 뒤 달아난다 해도 속수무책일" 의선의 '손'을 포착하는 작가의 안타까운 시선을 보라. 앙상한 손목과 무거운 소포꾸러미를 대조시키는 데서 절정에 달하는 의선에 대한 묘사는 작가 한강이 채택하고 있는 '입장'을 짐작하게 하는 단적인 예다. 사실 '집요한 침묵'과 '핏기를 걷어버리는 토악질' 등 주로 '식물성 이미지'에 의존하는 의선에 관한 묘사는 추상적인 관념으로 일관되는 측면이 없지 않다. 인물에 대한 동일시와 그에 따른 주관화는 『검은 사슴』에 등장하는 모든 인물들에 공통된 사항이지만, 의선의 경우에는 작가의 과도한 몰입이나 절제되지 않은 연민이 때때로 서술의 균형을 깨뜨리기도 한다. 플롯상의 무리를 보이는 소설의 후반부(의선이 화자가 되어 자신의 이야기를 풀어가는 부분)는 그 좋은 예다.

그럼에도 불구하고 이 인간애는 그 자체로 숭고하다. 더욱이 이 영혼의 황폐가 우리 시대가 초래한 삶의 결과물이라면 그것을 감싸안는 자세는 일단 다른 어떤 것보다 소중하다. 그것은 깜깜한 어둠을 잠재우는 '등불'이며 찬 대기를 어루만지는 '온기'다. 우리는 『검은 사슴』을 통해 모처럼 "땅 위 세계의 반대편"인 저 어두컴컴한 '막장' 속으로 들어간다. "두개골로부터 십 센티미터도 되지 않는 거리"에 언제나 "죽음"이 함께하는 그 공간에 대한 재현은 이 소설의 가장 빛나는 부분이다. 무너진 갱도 속에서 사력을 다해 "가족한테 이억원을 줘라. 한진구"라는 말을 새기고 빠른 속도로 불어난 물 속에 잠기고 마는 광부에 대한 묘사는, "……만일 그대가 밤의 어두움과 불빛의 따스함에 대해, 사람의 창의 애처로움에 대해 알고 싶다면, 강원도 산간지방의 그믐밤 국도를 달려보라. 어둠 속에서 드문드문, 마치 끊길 듯한 기억처럼 하얗게 맺혀 있는 등불을 기억하라. 거기 사는 가난한 사람들과 그들의 이부자리를. 겨울산의 굽이굽이를 돌아 작은 읍내를 지나쳐갈 때면 잠시 그 창들의 수효가 많아지기도 하지만, 다가오는 빈 들의 어둠 속으로 이내 삼켜지고 만다"라는 구절에서 보이는 애수가 인간에 대한 연민과 삶에 대한 겸허에서 나온 "알 수 없는 열정"임을 깨닫게 한다. 바로 그 순간 이 어둠의 땅은 더이상 존재론적 통과제의의 공간으로만 그치지 않는다. 그것은 모더니티가 무참하게 도륙한 삶의 현장이자 우리가 망각한 채 뒤돌아보지 않은 역사적인 시간에 다름아니다. 한강은 이 어두운 공간의 재현을 통해 모더니티가 남긴 상흔을 존재론적으로 감싸안는다. 우리는 폐가로 변해버린 탄광촌의 사택들과 텅 빈 광업사무소 현장을 지나 "어둡고 추하고 가난"했던 지난날의 어느 한 순간과 다시 조우한다. 그 순간들은 그토록 잊으려 했음에도 불구하고 어느 틈에 우리의 뇌리 속에 슬쩍 끼워넣어진 우리 시대 집의 한 단면이기도 하다. 지하방의 침묵 속에서 상실된 기억은 이리하여 어느 순간 다시 우리를 방문한다.

잃어버린 망각의 순간을 향한 회귀의 여정은 항상 죽음의 위협으로부터 자유롭지 못하다. 햇빛을 정면으로 바라보면 눈의 "홍채가 타버릴지도 모"르는 것처럼 저 어두운 세계에 대한 염원은 자칫 그 어두운 죽음의 골짜기에서 헤어나오지 못하게 되는 수도 있다. 나와 명윤이 겪은 어둔리 연곡에서의 심한 몸살과 기차 전복 사고는 집으로의 회귀가 노정하는 죽음에 대한 암시다. 이 소설을 통과제의에 의한 '성장소설'의 문법으로 읽을 수 있는 것도 그 때문이다. 중단될 듯 끊이지 않으며 결국에는 죽음의 문턱을 넘어 재생으로 나아가는『검은 사슴』의 서사는 지하방에 갇힌 자아의 자기 성숙 과정이기도 하기 때문이다.

그러나 이 성숙 과정을 통해 우리가 만나게 되는 것은 세계와 자아에 대한 긍정이 아니라 지독한 허무다. 삶의 신산스러움과 근원적인 고독은 조금도 해결되지 않는다. 그것은 어느 누구도 개입할 수 없는 자아의 운명적인 존재 조건일 따름이다.『검은 사슴』은 얼마나 자주 존재의 소멸에 대해 이야기하고 있는가. 갱도 바깥 지상으로의 통로가 막혀버려 검은 사슴이 "들쥐 새끼만하게 쭈그러들어 있"게 된다는 우화나, 발가벗은 의선이나 의선 엄마의 연약한 몸이 "아열대 식물의 수액 같은 연분홍 액체"나 "붉은 웅덩이"로 변해버릴 것 같다는 환상, 그리고 소설의 앞뒤에 놓여 있는 '나'의 꿈에 등장하는 해체된 육신의 이미지 등은 이 소설이 죽음을 무릅쓰는 회귀의 여정을 통해 결국 대면하게 되는 존재의 진실에 대해 어떤 답을 마련해놓고 있는지를 보여준다. 한강에 따르자면, 성숙이란 이 소멸을 삶의 근거로 인정하고 그것이 야기하는 아픔을 초월하는 것이다. 이에 이르면 자아에 부여된 이 무서운 형벌은 그 어떠한 집도 풀어줄 수 없는 운명적인 것으로 격상되기까지 한다. 존재의 심층에서 길어올린 이 인식은 이 소설을 아득한 소멸의 서사로 읽게 만든다. 유폐된 자아는 이제『검은 사슴』에 이르러 존재의 흔적을 무화시키며 일말의 포말로 부서진다. 사라진다.

4. 자아의 윤리학

다비드의 유화 〈마라의 죽음〉과 들라크루아의 〈사르다나팔의 죽음〉.
김영하의 소설 『나는 나를 파괴할 권리가 있다』를 통해 각기 하나의 심
상으로 연결된 두 그림은 최근 우리 소설에 나타나는 자아상과 관련하
여 모종의 암시를 준다. 두 그림은 모두 '스스로의 죽음을 주재하는 자'
들이라는 점에서 동일한 맥락을 공유한다. 욕조 속에서 죽어가는 마라
가 구현하고 있는 것은 자신의 운명에 관한 오만하고도 겸허한 승인이
다. 〈사르다나팔의 죽음〉 역시 마찬가지다. 가로 오 미터, 세로 사 미터
의 살육의 잔치를 배경으로 사르다나팔 왕 자신은 팔베개를 하고 누운
채 화면의 왼쪽 상단 어두운 부분에서 이 모든 광란의 무도회를, 자신
의 패배를, 죽음을, '냉정하게' 관조하고 있을 따름이다. 김영하는 이
두 그림들을 소설의 앞뒤에 배치하고 그 사이에 자살안내원의 건조하
고 냉정한 일상을 끼워넣었다. 이 두 그림들은 그가 마련해놓은 '허구'
로 가는 다리다. 우리는 그 다리를 건너 마라와 사르다나팔의 경지로
격상된 한 신인(新人)을 만난다.
그의 규율을 보라. '작업'을 하는 날이면 반드시 몸을 청결히 한다.
의뢰인은 도서관을 이용하여 구한다. 가끔은 인사동 화랑가를 둘러보
거나 대형음반가게에 들러 CD를 사기도 한다. 저녁이 되면 전화와 책
상, 컴퓨터 이외에는 아무것도 없는 도심의 사무실에서 밤을 지샌다.
월세는 홈뱅킹을 통해 PC로 계좌이체하고 의뢰인과의 만남은 주로 전
화나 ARS시스템에 의존한다. 작업이 완료되는 경우에는 대개 여행을
떠나거나 몇 달간 잠적하기도 한다. 마라와 사르다나팔의 영웅적 비장

미를 배경으로 그들에 버금가는 완벽한 단독자의 자유를 구가하는 이 신인의 일상은 질펀한 혈연적 유대나 공동체적 관습을 알지 못한다. 피와 법의 이름으로 자아를 위협하던 저 중세기적 혼돈은 이미 그의 것이 아니다. 그를 번민케 하는 것은 오로지 자기 내면 속에 깃들인 마성뿐이다. 제어할 수 없는 운명이란 것이 있다면, 그것은 이 내면의 마성적 파토스가 불러일으키는 치명적인 불가항력 이외의 다른 어떤 것도 아니다. 그들은 다만 자기 "스스로에 의해서만" 파괴될 수 있다!

　일찍이 윤대녕 소설을 통해 감각적으로 구현된 바 있는 이 새롭고 낯선 '신'들의 일상은 김영하 소설에 이르러 하나의 윤리적 에피그램으로 완성되었다. 나는 나를 파괴할 권리가 있다. 나를 파괴할 수 있는 나는 스스로의 자유를 만끽함과 동시에 그것에 수반된 고독과 공허와 완전한 무(無)를 감내하기까지 하는 자다. 그런 의미에서 나는 내 운명의 주창자인 신적 권위의 소유자다. 그러나 이 새롭게 격상된 신은 타인의 삶에 개입하여 그들의 운명을 주재해왔던 이제까지의 신과는 달리 오로지 자기 자신의 운명에만 관계한다. 그는 어느 누구의 명령에 의해 자신의 삶을 바꾸지 않으려고 하는 것과 마찬가지로 타인의 삶 역시 그들의 것으로 남겨둔다. 다만 그는 스스로 책임을 부과하는 성찰적 기획에 의해 그 자신의 삶만을 능동적으로 구축한다. 그를 움직이게 하는 것은 오로지 자신에게 진실해지고자 하는 내면적 진정성(authenticity)뿐인 것이다.

　90년대 우리 소설에서 빈번하게 마주치는 이 자율적인 주체들은 조경란과 한강 소설의 출발점이기도 하다. 끊임없이 집으로부터 도피하려고 하는 조경란 소설의 화자와 집으로의 회귀의 도정에 오른 한강 소설의 화자는 서사관습상의 상이한 맥락에도 불구하고, 존재론적인 측면에 있어서는 기본적으로 김영하의 자살안내원과 그리 다른 상황에 처해 있지 않은 듯하다. 그들을 사로잡고 있는 것은 그것이 무엇이든 간에 집과 단절된 단자적 공간이 구획하는 상상력에서 그리 벗어나지 않는다. 우리는 이미 우리 시대의 무수한 방들, 특히 옥탑방과 지하방, 그리고 다세대 원룸 공간이 이 개인들의 상상력을 규정하는 역사적인 규약의 하나로 기능하는 것을 살펴본 바 있다. 어느 누구도 당대가 제공하는 이 규정성을 비껴갈 수 없다. 그것은 때로 불순한 아집과 집단 최면으로 현상하기도 하는 핏줄의 허구를 넘어서는 중요한 방법론적 결단이 되기도 한다. 그 어떤 권위에도 흔들리지 않는 계몽된 자아의 자율성이 아니고 오늘날 우리가 다른 어떤 것에 의지해 희망을 이야기할 수 있을 것인가? 분명 내면적 진정성의 획득은 아직도 우리 소설이 개척해야 할 미지의 영토임에 틀림없다.

그러나 이것은 자아의 확대인가, 축소인가? 김영하 식의 절제된 파괴력이나 조경란 식의 도피적 자폐욕망, 그리고 주체의 소멸에 대한 한강의 숙명론적 긍정 등이 세계와 자아의 행복한 합일을 이야기하는 고전적인 자아상을 회의하는 자리에서 출발한 것이라는 점은 분명하다. 하지만 그것이 유폐된 자아의 끊임없는 위기와 어느 순간 걷잡을 수 없는 파괴 욕망으로 귀결되기도 한다면? 우리는 다음의 지문들에서 그 단초를 본다.

옥상 위에 우뚝 선 물탱크들은 그 집을 지키는 어떤 정령 같아 보이기도 한다. 가끔 그녀는 공중제비를 하듯 휙휙 다른 집 옥상을 건너다니며 노란 물탱크 뚜껑을 열고 아무거나 집어넣고 싶은 충동을 느낄 때도 있다. 이를테면 강한 효과를 지닌 수면제나 토끼표 본드 같은 것들.(조경란, 「내 사랑 클레멘타인」, 『불란서 안경원』, 문학동네, 1997)

그러던 어느 날 명윤은 옥상의 콘크리트 난간에 기대어 서서 아래를 내려다보고 있었다. 억울함 같기도 하고 분노 같기도 한 격렬한 감정이

끓어오르며, 머리의 피를 일제히 정수리로 몰아 똘똘 뭉치게 했다. 울음의 단단한 핵만으로 이루어진 듯한 그 강하고 차가운 덩어리가 그의 몸을 앞으로 떠밀었다. 난간으로부터 도망치듯 물러서며, 그는 자신이 일종의 고비에 들어섰다는 것을 직감했다. (한강,『검은 사슴』)

유폐된 자아의 상상력이 '나는 나를 파괴할 권리가 있다'는 선언을 넘어 여기에 이르게 되면 새로운 윤리학적 기준에 대한 요구가 필연적이다. 내면적 진정성에의 호소로 이 느닷없는 파괴 욕망을 다스리기에는 아무래도 역부족인 측면이 없지 않다. 더욱이 그것이 이성이 기꺼이 감내할 수 있는 수준을 넘어서 어느 순간 '원한'과 '분노'라는 광포한 타자와 마주 서게 하는 것이라면, 나아가 그것이 자신에 대한 파괴에 그치지 않고 타인에 대한 무차별적인 적의로 확대되기도 하는 것이라면, 우리의 자아에 관한 배려는 또다른 위기에 처한 셈이다. 무엇인가? 우리 모두를 자유롭게 해방시킴과 동시에 또 구획시킬 수도 있는 그것은? 우리 시대 방의 상상력은 지금 바로 이러한 윤리학과 대면하고 있다.

(1999)

단단한 모든 것은 대기 속으로 사라진다
─우리 시대의 성과 결혼

1. 현대성의 격랑

　최근 우리 문학의 화두로 가장 크게 부각되고 있는 것은 아무래도 '성(gender)'과 '결혼(marrage)'이라고 할 만하다. 1996년 겨울, 우리를 찾아온 소설들은 이러한 추세가 단순한 풍문만이 아니라는 사실을 입증하고도 남는다. 전경린의 『염소를 모는 여자』(문학동네, 1996)를 비롯, 신경숙의 『오래 전 집을 떠날 때』(창작과비평사, 1997), 배수아의 『바람인형』(문학과지성사, 1996), 함정임의 『밤은 말한다』(세계사, 1996), 차현숙의 『블루 버터플라이』(고려원, 1996)에 공통적으로 나타나는 여성적 정체성에 대한 자각이나, 송기원의 『여자에 관한 명상』(문학동네, 1996), 김원우의 『모노가미의 새 얼굴』(솔, 1996), 유재용의 『그들만이 꿈꾸는 세상』(문예마당, 1996) 등이 문제삼고 있는 여성과 결혼제도에 대한 관심 등은 최근 우리 문단에 불고 있는 문학적 관심의 형질 변화를 드러내는 확실한 근거들이라고 할 수 있을 것이다.
　약속이나 한 듯 우리들의 삶의 준거를 일거에 흔들어대고 있는 이 소설들은 단단한 모든 것을 대기 속으로 사라지게 만드는 현대성의 격랑을 인정하지 않을 수 없게 한다. 전통적인 사회구조 속에서 그토록 명확하고 안정적으로 보였던 우리 삶의 근거들은 이제 이 격랑 앞에서 변화하는 현실을 따라잡을 수 없는 구태의연한 관습으로 돌변한다. 현대적 일상은 사회구성의 기본단위인 가족과 그 공간 내부의 남자-여자, 남편-아내의 관계, 그리고 결혼이라는 제도와 사랑이라는 감정에 관해 끊임없이 새로운 준거를 설정하기를 요구한다. 이제 고정된 것은 아무 것도 없다. 우리에겐 어떤 외부적 준거도 없이 스스로의 자율적 판단과 선택에 의존해 이 인류학적 지각변동을 이끌어가야 할 책무가 있다.

그러나 이 유동하는 흐름 앞에서 불안과 공포를 느낄 필요는 없다. 이 불안과 공포는 현대성을 우리 삶의 기본적인 전제조건으로 승인한 이상 우리 삶에 항존하는 삶의 기미라고 할 만하다. 적어도 그것이 성적 정체성이나 결혼제도에 관한 우리의 낡고 오래된 편견을 일소하고 자유롭고 평등한 개인을 산출하는 데 지대한 공헌을 하고 있음은 분명하다. 이제 피임과 경제력을 기반으로 전통적인 성 역할 분화로부터 해방된 '여자들'은 우리가 새롭게 인정하고 적극적으로 추구해야 할 '여성'의 존재 조건 가운데 하나이기도 하다. 그런 의미에서 오늘날 우리 일상생활으로 침투해온 성 역할 모델의 다양한 변화나 결혼제도의 변모양상 등을 단순히 억눌려 있던 한쪽 성의 복수심과 새로운 패권욕의 표출로 이해하는 것은 곤란하다. 그것은 여성뿐만 아니라 남성 일반을 향한 새로운 삶의 방식을 창안하기 위한 하나의 시도로 이해해도 좋다. 현대적 삶의 실존적 위기는 어느 한 성만이 아니라 양성(兩性) 모두의 삶의 변화를 요구하고 있으며 새로운 삶의 비전은 그들 모두에게 절실한 요구사항이기 때문이다. 이제 새롭게 호명된 '여성'과 '남성'이 만들어가는 다양한 일상문화에 대한 관심이 절실할 때다. 무엇보다도 과도기에 처한 우리 사회의 결혼제도는 기존의 가치체계만으로는 이 헐거워진 제도의 그물망을 그대로 유지해나갈 수 없게 되었다.

송기원의『여자에 관한 명상』, 전경린의『염소를 모는 여자』, 차현숙의『블루 버터플라이』, 김원우의『모노가미의 새 얼굴』을 통해 우리 사회의 '성'과 '결혼'을 둘러싸고 벌어지는 급격한 형질 변화가 소설의 서사를 어떻게 변형시키고 있는지 살펴보자. 이제까지의 소설이 당연한 것으로 치부해왔던 '침묵'의 이면을 향한 소설적 모험은 우리에게 내밀한 사생활의 영역, 사적인 감정의 영역에 침입해온 현대성의 맨얼굴을 드러내 보여줄 것이다. 이 작업은 우리를 분노하게 하거나 어쩌면 회의에 빠지게 할지도 모른다. 여전히 인습적 사유를 재생산해내는 텍스트는 우리를 분노케 할 것이며, 자기 연민에 사로잡혀 타자와의 새로운 관계를 기피하는 외골수의 텍스트는 이 새로운 열망에 찬물을 끼얹을 수도 있다. 그러나 들여다보기 힘들다고 해서 그것을 외면할 수는 없다. 고개를 돌리고 싶은 것, 알고 싶지 않은 것을 향해 끊임없이 시선을 마주치게 하는 것은 현실과 배를 맞대고 있는 소설의 근본적인 책무이기도 하다. 우리들의 삶에 진주해온 이 외면할 수 없는 현실에 다가가 보자. 그것은 오늘날 현대사회에서 남자와 여자가 사랑한다는 것, 결혼하고 가정을 이룬다는 것이 무엇인지 가르쳐줄 것이다. 먼저 '여자'에 관한 명상에서 출발해보자.

2.『여자에 관한 명상』: 고백과 참회, 그리고 나르시시즘

그러나 송기원의『여자에 관한 명상』을 통해 '여자'에 관한 새로운 지평이 열리기를 기대해서는 곤란하다. 이 소설은 작가도 말하고 있다시피 '나에게 있어 여자란 무엇인가'에 주안점이 놓여 있는 만큼 어느 한쪽 성에 의해 일방적으로 규정당한 여자들만 등장하고 있기 때문이다. 여자들은 자립적 존재 가치를 인정받지 못하며 오로지 예술적 영감이라는 이름을 빌린 '나'의 의식을 관통했을 경우에만 서사의 표면에 떠오른다. 서사를 지배하는 것은 당연히 남성 화자의 목소리뿐이다. 그러나 여자에 관해서 쓰지 않는다면 자신에 대해서 역시 단 한 줄도 쓰지 못하게 될 것이라고 이야기하는 작가의 목소리는 우리의 문제의식과 관련하여 새로운 문제를 제기하기도 한다. '나에 관한 명상'조차 '여자에 관한 명상'을 빌려 전개시키지 않으면 안 되는 남성 작가와 여자의 관계는 우리 시대 남자들, 특히 예술가들에게 있어 여성이 어떻게 경험되고 인식되고 있는지를 추체험할 수 있는 소중한 기회를 제공한다.

송기원에 따르면, 여자란 어느 날 무심코 자신의 인생을 뒤돌아볼 때 중요한 삶의 고비고비마다, 심지어 하찮은 기억의 갈피갈피마다 도사리고 앉아 있는 자기 생의 파편과 같다. 이때 자기의 삶이란 이 파편들이 '거울'이 되어 고스란히 되비춘 모습에 지나지 않는다. 그러나 이 거울과 자신이 행복하게 대면하고 있는 것은 아니다. 그녀들이 "아름다우면 아름다울수록 그 거울에 비치는 내 모습은 더욱 추악"(22쪽)해진다. 여자들의 거울을 통과할 경우 자신 속의 추악함과 비열함이 더욱 증폭되는 것이다. 그런 의미에서 그에게 여자들은 지울 수 없는 생의 증거물이다. 사정이 그러하다면 '여자에 관한 명상'을 통해 자신의 적나라한 생의 얼룩들을 생생하게 반사시킴으로써 그 추악함을 벗어나는 것도 하나의 방법이 될 수 있을 것이다. 바로 이 지점에서 자기 생의 알리바이를 향한 작가 송기원의 혼신의 고백이 시작된다. 『여자에 관한 명상』을 대심문관 앞에 선 작가의 최후진술이라고 할 수 있는 것은 바로 그 때문이다.

무릇 고백이란 그 내용의 강도가 강하면 강할수록 구원의 가능성이 높아지는 법이다. 처벌받아 마땅한 자신의 죄를 고백하는 목소리가 떨리면 떨릴수록 고백하는 주체의 진정성은 의심받지 않으며 그런 만큼 그것을 고백한 자는 그 고백의 죄질에 상관없이 면죄되게 마련이다. 아니, 죄질이 나쁘면 나쁠수록 구원의 가능성은 커진다. 그것이 고백의 메커니즘이다. "내가 처음 여자의 성기를 본 것은 일곱 살 때였다"(9쪽)로 시작하여 "내가 처음 여자와 성교를 한 것은 열일곱 살 때였다"(18쪽)는 진술로 이어지는 이 소설의 프롤로그는 이 '참회록'의 본질을 유감없이 발휘한다. '처녀를 강간하는 행위'는 이러한 고백의 절정이다. "며칠 후로 다가온 설을 지내기 위하여 서울에서 허위허위 내려와 이제 막 밤차로 도착한 그런 여자를. 그렇게 고향집에서 설을 지내기 위하여 공장에서 철야작업을 하며 차비를 벌고 부모와 동생들의 설빔을 마련하고 그렇게 날아갈 듯 화사한 한복을 차려입고 고향에 돌아온 그런 여자를. 그리하여 마침내 자신이 태어난 마을을 멀리 눈앞에 바라보며 희생물이 된 그런 불운한 여자"(20쪽)를 '강간'하는 행위는 이 소설의 고백의 강도를 결정지으며 송기원 문학의 진정성 여부를 결정한다. 이미 『너에게 가마 나에게 오라』(문예마당, 1994)를 통해 한 번 마주한 적이 있는 이 삽화는 '위악'을 삶의 포즈로 선택할 수밖에 없었던 송기원 문학이 진리에 근접하는 계기이기도 하다.

'가난한 장돌뱅이 출신의 사생아'가 그를 키운 '장터'를 벗어나 '도시'로 나아갔을 때, 그리하여 한순간 어둠의 터널을 벗어나 무수히 명멸하는 빛 한가운데 처했을 때, 그는 그 화려한 빛과 싸울 수 있는 수단으로 위악이 아닌 다른 어떤 것도 선택할 수 없었는지 모른다. "두고 보라지. 언젠가는 너희들을 모조리 짓밟고 말 테다. 그리하여 끝내 나를 인정하지 않고는 못 배길 때까지"(123쪽)라는 고백에서 알 수 있듯이, '인정 욕망'은 항상 '지배'와 '굴복' 사이에서 어떠한 '중간'도 택할 수 없었던 자의 마지막 자기 보호책 같은 것이다. '나'는 자기를 인정하지 않고 무시하는 세계와 싸우기 위하여 자신의 '치부'를 가리는 것이 아니라 오히려 명명백백하게 공중에게 공개하는 길을 택한다.

『여자에 관한 명상』은 이 '치부 드러내기'의 최고의 방법이다. 여자는 "자신의 치부를 세상 밖으로 드러낼 수 있는 유일한 가능성"(40쪽)이며, 이 여자를 통해서만 그는 세상과 현실에 대해 발언하고 참가할 수 있다. 그의 문학은 바로 여기에서 출발한다. "여름날 아침의 이슬방울, 그 이슬방울을 매단 장미, 연둣빛 신록, 풀여치며 개구리가 뛰어 노는 논둑길, 숲속에 가득한 박하 향기"(19쪽)와 같은 아름다운 처녀들을 강간하거나 깔아뭉개고 자신의 발 아래 짓밟고 서는 행위는 대개의 경우 문학이라는 이름으로 미래, 희망, 행복, 청춘, 사랑, 우정 따위의 관념들을 비웃고 경멸하는 과정과 동일한 궤도 속에서 움직인다. 여자에 대한 비웃음과 경멸의 서사가 '탐미주의-초현실주의-아웃사이더-퇴폐주의'에 이르는 그의 문학적 편력과 맞물리며 그의 생의 중추를 형성하는 것이다. 이 둘의 관계는 무엇보다도 서로 상보적이다. 그러나 문학적 서사가 여자에 관한 서사에 미치는 영향보다 오히려 그 역이 훨씬 규정적이다. 그의 문학적 모험이 한 고비에 이르러 위기를 맞게 될 때면 언제나 새로운 여자가 나타나 또다른 지평을 열어주곤 했던 것이다.
　이 여자들, 특히 처녀들은 "기연시 출세를 해서 금의환향을 해사제이 엠씨 한이 풀릴"(83쪽) 것이라는 '어머니의 거친 손' 이자, 차갑게 자신을 밀어내는 '서울'이며, 그 하늘 아래 화려하게 반짝이는 '빛'의 상징이기도 하다. 1984년의 '월문리' 연작으로부터 최근작에 이르기까지, 송기원 문학은 '처녀-어머니-서울(도시)-빛'으로 환유되는 세계에 대한 부정과 그 대립쌍, 예컨대 '창녀-아버지(이데올로기)-장터-어둠'의 세계에 대한 애정으로 점철되어왔다고 해도 과언이 아니다. 때로는 마성(魔性)에 사로잡힌 한 인간의 위악으로, 또 때로는 작가 자신과 비슷한 종류의 상처를 안고 살아가는 인간 군상에 대한 애정과 신뢰로 확대되기도 했던 이 과정은 송기원 문학과 여성 사이의 내밀한 관계를 보여주는 흥미로운 대목이라고 하지 않을 수 없다.

그러나 이 여자들은 언제나 송기원이 구원을 얻기 위한 중간 매개물에 그치고 만다. 여자와의 관계 자체가 궁극의 목표였던 적은 한 번도 없다. 그에게 가장 중요한 과업은 언제나 이 여자와의 관계를 일그러뜨리고 그것을 참회하는 자신의 내면적 목소리였다. 이 목소리는 여자들을 짓밟았다고, 그들의 아름다움을 훼손했다고 고백함으로써 진리와 미를 획득한다. 그것은 절대적인 구원을 획득한 초월적 주체에 다름아니다. 이 초월적 주체는 여자들을 창녀와 처녀로 양분한다. 처녀들이 귀환하는 오디세우스의 여정을 장식하는 하나의 에피소드의 역할을 맡는다면 창녀들은 이 귀환을 방해하는 사이렌의 기능을 수행한다. 화자는 창녀와 처녀로 이분된 이 여성들을 겪으며 '시인'이 되거나 '집'으로 귀환한다. 전자가 '문학'을 향한 열망, 즉 예술에 닿는 길이라면 후자는 '자궁'에 대한 갈망, 예컨대 자신의 기원으로의 회귀의 과정이라고 할만하다. 서로 구별되는 듯하지만 기실은 동일한 이 두 축은 결국 화자가 여자들을 수단으로 자신이 원하는 바를 성취하였음을 의미한다.

여자들은 그들이 처녀이거나 창녀이거나 간에 항상 '나'에게 무언가를 주고 베푼다. 화자는 여자들과의 사랑 혹은 싸움을 통해 언제나 '전리품'을 획득한다. 첫사랑의 여인 장경희는 세상과의 한순간의 화해를 제공했으며 기생 엄명화는 초현실주의를, 여공 손영아와 시내버스 여차장 주정님은 계급적 동질감을 선사한다. 그런 의미에서 그녀들은 모두 그의 '구원자'들인 셈이다. 그리고 이 구원의 행위가 없다면 그녀들에 관한 명상도 없다. 여자란 무엇보다도 한 남자를 구원할 수 있느냐 없느냐에 의해 그 여성성을 획득한다. 이 '증여'에 의한 구원행각의 특징을 가장 극명하게 드러내는 것은 소설의 말미에 나타나는 '목포 히빠리 골목의 늙은 창녀'와의 일화다. 구원의 대상인 창녀로부터 오히려 궁극적인 구원을 얻게 되는 화자는 이제 세상의 모든 여인들에게 자신이 저지른 만행 전부를 용서받은 신적 존재에 버금간다. 늙은 창녀는 막달라 마리아가 예수에게 베푼 것과 마찬가지의 것을 그에게 '준다'. 이제 여성은 늙은 창녀의 이미지를 통해 진리와 구원의 이름으로 예술사에 길이길이 기록된다.

송기원은 '여자에 관한 명상'을 진행하는 동안 한 번도 타자의 동일성 속으로 빠져든 적이 없다. 그는 오로지 자기 정체성을 유지하는 데만 골몰하는 간교한 오디세우스일 뿐이다. 그 스스로가 여성의 구원자가 되려고 시도한 적은 없다. '나'는 여자들에게서 무한한 선물을 받았지만, 정작 그가 여자들에게 나눠준 것은 아무것도 없다. 이 얼마나 엄청난 나르시시즘이자 에고이즘인가! 이 나르시시즘과 에고이즘을 예술가의 천형으로 보는 것은 좋다. 그러나 인정 투쟁을 향한 왜곡된 욕망의 투사가 미의 이름으로 예술을 지배하는 것은 이제 헛된 망상에 가깝다. 과거의 예술사를 되돌아보면 예술은 오히려 늘 인정 욕망이 미치지 않는 세계를 동경해왔다. 그것은 그 흉포한 인정 욕망의 팔루스가 할퀴고 지나간 자리를 부드럽게 쓰다듬는 기능에 복무해왔다.

처녀들에 대한 강간으로 되살아나는 남성 예술가의 자학적 충동에 대한 고백은 이제 그 진정성을 의심해도 좋을 듯하다. 그의 고백은 진리의 자리로 이동하고자 하는 초월적 주체의 간지이자 그 고백을 통해 고백된 것을 더이상 '죄'의 영역에 한정하지 않으려는 고도의 책략에 불과하다. 푸코가 지적하고 있듯이 "고해는 주체가 자신의 섹슈얼리티에 대해 하나의 진리 담론을 생산하도록 고무하는 과정 전체"이자 그 내밀성이 역설적으로 은밀한 섹슈얼리티를 조장하는 규율 권력의 하나이기 때문이다. 말하자면, 처녀를 강간하는 한 사실에 대한 고백은 고백이라는 절실하고도 숭고한 행위에 의해 강간 주체의 사악함을 덮음과 동시에 강간을 은밀한 비밀의 영역 속으로 몰아넣음으로써 오히려 이에 대한 은밀한 환상을 유포한다. '구원'과 '예술'의 이름이 이 고백의 메커니즘 전 과정을 지배하고 있는 것이다.

『여자에 관한 명상』을 여성에 대한 가학의 기록으로 읽고 싶은 생각은 없다. 그러나 여성을 구원의 천사로 보거나 증여의 주체로만 인지하는 것은 남성 작가들의 이기적 착각에 불과하다는 점은 지적할 필요가 있다. 더욱이 '여성에 대한 이 그릇된 명상'을 가학적 예술혼과 연결시키는 행위는 이미 예술의 경계를 넘어선 폭력에 가깝다. 오늘 우리의 예술은 그 억압적인 연결의 선을 무너뜨리는 무수한 의혹과 아우성을 무시하지 않고 있다. 그러나 이 의혹과 아우성에 귀를 기울이는 것은 밀랍으로 봉한 귀를 가진 오디세우스, 송기원의 몫이 아닐지도 모르겠다.

3.『염소를 모는 여자』『블루 버터플라이』: 사이렌의 노랫소리, 페넬로페의 탄식

전경린의 『염소를 모는 여자』는 생동하는 문체와 번득이는 비유, 생의 한 단면을 포착하는 날렵한 손놀림, 들끓는 정념과 분노, 삶의 허무와 헛됨을 모두 끌어안는 포용력 등등 무언가를 폭발시킬 듯한 에네르기로 가득 찬 소설집이다. 이 에네르기는 우리가 방금 살펴본 송기원의 『여자에 관한 명상』이 의도적으로 배제하고 억압했던 '여자들'의 목소리로 충만해 있다. 그녀들은 이제 한 남자에게 예술가라는 날개를 달아주고 조용히 사라지는 내면이 없는 인물이기를 그만두고 소설의 전면에 등장해 자신들의 의식만으로 소설을 이끌어나간다. 이들의 목소리는 생이 그들에게 부과한 운명 혹은 그것을 운명으로 여기도록 규율한 부조리한 제도에 정면으로 맞선다. 그녀들은 이제 더이상 천상의 '구원자'이거나 한갓 '에피소드'에 그치기를 원치 않는다. 그녀들에게는 단지 자신들이 맞서 싸워나가야 할 스스로의 운명이 있을 뿐이다. 이 열정에 가득 찬 운명으로부터 배태되는 생의 상처가 '장돌뱅이의 사생아'라는 출생의 트라우마가 한 남자에게 미치는 규정력보다 결코 더 작고 하찮다고 말할 수는 없을 것이다. 자기 영혼을 입증하기 위해 세계와 대결하고 있는 자들에게 그들의 모험의 양상은, 비록 그 모험의 공간이 협소하냐 넓으냐의 차이는 있겠지만, 근본적으로는 동일한 가치를 지니고 있기 때문이다.

1995년 동아일보 신춘문예 당선작인 중편 「사막의 달」이래 전경린이 펼쳐 보이는 세계는 한순간 자신들의 운명을 얄궂은 방향으로 이끌고 가버리는 사랑의 불가해한 힘에 대한 사투라고 할 수 있다. 전경린의 여자들이 세계의 무자비한 횡포와 마주치게 되는 계기는 대개의 경우 사랑과 결혼으로부터 비롯된다. 「사막의 달」에 등장하는 주혜 엄마와 옷 수선집 여자를 비롯, 천륜을 어긴 사랑의 대가를 치르고 있는 작중 화자 해연에 이르기까지, 그녀들의 신산스러운 일상은 남자와 관련된 숙명적인 사랑의 함정으로부터 자유롭지 못하다. 이 소설에서 다루어지고 있는 불모의 사랑은 '여자로서 사는 일생'이라는 것이 결국은 '사막'을 걸어가는 것에 다름아니라는 비극적 인식으로 귀결된다. 다소 감상적이고 작위적인 측면이 없지는 않으나, 남편에게서 버림받고 빨주노초파남보 무지개처럼 매일 남자를 갈아치운다고 손가락질받으면서도 살아보려고 무던히 애쓰던 주혜 엄마의 자살은 이러한 인식의 한 극점을 보여준다.

이 소설 어디에도 행복한 결혼은 보이지 않는다. 평생을 난봉질과 노름질로 보낸 남편 슬하에서 하루 종일 걸레만 손에 쥐고 살았던 여자인 해연의 엄마가, 죽기 직전 역시 사랑 없는 결혼과 시어머니의 학대로 마른 장작처럼 여위어가는 딸 해연을 만나기 위해 딸의 시댁 앞까지 와서 딸과 조우하는 장면은 이 소설에서 말하는 바 '사막'이 여자들의 가슴속에 어떻게 자리잡게 되는지를 보여주는 상징적인 대목이다. 딸이 사는 동네까지 와서도 당당하게 딸네 집에 들어서지도 못한 채 혹시라도 딸이 시장에라도 가면 그때 볼 수 있을까 그 주변을 서성거리는 모성은 결국 "택시 타고 가라고 찔러줄 지폐 한 장"(253쪽)도 마음대로 쓸 수 없는 딸과 이별하며, "춥다 들어가봐라. 어른 기다리실라"라는 말만 건넬 뿐이다. 모녀 이대에 걸친 혹은 그 이상의 누대에 걸친 '사막 같은 여자의 일생'은 이리하여 전경린 소설의 출발점이 된다.

이것은 여자들의 단순한 피해의식에 불과한가. 과연 이것은 과장된 감상벽과 자기 연민으로 채색된 노예의 자기 한탄일 뿐인가. 『염소를 모는 여자』를 중심으로 이를 조금 상세하게 살펴보자. 우선 「안마당이 있는 가겟집 풍경」이나 「낯선 운명」 「꽃들은 모두 어디로 갔나」로 이어지는 일종의 여성 성장소설이라고 할만한 작품들. 그 가운데 「안마당이 있는 가겟집 풍경」은 태어나기 전 그리고 그 이후 스무 살이 될 때까지도 대한민국의 한 독재자가 쭉 대통령 자리를 차지하고 있는 것을 지켜보며 자라게 되는 한 초등학교 여자아이의 유년을 "야야야 야야야 차차차 차차차— 기타 소리 땡땡땡, 트위스트 춤을 춥시다"(77쪽)라는 행복에 겨운 웃음소리를 통해 청각적으로 형상화해내고 있는 작품이다. 그러나 이 경쾌하고 발랄한 소설 속에서도 미구에 닥쳐올 '여자의 일생'에 대한 불길한 예감은 사라지지 않는다. 그것은 "우리 일생에서 꼭 한 번뿐인, 강물 위로 마구 풀려나간 아까운 실타래"(110쪽) 같은 성장의 한순간이기도 하지만 한편으론 그 여자아이를 '여자'로 호명하는 세상의 횡포와 무관하지 않다. 여자아이의 유년이 명랑하고 경쾌할수록 그녀의 성숙을 기록하는 목소리에는 묘한 슬픔의 정조가 맴돈다. 혓바닥을 넘실거리는 운명의 그늘을 언뜻언뜻 마주 대하기 때문이리라.

자신은 '원하지 않던 딸'이 아니라는 것, 읍내에서 유일하게 선글라스를 끼고 다니는 아버지와 자신은 한패라는 것, '엄마'가 아니라 아버지의 애인인 '문계장'처럼 혹은 '공주'처럼 살겠다는 것, 교장의 아들이 자기만을 좋아한다는 것. 어린 소녀는 여성의 가혹한 운명에 대항하며 이처럼 여러 항목을 내세우고 있지만 엄격한 현실이 부여하는 성적

테두리를 거부하지는 못한다. 그것들은 여성적인 것 혹은 여성의 운명에 관한 굳어버린 관습을 돌파할 만큼 강력한 방패는 아니었던 것이다. 가혹하고 엄연한 현실은 일체의 환상을 불허한다. 현실의 자리에서 보자면 이 여자아이는 여러 명의 동생들을 돌보아야 할 딸부잣집의 맏딸에 불과하다. 그녀의 우상인 아버지는 엄마를 버리고 문계장과 바람을 피우며, 자신만을 특별히 사랑하고 있다고 믿었던 교장의 아들은 발레를 하는 여자애들 전부에게 입을 맞춘다. 이 냉정한 통과의례를 치르며 소녀는 "고통이나 기쁨, 또 슬픔이나 알 수 없는 두려움 같은 것들로부터 엄마와 내가 아직 분리되지 않은 한 몸"(102쪽)임을 깨닫는다. '공주'도 '문계장'도 더이상 자신의 삶의 모델이 될 수 없다는 사실을 자각한 것이다. 닮고 싶지 않았던 '엄마'와 분리되지 않는 자기의 몸뚱이를 내려다보며 여자아이는 자신의 삶이 스스로 원했던 것과는 전혀 다른 방향으로 진행되기도 한다는 것을 받아들인다. 이 자각과 수용의 과정은 '엄마-딸'로 이어지는 새로운 서사의 시작이기도 하다.

한편 「염소를 모는 여자」 「봄 피안」 「남자의 기원」 「새는 언제나 그곳에 있다」 등에서 찾아볼 수 있는, 일상에 일렁이는 권태와 일탈의 기운을 성찰하는 삼십대 중산층 여자들에 관한 이야기 역시 흥미롭다. 엄마처럼 살지 않기를 바랐으나 결국은 엄마의 사막보다 더한 갈증 속에서 살아가게 된 이 딸들의 일상은 "서른 이후 나는 나이를 휘저어버렸다. 나는 아주 늙은 할머니일지도 모르고 작은 여자아이일지도 모르며 아직 처녀아이일 수도 있다. 또 어쩌면 늙은 남자일지도 모른다"(「봄 피안」, 113쪽)라는 고백처럼 일상의 시간으로부터 비껴 서 있다. 이 시간은 그녀들이 선택한 것이 아니기 때문이다. 이 일상에 대항하는 유일한 방법은 다만 '잠'을 자는 것뿐이다. "밤에도 자고 낮에도 빈집의 의자처럼 천으로 얼굴을 덮고"(『염소를 모는 여자』, 10쪽) 잠을 청하는 것만이 그녀들이 이 권태로운 일상에서 도피하는 유일한 길이다. 그러기에 이들에게 '염소를 부탁하는 남자'(「염소를 모는 여자」)나 '피안의 저편에 존재하는 남자'(「봄 피안」), '연어가 돌아온다고 전화를 하는 D'(「남자의 기원」) 등, 남편이 아닌 다른 남자들과의 위태로운 일탈적 사랑은, 모두 이 일상이, 사막이, 꽉 짜인 아파트 단지가, 텔레비전의 아홉시 뉴스가, 수다스러운 이웃집 여자가 만들어내는 삶의 '신기루'라고 할 만하다. 그것들은 곧 '환영(幻影)'이다. 환영은 현존이 아니라 부재의 힘으로 가동된다. 그것은 다만 하나의 기표일 뿐이다. 그것의 내용은 조금도 중요하지 않다. "문제는 전폭적으로 염소(환영)를 받아들이느냐 받아들이지 않느냐"(『염소를 모는 여자』, 34쪽)일 뿐이다. 전폭적인 '수용'의 끝에는 심연과 죽음이 기다리고 있다. 전폭적인 '거부' 이후에는 다시 끝도 없이 펼쳐지는 메마른 일상의 무위가 놓여 있다. 그 어디에도 '길'은 없다. 그러기에 그녀들은 "심연의 저편"과 "심연의 이편"(「봄 피안」, 127쪽) 사이에서 다만 '불행의 매혹'에 몸을 떨 뿐이다. 이러한 삶의 양태가 어찌 자기 내부에서 터져나오는 아우성을, 그리고 길 잃은 자에 대한 자기 연민을 동반하지 않을 수 있을 것인가.

우리는 전경린의 소설을 통해 이제껏 대상화되고 억눌려왔던 여성들의 진면목 깊숙이 잠입해들어간다. 그 동안 그녀들은 잡초 우거진 공터에 내버려진 구식 세탁기처럼, 거꾸로 박힌 시든 배추단처럼, 무시당하고 따돌려져 왔다. 그 무시와 따돌림을 뚫고, 그녀의 소설들은 왜 그토록 그들이 지독한 자기 상실감에 사로잡히지 않으면 안 되었는지, 왜 때때로 초조하게 베란다를 서성이지 않으면 안 되었는지에 관해 들려주고자 한다. 그것은 때로 남자들의 몰이해와 혐오, 공포를 동반하기도 하지만 그 빗금의 바깥으로 가고자 하는 갈망은 더이상 잠재워지지 않는다. 이제까지의 소설의 역사가 사이렌의 노랫소리에 귀를 막고 집으로 귀환하는 '오디세우스'의 이야기에 바쳐져왔다면, 이제부터의 소설은 그 '사이렌'의 입장에서 그녀의 '노랫소리'를 들려주어도 좋으리라.

나아가 무한정한 시간을 단지 '오디세우스'가 돌아오기만을 기다려야 했던 '페넬로페'의 '한숨'에 귀 기울여준다면 소설은 더할 나위 없이 풍성한 서사를 획득할 수 있으리라.

차현숙의 『블루 버터플라이』를 통해 그 노랫소리와 한숨의 무늬를 살펴보자. 차현숙은 1994년 『소설과사상』 겨울호에 「또다른 날의 시작」을 발표한 이래, 그리 오래되지 않은 작가 이력에도 불구하고 이미 나름대로의 자기 세계를 확보하고 있는 작가 가운데 하나다. 주로 30대 기혼녀를 주인공으로 한 그녀의 단편들은 남편과 아내라는 관계가 가정이라는 축소된 공간 속에서 개개인의 정체성에 미치는 영향을 꼼꼼하게 추적해왔다. 특히 「틈입자」 「나비의 꿈, 1995」 등에서 다루어지고 있는 운동권 남편의 허위의식에 대한 신랄한 비판은 허황한 관념이나 이데올로기에 대한 차현숙의 본능적인 경계를 보여주기에 충분하다. 아내와 자식들의 밥그릇보다 노동계급 일반의 밥그릇 챙기기에 더 많은 정열을 기울여왔던 그 남편들은 대개 아내의 절대적인 희생과 생계에 대한 책임을 당당하게 요구한다. 마치 대의를 위해 소의를 희생한다는 투의 이 왜곡된 이상주의는, 때때로 그녀의 소설에서 아내의 정체성을 위협하고 결혼제도를 회의하게 하는 근원으로 제시되기도 한다. 남편의 이상주의가 얼마나 순수한 것인지를 밝히는 데 소요된 지난 연대의 소설과 달리, 그녀의 소설은 '광장'의 서사가 아니라 '밀실'의 서사를 택했고, 그런 만큼 광장의 서사에서는 희생적이고 영웅적이기까지 했던 행위가 밀실의 서사에서는 오히려 가학적이고 파렴치한 것일 수도 있음을 고발하는 데 몰두한다.

차현숙은 기본적으로 남편들의 이 모든 행위를 '이기적인 욕망'으로 규정한다. 그것이 자신의 이데올로기적인 신념에서 나온 희생이든, 자유롭고 싶다는 낭만적인 관념에서 나온 일탈이든, 상품과 광고의 홍수 속에서 길을 잃고 이미지의 노예가 되어버린 탐욕이든 간에, 남편들의 이 모든 행동에는 '자기'를 포기하지 않으려는, 혹은 포기하지 않아도 되는 자들의 아집과 이기가 깃들여 있다는 것이다. 그러기에 타자를 배려하지 않는 탐욕의 칼날은 언제나 아내-여자들의 자아를 갈가리 찢어 놓는 '흉기'로 돌변한다. 두 사람 모두의 욕망을 추구하는 것, 그리하여 서로가 평등해지는 길은 이미 차현숙 소설에서는 도달할 수 없는 꿈이자 냉소의 대상이다. 가정이라는 제도의 균형을 잃지 않으려면 두 사람 중 하나는 포기해야만 한다는 것, 그것을 배우는 것이 결혼생활이라는 것, 이것은 그녀가 결혼제도에 대하여 암암리에 가지고 있는 패배의식이기도 하다.

차현숙은 남편들의 아집이라는 흉기에 찢긴 영혼들에게 '나비'의 날개를 달아주고자 한다. 「나비의 꿈, 1995」「나비, 봄을 만나다」 등은 그 한없이 가녀리고 부드러운 나비의 날개 위에 남자들의 탐욕에 의해 훼손된 여자들의 상처와 그것을 극복하고 본래적인 자기로 되돌아가고 싶어하는 회귀 욕망을 아로새기며 그들의 상처를 위무한다. 그리고, 이제 『블루 버터플라이』다. 자신이 집중해야 할 테마가 무엇인지를 확정지은 작가의 의욕은 단편에서 순간적으로 출몰하는 나비 이미지만으로는 만족할 수 없었을 것이다. 이 소설은 단편에서 못다 한 보다 디테일한 사실들을 중심으로 결혼한 여성의 남루한 일상을 재구성하고자 한다. 그러나, 결론적으로 말해 작가의 문제의식과 그 의욕에도 불구하고, 이 소설은 그다지 만족스러운 결과를 맺지는 못한 것 같다. 자신이 치료하던 여환자와의 관계가 문제가 되어 아내와 이혼한 정신과 의사 수익을 정점으로 지원-민우, 채희-성호 부부가 한 축에, 다른 한 축에는 수익의 부모, 지원의 부모, 채희의 가족관계가 난마처럼 얽혀 있는 이 소설에서는, 정신과 상담이 주 모티프가 되고 있는 데서도 알 수 있듯이, 어느 한 커플도 소위 정상적인 삶의 모습에 가깝게 묘사되지 않는다. 정상/비정상의 구분 자체가 인위적인 것일 수는 있겠지만, 소설

속 인물들 상호간의 관계가 지나치게 작위적이고 감상적이라는 느낌이 드는 것도 사실이다.

한편, 정신과 상담의 수익과 지원이 새로운 출발을 예감하는 결말 부분은 아무런 전망 없이 다시 길 위에서 새롭게 출발해야 하는 주인공들의 뒷모습을 부각시켜왔던 기존의 차현숙의 단편들과 달리 나름대로 하나의 전망을 제시해보고자 노력한 흔적이 보인다. 그러나 그것은 혹 지나치게 안일한 해결책은 아닌가. 수익과 지원이 "어떠한 투망도 두려워하지 않고 자유롭게 날아다니는"(265쪽) 나비의 거대한 날개를 떠올리며 서로의 앞날을 전망하는 결말은 분명 상징적인 문체와 시적인 수사를 동반하고 있는 인상적인 장면임에 틀림없다. 그러나 그럼에도 불구하고, 아니 그러했기 때문에, 이 소설은 결국 우리 사회의 결혼과 사랑에 관한 어떤 구체적인 진단이나 인식도 보여주지 못한 것과 마찬가지인 것은 아닐까. 결혼은 "사람들 내면 깊숙이 웅크리고 울고 있는 어린 소녀와 소년들"(265쪽)의 눈물을 닦아주고 진정한 어른이 되게 하는 낭만적 동경의 구체적인 현실화일 뿐만 아니라, 여전히 하나의 사회적 제도이자 남녀 사이의 모순된 성적 이해관계의 장이 아닐 수 없다. 차현숙의 문학적 출발점 역시 그러한 이상(理想)이 현실이 되지 못한 작금의 상황이었다. 문제는 현실의 결혼제도 속에서 그 감미로운 위로와 두려움 없는 자유를 어떻게 성취할 수 있을까 하는 것일 터이다.

『블루 버터플라이』는 차현숙이 기왕에 발표했던 단편들에 분명 많은 부분을 빚지고 있는 만큼, 상호 텍스트적인 관계에서 단편과 장편의 소설적 긴밀도나 완성도를 문제삼을 수 있을 것이다. 그럴 때, 이 소설은 차현숙의 밀도 높은 단편들에 비해 다소 안이한 현실 인식과 상투적인 결말에 의존하고 있다는 혐의를 벗을 수 없을 것 같다. 어떤 경우에도 소설은 묘사력을 떠나서 존재할 수 없다. 사실 차현숙 소설의 매력은 툭툭 아무렇지도 않게 내던져지는 구어투의 살아 있는 대사에 있다.

「나비의 꿈, 1995」에서 주인공과 은희가 인사동의 한 카페에서 술을 마시면서 나누는 대화를 상기해보라. 여기에는 아주 날것으로 요동치는 '서른 살 먹은 여자' 들의 적나라한 모습이 숨어 있었다. 『블루 버터플라이』에서도 가장 실감나는 대사는 불륜관계에서 성적 만족을 얻고 있는 타락한 유부녀 미영과 지원이 나누는 대사다. 이 순간 차현숙 소설의 주인공들은 현실감을 얻고 살아 움직이는 것 같다. 차현숙은 자신이 가장 잘 할 수 있는 부분에 대해 확신을 가져도 좋다. 그 살아 움직이는 구체적이고 리얼한 대사를 다시 들어볼 수는 없을 것인가. 오늘날 우리 사회의 결혼제도 속에서 서로 상처 입힐 수밖에 없는 부부관계에 대한 조망이 소설적 성숙미를 획득하기 위해서는, '여성' 의 내면 깊숙이 들어가 있는 여성 작가의 시선이 다시 타자인 남성의 경험이나 사회적 제도를 향해 열리는 것도 필요하다. 자본주의의 현대성 아래 놓여 있는 결혼과 사랑은 단순한 감정의 유희, 또는 억눌린 한쪽 성의 자기 연민의 대상에 그칠 수 없기 때문이다.

4.『모노가미의 새 얼굴』: 황혼기의 가부장제, 그 인류학적인 모험

김원우의 『모노가미의 새 얼굴』은, 이미 제목에서도 암시되듯, 제도로서의 결혼에 대한 꼼꼼한 임상 보고서라고 할 만하다. 인류가 모노가미(monogamy), 즉 일부일처제의 울타리 속에서 살아가기 시작한 것은 저 장구한 인류사에 비추어보아도, 그리고 아직도 그렇게 성긴 울타리로 재단되지 않는 다양한 인간 군상들의 삶의 양태에 비추어보아도, 그리 오래되었다고 할 수는 없다. 그러나 그 길지 않은 세월 동안 제도로서의 일부일처제는 이미 우리에게 너무도 익숙한 현대성의 한 양상으로 자리잡게 되었다. 오늘날 우리가 수세식 화장실을, 콘돔을, 브래지어를 더이상 낯설어하지 않는 것과 마찬가지로, 일부일처제는 그것이 존재한다는 그 사실마저 의식할 수 없는 초역사적인 관습의 하나로 자리잡고 있다. 그것은 삶의 매순간순간에 개입하여 우리의 움직임과 사유를 규정하고 있지만, 우리는 그것의 존재를 망각하고 살아간다. 마치 공기처럼. 그런 의미에서 드넓은 우주라는 공간을 상정할 때에야 비로소 공기의 존재를 인식할 수 있는 것처럼, 우리가 일부일처제를 새롭게 바라보기 위해서는 꼭 그만큼의 까마득한 거리감각, 공간감각이 있어야 하는지도 모르겠다.

이 녹록치 않은 대상을 상대로 한 김원우의 소설적 모험은, 그러나 오히려 이와는 반대의 방향으로 나아가고 있다. 그는 대상으로부터 더 멀리, 더 넓게 떠나는 것이 아니라 대상 속으로 더 가까이, 더 좁게 밀착해들어간다. 이 작업의 정밀도는 자연과학자들의 진공 속 실험에 비길 수 있을 것이다.『모노가미의 새 얼굴』은 20세기 대한민국의 수도 서울의 한복판에서 살아가는 사십대 중산층 남자 최정완의 결혼과 삶의 양태에 편집광적으로 집착한다. 대상에 대한 해부학적 정밀도는 김원우 소설의 특장이기도 하다. 일찍이『짐승의 시간』(민음사, 1986)이나「방황하는 내국인」(『아득한 나날』, 현대소설사, 1991)을 통해 유감없이 발휘된 바 있는 이 작가의 일상적인 세목에 대한 고집스러운 집착은, 과연 자연주의적 해부정신의 압권이라고 할 만하다. 헛된 감상이나 관념을 조금도 용납하지 않는 이 리얼리즘의 정신은 때로 한 시대의 단면을 날카롭게 도려내어 일상의 파편 곳곳에 박혀 있는 시대의 무늬를 살려내는 데 성공하기도 했다.

『모노가미의 새 얼굴』은 그 동안 김원우가 수행해온 이 작업의 성과를 고스란히 집약하고 있는 소설이다. 이 소설에는 한편에서는 88올림픽을 전후한 우리 사회의 '부황기'와 하루가 멀다 하고 돌변하는 일상의 풍경들에 대한 당대의 '벽화 그리기'가 진행되고, 다른 한편에서는 인류가 살아 있는 한 어떠한 형식으로든 자기 변신을 이루어나갈 결혼 제도에 관한 인류학적 모험이 씨줄과 날줄처럼 얽혀 있다. 우리는 이 소설을 통해 최근 두드러지게 드러났던 작가의 소설에 대한 지나친 자의식이 조금 완화되면서 우리 삶의 구석구석을 예리하게 바라보는 작가의 성숙한 혜안을 감지할 수 있다. 염상섭과 채만식을 잇는 우리 소설의 정통적 계보에 가장 밀접하게 닿아 있다고 여겨지는 김원우 소설의 이러한 측면은 환영할 만한 일이 아닐 수 없다. 지금 우리 문학은 혹시 말의 진정한 의미 그대로 '어른'이 부재한 상태는 아닌가. 한 페이지를 빼곡하게 채우고 있는, 너무 치밀해서 때로 숨이 막힐 정도로 답답하기까지 한 그의 문체는 실로 오랜만에 맛보는 언어의 용광로라고 할 만하다.

잠시, 『모노가미의 새 얼굴』의 화자인 최정완의 입을 빌려 작가의 자기 소설에 대한 변명을 들어보는 것도 나쁘지 않을 것이다. 딸 둘을 둔 별거남인 사십대의 건축가 최정완이 자신의 집 짓기(김원우의 소설쓰기)에 대해 내뱉고 있는 대목. "이제는 까무룩하게 사라져간 한낱 꿈에 불과하지만 나는 한때 복도가 길고, 천장이 높으며, 계단폭이 넓은 집을 짓고 싶었다. 내 머릿속의 그 '고전적인 집'은 사람의 육체적인 일상 활동을 아주 불편하게 만들지 몰라도 그 속에서 생활하는 사람들끼리의 정신적인 교감은 최대한도로 증폭시키는, 그런 일종의 '영혼의 울림이 있는 곳간'이기는 할 것이었다. 요즘 내가 수주하여 도면 위에 짓는 집은 한때 내 머릿속에서 영글던 그런 구조물과는 거리가 멀다. 복도는 아예 없애고, 천장은 한껏 눌러대고, 계단 따위는 우그러뜨려 옥외로 들어내주기를 건축주들은 바란다. 그래서 나는 제도판 앞에서는 언제나 '잃어버린 꿈'을 좇는 멍청이가 되고, 그때 피우는 담배 맛이 제일 좋다."(상권, 18쪽)

일견 건축주의 횡포에 의해 자신의 의도대로 집을 짓지 못하고 있다는 자조적인 비판으로 들리는 이 말은 자본이 횡행하는 시대의 집 짓기란 '고전적'이고 '영혼의 울림이 있는' 곳간과는 거리가 먼 것임을 스스로 천명하는 탄식이기도 하다. 요컨대 김원우에게는 이 부황한 현실 속에서의 소설쓰기가 점차적으로 복도를 없애고, 천장을 눌러대고, 계단을 우그러뜨린, 그런 집 짓기와 같은 것으로 변모하는 것으로 보이는 것이다. 인간적인 품격이 깃들여 있는 집 대신 속이 뻔히 들여다보이는 집장사의 날림집이 횡행하는 건축계의 현황은 문학계라고 해서 다르지 않다. 삶의 허위성을 견제하는 작가의 냉정한 눈매가 남녀가 만나 사랑하고 결혼하는 아름다운 미풍양속에 대해서도 한 점의 여유도 두지 않은 채 다소 강퍅하다 싶을 정도로 빡빡하게 진행되는 것은 바로 그 때문이다. 『모노가미의 새 얼굴』에는 우리가 익히 알고 있는, 혹은 굳이 스스로를 기만하면서까지 믿으려고 애쓰는 사랑과 결혼에 대한 아름다운 환상이 조금도 없다. 아쉬울 정도로, 섬뜩할 정도로, 그는 아름답고 낭만적인 환상들을 짓누르고 우그러뜨린다. 그리하여 그것들이 가동되는 시스템의 저 밑바닥으로 내려간다. 그리고 음울하게 내뱉는다. 우리 시대의 결혼, 혹은 일부일처제는 '돈'이 움직여가는 타락한 인간관계에 불과하다고, 그것은 돈의 행방을 둘러싼 일종의 '게임'이라고.

최정완을 중심으로 그가 조우하는 군상들, 적어도 우리 사회에서 사십대에 이른 가장에 의해 지탱되는 가정은 이 명제를 실증하는 '진공의 실험실'이다. 우선, 최정완과 대비되면서도 그와 공유하는 부분이 적지 않은 그의 친구 정순달의 경우를 보자. 결혼-별거-이혼-재혼에 이르는 정순달과 손신지의 결혼생활은 결국 처가를 상대로 한 송사(訟事)로 이어지는데, 여기에는 이미 두 내외 사이를 떠난 시가의 안사돈과 처가의 바깥사돈끼리의 체면전, 신경전, 대리전, 경제전이 개입되어 있다. 말하자면, 일찍이 금융계에 투신하여 시중 은행의 행장까지 지낸 정순달의 가계와 동대문시장 주변에서 한약종상으로 일약 졸부가 된 처가

418

의 이력을 밑바탕으로, 다소 허랑하고 낙천적인 기질 탓에 한 가지 직업에 매진하지 못하고 이런저런 일에 휘둘리는 정순달의 경제적 무능과 그의 처 손신지의 처녀성에 대한 의심으로 말미암은 부부사이의 의혹이 표면에 부상하여, 결국은 33평 아파트를 둘러싼 장인-정순달 간의 재판건이 불거져나오게 된 셈이다. 화자의 주석적 축약에 의해 이야기가 제시되는 정순달의 경우는 그 내용의 심각성에도 불구하고 다소 익살스럽게 그려져 있어 과장된 풍자의 대상으로 여겨지는 것도 사실이다. 그러나 이 경우에도 부부사이를 둘러싸고 있는 것은 사람이 아니라 '돈'이라는 인식은 변함없이 내포되어 있다.

그러면 최정완의 경우는 어떠한가. 꼼꼼하고 무뚝뚝하되 가장으로서의 자신의 임무와 권리를 다하고 투철한 직업정신을 소유하고 있는 그의 결혼생활이 현실에서 조금은 일탈된 측면을 지니고 있는 정순달의 경우와 같을 수는 없을 것이다. 그러나 돈을 둘러싼 탐욕이 횡행한다는 점에서는 둘 사이에는 별다른 차이가 없다. 다만 차이가 있다면 최정완의 결혼은 "처가에 의해 휘둘리는" 과정의 연속으로 그려져 있다는 것뿐이다. 반지하 전셋방을 벗어나 자기 소유의 '집'을 사는 과정에서 불거지는 처가의 권력은 한편으로는 장인의 무소불위의 경제력을 과시하고 다른 한편으로는 남자 다루기에 이골이 난 장모의 극성스런 사위 돌보기와 딸 살림 챙기기로 나타난다. 이 과정을 번연히 두 눈을 뜨고 지켜보며, 최정완은 "연이어 터뜨리는 긴급조치라는 공갈 협박에 주눅이 들어 이불 속에서 고함이나 쳐대는 유신체제 아래에서의 뭇 장삼이사들처럼" 자신도 "알게 모르게 아내의 체취에, 처가에서 끼얹는 구린 돈 냄새 속에 파묻혀"(상권, 136쪽) 내면적 균열을 덮어간다. 그리고는 처가의 속박으로부터의 일탈과 해방을 꿈꾸며 '돈벌이'와 '계집질'에 탐닉한다. 전자가 그의 직업적 성공과정, 즉 직원 여러 명을 거느린 건축사무소를 갖는 과정이라면, 후자는 한때 그의 직장동료였던 미스 구와의 불륜이다. 그러기에 그의 결혼생활은 정순달 못지않은, 아니 오히려 더 기만적이고 정교한 "서로가 속고 속이며 다람쥐 쳇바퀴 돌듯 살아가는 게임"(상권, 106쪽)이라고 할 수 있다.

『모노가미의 새 얼굴』은 최정완의 처가 벌이는 '도박'과 '불륜'으로 이러한 허위적인 안정에 불현듯 금이 가는 순간을 포착한다. 처가의 '구린 돈'으로 점점 평수를 늘리고 재산을 증식시켜나가던 그의 처는 남아도는 시간과 정력을 주체하지 못한 채 파행적인 행각을 벌이기에 이르고, 그로 말미암아 최정완과 별거에 들어간다. 비로소 결혼은 깨지고 상처만이 남는다. 흥미로운 것은 이 욕망의 확산과정이 처와 처가로 대변되는 탐욕에서 비롯되었다는 해석이다. 김원우에 따르면 1988년을 전후한 우리 사회의 탈선과 탐욕에 대한 이상 비대 현상은 우리 사회의 윤리적 불감증을 형성한 하나의 매듭이다. 그의 소설은 이 욕망의 이상 증식과정에 대한 적나라한 보고서를 작성하는 데 그 의도가 있다고 여겨질 정도로 이 과정을 두 권 분량의 길이로 꼼꼼하게 묘사하고 있다. 이 과정에서 나타나는 몇 가지 두드러진 특징들을 살펴보자.

우선, 김원우의 소설적 습벽과 관련된 문제. 이 소설에는 메모광이자 구체적인 실증적 자료에 대한 작가의 편집적 애호가 확연히 드러나는데, '수치 따지기'가 그것이다. 특히 최정완의 치부과정에 사용된 돈의 액수를 명확하게 공개하고 있는 장면은 과연 김원우답다는 생각이 들 정도로 치밀하기 이를 데 없다. 이를테면, 아파트 월세(보증금 오백만원에 월세 오십만원), 서울 강남 소재 단층 슬라브집 매입금(그 집 전세금 백오십만원과 은행 담보 백만원을 떠안고 단돈 오십만원에 구입), 이 년 후의 매각금(매수가의 두 배) 등등 이 소설의 어느 부분에서도 돈의 '액수'가 구체적으로 거론되지 않는 경우는 드물다. 구체적인 돈의 행방에 의해 우리 사회의 '부황기'가 명확한 데이터로 재현된다. 이 처절하게 '성찰'된 실증주의의 파편들! 돈이 우리 사회의 풍속과 제도를 이끌어간다는 사실이 이보다 더 지겹게 반복해서 각인되는 경우는 없을 것이다. 그런 의미에서 최정완의 장모가 내뱉는 "기집년은 아무리 지 잘났다고 떠들어봐도 한때뿐이야. 돈 보고 살고 서방 보고 살아야지. 별 뾰족한 수가 있나"(하권, 200쪽)라는 말은 우리 사회의 평균적인 인식의 수준을 드러내는 섬뜩한 발언이 아닐 수 없다.

다음은, '여자'를 욕망의 덩어리로 바라보는 '가부장적' 인식. 명시적이지는 않지만 이 소설은 우리 사회의 결혼제도에 빨간불을 켜게 한 것은 기본적으로 여자, 특히 중상류층의 유한 마담에 그 일차적인 책임이 있다고 이야기한다. 김원우는 돈과 자식들을 무기로 가부장을 깔아뭉개며 그들의 권한을 대행하는 오늘날의 '아내'들을 한창 일할 나이의 사십대 남자들을 바지저고리로 만들면서 그들을 가정과 일로부터 겉돌게 만들고, 심지어 삶에 대한 성취동기마저 상실하게 하는 결정적 원인으로 지목한다. 이러한 인식은 오늘날의 우리 가족제도를 '일종의 변형된 모계사회'(상권, 79쪽)로 바라보는 데 이르러서 극에 달한다. 한밤중 고속도로에서 만난 고급 공무원의 아내인 '실크스타킹'이나 최정완의 처, 그리고 무엇보다도 장모로 상징되는 이 '비대한 모권'은 작가가 보기에 탐욕의 증식과정과 무관하지 않다.

그러나 오늘날 우리 사회의 여자들이란 과연 그릇된 욕망의 추수자에 불과한 것일까. 아직도 욕망의 증식은커녕 기본적인 욕망마저 억압당하고 있는 중하층 여성들의 욕망 미달 상태나, 자각된 여성성을 미처 따라가지 못하는 우리 사회의 완고한 제도적 규제를 생각하면, 작가가 이야기하고 있는 유한 마담, 혹은 아내에 의한 가정 내의 금권력의 장악이라는 것은 지나치게 한쪽 면으로만 부풀려진 현실이라고 하지 않을 수 없다. 수많은 최정완의 아내와 장모들에게 '돈'과 '남편'이 아니면 이 험한 세상을 방어해나갈 수 없다는 생존욕망을 불어넣어준 것은 무엇인가. 그녀들이야말로 사회의 공적인 부분으로부터 소외당한 여성들의 사적인 욕망에 관한 방어적 편집증을 극명하게 보여준다. 생존의 위기에 내몰리는 주변적인 존재들이 자신의 개인적인 삶에 대해 갖는 본능적인 보호욕은 늘 탐욕의 형태로 발현될 가능성을 내포한다. 최정완의 장모의 '수완'이라는 것도 결국은 그것이 아니면 살아남을 수 없는 이 가부장제가 역설적으로 강요하고 있는 생활력, 그 생존본능의 극단치는 아닐 것인가. 그렇다면 이처럼 생활력이 잉여를 낳고 그 잉여가 새롭게 우리 사회의 천박한 욕망을 확대 증식시키는 과정은 유독 '여자'들만의 책임은 아닐 것이다. 그것은 그 '여자'들을 '여성'으로 호명하고 생산해내는 사회문화적 이데올로기, 즉 그 가부장적 인식에 그 문제점을 되돌릴 수 있을 것이다.

김원우의 『모노가미의 새 얼굴』은 군산의 미두시장을 배경으로 식민지 중산층의 욕망과 몰락을 유장하고도 섬뜩하게 그려낸 채만식의 『탁류』에 비견될 만하다. 이 소설은 분명 풍요와 평화와 안정으로 과대포장된 우리 사회의 이면에 존재하는 갈등과 추악함과 풍속의 해체를 해부하는 데 성공한 작품임에는 틀림없다. 그러나 우리는 이 소설을 통해 가부장제의 황혼기에 처한 남편들의 삶에 대한 위기의식을 엿볼 수도 있다. 그들이 이제 더이상 일부일처제라는 허울은 의미가 없다고 주장하는 것은 혹시 다른 형태의 대안을 제시하거나, 이 제도의 모순에 반기를 들어서가 아니라, 오늘날 우리 사회에 현존하는 결혼제도, 특히 '변형된 모계사회화'라고 지칭되는 '여자들'에 대한 형언할 수 없는 두려움과 염증 때문은 아닌가. 이 공포와 염증은 새롭게 자각된 성적 정체성을 실현시켜보고자 하는 여자들을 향할 때도 마찬가지다. 오늘날 횡행하는 비대한 욕망의 모권과 페미니즘을 동일시하며 여자들 일반에 관해 공연한 터부를 일삼는 것은 우리의 일상생활에 진주해온 이 현대성의 난제를 해결하는 데 전혀 도움이 되지 않는다. 김원우가 '욕망을 줄여가며' 매달렸던 이 거대한 한 시대의 벽화가 지난 시대로의 회귀를 주장하는 일군의 담론과 구별되기 위해서는 여기에 대한 명쾌한 답변이 뒤따라야 할 것이다. 우리 소설이 자각된 성적 정체성과 결혼제도의 문제를 동시에 밀고 나갈 수 있을 때, 그리고 그것에 관한 새로운 대안을 모색할 수 있을 때, 우리의 존재를 휘감고 있는 저 악마적 현대성은 비로소 자신의 맨얼굴을 조금이나마 드러내게 될 것이다. '정신적 동물의 왕국'에서 인간답게 산다는 것, 사랑하고 결혼한다는 것은 결국 이러한 두 가지 층위에 공히 걸려 있는 문제이기 때문이다.

(1996)

추억은 무엇으로 단련되는가

진창은 아무리 더러운 진창이라도 좋다.
나에게 놋주발보다도 더 쨍쨍 울리는 追憶이
있는 한 人間은 영원하고 사랑도 그렇다.
— 金洙暎,「巨大한 뿌리」

1. 미래로 향한 향수

먹고살 만하게 되자 문득 지난 시절의 신산하고 고단했던 삶에 대한 형언할 수 없는 향수(nostalgia)가 샘솟는다. 세기의 시작에 대한 되새김질부터 영화, 광고, TV드라마의 복고 애호까지 우리 시대의 '향수 애호증'은 그 영향을 미치지 않는 데가 없다. 첨단의 디지털문화가 아이러니컬하게도 아날로그적 잔재를 불러모으는 것이다. 분명, 늘 내일이 어떻게 될지 모르는 불안과 격변의 시대를 살아야 했던 우리에게 이 향수는 그리 익숙한 정서가 아니다. 우리의 절체절명의 과제는 언제나 살아남아야 한다는 것, 바로 그것이었다. 성장과 진보의 신화는 우리의 사유와 생활방식, 그리고 욕망을 규정짓는 가장 강력한 동력이었다. 과거를 되돌아본다는 것은 이 도도한 흐름에 역행하는 행위에 지나지 않는다. 비록 우리의 현 조건이 권력의 미시적인 통제와 자본의 교묘한 위장을 숨기고 있다 하더라도, 오늘의 무사안일과 욕망의 포화상태는 상당부분 이 비천한 신화에 힘입은 바 없지 않기 때문이다. 그러나 이

424

신화에 대한 과도한 추구가 우리 삶으로부터 근원적인 그 어떤 것을 박탈하고 있는 것도 사실이다. 일회적인 그 어떤 것, 돌이킬 수 없는 경험의 진정성은 문명의 적나라한 요구 속에서 길을 잃는다. 문명은 인간으로부터 점차적으로 개인성의 흔적을 지워내고 그 자리를 복제품으로 대체하는 데 주력한다. 오늘 우리에게 만연한 과거에 대한 느닷없는 소환은 문명이 망각하고 소멸시킨 그것의 그림자를 복원시키려는 움직임에 다름아니다.

90년대 문학 역시 마찬가지다. 7, 80년대의 문학에 내재해 있던 저 생동하던 힘과 투쟁의 서사, 지사적인 계몽에의 열정을 알지 못하는 90년대 문학은 추억에 의지해 스스로의 정당성을 유지하려는 경향이 없지 않다. 사회적 근대화 과정과 궤를 같이해온 80년대 문학이, 오랜 시간 우리 문학을 지배해온 동양적 초월주의를 극복하고 구체적인 현실과 그 속에서 살아 생동하는 인간들간의 사회적 관계를 부각시키며 문학의 정치적인 기능을 강조해왔음은 주지의 사실이다. 그러나 이제 곳곳에서 종말의 서사가 들려온다. 우리 시대의 문학은 더이상 저 운명애의 질기디질긴 인연의 사슬도, 저 극단적인 정치와 혁명의 열정도 모두 선택할 수 없게 되어버렸다. 이 딜레마에 직면한 문학이 선택한 화두 가운데 하나가 '추억'으로의 복귀다. 미래의 문학은 과거를 향한 좁디좁은 문을 통해서 순간적으로 들어왔다가 사라진다는 것, 문학적 노스탤지어가 말하는 바는 바로 그것이다.

이 움직임이 첨단의 문명적 효과에 기댄 각종 테크놀로지 문학과 시장에서 살아남은 몇몇 대중문학 장르들과의 경쟁에서 스스로의 자리를 유지할 수 있을지는 의문이다. 사정은 그리 밝은 편이 아니다. 시장을 장악하고 있는 것은 이미 첨단 장르로 무장한 각종 대중문학이 유포시킨 환각들이다. 이들은 한없이 정치에 가까워지려고 했던 지난 7, 80년대의 문학을 계승함과 동시에 그것이 제거해버렸던 과거 예술의 숭고한 판타지를 전유해버렸다. 이제 신성에 대한 '유사 노스탤지어'가 도처에 만연하다. 우리 시대 문학의 노스탤지어는 이 이중 구속과 경쟁해야만 한다. 그것은 숭고한 판타지를 경계함과 동시에 그 판타지에 대한 동경을 버리지 않아야 한다. 과거의 내밀한 기억에 기대 시간의 과도한 폭력을 잠시 잊고자 하는 것, 어디에서 와서 어디로 가는지 알 수 없는 존재의 불안을 잠시나마 덜고자 하는 것, 그리하여 그 순간적인 광휘 속에서 떠나온 고향을 재확인하고자 하는 것, 우리 시대 소설 속에 재현되고 있는 추억은 낭만적 동경의 다른 이름이라고 할 만하다.

김소진의 『자전거 도둑』(강, 1996), 윤대녕의 『추억의 아주 먼 곳』(문학동네, 1996), 이순원의 『수색, 그 물빛 무늬』(민음사, 1996)를 통해 우리 시대가 선택한 추억의 형식과 내용을 살펴보자. 그것이 단순한 복고취향이나 대중적 향수가 아니라 미래를 향한 소설적 모험의 한 양상이라면, 그들의 추억은 소설장르의 규칙과 우리 시대 예술이 처한 상황 사이의 길항관계를 보여주지 않으면 안 될 것이다. 이 연금술에 의해 우리 시대 소설의 향수에 관한 아이러니는 그 강도를 드러낼 수 있을 것이다. 그리고 바로 그때만이 그 소설들이 미래로 가는 길을 가리킬 수 있을 것이다.

2. 『자전거 도둑』 : 고래 뱃속에서 보낸 한 철

김소진 문학은 불온하다. 이미 일상적인 담화의 영역에서조차 거의 사라져가고 있는 고유어를 누구보다도 열심히 다듬어내고, 이제는 한물간 유행가쯤으로 치부되는 리얼리즘에 매달리면서, '소설은 세계관이다'라고 외치는 이 작가를 향해 감히 불온을 이야기하는 것은 적절한 지적이 아닐 수도 있다. 표면적으로 그의 문학은 우리 소설의 정통적인 계보를 그대로 계승하고 있는 것처럼 보인다. 그러나 그럼에도 불구하고 이미 이전 소설과의 연속성을 강조하는 그의 목소리에는 과거의 영광과 신화를 의심하는 회의가 깃들여 있는 것도 사실이다. 이 아이러니가 그를 '불온한 적자'로 만들며 선배 소설과의 근친관계를 위협한다. 그는 마치 임금님의 비밀을 알아버린 이발사처럼 "아버지는 개홀레꾼"이라고 "오늘도 밤늦도록 개들이 짖었"(「개홀레꾼」)다고 고래고래 소리를 지른다.

'아비는 개홀레꾼'이라는 이 명제는 그 자체만 두고 보자면 한 소설가를 둘러싸고 있는 정신적 외상의 자장을 드러내는 것에 불과하다고 할 수 있다. 그러나 소설가가 이 명제를 자신의 소설을 추동하는 근본적인 동력으로 가동시킨다면 사정은 달라진다. 자신의 아버지는 "숙명의 종도, 그리고 권력 투쟁에서 패배한 남로당"도 아니라는 것, 그렇다고 그 대립항인 '악덕 자본가' '군바리'도 아니라는 것, 말하자면 테제도 안티 테제도 아닌, 그저 "하릴없이 암내나는 개 목에 낡아빠진 개줄을 걸고 다니며 상대 수캐를 고르고 한적한 돌산 같은 데 올라가 홀레를 붙여주는 일을 보람차게 수행한"(「개홀레꾼」) 사람에 불과하다고 외치는 이 목소리에는 우리의 소설사를 일거에 뛰어넘으려는 불온한 기획이 숨어 있다. 이 기획에 따르면 소설은 테제나 안티 테제로 성립하는 것이 아니다. 그것은 그 테제와 안티 테제 모두가 외면한 무수한 '개홀레꾼'들의 남루한 역사일 뿐이다. 기존의 문학에 깃들여 있는 성(聖)스러운 외경의 대상을 단숨에 세속화시켜버리는 이 신성모독의 목소리는 소설장르가 생래적으로 지니고 있는 가면 박탈의 정신을 환기시키며 우리 소설사를 수정하고 새로운 방향으로 물꼬를 튼다.

『자전거 도둑』은 이 불온한 적자 김소진 문학의 시금석이라고 할 만하다. 이 소설집은 겉으로 보아 『열린 사회와 그 적들』(솔, 1993)에서부터 『고아떤 뺑덕어멈』(솔, 1995)을 거쳐 『장석조네 사람들』(고려원, 1995)

로 이어져오는 그의 전작들의 문제의식을 반복 재생산해내고 있는 듯이 보인다. 우선, 아버지에 대한 추억을 통해 아버지라는 이름의 의미를 되짚어보는 김소진 문학의 저류는 표제작 「자전거 도둑」과 「아버지의 자리」 「원생 생물 학습도감」 「길」 등을 통해 비교적 그 원형질이 잘 보존되어 있는 편이고, 「열린 사회와 그 적들」에서 시작되어 연작 장편 『장석조네 사람들』에서 만개한 기층 민중의 삶에 대한 연민과 그들 삶의 명랑성에 대한 애정 역시 「첫눈」이나 「문산행 기차」, 나아가 외국인 노동자의 삶을 문제삼는 「달개비꽃」을 통해 그대로 이어지고 있는 형편이다. 마지막으로 「수습일기」 「처용단장」 그리고 「혁명기념일」 등에서 고통스럽게 때로는 유머러스하게 펼쳐 보인 이념의 문제와 그것을 둘러싼 지식인들의 갈등과 고민 역시 「마라토너」와 「경복여관에서 꿈꾸기」를 통해 여전히 그 맥이 끊기지 않고 있다. 이 세 가지 경향은 김소진 문학의 기둥에 해당하는 만큼 이 소설집에서도 이러한 사실에는 변함이 없다. 체험에서 한 발자국이라도 벗어나면 작품을 쓸 수 없는 작가에게 있어 자신의 한정된 체험에서 기인하는 동일한 소재나 모티프의 답습은 피할 수 없는 일인지도 모른다. 그렇다면 정작 우리가 관심을 기울여야 할 것은 이 닮음꼴들 속에 놓여 있는 각기 다른 맥락과 그 변형상태일 것이다. 이왕에 도식적으로 되어버린 이상 그 틀을 중심으로 그 틀 내의 보다 미세한 변화를 되짚어보자.

첫번째 경향에서 가장 두드러진 변화는 「아버지의 자리」에서 보듯 이제 화자 역시 아버지가 되었다는 사실이다. 한 아이의 아버지가 되어 자신의 아버지를 되돌아본다는 것은 어른의 눈으로 아버지를 보겠다는 의지에 다름아니다. '아버지'는 여전히 곤충들을 씹어먹는 괴벽의 사나이이며, 이웃집 여편네와 바람을 피우는 현장을 아들에게 들키거나(「원생 생물 학습도감」), 아들의 중학교 등록금을 동네의 창부 춘하에게 갖다바치고(「아버지의 자리」) 자신이 훔친 진로 소주를 아들의 죄목으로 뒤집어씌우는(「자전거 도둑」) 무기력한 남자로 그려진다. 그러나 이제 화자 역시 '아버지'가 되어가고 있다. 이제 더이상 "아버지, 당신이 내 아버지가 맞는가"(48쪽)라고 외치고 있을 수만은 없다. 「아버지의 자리」의 화자는 다니던 출판사를 그만두고 안방 퉁수가 되어버린다. 어느 날 화자는 유치원에 다니는 딸을 데리러 갔다가 자신을 부끄러워하는 딸의 외면을 받는다. 딸은 아무래도 후줄근하기 이를 데 없는 자신의 아버지를 동무들 앞에 소개시키고 싶지 않았던 것이다. 이 버릇없는 딸과의 화해를 위해 화자는 일부러 딸의 귀가시간에 맞춰 호기롭게 모범택시를 대동해보기도 하지만, 딸은 이렇게 "유치한" 화해의 제스처에도 응답하지 않는다. 이 순간 떠오르는 자신의 아버지에 대한 추억. 중학등록금을 동네 창부에게 갖다바친 아버지 덕분에 일 년을 쉰 다음 가까스로 다시 중학교 추첨번호를 받고 입학식을 얼마 남겨놓지 않은 어느 봄날, '아버지'는 학교 문제로 아비 보기를 뭣같이 하던 화자를 데리고 동네 돌산 둔덕으로 간다. 여전히 시큰둥하게 아비를 바라보는 화자에게 아버지는 "눌린 돼지 머릿고기를 깨소금에 찍어"(54쪽) 먹이고는 졸음에 겨워 하는 화자를 들쳐업고 산을 내려온다. 그때 화자에게 크게 부각되어오던 아버지의 등판! 이 장엄한 아버지의 모습은 모범택시로 딸의 원망을 풀어보려 하는 '나'의 모습과 겹치며 아버지의 자리를 확고하게 부각시키는 역할을 한다.

　확실히 김소진은 『자전거 도둑』에서 이전과는 달리 아버지에 대한 추억을 황금빛으로 물들이고 있다. 화자가 다시 아버지가 될 동안의 세월이 그에게 이제 "생시와 졸음의 사잇길"(54쪽)을 부각시키며 그 사잇길에 접어든 아버지의 등판만을 커다랗게 확대시키고 있는 셈이다. 이제 아버지는 비록 비루한 시정잡배에 불과했을지라도 인간의 내면 깊숙이 자리잡고 있는 마음의 오지에 촉수를 드리울 줄 아는 몇 안 되는 사람 가운데 하나였던 것으로 각인된다. 이 인간적 품격에 대한 인정과 개홀레꾼이라는 위악적 외침 사이에서 분열하는 '아버지'는 작가 김소진의 추억에 대한 미화와 현실 묘파의 산문정신 사이의 불화의 산물이다. 어른이 된다는 것, 더이상 철부지 아들일 수만은 없다는 사실은 아버지 혹은 아버지적인 것에 관한 한 더이상 위악과 냉소만으로 일관할 수 없다는 것을 의미한다. 어른이 되어서 마주하는 세계는 더이상 치기 어린 일면성의 세계가 아니다. 따라서 아버지와의 화해를 통해 아버지의 자리를 새롭게 설정하는 김소진의 추억에 대한 반추는 녹록하지 않은 현실의 미로 속에서 진실의 다양한 얼굴을 추적하고자 하는 작가의 성숙한 시선을 떠올리게 한다.

그러나 다시 원점을 상기하자. 김소진을 김소진답게 만든 것은 바로 '아버지는 개홀레꾼'이라고 외치는 불온함에 깃들여 있었던 것은 아닌가. 이 외침이 과거에 대한 추억 일반에 깃들이게 마련인 황금칠을 벗겨내면서 '위악'으로 가득 찬 현실의 날카로운 단면을 묘파해낼 수 있었던 것 아닌가. 이 '위악'과 '비틀림'의 정신이 일순간 우리 문학의 거대서사를 뒤집으면서 역설적으로 그 거대서사가 지난 연대에 보유하고 있던 진정성을 획득하게 만들었던 것이다. 그러기에 이 외침은 힘겹고 고통스러운 만큼 자의식적이고 다부진 것이기도 했다. 그러나 이제 그는 그 깡마른 긴장을 버리고 현실과 화해하려고 한다. 정녕 아버지의 길이란 화해가 아니고서는 마련될 수 없는 것일까.

그런 점에서 "이 시대에 아내와 불화하기란 참으로 쉬운 일이 아니다"(185쪽)라는 진술로 시작하는 「경복여관에서 꿈꾸기」는 여러모로 의미심장하다. 작가는 이제 이 시대는 '불화'를 불가능하게 한다고 냉소적으로 되뇌인다. 불화를 결심하는 순간 도처에서 화해의 제스처들이 뻗쳐온다. 다소 자학적으로 들리는 이 명제는 자신의 소설에 불어닥친 사태를 눈앞에 둔 작가의 중얼거림 같기도 하다. 아버지와의 화해는 '장석조네'에 세들어 살던 '밥풀떼기들'이나 '지하 생활자들' 같은 무수한 기층 민중에게로 확대되면서 그들의 낙천적인 생활력에 대한 찬가로 이어진다. 그들은 기본적으로 아버지와 진배없는 존재들이다. 이들을 그리는 작가의 시선은 그들의 이중적인 역사적 위치에 대한 냉정한 인식에도 불구하고 기본적으로 아버지에 대한 추억이 환기시키는 따뜻한 환각에서 벗어나지 않는다. 소설집 속의 단편 「첫눈」이나 「길」 등이 그러하고 임철우의 「사평역에서」를 연상시키는 「문산행 기차」 역시 마찬가지다. 따뜻하게 그려지는 이 희망과 화해의 제스처는 우리를 편안하게 다독이기는 하지만, 우리의 정신을 긴장시키고 전율하게 만들지는 못한다.

이렇게 볼 때, 김소진 문학이 추억의 황금빛을 벗겨낼 수 있는 공간은 바로 세번째 경향의 작품들에서라고 할 수 있다. 외견상 이 경향의 작품 「마라토너」나 「경복여관에서 꿈꾸기」가 한때를 풍미했던 '후일담 문학'과 구별되는 것 같지는 않다. 「마라토너」에 나타나는 가짜 그림상 현일채와 '현역' 마라톤 선수(마라톤이라니!) 서준모의 대비는 우리가 90년대 들어 무수한 후일담문학에서 익히 보아왔던 그 대립구도의 반복에 다름아니다. 그러나 이러한 후일담소설들의 대립구도는 이제 그 대비 속에서 절개와 순수의 팔을 들어주는 것만으로는 더이상 지난 연대에 대한 반성에 이르지 못한다는 사실을 역설적으로 입증하고 있는 것도 사실이다. "야구로 치면 희생 플라이"(181쪽)에 해당되는 페이스 메이커라는 상징이 빛을 발하는 것도 바로 이 지점이다. 자신의 세대가 우승 후보자를 위해 초반에 바람을 잡다가 결국은 주저앉고 마는 페이스 메이커에 불과했다는 뼈아픈 각성은 후일담문학의 낭만적 현실 부정을 넘어선다. 이 냉정한 현실 인식으로부터 지난 연대를 향한 소설적 모색이 시작될 수 있을 것이다. 그러나 이러한 인식은 자칫 잘못하면 현실에 대한 화해만큼이나 위태롭기 그지없는 현실에 대한 냉소로 마감되기도 한다. 한 번도 우승해본 적이 없는 서준모의 삶은 좌절한 자의 순수한 아름다움을 부각시키기는 하지만 그 삶이 마련하고 있는 건강한 진정성을 드러내지는 못하는 듯하다.

「경복여관에서 꿈꾸기」는 그런 점에서 흥미롭다. 이 소설은 그럼에도 불구하고 여전히 '꿈꾸기'에 관해서 이야기하고 있기 때문이다. 물론 이 작업에도 김소진 특유의 '세속화 정신'은 여전히 가동된다. 겨울 아침 화자는 은행 대부계에 근무하는 아내의 안정된 출근을 위하여 열심히 자가용을 닦는다. 화자는 점점 더 비루해지고 우스워져서 마침내 일상을 연마하는 구도자의 모습으로 돌변하기까지 한다. 그러기에 이 소설에서 가장 돋보이는 점은 이 지루한 구도의 과정에 대한 다소 풍자적이고 유머러스한 언급이다. 그에 비하면 입시학원의 잘나가는 강사가 되어 "지나간 우리의 삶은 너절했어"라고 말하는 훼절한 운동권 한칠교에 대한 비판은 부차적이기까지 하다.「마라토너」에서, 그리고 허다한 후일담문학에서, 한칠교와 같은 인물들은 이미 작가가 쏘아대는 폭탄에 수차례 사망하지 않았던가. '불온한 적자' 김소진이 승부를 걸 만한 것은, 한때는 운동권이었으되 지금은 소설가, 번역가, 출판 기획자 등의 하릴없는 일자리에서도 밀려나기 일보직전인 화자 '나'의 별볼일 없는 일상과의 고투가 아닐 수 없다. 너절한 것들을 너절하게 늘어놓음으로써, 아비를 개홀레꾼으로 만들어버림으로써, 일순간 추억이 야기하는 광휘를 불러일으키는 것, 바로 그것이야말로 김소진 문학의 장처가 아닐 수 없다.

이 불온한 외침은 화자가 지난 시절 잠시 몸을 의탁한 바 있던 낙성대 주변의 경복여관을 통해 다시금 쩌렁쩌렁 울려나온다. 얼치기 운동권이었던 그 시절 화자는 어찌나 남루하고 외롭고 절망적이었던지 안기부원들에게 끌려가서야 비로소 따뜻한 식사와 잠자리를 제공받는다. 모두가 "똥물을 토하고 나"가는 안기부에서 화자는 "오랜만에 따뜻한 침대에 누인 뒤 처음엔 미음을 주더니 세끼 착실하게 식사를 주문해주"

(224쪽)는 환대를 받고 나온 것이다! 이 삽화를 통해 김소진은 그 어떤 소설도 보여주지 못한 지난 연대의 남루하기 이를 데 없는 이야기를 아주 풍자적으로 들려준다. 여전히 지난 연대의 이념의 순수성만을 고집하는 소설들은 이 삽화를 제외할 것이며 지난 연대의 소설들에 나타나는 위선에만 주목하는 소설들은 이 삽화를 자기 식으로 이용할 것이다. 그러나 김소진은 이 삽화를 통해 저 후일담소설들의 황금빛을 다시금 벗겨냄과 동시에 그 반대쪽 소설들이 놓치고 있는 소설의 오랜 과제, 즉 '꿈꾸기'에 관해서 이야기하는 것을 잊지 않는다. 그 시절 우리를 구원해준 것은 이념도, 열정도 아닌 단지 경복여관의 창녀 미라였던 것이다.

나는 모질게 힘을 썼다. 온 방 안이 진짜 고래 뱃속처럼 축축하고 울렁거리도록. 그리고는 나동그라졌다. 그러자 보드라운 젖가슴이 땀에 젖은 얼굴 위에 얹혀졌다. 나는 의식이 가물가물해졌다.

불러, 불러어예! 귀에 대고 속삭이는 소리가 들렸다. 어, 어무이⋯⋯ 흑흑⋯⋯ 나는 못나게도 가느다란 울음을 터뜨렸다. 숨이 막혔다. 그래 우리 애기야, 또, 또오, 부르거래이! 예, 예숙아! 옹야 참 착하구나. 또, 또오!

나는 까칠한 혓바닥으로 몇 사람의 이름을 더 핥아내다가 잠의 수렁에 덜컥 빠져들었다. 아주 깊고 또 단 잠이었다. 그리고 그 속에서의 잠은 너무도 황홀했다. 캄캄한 통로를 지나 나는 드디어 고래 뱃속을 빠져나오는 데 성공했다.(『자전거 도둑』, 233쪽)

화자는 경복여관의 창녀 미라와 몸을 섞으면서 처음에는 "어머니"를, 두번째는 자신에게 잠자리를 마련해준 여장부 "예숙이"의 이름을 부르면서 그 경복(鯨腹), 고래 뱃속 같은 암흑의 시절을 빠져나온다. 이제의를 치른 다음에는 그토록 부정하기만 했던 아버지가 된다고 해도 두렵지 않을 것이다. 그는 비로소 '성장'을 이야기할 수 있게 된 것이다. 이 뒤늦게 찾아온 성장소설은 자신의 지난 시절을 상대로 한 처절한 싸움에 다름아니다. 그것은 보잘것없고 기억하고 싶지 않은 과거의 추억에 촉수를 뻗는다. 그리고 다른 소설들이 놓친 일상의 삽화들을 꼼꼼하게 복원해내고, 그것들을 그 시절의 풍경화 속으로 밀어넣는다. 이 작업은 지나친 황금 탈색으로 인해 일상의 지리멸렬함에서 헤어나지 못할 수도 있으며 때로 꿈꾸기 자체를 위협할 수도 있다. 무엇보다도 자신 속에 깃들여 있는 지식인의 환상, 그 과대망상을 여전히 처치하기 곤란한 순간도 없지 않을 것이다. 그럴 경우 그것은 다시 아버지나 아버지의 동료들을 포함한 기층 민중에 대한 무한한 애정으로 돌변해버리기도 한다. 이미 「아버지의 자리」에서 우리는 그 변모의 양상을 살펴본 바 있다. 그러나 이 모든 두려움에도 불구하고 김소진 문학이 추억에 대한 '경멸'과 그럼에도 불구한 추억으로의 '꿈꾸기'를 동시에 진행하고 있다는 데에는 이론의 여지가 없다. 신성한 황금빛으로 치장된 추억의 공간을 세속화시킴으로써 보잘것없는 일상을 순간적으로 황금빛으로 변모시키는 김소진의 연금술은 지금 우리 문학의 자양분이라고 하지 않을 수 없다. 『자전거 도둑』은 이 지점을 향한 한 개의 출발점이다.

3. 『추억의 아주 먼 곳』 : 지나가는 여인의 환각

『은어낚시통신』(문학동네, 1994) 이래 윤대녕은 장편소설 『옛날 영화를 보러 갔다』(중앙일보사, 1985)와 또다른 소설집 『남쪽 계단을 보라』(세계사, 1995)를 상자한 바 있지만, 여전히 첫 작품집의 자장에서 자유롭지 못한 감이 있다. 그것은 『은어낚시통신』이 이후의 소설을 규정할 만큼 강렬한 이미지를 남긴 탓이 크다. 이럴 경우 이 사태를 행운이라 해야 할 것인가, 불운이라 해야 할 것인가.

『추억의 아주 먼 곳』(문학동네, 1996)은 이러한 질문에 대한 하나의 답이라고 할 만하다. 흥미로운 것은 그 역시 김소진과 마찬가지로 낯선 세계를 보여주지는 않는다는 점이다. 오히려 '따분한 일상-갑작스런 호출-보물 찾기'로 이어지는 추리소설의 외양뿐만 아니라 촘촘히 박혀 있는 무수한 상징과 이미지들, 존재 증명이라고 해야 할 자아의 정체성 문제 등 이 소설은 그간 그의 단편에서 다양하게 실험되고 이전의 장편을 통해 한 차례 시도된 바 있는 윤대녕 문학의 특장을 그대로 보여준다고 하는 편이 옳을 것이다. 추리소설의 구조는 더욱 치밀해졌고, 상징과 이미지는 한층 단단해졌으며, 진정한 자아를 확인하고자 하는 열망은 좀더 강렬해졌다. 장편임에도 불구하고 소설적 긴장미를 유지해나가는 힘은 단편 못지않다. 시적 비약이 심했던 기존 단편들에서 보였던 소설적 서사의 부족과 첫번째 장편소설의 구조적 미흡이 유기적으로 보완되면서 절묘한 조화를 형성하고 있다는 점도 눈에 띌 만하다.

이 소설을 비롯하여 대개의 윤대녕 문학은 '도시'의 산물이라는 것을 다시 한번 강조할 필요가 있다. 물론, 그의 소설에는 현대적인 것과 고대적인 것, 후기 자본주의사회에 대한 매혹과 과거에 대한 향수 등 모든 이질적인 것들이 공존한다. 그러나 무엇보다 우선적으로 그의 소설을 규정하는 것은 현대성의 산물인 '도시'다. 특히 '서울'의 구체적인 문화 공간들, 예컨대 특이한 이름들의 카페나 미아리, 황학동, 사당동 등의 고유한 지명들이 환기시키는 익숙함 속의 낯설음은 윤대녕 소설과 도시와의 연관성을 부인할 수 없는 하나의 기호라고 할 수 있다. 서울이라는 메트로폴리스와 그 속에서의 도회적인 일상이 전제되지 않는다면 그의 소설에 나타나는 느닷없는 환각은 그야말로 무의미한 일탈로 떨어지고 만다.

여느 날과 마찬가지로 나는 출근버스에서 내려 회사 건물이 마주 보이는 횡단보도 앞에 서 있었다. 손목시계는 여덟시 오십분을 가리키고 있었고 한 차례 진눈깨비라도 뿌리려는지 빌딩 숲 사이로 두터운 회색 구름이 낮게 내려와 있었다. 보행 신호를 기다리는 사람들의 얼굴은 진열장 속의 밀랍인형처럼 굳어 있었다.(『추억의 아주 먼 곳』, 10쪽)

횡단보도를 건너 회사로 가려던 소설의 주인공 김동고가 느닷없이 한 여자와 어깨를 부딪치기 직전의 상황을 묘사하고 있는 이 장면은 기실 모든 윤대녕 소설의 밑그림이자 출발점이라고 할 만하다. 출근버스나 지하철에 실려와 신호등을 바라보며 횡단보도 앞에 무리지어 서 있는 풍경을 알지 못한다면, 여느 날과 마찬가지로 또다시 오늘 하루가 시작되는 도시적 삶의 일상과 그것이 부여하는 권태에 시달려보지 않았다면, 윤대녕의 소설은 단지 아무런 의미연관 없는 풍경의 나열에 불과한 것으로 보일 것이다. 그러나 그에게 있어 도시는 이미 '숙명'의 차원이다. 그것은 우리의 호오와 상관없이 이미 우리 삶을 대표하는 표상이 되어버렸다. 수세기에 걸쳐 점진적으로 우리 삶에 진주해온 이 도시성은 더이상 취사선택의 것이 아니다. 그것은 이제 대부분의 현대인들에게 다만 감수하지 않을 수 없는 그 무엇이기도 하다. 이 일상의 덫 속에서 윤대녕이 채택하고 있는 최고의 삶의 형식은 '동자승으로 살아가기'다.「지나가는 자의 초상」의 '도서관 사서'는 이 대표적인 유형이다. "퇴근하면 곧장 집으로 돌아와서는 식사를 하고 음악을 듣거나 책을 보면서 저녁시간을 보내고 불면증에 시달리는 일 없이 자정에 잠이 들어 아침 일곱시면 일어나 남들보다 조금 일찍 출근"(『남쪽 계단을 보라』, 91쪽)하는 절제된 정신주의자의 일상은 이 삶의 방식을 가동시키는 기본 동력이다. 자신만의 성을 쌓아놓고 그 속에서 자족한다는 점에서 그것은 일상을 초월한 수도승의 구도를 연상시키지만, 도시 문명이 제공하는 온갖 사회문화적 수혜를 거부하지 않는다는 점에서 그것은 또한 도시적이며 현대적이다. 말하자면, 그의 도시에 대한 태도에는 그것에 대한 혐오와 매혹이 공존하고 있는 것이다. 다른 사람들과의 간절한 통신과 대화를 원하지만 한편으로는 끊임없이 타인의 틈입을 허용하지 않는 그의 소설 속 주인공들의 모순된 태도는 이렇게 볼 때 현대 도시인의 삶에 대한 하나의 알레고리라고 할 수 있다. 현대성의 전제조건은 이 '고독'과 무관하지 않다. 그의 소설에 나타나는 도시적 삶의 우수(憂愁)는 기본적으로 이 아이러니에서 나온 것이다.

　윤대녕의 독자, 혹은 윤대녕을 선택하는 시대는 이 도시적 감수성에서 자유롭지 못하다. 그의 소설을 바라보는 곱지 않은 시선들, 이를테면 그가 지나치게 개인적이고 일면적인 세계 인식만을 보여준다거나 단자들의 고독만 지나치게 강조한다는 비판은 이 감수성에 대한 평가와 밀접하게 관련되어 있다. 그러나 이러한 지적은 윤대녕 문학에 대한 적합한 비판이라고 할 수는 없다. 그가 문제삼는 것은 바로 이 도시에서의 삶에 대한 옹호가 아니라 그것이 초래한 결과물, 즉 도시적 삶의 우수, 바로 그 멜랑콜리일 뿐이기 때문이다. 그러므로 그에게 왜 이 거대한 시스템을 넘어서려는 제스처를 보이지 않느냐고 나무라는 것은 그의 작품에 대한 하나의 입장일 수는 있어도, 그의 소설에 대한 좀더 정치한 비판이라고는 할 수 없다. 윤대녕 소설은 그러한 요구를 넘어서 그것이 일반화된 세계에 속한다. 90년대가 윤대녕을 선택한 것을 보라. 그의 문학은 고독과 타성이 일반화된 이 세계에서 정체성을 유지한다는 것은 무엇인가를 집요하게 파고든다.

　『추억의 아주 먼 곳』 역시 바로 이 지점에서 출발한다. 그것은 이토록 많은 사람과 정보 속에서, 어떠한 만남도 새로울 것이 없는 이 도시에서, 망각을 되살릴 수 있는 존재론적 모험이 어떻게 가능한지를 질문한다. 시원(始原), 최초의 시간으로 돌아가는 것은 그 하나의 방법이다. 사실 우리의 문명이 억압하고 있는 잃어버린 시간으로의 여행은 현대성의 신화에 다름아니다. 현대의 문학과 철학, 그리고 신화학은 바로 그 문제를 가지고 지금까지 끊임없는 고투를 강행해오고 있는 중이다. 윤대녕 역시 그러한 세계들과 그리 멀리 떨어져 있지 않다. 문제는 어떻게 그 시간을 되찾느냐는 것이다. 어린 시절의 과자 향기나 불시에 침범한 광기가 그 세계로 들어가는 입구를 제시해주는 경우도 있다. 누군들, 그리고 어떠한 소설인들 그것이 진정한 소설적 열망에 가득 차 있다면 이 열망으로부터 자유로울 수 있을까. 그것은 오늘날 소설의 존재론적 근거이기도 하다. 문제는 현대는, 도시는, 어떻게, 그 시간을 되살릴 수 있냐는 것이다.

다시 『추억의 아주 먼 곳』으로 돌아가보자. 위에서 인용한 지문에서 보듯 주인공 김동고는 회사로 가는 길목인 횡단보도에서 처음 보는 여자에 의해 일상으로의 진입이 한 템포 늦춰진다. 대개 '느닷없는 호출'이라고 개념화되는 그 어떤 '우연한 마주침'은 그의 소설에서 주로 일상으로부터의 이탈을 감행하는 계기로 작용한다. 청첩장 크기의 하늘색 봉투(「은어낚시통신」)든 옛 친구(『옛날 영화를 보러 갔다』)든 간에 그 느닷없음은 한결같다. 이 갑작스러운 호출에 의한 '충격'이 가장 강렬한 이미지를 획득하고 있는 소설은 아마도 「남쪽 계단을 보라」일 것이다. 아침 출근길(역시 회사로 가는 길!)에 앞서 걸어가고 있던 여자가 전철역 입구에 닿자마자 화자를 힐끗 쳐다본다. 바로 그때, 화자는 "전봇대처럼 꼼짝않고 서서 한동안 그녀를 무연히 마주"(『남쪽 계단을 보라』, 63~64쪽) 본다. 그리고 일상으로부터의 이탈과 과거로의 기나긴 존재론적 탐구가 시작된다. 이는 윤대녕 소설의 기본적인 공식이라고 할 만큼 여타의 소설들에서도 익숙하게 반복되는 과정이 아닐 수 없다. 『추억의 아주 먼 곳』에서도 역시 마찬가지다. 출근길 횡단보도에 서 있던 화자 김동고를 저 잊혀진 추억의 저편으로 이끄는 것은 어깨를 치고 지나가던 한 여자와의 우연한 부딪침이다. 아무런 관련도 없는 타인들 속에서 불현듯 자신의 이미지를 발견하는 것, 이것은 도시의 '길'에 나선 자들이 항용 사로잡히게 마련인 환상 가운데 하나다. 말하자면, 이것은 도시적 백일몽이자 도회적 권태의 비상구다.

거리는 내 주위에 아우성치고 있었다, 귀청도 째어질 듯이,
시름에 잠겨, 장중한 고통에 쌓여, 날씬하고 후리후리한
한 여인이 지나갔다, 화사로운 한쪽 손으로,
꽃무늬로 가를 두른 치맛자락을 치켜 흔들면서,

날렵하고, 고상하게, 彫像 같은 다리를 보이면서,
나는 마셨다, 실성한 사람처럼 몸을 뒤틀며, 그녀의 눈 속에서
태풍 머금은 납빛 하늘,
마음 호리는 다정스러움과 뇌살시키는 쾌락을,

번갯불 한줄기 반짝……그리고선 밤! — 그 눈길이
순식간에 나를 되살려놓고 사라져가버린 미인이여,
영원 속에서밖엔 그대를 다시 못 볼 것인가?

여기서 멀리 떨어진 저승에서밖에는! 너무 늦었다! 아니면 영영
못 만나게 될지!
그대 사라진 곳 내가 모르고, 내가 가는 곳을 그대 모르니,
오, 내 그대 사랑했어야만 했을 터인데, 오, 그대도 그런 줄 알고 있었을 테지![1]

혼잡한 군중들 속에서 우연히 부딪친 미지의 한 여인에게 보내는 보들레르의 연가(戀歌) 「지나가는 여인에게」는 벤야민에 의해 대도시의 황홀감의 정체가 무엇인지를 규명하는 결정적인 화두로 작용한다. 우리를 스쳐 지나간 저 여인은 이 세상에서 다시 만날 기약을 할 수 없다는 점에서만, 우리에게 사랑의 충격으로 다가온다. 그것은 사랑의 예감이 아니라 마지막을 예감하는 자의 파국적 황홀감이라고 할 만하다. 벤야민에 따르면 대도시인들의 사랑을 규정하는 것은 바로 이러한 관능이다. 이는 프루스트의 소설과 슈테판 게오르게의 초기 시에서도 나타나는 일종의 군중 체험에 다름아니다. 익명의 군중으로 대표되는 대도시에서의 삶은 군중 속의 개인들을 매료시킬 '번갯불' 같은 이미지를 제시한다는 것이다. 윤대녕의 소설에서 이 군중 속의 이미지는 대개의 경우 여인들의 이미지와 부합한다. 그의 소설 속의 주인공들은 대도시의 한복판에서 군중 속에 섞여 있는 한 여인으로부터 느닷없는 '충격'을 받고 이로부터 조금씩 일상에서 멀어진다. 일상으로부터의 이탈은 당연히 그 충격의 이미지가 상기시킨 과거의 한순간에 대한 탐색으로 연결되며, 이 탐색을 통해 과거는 다시 현재가 되어 존재를 규정한다.

『추억의 아주 먼 곳』에 나타나는 권문희와 김동고의 만남은 단순히 실종된 여동생 권은화를 찾는 계기에 불과한 것이 아니라 김동고의 현재, 즉 유진과의 건조한 연애(마른안주와 맥주로 일관되는 반복적인 만남, 확인되지 않는 일체감 등)가 마련한 하나의 환상이다. 김동고도 명확하게 의식하지 못했던 도시적 삶의 권태가 길어올린 한 환각적 이미지가 바로 권문희인 것이다. 여기서 권문희가 김동고의 옛날 애인 권은화의 이복언니라든가 권은화가 정체성에 대한 혼란을 느끼다가 실종되었

---

1) 발터 벤야민, 「보들레르의 몇 가지 모티브에 관해서」, 『발터 벤야민의 문예이론』, 반성완 옮김, 민음사, 1983, 134~135쪽에서 재인용.

다든가 하는 것은 한갓 이야기를 위한 트릭에 가깝다. 중요한 것은 군중 속을 지나가는 여인에게서 보들레르가 느꼈던 감정을 김동고가 권문희에게서 느낀다는 것이다. 권문희와의 갑작스런 만남은 김동고가 망각하고 있던 이 년 전을 재생시키는 열쇠다. 그 이 년 전 권은화와의 만남 역시 우연한 부딪침에서 비롯된 것임을 명심하자. 김동고는 그녀를 만남으로써 "추억의 요건을 상실하고 내리 물만 먹고 자란" 공백지대로부터 "조금씩 나에 관한 추억이 시작되"(51쪽)는 점이지대로 옮겨왔다. 그럼에도 불구하고 그는 지금 현재 어느새 권은화를 망각한 삶을 살아가고 있다. 충격에 의존하는 도시의 사랑은 시간이 지날수록 그 효과가 반감되는 성질의 것이 아닐 수 없다. 충격이 사라지면 다시 지루한 삶이 반복된다. 그 순간 그 지루한 삶을 뚫고 다시 환각이 찾아온다. 이 소설 속 권문희(그것은 권문희가 아니어도 좋다. 권은화를 연상시키는 어떤 한 여자와의 우연한 만남이면 된다)는 바로 그러한 종류의 이미지를 지칭하는 기호다. 권문희에 의해 복원된 과거의 시간은 유진에게로 향하던 현재적 시간의 진행을 일순간 무너뜨리며 여러 겹의 과거, 즉 권은화와의 추억—고모와의 동거—아버지와 어머니의 사랑이라는 세가지 축을 동시에 섬멸하는 현재시간(Jetztzeit)으로 되돌려놓는다. 이를 통해 우리는 김동고가 '모성적인 것'에 들려 있는 남자라는 것을 알게 된다. 그는 여전히 아버지를 버리고 아버지의 친구와 함께 집을 나간 어머니에 대한 추억에 사로잡혀 있는 어린아이였던 것이다.

그러나 이 원형질은 날것인 채로가 아니라 늘 이미지의 힘을 빌려서 나타난다. 윤대녕 소설에서 이 이미지는 현대의 다양한 문화적 기호의 형태를 취하는 편이다. 베아트리체 달, 클라우디아 쉬퍼, 투쟁, 필립스 면도기의 남자 등 영화와 광고의 영상이 없이 이것이 직접적으로 현상하는 경우는 없다. 권문희에 대한 김동고의 추억이 가능했던 것도 그녀가 게스 청바지의 모델 클라우디아 쉬퍼를 연상시켰기 때문이다. 이로써 도시인들의 환각의 정체가 선명하게 드러난다. 도시인들이 환각을 뚫고 자신의 존재의 본질로 다가갈 계기를 접하게 되는 것은 아이러니컬하게도 그들의 존재를 베일로 가리고 있는 가짜 이미지들에 의해서다. 이제 콩브레 과자의 향기는 우리와 너무도 멀다. 우리는 과자 향기를 맡을 수 있는 후각을 상실했다. 우리에게 남은 것은 무수한 문화적 기호들이 야기하는 이미지의 환각들뿐이다. 이 가짜 이미지에 의해 자신의 진존재가 호명되지 않는 한, 우리는 영원히 가짜 이미지의 왕국을 벗어나지 못한 채, 도회의 정글에 갇혀 있을 수밖에 없다.

그러나 이 느닷없는 이미지에 의한 우연한 만남은 존재의 저편으로 우리를 인도하는 한 계기가 되지만, 이 여정은 언제나 '죽음' 즉 "세상에서 가장 먼 곳"(8쪽)이자 "태양도 달도 없는 곳, 시간도 강물도 얼어붙어 있는 곳"(89쪽)으로 나아가는 과정과 구별되지 않는다. 일상의 시차에서 미끄러져나오면 그곳에는 죽음의 늪이 펼쳐져 있다. 우리는 이 늪에 빠지지 않기 위해 부단히 노력한다. 어떠한 충격적인 이미지를 접해도 놀라지 않을 정도로 충격을 내면화하는 것, 무엇보다도 충격이 우리를 내방하지 않도록 내면에 빗장을 지르는 것, 우리의 일상적 삶은 이 과정으로 점철된다. 이 과정을 제대로 수행하지 못하고 과거를 뒤돌아보는 순간 존재는 신화에서처럼 소금기둥으로 남을 것이다. 그럼에도 불구하고 자신의 존재의 진정한 얼굴을 보려는 사람들은 먼지 낀 거울 속의 낯익은 얼굴이 부르는 아득한 부름에 때때로 귀를 기울인다. 오늘날 소설이 그 부름을 증폭시켜주는 장치의 역할을 한다면, 우리의 자동화된 삶에 이 또한 하나의 충격이 될 것이다. 그런 의미에서 윤대녕의 문학은 이미지에 들려 있는 자들의 마지막 비상구라고 할 만하다. 그의 뒤에는 도시에 대한 혐오로 무장한 자들이 있다. 앞으로는 도시의 매혹에 사로잡힌 자들이 그를 치고 지나간다. 윤대녕 문학은 그 틈을 기어가는 낙타다.

4. 『수색, 그 물빛 무늬』 : 물빛 무늬, 그 인륜성의 세계

이순원 문학을 생각할 때 가장 먼저 떠올리게 되는 것은 『압구정동엔 비상구가 없다』(중앙일보사, 1992)의 세계다. 그 자체 이미 우리 사회에 대한 하나의 축도로 기능하는 압구정동을 배경으로 콜걸, 성도착증에 걸린 노파, 복부인, 게이, 오렌지족 여대생 등의 이야기를 추적하는 이 소설은 이들 쓰레기를 처리하는 얼굴 없는 테러리스트를 설정함으로써 강렬한 이미지와 함께 이순원 문학을 대중화하는 데 일조했다. 그러나 이 소설의 이미지만으로 이순원 소설을 평가하기에는 뭔가 부족하다. 사회적 모순과 부패에 대한 강한 도덕적 단죄의식이나 경쾌하고 발랄한 문장, 실험적인 소설양식 등 여러 가지 긍정적 요인에도 불구하고 이 소설에는 모순과 부패에 대한 이중적인 시선이 존재한다. 우리 사회의 욕망의 심층을 향한, 다소 센세이셔널하다고 할 작가의 시선은 그 센세이셔널함을 야기시키는 사회제도에 대한 분노만큼이나 자신의 소설을 부각시키려는 욕망과 더불어 소설을 한 편의 영화로, 무협지로 만들고 있는 것도 사실이다. 지난 연대의 우리 사회의 기본 모순에 대한 관심, 예컨대 광주라든가, 휴전선, 노사 갈등, 권력과 폭력, 자본주의적 욕망 등 그간의 이순원의 진지한 작업을 생각할 때, 그가 『압구정동엔 비상구가 없다』의 작가로만 우리의 뇌리에 각인된다는 것은, 그런 점에서, 가슴 아픈 일이 아닐 수 없다.

『수색, 그 물빛 무늬』(민음사, 1996)에 이르러 이순원은 그의 문학에 드리워져 있던 이러한 그늘을 일거에 걷어버리고 있는 듯 보인다. 지나치게 상이한 문제의식을 포회하고 있는 것은 아닌가 여겨질 정도로 다양한 문학적 탐색을 거듭해온 이 작가의 여정은 이 소설에 이르러 비로소 자기의 영혼에 적합한 형식을 획득한 것 같다. 이후 오랫동안 이순원은 우리에게 '수색의 작가'로 남게 될 것이다. 일견 주인공 '이수호'의 가족사에 대한 작가의 관심이 지나치게 사적인 것으로 한정된 듯 보이는 면도 없지 않다. 그간의 작가적 경향을 생각하면, 그의 소설에 있어 사회적인 규정성이나 역사적인 의미망을 벗어난 개인사나 가족사는 상당히 낯설게 여겨진다. 「惠山 가는 길」이나 「그대, 陽津을 아는가」에서 다루어지고 있는 가족사는 기실 6.25의 상처나 우리 사회의 왜곡된 근대화의 폭력으로부터 자유롭지 못한 우리의 시대사에 다름아니었다. 물론 그의 이러한 경향은 그간의 우리 문학에 마땅히 요구되는 특징이기도 했다. 우리 문학의 저력이 개인의 운명을 통해 사회적인 아픔과 역사적 상처를 짚어내는 거시적인 시각에서 연원해온 것이라는 사실을 부인하기도 힘들다. 그러나 이순원의 경우, 역사적 규정성에 대한 과도한 의미 부여가 그의 소설들을 지나치게 도식적으로 만드는 데 일조한 것도 사실이다. 그는 진지한 작가이기는 했지만, 그 진지한 접근이 소설의 형식과 적절하게 융화되지 못한 채 다소 작위적으로 따로 노는 듯한 느낌을 주기도 했던 것이다. 말하자면, 그의 소설은 그가 아니면 쓰기 힘든 그 무엇에 대한 실감이 상당히 부족한 편이었다.

이순원은 『수색, 그 물빛 무늬』를 통해 자신이 가장 잘할 수 있는 영역이 무엇인지를 찾았고, 90년대가 자신에게 무엇을 요구하는지를 터득한 것 같다. 일종의 사소설적 경향을 보이기도 하는 이 소설에서 가장 두드러진 것은 개인의 내면에 은밀하게 흐르는 심문(心紋), 즉 마음의 무늬다. '수색'이라는, 서울의 한쪽 끝에 위치한 그저 그렇고 그런 평범한 동네를 배경으로 개인들의 은밀한 욕망과 그 욕망을 가로막는 금기들, 그로 인한 욕망의 좌절과 평정 과정, 그리고 그것이 이후의 삶에 미치는 파장 등을 잡아내는 작가의 시선은 산다는 것, 상처를 치유하는 것에 대한 형언할 수 없는 연민과 안타까움으로 가득 차 있다. 마음의 무늬를 향한 작가의 탐색은 기본적으로 '서자의식'이라고 말하는 권위와 금기에 대한 도전에서 비롯된 것이지만, 어느새 작가의 내면은 그 권위와 금기에 대한 그리움과 갈망으로 전화된다. 도저히 어찌할 수 없는 인간적 운명에 대한 체념과 연약함에 대한 인정은 모든 존재하는 것들에 대한 연민으로 대체되고 있는 것이다. 그런 점에서 '수호 엄마'라는, '부재' 하나 '현존'하고 있는 존재를 향한 작가의 마음의 무늬는 '물빛'을 띠지 않을 수 없을 것이다.

이 연작 소설집의 기본 축은 강릉에서 큰 상회를 운영하는 아버지가 들인 '시앗'인 '수호 엄마'와 집안의 실질적인 좌장이라고 할 어머니 사이의 갈등이다. 한 남자를 둘러싼 두 여자의 구조적인 천형은 이 소설을 인간 욕망에 관한 규율장치의 일종으로 읽게 만든다. 작가는 유교적 가부장제가 당연시해왔던 축첩제를 바탕으로 개개인의 욕망과 갈등을 다스리고 규율하는 힘을 이야기하고자 한다. 다시 갈등의 봉합, 그 화해의 방식이 중요한 문제로 제기되고 있는 것이다. '부처님도 돌아앉는다'는 '시앗'을 향한 어머니의 지독한 자기 절제와 그로부터 배태되는 인간들 상호간의 의사소통, 인간적인 품격은 이 갈등과 반목을 조절하는 가장 구체적이고도 섬세한 모티프다. 남편이 다른 여자와 살림을 차렸다는 사실을 알게 된 어머니는 그들의 살림집을 찾아가서 자기 남편의 속옷을 빨고 있는 한 여자를 본다. 이 '빨래하는 여자'는 어머니와 시앗, 나아가 인간들 상호간의 갈등을 잠재우고 봉합하는 하나의 화해의 상징이다. '수호 엄마'로 불리던 그 여자와 어머니의 마음은 한 남자를 향한 사랑의 열정이라는 점에서 상호 동일한 것이다. 이 마음의 무늬를 읽게 된 자가 취할 수 있는 욕망의 관리방식은 무엇일까. 어머니는 결국 그 여자로부터 남편을 뺏어오는 대신 그들의 살림집으로부터 조용히 물러나와 그녀를 집안에 들일 결심을 한다. 단, 그 여자를 가족의 일원으로 받아들이되, 자신의 친자식 이수호를 그녀의 자식으로 행세하게 하여 다른 자식을 낳지는 못하게 만드는 안전장치를 잊지 않고 서 말이다. 이리하여 작중화자이자 작가의 분신인 이수호에게는 친엄마 이면서도 경원의 대상인 '어머니'와 아버지의 시앗이었음에도 불구하고 모정의 대상으로 자리잡게 되는 '수호 엄마'가 공존하게 된다. 엄마를 상대로 분열하는 이수호의 의식은 '빨래하는 마음'이 감추고 있는 혹은 그 속에 숨어 있는 금기와 무의식의 검은 잎인지도 모른다.

이 어머니는 누구인가. 연작 가운데 하나 「수색, 어머니 가슴속으로 흐르는 무늬」에 나타나는 어머니는 "이쪽에서 짜보낸 새 가마를 타고, 그 뒤에 외가에서 짜보낸 오동나무 장롱을 네 자씩 두 짐꾼에게 나누어 지게 해서 시집을 온"(165쪽) 굉장한 집안의 여식이자, 부음은 절대 집 안에 들이지 못하게 하고 부음망태에 따로 보관하게 하며, 자식들에게 는 늘 '강의일 효자' 이야기를 들려주던 유교적인 덕목에 인이 박인 여 인네다. 그 어머니는 한 해가 시작되면 아버지의 것과 오남매 자식의 '토정비결'을 찾아보고, 재수가 나쁜 일이 있으면 일일이 전화로 알려 주기를 잊지 않는다. 그런 어머니가 자궁근종 때문에 수술을 하게 되 자, "아범들이 젊을 때 입던 내복"(178쪽)을 가져오라 하여 그것을 입고 병원으로 실려가는 장면은 의식(儀式)을 집행하는 무당의 결연한 의지 와 기품, 가장(家長)이라고 해도 인정하지 않을 수 없는 자기 절제의 총 화를 보여주는 대목이라고 하지 않을 수 없다.

이 어머니의 세계는 그것이 현실의 일탈을 막고 금기를 설정하고 있 다는 점에서 현실원칙이라고 할 만하다. 어머니에게는 욕망이 개입될 틈이 없다. 그 원칙은 끊임없이 틈입해오는 무의식의 침입으로부터 일 상의 의식을 수호(아들의 이름 역시 '이수호'다)하기에 여념이 없다. 말 하자면, '일상성'이라고 명명될 공간이 바로 이 세계인바, 그것은 때로 우리에게 까닭 모르는 염증을 안겨주는 근원이 되기도 한다. 주인공 이 수호가 단지 원고를 쓴다는 이유로 아내와 각방을 쓰고, 급기야는 따로 하숙을 얻어 나가게 되는 것도 실은 "어느 날 문득 그런 일상의 일들이 다람쥐 쳇바퀴 돌듯 단조롭고 무미건조하게 느껴지기 시작했"(20쪽)기 때문이듯, 그것은 "쳇바퀴를 돌리기 싫었거나 다른 쳇바퀴를 돌리고 싶"(22쪽)은 마음을 불현듯 불러일으키기도 하는 유혹의 공간이기도 하다. 그러나 무엇보다도 이 어머니의 엄격한 화해와 유장한 포용의 세계는 헤겔이 말하는 바 그대로, 그야말로 '인륜성'의 세계가 아닐 수 없다. 개인의 목적과 집단의 목적이 조금도 괴리됨이 없이 서로 유기적인 상호관계를 맺고 있는 인륜적인 생명(die sittliche Lebendigkeit)의 세계는 과연 욕망의 무절제한 자기 방출을 억제하는 인간적인 품격의 세계라고 할 만하다. 이 세계는 정신적인 동물의 왕국에 하나의 대안을 제시하면서 인류의 희망에 대해 이야기한다. 어머니에 대한 불만과 서운함, 그리고 '수호 엄마'로 상징되는 일탈의 욕망을 가로막는 힘으로서 이 인륜성의 세계는 때로는 개개인의 마음의 밑자락을 흐르는 무늬를 형성하고 또 때로는 그러한 개인들을 통합하는 질서로 기능하며 그 실체성을 한 점 유감없이 발휘한다.

　어머니의 세계로 표방되고 있는 인륜성에 대한 그리움은 이순원이 체질적으로 그리워하는 본향(本鄕)이라고 할 수 있다. 어머니의 모정과 형제애에 기반한 가족애는 때로 이 작가에게 고향 '강릉'의 모습으로 현상되기도 하는데, 그 점은 가족애 혹은 어머니적인 질서가 그에게는 거의 본향에 가까운 것임을 웅변한다. '수색'에 대한 그리움 역시 마찬가지다. 그것은 단순한 일탈과 금기에 대한 도전으로서만이 아니라, 욕망을 다스리고 잠재울 줄 아는 절제와 희생의 덕목으로 상징되면서, 「수색, 그곳에 가지 않아도 보이는 무늬」에 이르면 '1960년대 분위기'라는 무형의 이미지로 부각되기도 한다. 아이들 머리를 깎을 때면 빨래판 같은 널빤지를 의자 팔걸이에 걸쳐놓고, 세월아 네월아 하고 머리를 깎아주는 이발소와 방앗간, 허름한 사진관, 함석지붕 창고 등이 오밀조밀

머리를 맞대고 있는 수색의 골목 풍경은 눈이 한번 쌓이기 시작하면 온 동네가 파묻힐 만큼 장대하게 내리는 강릉의 겨울, 그리고 고향집의 기름때 전 장롱의 이미지와 겹치면서, 『수색, 그 물빛 무늬』에 일렁이는 '향수'의 대상이 되고 있는 것이다. 이 향수를 복고벽과 구별할 수 있을까. 원환적인 기억을 향한 이 작가의 향수가 우리 사회에 만연한 회고 취미와 구별되는 것은 '수색'이 빚어내는 또다른 파장에 눈을 돌리고 있기 때문이다.

왜 이 소설은 연작의 형태를 취하지 않으면 안 되었던 것일까. 1970년 대의 『난장이가 쏘아올린 작은 공』이나 『아홉 켤레의 구두로 남은 사내』에서 보듯, 연작이란 한 사회에 대한 총체적인 전망을 찾을 수 없을 때 장편을 대신하여 나타나는 소설의 특수한 형식이라고 정의할 만한데, 이 작품들의 경우도 그러할까. 이순원의 경우 사정은 좀 다른 것 같다. 『수색, 그 물빛 무늬』에서 단연 두드러지는 작품은 「수색, 그 물빛 무늬를 찾아서」다. 이 작가는 정교하게 직조된 이 단편만으로 수색에 대한 이야기를 끝낼 수는 없었던가. 이순원은 그럴 수 없었다고 이야기한다. 자신도 뚜렷하게 기억하지 못했던 과거의 어느 한순간을 향해서 추를 드리우기가 무섭게 타자의 동일한 기억들이 작가 이수호가 쓰고 있는 소설 속으로 개입해오기 시작한다. 즉, 이 땅의 무수한 '수호 엄마'들, 금기 속에 망각되어 있던 그 여자들의 아픈 기억들이 갑자기 작가의 삶 속으로 개입되면서 다시 소설 속으로 현존하기를 요구했던 것이다. 뿐만 아니라 이 소설의 발표를 둘러싸고 어머니를 비롯한 가족들간의 갈등 역시 두드러지며 각자의 입장에서 그들의 추억을 쏟아붓기 시작한다. 이 소설에 나타나는 연작형식은 이러한 다양한 계기들을 포착하기 위한 필연적인 형식에 다름아니다. 말하자면, 개인들의 내면을 장악하고 있던 마음의 무늬를 포착하기 위해서 부득이 연작의 형태가 아니면 안 되었던 것이다. 작가에 따르면 이 계기들은 소설가에게 전화를 걸어오는 독자들의 전화기 저 쪽에서, 혹은 잃어버린 기억을 소생시켜줄 매체인 동화『꿈을 찍는 사진관』을 찾는다는 주문에 그 책을 곱게 여며 보내온 소포 속에서 각기 자신들의 '수색'을 향한 신호를 보내는 데 여념이 없다. 이 수런거림 속에서 이순원은 소설가는 추억하는 사람, 아니 추억시키는 사람이라는 전언을 길어낸다. 소설은 이 모든 추억하는 힘의 삼투과정, 바로 그것이라는 것이다.

　『수색, 그 물빛 무늬』가 유장하게 펼쳐 보이고 있는 어머니의 세계는 물론 한 작가의 자기 미화에서 나온 상상의 공간일 수도 있다. 작가가 자신의 유년의 기억과 가족사의 한 페이지를 수색, 그 물빛으로 채색하고 있는 것도 사실이다. 어머니의 세계가 결국 하나의 실정화된 제도, 즉 타자를 배제하는 이기적인 가족 공간으로 변질되면서 타인의 욕망에 한치의 틈도 제공하지 않으려고 안간힘을 쓰게 되었음을 상기할 때 이 미화가 야기하는 문제는 간단치 않다. 실정화된 인륜성은 우리를 억압하면서 타자들의 숨통을 조르는 괴력을 발휘한다. 이 괴력에 대한 섬세한 고려가 부재한 그 어떤 미화도 우리에게는 받아들이기 거북한 것이 아닐 수 없다. 그러기에『수색, 그 물빛 무늬』의 세계는 작가 이순원이 자신의 실존을 걸 만한 영역임에는 분명하지만, 그것이 자체 현재로의 복권을 요구할 경우 상당한 무리가 뒤따른다고 하지 않을 수 없다. 이 세계가 단지 과거의 추억의 빛깔을 떨쳐버리고 현재로 귀환하여 자신만의 성을 축조하고자 한다면, 우리는 그에게 보냈던 박수를 철회하지 않을 수 없으리라. 이 인륜성의 공간은 이제 우리에게 추억의 이름으로 언뜻언뜻 자신의 무늬를 일렁거릴 때만 의미 있는 부재의 영역이기 때문이다. 그 일렁임을 넘어 실체적 진리로 현존하려고 할 때, 그것의 무늬는 퇴색하지 않을 수 없다. 수색의 물빛은 그 경계에서 일렁거리고 있다.

5. 추억하는 힘으로서의 소설

모든 작가는 쓰고 싶은 것을 쓰는 것이 아니라 자기가 쓸 수 있는 것을 쓸 뿐이다. 그들은 자신들이 그릴 수 있는 것만을, 추억할 수 있는 것만을 우리에게 보여준다. 그런 의미에서 행복한 작가와 불행한 작가가 있을 수 있겠다. 적어도 쓸 수 있는 것과 쓸 수 없는 것의 한계를 명확하게 하는 것, 그것을 인식하고 있음을 보여주는 것은 문학적 진정성의 출발점이라고 할 수 있다. 김소진이 보여주고 있는 아버지와 아버지를 포함한 기층 민중들, 그리고 지난 연대의 자신의 추억을 향한 경멸과 동경의 양가적 감정, 윤대녕 소설에 나타나는 도시적 환각과 순간적인 존재의 드러냄, 이순원이 포착하고 있는 물빛으로 일렁이는 인륜성의 세계 등은 각기 다른 추억의 결에도 불구하고 종말의 위기에 처한 예술에 구원의 가능성을 제공하는 소설적 모험이라고 하지 않을 수 없다. 가면 박탈의 정신으로 끊임없이 산문으로 확산되려는 김소진의 여정으로부터 존재론적 승화에 힘입어 순간적이나마 인간과 세계의 화해를 꿈꾸는 윤대녕의 시적 응축에 대한 열망에 이르기까지 이 모험은 다양한 스펙트럼을 자랑한다. 우리 문학은 이 이질성의 자유가 보장하는 틀로 인해 좀더 풍요로워질 수 있을 것이다.

소설은 고정된 형식을 지양한다. 소설의 개념, 즉 '소설적'이라는 것은 역사가 진행되는 동안 매시기의 소설가들에 의해 끊임없이 새롭게 정의되고 또 재정의되어왔다. 지난 연대에 우리는 집단적인 기억에 들려 있었다. 그것은 소설을 넘어서는 새로운 장르의 출현을 기대하는 야심에 가득 찬 움직임으로 전화되면서, 개인성의 신비로부터 소설을 탈마법화시키는 계기가 되기도 했다. 그러나 그것이 소설적 생동감을 유지하는 것은 지난 연대의 역사철학적 상황 속에서만이다. 새로운 상황은 또 새로운 소설적 대응을 요구한다. 소설이 기억하는 추억 역시 그러하다. 추억은 항상 새로운 방법론에 의해 새롭게 단련될 필요가 있다. 그렇지 않을 경우, 그것은 복고와 집착의 수렁 속으로 빠져든다. 세월이 흘러도 변하지 않을 영원한 것과 새롭게 변해야 할 것, 우리가 그것을 파악하게 되는 순간은 바로 역사와 소설사가 만나는 지점일 것이다. 추억하는 힘으로서의 소설은 그 지점을 향한 소설적 단련에 다름아니다.

(1996)

문학동네 평론집
푸줏간에 걸린 고기
ⓒ 신수정 2003

| 초판인쇄 | 2003년 8월 28일 |
| 초판발행 | 2003년 9월 4일 |

지 은 이	신수정
책임편집	차창룡 조연주 황문정
펴 낸 이	강병선
펴 낸 곳	(주)문학동네
출판등록	1993년 10월 22일 제22-188호

주 소	136-034 서울시 성북구 동소문동4가 260번지 동소문빌딩 6층
전자우편	editor@munhak.com
전화번호	927-6790~5, 927-6751~2
팩 스	927-6753

ISBN 89-8281-724-7 03810
www.munhak.com